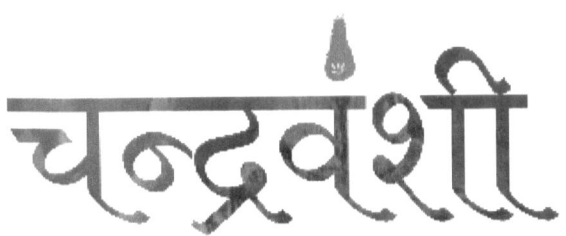

चन्द्रवंशी

(उत्तराखण्ड में एक चन्द्रवंशी राजा के उत्थान, पराजय व पुनरुत्थान की कथा)

I0639361

उपन्यास

कौस्तुभ आनंद चंदोला

अंजुमन प्रकाशन

अंजुमन प्रकाशन

942, मुट्ठीगंज, प्रयागराज-3 उत्तर प्रदेश, भारत

www.anjumanpublication.com

contact@anjumanpublication.com

प्रथम संस्करण अंजमुन प्रकाशन द्वारा 2019 में प्रकाशित

आवरण : ईशान चतुर्वेदी

टाइप सेटिंग : अंजुमन प्रकाशन टीम

ISBN : 978-93-88556-08-8

समर्पण

अपनी इस कृति को मैं अपने ईष्ट गोलूदेव को समर्पित करता हूँ जिनकी जीवनगाथा पर लिखा गया मेरा पहला उपन्यास 'संन्यासी-योद्धा' बहुचर्चित रहा। उसी देव की प्रेरणा से प्रेरित होकर मैं निरंतर लेखन में अग्रसर हो सका।

कथासार

कुर्मांचल के प्रथम ज्ञात राजा कत्यूरी राजा थे जिन्हें सूर्यवंशीय क्षत्रिय कहा गया है। ये कत्यूरी राजा धर्मनिष्ठ हिन्दू धर्म के पोषक थे। इन कत्यूरी राजाओं का राज्य विस्तार बहुत बड़ा था। उत्तर-पश्चिम में जालंधर से पूर्वोत्तर में डोटी राज्य तक, दक्षिण-पूर्व में माल भाबर तक फैला था। इन राजाओं की सभा में दूर-दूर से प्रख्यात विद्वान, दार्शनिक, साहित्यकार, वेदशास्त्री, कर्मकाण्डी विशारद, ज्योतिषाचार्य, वैद्य आदि विद्वान आए। इस राज्य में राज्याश्रय पाकर तथा इस सुरम्य भूभाग के सौन्दर्य से आकर्षित होकर इसी क्षेत्र में बस गए। सूर्यवंशियों के अवसान होने के बाद उनका राज्य छोटे-छोटे खण्डों में विभक्त हो जाने के कारण मैदानी क्षेत्र से आकर बसे चंदवंशीय क्षत्रियों ने अपने कुशल चातुर्य व सूझबूझ से कमजोर पड़ते छोटे-छोटे माण्डलिक राजाओं पर धीरे-धीरे विजय प्राप्त करते-करते पूरे कुर्मांचल को अपने अधिकार में ले लिया। इस प्रकार पूरे कुर्मांचल में सन् 1200-1300 आते-आते चन्द्रवंशीय क्षत्रिय राजाओं का पूर्ण अधिकार हो गया। कुर्मांचल के चन्द्रवंशी राजाओं का स्वर्णिम युग राजा बाजबहादुर सन् 1638-1678 को माना जाता है। धीरे-धीरे इस राजवंश में सत्ता संघर्ष होने लगा तथा अन्य जातियों के प्रभाव एवं नियंत्रण में दुर्बल राजा आने लगे। अंततः विधर्मी रुहेले पठानों ने कुर्मांचल में आक्रमण कर उस पर आंशिक कब्जा कर लिया। चन्द्रवंशीय राजा कल्याण चंद (सन् 1729-1748) एक अनुभवहीन राजा बना और अपने परामर्शदाताओं के नियंत्रण में रहा। इन परामर्शदाताओं ने इस माटी के माधो राजा के हाथों हजारों हत्याएं करवाई, सैकड़ों की आँखें निकलवाकर उन्हें मरने के लिए छोड़ दिया। कुर्मांचल के चन्द्रवंशीय राजाओं के कालखण्ड का सबसे काला पृष्ठ था- जब सदैव से स्वतंत्र रहे कुर्मांचल देश पर विधर्मी रुहेले पठानों द्वारा राजधानी अल्मपुरी पर अधिकार कर लिया। धर्म व संस्कृति पर संकट था। बड़ी कठिनाइयों और राजा गढ़वाल के सहयोग से कुर्मांचल राज्य की पुर्नस्थापना हो सकी। इस दौरान कुर्मांचलीय समाज किस तरह की त्रासदी से गुजरा और राजाओं की क्षमता, अक्षमता व प्रजा की पीड़ा व संवेदनाओं पर भावपूर्ण विश्लेषण करता है-यह उपन्यास 'चन्द्रवंशी'।

लेखक की कलम से

इतिहास पर आधारित काव्य, उपन्यास आदि तत्कालीन इतिहास की सटीक व सम्पूर्ण जानकारी का स्रोत नहीं होते हैं फिर भी ये ग्रंथ उस काल-खण्ड के इतिहास एवं मानवीय सोच पर कुछ रोचक प्रकाश जरूर डालते हैं। जहाँ इतिहास व तथ्यों पर आधारित प्रमाणित सत्य होता है, इतिहास आपको तथ्यों, तिथियों, घटनाओं का यथारूप चित्रण करता है। वहीं पर काव्योतिहास उसी समय की मानवीय संवेदनाओं, उन घटनाओं से मानव पर पड़ने वाले सामाजिक, धार्मिक, पारीवारिक चिंतन, चिंताओं, चर्चाओं के विवरण पर बल देता है और मानवीय संवेदनाओं, दृष्टिकोण, सामाजिक चिंतन और भावनाओं पर आधारित विषयों का विवरण होता है।

जो इतिहास को नजरअंदाज करते हैं वे वर्तमान के प्रति अनिभिज्ञ रहने के लिए अभिशप्त से हो जाते हैं। कोई भी समाज अपने इतिहास के माध्यम से ही अपने बारे में जान पाता है। इतिहास मनुष्य के भौतिक, सांसारिक और पारिवारिक परिवेश को समझने के संघर्ष का सहयोगी होता है।

साहित्यकार भी इतिहास के सहारे कल्पना का सहारा लेता है। वह अतीत का अध्ययन समाज के लिए करता है। इस प्रक्रिया में वह कई चीजों को जोड़ता है और घटाता है इसके पीछे उसके सामाजिक उद्धेश्य होते हैं जिसका विश्लेषण उसकी परिस्थितियों के सन्दर्भ में करने पर ही उसकी उपयोगिता अथवा अनुपयोगिता का पता चलता है।

साहित्य के विषय अस्वाभाविक, निरर्थक और जीवन से दूर कदापि नहीं होने चाहिए। इसमें मानवीय कमजोरियों तथा मानवीय मूल्यों दोनों को ही उद्घाटित किया जाना चाहिए जो मनुष्य के स्वाभाविक गुण हैं। उपन्यास के पात्र अपनी दुर्बलताओं-सबलताओं समेत मानव का प्रतिनिधित्व करते हैं।

इस उपन्यास का मुख्य पात्र भी अपनी स्वाभाविक दुर्बलताओं के साथ कथानक में आता है। आप जानते हैं। मनुष्य जन्म से संस्कारहीन होता है। जिस संस्कृति, सभ्यता, परंपरा में पलता-बढ़ता है तदानुरूप ही वह संस्कारित होता जाता है। शनैः-शनैः वह अपने मन व विचारों पर प्रतिबंध लगाकर अनुचित को दबाकर और उचित का विकास कर सुन्दर बनता है। वह शरीर व मन को शुद्ध कर एक ओर व्यक्तिगत विकास करता है तो दूसरी ओर समूह में शिष्ट आचरण,

समाज के प्रति उचित आचरण उसे सुसंस्कृत बनाता चलता है।

इस उपन्यास में भी मैंने इसी प्रकार का रेखांकन करते हुए उत्तराखण्ड में चन्द्रवंशी राजा के पतन व उत्थान के क्रमशः विकास को प्रदर्शित किया है तो दूसरी ओर एक राजा के अनुचित व्यवहार से प्रजा को किस प्रकार कष्ट उठाने पड़ते हैं इस पर प्रकाश डाला है।

उत्तराखंड में कत्यूरी शासन के पराभव के बाद कुमाऊँ व गढ़वाल पृथक हो गये और कुमाऊँ में चन्द्रवंश तथा गढ़वाल में पंवारवंश का उदय हुआ। यह भूभाग पृथक-पृथक राजवंशों के राजाओं द्वारा शासित व संचालित होने लगे। भले ही उत्तराखंड दो शासकों के मध्य बँट गया हो लेकिन दोनों भूभाग भौगोलिक, सामाजिक, धार्मिक एवं सांस्कृतिक दृष्टिकोण से सदैव एक दूसरे से जुड़े रहे। इस विषय पर भी यह उपन्यास प्रकाश डालता नजर आएगा। मैंने अपना अधिकांश लेखन उत्तराखंड पर आधारित रखा है जो मेरे व्यक्तिगत अनुभव को उद्घाटित करता नजर आता है।

उत्तराखंड के इतिहास में बिखरी पड़ी कई रोचक, ऐतिहासिक कथाओं पर उपन्यास लिखने पर प्रयासरत हूँ। आशा है पाठकों को मेरा यह दूसरा प्रयास भी पंसद आएगा।

- कौस्तुभ आनंद चंदोला

सूर्यवंशी व चन्द्रवंशी क्षत्रियों का संक्षिप्त इतिहास

क्षत्रियों की वंश परम्परा में सर्वप्रथम सूर्यवंश का नाम लिया जाता है। सूर्यवंश की उत्पत्ति महापुरूष विवस्वान् अर्थात सूर्य से मानी जाती है। ब्रह्माजी के पुत्र मरीचि थे, मरीचि के पुत्र कश्यप हुए। कश्यप की रानी आदिति से विवस्वान् (सूर्य) की उत्पत्ति हुई। विवस्वान के पुत्र मनु थे. मनु के दस पुत्र हुए जिनमें इक्ष्वाकु सबसे बड़े थे। सूर्यवंश को इक्ष्वाकुवंश के नाम से भी पुकारा जाता है। मनु ने ही अयोध्या को बसाया था। मनु से लेकर राम तक सूर्यवंशी राजाओं की लम्बी अवधि में अनेक राजा हुए; परन्तु जो अधिक प्रसिद्ध को प्राप्त हुए ऐसे चौसठ प्रमुख नाम मिलते हैं। इस सूर्यवंश से बहुत सारी शाखाएँ भी बनी जिसमें निम्न प्रसिद्ध हैः-

(1) सूर्यवंश (2) निमिवंश (3) निकुम्भवंश (4) नागवंश (5) गोहिलवंश (6) गहलोतवंश (7) राठौरवंश (8) गौतमवंश (9) मौर्यवंश (10) परमारवंश (11) चावड़ावंश (12) डोडवंश (13) कुशवाहा वंश (14) परिहार वंश (15) बड़गूजर वंश (16) सिकरवार (17) गौडवंश (18) चौहान वंश (19) बैसवंश (20) दाहिमा वंश (21) दाहियावंश (22) दीक्षित वंश

सूर्यवंश सबसे प्राचीन वंश है। रामचन्द्र जी के वंशज जिनका राज अयोध्या में था की एक शाखा उत्तराखण्ड में जाकर बस गयी जिन्होंने वर्तमान गढ़वाल और कुमाऊँ आदि क्षेत्रों में अपना राज्य स्थापित कर लिया। ताम्रपत्रों व शिलालेखों से यह ज्ञात होता है कि इन सूर्यवंशियों का राज लगभग 2500 वर्षों तक इस हिमालयी सम्पूर्ण प्रदेश, वर्तमान में कहा जाय तो- जालंधर, हिमांचल प्रदेश, उत्तराखण्ड, नेपाल का डोटी प्रांत सम्मलित था। जहाँ इन्हें कत्यूरी राजवंशी (सूर्यवंशी) कहा गया। कहा जाता है कि इन कत्यूरी राजाओं का राज्य नेपाल से काबुल तक रहा था। खस राजाओं को जीतकर इन्होंने अपना राज्य स्थापित किया। धीरे-धीरे सभी खस राजपूतों का संबन्ध सूर्यवंशी राजाओं के साथ स्थापित हो गया तथा दोनों वंश एक्य हो गये।

इन कत्यूरी सूर्यवंशियों का राज्य लम्बे समय तक इस क्षेत्र में रहा; किन्तु लगभग सन् 750 के बाद इनका प्रभाव घटने लगा। शाक 710-743 (सन्

832-867) के मध्य शंकराचार्य जी इस पर्वतीय प्रदेश में आये, उन्होंने ज्योतिर्मठ की स्थापना की। राजा बासुदेव के किसी अपराध के कारण शंकराचार्य रुष्ट हो गये और उन्होंने राजा को शाप दे दिया। इसी के फलस्वरूप उत्तराखण्ड में सूर्यवंशी कत्यूरी राजाओं का गौरवमयी सूर्य धीरे-धीरे अस्त हो गया- ऐसा कहा जाता है। इसी मध्य चन्द्रवंशीयों का इस प्रदेश मे आगमन हुआ। चन्द्रवंशीय राजाओं ने कमजोर पड़ते जा रहे सूर्यवंशी राजाओं से उनका राज्य छीना और पूरे कूर्मांचल में फैलते चले गये। यही भूभाग बाद में कूर्मांचल (कुमाऊँ) के नाम से प्रसिद्ध हुआ।

चन्द्रवंशीय-

चन्द्रवंशीय क्षत्रिय, ब्रह्मा के दूसरे पुत्र अग्नि की संतानें हैं। महर्षि अत्रि और उसकी पत्नी अनुसूया का ज्येष्ठ पुत्र सोम अर्थात चन्द्र था जिसके नाम से इस वंश का मूल नाम चन्द्रवंश कहलाया। सोम का ज्येष्ठ पुत्र बुध था जिसका विवाह मनु की पुत्री इला से हुआ। बुध का पुत्र पुरुरवा हुआ जिसकी रानी उर्वशी से आयु नामक पुत्र का जन्म हुआ। आयु का पुत्र नहूष, नहूष के छः पुत्र हुए, उनमें से ययाति राजा हुआ। ययाति की एक रानी शर्मिष्ठा जो दानवराज वृषपर्वा की पुत्री थी, से तीन पुत्र उत्पन्न हुए- (1) पुरु (2) द्रह्यू (दह्यू वंश) (3) अनु (अनुवंश)। ययाति की दूसरी पत्नी देवयानि जो शुक्राचार्य की पुत्री थी, से दो पुत्र हुएः- (1) यदु (यादव वंश) (2) दुर्वसु (दुर्वसु वंश)।

(1) **चन्द्रवंश (सोमवंश) -चन्द्र या सोमवंश की शाखाएँ** - (1) पुरुवंश (2) हरिद्वार वंश (3) कुरुवंश (4) दुर्वसु (5) द्रह्यू वंश (6) अनुवंश (7) पांचाल वंश(8) शल्य वंश (9) काश्य वंश (10) कण्व वंश (11) कौशिक वंश (12) जनवार वंश(13) पलवार वंश(14) भारद्वाज वंश (15) भृगुवंश (16) काकतीय वंश (17) बाछिल्य वंश (18) जरौलियावंश आदि।

यद्यपि की पहली रानी देवयानि जो शुक्राचार्य की पुत्री थी से दो पुत्र उत्पन्न हुए (1) यदु (2) दुर्वसु। इन दोनों से चन्द्रवंश की निम्न दो शाखाएं चली-

(1) यदु वंश- यह वंश चन्द्र वंश की दूसरी सबसे बड़ी शाखा है। महान कर्मयोगी श्रीकृष्ण इसी वंश से हैं। यदु वंश की शाखाएँ- क्रोष्ठ, सात्वत, अंधक, शौनेय, वृष्णि, हैहय, भाटी, जाड़ेचा, चंदेल, तंवर, सेंगर, गहरवार,

बुन्देला, झाला, सोलंकी, बघेल, बनाफर, मौखरी, सेन, पाण्ड्य, चोल, चेर, शिलाहार, वाकाटक, पल्लव, चालुक्य, यौद्धेय, प्रद्योत, शिशुनाग, नन्द वंश आदि।

(2) दुर्वसु वंश -शाखायें- इस वंश में निम्न राजा हुए पर वंश आगे नहीं बढ़ा वहि, भार्ग, भानू, त्रभीभान, करन्दम, मरुत।

चन्द्र या सोमवंशियों का उत्तराखंड मैं आगमन -चन्द्रवंशीयों के मध्य हुए कुरुक्षेत्र के महायुद्ध के बाद कुछ चन्द्रवंशीय क्षत्रिय झूँसी (प्रयागराज के पास) आकर बस गये और उन्होंने अपना राज्य विस्तार समस्त उत्तर भारत में किया। इन चन्द्रवंशीयों की राजधानी गंगा-जमुना के संगम प्रयाग के निकट दक्षिण में प्रतिष्ठानपुर में थी। ये चन्द्रवंशी राजा सुप्रसिद्ध नृपतिचक्रचूड़ामणि महाराजा शालिवाहन के वंशज थे। इन्हीं शालिवाहन के नाम से काल गणना का आधार ''शाका'' प्रसिद्ध हुआ। इस कान्यकुब्ज प्रदेश में आगे चलकर से सन 700 से 730 तक सुप्रसिद्ध यशोवर्मा का राज्य रहा। महान नरेश यशोवर्मा को ''प्रतिष्ठानरेश'' तथा ''नरेन्द्रयशः सोम'' भी कहा जाता था। इन्हीं राजा के चार पुत्र हुए। इनमें से एक पुत्र का नाम सोमचन्द्र था। यह सोमचन्द्र बड़ा ज्ञानी व धार्मिक प्रवृत्ति का था। एक बार कुछ ज्योतिषियों के परामर्श पर वे बद्री नारायण की यात्रा पर सप्तांगसहित उत्तराखण्ड गए। तब सम्पूर्ण पर्वतीय भूभाग में कत्यूरी सूर्यवंशीयों का राज्य था। सोम चन्द्र के साथ सत्ताइस लोगों का समूह भी साथ था। एक राजा के पुत्र के ब्रदी नारायण दर्शन की सूचना पाकर तत्कालीन कत्यूरी राजा ब्रह्मदेव ने उनकी आवाभगत की और उनसे प्रभावित होकर अपनी इकलौती पुत्री का विवाह उससे कर दिया। राजा सोमचंद को चम्पावत की जागीर दहेज में दे दी। साथ ही साथ तराई मैदान- भाबर का कुछ उपजाऊ क्षेत्र भी उन्हें दान में दे दिया। उधर प्रतापी सूर्यवंशी कत्यूरी राजाओं का धीरे-धीरे अवसान हो रहा था। वे अनेक धड़ों में विभाजित होने लगे थे। मांडलिक राजा स्वतंत्र होकर यत्र-तत्र राज करने लगे थे। कुमाऊँ के साथ ही गढ़वाल के माण्डलिक नरेशों ने भी जो अब तक कार्तिकेयपुर के शासन के अधीन थे, अपने को स्वतंत्र नृप घोषित कर लिया। गढ़ों पर कब्जा कर यत्र तत्र राज करने लगे।

कुमाऊँ में भी मांडलिक राजाओं ने विभिन्न क्षेत्रों में, जैसे डोटी,

अस्कोट, बारामंडल, दानपुर, पाली-पछाऊँ, सोर-सीरा, फल्दाकोट, बैराठ आदि में अपना अपना स्वतंत्र राज-काज प्रारम्भ कर दिया। इस तरह सूर्यवंशी कत्यूरी राजाओं का एकछत्र राज छिन्न-भिन्न हो गया। कत्यूरी राजा ब्रह्मदेव ने झूँसी के राजपुत्र सोमचंद को अपना दामाद बनाकर उसे काली कुमाऊँ तथा मढ़ों की माल (भाबर का कुछ प्रांत) दहेज के रुप में दिया था। इसी सोमचंद ने काली कुमाऊँ के चम्पकावती नामक स्थान पर सुदृण किला बनाकर अपने राज्य की स्थापना की। इस किले का नाम "राज-बुंगा" रखा गया। स्वयं सोमचंद राजपुत्र थे, साथ ही कत्यूरी राजाओं के दामाद थे अतः उन्होंने अपने प्रभाव का सदुपयोग करते हुए अपने चातुर्य के बल पर आसपास के क्षेत्र को अपने प्रभाव में लिया और अपना राज्य विस्तार प्रारम्भ कर दिया। सोमचंद शाके संवत् 622, विक्रमीय संवत् 757 तद्नुसार सन् 700 में राजबुंजा मे सिंहासनारूढ़ हुए। राजबुंगा महल में सिंहासनारूढ़ होने के बाद उन्होंने इस क्षेत्र के चार प्रभावशाली उपजातियों के लोगों को अपनी तरफ मिलाया उनमें - कार्की, बोरा, तड़ागी और चौधरी थे। ये सभी इस क्षेत्र की प्रतिष्ठित जातियां थी। चूकिं इनके पास न तो कोई राज्य था न ही कोई पद था। इस समय आसपास के समस्त राज्य एक रावत (खस राजा) के अधीन था। खस राजा ने कत्यूरी राजा को सूचना भेजी कि सोमचंद जिसे कुछ जागीर उन्होंने दी हैं वह उसके राज में हस्तक्षेप कर रहा है अतः उसे वापस बुला लें। अन्यथा उसे दण्ड दिया जायेगा। कत्यूरी राजा ने उत्तर में कहा कि उन्होंने सोमचंद को जागीर दहेज में दी है जिसे वापस लेना सम्भव नहीं है। वह चाहे तो जीतकर उसको छीन लेवें। इस पर रावत खस राजा एवं सोमदेव में युद्ध हुआ। चूंकि सोमदेव ने अपने चातुर्य से उस क्षेत्र के प्रभावशाली जातियों जिन्हें तब तक राज सम्मान नहीं मिला था को अपनी तरफ मिला लिया था। अतः कार्की, बोरा, तड़ागी, चौधरियों के सहयोग से उस रावत खस राजा को पराजित कर आस-पास के क्षेत्र को भी अपने अधीन कर लिया। इन चारों जातियों के लोगों को चार दिशाओं का किलेदार बनाया। उन्हें सम्मान प्रदान करते हुए उन्हें राजकाज में नियुक्त किया। राजा सोमचंद ने बड़ी चालाकी से झिजाड़, दन्या, गंगावली, समल्टिया, खाटी आदि क्षेत्रों के जोशी, पन्त, पांडे, उप्रेती आदि आसपास के प्रभावशाली एवं महत्वपूर्ण ब्राह्मण परिवारों को भी अपनी तरफ करने के उद्धेश्य से उन्हें अपने राजदरबार में आमंत्रित किया। इन चार ब्राह्मणों को बराबर का महत्व देनेके लिये उन्हें चौथानी ब्राह्मण कहा जाने लगा। इस प्रकार

राजा सोमचंद ने स्थानीय लोगों को राजकाज में महत्वपूर्ण स्थान दिया और इन्हीं के बल पर उसने धीरे-धीरे कुमाऊँ को अपने अधीन करने का अभियान प्रारम्भ कर दिया। उधर सूर्यवंशी कत्यूरियों को कूर्मांचल से सूर्य अस्त हो रहा था तो चन्द्रवंशीयों ने अपनी चाँदनी की रोशनी से कूर्मांचल को प्रकाशित करना प्रारम्भ कर दिया।

इसी राजा सोमचन्द्र की कई पीढ़ियों ने कुमाऊँ में राज किया। इन्होंने अपना राज्य विस्तार पूर्व में काली नदी, पश्चिम में राम गंगा, उत्तर में हिमालय तथा दक्षिण में माल-भावर से आगे पीलीभीत, काशीपुर तक किया। इसी बीच चन्द्र राजाओं ने अपनी राजधानी कुमाँऊ के मध्य में स्थित अल्मपुरी (बाद में अल्मोड़ा) नामक स्थान पर अपनी राजधानी बना ली।

इन्हीं राजाओं में सोमचन्द्र की छप्पनवीं पीढ़ी के राजा कल्याण चंद हुए। जो सन् 1729 में अल्मपुरी जिसे राजपुर भी कहा जाता था के राजसिंहासन पर बैठे। इन्होंने सन् 1747 तक कुर्मांचल पर राज किया। यह काल-खण्ड कई दृष्टिकोण से महत्वपूर्ण रहा। यह काल सामाजिक, राजनैतिक उथल-पुथल के कारण चिरस्मरणीय रहेगा क्योंकि इसके पूर्व कूर्मांचल तथा गढ़वाल राज्यों पर मुगलों ने कभी सीधा राज नहीं किया था। यह पहाड़ी राज्य प्राकृतिक रूप से दुर्गम, दुर्भेद्य प्रदेश सदैव स्वतंत्र रहा था। हालाँकि कुर्मांचल दिल्ली की बादशाहत को स्वीकार कर चुका था। इसी अवधि 1739 में दिल्ली पर नादिर शाह के आक्रमण व लूट पाट के कारण दिल्ली का बादशाह कमजोर हो गया। जिससे रुहेलखंड सूबे के पठानों के होंसले बढ़ गए और उन्होंने कठेड राजपूतों को परास्त कर आँवला-बदायूँ के सम्पूर्ण क्षेत्र को जीत कर उसका नाम रोहेला प्रान्त रख लिया जो बाद में रूहेलखंड नाम से जाना जाने लगा। अपनी राजधानी बरेली के पास आंवला में स्थापित की। तब अपने राज्य विस्तार के लिए प्राकृतिक रूप से सबसे सुरक्षित क्षेत्र कुर्मांचल में अपना अधिकार स्थापित करने के उद्द्येश्य रुहेले पठान सूबेदार नवाब अली मुहम्मद खाँ ने से सन् 1743 में अपनी सेना को कुमाऊँ पर अधिकार करने हेतु भेजा। प्राकृतिक रूप से दुर्गम गढ़ माने जाने के बावजूद, रुहेले पठानों के सेनापति हाफिज रहमत खाँ (जो बाद में रुहेलखण्ड सूबे का नबाब भी बना था) ने कुर्मांचल के कुछ क्षेत्र पर कब्जा कर लिया। राजा कल्याणचंद राजधानी अल्मपुरी से बिना युद्ध किये ही गैरमाँडा (गैरसैण) स्थान जो गढ़वाल की सीमा के पास था में जाकर छिप गया। रुहेला सरदार हाफिज रहमत खाँ ने अल्मपुरी के साथ ही कुर्मांचल

के कई भागों में लूट-पाट की, मंदिरों को तोड़ा और अपवित्र किया। यह अवधि इसलिए भी महत्वपूर्ण हो जाती है कि जो कुर्मांचलीय व गढ़वाली सेनायें सदैव आपस में लड़ती रहती थी, वह एक साथ मिलकर रुहेलों से लड़ीं थी। कुमाऊँ और गढ़वाल के राजाओं ने संधि स्थापित करते हुए धर्मपत्र लिखकर मित्रता कर ली। गढ़वाल के राजा प्रदीप्त शाह ने विशाल हृदय का परिचय देते हुए कुमाऊँ के हारे हुए राजा को रहमत खाँ से हुई संधि-शर्तों के विपरीत जाकर पुनः कुमाऊँ का राजा बना दिया और इस तरह दोनों स्वधर्मी राज्य मित्रता के एक सूत्र में बँध गये।

इस काल में कुर्मांचल की सामाजिक, राजनैतिक जीवन, राज व्यवस्था, जय-पराजय तथा मानव की संवेदनाओं के उतार-चढ़ाव, सुख-दुःख, उत्पीड़न-शोषण तथा अशिक्षा के कारण उत्पन्न विषम परिस्थितियों को दर्शाते हुए इस उपन्यास का लेखन किया गया है। जिसमें इतिहास ज्ञान से अधिक मानव संवेदनाओं को उकेरा गया है। इतिहास हमें बहुत कुछ सिखाता है। इतिहास का महत्व मुख्यतः राजव्यवस्था तक केन्द्रित रहता है जबकि ऐतिहासिक साहित्य तत्कालीन मानवीय विचारधारा, भाव, संवेदना, उत्पीड़न शोषण से उत्पन्न स्थितियों को रेखांकित करते हुए कल्पना को शब्दों में उकेरता है।

चन्द्रवंशीयों के शासन काल में अल्मोड़ा कुर्मांचल राज्य की वैभवशाली राजधानी थी। आज भी अल्मोड़ा अपनी पुरानी विरासत को सम्भाले हुए है। आज भी अल्मोड़ा नगर संस्कृति व् शिक्षा के क्षेत्र में कुर्मांचल में अग्रणी है।

अनुक्रम

मृत्यु के पदचाप

राजा कल्याण चंद

संक्रमण से मेरी आँखें लाल होकर बाहर को निकलती जा रही हैं। कोई दवा काम नहीं कर रही है। लाखों रुपया खर्च करने के बाद भी इस संक्रमण की कोई काट नहीं ढूँढी जा सकी है। जितने उपाय किये जा सकते थे मैंने किये। राजा को मशविरा देने वालों की कमी तो होती नहीं। इसी बहाने लूटने वालों की भी चल पड़ी है।

मेरी आँखों में पीड़ा बढ़ रही है। अब दिखाई देना भी कम होता जा रहा था। बाहर को लटकती जा रही आँखों के कारण मेरा रुप विभत्स होता जा रहा है। मैंने इसी कारण अल्मपुरी नगर से दूर बिनसर के प्राकृतिक रुप से अति सुन्दर-सुरम्य पर्वत पर अपना निवास बना लिया; किन्तु इस सुरम्य स्थल पर रहने का भी अब क्या फायदा? जब आँखों से ठीक से दिखाई ही नहीं देता है। वास्तव में राजधानी से दूर इस स्थल पर मैं इसीलिए रहना चाहता था कि मैं प्रजा को अपना यह कुरूप नहीं दिखाना चाहता था, उन्होंने तो मेरा आकर्षक, बलिष्ठ व दमकता रुप देखा था उनकी स्मृति में रचे बसे अपने सुंदर रूप के स्थान पर मैं अपना कुरूप चेहरा उनकी समृति में नहीं बसाना चाहता था। पूरा राजकाज को मैंने पहले ही अपने विश्वासपात्र महामंत्री पंडित शिवदेव जोशी को सौंप दिया था और अपने किशोर कुँवर दीपचंद को इन्हीं शिवदेव के संरक्षण में राजकाज सीखने हेतु लगा दिया था। यह जीवन जितना क्रूर है, तो उतना ही सुन्दर भी है। जीवन एक व्यथा है तो गाथा भी है। आज जीवन के इन अन्तिम दिनों में मेरा सबसे विश्वास पात्र व्यक्ति कौन है? वह महामंत्री- शिवदेव जोशी जिसके पिता पंडित कमलापति और उसके दो पुत्रों की मैंने सरेआम निर्मम हत्या करवा दी थी। आज उसी के बच निकले इस पुत्र के भरोसे पूरा कुर्मांचल का राज चल रहा है। मेरा पुत्र जो भावी राजा है, आज उसी की अभिरक्षा और संरक्षण में है। यदि आज वह पंडित शिवदेव प्रतिशोध लेना चाहे तो उसके एक इशारे पर कुंवर को मृत्यु के घाट उतारा जा सकता है, किन्तु इस महान व्यक्ति ने अपने प्रतिशोध की भावना को राज्य की सेवा में गला दिया।

पूरा चन्द्रवंश उसके उपकार को नहीं भूलेगा।

तभी मेरे कक्ष में राजवैध ने प्रवेश किया। मुझे दवा पिलायी गयी और मेरी आँखों में दवा का अर्क डाला। तीव्र जलन से आँखें जलने लगी। मैं चीख उठा। कुछ क्षण गहन पीड़ा के थे, किन्तु कुछ समय बाद कुछ शीतलता प्रतीत हुई। मैंने राजवैद्य जी से पूछा, "वैद्य जी! मैं यह तो जान ही गया हूँ कि मेरी आँखें अब पूर्व की भाँति ठीक नहीं हो सकेंगी; परन्तु क्या किसी तरह इनमें हो रही असहनीय पीड़ा समाप्त हो सकती है?"

राजवैद्य जी के मुख पर क्या भाव भंगिमा रही होगी, मैं देख तो सकता नहीं था। हाँ! उन्होंने मुझे सांत्वना देते हुए कहा, "राजन! संक्रमण काफी अधिक फैल चुका है। आप उचित ही कह रहे हैं कि आपकी आँखें अब पूर्ववत तो नहीं हो सकती हैं। मैं स्वयं भी इसी अनुसंधान में जुटा हूँ कि किसी तरह रोज-रोज हो रही यह असह्य पीड़ा थम जाये।"

मैंने अपनी पीड़ा की दबाते हुए पूछा, "वैद्य जी आपने तो कई उन लोगों की आँखों की भी चिकित्सा की होगी जिनकी आँखें मेरे द्वारा दिए गए दण्ड के कारण निकाल ली गई थी।"

"अवश्य की थी, राजन्।"

"क्या उन अंधों को भी इतनी भी पीड़ा सहन करनी पड़ती थी?"

"राजन! निश्चय ही करनी पड़ी थी; किन्तु उनकी पीड़ा कुछ दिनों के लिए होती थी। घाव भरने के बाद तो उनकी पीड़ा समाप्त हो जाती थी। उनमें से यदि किसी की आँखों में संक्रमण हो जाता तो निश्चय ही उसे इसी प्रकार की पीड़ा झेलने पड़ती थी। कई की तो संक्रमण के कारण मृत्यु भी हो गयी थी।"

"वैद्य जी ! क्या मुझे इन्हीं अंधों का दिया गया श्राप तो नहीं लग गया है? न्याय के देवता को लगायी गयी उनकी आर्तपुकार-धात तो मुझे नहीं लग गयी है?"

"राजन! कर्मफल जीवन में समाप्त तो होता नहीं है, किसी न किसी रुप में वह सामने आ ही जाता है। इस बात से इंकार तो नहीं किया जा सकता है कि किये गये कर्मों का फल इसी जीवन में मिल गया हो।"

राजवैद्य एक क्षण के लिए रुके फिर मुझे सांत्वना देने के उद्देश्य से बोले, "राजन! आपने अनुभवहीनता में किये उन अकर्मों का पश्चाताप तो किया ही

है। आपसे जितना बन पड़ा था, आपने उनके निकट सम्बन्धियों को किसी न किसी रुप में सहायता भी दी है। पूजा-पाठ व अन्य कर्म-कांडों के माध्यम से भी आपने ईश्वर से क्षमा याचना कर ली है; फिर ईश्वर आपको इतना अधिक कष्ट क्यों दे रहा है?''

''लेकिन काकड़ी घाट के बाबा तो कहा करते है कि अच्छे और बुरे कर्मों का तुलनपत्र नहीं होता है। अकर्मों से पुन्य कर्मों को घटा कर शेष नहीं निकाला जाता है। ईश्वर के खाते से दुष्कर्म एक तरफ से अपना प्रभाव दिखायेंगे तथा सत्कर्म आपको पृथक से प्रभावित करेंगे। तब प्रायश्चित करने से क्या लाभ?''

''राजन! बाबा महाज्ञानी हैं, दोनों तरह के कर्मों का फल अलग-अलग होता है। उनका समय भी कभी साथ होता है तो कभी अलग-अलग। सुकर्मों का फल निश्चय ही सुफल के रुप में सामने आयेगा। आज देखिये! आपके सामने एक उदाहरण प्रस्तुत है।''

मैंने बड़े उतावलेपन से पूछा, ''कौन सा?''

वैद्यजी ने क्षण भर बाद उत्तर दिया, ''राजन! आपने अपने कर्मों के प्रायश्चित के रूप में पं0 कमलापति जोशी के पुत्र पं0 शिवदेव को अपने यहाँ राजकाज में लगाया। वह शिवदेव आज आपका सबसे विश्वासपात्र महामंत्री है। जिसके पिता की आपने उसके दो पुत्रों सहित हत्या करवा दी, उसी का पुत्र आपके पुत्र की रक्षा में लगा है। यह आपके पश्चाताप और सुकर्म का प्रतिफल है। दूसरी ओर आपके उसी हत्या कर्म से जिसमें आपने बुद्धिमान राजनैतिज्ञ पं0 कमलापति को जिसे कुर्मांचल का सिर कहा जाता था, को मार डाला था। प्रतिफल यह हुआ कि आपके पास चतुर राजनैतिज्ञों का अभाव हो गया और आप के राज्य पर मलेछियों ने कब्जा कर लिया। आपको भाग कर गढ़वाल जाना पड़ा। इस प्रकार आपको अलग अलग कर्मों के अलग अलग फल मिले। अब आप स्वयं ही निर्णयि कर सकते हैं,राजन!''

मैं निढाल हो कर पलंग पर लुढ़क गया।

मेरी निरंतर बाहर को फैलती जा रही लाल आँखों की ओर कोई देखना पसंद नहीं करता है। मैं स्वंय भी प्रजा के सामने नहीं पड़ना चाहता हूँ लेकिन राजा हूँ, लोगों से मिलना पड़ेगा ही। शिवदेव जोशी पर मैं अब पूर्ण रूप से निर्भर हो गया हूँ और मैं उनपर पूर्ण विश्वास भी करता हूँ। वह निश्चित ही देशभक्त, योग्य, चतुर व विश्वासपात्र है. उन्हीं के उद्यम से आज मैं इस

सिंहासन पर बैठा हूँ। मेरे इस महामंत्री का लोहा सभी मानते हैं। वह बुद्धिमान के साथ ही महान योद्धा भी है। राजकुमार अभी नाबालिक है, वह न तो शरीर से ही न ही मानसिक रुप से परिपक्व है।

आज बैठे-बैठे मेरे मस्तिष्क में मेरे जीवन में घटित स्मृतियां असंगत रूप से आ जा रही हैं, शायद मैं मृत्यु के निकट आता जा रहा हूँ। मैं जितना स्मृतियों पर विचार नहीं करना चाहता हूँ वे उतनी ही प्रबलता से प्रहार कर मुझे स्मृति सागर में धकेल देती हैं। आज लोग मेरी बाहर को उभरती लाल आँखो को देखकर भयभीत हो जाते हैं किन्तु यह भय अब क्यों? मैंने तो लम्बे समय पूर्व ही उत्पीड़क कर्मों से पश्चाताप कर लिया है। प्रजा पर दया का भाव रखता हूँ। उन्हें प्रताड़ित करना व कठोर दण्ड देना छोड़ दिया है।

मस्तिष्क रुपी कक्ष के खिड़की-दरवाजों को चाहे जितना कसकर बन्द कर लो किसी महीन छिद्र से स्मृति रुपी हवा भीतर आ ही जाती है। आज पुनः मेरे मष्तिस्क में हजारों स्मृतियाँ, छवियाँ नाचने लगी है। मेरे प्रारम्भिक जीवन काल के संघर्षों की, परित्याग की पीड़ा, दरिद्रता, निर्धनता, वियोग, कष्टों की पीड़ा, फिर एक दिन अकस्मात, अकारण ही राजा बनने का परमानंद। फिर शुरू हुआ प्रतिशोध, संग्राम, द्वंद, अत्याचार, आनंद, संगीत, दानता, महानता। फिर मिला भय, पराभव, अपमान का दंश। जीवन भी कितना भीषण होता है, कभी सुन्दर स्वप्न-सा तो कभी कठोर यंत्रणा है जीवन। परस्पर विरोधपूर्ण है-जीवन। एक ओर जन्म व दूसरे सिरे पर मृत्यु है। अनुकूल व विपरीतताओं से भरा है- जीवन। एक ओर सफलताओं के शिखर है तो असफलताओं की खाई है- जीवन। विरोध, व्यथा, प्रतिशोध, घृणा, अत्याचार से भरा है- जीवन। दूसरी ओर आनंद, प्रीति, सुख व कीर्तिमानों के शिखर से लेकर पराभव, अपकीर्ति अपयश का भागी है- जीवन। कितनी विचित्रताएँ हैं जीवन में। रुप व सुदृण शरीर का स्वामी था मैं, आज कमजोर शरीर, शिथिल स्नायुतंत्र, अंग सुचारु रूप से कार्य करने में अक्षम, उभरती झुरियाँ, झुकती कमर, बालों में सफेदी और सबसे बुरी स्थिति मेरे आँखों की है। बेहद तकलीफदेह व देखने में भयानक। मनुष्य इतना दुःख-दर्द क्यों सहता है? पीड़ा के साथ इतना संघर्ष क्यों कर लेता है? मृत्यु साँसों का द्वार खटखटा रही है, जीवन की अंतिम इकाई के टूटने तक जीने की आँशाएँ क्यों संजोता है मनुष्य? एक दर्द को दूर करने के लिए कई दर्दों को सहता जाता है-मनुष्य। दिन रात क्रंदन करते हुए भी, अपने मृत प्रायः देह के भार को क्यों घसीटता

जाता है-मनुष्य? अब इस शरीर का क्या प्रयोजन बचा है, जो मैं इसे अभी भी सँभालने की जुगत में लगा हूँ। जीवन का यह असफल संघर्ष अनिवार्य क्यों है?

मेरे विचारों की श्रंखला टूटती ही नहीं है। मेरे मन-मस्तिष्क में अंकित अनेक अहंकारी मनोवृत्ति की घटनाएँ अब धुँधली पड़ गयी है लेकिन आज इन धुँधली स्मृतियों की यह पोटली खुल पड़ी है। कैसे सुनाऊँ, किन शब्दों में व्यक्त करूँ। दुराग्रह से कारण उत्पन्न क्रोध के वशीभूत होकर किये गए पशुवत व्यवहार को, अपने कटु आचरण को कैसे व्यक्त करूँ? क्रोधाग्नि में लिए गये क्रूर निर्णयों के याद आने पर मैं अब स्वयं को अपमानित महसूस करने लगता हूँ। मानव कितना दुर्बल है, वह अपना पिछला किया भूल जाना चाहता है, सामने को स्मरण रखता है। मनुष्य भूल जाये तो भूल जाये, किन्तु जो कर्म वह कर चुका है वह कर्म तो रहेगा ही। कर्मदण्ड तो पिछले जन्म के पापकर्मों को भी नहीं भूलता है। यद्पि कुछ पाप कर्म विवशता, दुर्बलता, घोर निराशा से विवश होकर किये जाते हैं, कुछ राजमद, प्रलोभन, मिथ्याभिमान और शठता के कारण, लेकिन पाप की अलग-अलग श्रेणियाँ तो हैं नहीं। धर्म तो चाहता है कि सभी धर्मानुकूल आचरण करें, इसमें छूट किसी को नहीं है। कहीं-कहीं पर जीवन भर की पीड़ा के कारण मनुष्य के विचार विकृत रूप धारण कर लेते है, किन्तु अपनी पीड़ा के कारण अमानुषिक हो जाना क्या क्षम्य होगा? मैंने असहाय व निर्बल प्रजा पर अपनी कुंठा के कारण अनीतपूर्ण व्यवहार का प्रदर्शन किया, उसे रोका जा सकता था; परन्तु तब न मेरा विवेक जागृत था न मेरी राजसभा ही उसे रोक पायी। उल्टा पूरी सभा ही मौन समर्थन में थी,किन्तु अब इन बातों के लिए बहुत देर हो चुकी है।

अंततः जीवन है क्या? क्या सब मनुष्य के हाथ में है? जहाँ तक मेरा जीवन अनुभव है बहुत कुछ मनुष्य के हाथ में है लेकिन सब कुछ मनुष्य के साथ में नहीं है। यहाँ बहुत कुछ पूर्व निर्धारित भी है जो स्वतः होते चला जाता है। कुछ वह अपने कर्मों व अनुभव से भी गड़ता है। कभी-कभी सोचता हूँ कि यहाँ अधिकांश पूर्व निर्धारित ही है। ईश्वर द्वारा पूर्व लिखित पुस्तक की भाँति है-हमारा जीवन। प्रत्येक दिन एक पृष्ठ की भाँति है। रोज पढ़ो, सीखो और आगे बढ़ो। इस जीवन के कितने पृष्ठ हैं आपको ज्ञात नहीं है। यदि आप चाहो की दस-बीस पृष्ठ आगे पलट लिए जायें, उन्हें पढ़ा जाये, सम्भव नहीं। प्रत्येक दिनमान एक पृष्ठ, एक कहानी, एक अनुभव, किन्तु मैं अपनी

जीवनरुपी पुस्तक अब पढ़ चुका हूँ। शायद कुछ ही पृष्ठ शेष रह गये होंगे इस पुस्तक में। मैं उन स्मृति रूपी पृष्ठों को सबके सामने खोलने जा रहा हूँ। इससे हो सकता है मुझे आत्मसंतुष्टि मिल जाये या मेरे अच्छे-बुरे कर्मों की कहानी से किसी को कुछ सबक मिल जाये।

मैं तुम्हें अपनी स्मृति पोटली खोल कर दिखता हूँ।

दिवास्वप्न

कल्याण चंद

आज से 16-17 साल पहले- मैं तब घोर तंगहाली में था। मजदूरी कर अपना जीवन-यापन कर रहा था। मैं चन्द्रवंशी उत्तरापथ के महान राजा उद्योतचंद का पुत्र आज कूर्मांचल से भागकर डोटी राज्य में छुपा था। सब भाग्य चक्र था। चालबाजों की चाल का शिकार था मैं। बालक ही था, तब अल्मपुरी के राजभवन पर कब्जा जमा चुके मेरे सौतेले बड़े भाइयों ने यह तय कर लिया था कि वे अपने सभी सौतेले भाइयों को चुन-चुन कर मार डालेंगे ताकि कोई उनकी राज सत्ता पर चालबाजों के साथ मिलकर चालबाजी कर सत्ता न हड़प सके। यह कूर्मांचली राजाओं के मध्य कोई नई परम्परा तो थी नहीं, अधिकांश राजा संदिग्ध रूप से ही मृत्यु को प्राप्त हुए थे। वे ऐसी किसी सम्भावना को समाप्त करना चाहते थे। छल-कपट, विश्वासघात राजसत्ता में प्रायः होते हैं यह कोई नई बात नहीं थी। जब इस बात की सूचना फैली तब मैं अपने नाना के घर में था। मेरी माँ और छोटी बहन मेरे साथ थी। मेरे नाना समझ चुके थे कि राजा के सैनिक किसी भी समय हम तक पहुँच सकते हैं और हमारी हत्या कर सकते हैं। उन्होंने बड़ी चतुराई से हमें पड़ोसी राज्य डोटी भेजने की ठान ली। पर वहाँ भी अपना कौन था। चन्द्रवंशी और डोटी राज्य प्रायः युद्ध करते रहते थे। वे चन्द्रवंशी किसी राज परिवार के सदस्य को क्योंकर शरण देते? अतः नाना ने एक साधारण मजदूर के वेश में हमें डोटी की सीमा में प्रवेश करा दिया।

हमारे पास तब कुछ भी न था; कुछ सिक्के जो माँ को नाना ने दिये थे, वे

कुछ दिन तक पेट भरने के लिए थे। डोटी देश मे जा छुपे हमारे पास क्या था? मलिन मुख के साथ सामान्य से कम वस्त्रों में मेरी माँ, जो कल तक एक रानी थी। काली रंगत वाली नाक बहाती मेरी प्यारी बहन।

हम नितांत असहाय, नितांत अकेले थे। हम निरंतर निर्धन होते चले गये। हमारे पास यदि कोई वस्तु प्रचुर मात्रा मे थी तो वह थी हमारी निर्धनता, हमारी दरिद्रता, हमारी हीनता और हमारी भूख, जबकि मेरे बड़े भाई अकूत सम्पत्ति एवं धन सम्पदा के साथ कूर्मांचली राजा होने का सुख भोग रहे थे। राजपुर के राजप्रसाद की चकाचौंध के मध्य आनंद मना रहे थे। मैं प्रकृति के पास होकर भी उसकी सुन्दरता के रसों को आत्मसात नहीं कर पा रहा था। मैं कभी प्रातःकाल को सूरज की सुनहरी किरणों के स्पर्श से पुलकित नहीं हुआ था, भँवरे के गुंजन का रस कभी नहीं भाया था। बादलों को देखकर नाचते मोर, फूलों पर मंडराती तितलियाँ, सुबह खिलते फूल, बंसत बहार, वर्षा ऋतु के इन्द्रधनुष मैंने देखे अवश्य थे; परन्तु उनसे कभी मैंने आनंद की अनुभूति प्राप्त नहीं की।

क्या भूख, वेदना, दरिद्रता, अपमान के सामने ये सुन्दर दृश्य अपना स्थान खो देते हैं? क्या ये करुण वेदनाओं का रस अन्य रसों पर भारी पड़ जाता है?

मुझे चिंता रहती कि मुझे आज मजदूरी मिलेगी कि नहीं; चिंताग्रस्त माँ व आस लगायी बहन के मुख पर क्या कुछ मुस्कान की किरण ला सकूंगा? इतना ही संसार था मेरा।

शंका-आशंका अपनों को भी नहीं छोड़ती है, अपनों की ही लाशों पर अरमानों को सीढ़ी बनाकर स्वयं उपर चढ़ बैठते हैं। आशंका एवं राज सत्ता छिन जाने का भय अपनों की हत्या जैसे जघन्य अपराध का औचित्य भी स्थापित करा देता है।

हम मजदूरी कर जीवित रहने का प्रयास करने लगे, अब में पच्चीस-तीस वर्ष का जवान हो गया होऊँगा क्योंकि ठीक-ठाक जन्म तिथियों का लेखा जोखा तो था नहीं। अपनी बूढ़ी होती जा रही माँ के मुख से एकांत के पलों में राजमहल के किस्से सुनना अच्छा लगता था। हम कभी उन अच्छे पलों के हिस्सेदार रह चुके थे। मुझे अपने पिता उद्योतचंद की मुखाकृति स्पष्ट रूप से अभी भी याद है। जब वह महीनों के बाद माँ से मिलने हमारे महल में आते थे

तो हमारे लिए नये सुन्दर वस्त्र, खिलौने, बाल मिठाई, पत्ते में लिपटी सिंगौड़ी वाली मिठाई लेकर आते थे। यह पत्ते वाली मिठाई मुझे कतई पसन्द न थी; परन्तु माँ को वह सबसे अधिक पसंद थी। उस मिठाई में पत्ते की एक अजीब प्रकार की गंध आती थी। मैं माँ को यह मिठाई बड़े चाव से खाता देख जरूर कुछ खा जाता था कि आंखिर माँ को यह मिठाई क्यों पसंद है? वे एक दो दिन महल में ठहरते, माँ को लेकर अलग कक्ष में बंद हो जाते थे। चूकिं उन दो-चार दिन मुझे माँ से अलग सोना पड़ता था। जिस कारण मुझे बापू पर गुस्सा भी आता था, परन्तु मैं खुश भी रहता था कि वे हमारे लिए नये वस्त्र ले कर आये होते थे, नये खिलौनों के साथ मेरे बस्ती के कई मित्र आ जाते- खेलने के लिए। मेरे नये रेशमी वस्त्रों की धाक अलग होती थी, जिस कारण में चार-पाँच दिन माँ के साथ न सोने का कष्ट मन मारकर भी सह लेता था। कुछ दिन रुककर वे अपने लावलश्कर के साथ किसी की जमीन छीनने नये कर वसूलने या शिकार खेलने निकल जाते थे, हम सब उनके पुनः आने की दीर्घ प्रतिक्षा करते थे।

पर अब हम झोपड़ी में रहते थे। माँ और मैं दोनों मजदूरी कर जीवन-यापन कर रहे थे।

जीवित रहना संसार का सबसे बड़ा व निश्चित सत्य है। मनुष्य किसी भी परिस्थिति में क्यों न रहे वह जीना नहीं छोड़ता है। अंतिम सत्य मृत्यु है यह जान कर भी जीने का हर समय जुगाड़ करता है।

हम भी कर रहे थे। मैं श्रम करते करते बलिष्ठ हो चुका था। लम्बा चौड़ा तो शायद वंशानुगत ही रहा होऊंगा; परन्तु मेरा शरीर कठोर परिश्रम से सुगठित हो चुका था। माँ कहती- तू अपने नाना पर गया है। पूरे छः हाथ लम्बा था- मैं। इस लम्बे, सुगठित शरीर के अतिरिक्त हमारे पास पुरानी यादें ही शेष थी। कुछ और था तो प्रचुर मात्रा में दरिद्रता व विपत्तियाँ। जीवन शांत निर्जन स्थान के एक छोटे से सरोवर की भाँति स्थिर था जिसकी किसी को कोई आवश्यकता नहीं थी।

परन्तु मनुष्य का मन मस्तिष्क कहां शान्त रह सकता है उसमें निरंतर लहरें उठती-बैठती हैं, नींद में भी वह कुलबुलाता रहता है। नींद भी उसे नहीं सुला सकती हैं। नींद सोचती है कि मैं उसे सुला रही हूँ परन्तु वह नींद के बाद और अधिक तरोताजा होकर सामने आ जाता है।

दरिद्रता रूपी नींद में भी मेरा मन मस्तिष्क सोता नहीं था। मुझे रह-रह कर राजभवन की याद आती। वैभव एवं आनंद के पल याद आते, मेरी महत्वाकांक्षाऐं लहरें मारती, ईर्ष्या प्रज्वलित होती। यह नयी भूख मेरे शांत जीवन में बार-बार समुद्र में आ रही लहरों की भाँति मुझे झकझोरती रहती थीं, डराती थी तो आनंदित भी करती थीं। मेरे भीतर महत्वाकांक्षा की चिंगारी कभी-कभी भड़क उठती, पर माँ मुझे शांत कराती थी कि तू अकेले क्या कर सकता है? मैं त्वरित वाली भूख को शांत करने का प्रयास में रत हो जाता जिसके बिना जीवित रहना सम्भव न था। मेरी महत्वाकांक्षा की चिंगारी भूख की राख के ढेर के तले दबी रही, लेकिन इसी तरह भूख की राख में दबी रही तो क्या यह कभी भड़क पायेगी? लेकिन उपाय कुछ भी नहीं था।

मुझे कभी कोई शिक्षा नहीं मिली थी। जब जीवन में जीने-खाने के लाले पड़े हों तो शिक्षा कौन सी चिड़िया थी? हम मैले-कुचैले असभ्य से दिखने वाले, अब तो असभ्य ही बनकर रह गये थे। मेरे पिता वीर, दानवान राजा थे-महिमामंडित। वे वास्तव में कोई बुरे व्यक्ति नहीं थे। लेकिन अब उन सब बातों पर विचार करने का क्या लाभ?

अब तो सब कुछ हमारे सौतेले भाइयों का हो चुका था। अजीत चन्द्र राजा बन बैठा था। अगर उन्हें ज्ञात हो जाता चन्द्रवंश के राजपरिवार का कोई हिस्सेदार जीवित है तो हमारी मृत्यु निश्चित थी। इन दुरुह परिस्थियों में पलना-बढ़ना कितना कठिन था एक निरंतर चुभने वाली पीड़ा का अनुभव, टीस पहुँचाती, उसकी चुभन की काली छाया हमारी आत्मा तक में पसर चुकी थी। हमारा क्या दोष था? हमने किसी से छल-कपट नहीं किया था, न किसी का अपमान फिर हमें सजा क्यों? क्या इसी को प्रारब्ध कहा गया है? किसी क्रूर कर्म के किये बिना सजा।

मैं अकेले में बैठा सोचता-राजपुर के जिस वैभवयुक्त संसार का स्वामी मेरा भाई बन बैठा है वह मेरा भी है। अभी जीवन लम्बा है एक दिन उसका एक हिस्सा मेरा होगा, कभी मैं सोचता, एक दाँव लगाता हूँ, मेरे पास जीतने के लिए सब कुछ है, हारने के लिए-मात्र यह शरीर। यदि मैं इसी को दाँव पर लगाता हूँ तो हो सकता है जीवन में बहुत कुछ पा जाऊँ। एक बेहतर संसार सामने था। वह मेरी प्रतिक्षा कर रहा था। मैंने एक बार स्वप्न देखा कि मैं देवगोलू के मंदिर के प्रांगण में खड़ा हूँ, अचानक एक सफेद उड़ता घोड़ा मेरे निकट आ खड़ा हुआ, मैं उसमें चढ़ बैठा वह मुझे घने वनों, विशाल हरहराती

नदियों, हिमालय की धवल शृंगो के पार ले उड़ा। मैं अल्मपुरी के राज भवन के भीतर था। मैं राज सिंहासन में बैठा था। मेरे सामने राजदरबारी शीश झुकाये खड़े थे। मधुर संगीत बज रहा था। चारों ओर वैभव फैला था।

ओह! मैं स्वप्न में था। स्वप्न में भी मैं ऐसे संसार की कल्पना कैसे कर सकता था। कहीं यह भूख से उपजा भ्रम तो नहीं था? हाँ! उस स्वप्न से मेरे अल्मपुरी जाने की कामना बलवती हो गयी। मेरी माँ की पथराई आँखें मेरी आत्मा को भेदती थी। वह हमेशा मेरे लिए मनौतियाँ माँगती रहती, इन्हीं मनौतियों के कारण बस्ती वालों को कुछ-कुछ भान हो गया कि मेरी माँ अल्मपुरी की कई रानी मैं से एक रही होगी? और मैं राजा के कई पुत्रों में से एक? इससे इतना लाभ अवश्य हुआ कि मजदूरी करते समय उनके मन में दया का भाव आ जाता था साथ ही हमारा पारिश्रमिक भी समय से मिल जाया करता था-जीवन मंद नदी के मानिंद बह रहा था।

चन्द्रवंशी की वापसी

एक दिन मेरी बस्ती में कोलाहल था। कोलाहल निरंतर मेरी झोपड़ी की ओर बढ़ रहा था। भीड़ में कुछ डोटियाल सैनिक, कुछ अन्य अस्त्र-शस्त्र धारी लोग भी थे। वे सभी तेज कदमों से हमारी झोपड़ी की ओर बढ़े चले आ रहे थे। मैं झोपड़े से कुछ दूरी पर झाड़ियों के मध्य टीले पर सब्जी के लिए वन-तरूड़ खोदने गड्ढे में उतरा था, मैंने कोलाहल सुना तो गड्ढे से थोड़ा सिर बाहर निकाला और झाड़ियों में छुपकर देखा-

मेरी माँ कोलाहल सुन मेरी जवान बहन को भीतर छुपाकर बाहर लपकी। वह माथे पर हाथ लगा कर आँखें गड़ाकर भीड़ को देखने का प्रयास कर रही थी। उसे एक बारगी भय उठा होगा कि कहीं किसी को ज्ञात तो नहीं हो गया कि यहाँ चन्द्रवंशीय राजा का पुत्र रहता है? सैनिक व भीड़ माँ के सम्मुख आकर रुक गयी। उस भीड़ में से तीन लोग माँ के निकट आ गये। उसमें एक वृद्ध ब्राह्मण प्रतीत होता था। उसकी धवल दाढ़ी उसके वक्ष स्थल पर फैली थी। तेजस्वी, गौरवर्ण, सफाचट सर के पीछे लम्बी चुटिया और लम्बी धोती। दूसरा बलिष्ठ चौड़ी छाती वाला खड्ग धारी योद्धा। तीसरा सामान्य से अधिक

लम्बा, गठीला, घनी व सफेद तलवार छाप मूछें और मुखाकृति देख कोई भी भय खा जाय। मैं भी डर गया था मैंने एक बारगी अपना सिर गड्ढे में नीचे कर लिया; परन्तु माँ का डरा चेहरा मुझे याद आ गया, मेरा हाथ बगल में रखे खड्ग पर कस गया। मैंने धीरे से सिर बाहर निकाला और देखा।

वही तलवार छाप मुछों वाला व्यक्ति आगे बढ़ा और मेरी माँ के सम्मुख आकर खड़ा, माँ को घूर रहा था। माँ भी उसे एकटक देखती जा रही थी। कुछ पल इसी तरह बीते, सहसा माँ के मुख से हर्ष व विस्मय मिश्रित स्वर निकले, "बापू!" माँ दौड़कर उनसे जा लिपटी। वह कुछ देर लिपटी रोती रही। वृद्ध के आँखों से भी आँसू निकल पड़े थे।

वृद्ध मेरे नाना सुमेर सिंह थे। मुझे पहचानने में कुछ देर लगी थी क्योंकि 20-22 वर्ष पहले नाना इतने वृद्ध नहीं थे। उन्होंने मेरी माँ को सामने कर उसके माथे, गालों पर हाथ फेरा, टपकते आँसुओं को पोछते हुए कहा, "अरी लाली तू जिन्दा है? इन्होंने तुझे खोज ही लिया।"

माँ आश्चर्यचकित थी! भयातुर भी। फिर भी उसने मुस्कराते हुए उत्तर दिया, "आपने मरने के लिए यहाँ भेजा था क्या? वैसे भी हम मरे हुए से कम नहीं है।" माँ पुनः रोते हुए मेरे नाना से जा लिपटी। कुछ संयमित होकर पीछे खड़े वृद्ध ब्राह्मण की ओर देख कर बोली, "तो क्या ये सब हमें बंदी बनाने या मारने आये हैं? आपको प्रताड़ित कर इन्होंने आपसे हमारा यहाँ होने का भेद खुलवा ही लिया?" माँ शंका, भय, एवं घृणा से भरी चारों ओर सर घुमा-घुमा कर देख रही थी। संभवतः वह यह देखना चाह रही थी कि मैं कही आस-पास तो नहीं हूँ? कहीं राजा अजीतचंद के धूर्त मंत्रीगण व गैडा के सैनिक मुझे मार न डालें। तभी मेरे नाना ने बदहवास होती मेरी माँ को झिंझोड़ते हुए कहा, "लाली बेटा, चिंता न कर, अजीत चंद मारा गया है। अधर्मियों ने उसे भी नहीं छोड़ा। धूर्त गैडा पूरनमल और माणिकचन्द्र ने राजा अजीत चन्द्र को भड़काकर, राजा उद्योत चन्द्र के उत्तराधिकारियों को एक-एक को मरवा डाला, फिर उन्होंने अजीत को भी मरवा दिया। यदि मैंने तुम्हें सही समय पर डोटी न भेज दिया होता तो चन्द्रवंश के राजवंश का यह वंशज भी न बचा होता। देव की महान कृपा रही। कल्याण कहाँ है?"

माँ को विश्वास न था। वह चालबाजों की चाल को जानती थी। हो न हो वो मेरे नाना को बहला-फुसला कर या दबाव बनाकर यहाँ ले आये हों? माँ का मनुष्यता से विश्वास उठ चुका था।

तभी अग्रिम पंक्ति में खड़ा वृद्ध ब्राह्मण आगे बढ़ा। माँ से उसकी आँखे मिली। माँ ने उसे पहचान लिया था वह वृद्ध, चन्द्रवंश का निष्ठ व विद्वान हरिकृष्ण था। हरिकृष्ण स्पष्टवादी था। जोखिम उठाकर भी चन्द्रवंश के राजपरिवार के हित में आगे रहता था; किन्तु परिस्थियाँ ऐसी थी कि माँ किसी पर आसानी से विश्वास करने की स्थिति में नहीं थी। वृद्ध के तेजस्वी मुखमण्डल पर सपाट भाव के साथ कहना प्रारम्भ किया, "प्रतापी राजा उद्योतचन्द्र की सुकुलीन क्षत्राणी रानी लीलावती! आप महान है। आपने कई कष्ट उठाकर भी चन्द्रवंश के उत्तराधिकारी की रक्षा की है। उन क्रूर-धूर्त पापियों ने तो वंश का नाश करने में कोई कोर कसर नहीं छोड़ी थी। तुम्हारे पिता सुमेर सिंह ने सूझबूझ से काम लेते हए तुम्हें काली नदी के पार डोटी राज्य में न भेजा होता तो कूमाँचल से चन्द्रवंश का अंत ही हो जाता? जो कुछ बचे खुचे चन्द्र राजवंशी हैं वे या तो राज्य छोड़कर भाग गये हैं या अपना नाम, वंश, ग्राम बदल कर छुपे हैं। उनमें इतना साहस नहीं रहा कि वे सम्मुख आकर चन्द्रवंशीयों के राज पर अधिकार जता सकें। सबको जीवित बचे रहने की चिंता है। सब महारुद्र का कोप है।"

इतना कहकर वृद्ध चुप हुआ ही था कि माँ विफर पड़ी, "तो तुम चाहते हो कि मैं अपने पुत्र कल्याण को राजपुर के क्रूर, बहशी, पशु से भी नीच मणिकलाल गैडा के हाथ लगने दूँ. उन चालबाजों के हाथ जिन लोगों ने राजा देवीचंद तथा अजीत चंद की निर्मम हत्या कर दी तथा चन्द्रवंशीयों को चुन-चुनकर मरवाया। इन चालबाज के चालों को तुम चतुर विद्वान कहे जाने वाले पंडितों ने भी नहीं रोका। ब्राह्मणों का तो दावा रहता है कि संसार के सारे ज्ञान उनके पास है तथा जप, तप, तंत्र-मंत्र से या कर्मकाण्ड से सबकी बुद्धि-शुद्धि कर देते हो, तब इन तुच्छ नीच मणिकलाल गैडा की चौकड़ी की गैडा-गर्दी को क्यों न रोक पाये? कुमांचल के राजा की पुत्री के लड़के को चंदवंशीय घोषित कर तुम पांडे-पण्डितों की सहमति से ही तो सिंहासन पर बैठा दिया गया। उस नादान बच्चे के नाम पर गैडा गर्दी होती रही और आप सब विद्वान चुप बैठे रहे, क्यों? तब आपको कल्याण की याद नहीं आयी।"

माँ कुछ देर के लिए रुकी, उसकी साँसे तेज चल रही थीं, उसका मुखड़ा लाल हो गया था। मैं झाड़ियों के पीछे से साफ-साफ देख सकता था। माँ को शंका यह थी कि ये सब गैडा पिता-पुत्र की चाल होगी; परन्तु मेरे नाना उन्हें स्वंय यहाँ क्यों लाते? माँ अभी भी चीख-चीखकर अपने मन का गुबार

निकाल रही थी या वह यह सोच रही होगी कि कहीं हम फिर से चालबाजों के चंगुल में तो नहीं फंस रहे हैं? कहीं छल-बल से उन्होंने हमारा पता न जान लिया हो? मैं असमंजस में था कि सामने जाऊँ या नहीं! मैं भयभीत नहीं था; परन्तु मूर्तिवत हो सब बातें सुन रहा था, मेरा हाथ खड्ग पर कसा था।

माँ पुनः चीखते हुए बोली, "उन गैड़ा के बिष्टों ने माटी के माधो राजा देवी चंद की भी निर्मम हत्या कर दी थी। हमारे चन्द्रवंशी पूर्वजों द्वारा संचित अकूत धन सम्पत्ति को तितर-बितर कर डाला और आप ज्ञानी पंडित देखते रहे? उस गोबर गणेश राजा और आप जैसे मंत्रियों के कारण मैं परदेश में मारे-मारे फिर रही हूँ। मजदूरी करनी पड़ रही है, कभी-कभी भीख माँगने की भी स्थिति आ जाती है। उधर आप पंचों ने मिलकर राजा ज्ञानचंद की लड़की के पुत्र जो कुमाँऊ का चन्द्रवंशी न होकर कठेड वंशी बालक था, को जानबूझ कर कठपुतली राजा बना दिया ताकि सारा अधिकार गैडा पिता-पुत्र, मानिकचंद व पूरनमल के हाथों में रहे। उन क्रूर पूरनमल व माणिकचंद गैडा बिष्टों ने आखिरकार राजा अजीत चन्द्र को भी नहीं बख्शा, उसकी भी हत्या कर दी गयी। लेकिन आप महाज्ञानी दीवान, जोशी, पाण्डे, पंत यह अत्याचार, अनाचार, अन्याय होता देखते रहे। आपको को तो मोटी दक्षिणा मिलती रहे, जागीरें, गायें मिलती रहे, आपके लिए यही पर्याप्त था। प्रजा प्रताड़ित हो, उनकी माँ, बहनों, बेटियों के साथ गैडागर्दी होती रही, आप पंडितों, विद्वानों, शूरवीरों के कान में जूँ तक नहीं रेंगी- क्यों?

माँ शेरनी की भाँति विफर रही थी, उसके दो शावक छिपे थे वह उन्हें बचाने का प्रयास कर रही थी या वह अपने भीतर भरे संताप को निकाल रही थी?

वृद्ध ब्राह्मण धैयपूर्वक माँ की कठोर वाणी को सुनता रहा- बिना कोई भाव प्रदर्शित किए। मैं देख रहा था कि माँ अब सिसकियाँ ले रही थी। मेरे नाना माँ को शांत करने का प्रयत्न कर रहे थे। माँ कुछ संयत हुयी कि वृद्ध ब्राह्मण गम्भीर स्वर में बोला, "रानीजी, आपका कथन सत्य है। आपका क्रोध अकारण नहीं है। चन्द्रवंशीयों की हत्यायें की गई, कई राजाओं की संदेहपूर्ण ढंग से मृत्यु हुई, प्रजा उन मौतों को हत्या मानती हैं किन्तु सेना का बल, धन का बल, गैडा पिता पुत्र की तरफ था। तुम्हें शायद ज्ञान न होगा कि ब्राह्मणों ने कितने अत्याचार व कष्ट उठाये? पूर्ववर्ती राजा देवीचन्द्र ने जिन ब्राह्मणों को दक्षिणा दी थी या गाँव व जागीरें दी थी उन्हें बलपूर्वक वापस ले लिया। जो न दे

सके उन पर निर्मम अत्याचार किये, ब्राह्मणों के घरों में जबरन घुसकर अशर्फी, जेवर, धन जो हाथ लगा यहाँ तक कि खाने पीने के बर्तन तक जब्त कर लिए गये। उन ब्राह्मण गाँवों में रोने की आवाज के सिवाय कुछ न सुनाई देता था। जो ब्राह्मण संस्कृत बोलते उन्हें कहा जाता वह गाली दे रहा है, उन्हें कठोर दण्ड दिया जाता। इससे क्रूर सेनापतियों और सैनिकों को उन्हें लूटने का अच्छा अवसर मिल जाता था। वे अकारण ही लूटपाट कर अपना घर भरने में लग गये थे। गैडा पिता पुत्र की पकड़ सेना में इस कारण भी मजबूत होती गयी की उन्होंने अकूत धन एकत्र कर लिया था। उस धनबल से वह सेनापतियों को अपनी तरफ कर लेते थे। इन गैडा पिता पुत्र ने राज्य भर से इतने बर्तन एकत्र कर लिए कि उनको रखने का स्थान कम पड़ गया। इन दोनों पापियों ने इन बर्तन व धन को छुपाने का नया तरीका निकला। बर्तन भाँडे आदि को दूर जंगल में मजदूरों द्वारा भेजा गया जहाँ उन्हें गाड़ दिया गया। क्रूरता की हद तो तब पार हो गयी जब इन गैडाओं ने उन मजदूरों को भी वही पर मार कर, वहीं जंगल में गाड़ दिया ताकि उसकी जानकारी किसी को न हो।''

ब्राह्मण का चेहरा लाल हो उठा था। उसने थूक निगला, एक लम्बी साँस ली। माथे से पसीना पोछते हुए पुनः बोला, ''रानी जी, आप उस ब्राह्मण पुत्र को जानती ही हैं, जिसका नाम भवानंद था? वह कई बार आपके महल में व्यवस्था देखने आता था।''

माँ ने सहमति में सिर हिलाया।

''आपको यह ज्ञात नहीं होगा कि उस ब्राह्मण को भी इन गैडा पिता-पुत्र ने मार डाला और उसका सारा जमीन-धन छीन लिया।'' माँ की आँखों में आँसू थे। मैं देख सकता था कि माँ अपने मैले आँचल से अपने आँसू पोछ रही थी।

ब्राह्मण बोलता जा रहा था, ''रानी! आप ही अत्याचार का शिकार नहीं हुई हैं। उनके पास आपके राजवंश को सताने का कारण हो सकते थे, भले ही वह राजसत्ता के लोभ के कारण हो, परन्तु निरीह प्रजा, निहत्थे गरीब ब्राह्मणों का क्या दोष था? मैं स्वंय गाँव-गाँव भागता-छिपता फिरा। राजा देवी चन्द्र हो या राजा अजीत चन्द्र, दानों की हत्या संदेहास्पद थी लेकिन सत्ता बल, धन बल सब गैडाओं के पक्ष में था हम सब क्या करते? राजपुर में हाहाकार मचा था। कई रानियाँ सती हो गयी। पूरा राज्य इन अत्याचारों को ''गैडागर्दी'' के नाम से जानता है। ऐसी स्थिति में ब्राह्मणों व कुछ विश्वासी चन्द्रवंशीयों की

क्या मजाल थी कि इनके विरुद्ध उठ खड़े हों। वे भी अपनी जान बचाकर उचित समय का प्रतिक्षा में थे। मनुष्य अपना जीवन बचाने के लिए नीच से नीच कर्म भी करने को तैयार हो जाता है। अनिच्छा या परिस्थित वश उसे करना पड़ता है। आप भी तो अपने परिवार की रक्षा हेतु राजपुर छोड़ कर इस डोटी प्रदेश में विपन्नावस्था में निवास कर रही हैं। संघर्ष भी सावधानी एवं उचित समय पर ही किया जाना चाहिए। नासमझी में और अति उत्साह में किया गया संघर्ष सफलदायी नहीं होता है। हमें भी ऐसे ही उचित समय की प्रतिक्षा थीं- जो अब निर्मित हुई है।''

वृद्ध पंडित की बातों से सभी सहमत नजर आ रहे थे। उनकी पाण्डित्यपूर्ण बातों में सत्यता थी, आखिर सत्ताबल, धनबल, पशुवत व्यवहार के सामने किसकी चल पाती है। इसके सामने खड़ा रहकर विरोध करने और उस विरोध में जीत विरले ही पाते हैं। माँ अब शांत नजर आ रही थी। मेरे नाना अभी भी माँ को सहारा दिये खड़े थे।

नानाजी ने बड़े स्नेहिल भाव से माँ को देखते हुए कहा, ''लाली बेटा। यह सब समय का चक्र है। काल का फेरा है। तुम्हें भी तो विषम परिस्थियों के कारण कुमाँऊ से भगाना पड़ा था। आज राजपुर में परिस्थितियाँ भिन्न हैं, राजकोष खाली पड़ा है। गैडापुत्रों द्वारा दासी के नाजायज बेटे को राजा अजीत चन्द्र का पुत्र बताकर अल्मपुरी के सिंहासन पर बैठा दिया गया, जिससे दोनों सैनिक घड़े महर दल व फर्त्याल दल गैडाओं के विरुद्ध हो गये हैं। उन दोनों दलों को जब यह ज्ञात हुआ कि उद्योतचन्द्र का एक पुत्र डोटी में जीवित है तो उन दोनों दलों ने 'कल्याण' को कुर्मांचल की राजगद्दी सौंपना तय कर लिया और वे दोनों दल काली नदी के उस पार हमारा इंतजार कर रहे हैं। सेनापति, रणाधिकारी हरिसिंह, सेनानायक गोसाई, सभी एक मत होकर कल्याण की प्रतिक्षा कर रहे हैं। एक बड़ी सेना कुमाँऊ की सीमा पर काली के पार कल्याण के स्वागत में खड़ी है। अब किसी प्रकार की कोई चिंता की बात नहीं है तुम निश्चिंत रहो। तुम्हारे बनवास के दिन पूरे हुए। बेटा कल्याणचन्द कहाँ है? उसे बुलाओ।''

मैंने देखा माँ, नानाजी से लिपटकर रोने लगी। उसके आँसू प्रसन्नता के थे या आशंका व चिंता के कह नही सकता? माँ के पास विकल्प भी क्या थे? हमारे पास यहाँ क्या था- निर्धनता, विपन्नता, भूख लाचारी के?

अच्छे भविष्य की कामना मनुष्य को जोखिम उठाने के लिए प्रेरित करती

है। उसके लिए कुछ मूल्य तो चुकाना ही होता है। इस लज्जापूर्ण, निर्धनतापूर्ण जीवन से उज्जवल भविष्य की ओर बढ़ने का उसका निर्णय उचित ही था। उसने चारों ओर नजर घुमाई और कहा, "अभी यहीं था, पास में ही कहीं होगा- मेरा कल्याण। कुछ देर पहले ही तो वह यहाँ खुकरी में धार लगा रहा था।" माँ मुझे जोर से आवाज लगा कर पुकारने लगी।

मैं झाँड़ियों के पीछे कुछ उँचे स्थान से सब देख -सुन रहा था। माँ की आवाज सुन मैं कुछ संयत हुआ। कोई अप्रिय परिस्थति मुझे नहीं दिखाई दे रही थी। मेरे हाथ में तेज धार वाला एक बड़ा बड़यांठ (एक तरह की तलवार) था, कमर में खुकरी भी कसी थी। मैं शरीर सौष्ठव में वहाँ खड़े किसी से कम नहीं था। मैं साहस कर खड्ड से बाहर निकला। मैं ऊँचाई पर खड़ा था। सब की दृष्टि मेरी ओर उठ गयी। छः हाथ से भी अधिक लम्बा-श्रम से गठीला मेरा शरीर। मेरे शरीर के उपरी भाग में कोई वस्त्र न था। नीचे के भाग में घुटनों के उपर एक मिट्टी से सनी धोती थी। श्रम व धूप से तपा गेहूँवा सुगठित शरीर, कानों तक लम्बे घुँघराले बाल। शरीर पर जगह-जगह पर मिट्टी लगी होने के बाद भी मेरा शरीर दर्शनीय था। मेरे पास अभिमान करने के लिए मेरे शरीर के अतिरिक्त और क्या था?

माँ ने अँगुली से इशारा करते हुए कहा, "वह रहा मेरा कल्याण! आ जा बेटा नीचे आ के देख, तेरे नाना आये हैं।"

मैं सब देख सुन चुका था; परन्तु मैं अनभिज्ञ ही बना रहा। मैं सधे कदमों से और पूरी सर्तकता के साथ आगे बढ़ा। मैं अपने बड्याठ को मजबूती से थामे था। सबकी दृष्टि मेरे मजबूत देह पर जमीं थी। मैं अपनी माँ के निकट खड़ा था। माँ ने कहा "बेटा कल्याण! पहचान ये तरे नानाश्री है।" मुझे उनकी मुखाकृति याद थी, किन्तु तब उनके बाल काले थे, जवान थे किन्तु आज उनके बाल झक सफेद थे। चेहरे पर कुछ झुर्रियाँ थी; किन्तु उनकी लम्बाई मेरे बराबर ही थी। शरीर वृद्ध होने पर भी गठीला व सुदृढ़ था। एक लम्बे-चौड़े क्षत्रिय सैनिक की भाँति। जब उन्होंने चन्द्रवंशीयों के अत्याचार से बचाने के लिए हमें पड़ोसी देश डोटी की सीमा के भीतर धकेला था तब में आठ-दस वर्ष का रहा होऊँगा किन्तु आज उनके सामने एक मजबूत दर्शनीय जवान खड़ा था। शायद उन्हें तथा कुर्मांचल को ऐसे ही मजबूत जवान की आवश्यकता रही होगी। मैं आगे बढ़ा और नानाश्री की चरणों की ओर झुका। नानाश्री ने मुझे तुरन्त ही भरपूर दृष्टि से देखते हुए अपने वक्ष से जोर से भींच लिया। वात्सल्य व गर्व के

साथ वह मुझे सहलाते रहे।

भीषण झंझावातों को झेल चुकने के बाद मेरी माँ अपनी समस्त उद्विग्नता को त्यागकर चल पड़ी थी-राजपुर की ओर- अपने सोये भाग्य को आजमाने के लिए, अपने पुत्र के उज्जवल भविष्य की आशा को लिए। उसने एक स्नेहिल दृष्टि मेरे प्रंशात प्रवाह वाले मुखमण्डल पर डाली। मैंने एक हल्की मुस्कान के साथ माँ को आश्वस्त किया।

हम चल पडे अपनी राजधानी की ओर। इस आशा के साथ कि वहाँ एक बेहतर संसार मिलेगा।

कुछ घड़ी की यात्रा के पश्चात् हम डोटी राज्य की सीमा को अंकित करती काली नदी के पार कुर्मांचल राज्य की धरती पर खड़े थे। जहाँ कुर्मांचलीय प्रजा, राज्य का ध्वज पताका लिए बड़ी उत्सुकता से अपने नये राजा की प्रतिक्षा कर रही थी। हजारों की संख्या में सैन्यदल, रणाधिकारी हरिसिंह के नेतृत्व में ढोल, दमाऊ, तूरी आदि वाद्य यंत्रों के मधुर स्वरों के साथ गगन भेदी नारों से आकाश को गुंजायमान किये हुए थे। मेरी माँ द्वारा सुनायी गई कथाओं से उपजी मेरी कल्पनाओं के समान ही स्वर व दृश्य चारों ओर फैले थे-

“राजा कल्याण चन्द्र की जै,

“कुर्मांचल नरेश कल्याण चन्द्र की जै,

“चन्द्रवंश की जै,”

इन गूँजों ने मेरे भीतर एक अनोखा रोमांच भर दिया था। इस स्वतंत्र और उल्लास भरे वातावरण में पहली बार खड़ा था, जी तो चाहता था कि मैं भी जैकारे लगाऊँ, खुशी से उछलूं-कूदों किन्तु मुझे समझाया गया था कि मैं राजा हूँ, मुझे गम्भीर व शालीन रहना होगा। मुझसे मेरे नाना व पं0 हरिकृष्ण जो कहते मैं बिना प्रश्न किये वही कर रहा था। एक बारात के दूल्हे कि भाँति-यंत्रवत।

मैं स्वयं से प्रश्न कर रहा था- परमेश्वर की मुझ पर कौन सी कृपा बरसी है? कुछ घड़ी पूर्व में एक मजदूर था, फटेहाल, धूल से सना मेरा बदन, जिसके पास खाने के लिए दाना तक नहीं था। मैं खड्डु से वनतरुड़ की सब्जी खोद रहा था, माटी से सना बदन और तन पर मात्र एक वस्त्र था। कुछ घड़ी बाद ही मैं एक महान राज्य का राजा था। मैं काली नदी के जल में नहा कर अब तारो ताजा था। मेरे शरीर में स्वच्छ रेशमी वस्त्र थे। सिर पर पगड़ी बंधी थी,

पावों में पादुका, कमर में स्वर्णमूठवाली लम्बी राजसी तलवार। मैं सीना तान कर चल रहा था। मुझे दोनों ओर से मेरे नाना के विश्वासपात्र सैनिकों ने घेरा था। मैं बिना किसी महत्वपूर्ण काम को किये बिना ही नायक बन बैठा था। मुझे वह क्षण आज भी याद आ रहे हैं। तब मेरे भीतर एक अनोखी अनुभूति होने लगी थी। मेरे भीतर अभिमान जागने लगा था जबकि अचानक राजा बनने में मेरा क्या योगदान था? किन्तु भाग्य तो मेरा ही था। आज मैं सोचता हूँ कि इतने शूरवीरों से भरी सेना, ज्ञानीयों, पंडितों, ब्राह्मणों की भीड़ के होते हुए भी इन्हें मेरे भीतर कौन सा नायकत्व दिखाई दिया होगा? अनुभवी मंत्रियों, राजनैतिक पंडितों ने कुछ तो सोच विचार कर ही निर्णय लिया होगा? अंततः इन मूर्खों को मुझ अनपढ़, गवाँर को राजा घोषित करने में क्या लाभ होगा? क्या चन्द्रवंश के कुल तंत्र में पैदा होने भर से मुझे राजा बनने का अधिकार प्राप्त हो गया था? क्या व्यक्ति के गुणों, शासन कला, युद्ध-कौशल आदि की कोई महत्ता नहीं? क्या इतने बड़े कुर्मांचल में इन दार्शनिक से दिखने वाले ब्राह्मण-क्षत्रियों को कोई शूरवीर, विद्वान व्यक्ति राज्य के सिंहासन हेतु नहीं मिला? या इन्हें भी एक माटी का माधो चाहिए था जिसे ये सिंहासन पर बैठा कर मनमाना राज कर सकें। एक टोली बना कर, एक व्यक्ति को मोहरा बनाकर, ये अपनी राज महत्ता कायम रखना चाहते थे, लेकिन तब मुझे इन सब की समझ ही कहाँ थी। तब तो मैं इन राजदरबारियों, पंडितों, सेनानायकों को सबसे महान व ज्ञानी समझता था जिन्होंने मुझे मिट्टी के गड्ढे से सीधे राजगद्दी पर बैठाना तय कर लिया था। मैं उनका आभारी था, वे मेरे पथप्रर्दशक थे। उनके बिना मैं एक पग भी आगे नहीं बढ़ सकता था।

जैसे-जैसे मैं आगे बढ़ता लोग उत्साह के साथ और अधिक उँचे स्वरों में मेरी जैकार करने लगते, वाद्य यंत्रों मेरे स्वागत में और अधिक जोर से बजने लगे। सैनिक भीड़ को दुत्कारते हुए हटा रहे थे, जो मेरे चरणों में झुकना चाहता उसे भी पीछे धकेल दिया जाता था। अकस्मात् मिली खुशी कितनी मधुर हो सकती है! जहाँ से मैं गुजरता लोग झुककर मेरा स्वागत-अभिनन्दन करते गए। मैं जिधर घूमकर देखता उधर लोग अचानक अपना सिर झुका लेते थे। जैसे-जैसे मैं अल्मपुरी की निकट पहुँचता गया मेरे भीतर राजा होने की अनुभूति होती गयी, अभिमान व गर्व की मात्रा मेरे भीतर समाती गयी। तब तक मेरे पास यदि कुछ स्वंय का अभिमान करने का कारण था तो वह मेरा शरीर सौष्ठव वंशानुगत रूप से में लम्बा चौड़ा था ही, श्रम से मेरा शरीर कठोर व गठीला हो

चुका था जो एक योद्धा के लिए बहुत महत्व रखता था।

मैंने जब अल्मपुरी में कदम रखा तो आकाश में प्रखर सूर्य चमचमा रहा था। कुछ समय पूर्व पड़ी फुहारों ने धरती, पेड़ पोंधों को तरोताजा किया हुआ था। मेरे उज्जवल भविष्य की तरह अल्मपुरी भी स्वच्छ व साफ हो चुकी थी, शायद मरे आगमन के लिए विधाता ने अल्मपुरी को नहला-धुलाकर तैयार कर दिया था। पक्षियों की मधुर चहचहाहट मेरे कानों में मधुर संगीत का रस घोल रही थी। इन रसों को मैंने आज तक अनुभव ही नहीं किया था। ऐसा नहीं कि पहले मैंने पक्षियों की चहचहाहट नहीं सुनी थी किन्तु अभावों का दंश इतना भारी था कि इन चिड़ियों की चहचहाहट मेरे भीतर कोई मधुर रस उत्पन्न नहीं करती थी। आज परिस्थियाँ भिन्न थी मुझे हर सुन्दर वस्तु प्रिय लग रही थी।

पूरा राजपुर बाँहें फैलाए मेरे लिए प्रतीक्षारत था, मेरे उल्लासपूर्ण जीवन की प्रथम यात्रा प्रारम्भ हो चुकी थी।

चन्द्रचूड़ामणि

कल्याण चन्द्र

संवत् 1785 चैत्र सुदी 1 शनिवार के दिन बड़ी धूमधाम के साथ मेरा राजतिलक हुआ। पुरोहितों, गुरुओं के मंत्रोचारण के बीच राजगुरु पं0 हरिकृष्ण, पं0 राधापति, पंडित शिवराज पांडे, प्राणनाथ आदि ने मुझे राज सिंहासन पर बैठाया। चन्द्रवंशीय राजा के पुनः सिंहासन में बैठने की सूचना पूरे कुमाँचल में आग की तरह फैल गयी। मेरे नाना जो मेरे चारों ओर अंगरक्षक के समान घूमते रहते थे, अपने विश्वासपात्र सैनिकों के जत्थे को निर्देश देते फिर रहे थे। उनका मुख्य विश्वास पात्र हरीसिंह नामक नायक था। उसकी नजर लगातार मुझ पर रहती थी, यह जरूरत से ज्यादा मुझे घूर रहा होता था या मेरी सोच ऐसी रहती होगी। क्योंकि राजपुर में आये दिन चालबाजियां होती रहती थीं। चंदराजाओं की हत्या का सिलसिला चला आ रहा था। अतः मेरे नाना ने सुरक्षा के कड़े बन्दोबस्त कर रखे थे। हाँलाकि सेना के दोनों प्रमुख महर दल एवं फर्त्याल दल मेरे पक्ष में थे; किन्तु विपक्षी गैडा पिता-पुत्र अभी भी राजपुर में उपस्थित थे जिनके पास धन दौलत भरी पड़ी थी, किसी भी समय धनबल से

वे सेना के किसी धड़े की खरीद फरोख्त कर अपनी तरफ मिला सकते थे। यही कारण था कि मेरी सुरक्षा के भारी भरकम व्यवस्था की गयी होगी।

दरबार सज चुका था. सिंहासन पर बैठने के कर्मकाण्ड पूरे होते ही मुझ पर पुष्प वर्षा होने के साथ ही जो पहली जैकार गूँजी, उसकी गूंज को मैं कैसे भूल सकता हूँ।

''चन्द्रचूड़ामणि राजा कल्याण चंद की जय.''

''कुर्मांचल नरेश की जै हो.''

''राजा कल्याणचन्द्र देव महाराज की जै हो.''

''चन्द्रवंश की जै हो. ''

राजधानी अल्मपुरी जो राजपुर के नाम से भी जानी जाती थी चन्द्रवंशी राजा के जैकारों से गूँज उठी। चारों ओर मंगल गीत गाये जाने लगे। तूरी, भौंकर, झाल, ढोल-दमाऊँ आदि वाद्य यंत्रों की तुमुल स्वर पहाड़ों, उपत्यकाओं में फैल गये। अल्मपुरी में सैनिकों व प्रजा की भारी भीड़ जमा हो गयी थी। मेरा दरबार सजा था। मेरे नाना सुमेर सिंह, हरी सिंह आदि कई योद्धा नग्न तलवार लिए मेरे दोनों ओर खड़े थे। सामने आसनों में कई गणमान्य जन एवं ज्ञानी बैठे थे। मैं उनमें से किसी को नहीं जानता था। अभी तक में तीन ही लोगों के नामों से वाकिफ था, पहला मेरे नाना सुमेर सिंह और दुसरे साथी हरिसिंह एवं पं0 हरिकृष्ण जो मुझे डोटी लेने आये थे।

पंडित हरिकृष्ण आगे बढ़े व मेरे सम्मुख आये और उन्होंने जोर से नारा लगाया ''चंदचूड़ामणि राजा कल्याण चंद की जै''। मैं मूर्तिवत सिंहासन में बैठा था। इस पर क्या प्रतिक्रिया की जानी चाहिए, मुझे कुछ भी ज्ञात न था। मैं खामोश पण्डित को देखता रहा। पण्डित हरिकृष्ण ने सभा में बैठे दरबारियों का मुझसे परिचय कराने के पूर्व मेरी प्रंशसा में कहा था, ''महान चन्द्रवंश जिसमें कई प्रतापी राजाओं ने जन्म लिया और पूरे भारत भूमि को गौरवान्ति किया, ऐसे ही चन्द्रवंश के कई प्रतापी राजाओं ने देवभूमि की भी सेवा की है। कुर्मांचलीय राजाओं मैं चन्द्रवंश के प्रथम राजा सोमचंद हुए, इसी वंश के विशुद्ध चंदवंशी कुर्मांचल नरेश उद्योतचंद के पुत्र चन्द्रचूड़ामणि कुमाँचल नरेश कल्याण चंद आज राज सिंहासन पर विराजमान हैं। पूरे कुर्मांचल की प्रजा ने उन्हें सर्वमान्य नरेश स्वीकार करते हुए आज उनका राजतिलक कर दिया है। किसी भी देश का राजा ईश्वर के बाद धरती पर प्रत्यक्ष प्रभु के समान

होता है वह महादण्डाधिकारी होता है। उसका निर्णय हमारे लिए आज्ञा है। हम सब अवश्य ही परामर्शदाता है किन्तु नरेश द्वारा लिये गये निर्णय के विरुद्ध जाना राष्ट्रद्रोह होगा। ऐसे किसी व्यक्ति एवं संस्था को कठोर दण्ड दिया जायेगा जो राजा के आदेशों के विरुद्ध जाने के बारे में सोच भी रखेगा। राजा को उचित सलाह देने के लिए दरबार में एक मंत्रीपरिषद और एक युद्ध परिषद की रचना की गई है इन दोनों परिषदों का परिचय मैं निम्न प्रकार देता हूँ।''

तब मैं कुछ भी नहीं समझता था कि मंत्री परिषद व युद्ध परिषद किस बला का नाम है। मैं बस भौंचक, सिर हिलाता रहा। मुझे यही समझाया गया था कि मुझे कुछ भी नहीं कहना है केवल राजगुरु हरिकृष्ण जोशी और नाना सुमेरु सिंह की बातों का अर्थात उनके द्वारा लिए गये निर्णयों के समर्थन में 'हाँ' कह देना था या सहमति की दशा मे सिर हिला दूँ तब भी काम चल जाना था। मैं बस देखता व सुनता जा रहा था।

राजगुरु ने मंत्री परिषद, युद्ध परिषद, अधिकारियों, सेनानायकों, बख्शियों, जागीरदारों के नामों का उद्धबोधन किया, वे क्रमशः खड़े और सर झुकाकर अभिवादन कर अपने आसनों पर बैठते गये। मुझे शायद ही कोई एक दो नाम याद रहे होंगे। पूरा दिन परिचय, अभिवादन और भेंट बटोरने में लग गया। सभा का समापन हुआ। मैंने अंत में अपने सिंहासन पर से खड़े होते हुए कहा ''मैं सभी का स्वागत करता हूँ सभी को अभिवादन करता हूँ।'' सभी अपने आसनों से खड़े होकर ''चन्द्रचूड़ामणि राजा कल्याण चन्द्र की जै'' के नारे लगाने लगे। मेरे नाना का इशारा पाकर मैं अपनी तलवार लहराता सभा के मध्य से होता बाहर निकल गया।

कड़ी सुरक्षा घेरे के भीतर में महल के भीतरी भाग में एक छोटे सभाकक्ष में बैठा था। उस कक्ष में मेरे नाना व राजगुरु के अतिरिक्त कुछ खास लोग उपस्थित थे जिसमें महर दल के प्रमुख चन्द्रसिंह और रणजीत सिंह थे, फर्त्याल दल के केसरी कराल सिंह और तेज सिंह थे। ये निश्चित ही लम्बे चौड़े, हट्टे-कट्टे योद्धा दिख रहे थे; किन्तु मैं शरीर के मामले में उनसे कम नहीं था। राजगुरु हरीकृष्ण ने मेरा परिचय पुरोहित शिवराम पांडे एवं प्राणनाथ से कराया, मैंने अपने आसन में बैठे-बैठे उन्हें अभिवादन किया। दोनों का हाथ आशीर्वाद के रुप मे मेरी ओर उठ गया। ज्योतिष रमापति जोशी से भी मेरा परिचय कराया गया। साथ ही उमापति, शिवराम पांडे, अनूप सिंह, सूर सिंह, हर सिंह गोसाई, किशन देव बिष्ट, नंद बिष्ट, परमानंद अधिकारी, परम

सिंह, गज सिंह, हिम्मत सिंह शिरोमणि जोशी, हरीराम जोशी के अतिरिक्त दो तीन और भी रहे होंगे। आज मुझे इतनों का नाम याद है, ये चन्द्रवंश के निष्ठवान थे और ये सब मेरे मंत्रीमंडल एवं युद्ध परिषद के सदस्यों के प्रमुख थे। तात्पर्य यह है कि यह मेरे चारों ओर ऐसा चक्रव्यूह था जिसके भीतर मैं सुरक्षित था। इन सबकी सहमति या निर्णय ही मेरा निर्णय या आज्ञा होने वाली थीं, तब तक मैं राजकाज का कोई अनुभव नहीं रखता था अर्थात मैं एक मिट्टी का माधो था; किन्तु तब मैं सीनातान कर अभिमान के साथ सबसे उँचे आसन में विराजमान था।

उसी रात मेरे इस मुख्य सभा कक्ष में गम्भीर मंत्रणा का दौर चला। इस मंत्रणा में सर्वप्रथम कुर्मांचल राज्य में चल रही गैडागर्दी को समाप्त कर गैडागर्दी के प्रमुख मणिक लाल और उसके धनी पुत्र पुरनमल को दण्ड देने का निर्णय लिया गया किन्तु इस बात को गुप्त रखते हुए उन्हें पहले किसी प्रकार अपने पक्ष में लाने का संदेश दिया जायें ताकि वे धनबल व अपने धड़े के सैनिक बल से विद्रोह में न उतर आए। इसीलिए बड़ी सूझबूझ से काम लेने का निर्णय हुआ राजगुरु ने कहा, "ये गैडा पिता-पुत्र बड़े ही चालाक व धूर्त हैं। इन्होंने पिछले दोनों राजाओं को कुच्रकों में फंसाकर बहुत धन एकत्र कर लिया है। इस धन दौलत के बल पर एक सैन्य बल भी तैयार कर लिया है और उसके गुप्तचर धनबल से हमारी सेना में कभी भी सेंध लगा सकते हैं। कलियुग में धनबल का सबसे अधिक महत्व है। धन से अच्छे-अच्छे व्यक्तियों के विचार को बदला जा सकता है। हमें कल ही गैडा पिता-पुत्र को बहुत ही चालाकी से दरबार में आमंत्रित करना है। जिस चालबाजी से उसने पिछले दो चन्द्र राजाओं की निर्मम हत्या की है उसकी भी गति उसी भाँति करनी होगी अन्यथा कुर्मांचल सदैव अशांत व चालबाजियों का शिकार होता रहेगा।"

मैंने नाना की ओर दृष्टि घुमाई उन्होंने सहमति में सिर हिलाते हुए मुझे निर्देश दे दिया था। राजगुरु के सुझाव से सभी सहमत थे। कल राजदरबार में किस प्रकार जिरह की जायेगी इस पर गुप्त मंत्रणा के साथ ही मुझे आवश्यक सुझाव या कहूँ निर्देश मेरे नाना और राजगुरु की ओर से दे दिये गये।

कल कुर्मांचल के इतिहास में एक नया अध्याय लिखा जाना था। गैडागर्दी के दौर के बाद मेरी जिम्मेदारी थी कि मुझे कैसे राज चलाना है। जब मैंने यही प्रश्न अपने नाना व राजगुरु से पूछा तो उन्होंने गम्भीरतापूर्वक मुझे समझाया था, "नरेश आप चिंता न करें, आपके चारों ओर एक चतुर राजनैतिज्ञों और

वीरों की टोली है। ये सभी चन्द्रवंश के निष्ठावान मंत्री, अधिकारी या सेनानायक हैं। इनकी मंत्रणा से ही स्वतः सब निर्णय होंगे उनका क्रियान्यवन भी होगा। माँ नन्दा देवी के आशीर्वाद से सब कुछ सम्पन्न होगा। अब आप हमारे नरेश हैं, आप सब कुछ हम पर छोड़ दें और निश्चिन्त होकर अपने शरीर बल में वृद्धि करें। आपको अस्त्र-शस्त्र संचालन मे निपुण बनाने हेतु आपके नानाजी ने एक सैन्य टुकड़ी तैनात कर दी है जिसके प्रमुख हैं-वीर अनूप सिंह जो आपके सहायक तथा मित्र दोनों रुप मे आपके साथ साये की तरह रहेंगे। आप आनंदपूर्वक रहें तथा ईश्वर प्रदत्त अपने शरीर सौष्ठव को सुगठित करें।''

मेरे लिए एक राजा के रूप में कुछ काम इन चतुर राजनीतिज्ञों ने तय कर दिये थे। तब मैं यह सुनकर बहुत ही आनंदित था कि मुझे सिर्फ खाना-पीना है, सैन्य अभ्यास करना है, वंशानुगत प्राप्त विशाल शरीर को पुष्ट बनाना है, बस। राज्य की महत्वपूर्ण विषयागत चिंताओं से मेरा कोई लेना-देना नहीं था। मैं तनाव रहित '' चन्द्रचूड़ामणि कुर्मांचल नरेश'' था।

मैं माँ व अपनी बहन के कक्ष में रात्रि भोज के बाद पहुँचा। कक्ष की साज-सज्जा देख मैं चकित था। चारो और वैभव पसरा था। मेरी माँ व बहन राजसी वस्त्रों में अति सुन्दर लग रही थीं।

माँ ने आगे बढ़कर मुझे अपने हृदय से लगा लिया। मैंने कहा, ''माँ तुम तो राजसी ठाठ में हो। माँ ने खिलखिलाकर कहा, ''कल्याण बेटा! हम आज से 20-22 वर्ष पूर्व ऐसा ही राजसी ठाठ छोड़कर गये थे, तब तू छोटा था तुझे शायद ठीक से याद भी होगा कि नहीं? आज माँ राजराजेश्वरी की कृपा से हमारा पुराना वैभव व सम्मान प्राप्त हुआ है।''

मुझे प्रसन्न देख माँ ने कहा, ''बेटा! अब तुम चन्द्रवंश के राजा हो। तुम्हें बहुत ही होशियारी से राजकाज सीखना होगा।''

मैंने माँ से दृष्टि मिलाते हुए कहा, ''माँ, मुझे तो नानाजी ने कहा है कि तू बाकी सब चिंता छोड़ अपने अस्त्र-शस्त्र का ज्ञान बढ़ा, अपने शरीर को मजबूत कर। राजकाज के विषय में तो कुछ भी नहीं बताया।''

माँ को कोई आश्चर्य नहीं हुआ,उसने मुझे समझाते हुए कहा था, ''ठीक है, अभी तू अस्त्र-शस्त्र व सैन्य विद्या का ज्ञान ले, यह एक योद्धा के लिए आवश्यक है; किन्तु तुझे शनैः-शनैः राज्य की समस्याओं, निर्णयों, न्याय-

अन्याय, धर्म-अधर्म के बारे में भी अपना ज्ञान व अनुभव बढ़ाना होगा। मैं तुम्हारे नाना से बात कर लूँगी। अभी तुझे जो उन्होंने बताया है, वह कर।''

मेरी समझ में नहीं आया कि राजकाज, न्याय-अन्याय, धर्म-अधर्म की शिक्षा व ज्ञान कहाँ और कैसे प्राप्त करूँ।

तभी मेरी बहन खिलखिलाती मेरे पास आ खड़ी हुई और स्नेहिल मुस्कान के साथ बोली, ''अरे भैया ! अब तो आप राजा हैं आप मुझे उपहार कब दे रहे है?''

मेरी बहन सुन्दर वस्त्रों में सजी धजी राजकुमारी थी जो कुछ दिन पूर्व फटेहाल मैले वस्त्रों में, सूखे उजाड़ फैले बालों मैं रहती थी, वह आज राजसी वस्त्रों मैं एक राजकुमारी थी। मैं उसे निहारते रह गया। मुझे प्रथम बार यह अनुभव हुआ कि मेरी बहन विवाह योग्य हो गयी हैं।

मैंने मुस्कान के साथ कहा, ''ठीक है तुम्हें शीघ्र ही एक बड़ा उपहार देने की व्यवस्था करता हूँ।''

''लेकिन भैया मुझे अच्छे-अच्छे गहनों का उपहार कल ही चाहिए।'' बहन की जिद को मुझे कल पूरा करना होगा, अंततः मैं राजा था यह मेरे लिए कोई बड़ी बात तो थी नहीं।

माँ की बातें मेरे मस्तिष्क में बार-बार गूँज रही थीं ''तुम राजा हो तुम्हें राजकाज, न्याय-अन्याय धर्म-अधर्म आदि का ज्ञान प्राप्त करना होगा; परन्तु कैसे व कब? मैं अपने शयन कक्ष की ओर मुड़ गया।

पराजितों से ज्ञान

कल्याण चंद

दूसरे दिन मैं विशाल मुख्य दरबार कक्ष में ऊँचे सिंहासन पर विराजमान था, सारे मंत्रीगण पदाधिकारी सेनानायक यथा स्थान बैठे थे। तभी 15-20 वर्षों से अपरोक्ष रुप से राज चला रहे कुर्मांचल में गैडागर्दी के नाम से अत्याचार कथा के सूत्रधार माणिकलाल बिष्ट और उसके पुत्र पूरनमल मेरे सामने हाथ जोड़ दरबार में खड़े थे। उन्हें भान तक न होने दिया गया था कि उन्हें दण्ड

दिया जायेगा। वे मेरे लिए कई प्रकार की भेंट लेकर आये थे। उनके पीछे चार सेवक हाथों में बड़ी-बड़ी थालें पकड़े खड़े थे जो रेशमी लाल वस्त्रों से ढँके थे। मैंने एक क्रूर दृष्टि इन गैडा पिता-पुत्र पर डाली जिनकी क्रूरता की कहानियाँ मुझे बताई जा चुकी थी। यहाँ तक कि पिछले तीन चंद राजाओं की संदिग्ध मृत्यु का दोष भी इन्हीं पिता-पुत्र पर था।

श्रृंगाल चतुर गैडा माणिकलाल ने हाथ जोड़कर बड़ी विनम्रता से निवेदन किया, ''प्रतापी, पराक्रमी कुर्मांचल नरेश उद्योतचन्द्र के विशुद्ध उत्तराधिकारी गिरिराज चंदचूड़ामणि कल्याण चंद की जै हो, जै हो।''

उसके पुत्र पूरनमल ने भी यही उच्चारित किया।

''राजा कल्याण चंद की जै हो, जै हो''

माणिकलाल ने पुनः कहा, ''चन्द्रवंश का जो चन्द्र अस्त होने को था आपके सिंहासन पर विराजमान होने से पूर्णिमा के चाँद की तरह चमक उठा है, राजपुर ही नहीं पूरा कुर्मांचल ही इस प्रकाश से जगमगा उठा है। हम सब धन्य हुए, कुर्मांचलीय प्रजा धन्य हुई। हम दोनों पिता पुत्र महान नरेश जगत चंद के समय से चंदवंशीयों के निष्ठावान मंत्री रहे हैं। गढ़वाल से युद्ध में राजा जगत चंद की विशेष मदद करने तथा अपनी बहादुरी व चन्द्रवंशीयों से निष्ठा के कारण सदैव दरबार में प्रतिष्ठित स्थान पाते रहे। कई लड़ाईयों में हमने चंदवंश का साथ दिया। हम सदैव जो भी राजा सिंहासन पर बैठा उसके निष्ठावान बन कर रहे, उसकी आज्ञा को शिरोधार्य किया। उनकी आज्ञा को पूरा करना अपना धर्म समझा। आज भी हम दोनों पिता-पुत्र आपके सामने प्रस्तुत है हमारे लिए जो आदेश आप देंगे हम निष्ठापूर्वक पूर्व की भाँति पूरा करेंगे।''

माणिकलाल ने भावपूर्ण व गम्भीर वक्तव्य मेरे सामने प्रस्तुत किया था। उसकी बातों में कुछ सत्यता भी रही होगी; किन्तु राजाओं की सन्देहास्पद हत्याओं में उनकी संलिप्तता से इन्कार नहीं किया जा सकता था। आज भी गैडा पिता-पुत्र यही सोचकर दरबार में प्रस्तुत हुए थे कि उन्हें कोई न कोई प्रतिष्ठित पद प्राप्त हो ही जायेगा।

तभी माणिक ने पीछे मुड़कर थाल हाथ में लिए सैनिकों को आगे बुलाया वे क्रम से खड़े हो गये। माणिकलाल आगे बढ़ा उसने पहले थाल के ऊपर के रेशमी वस्त्र को हटाया। उसमें पीले चमचमाते स्वर्ण के सिक्के लबालब भरे थे। दूसरे थाल में हीरे, मोती व चमचमाते स्वर्णजड़ित आभूषण भरे पड़े थे। उस

थाल से एक चमचमाते हीरे-मोती जड़ित हार को माणिक ने उठाया और वह उस माला को मेरे गले में डालने को आगे बढ़ा ही था कि मेरे नाना ने उसके हाथ से हार लगभग छीनते हुए ले लिया। माणिकलाल ने एक दृष्टि मेरे नाना पर डाली;परन्तु बिना कुछ कहे वह तीसरी थाल की ओर बढ़ा और उसका वस्त्र हटाया। इस थाल में रेशमी, मखमली ऐसे सुन्दर राजसी वस्त्र थे जिन्हें निश्चय ही हर कोई राजा पहनाना चाहेगा। चौथे थाल से वस्त्र माणिक के पुत्र पूरनमल ने हटाया, जिसमें विभिन्न प्रकार के मेवे, मिष्ठान भरे थे इन मिष्ठानों की सुगन्ध से सभा कक्ष महक उठा था। इससे उन्होंने अपने वैभव का प्रदर्शन किया था तथा मुझे प्रसन्न करने का प्रयास किया होगा। दोनों पिता-पुत्र सभा मध्य खड़े थे। इस मध्य किसी ने कुछ भी मुझसे नहीं कहा। दोनों अपने भविष्य के प्रति आश्वस्त नजर आ रहे थे, किन्तु आज उनका भाग्य मेरे भाग्य के विपरीत था, मैं आज रंक से राजा बना था; परन्तु इनके साथ भाग्य क्या खेल खेलने वाला था वह उन्हें कहाँ ज्ञात था।

निःशब्द राजसभा में गम्भीर स्वर गूँजा, सब की नजर उधर उठ गयी। राजगुरु हरिकृष्ण ने तमतमाते व्यंगपूर्ण स्वर में कहा, "वैभवशाली, प्रभावशाली माणिकलाल एवं पूरनमल पिता-पुत्र की जोड़ी का इस दरबार में स्वागत है। राजा जगत चंद के उपकार से आपने चंदवंशीयों की राजसभा में प्रतिष्ठित स्थान प्राप्त किया। धीरे-धीरे आपने राजा ज्ञान चन्द्र के राजकाल में राजसत्ता के सारे तंत्र अपने हाथों में ले लिए। आपके प्रभावशाली राजप्रणाली से पूरा कुर्मांचल राज्य प्रभावित हो गया।"

राजगुरु कुछ क्षण रुके उनकी दृष्टि एक बार मेरी ओर उठी। मैंने धीरे से उनकी बातों की सहमति में सिर हिलाया। उन्होंने एक वक्रदृष्टि पिता-पुत्र पर डाली, पुनः अपना भाषण जारी रखा, "उसके बाद महान राजा देवी चंद की संदेहास्पद मृत्यु तुम्हारे सुरक्षा तंत्र एवं संरक्षण में हो गयी। प्रजा इस मृत्यु को हत्या मानती है; किन्तु आज तक इस हत्या का रहस्य बना हुआ है। इससे राज्य में चारों ओर भय व्याप्त हो उठा, यह भी सभा को ज्ञात हो कि राजा जगतचंद की मृत्यु का कारण भी आज तक प्रजा नहीं समझ सकी है। ऐसी परिस्थितियों में जहाँ चारों ओर हत्या, चालबाजियाँ, अँधेरगर्दी मची हो; कोई भी चंदवंशी अल्मपुरी के काँटों भरी राजगद्दी पर नहीं बैठना चाहता था। सभी राजपरिवार के चंदवंशी राजधानी छोड़कर भाग गये या ग्रामों में छिपकर रहने लगे। तभी इन गैडा पिता-पुत्र ने बड़ी चालाकी से अपने धन-बल, सैन्य बल की शक्ति

दिखाकर यह राय स्थापित करा दी कि वर्तमान में कोई भी चंदवंशी अल्मपुरी के सिंहासन के न तो योग्य है, न ही सहमत हैं। अततः चंदवंशीयों के भांजे, कठेड राज्य में पीपली मण्डल के राजा नरपत सिंह कठेडिया के पुत्र को कुर्मांचल का राजा बनाया जाय। कठेड़ राजपूतों के अधीन तब शक्तिशाली राज्य हुआ करता था और कुमाँचल और कठेड़ की गहरी मित्रता और रिस्तेदारी भी थी। वो इन पितापुत्रों और अल्मपुरी की चालों से अधिक भिज्ञ नहीं थे। उन्होंने परिस्थितियों को ध्यान में रख चंदवंश के हित और मित्रता का मान रखते हुए अपने एक पुत्र को कुर्मांचल का राजा बनना स्वीकार कर लिया। वास्तविकता यह थी कि ये पिता-पुत्र एक ऐसे व्यक्ति को राजा बनाना चाहते थे जो कुर्मांचल की राजनीति व चालबाजी से अनभिज्ञ हो और इन गैडा पिता-पुत्रों की कठपुतली बनकर रह जाये। चंदवंशीयों के भांजे अजीत सिंह को राजपुर की राजगद्दी पर बैठाकर इन दोनों ने पूरे कुमाँऊ का राज-काज अपने हाथ में ले लिया। इसके बाद पूरे कुमाऊँ में जो अत्याचार, अनाचार व अनैतिकता का दौर चला उससे पूरा कुर्मांचल त्राहि-त्राहि कर उठा, जिसे कुर्मांचल में ''गैडा-गर्दी'' के नाम से जाना जाता है।''

राजगुरु ने सभा मे चारों ओर नजर घुमाई, सब शांतिपूर्वक उनका भाषण सुन रहे थे। माणिकचंद व पूरनमल कुछ विचलित से नजर आ रहे थे; किन्तु उन्हें अपनी शक्ति व चालबाजीयों पर पूरा भरोसा रहा होगा। आगे क्या होना है इसकी उन्हें भनक तक नहीं थी। राजगुरु ने जल ग्रहण किया और पुनः अपना भाषण जारी रखा।

''इन पिता-पुत्र ने निश्चय ही चंदवंशीयों के पक्ष में युद्ध लड़े थे। राज्य को कई वाह्य आक्रमणकारियों से बचाया, राज्य के धन-धान्य व वैभव को बढ़ाया था, किन्तु उसकी आड़ में इन्होंने अपना खजाना भी भरा और अत्याचारों की सीमायें तोड़ दी थीं। प्रजा पर अत्याचार एवं अन्याय इनकी सारी उपलब्धियों को शून्य कर देता था। अत्याचार, अन्याय तक बात हो तो वह कुछ हद तक क्षम्य है, क्योंकि प्रायः राजा न्यूनाधिक रुप से प्रजा पर कुछ न कुछ अत्याचार, अन्याय जाने अनजाने करते ही रहते हैं। राजद्रोह को दबाने के लिए कभी कठोर बनना पड़ जाता है। करों की वसूली के लिए भी कठोरता बरतनी पड़ जाती है किन्तु इन पिता-पुत्र पर मुख्य आरोप था कि इन दोनों ने मिलकर पूर्ववर्ती दो राजाओं की हत्या की है।''

जैसे ही राजगुरु का वक्तव्य समाप्त हुआ, माणिकलाल चिल्ला उठा,

''यह कदापि सत्य नहीं है। चंद राजाओं की हत्या में मेरा तनिक भी हाथ नहीं है। जब आप स्वयं ही कह रहे हैं कि मेरा राजकाज में पूरा दखल था तो मैं क्यों ऐसे में राजाओं की हत्या करवाता? यह मुझ पर झूठा आरोप है। यदि इसमें तनिक भी सत्यता है तो आज तक राजसभा में यह प्रश्न क्यों नहीं उठाये गये? यह आरोप झूठा है, सरासर झूठ।''

माणिकलाल की जोरदार आवाज से सभाकक्ष गूँज उठा। जिस उँची आवाज में दृढ़ता के साथ उसने अपनी बात रखी थी, एक बारगी राजगुरु भी अचंभित थे। मैं तो न तीन में था न तेरह में। चुपचाप कभी नाना को कभी राजगुरु को ताक रहा था। राजगुरु भी अनुभवी पुरुष थे इस राजसभा में उन्होंने बहुत वाद-विवाद झेले थे। मेरी ओर मुखातिब हो कर बोले, ''नृपत, पूरी प्रजा जानती है कि ये दोनों राजाओं की हत्या में संलिप्त रहे है, चूंकि पूरे सैन्य दल, राजमहल यहाँ तक की रनिवास के भीतर तक इनका ही राज चलता था। इनकी आज्ञा के पत्ता भी नहीं हिलता था, तब कैसे कड़ी सुरक्षा के बाद भी राजाओं की हत्या हो गयी? इसके पूर्व भी कई चंदवंशीय राजाओं की मृत्यु हुई, परन्तु किसी की मृत्यु मैं कोई संदेह नहीं था। पिछले तीनों राजाओं की मृत्यु संदिग्ध थी और गैडा पिता-पुत्र के उपस्थिति तथा सुरक्षातंत्र के अधीन ही हुयी है जिस कारण आज अल्मपुरी में स्थिति यह हो गयी है कि कोई इस राजगद्दी पर बैठना नहीं चाहता है। यह स्थिति पैदा करने का एक मात्र कारण हैं- ये दो गैडा पिता-पुत्र।''

बूढ़ा माणिकलाल दहाड़ उठा, ''राजगुरु महोदय! आज इस राज्य सभा में खड़े होकर आप मेरे पर राजाओं के हत्या के आरोप गढ़ रहे हैं, आपको याद होना चाहिए आप और आपके पिताश्री इस राजसभा के सदैव अंग रहे हैं। इसके पूर्व विगत 8-10 वर्षों में आपने या किसी मंत्री ने यह आरोप मुझ पर क्यों नहीं लगाया? इस सभा में बैठे बड़े-बड़े राजनैतिज्ञ, पंडित, सेनानायक प्रायः पिछली राजसभा के भी अंग थे, यदि आरोप मुझ पर हैं तो इन सभी पर भी उस षड़यंत्र में शामिल होने का आरोप बनता है। इन सब ने भी तो उन राजाओं से मेरी ही संस्तुति पर बड़ी-बड़ी जागीरें प्राप्त की, मोटी-मोटी दक्षिणा प्राप्त की, ऊँची-ऊँची पदवियाँ पाकर राज का आनन्द उठाया। आज यही सब मुझ पर पिछले राजाओं की हत्या का आरोप मढ़ रहे हैं। मैं राजन से विनती करता हूँ कि यदि मुझ पर हत्या का आरोप है तो इन राजगुरु सहित पुराने 6-7 वर्षों से विभिन्न उच्च पदों पर विराजमान और आज पुनः इस राजसभा में

विराजमान सभी मंत्री, गुरुओं, पुरोहितों पर भी यही आरोप सिद्ध होता है। जो आज तक चुप बैठे थे क्यों? क्यों नहीं इन्होंने मेरी संस्तुति पर दी जा रही जागीरें अस्वीकार की? आज जब महर एवं फड़त्याल सेना दल मेरे विरुद्ध हैं तो इन सबने भी पाला बदल लिया।

माणिकलाल की बातों में तर्क था। मैं उसकी बातों से अन्दर ही अन्दर सहमत था कि पिछले तीन राजाओं की संदिग्ध हत्याएँ होती रही और पूरा मंत्री मण्डल, सेनापति, दरबारी चुप क्यों थे? हाँलाकि मैं अभी राजनीति में अज्ञानी ही था, किन्तु सामान्य तर्क यह था कि इस तरह की हत्याओं के बाद भी कुर्मांचल राज्य में कोई आक्रोश नहीं उठा, कोई विद्रोह नहीं हुआ। हत्याओं पर सभा में विमर्श नहीं हुआ। तात्पर्य यह था कि या तो लोभ में या दबाव में सब इस विषय पर चुप रहे थे। माणिकलाल के इन प्रश्नों के उत्तर से मेरे नाना सुमेर सिंह तिलमिलाते हुए अपने आसन से उठ खड़े हुए और अपनी तलवार लहराते हुए माणिक लाल की ओर झपटे। माणिकलाल सोचता होगा कि इन परिस्थिति में उसके कई विश्वासपात्र उसके पक्ष में उठ खड़े होंगे, किन्तु कोई भी सेनानायक, दल नायक या मंत्रीगण उसके पक्ष में उठ खड़ा नहीं हुआ। सब जहाँ के तहाँ बैठे थे। मेरे नाना दहाड़े, "हत्यारे ! गैडा गर्दी से पूरे कुर्मांचल में हाहाकार मचाने वाले पापी! तू देख रहा है? क्या तेरे पक्ष में कोई उठ खड़ा हुआ? इसी प्रकार जब तूने चारों ओर अपना जाल बिछा रखा था, धन-बल, सैन्य-बल के कारण लोग अपनी जान बचाने की जुगत में लगे थे, तब क्या वे तुझ पर हत्या का आरोप लगा कर उसे सिद्ध करने की स्थिति में थे? जैसे आज तेरे पक्ष में कोई नहीं है। उसी प्रकार तब हमारे पक्ष में कोई नहीं था जो यह जानते-मानते थे कि तीनों राजाओं की हत्या में तेरा ही हाथ है। यह सब परिस्थितियों का फेरा है माणिक!"

माणिक ने बिना हिचके, बिना डरे उत्तर दिया, "आज के सेनापति सुमेर सिंह! यदि धन व सैन्य बल से सबको खरीदा जा सकता था तो उच्च पदों पर बैठे आप सभी लोग तब धन-बल, सैन्य बल के कारण चुप थे अर्थात अपनी पद-प्रतिष्ठा, वैभव को बचाने में लगे थे। तब आप सब भी कुर्मांचल के अपराधी हैं। आप सब पर भी अत्याचार, अन्याय करने का बराबर का दोष क्यों नहीं? सब कुछ आपके के सामने हुआ, आज पुनः आप प्रतिष्ठित पद पर हैं यह अवसरवादिता नहीं है? यह सुविधावादिता नहीं है? जब बिना धन व्यय किये, बिना पद खोये, आप सब को आनंद की प्राप्ति हो रही थी तो आप

सबने सोचा क्यों पचड़े में पड़ा जायें? कुमांचल का राज्य जिस ओर जा रहा है, जाये, हमें तो आनंद मिल ही रहा है, धन-वैभव मिल रहा है। जागीरें व दक्षिणायें मिल ही रही हैं। राजन! आप स्वयं निर्धारण करें क्या ये सब उन परिस्थितियो के निमार्ण के आरोपी नहीं हैं? यदि हैं, तो मैं व मेरा पुत्र ही दोषी क्यों? क्या हम दोनों के बस में ही सब कुछ था? क्या हम आलौकिक शक्ति के स्वामी थे कि हमने छड़ी घुमाई और सब होता गया? क्या तत्कालीन राजा, मंत्रियों, सेनानायकों का कोई दोष नहीं? नृपत! विचार करें। मैंने जो किया राजा की आज्ञा से, उनकी आज्ञाओं का क्रियान्वयन किया। मैं सदैव चन्द्रवंश का निष्ठवान रहा, आज भी उसी तरह निष्ठवान हूँ, आप कोई आदेश दे कर देखें। मैं अपनी जी-जान से पूरा करूँगा।''

माणिक के दोनों हाथ मेरी ओर जुड़ गये. उसके विनीत स्वरों से मेरे हृदय में कहीं हलचल उठी, किन्तु क्या मैं तब कोई निर्णय लेने की स्थिति में था? मुझे तो अपने मुख से कोई शब्द ही नहीं निकालने थे, मुझे उन बातों मैं सहमति जतानी थी जो राजगुरु कहें या मेरे नाना, बस।

पूरा सभा कक्ष सुन्न था, निःशब्द। अकेले माणिकलाल व पूरनचंद ने सभी दुष्कृत्य किये हों, यह सत्य नहीं था। महर, फर्त्याल सैन्य दलों व इन पण्डितों, ज्ञानियों के प्रत्यक्ष या परोक्ष सहयोग से ''गैडा-गर्दी'' को अजांम दिया गया था। सभी अपनी पद-प्रतिष्ठा बचाने में लगे थे। आज निश्चित ही माणिकलाल-पूरनमल पराजित लग रहे थे, परन्तु क्या इन पराजितों की बातों में सत्यता नही थी? क्या इन पंचो को तब इन सब बातों में विचार विमर्श नहीं करना चाहिए था? क्या ये पद धारक उस गैडागर्दी के मूकदर्शक नहीं थे? ये चौधानी ब्राह्मण जिन्हें यह गुमान था कि ये ही राजकाज चलाते है, राजा तो अनपढ़, लट्ठमूसल की भाँति होता था. तो क्या इस अव्यवस्था के सभी जिम्मेदार नही थे? ये सब प्रश्न अनुत्तरित थे।

राजगुरु बड़े ही तर्कवादी थे किन्तु आज माणिकलाल अपनी पूरी विद्वता के साथ तर्क प्रस्तुत कर रहा था। वह अपने शब्दो व तर्कों से मुझे प्रभावित कर रहा था। राजगुरु स्थिति को भाँप रहे थे, वे नहीं चाहते थे कि माणिक को अधिक समय तर्क-विर्तक के लिए दिया जाये। अन्ततः माणिक था चालक व चतुर राजनैतिज्ञ- इसमें कोई संशय न था।

आज वह पराजित होने जा रहा था; किन्तु उसने मुझ अज्ञानी को अपने तर्कों से कुछ ज्ञान तो दिया ही था।

अन्यायियों पर अन्याय

गैडागर्दी के लिए कुख्यात माणिकलाल और उसके पुत्र पूरनमल पर हजारों ब्राह्मणों की हत्या, अत्याचार, अपमान व उत्पीड़न के साथ ही चन्द्रवंशीय राजाओं की हत्याओं का आरोप भी निर्धारित कर दिया गया। विगत दो राजाओं देवीचंद और अजीतचंद की हत्या का पूरा दोष दोनों पिता-पुत्र पर साबित हो चुका था। एक चश्मदीद गवाह भी मिल चुका था जिसका वृतांत मैं आपको आगे दूँगा। आज तो अन्यायियों को दण्ड देने की घड़ी थी। मेरे नाना सुमेरु सिंह ने मुझ से आज्ञा ली और इन दोनों आरोपियों पर आरोप तय करते हुए कहा, ''चंदचूड़ामणि नृपत कल्याण चंद, इन गैडा पिता-पुत्र पर आरोप है कि इन्होंने ही राजा देवीचंद एवं अजीत चंद की हत्या की है। साथ ही ये दोनों हजारों चन्द्रवंशीय क्षत्रियों एवं ब्राह्मणों की हत्या करने के भी दोषी हैं। राजा अजीत चंद के कार्यकाल में इन्होंने राजा देवी चंद द्वारा जिन लोगों की जागीरें दी थी, वापस ले ली। उन्हें बन्दी बना लिया गया; उनकी हत्या कर दी गयी। दूसरी ओर इन्होंने अपने चहेते लोगों को मोटी दक्षिणा तथा जागीरें दी, प्रजा का मत है कि उसमें इन गैडा पिता-पुत्र एवं इनकी मण्डली का बड़ा हिस्सा होता था। इन्होंने अनुभवहीन कठेडी राजा अजीत चंद को अपनी कठपुतली बना कर रखा था। इनके अत्याचारों से चंदवंशीयों को देश छोड़कर यत्र-तत्र भागना पड़ा, किन्तु यदि प्रजा में नाराजगी न उत्पन्न हुई होती तो ये स्वयं राजा बन बैठते। इनकी काली कारतूतों की सूची लम्बी है; जिसे सुनाने में कई दिन लग जाएंगे। राजकोष में एकत्र करोड़ों रुपयों को इन पिता-पुत्र ने सेना व अलग-अलग घड़ों को अपने पक्ष में करने में व्यय किया और अपना खजाना भी भरा। इसके कुछ अन्य कृत्यों को उजागर करने में भी मुझे लज्जा आ रही है। इन पिता-पुत्र ने राजा अजीत चंद के रनिवास को भी नहीं छोड़ा, इन व्यभिचारियों ने रनिवास की खवासनों के साथ अनैतिक सम्बन्ध स्वयं तो स्थापित किए ही राजा अजीत चंद को भी उन खवासनों के माध्यम से अपने जाल मे फंसाया। जब राजा अजीत चंद ने विरोध ठहराया तो इन दोनों ने उसकी भी हत्या कर दी। एक दासी जिसके साथ राजा अजीत चंद के सम्बन्ध थे उसके गर्भ से उत्पन्न अट्ठारह दिन के पुत्र को राजा अजीत चंद का पुत्र

बताकर राजा अजीत चंद की हत्या के पश्चात् राजगद्दी पर बैठा दिया। उसको मोहरा बनाकर खुद ही राजकाज चलाने लगे। इससे बड़ी अंधेरगर्दी क्या हो सकती थी? उस बच्चे की आड़ में पुनः इन्होंने लाखों रुपये हड़प लिए और लोगों को अपनी ओर करने का अन्तिम प्रयास किया; परन्तु एक अबोध बच्चे को राज गद्दी पर बैठाकर स्वयं राज करने की इनकी मंशा को न तो सैन्य प्रमुखों के धड़ों ने स्वीकार किया, न हीं मंत्रि परिषद् ने ही स्वीकार किया। परिस्थियाँ अनुकूल देखकर मैंने चंदवंशी नृपशिरोमणि उद्योत चंद के एक पुत्र जो मेरा नाती भी है, की जीवित होने और उसके डोटी में छुपे होने की बात दोनों सैन्य दलों के प्रमुखों को बताई तब अन्य मंत्रीमण्डल सदस्यों की राय से राजा कल्याण चंद को अल्मपुरी लाया जा सका। लोमड़ी की तरह चतुर इन पिता पुत्र ने स्थिति का आंकलन बड़ी तत्परता से कर लिया और तुरन्त मंत्रीमण्डल की राय में हाँ से हाँ मिला ली ताकि इनकी पिछली करतूतों का पटाक्षेप शांतिपूर्वक हो जाये। आज सबके सामने महान राजा उद्योतचंद के नौ पुत्रों में से एक विशुद्ध चंदवंशी राजा कल्याण चंद राज सिंहासन पर विराजमान है। अब मंत्री परिषद् हमारे महाराज कल्याण चंद को परामर्श दें कि इन गैडा पिता पुत्र को जो पिछले दो राजाओं के हत्या के दोषी हैं तथा कुमाऊँ की नीरीह प्रजा पर अनगिनत अत्याचारों, उत्पीड़न व हत्याओं के सूत्रधार हैं, को क्या सजा दी जाये?''

मेरे नाना सुमेर सिंह ने राजगुरु और मंत्रीमंडल की ओर दृष्टि डाली जैसे ही राजगुरु के मुख से ''मृत्युदण्ड'' का स्वर निकला पूरी सभा में ही ''मृत्युदण्ड-मृत्युदण्ड'' का कोलाहल हो उठा। महर व फर्त्याल दल के सेना नायक चंद्रिका सिंह और केसरी सिंह के एक संकेत से ही कई सशस्त्र सैनिकों ने गैडा पिता पुत्र को घेर लिया। वह कुछ बोलना चाहते थे, किन्तु मेरे नाना ने नग्न तलवार दिखाते हुए जुबान बंद रखने का आदेश दिया पीछे खड़े सैनिकों ने उन्हें दबोच लिया। तभी राजगुरु ने मेरी ओर दृष्टि करते हुए कहा, ''कुर्मांचल नरेश इन्हें अभी तत्काल मौत के घाट उतारना आवश्यक है, देर करके इन्हें हम किसी चालबाजी का अवसर नहीं देना चाहते हैं।

मुझे पूर्व से रटाया गया आदेश याद था। मैंने अपनी तलवार लहराते हुए सगर्व कहा।

''उचित है, मृत्युदंड की आज्ञा है।''

कुर्मांचल की देवभूमि में गैडागर्दी के दो सूत्रधार चार टुकड़ों में विभाजित

होकर भूमि पर पड़े थे।

राजा का उदय

माणिक गैडा और उसके पुत्र की राजसभा के भीतर ही हत्या कर यह संकेत सभी को दिया गया था कि मैं, राजा कल्याण चन्द्र निर्विवाद रुप से कुर्मांचल का सशक्त राजा बन चुका हूँ। गैडा पिता पुत्र की सजा की सूचना आग की तरह पूरे कुर्मांचल में फैल गयी, या मैं यह कहूँ कि यह सूचना फैलायी गयी ताकि नये राजा के विरुद्ध कोई चालबाजी करने से या विद्रोह करने से बाज आये।

मैं आज तन कर अल्मपुरी के राज सिंहासन पर सवार था। मैं शरीर से लम्बा चौड़ा होने के कारण इस उँचे सिंहासन में और अधिक सुशोभित हो रहा था ऐसा मेरे नाना का कथन था। यह भी सच था कि मैं भले ही अनुभव व ज्ञान में कमजोर था; किन्तु शरीर सौष्ठव में मेरे सामने कोई न ठहरता था। मुझे अपने इस एक मात्र उपलब्धि पर गर्व होना ही था।

मैं अपने भीतर राजा की निहित शक्तियों को अनुभव करने लगा था। स्वयं को सबसे श्रेष्ठ और दूसरों को तुच्छ समझने का भान मेरे भीतर धीरे-धीरे समाता जा रहा था। मेरे चारों ओर मेरी आज्ञा का पालन करने वाले शक्तिशाली लोग सुदृढ़ किले की भाँति खड़े थे। आज सभा में मंत्रणा का विषय था- माणिक लाल व उसके पुत्र के पक्ष के लोगों को खोजा जाना और उन्हें दण्डित करना; ताकि राज्य के भीतर विद्रोह के बीज न पनपने पायें। विगत दो राजाओं के काल में जिन ब्राह्मणों, क्षत्रियों को बड़ी-बड़ी जागीरें व दक्षिणा के रुप में बड़ी धनराशियाँ बाँटी गयी थी उनकी खोज खबर कर उन्हें यथोचित दण्ड दिया जाना तथा उनका धन जब्त कर राजकीय खजाने में जमा किया जाना।

यह बात सर्वविदित थी कि गैडा पिता पुत्र ने राज्य के खजाने से खूब धन बाँटा था ताकि लोग लालच में उसके पक्ष में खड़े रहे। राज्य का खजाना खाली पड़ा था। इसे भरने का सीधा सरल उपाय यह खोजा गया कि जिन्हें विगत राजा के कार्यकाल में जो बड़ी धन राशियों व जागीरों से नवाजा गया है, उनके धन को जब्त किया जाय। मैं मंत्री परिषद के हर निर्णय से भिन्न राय कैसे रख

सकता था; या यह कहूँ कि मैं उनके निर्णयों के अधीन था। इस समय तक मेरे लिए इतना पर्याप्त था कि मैं राजा हूँ। मुझे राजसी भोजन, वस्त्र, मखमली बिछौना मिल रहा था। कल मैं क्या था? मैं अब उस विषय पर सोचना नहीं चाहता था। मैं प्रसन्न था। अति प्रसन्न।

सभी निर्णय लिए जा चुके थे। महर और फर्त्याल सैन्य धड़ों को पूर्व से अधिक अधिकार दे दिये गये थे। इन सैन्य दलों की विशेषता थी कि ये ईश्वर के बाद पृथ्वी पर राजा को प्रभु मानते थे अर्थात् महान चन्द्रवंशीयों के महान निष्ठावान। इन्हें जागीरें व धन जब्त करने के सम्पूर्ण अधिकार दे दिये गये थे। प्रजा के उत्पीड़न का एक नया दौर शुरू होने वाला था।

ये दल उन लोगों को खोजेंगे जिन्हें धन व जागीरें इन पिता-पुत्र के समय में बाँटी गयी थी; किन्तु जिन प्रजा जनों को धन मिला होगा उन्होंने उसको किसी भी रुप अवश्य ही व्यय कर लिया होगा। उनसे किस प्रकार वसूला जायेगा-वह धन? जिन्हें जागीरें दी गयी हैं उनसे जागीर छिन जाने पर क्या वे राजा के प्रति विद्रोह का भाव नहीं रखेंगे? जागीरें प्राप्त व्यक्ति निश्चय ही अपने-अपने क्षेत्र में प्रभाव रखते होंगे, उनके प्रभाव को उनसे जागीरें वापस ले लिए जाने के बाद भी क्या कम किया जा सकेगा? मेरी सोच कभी-कभी काम करती थी, किन्तु क्या मैं इन तर्कों को शब्दों के माध्यम से सभा में रख पाऊँगा? मेरे भीतर से उत्तर था-नहीं। मैं सोचता यह सब चिंता का विषय मेरा नहीं है, इसके लिए मेरे नाना जो सेनापति है, उनका और मेरे सत्यनिष्ठ राजगुरु व उनके मंत्रिमण्डल का है।

मैं अब यहाँ का नायक हूँ, राजा हूँ। मेरा हृदय यह सोच-सोचकर अभिमान से दो गुना हो गया था। मुझे बिना किसी प्रयास के दण्ड घोषित करने में आनंद आने लगा था। प्रत्येक निर्णय के बाद "चन्द्रचूड़ामणि कल्याण चन्द्र की जै" का घोष बुलंद होता तो मेरे भीतर नये अभिमान का उदय हो उठता। मेरा हाथ अपने खड्ग पर कस जाता था।

रिश्तों का रहस्य

मेरे नाना सुमेर सिंह मेरे सबसे करीब थे और आज भी हैं। इस बूढ़े नाना

ने हमारे लिये क्या-क्या नहीं सहा था। मुझे अच्छी तरह याद है गैडागर्दी से बचाने के लिए उन्होंने मुझे, मेरी माँ और छोटी बहन को बड़ी कठिनाई से कुमाऊँ की सीमा के बाहर डोटी राज्य में धकेला था। नाना ने अपनी पूँजी का बड़ा भाग भी डोटी के सीमा रक्षकों को सौंप दिया था ताकि वे हमें बिना किसी परेशानी के डोटी राज्य में प्रवेश होने दें। सिक्कों की एक पोटली उन्होंने माँ को बड़ी गोपनीय ढंग से छुपाने को दी थी। जो हमारे काम बहुत दिनों तक आयी। पता नहीं इस बात की कुछ-कुछ भनक किस प्रकार से राजा देवीचंद तक पहुँच गयी। उसके बाद तो मेरे इस नाना को नाना प्रकार से पीड़ित किया जाने लगा। उन्हें राजा के दरबार में हाजिर होने का हुक्म हुआ। मेरे नाना को इस माणिकलाल ने कई प्रकार के प्रलोभन दिये थे कि चन्द्रवंश के उस उत्तराधिकारी को लाकर राजा के सामने प्रस्तुत किया जाय, उन्हें यह भी ढाढ़स बधाया गया कि उसके नाती को राजसत्ता का भागीदार बनाया जायेगा, उसको उचित राजपद से नवाजा जायेगा। उसकी सुरक्षा में सैन्य टुकड़ी रखी जायेगी। मेरे नाना को यह भी भय दिखाया गया कि यदि उन्होंने मुझे उन्हें न सौंपा तो उन्हें दण्डित किया जायेगा; किन्तु मेरे नाना इन चालबाजों की चालों से भलीभाँति भिज्ञ थे। ये चालबाज किस प्रकार बहला-फुसलाकर अपना काम निकालते थे, काम निकल जाने के बाद ये क्रूर निर्ममता से हत्या करने में तनिक भी विलम्ब नहीं करते थे ताकि उनका भविष्य का संकट समाप्त हो जाये।

मेरे इस बूढ़े नाना ने तब यह ठान ली थी कि वे दण्ड तो भोग लेंगे; परन्तु मेरा पता ठिकाना किसी भी स्थिति में इस गैडा पिता-पुत्र को नहीं देंगे। अंततः वही हुआ, उस माणिकलाल ने राजा देवीचंद को उकसा कर मेरे नाना को कठोर दण्ड दिला दिया। मेरे नाना को तब तक कोल्हू में जोता जाना था। जब तक वो मेरा पता ठिकाना उन्हें न बता देते। आज इस बूढ़े नाना जिन्होंने अपनी जवानी के बहुमूल्य कुछ वर्ष कोल्हू के बैल बनकर हमारे लिए बिताये मैं सदैव आभार से उनके सामने झुका ही रहूँगा। उन्होंने हमारी रक्षा के लिए दण्ड स्वीकार कर लिया था। हमें जीवत रखने के लिए उन्हें बेड़ियों में जकड़कर घसीटते हुए राजदरबार से ले जाया गया था। राजदरबारी, मंत्रीगण, सेनानायक उन पर हँसे थे, उन्होंने मेरे नाना की खिल्ली उड़ाई थी। उनमें से कुछ आज भी मेरे दरबार के हिस्सा होंगे। इनका क्या दोष था, उन्होंने एक चन्द्रवंशीय की जान बचायी थी, एक अबोध बालक की। वह बालक उस एक

राजा के लिए किस तरह खतरा हो सकता था? अंततः मैं भी तो महान चन्द्रराजा उद्योतचंद की ही संतान था। मेरा भी तो कुर्मांचल राज्य पर अधिकार था। क्या राजसत्ता के लिए सगा भाई भी शत्रु से भयानक हो सकता है?

उस नासमझ राजा देवी चन्द्र तथा उस गैडा माणिकलाल ने अपना नपुंसक, क्रोध मेरे निरीह, निर्दोष नाना सुमेर सिंह पर निकाला।

तभी मेरे नाना ने इस मूर्ख राजा तथा माणिक लाल से इस राज्य को मुक्त कराने का सपना पालना शुरू कर दिया था। एक वर्ष की कठोर सजा के दौरान वे अपने स्वप्न को पाल-पाल कर जवान करते रहे।

समय पर चक्र घूमा था और यही देवीचन्द्र को चालबाज माणिक लाल व पूरनलाल ने मृत्यु के घाट उतार दिया। सत्ता परिवर्तन के दौर में किसी प्रकार मेरे नाना दण्ड से मुक्ति पा सके थे।

इसके पूर्व उन्होंने हमें डोटी राज्य में प्रवेश कराने में अपनी जमा पूँजी भी डोटी के सीमा प्रहरियों की भेंट चढ़ा दी थी। उन्होंने यह केवल अपनी बहन और उसके पुत्र-पुत्री को जीवित व सुरक्षित रखने के लिए किया था। तब उन्हें कहाँ भान था कि वही नाती एक दिन कुर्मांचल का राजा बन सकेगा? तब तो उन्हें हमें जीवित रखने की चिंता थी, निःस्वार्थ चिंता। इस कृत्य से उन्हें मृत्युदण्ड भी दिया जा सकता था। उनकी आँखें निकाल ली जाती किन्तु उन्होंने अपने रिस्तों के आगे दण्ड की चिंता नहीं की थी। हमें जीवित रखने के लिए उन्होंने उस निर्बुद्धि राजा की कठोर सजा भी बिना उफ किये ही सह ली थी। आज मेरे साथ ही मेरे नाना का भी भाग्य उदय हो चुका था। वृद्ध हो जाने पर भी वे आज पहले से अधिक स्वस्थ्य, सरल, मनमौजी लग रहे थे।

वे मेरे ऐसे प्रिय नाना थे जिन्होंने मेरे लिए अपने प्राणों की बाजी लगायी थी। शायद गैडा पिता-पुत्र का उन्हें जीवित रख छोड़ना उनकी भारी भूल थी। चालबाज सदैव सही निर्णय ही लें आवश्यक नहीं; बड़े से बड़ा अपराधी हो या बड़ा से बड़ा बुद्धिमान राजा, कभी-न-कभी कुछ भूलें अवश्य कर बैठता है। आज गैडा पिता-पुत्र को उसकी सजा मिल चुकी थी।

मैं आज जीवन के इस मोड़ पर आकर समझ सकता हूँ कि कुछ लोग अपने जीवन में भौतिक लाभ से अधिक महत्व अपने रिस्तों की पवित्रतता को बनाये रखने का विचार रखते हैं; परन्तु कुछ अन्य अपने लाभ, स्वार्थ के लिए अपने निकट संबन्ध और पवित्र रिस्तों की भी बलि चढ़ा देते हैं। दोनों का

जीवन में अलग-अलग महत्व है। दोनों प्रकार का विचार रखने वालों को कभी सफलता प्राप्त होती है वे सफलता के शिखर पर पहुँच जाते हैं तो कभी विफलता और कष्टप्रद संयोग भी मिलता है। मेरे नाना को देखो-अपने रिश्तों की खातिर उन्होंने अपने जीवन की बाजी लगायी थी। संयोग या भाग्यवश वे बच गये थे और आज उसी संयोग व रिश्तों के कारण वे राज्य के सर्वोच्च सेनापति के पद पर विराजमान थे। उनका हृदय से आभार मानने वाला, उनकी बातों को आदेश मानने वाला वह नाती अब राज्य का राजा था।

इसी को सौभाग्य कहा जाता होगा? मैं सदैव इस बात को स्मरण रखूँगा कि मेरे जीवन के लिए मेरे नाना ने अपने जीवन के मूल्य को कुछ नही समझा था। आज भी वे मुझे मार्ग दिखा रहे थे, मेरी हर राह को सरल बनाते जा रहे थे। उनका व्यापक अनुभव राजसत्ता में सन्तुलन बना रहा था। इस अनुभव ने उन्हें निश्चय ही समझौतावादी भी बना दिया था उन्हें जब किसी नीति, दण्ड विधान, हत्या, अत्याचार में राज्य या राजा का हित लाभ दिखाई देता तो वे किसी भी अन्यायपूर्ण निर्णय को भी स्वीकार कर लेते थे।

शायद यह कुटिल राजधर्म की आवश्यकता रही होगी किन्तु मैं रिश्तों की इस पवित्रता का सदैव हृदय से सम्मान करता रहूँगा।

कुमाऊँ का सिर

मैं चौड़ी छाती कर लम्बे-लम्बे डग भरता सभागार के मध्य होता सिंहासन पर जा बैठा। सभागार विद्वानों, ज्ञानियों, कवियों, राज्याधिकारियों, सेनानायकों से खचाखच भरा था। सेनापति, मेरे नाना सुमेर सिंह तथा हरि सिंह मेरे दोनों ओर विराजमान। महर दल तथा फर्त्याल दलों के सेना प्रमुख चंद्रिसिंह, रणजीत सिंह तथा केसरी सिंह अपने स्थान पर गर्वीली मुद्रा में तने बैठे थे। आज सभा का तीसरा दिन था। मैं धीरे-धीरे मंत्रि परिषद और युद्ध परिषद के सदस्यों का नामों और शक्लों से परिचित होता जा रहा था। आज मणिकलाल के समर्थकों और उसके प्रमुख सलाहकारों को दण्ड देने पर विचार होना था। उसमें से अधिकांश को बंदी बनाया जा चुका था। बंदी बनाये गये लोगों में एक नाम प्रमुख था झिजाड़ ग्राम का लक्ष्मीपति जोशी। वह राजा

देवीचंद और अजीतचंद के प्रमुख सलाहकारों में एक था। यह प्रजा का मानना था कि गैडा पिता-पुत्र का प्रमुख समर्थक यही लक्ष्मीपति जोशी ही था। मेरे नाना और राजगुरु यह समझते थे कि इस सलाहकार को जीवित रखने का अर्थ होगा राज्य में शीघ्र विद्रोह। अतः इसको मार्ग से हटाना आवश्यक था। आदेश होते ही पं० लक्ष्मीपति जोशी उसके दो पुत्रों और समर्थकों को बंदी बना लिया गया था। उन्हें आज राजसभा में प्रस्तुत किया गया। मुझे समझाया गया था कि इन चतुर, चालबाज पंडितों को रास्ते से हटाये बिना निष्कंटक राज करना सम्भव नहीं होगा।

पं० लक्ष्मीपति को राजसभा में लाया गया। लक्ष्मीपति लम्बा चौड़ा व्यक्ति था। उसने लम्बी सफेद धोती पहनी थी, पाँव में खडाऊँ थे, उपरी शरीर में एक सफेद उनी शॉल और पीत जनेऊ लटक रही थी। सर घुटा हुआ, पीछे लम्बी चुटिया पर गाँठ बंधी थी। एक धीर गम्भीर व्यक्ति। आँखों में चमक उज्जवल गौरवर्ण। मुख पर भय का कोई भाव नही। पहली बार में ही कोई भी उससे प्रभावित हो जाये। वाह्य सुन्दरता का धनी। मुझे प्रथम बार अनुभूति हुई कि बाह्य सुन्दरता का कितना महत्व होता है। अच्छे वस्त्र तो मैंने अल्मपुरी में आकर ही पहने थे। सुसज्जित व्यक्ति जिसका प्रस्तुतीकरण सुरुचिपूर्ण हो, वस्त्र साफ सुथरे हों, बालों को सुव्यस्थित किया गया हो, पादुकाएं साफ सुथरी हों तो निश्चित ही उसका वाह्य व्यक्तित्व प्रभाकारी हो उठता है। वह सामने वाले को एक बारगी प्रभावित किये बिना नहीं छोड़ता है। गुणों की सुन्दरता तो उससे बात-व्यवहार के बाद ज्ञात होती है। मैं इस पंडित लक्ष्मीपति से प्रभावित अवश्य ही हुआ था। लक्ष्मीपति को सभाकक्ष के मध्य में खड़ा किया गया और मेरे नाना तथा राजगुरु उसके समक्ष आ खड़े हुए। उनकी नजरें आपस में लड़ी पं० लक्ष्मीपति ने एक कुटिल मुस्कान राजगुरु हरिकृष्ण पर डाली। उन्होंने तुरन्त ही नजर हटा ली और मेरी ओर मुड़कर कहा, ‘‘नृपत कल्याण चंद देव की जै हो। नृपत! यह पं० लक्ष्मीपति गैडा पति-पुत्र के सबसे प्रमुख समर्थक व सलाहकार थे, राजगुरु के पद पर होकर भी इन्होंने उन्हें अत्याचार व मार-काट से नहीं टोका। रनिवास की खवासन के नाजायज 18 दिन की संतान को राजा अजीत सिंह की संतान बताकर उसे कुर्मांचल की राजगद्दी पर बैठाने का श्रेय भी इनको जाता है। यह भी सर्वविदित हो चुका है, इन्होंने ही आपको यह कहकर राजा मानने से इन्कार कर दिया था कि कल्याणचंद चन्द्रवंश के विशुद्ध वंशधरों में एक है- यह साबित नहीं होता है। ऐसी स्थिति में यदि कोई चन्द्रवंशीय

कुर्मांचल का राजा बनने योग्य न हो तो जयपुर से सवाई जयसिंह के कुँवरों में से किसी कुंवर को कुर्मांचल का राजा बनाने हेतु आमंत्रित किया जाय। यह कृत्य राजद्रोह की श्रेणी में आता है। इसके पहले कठेड़ी राजपूत को अजीतचंद के नाम से कुमाऊँ की राजगद्दी पर बैठा कर इन्होंने गैडा पिता-पुत्र के साथ मिलकर राज्य को खूब लूटा और अत्याचार किये।''

मैं देख रहा था- पंडित लक्ष्मीपति ने एक तीक्ष्ण दृष्टि राजगुरु हरिकृष्ण पर डाली। उसकी दृष्टि और मुख पर इतना तेज था या राजगुरु का पक्ष कमजोर और असत्य था कि वे लक्ष्मीपति से नजरें न मिला सके और एक बारगी विचलित हो उठे। वे कभी मेरी तरफ, कभी नाना सुमेर सिंह की तरफ देखने लगे।

मेरे नाना स्थिति को समझते थे, उन्होंने तलवार लहराकर गर्जना की ''पण्डित लक्ष्मीपति तुम्हें कुछ कहना है इस विषय पर?''

राजगुरु हरिकृष्ण का तनाव कुछ कम हुआ, उन्होंने प्रश्नवाचक दृष्टि लक्ष्मीपति पर डाली, किन्तु वह तनिक थी भयभीत या विचलित नहीं था,बा ड़े शांत और गम्भीर स्वर में उसने कहा प्रारंम्भ किया ''राजा कल्याणचंद देव की जै हो! मैं आज आप के दरबार के नए राजगुरु हरिकृष्ण जी के प्रश्नों का उत्तर तो दूँगा ही, साथ ही इस सभा में बैठे सेनानायकों से और मंत्रीपरिषद के उन सदस्यों से भी जो पिछली राजसभा में भी मंत्रिपदों पर विराजमान थे या उच्चपदों को सुशोभित कर रहे थे से भी कुछ प्रश्न करुँगा।

मैंने देखा- लक्ष्मीपति ने एक तीक्ष्ण नजर सभा में बैठे लोगों पर डाली। सबने सिर झुका लिए। ''महाराज! मैं सदैव चन्द्रवंश का निष्ठ रहा, मेरे पूर्वजों के काल से ही मेरा पूरा वंश आपके वंशजों के दरबार में प्रतिष्ठा पाता रहा है। हमने कभी राजद्रोह तो दूर उसके बारे में विचार तक नहीं किया। जहाँ तक गैडा पिता-पुत्र के समर्थन और सलाह देने की बात उठती है तो इस सभा के राजगुरु भी राजा अजीतचंद की सभा में मंत्री थे, महरदल के प्रमुख चन्द्रसिंह, रणजीत सिंह तथा फर्त्याल दल के नायक काल केसरी सिंह, तेज सिंह आदि राजा अजीत सिंह के समय भी सेनानायक थे। सभी निर्णय सामूहिक रुप से लिए गये थे, उन निर्णयों का क्रियान्यवन भी इन्हीं सेनानायकों ने किया था। समय-काल के अनुसार निर्णय लिऐ जाते हैं। केठेड़ी वंशज को कुमाऊँ की राजगद्दी पर बैठाने का निर्णय क्या मेरा था? उनकी संदेहास्पद मृत्यु में क्या मेरा कोई हाथ था? नहीं था? क्या अजीतचंद की मृत्यु के बाद खवासन के पुत्र को राजा

अजीत सिंह के पुत्र साबित कर उसे राजगद्दी पर बैठाने का श्रेय क्या मुझ अकेले का था? यह सम्पूर्ण मंत्री परिषद का निर्णय था। किसी मंत्री ने या सेनानायक ने इसका विरोध नहीं किया था कि वह खवासन का पुत्र है और जिसे राजा नहीं बनाया जाना चाहिए? चन्द्रचूड़ामणि नृपत! कृपा कर आप मेरे प्रश्न का उत्तर इस सभा से दिलायें कि क्या उस निर्णय में सब सम्मलित थे या नहीं? यदि नहीं थे तो क्या किसी ने विरोध में प्रस्ताव रखा था या नहीं रखा था?''

मैंने देखा-पण्डित लक्ष्मीपति पूरे आत्मविश्वास के साथ अपनी बातें रख रहा था। सभा में कुछ देर के लिए सन्नाटा छा गया। उसने सभा में चारों ओर नजर दौड़ाई। कहीं से कोई उत्तर नहीं था। वह पुनः दहाड़ा, ''मुझे ज्ञात है किसी ने भी कोई विरोध नहीं किया था; तो क्या आप चाहते थे कि मैं एक मात्र विरोध करता? मुझे पता है उसमें आप सब का भी कोई दोष नहीं था। उस समय परिस्थितियाँ गैडा पिता-पुत्र के पक्ष में थी. धनबल, सैन्यबल उसके पक्ष में था। महर फर्त्याल दल भी भीतर से भले ही खिन्न रहे हों, परन्तु सामने किसी ने विरोध नहीं किया। राजन! जब परिस्थियाँ विपरीत हों तो कोई भी समझदार था दूरदर्शी व्यक्ति विरोध से कतराता है। प्रत्येक को अपनी पद-प्रतिष्ठा और जीवन से प्यार होता है। विद्वानों ने कहा है कि जब नदी में भयानक बाढ़ आ रही हो तो उस समय नदी के तट पर खड़े सरकड़े की भाँति बाढ़ के बहाव की तरफ झुक जाना चाहिए। बाढ़ का उफान कुछ समय के लिए होता है जो सरकड़े के ऊपर से गुजर जाता है। असमय अड़े रहने का प्रतिफल-टूटते हुए बाढ़ में बह कर नष्ट हो जाना होगा। मैं निरीह पण्डित अपनी प्रतिष्ठा किसी भाँति बचाता, समय की प्रतिक्षा कर रहा था। यहाँ पर बैठे सभी ज्ञानियों ने भी तो यही किया, फिर मुझे ही बंदी बना कर सारे दोष मुझ पर क्यों थोपे जा रहे है?''

मैं पण्डित की गूढ़ बातों का अर्थ कुछ-कुछ समझ रहा था; साथ ही मैं उसकी आत्मविश्वास से भरी वाणी और तर्कों से प्रभावित हुआ था। यदि मैं आज का जैसा अनुभवी होता तो उसकी बातों से पूर्णरुप से सहमत होता, किन्तु तब तो मैं एक नासमझ, अनपढ़ और माटी का माधो ही था। मुझे उसी निर्णय में सहमति देनी थी जो मेरे नाना व राजगुरु लेते। इन दोनों ने निश्चय कर रखा था कि लक्ष्मीपति जोशी को किसी भी हाल में बक्सा नहीं जाना है। आज मैं समझ सकता हूँ कि उसका कारण यह भी रहा होगा कि राजगुरु हरिकृष्ण

अपना प्रतिद्वंदी जीवित नहीं छोड़ना चाहते होंगे। यह लक्ष्मीपति कभी भी उनका पद छीनने की क्षमता रखता था। मेरे नाना सुमेर सिंह को भारी कष्ट यह था कि जब राजा देवीचंद के राज्यकाल में उन्हें कोल्हू में जोतने का दण्ड दिया गया था तो यही प्रभावशाली मंत्री लक्ष्मीपति ने उनकी कोई सहायता नहीं की थी जबकि उन्होंने इनसे कई बार गुहार लगाई थी। यह मेरे नाना के लिए बदला लेने का उचित अवसर था। आज समय का चक्र उलट चुका था। लक्ष्मीपति आरोपी थे और निर्णय मेरे नाना को लेना था। क्या मेरे नाना उनके प्रति कोई सहानुभूति रख पाते? जब नाना ने अपना पक्ष रखा तो मैं अपने प्रिय नाना पर हुए अत्याचार से क्रोधित हो उठा। मेरे नाना ने मुझे बताया था कि उनके सामने के दो दाँत, कोल्हू में ठीक से न घूमने के कारण सैनिकों के लात मारने से टूट गये थे। ये टूटे दाँत सदैव मुझे मेरे प्रिय व आदरणीय नाना के साथ हुए अत्याचारों की याद दिलाते रहते थे।

मैंने देखा- मेरे नाना ने क्रोध से अपनी मुट्ठियाँ भींच ली थीं। उनका चेहरा लाल हो गया था। यदि उनकी बाहों में प्रर्याप्त बल होता तो शायद वे तुरन्त लक्ष्मीपति की गर्दन उड़ा देते। वे बिफर पड़े, "नृपत! इस लक्ष्मीपति से जिरह न की जाय। शब्दों और तर्क के जाल में फंसाने में इसे महारथ प्राप्त है। यह सब अत्याचारों की जड़ है। मैं इस धूर्त चालबाज लक्ष्मीपति को मृत्युदण्ड दिए जाने की अनुशंसा करता हूँ।" उन्होंने अपनी तलवार ऊँची कर उद्घोष किया। राजगुरु ने कहा, "मैं मृत्युदण्ड का समर्थन करता हूँ।" इसी के साथ चारों ओर से "मृत्युदण्ड" "मृत्युदण्ड" का कोलाहल होने लगा। सबकी दृष्टि मुझ पर आ टिकी थी। निर्णय में अंतिम मुहर मुझे लगानी थी। मुझे आज भी भलीभाँति याद है कि पहली बार मैं अपने प्रिय नाना के निर्णय को पूर्णतः सहमत नहीं था। मैंने नाना को अपने सिंहासन के निकट आने का संकेत किया। मैं उनके कान में फुसफुसाया, "नानाजी क्या इसकी आँखे निकालने या दोनों हाथों के काट देने जैसे दण्ड से काम नहीं चलेगा।"

उन्होंने मुझे आश्चर्य भरी आँखों से देखा। क्या मैं उनके निर्णय के विरुद्ध जा रहा था? वे तुरन्त चौकन्ना हो उठे, उन्होंने धीरे स्वर में मगर दृढ़तापूर्वक कहा, "बेटा कल्याण! इस चतुर पाखण्डी पंडित के हाथ और आँखें काम नहीं करते है इसका सर काम करता है। इसकी वाणी काम करती है। इसको मृत्युदण्ड से कम कुछ नहीं।" मैंने अपना सर सहमति में हिला दिया और मैं तनकर सिंहासन में सीधा बैठ गया। मैंने न्याय किया- "इस चतुर, चालबाज

पंडित की आरोपों की सूची लम्बी है। इसे भी गैडा पिता-पुत्र के पास भेज दिया जायें।''

सभा ने जैकार की ''नृपत चंदशिरोमणि कल्याण चंद देव की जै''

अब मुझे यह जै, जैकार सुनने में बड़ा आनंद आने लगा था।

मुझे कुछ वर्षों बाद निश्चय ही यह अनुभूति हुयी थी कि मैंने एक चतुर, विद्वान राजनीतिज्ञ जिसे लोग कुमाऊँ का सिर कहते थे को नाहक ही मृत्यु के घाट उतारा। मैंने तो लक्ष्मीपति को ही नहीं उसके दो पुत्रों तथा उसके कई समर्थकों की हत्या करने का आदेश दिया था उसका साथ देने वाले क्षत्रिय व वणिकों को सुयाल नदी के किनारे एकत्र कर सामूहिक हत्या करा दी थी, यहाँ तक की मेरे नाना व मंत्री परिषद की सलाह पर उनको अंतिम संस्कार की भी मनाही का आदेश दिया था। उनकी लाशों को सुयाल नदी के किनारे चील, कौंवो व श्रृंगालों के भोजन हेतु छोड़ दिया था।

मुझे तब समझाया गया था कि मुझे एक महान शासक बनना है और उन सभी मूर्खों को सबक सिखाना है जो पूर्ववर्त्ती राजाओं के विश्वास पात्र रहे हैं या जिन चतुर लोगों से विद्रोह का खतरा हो सकता है। ऐसे सभी चंदवंशीयों और अन्य का सफाया करना था ताकि मेरे राज्य करने का रास्ता निष्कंटक हो जाये। इसमें निश्चय ही सफलता भी मिली थी। राज्य में चारों ओर भय का वातावरण था,अब मेरे विरुद्ध कोई चालबाजी करने की हिम्मत नहीं करता था। मुझे यह भी समझा दिया गया था कि ऐसा पहली बार तो हो नहीं रहा है। ऐसी मार-काट पहले भी होती रही थी जिसका परिणाम था कि मुझे डोटी भागना पड़ा था। 25-30 वर्षों तक मुझे व मेरी ममतामयी माँ को मजदूरी करनी पड़ी थी। मुझे अपनी जवान होती जा रही बहन की इज्जत बचाने के लिए कई बार लड़ना पड़ा था। ग्राम छोड़ने पड़े थे। मुझे कई बार ठोकरें खानी पड़ी थी। मैं उन अत्याचारों को कैसे भूल सकता था, इन्हीं चंदवंशधरों और चालबाज पंडितों के कारण हमें कष्ट उठाने पड़े थे। मेरे नाना को बैल की तरह कई वर्षों तक कोल्हू पर जुतना पड़ा था। कल क्या यह सम्भावना नहीं कि ये चालबाज पुनः चालें चलकर मुझे उसी स्थिति में पहुँचा देंगे? नहीं! मैं ऐसा क्यों होने दूँगा। मैं किसी चतुर चालबाज को जीवित नहीं छोड़ूँगा।

अतः मैंने निर्णय ले लिया था कि अपने रास्ते में पड़ने वाले किसी भी कंटक को मैं समाप्त करके ही दम लूँगा। कल मुझे कई ब्राह्मणों की आँखे

निकलवानी थीं। आँखें निकालने का समारोह बड़ी धूमधाम से मनाने की तैयारी की जा चुकी थी। ऐसा कठोर दण्ड सभी अल्मपुरी वासियों के सामने दिया जाना था ताकि पूरे कुर्मांचल राज्य में यह संदेश पहुँच जाय कि राजा कल्याण चन्द्र के विरुद्ध जाने पर क्या परिणाम होगा।

मैं कल के समारोह के लिए उत्सुक था। मुझे इस आँख निकाले जाने वाले दण्ड समारोह का नयन सुख अपनी आँखों से देखना था। जो मैंने अभी तक नहीं देखा था। कैसा रोमांचकारी होगा यह दृश्य!

अमावस का चाँद

खुले अदालत के प्रांगण में भारी भीड़ जमा थी। मैं ऊँचे सिंहासन पर अपने अंगरक्षकों, मंत्री परिषद के सदस्यों, सेना नायकों से घिरा बैठा था। मेरे मार्गदर्शक मेरे नाना सेनापति के रुप में तथा चतुर राजनैतिज्ञ राजगुरु हरीकृष्ण खड़े थे।

चारों ओर उत्सुकता थी।

थोड़ी ही देर बाद अदालत प्रांगण में एक औरत को लगभग घसीटते हुए लाया जा रहा था जो विक्षप्तों की भाँति विलाप कर रही थी। उसने अपनी छाती से लगभग एक वर्ष के बालक को चिपटा रखा था। उसके केश बिखरे थे उसका निस्तेज मलिन मुख मुझे साफ दिखाई दे रहा था, किन्तु मैं अनुमान लगा सकता था कि वह अत्यंत सुन्दर व सुगठित महिला रही होगी। उसे खींचकर सैनिकों ने अपराधियों के कटघरे में खड़ा कर दिया। वह एक भयभीत कातर माँ,मुझे घूर रही थीं. मुँख से कुछ बुदबुदा रही थी। मैं दूर होने के कारण उसकी आवाज नहीं सुन सकता था।

मुझे उस औरत के बारे में राजगुरु ने पहले ही बता दिया था कि यह वही रनिवास की दासी है जिसके नाजायज पुत्र को पूरनमल ने राजा अजीतचंद की संतान बनाकर राजसिंहासन पर बैठा दिया था और स्वयं समस्त राजकाज चला रहे थे। इस षडयंत्र में इस दासी की मिलीभगत थी। आज मुझे इस दासी और उसके नाजायज बच्चे के भाग्य का फैसला करना था। निश्चय ही मेरे नाना और राजगुरु ने निर्णय तय कर रखा होगा, मुझे तो उस पर अपनी मुहर लगानी

भर थी। मैं विषय की गहराई में जाना भी नहीं चाहता था या यह कहूँ कि उस समय मुझे इतनी समझ ही कहाँ थी।

राजगुरु कटघरे के पास आ गये थे। वे इस पापी व षडयंत्रकारी औरत पर गम्भीर आरोप लगाने वाले थे। राजगुरु ने एक नजर दासी पर डाली। वह सहम गयी और उसने अपने पुत्र को छाती से अधिक कस कर भींच लिया। राजगुरु ने मेरी ओर दृष्टि घुमाई और कहा, "चन्द्रचूड़ामणि कल्याण चन्द्रदेव की जै हो! नृपत! यह कटघरे में खड़ी वही दासी है जिसने माणिकलाल व पूरनमल के साथ मिलकर अपने नाजायज बालक को राजा अजीतचंद का पुत्र बताया और मणिकलाल ने उसे चन्द्रवंशी घोषित कर कुर्मांचल की गद्दी पर बैठा दिया। दोनों पिता-पुत्र को मृत्युदण्ड दिया जा चुका है। एक नाजायज बालक को राजा का पुत्र बताकर उसे राजा बनवाने में इस दासी की महत्वपूर्ण भूमिका थी। अतः यह भी मृत्युदण्ड की भागी है। महाषड़यंत्र की भागी इस पापी औरत और उसके नाजायज बच्चे को जीवित रख, इस कहानी को जीवित रखना उचित नहीं है। इन दोनों की मृत्यु के साथ ही यह पटकथा भी समाप्त हो जायेगी।"

दासी ने जैसे ही मृत्युदण्ड सुना वह दहाडें मारकर रोने लगी। वह मेरी ओर कातर दृष्टि से देखती रही। अकस्मात् वह चिल्ला उठी, "राजन क्षमा करें, क्षमा करें, मुझ पापिन को आप अवश्य की मृत्युदण्ड दे दें; किन्तु इस अबोध बालक का इस सब में क्या दोष है? इसको मृत्युदण्ड न दें राजन ! मृत्युदण्ड न दें।"

सभा में खामोशी छा गयी, वह कातर भाव से अपने समर्थन में किसी का शब्द सुनना चाहती होगी ;परन्तु एक भी शब्द उसके अबोध बालक के पक्ष में न था। वह पुनः चिल्लाते हुए बोली थी, "राजन! में रनिवास की खवासन मात्र थी। क्या एक दासी का राजाओं या उसके प्रमुखों के सामने कोई औकात होती है? एक दासी के हाथ पांव होते हैं, नाक, कान, मुँह होता है, शरीर होता है, किन्तु क्या उसका मन, बुद्धि, भावनाएँ उसके वश में होती हैं? वह चाह कर भी किसी राजा या सेनापति के आदेशों के बाहर जा सकती है? क्या किसी के आदेश के विरुद्ध बोल सकती है? मेरा अपराध मात्र एक ही था कि ईश्वर ने मुझे सुन्दर रंग रुप दे रखा था, यही शरीर और रंग रुप मेरा शत्रु था। राजा हमारे प्रभु थे, क्या राजा लोग कभी कोई गलती करते हैं? नहीं? मैं तो प्रसाद के रुप में राजा अजीत चंद के सामने भोग हेतु प्रस्तुत की गई थीं, जिसने प्रभु के सामने मुझे भोग हेतु प्रस्तुत किया उसने भी उस भोग का पान किया।"

उसकी जीभ लड़खड़ाने लगी थी, आँखों में आँसुओं की धार थी। बालक सहमा-सहमा उसकी छाती से चिपका पड़ा था। किन्तु वह संयत होकर पुनः बोली, "राजन! आप ही बतायें यह बालक रुपी प्रसाद जो मुझे मिला वह प्रभु का आशीर्वाद था या उसके भक्तों का? एक स्त्री ऐसी परिस्थिति में सच क्या है बता सकती है? एक दासी वही करती है जो उसको आदेश दिया जाता है। मेरा एक मात्र दोष है कि मैं दासी हूँ। एक ऐसी स्त्री जो न पति-सुख नहीं पुत्र-सुख के सपने देख सकती है। प्रेम के मधुर-स्वप्नों के बारे में तो कुछ भी नहीं जानती है। मैं तो एक कठपुतली थी और हूँ, यदि आज मुझे मृत्युदण्ड दें या कोई अन्य दण्ड में क्या उसका बचाव कर सकती हूँ? नहीं। तब मुझ नारी को, दासी को, इस भीड़ भरी अदालत में घसीटकर लाने का क्या फायदा था। मुझे रनिवास के भीतर ही मार दिया जाता? या विष पिला दिया जाता तो क्या मैं कुछ कर पाती? आप राजन् हैं, आज आप मेरे प्रभु जो आप चाहेंगे वही होगा। मुझ अबला, बेसहारा नारी को कटघरे में खड़ा करने का क्या फायदा? मुझे सफाई देने की कोई आवश्यकता है क्या?"

एक दासी की बातों मे कितना कड़ुवा सच छिपा था। क्या उसका कुछ भी वश में था? वह निढाल होकर एक ओर लुड़क गयी।

कैसा क्रूर भाग्य, एक बालक जिसे राजा बनने या राजा से रंक बनने का कोई बोध नहीं था। वह अनजाने में ही राजा बना। कुछ मास राजगद्दी पर बैठा, आज वह राजगद्दी से धूल पर पड़ा था। उसकी असहाय, अभागिन माँ उसको बचाने का भरसक प्रयास कर रही थी। क्या वह उसे बचा पायेगी? जिसका स्वयं का जीवन संकट में हो वह उसके लिए क्या करेगी? किन्तु एक माँ अन्तिम क्षण तक अपने जीवन से अधिक महत्व अपने शिशु को देती है। दासी वह अवश्य थी किन्तु वह एक ममतामयी माँ भी थी, उसे अपना जीवन संकट में डालकर भी उसे बचाना था।

एक निरीह बकरी अपने मेमने को उसके चारों ओर खड़े भूखे भेड़िये रुपी भीड़ से बचाना था। ये भेड़िए उसे और उसके नाजुक बच्चे को अपना सुगम शिकार समझ रहे थे।

भीड़ का शोरगुल सुनकर बालक अपनी असहाय माँ के गंदे वस्त्रों में जा दुबका।

मैंने संकेत किया और मेरे नाना और राजगुरु आगे बढ़े, निरीह रोती माँ के

वक्ष से उन्होंने बालक को क्रूरता और निर्दयता के साथ खींच लिया। बालक चीखा लेकिन अगले ही क्षण मेरे नाना के भंयकर चेहरे और लम्बी मूछों को देख, सहम कर चुप हो गया। उसकी माँ दहाड़ें मार-मारकर रोने लगी। उसकी आँखों से आँसुओं की बरसात हो रही थी; किन्तु मन के दवानल को बुझाने की शक्ति इस अभागी माँ के अभागे आँसुओं में कहाँ थी।

कुछ क्षणों के लिए मेरा भी जी भर आया। मुझे बचपन के वे दिन एकाएक याद आ गये थे जब मेरी माँ मुझे अपने सीने से चिपटाये डोटी राज्य की सीमा को पार कर रही थी। वह चारों ओर नजरें घुमा-घुमाकर देख रही थी कि कहीं कोई उसे और उसके अबोध दो शिशुओं को पकड़ न ले। मेरी निःसहाय माँ ने मुझे और मेरी बहन को बचाने के लिए क्या-क्या कष्ट नहीं सहे थे। सावन-भादो के बादलों की तरह मेरा जी भर आया था। भावना रुपी घुमडते बादलों से निकली बरसात की बूँदें मेरे आँखों में एकत्र होने लगी थी। तुरन्त ही मुझे भान हुआ कि मैं एक राजा हूँ। मैं अपने को कमजोर कैसे प्रदर्शित कर सकता हूँ। साथ ही मैं यह भी समझता था कि इस स्त्री पर सहानुभूति रख कर मैं राजगुरु से द्वारा पूर्व से ही निर्धारित दण्ड से अलग कैसे हो सकता था।

मेरे नाना आगे बढ़े, उन्होंने उँचे स्वर में कहा, "इस ख़वासन के पूरनमल से नाजायज सबन्ध थे, यह पुत्र भी उसी का है। इस दासी ने षडयंत्र रचकर अपने इस नाजायज पुत्र को राजा अजीतचंद का पुत्र बताया और उसे कुर्मांचल की राजगद्दी पर बैठाने में पूरनमल का साथ दिया। अतः राजद्रोह के दोष में इसे मृत्युदण्ड दिया जाना उचित होगा। इसके अबोध बालक को भी यथोचित ढंग से मृत्युदण्ड दिया जाना चाहिए। अन्यथा यह एक कहानी के रुप में सदा कुर्मांचल की धरती पर उपस्थिति रहेगा।"

चारों ओर अधिकांश सलाहकारों, सेनानायकों, मंत्रिमण्डल के सदस्यों ने नाना की हाँ में हाँ मिलायी। मेरे नाना मेरी ओर मुड़े और उन्होंने कहा था, "राजन! कृपा कर आदेश दें।"

मैं अभी तक अपनी बाल भावनाओं के स्मृतिसिंधु में खोया था। अचकचाकर सीधा सिंहासन पर बैठ गया। मेरा मन हुआ कि इस माँ-बेटे को स्वतंत्र कर दूँ। इनसे मुझे और मेरे राज को क्या खतरा हो सकता है? यह दासी तो निश्चय ही एक कठपुतली के समान है; किन्तु राजधर्म कठोर होता है। मैं तब अपने प्रिय नाना व राजगुरु के निर्णय के विरुद्ध नहीं जा सकता था। उनके जो शब्द थे, वह मेरे लिए आदेश की तरह थे। क्या मैं उसमें कुछ उलटफेर

करने की शक्ति रखता था?

तभी मेरे भीतर कहीं से कुछ शक्ति का सा संचार हुआ, मेरे मुख से अकस्मात् तीव्र व उँचे शब्द निकल उठे थे, "इस दासी को मृत्युदण्ड नहीं दिया जा सकता है।"

पूरा सभा स्थल में एक साथ हूँ शब्द तैर गया। मेरे नाना और राजगुरु ने मेरी ओर तीक्ष्ण दृष्टि से देखा। उन्हें निश्चय ही यह भान भी नहीं रहा होगा कि मैं उनके लिए गये निर्णय या अनुशंसा में कुछ फेरबदल कर सकता हूँ। मैं तुरंत स्थिति को भाँप गया था। मैंने निश्चित ही उनकी अवमानना कर दी थी; तब क्या मैं ऐसा साहस करने की स्थिति में था?-कदापि नहीं. मैंने अपने को सम्भाला और बोल पड़ा था, "इस पापी दासी को आजीवन काल कोठरी में डाल दिया जाय और इसके अबोध, निर्दोष बालक को किसी निःसंतान व्यक्ति को दे दिया जाय।"

मैंने पूर्व निर्धारित दण्ड में कुछ परिवर्तन कर दिया था। मेरे प्रिय नाना और राजगुरु ने इसे मेरी नादानी समझकर शायद मुझे माफ कर दिया था और उन्होंने इस दण्ड को राजनीतिक लाभ के अवसर में बदलते हुए सभा के मध्य तीव्र स्वर में जय घोष करते हुए कहा था, "दयालू राजा कल्याण चन्द्रदेव महाराज की जै"। चारों ओर मेरे इस दयापूर्ण निर्णय की चर्चा होने लगी। इस क्रूर दण्ड को देते समय में निश्चय ही द्रवित हो उठा था, किन्तु इस अवसर पर राजा की जैकार कर चतुर दरबारियों ने मुझे दयालू राजा के रुप मे प्रस्तुत कर दिया था। अर्थात् चित भी मेरी पट भी मेरी।

एक असहाय माँ को उसके शिशु से सदा के लिए अलग कर दिया गया था। वह चिल्लायी, "राजन! दया कर मुझे मृत्यु दण्ड दे दें। यह दण्ड मुझ पर दया नहीं हैं, मैं मृत्यु चाहती हूँ." लेकिन दयालु राजा के लिए किये जा रहे ऊँचे जैघोष के मध्य उस अबला नारी की चीख किसी ने नहीं सुनी। तब तक मैं एक दयालू राजा होने की उपाधि पा चुका था।

चन्द्रों की राजगद्दी में कुछ दिन के लिए उगा नन्हा पूर्णिमा सा चाँद अमावस के अंधेरे में गुम हो चुका था।

हत्याओं का औचित्य

आज राजसभा में मेरा चौथा दिन था, कुछ देर पूर्व ही एक दासी को सजा दी जा चुकी थी। मैं तब बहुत भावुक हो उठा था; किन्तु मैं कुछ भी कर सकने की स्थिति में नहीं था। कभी-कभी मैं अपने को हीन समझने लगा था। ये बूढ़े, चतुर राजनीतिज्ञ मुझ से क्या-क्या करवाते हैं? मैं उन पर क्रोध व्यक्त करना चाहता था, तभी मुझे अचानक याद आता कि मैं इन वृद्धों का कितना आभारी हूँ? क्या मैं इनके बिना राजा बन पाता? अल्मपुरी के तमाम चाल-बाजों की चालों को निष्फल करने की क्षमता क्या मेरे में थी? यदि इन सब का साथ मेरे साथ न होता तो मैं कुछ भी नहीं कर सकता था, यह सोच कर मेरे भीतर का आक्रोश शांत हो जाता।

मैंने अपने मन के भावों को बदला और वृद्ध नाना से पूछा, ''अन्य बन्दियों का क्या किया जाना है नानाश्री?''

''उन्हें आज ही अदालत में सजा सुनाई जायेगी,'' नाना ने उत्तर दिया।

''आज ही क्यों? और अदालत लगा कर क्यों? उनको जो दण्ड देना है वह दे दिया जाय। यह सब नाटक की क्या आवश्यकता है, नाना श्री?''

मेरे अनुभवी वृद्ध नाना समझ गये होंगे कि मैं दासी व उसके पुत्र को दिये गये दण्ड के दौरान भावुक हो गया था। मैं अभी चाल-बाजों के अत्याचारों से भलीभाँति रुबरु कहाँ हुआ था? नाना ने मेरे कंधे पर स्नेहिल हाथ रखते हुए कहा था, ''पुत्र कल्याण! हमें हर अवसर का अधिक से अधिक राजनैतिक लाभ उठाना चाहिए। राजनीति का यही वसूल है। हमारे अदालत लगाकर दण्ड देने से एक तीर से दो निशाने होंगे।'' बहुत समय बाद मेरे प्रिय नाना ने बेटा कल्याण शब्द का प्रयोग किया था, जब से मैं राजा बना तब से मेरे नाना मुझे नृपत, राजा आदि शब्दों के साथ सम्बोधित करते आ रहे थे। ये शब्द उन्होंने मेरी मनःस्थिति को भाँपते हुए कहे होंगे; जिनसे राजा के उच्चारण से अधिक आत्मीयता दर्शित होती थी। मैंने पूछा, ''नानाश्री एक तीर से दो शिकार?''

उन्होंने मुझे समझाते हुए कहा, ''एक तो प्रज्ञा को यह प्रतीत न हो कि

उन्हें अकारण ही दंडित किया जा रहा है। हमने उन्हें अपना पक्ष रखने का अवसर दिया। दूसरा उनको सार्वजनिक रुप से दण्ड देने से प्रजा में भय व्याप्त होगा और वे भविष्य में राज्य के विरुद्ध कोई चालबाजी करने के पूर्व सौ बार सोचेंगे।''

मेरे चेहरे के हावभाव और माथे की सिकुड़ी रेखाओं को देखकर वृद्ध नाना ने तुरन्त कहा, ''पुत्र कल्याण! राजनीति का मूल मंत्र यह है कि अपने विरोधियों, प्रतिद्वन्दियों व विश्वासघातियों को जितना शीघ्र हो सके समाप्त कर दिया जाय। विश्वासघातियों पर भरोसा किसी भी परिस्थिति में न किया जाय भले ही उसने तुम्हारा साथ किसी विशेष समय पर दिया हो। ऐसे विश्वासघातियों को पहचान लेना आवश्यक है क्योंकि भविष्य में मौका पाते ही ये तुमसे बदला लेने के लिए कुछ भी कर सकते है। पुत्र! तुम्हें इन विषयों पर अधिक चिंता करने की आवश्यकता नहीं है; तुम्हारें चारों ओर अनुभवी, ज्ञानी राजनीतिज्ञ खड़े हैं। तुम सब उन पर छोड़ दो। तुम्हारें चारों ओर मैंने विश्वास पात्र लोगों का मजबूत चक्रव्यूह बना कर रखा है। तुम्हें कोई हानि नहीं पहुँचेगी। अंततः दुष्टों को बख्शा नहीं जायेगा।''

मेरा क्लेश कुछ कम हुआ। मैं समझ गया था कि मैं पूर्णरुप से इस चक्रव्यूह के भीतर सुरक्षित हूँ और मैं ऐसी स्थिति में कदापि नहीं था कि उससे बाहर आ सकूं या यह कहना उचित होगा कि मैं स्वंय ही उस चक्रव्यूह से बाहर नहीं आना चाहता था। बाहर मेरा अस्तित्व ही क्या था?

मुझे अच्छी तरह याद है, मेरे नाना मुझे समझाते रहते थे कि मैं किसी पर भी विश्वास न करुँ। उनके द्वारा नियुक्त अंगरक्षकों, सेवकों के अतिरिक्त किसी के द्वारा दिये गये खाने-पीने की चीजें न लूँ। रसोई में नाना का विश्वासपात्र रसोईया जिसे सूपकार कहा जाता था, नियुक्त हो चुका था। यह पं0 उमापति, तरह-तरह के राजसी व्यंजन बनाता था। अत्यंत स्वादिष्ट, मैं भुक्कड़ों की भाँति उन व्यंजनों पर टूट पड़ता था। मेरा वजन बढ़ता जा रहा था। लम्बा, चौड़ा, गठीला बदन पहले से ही था; किन्तु अब मोटा भी होता जा रहा था। मैं जहाँ जो मन पसन्द लगे खाना चाहूँ सम्भव नहीं था। पता नहीं कौन खाने में जहर मिला दे? इसीलिए मुझे खाने-पीने की एक सीमा तक ही स्वतंत्रता थी। यह उचित इसीलिए था कि विगत दो राजाओं की मृत्यु संन्देहास्पद ढंग से हो चुकी थी।

जिन लक्ष्मीपति और उसके पुत्रों को कल मृत्युदण्ड दिया गया था उनके समर्थकों और सहयोगियों की आँखें निकाल लिए जाने का दण्ड निर्धारित

किया गया था। उन्हीं षड़यंत्र रचियताओं की लम्बी सूची तैयार की गयी थी। तब तक मुझमें कुछ सूझ-बूझ आनी प्रारम्भ हुई थी। मैंने सूची देखी जिसमें सैकड़ों लोगों के नाम थे। मैंने नाना से पूछा था "नानाश्री क्या इसमें सभी दोषी है? कोई निर्दोष तो सजा नही पा रहा है?"

"राजन्, ये सभी गैड़ा पिता-पुत्र के चहेते हैं इसमें से कई ने जागीरें हासिल की थी, उनकी जागीरें हमने जब्त कर ली हैं, जिन्हें हम अपने विश्वास पात्रों के देंगे ताकि वे हमारे उपकाराधीन रहें। जिन ब्राह्मणों को मोटी-मोटी दक्षिणा या भेंटे मिली थी, उनसे भी वह वापस छीन ली गई हैं। जिसके कारण हमारे राजकोष मे भारी धन, सोना, आभूषण आदि जमा हो गया है, शीघ्र राजकीय खजाने में धन एकत्र करने का सरल तरीका और कोई नहीं है। बिना धन के राज-काज चलाना सम्भव नहीं है। गैड़ा पिता- पुत्रों द्वारा छुपाये गये या जमीन में गाड़े गये धन की खोज भी करायी जा रही है।"

नाना जी ने मेरी ओर ध्यान से देखा वे मेरे मुख के हावभावों को पढ़ना चाह रहे होंगे। दासी को दण्ड देते समय मेरे द्रवित हो जाने तथा उनके द्वारा पूर्व निर्धारित दण्ड में फेरबदल कर देने की घटना से वे कुछ चिंतित और चौकन्ना अवश्य हुए होंगे। मुझ से नजरें मिलाते हुए उन्होंने कहा, "राजन् जिन जागीरदारों, पण्डितों, वणिकों आदि से हमने सम्पत्तियां छीनी है और उन्हें बन्दी बनाया है, उनके अधिकांश रिश्तेदार हमारे अगल-बगल के राज्यों में शरण लेने हेतु भाग गये हैं। उनमें से कुछ हमारी पकड़ में आये हैं, शेष भाग खड़े हुए हैं। यदि इन पकड़े गये बंन्दियों जागीरदारों, ब्राह्मणों आदि को जीवित रखा गया या अंगभंग का दण्ड न दिया गया तो ये सदा ही हमसे बैर पाले रहेंगे और समय पाते ही हमारे विरुद्ध विद्रोह करेंगे या तरह-तरह की चालें चलेंगे। निष्कंटक राज्य करने के लिए इनमें से बड़े षड़यंत्रकारियों को मृत्युदण्ड आवश्यक रुप से देना हैं. जो उनके सहयोगी हैं, उन्हें ऐसा दण्ड दिया जायेगा कि वे कहीं इधर-उधर जाने लायक न बचे या किसी प्रकार के युद्ध के योग्य न बचें. साथ ही इन अंधों को देखकर प्रजा सदैव अनुभव करे कि राजा के विरुद्ध किसी चाल-बाजी का फल क्या होगा।

मैं नानाश्री की बातों से सहमत था। हमारा राजसी खजाना भरता जा रहा था। हमें अपने लोगों को भी तो उपकृत करना था अन्यथा वो क्यों हमारा साथ देकर अपना जीवन दाँव में लगाते या हमारे लिए औरों से शुत्रुता मोल लेते। इस सब का मूल्य उन्हें जागीरें तथा मोटी दक्षिणा या भारी-भारी वेतन देकर

चुकाना था।

मेरी राजकाज के प्रति समझ बढ़ती जा रही थी। दोषियों को दण्ड दिया जाना है- मेरी भृकुटि तन गयी थी, "ऐसा ही होगा, दोषियों को क्षमा नहीं किया जायेगा। सभी बन्दी दोषियों को अदालत में पेश किया जाए।" मैंने आदेश दिया।

मैंने पहली बार अपने नानाश्री से आदेशात्मक ढंग से कहा था। उन्हें उस तरह के मेरे वाक्यों से कतई बुरा नहीं लगा, उलटा उन्होंने मुझे गर्व से देखा कि मैं एक राजा की तरह पेश आ रहा था।

पूरे कुमांचल में सैनिक फैल गये थे, चारों ओर से विपक्षी जागीरदारों, ब्राह्मणों, वणिकों को पकड़कर निरंतर लाया जा रहा था। खजाना भरता जा रहा था। राज्य पर मेरी पकड़ मजबूत होती जा रही थी।

मुझे वह दिन याद है जब आँखें निकाले जाने का दण्ड समारोह हुआ था। सैकड़ों लोगों को पकड़कर अल्मपुरी लाया गया था। खुले मैदान में हाथ बँधे आरोपियों की भीड़ जमा थी। सैकड़ों सशस्त्र सैनिक उन्हें घेरे थे। बाड़े के बाहर हजारों नागरिक इस आँख निकाले जाने वाले कार्यक्रम का नयन सुख लेने एकत्र थे।

अदालत का कार्य प्रारंम्भ हुआ। मैंने अपने उँचे सिंहासन से चारों ओर दृष्टि घुमाई। चारों ओर मेरे विश्वसनीय सैनिकों, मंत्रिमण्डल सदस्यों और सलाहकारों की टोली मुझे घेरे हुए थी। हजारों सैनिक तलवार लिए पहरा दे रहे थे। मुझ तक किसी का पहुँचना सम्भव नहीं था। मेरे नाना की ओर से इशारा होते ही मैंने उँचे स्वर में कहा, "गम्भीर अपराध वाले दोषियों और सभी राज द्रोहियों को मृत्यु दण्ड दिया जायें। ब्राह्मणों, वाणिकों, शूद्रों जिनका दोष कम है, उनकी आँखें निकाल ली जायें।"

बंदियों की भीड़ से "क्षमा हो", "क्षमा हो" की चिल्ल-पुकार मचने लगी। कई चिल्ला रहे थे, "राजन् हम निर्दोष है, हमें सिर्फ इसलिए पकड़ा गया है कि हम कुछ दोषियों के निकट सम्बन्धी हैं। हमारा तनिक भी दोष नहीं है। राजन् हमें अपनी बात रखने का एक अवसर दें।"

मेरे कानों में इस तरह के कई शब्द टकरायें थे; किन्तु तब मैं क्रोधाग्नि से झुलस रहा था। चारों ओर से आ रही, "क्षमा राजन, क्षमा, हम निर्दोष है, राजन! निर्दोष हैं, हम आपके पूर्वजों के समय से चंदवंश के निष्ठावान हैं।

राजन् क्षमा करें।''

मैं तब पूर्वाग्रह व् दुराग्रह से भरा पड़ा था।

मैंने सभी आवाजों को अनसुना कर, अपनी नग्न तलवार लहरायी और उठ खड़ा हुआ।

बन्दियों में जिन्हें मृत्यु दण्ड के लिए छाँटा गया था, उन्हें सुयाल नदी के किनारे दण्ड हेतु ले जाया जा रहा था। शेष की आँखे निकाले जाने के लिए अलग खड़ा कर दिया गया था।

महीनों तक यह क्रम जारी रहा, सैकड़ों चंदवंशी क्षत्रियों तथा गम्भीर अपराध में लिप्त पाये गये अपराधियों को सुयाल नदी के किनारे ले जाकर मृत्यु के घाट उतारा जाता रहा। उनमें से अधिकांश का अन्तिम संस्कार भी नहीं किया गया था। उन्हें चील कौवों के भोजन हेतु छोड़ दिया गया था।

मैं निष्कंटक राज्य कर रहा था। मेरे नाना द्वारा राजगुरु, पुरोहितों और सेनानायकों को विद्रोहियों से जब्त की गयी जागीरें बक्शी जा रही थीं। इन नये जागीरदारों को निश्चित धनराशि प्रतिमाह राजकोष मे जमा करने का भी फरमान जारी किया गया था। हमारे पक्ष के ब्राह्मणों, वणिकों, व शूद्रों को सोने के सिक्कों से भरी थैलियाँ बाँटी गयी थीं। उनका काम था राजा व राजकाज की चहूँ ओर प्रंशसा करना और किसी प्रकार की विद्रोही गतिविधियाँ की सूचना को राजा तक पहुँचना।

आँखे निकाले जाने का नयन सुख

मेरे राज्य का कामकाज व्यवस्थित ढंग से चल रहा था। मैं भोग व मद में लिप्त था या मुझे उसमें लिप्त होने के लिए धकेल दिया गया था तब मैं उस भोग विलास के मदानन्द में लिप्त था। यह मेरे लिए परमानंद का समय था।

तभी हमारे विश्वास पात्र मंत्री ने सूचना दी कि कुछ लोग मेरे विरुद्ध विद्रोह की तैयारी कर रहे है। मेरे राजकाज की आलोचना कर रहे हैं और षड़यंत्र करने में लगे हैं। यह दुष्प्रचार किया जा रहा है कि जो चंदवंशी रुहेलखण्ड, डोटी या गढ़वाल देश भाग गये हैं वे शीघ्र ही कुमांचल पर आक्रमण करने वाले हैं और

इस मदान्ध राजा के दिन बहुत कम रह गये हैं।

मेरे परमानंद में गम्भीर खलल पड़ रहा था। मेरे नाना ने मंत्री परिषद व युद्ध परिषद के प्रमुखों को बुलवा लिया। गुप्त बैठक हुई और राजाज्ञा जारी हो गयी कि ऐसे सभी लोगों को बंदी बनाकर राजदरबार में लाया जाय। देखते-ही-देखते कुछ दिनों में सैकड़ों लोगों को पकड़कर राजधानी अल्मपुरी आया जा चुका था।

उस दिन धूप खिली थी, ठंडी सुखदायी हवाएँ चल रही थी। हम अपने मित्र अनूप सिंह आदि के साथ आराम से अर्थहीन बातों में उलझे पड़े थे। महत्वपूर्ण निर्णय जिनके बारे में न मुझे समझ थी न समझने की मैं आवश्यकता ही समझता था स्वतः होते जा रहे थे। तभी प्रहरी ने सूचना दी कि राजगुरु द्वारा मुझे राजसभा में बुलाया है। कुछ क्षण मुझे क्रोध आया कि फिर कौन सा दण्ड मुझे देना होगा आज? किन्तु मैं अगले क्षण सभा कक्ष की ओर चल पड़ा। मुझे बंदियों के बारे में बताया गया। इस षड़यंत्र को उजागर करने वाले ब्राह्मण भवानी दत्त पांडे थे। उन्होंने इन बन्दियों के विषय में सभा के समक्ष ब्यौरा रखते हुए कहा था, ''राजन् इस षड़यंत्र का प्रयास करने वाले प्रमुख हैं पंडित रमावल्लभ पंत। वैसे तो ये महान विद्वान हैं, वाराणसी जाकर विद्याध्ययन कर चुके हैं। इसके पूर्वज चंद राजाओं के दरबार में रह चुके हैं। इन महानुभावों को हजारों संस्कृत के श्लोक अर्थ सहित कंठस्थ हैं। यह गीता पुराणों व भागवत के ज्ञाता हैं। किन्तु ये निरंतर राजनीति में रुचि लेते हैं और राजनीति पर अपने भागवत कथा के दौरान अपने विद्रोही विचार रखते हैं। भागवत कथाओं में भक्तों की भीड़ होती है, उसी का अनुचित फायदा उठाकर ये उनके मन में राजाओं द्वारा किये जा रहे अत्याचार, अन्याय, दमन और शोषण की भ्रामक कथा कहकर प्रजा को आपके विरुद्ध भड़काते हैं। इनकी बातों की बहकावे में आकर इनके सैकड़ों समर्थक हमारे राजन चन्द्रचूड़ामणि कल्याणचंद देव के विरुद्ध होते जा रहे हैं।''

पंडित भवानीदत्त ने अपनी बात जारी रखनी चाही, परन्तु राजगुरु ने आगे बढ़कर हाथ दिखाया था कि भवानीदत्त चुप हो गया। तब राजगुरु ने अपने गम्भीर वचनों में कहा, ''राजन्, इनका विद्वान होना या वेद पुराणों का ज्ञाता होना इनके अपराध को कम नहीं करता है। एक अज्ञानी यदि राजद्रोह करे तो यह समझा जाता है कि वह बहकावे में आ गया होगा किन्तु रमावल्लभ जैसा विद्वान पुरुष यदि इस प्रकार का अपराध करता है तो वह अक्षम्य हो जाता है।''

राजगुरु ने रमावल्लभ पर नजर डाली वह निर्भीक खड़ा था। मैंने गर्वीले स्वर में रमावल्लभ से पूछा, ''पंडित रमावल्लभ तुम्हें अपने बचाव में कुछ कहना है?''

रमावल्लभ ने जो कहा था वह शब्द आज भी मेरे कानों मे गूँज रहे हैं, तब मुझे उसकी गूढ़ बातों का अर्थ कहाँ ज्ञात था? जिन्हें ज्ञात था वे इस विद्वान को राजसभा में देखना नहीं चाहते होंगे या उनकी इससे कोई पुरानी दुश्मनी रही होगी? जो भी हो तब मैं इतनी गहराई से सोचने की समझ नहीं रखता था। पंडित ने कहा था, ''राजन! चन्द्रवंश के महान राजा बाज बहादुर के समय में मेरे दादा उनके प्रमुख सलाहकारों में होते थे। प्रत्येक निर्णय का परिक्षण वे सलाहकार मण्डल से करवाते थे तभी अन्तिम निर्णय में पहुँचते थे। एक राजा प्रजा का प्रत्यक्ष प्रभु होता है। ईश्वरीय दण्ड विधान के बाद वह पृथ्वी पर मुख्यदण्डाधिकारी होता है। अतः उसको एक भी दण्ड देने वे पूर्व कई बार सोचना चाहिए तथा उसका परीक्षण करवाना चाहिए। व्यक्ति को परखा जाना चाहिए। आज चन्द्रवंशियों द्वारा बख्शी गयी जागीरों को जब्त किया जा रहा है। जिन ब्राह्मणों को किसी कारण दक्षिणा, खेत, पनचक्की आदि भेंट स्वरूप मिली थी उसे बिना उचित कारण के छीनकर दूसरे कुपात्रों को सौंपना क्या उचित है? क्या यह अनुसंधान कराया गया कि उन जागीरदारों में कौन-कौन आपके विरुद्ध है? जो आपका विरोध करते पाये जाते तो उन्हें निश्चय ही दण्ड मिलना चाहिए था। सैकड़ों वर्षों से जिन क्षत्रियों ने देवभूमि कुर्मांचल की रक्षा में प्राण गँवाकर जागीरें प्राप्त की तथा जो सदैव चन्द्रवंश के पूर्वजों के काल से ही निष्ठावान रहे हैं उनकी जागीरें छीन कर उनकी हत्याएं कर दी गयीं। जिन ब्राह्मणों को दान स्वरुप मंदिर या खेती योग्य भूमि दक्षिणा मिली थी, उनसे जबरन यह सब छीन लेना क्या उचित है? आप निर्णय करें। आप अबोध हैं, आप बचपन से राजकाज में जूझे नहीं हैं। इसमें आपका दोष नहीं है; लेकिन ये राजगुरु पंडित हरीकृष्ण तथा क्षत्रिय सुमेर सिंह क्या नहीं जानते कि कौन दोषी और कौन निर्दोष है? इस प्रकार के हत्याकाण्ड से चन्द्रवंशीय क्षत्रिय भागकर अगल-बगल के राजाओं के पास शरणांगत हो गये हैं। वे आज नहीं तो कल उन पड़ोसी राजाओं को जिनको हम अपना शत्रु बना बैठे हैं, कभी न कभी इस देवभूमि पर आक्रमण करने के लिए उकसाएंगे। आज सभी महत्त्वपूर्ण लड़ाकू क्षत्रिय नवजवान देश छोड़ चुके हैं। मात्र स्वार्थी, अत्याचारी प्रवृत्ति के लोग शासनतंत्र में पकड़ बनाने के प्रयास में हैं।''

पंडित ने कुछ क्षण के लिए अपना संबोधन रोका, थूक निगला, निर्भयता

से चारों ओर सभा में दृष्टि घुमाई और बोलना प्रारम्भ किया। "राजन! एक अत्याचारी के राज को आपने जरुर समाप्त किया है; किन्तु पुनः उसी प्रकार के अत्याचार प्रजा के साथ होते रहे तो इन नये राज्य व नए राजा का क्या लाभ? मैं सत्य को उजागर करने का साहस रखता हूँ, इसमें राजा व राज्य का हित समाहित है न कि राजा व राज्य के प्रति द्रोह। अपने राजा के कार्यों की आलोचना करना या सुधार हेतु दबाव बनाना क्या राजद्रोह है? नहीं राजन! अभी भी समय है आप उन दण्डों व हत्याओं की समीक्षा करें जिन परिवारों के पुरुषों को आपने उनके आगामी वंश के साथ ही समाप्त कर दिया है, उन परिवारों में मच रहे हा-हाकार को सुनें। उनकी पीड़ा-चित्कार ग्रामों, जंगलों-घाटियों में गूँज रही है। विधवा माता-बहनें आत्महत्या कर ही हैं। बालक अनाथ हो रहे है। चेतो राजा! चेतो! उनकी धात् देवी देवताओं के चौखटों पर पड़ रही हैं। कहीं ऐसा न हो कोई कुपित देवता आप को दण्ड दे दे।"

रमावल्लभ आगे बोलना चाह रहा था कि मैं अपने सिंहासन से तलवार लहराता उठ खड़ा हुआ था। मैं उसका पक्ष नहीं जानना चाहता था। मैं उस समय इस स्थिति में भी नहीं था कि एक विद्वान से जिरह कर सकूं। मैं तो आज भी उस स्थिति में नहीं हूँ।

मैं अभिमान के साथ चौड़ा सीना तान कर पंडित रमावल्लभ के सामने खड़ा था। मैं क्रोध व घृणा से भरा था कि इस तुच्छ व्यक्ति का इतना साहस की चन्द्रचूड़ामणि कुर्मांचल नरेश कल्याणचन्द्रदेव के विरुद्ध ऐसी भाषा का प्रयोग करे, मुझे देवी-देवताओं के कुपित घात पड़ने व दण्ड मिलने की बात करे। मेरे क्रूरता भरे दण्ड की कहानियाँ प्रजा में फैल चुकी थी। मैं सोचता था कि प्रजा भय के कारण मेरे विरुद्ध बात करने में भी डरती होगी। लेकिन इस रमावल्लभ का इतना साहस! मैं सिंहासन से नीचे उतरा और उसके सामने आ खड़ा हुआ। मैंने एक तीक्ष्ण दृष्टि उस पर डाली। रमावल्लभ बिना डरे मुझसे नजरें मिला रहा था- एक गरीब ब्राह्मण का यह साहस? उसके भीतर भयरुपी आदिम स्वभाव कहीं दिखाई नहीं दे रहा था। मेरा क्रोध सातवें आसमान पर था। मैंने एक करारा वार उसके चेहरे पर किया। उसकी नाक से रक्त की धार निकल पड़ी। मुझे बड़ा सुकून मिला। मैं उसके मुख पर थूकने वाला ही था; परन्तु उसकी चमकती आँखों व दमकते भयहीन चेहरे को देख मैं यह न कर सका। मैंने अपने मुँह में एकत्र थूक को भूमि में झटके के साथ थूका और पैर पटकते हुए सभा प्रांगण में क्रोध वश चक्कर लगाने लगा। मैं विशाल शरीर का स्वामी

था, नग्न तलवार मेरे हाथ में लहरा रही थी। आँखें निकाले जाने के पूर्व निर्धारित समारोह का नयन सुख लेने वालों की भारी भीड़ प्रागंण में जमा थी। मैं जिधर को घूमा उधर भीड़ चिल्लाई। ''कुर्मांचल नरेश कल्याण चंद की जै।''

मैंने घूरकर भीड़ की ओर देखा, भीड़ सहमकर चुप हो गयी। मैं उनके भीतर समा चुके भय को भाँप सकता था। मैं मन ही मन सोच रहा था कि इस रमावल्लभ को दण्ड देने के बाद मुझे सिंहासन से हटाने या मेरे विरुद्ध चाल चलने की कोई सोच भी न सकेगा।

भय व्याप्त करने के साथ ही मिलती जा रही सफलता इतनी मधुर होती है, मुझे भीतर ही भीतर अनुभव होता जा रहा था। मैं जिधर घूमता, दरबारी, मंत्रीगण, सेनानायक और सामान्य प्रजा मेरे सम्मान में झुक जाते।

मैंने अपने नाना और राजगुरु हरीकृष्ण जोशी की ओर दृष्टि घुमाई उनके चेहरे में मुस्कान थी; परन्तु वह औरों की भाँति मेरे सम्मान में झुके नहीं। एक बारगी मुझे इन दोनों वृद्धों पर क्रोध आया कि इन दोनों ने भी औरों की भाँति व्यवहार क्यों नहीं किया? क्या इन दोनों को मुझ से भय नहीं? सहसा मुझे अपने भीतरी कद का भान हुआ और मैं बिना उनके सामने रुके सीधे अपने ऊँचे आसन में जा बैठा था।

मैं समस्त बन्दियों की आँखें निकाले जाने का आदेश दे चुका था।

प्रांगण के बीच में सैकड़ों हाथ बँधे बंदी खड़े थे। उनकी रोने की आवाज, मैं ऊँचे सिंहासन से साफ सुन सकता था। बीच-बीच मे उनकी, ''क्षमा करो राजन! हम निर्दोष हैं, राजन!'' की आती आर्तपुकारों को मैं अनसुना करने का प्रयास कर रहा था।

सबसे पहले पंडित रमावल्लभ पंत की आँखें निकालने का उपक्रम प्रारम्भ हुआ। आँखें निकालने में प्रशिक्षित जल्लादों ने अपने विशेष प्रकार के यंत्रों के साथ जैसे ही रमावल्लभ का खींचकर एक उँचे चबूतरे पर लिटाया, भीड़ में सन्नाटा छा गया। इस बीच यह महत्त्वपूर्ण बात थी कि रमावल्लभ ने एक भी बार क्षमा याचना नहीं की। उसके अन्दर कहीं कोई भय नहीं दिखाई दिया था। शायद उसे ज्ञात था कि क्षमा याचना से कोई लाभ नहीं हैं।

जल्लादों ने अपना शल्य कार्य प्रारम्भ किया। रमावल्लभ को चार-पाँच सैनिकों ने जकड़ कर पकड़ लिया। उसे चबूतरे मै पटक दिया और एक

जल्लाद विशेष प्रकार के नुकीले यंत्रों के साथ उसके ऊपर झुक गया।

दो हृदय विदारक चीखों ने पूरे प्रांगण को विचलित कर दिया था। भीड़ सहम कर रह गयी। वह भीड़ जो इस आयोजन को बड़े उत्साह से देखने आयी थी, वह वेदना और भय से भर गयी। कुछ लोग प्रांगण छोड़कर जाने लगे थे।

मैंने भी सहसा उस ओर से मुँह मोड़ लिया था; किन्तु मैं सामान्य प्रजा जैसा व्यवहार कैसे कर सकता था। मुझे दृढ़ता दिखानी थी। भय का साम्राज्य स्थापित करना था ताकि मुझे किसी से कोई भय न रहे।

रमावल्लभ को असह्य पीड़ा रही होगी, किन्तु मुझे इससे क्या लेना देना था। इसने तो मेरे राजकाज की खुलेआम आलोचना की थी। मुझे अत्याचारी कहा था। मुझ पर बाह्य आक्रमण की चेतावनी दे डाली थी। ऐसे अपराधी को क्षमा कैसे? क्या मैं राजच्युत होकर पुनः डोटी जाकर मजदूरी करने की सोच सकता था? इस प्रकार की सोच से ही मेरा हृदय काँप जाता था।

रमावल्लभ को सीधा खड़ा किया गया। उसकी आँखों के स्थान पर दो गड्ढे थे उनमें रुई ठूँस दी गयी थी। खून निकल कर अभी भी उसके गालों पर बह रहा था। उसके घर के दो सदस्यों को बुलाया गया और उस नेत्रहीन को उनके हवाले कर दिया गया।

मैं सोचने लगा, यह पंडित कितना निर्भय हो चुका है, यह तो मृत्यु से डरना भी भूल चुका है। नेत्रहीन हो चुकने के बाद भी दृणतापूर्वक पदचालन कर रहा है। इसे गिरने का भी डर नहीं लग रहा है? इतनी अमानुषिक अत्याचार के बाद भी इसमें जीवित रहने की लालसा बनी है।

सहसा मुझे कुछ हँसी-ठिठोली सूझी। मैंने व्यंग भरे ऊँचे स्वर में कहा, ''पंडित रमावल्लभ तुम्हें अब कुछ दिखाई दे रहा है या नहीं?''

रमावल्लभ जो मेरी ओर पीठ किये जा रहा था, तेजी से पीछे मुड़ा। उसने अपनी पीड़ा को दबाते हुए ऊँचे स्वर में कहा, ''मूढ़ नृपत! तुम्हें ज्ञात होना चाहिए कि मूँदी आँखे, खुली आँखों की अपेक्षा अधिक देखने की क्षमता रखती हैं; मुझे सस्पष्ट दिखाई दे रहा है कि तू शीघ्र ही इस सिंहासन से च्युत होगा। अन्यायी राजा का आंतक सदैव नहीं चलता है. उसको खत्म करने के लिए कोई न कोई अवश्य जन्म लिए होता है; लेकिन तुझे सिंहासन से हटाने वाला निश्चय ही तुमसे भी अधिक अत्याचारी ही आएगा। कोई अवतारी नहीं आएगा, क्योंकि अवतारी के हाथों मरने वाला तो तर जाता है। यह एक नेत्रहीन

ब्राह्मण की भविष्यवाणी है। गाँठ बाँध ले, निर्बुद्धि राजा-गाँठ बाँध ले।''

मेरी इच्छा हुई थी कि एक क्षण में ही अपनी तलवार से उसका सिर धड़ से अलग कर दूँ; किन्तु मैं सिंहासन से हिल तक न सका। यह पहला व्यक्ति था जो भरी सभा में मुझे ललकार रहा था। मुझे निर्बुद्धि राजा कह रहा था। यह कितना निर्भय होकर मुझे श्राप दे रहा था। वह तो मृत्यु से डरे बिना और अधिक दृढ़ प्रतिज्ञ होता जा रहा था। मेरे आंतक की खुल्लम-खुल्ला मजाक उड़ा रहा था।

कुछ क्षण खामोशी के थे मैंने अपने अन्दर झाँका-क्या मैं निर्बुद्धि राजा हूँ? क्या मुझमें बुद्धि नहीं हैं? क्या मैं अन्यायी और अत्याचारी राजा हूँ? क्या मनुष्य का मनुष्य पर इतना अत्याचार उचित है? तब मेरे भीतर से कोई उत्तर नहीं आया था, उल्टा क्रोध बाहर निकल पड़ा था। मैंने उसकी पुनः हँसी उड़ाने के उद्देश्य से कहा ''अरे सैनिको! इस ज्ञानी रमावल्लभ को मशाल जलाकर दे दो, इन्हें तो दिन के उजाले में भी अब ठीक से दिखाई नहीं देगा, घर कैसे जायेंगे?''

रमावल्लभ एक दो कदम आगे बड़ा ही था कि पुनः पीछे मुड़ा, उसके भीतर भय का लेशमात्र भी नहीं था, उसके मुख से बिजली सी कड़क आवाज निकली, ''आँखों के होते हुए भी अंधे राजा! मुझे अब मशाल के उजाले से तो क्या? अगर तू अपना महल जलाकर उजाला करेगा तब भी नहीं दिखाई देगा, हां लेकिन याद रखना, तेरा यह महल एक दिन तेरे सामने जलेगा और तू कुछ भी न कर सकेगा। इसी महल के जलने की रोशनी से शायद तेरी खुली आँखों से परदा उठे?''

वह हठी नेत्रहीन ब्राह्मण कुछ और अधिक बोलता उसके पूर्व ही उसके परिजन उसे लगभग घसीटते हुए अदालत के प्रांगण के बाहर ले गये।

दरबारी और भीड़ सन्न थी। चारों ओर निःशब्दता छा गयी। चित्र खिंचित से खड़े थे- सब। एक अजीब सन्नाटा छा चुका था- प्रांगण में।

सहसा मैं उठ खड़ा हुआ था। तभी मेरे कानों में एक ऊँचा व कठोर स्वर गूँजा, ''शीघ्रता करो! दूसरे ब्राह्मण को आगे करो। सबकी आँखे निकालकर एकत्र करो।'' यह स्वर मेरे नाना सुमेर सिंह का था। आँखें निकालने का बृह्द आयोजन पुनः प्रारम्भ हो गया, दोषियों का चिन्हीकरण भी दूसरे ज्ञानी ब्राह्मण ही कर रहे थे।

कुछ-कुछ क्षणों मे मेरे कानों मे तीव्र चीखें टकरा रही थीं। कभी-कभी, ''क्षमा हो, क्षमा हो राजन'' की आवाजें, कभी ''हम निर्दोष हैं, राजन!'' कभी ''हम चन्द्रवंशीयों के निष्ठावान है, राजन!'' की आवाजें आती और उसके कुछ क्षणों के बाद ही दो तीव्र चीखें। क्रम जारी रहा। मेरे भीतर एक अजीब हलचल होने लगी थी। मैं अब उस प्रांगण में बैठा नहीं रह सकता था। मैं सोचने लगा- एक कमजोर बंदी ने, एक अपराधी ने, कठोर शब्दों में मेरी निंदा की है। मुझे श्राप दिया है। क्या उसके श्राप में सत्यता हो सकती है? सुना है ब्राह्मण विद्वान व ज्ञानी हैं। नेत्र निकाले जाने के बाद भी कितनी दृढ़ता से मेरा उपहास करता रहा। इससे तो अच्छा होता उसे मौत के घाट उतार दिया जाता। यह तो प्रजा में जाकर मेरे विरुद्ध अब भी जहर उगलेगा। शायद मुझे पुनः इसको बड़ा दण्ड देना पड़ेगा?

इसी उधेड़बुन के साथ मैं अपने महल की ओर तेजी से बढ़ गया। मेरे नाना ओर राजगुरु मुझ से कुछ पूछना चाह रहे थे; किन्तु मैं अपने में खोया बिना किसी अतिरिक्त वार्तालाप के अपने शयन कक्ष में जा घुसा।

अदालत के प्रांगण से निरंतर कुछ-कुछ देरी पर दो-दो चीखें आती जा रही थी। निकाली गई आँखों को एकत्र करने वाले कडाहे (भदौला) ऐसे भरते जा रहे थे मानो खाली खजाने में सिक्के जमा हो रहे हों।

मैं निरंतर आ रही चीखों को सहन नहीं कर पा रहा था। मैंने अपने शयनकक्ष की खिड़की- दरवाजों को कसकर बन्द कर लिया था। पर्दों को खींच लिया था; परन्तु यदाकदा कोई तीव्र आर्तचीख सुनसान कक्ष में प्रवेश कर ही जाती थी। मेरा मन पता नही कैसा-कैसा हो गया था। मैंने कानों में रुई डाली और पलंग में जा धँसा।

भोग- विलास

चीखें शांत हो चुकी थी। राजकाज पूर्व की भाँति सुव्यवस्थित रुप से चलने लगा था। मेरे चारों ओर एक मजबूत चक्रव्यूह सदैव मुस्तैद रह कर सारे राजकाज निबटा रहा था। मेरे राजसी मोहर से राजाज्ञा जारी हो रही थी- जागीरें, गाँव, गूठें और दक्षिणा बाँटी जा रही थी। दण्ड घोषित किये जा रहे

थे। सब काम मेरे बिना भी किसी बाधा के चल रहे थे। मुझे इसमें कोई आपत्ति भी नहीं थी। आपत्ति होती भी क्यों? मेरे नाना और राजगुरु ही तो मेरे आँख-कान थे. मैं उतना देखता था जितना मुझे दिखाया जाता, मैं उतना ही सुनता था जो आवाज मेरे कानों तक पहुँचायी जाती।

मुझे बताते हुए राजगुरु ने कहा, "चन्द्रचूड़ामणि कुर्मांचल नरेश कल्याण चंद देव की जै हो। राजन्, आपके आदेश से राजद्रोहियों का दमन किया जा चुका है, चारों ओर शांति स्थापित हो चुकी है। स्थान-स्थान पर नये सैन्य शिविर स्थापित कर दिये गए हैं, जिन पर रणाधिकारियों का कड़ा नियंत्रण व निरीक्षण जारी है। राजकाज को सुव्यवस्थित करने के लिए मंत्रिपरिषद, सैन्य परिषद व कार्यपरिषद का पुर्नगठन आपके आदेश से कर दिया गया है।"

मैं कुछ भी नहीं समझ पा रहा था कि ये परिषदें कैसे काम करेंगी या इनके क्या-क्या काम होंगे? तब तक मैं न तो यह समझता था न ही मैं यह पूछकर स्वयं को अज्ञानी साबित करना चाहता था। मैं सहमति में सर हिलाता रहा।

मैंने एक बार स्वयं से प्रश्न किया कि मैंने क्या कोई आदेश दिया था या नहीं? उत्तर आया था तू राजा है, खा-पी, भोग विलास कर। तेरे आगे पीछे सुख-सुन्दरियों को लगाया गया है। तूने पिछले लगभग 30-32 वर्षों मे क्या कोई आनंद उठाया है? राजकाज की माथापच्ची के लिए इतने बड़े-बड़े लोगों की परिषदें क्या करेंगी? ये राज्य से मोटी-मोटी धनराशियां क्या करने के लिए लेते हैं, यह सब इनका काम है, तू तो भोग-विलास कर।

मेरा शरीर भोगों के माध्यम से जीवन का एक नया अनुभव लेने चल पड़ा था। क्या इसके बिना जीवन अधूरा नहीं है? मैं सोचता- ईश्वर ने ये वस्तुऐं आखिर बनायी ही क्यों है? इन्द्रियां भोग के लिये ही तो हैं?

किन्तु अब तक तो मैं इनसे अनिभिज्ञ था। मनुष्य की मुख्य आवश्यकता है- भूख, जब तक वह पूरी नहीं होती, क्या तब तक वह अन्य भोगों की तरफ आकर्षित हो सकता है-अवश्य ही नहीं। क्या मनुष्य सदैव जंगली पशुओं की भाँति खायेगा, मार-काट करेगा, पेट भरेगा और सो जायेगा? अब तक तो मैंने ऐसा ही किया था। अब मैं राजा हूँ- मैं अब वह सब करना चाहता हूँ जो मैं अब तक नहीं कर सका था। हालाँकि मेरे नाना मेरे विवाह की तैयारी में जुट गये थे। लेकिन मेरे मित्र अनूप सिंह ने मेरे लिए पहले ही वह सब प्रबंध कर दिये थे जिन्हें एक विलासी राजा को आवश्यकता होती है।

मैं आनंदपूर्वक भोग विलास कर मद-मैथुन और मदिरा मे डूबता रहा। कल्याण चंद देव के राज्य का कल्याण करने वाले मेरे नाना, राजगुरु, महर व फर्त्याल दलों के सैनिक मौजूद थे। मैं प्रतिदिन दरबार में कुछ देर के लिए बैठता मुझे क्या निर्णय करने हैं, पहले से ही बता दिया जाता, बस मुझे हामी भरनी होती थी। दोपहर में उमापति सूपकार द्वारा स्वादिष्ट व्यंजनों का ढेर मेरे समाने रखा जाता था। मैं अधिक से अधिक फौस्यानी लगने तक खाता और लम्बा तानकर सो जाता था। रात तो रंगरेलियों में निकल जाती थी।

इस बीच मेरा विवाह भी हुआ, मैंने दो पुत्र भी पैदा कर लिए थे-एक बड़ी उपलब्धि। भावी राजा तैयार थे यदि मैं अपने राज्य को सुरक्षित रख पाया तो? क्योंकि पिछले अनुभव यह थे कि चन्द्रवंशी अपने ही वंश को पनपने नहीं देते थे। ऐसा काम मैंने स्वयं भी तो किया था; किन्तु कई वर्ष शांति से गुजर गये, कहीं कोई विद्रोह नहीं, कही कोई चाल बाजी नहीं। भय का साम्राज्य कायम था।

मन के द्वार पर दस्तक

कुछ वर्ष बीत गए।

एक दिन अचानक मेरे मन-मस्ष्कि में पूर्णिमा की तरह छाई चाँदनी गायब हो गयी। उसके स्थान पर नृशंस हत्याओं, चीखों और श्रापों की आवाजें गूँजने लगी। मैं सोचने लगा क्या चन्द्रवंशी इसी प्रकार करते आये थे? क्या जीवन ऐसा ही चलता रहेगा? हमारे बीच के भेदभाव अंततः किसके बनाये हुए है? ये तो न ईश्वर ने बनाये हैं और नहीं ये प्रकृति प्रदत्त हैं। इस तरह अपनी ही प्रजा से यहाँ तक कि अपने ही वंशजों से ईर्ष्या, उनके साथ अन्यायपूर्ण ढंग से व्यवहार करना, उनकी अकारण हत्या करना कहीं से भी औचित्यपूर्ण ठहराया जा सकेगा? क्या चन्द्रवंशियों के इतिहास में यह सबसे बड़ी भूल न थी? क्या इन गलतियों को सुधारा जा सकता है? इस प्रकार की ऐतिहासिक पूर्वाग्रहों से क्या हम मुक्त हो सकेंगे? क्या हम सह-आस्तित्व के साथ शांतिपूर्ण कुमांचल की स्थापना नहीं कर सकते है?

मेरे मन मस्तिष्क में ये विचार कैसे कब से कौंधने लगे, मैं विचार करने

लगा।

उस रात जब में एक खास दासी के साथ रंगरेलियाँ मना रहा था कि अचानक मैं बेहोश हो गया था। वह दासी एक गरीब परिवार की लड़की थी। उसकी सुन्दरता को देख एक सैनिक ने उसे मेरे मित्र को मेरी दासी बनाने हेतु प्रस्तुत कर दिया। मेरा मित्र मेरे लिए नित्य ही नयी स्त्रियों की खोज में रहता था। मैं उस दिन उसी दासी के कक्ष में कई घन्टे बेहोश पड़ा रहा। इस एकांत में जब मुझे होश आया तो उसे अपनी सेवा करते पाया, मुझे उसके प्रति विशेष अनुराग उमड़ आया।

कुछ क्षणों के बाद जब मैं स्वस्थ अनुभव करने लगा तब मैंने उसे प्यार से अपने निकट अपने आसन पर बैठने का आग्रह करते हुए कहा।

"गोरी! मैं तुमसे बहुत प्रसन्न हूँ, आओं मेरे निकट बैठो।" उसने विनम्रता से उत्तर दिया, "नहीं राजन् मैं दासी हूँ, भूमि पर ही ठीक हूँ।"

"अरे! कैसी बात कर रही हो? कुछ देर पूर्व जब हम एक ही बिस्तर में सो सकते हैं तो अब भूमि पर बैठने का क्या मतलब।"

"राजन् मनुष्य स्नान करते समय वस्त्र उतार देता है इसका अर्थ यह नहीं कि वह हर समय नग्न रहे?"

"ये केसी बात कर रही हो, तुमने मेरी जान भी तो बचायी है। मैं अचानक गिरने से बेहोश हो गया था। यदि तुम उपचार न करती, सेवा न करती तो जाने क्या होता?"

"राजन! यह एक दासी का कर्तव्य है. आप इसे इतना ही मानें।"

मैं नहीं माना था, मैंने उसे घसीट कर अपने निकट खींच लिया और उसका दीर्घ चुंबन ले लिया। वह चुपचाप मेरे बगल में सिर झुकाये बैठी थी। मैंने उससे पूछा- "गोरी! तुम्हारा घर कहाँ है और तुम यहाँ कैसे पहुँची?" उसने उत्तर दिया, "राजन्, आप क्या करेंगे जानकर?"

"बस मैं यूं ही जानता चाहता हूँ। वैसे तो तुम शर्मीली गठरी सी बन जाती हो लेकिन बातें तो बड़ी साफ-साफ करती हो।" वह पहली बार खिलखिलाकर हँसी थी। इतने दिनों के सहवास के दौरान उसकी इस प्रकार की हँसी मैंने कभी नहीं सुनी थी। दासियाँ प्रायः ही नकली मुस्कान के साथ प्रस्तुत होती हैं, किन्तु इस हँसी में बनावटीपन न था।

“मैं साफ-साफ बोलती हूँ? नहीं, मैं कुछ ज्यादा ही बोलती हूँ, इसीलिए मेरे पिता ने मेरा नाम बकबकवा रख दिया था।”

“तो बता ! तू कहाँ की रहने वाली है तेरे पिता का क्या नाम था और तू यहाँ कैसे आयी।”

वह बोली, “महाराज, आप तो इतने प्रश्नों का उत्तर अभी चाहते हैं, आप बहुत देर से यहाँ हैं। आपके मित्र अनूप सिंह जी आते ही होंगे।”

मैंने आदेश देते हुए कहा,”तू अनूप की छोड़, जो पूछा है उत्तर दे?” मैंने उसकी पीठ पर एक धौल जमायी। मेरे इस स्नेहिल धौल से वह फिर खिलखिलाई। पता नहीं मुझे भी आज क्या हो गया था? मैं तो प्रायः ऐसी दासियों के पास जाता ही रहता था। भोग-विलास किया, अधिकार के साथ उसे रौंदा और बिना किसी विशेष वार्तालाप के वहाँ से निकल आता था; परन्तु गोरी की नादान हँसी मुझे उससे बात करने को उकसा रही थी। मैंने अपने अन्तिम हथियार का प्रयोग किया।

“तू बताती हैं? या मैं खीचूँ अपनी तलवार.”

इन शब्दों को सुनने के बाद उसे अपनी असली हैसियत का अहसास हुआ होगा। आखिर वह तो दासी ही थी। वे मेरे बगल से उठकर भूमि में जा बैठी और उसने विनम्रता पूर्वक कहा, “महाराज, मैं पिछली बातों को याद करना नहीं चाहती थी, परन्तु आपको न बताने की धृष्टता भी मैं नहीं कर सकती हूँ।”

“तो बताओ?” मैंने पूछा।

“राजन् मैं एक गरीब शूद्र परिवार की लड़की हूँ। मेरा गाँव एक शिल्पकारों का गाँव है। मेरे पिता एक अच्छे लोहार थे। उन्हें कृषि यंत्रों के साथ ही अस्त्र-शस्त्र बनाने में भी महारथ हासिल थी। उनके पास लोग दूर-दूर से तलवारें, खड़ग, भाले आदि बनाने आते थे। मेरे दो भाई उनके काम में साथ देते थे तथा मेरे बड़े भाई भी मेरे पिता का हुनर सीख चुके थे। मेरी माँ व मेरी एक छोटी बहन भी थी।”

वह कुछ क्षण रुकी, उसने नजरें मेरी ओर उठायी। वह यह जानना चाहती होगी कि क्या मैं उसकी बातों में रुचि ले रहा हूँ कि नहीं? लेकिन मैं ध्यान से उसकी बातें सुन रहा था। उसने थूक निगला और बोलना शुरू किया, “राजन! एक दिन आपके सैनिक वहाँ आ धमके और...।” वह चुप हो गयी चूंकि विषय

मेरे सैनिकों से संबन्ध रखता था इसीलिए वह डर गयी होगी कि मैं नाराज न हो जाऊं। मैं समझ गया था।

मैंने कहा, "तुम निर्भय होकर कहो मैं जानता चाहता हूँ।"

"महाराज, सैनिकों ने मेरे पिता से पूछा कि तुम किसके लिए हथियार बनाते हो? मेरे पिता ने कहा था कि वे हर किसी के लिए हथियार या यंत्र बनाते हैं जो भी उन्हें धन देता है। यह सुनकर सैनिक मेरे पिता को पकड़कर ले गये, वे मेरे बड़े भाई को भी पकड़ कर ले जाना चाहते थे; किन्तु मेरी छोटी बहन ने भाग उसे कर पहले ही सूचना दे दी और मेरे दोनों भाई जंगलों की तरफ भाग गये। कुछ दिनों बाद पता चला कि राजा ने मेरे पिता को विद्रोहियों के लिए हथियार बनाने के जुर्म में मृत्युदण्ड दे दिया। मेरा घर परिवार बर्बाद हो गया। भाई जंगलों में छिपे रहते, कभी-कभी माँ और मुझसे मिलने आते, काम-धाम बन्द हो गया था। माँ ने एक दिन आत्महत्या कर ली। अन्तिम संस्कार के लिए भी मेरे भाई नहीं आ सके, क्योंकि उन्हें डर रहता था कि सैनिक कभी भी पकड़ सकते हैं। अब हम दोनों बहनें घर पर थीं।"

वह अचानक चुप हो गयी उसका गला रुँध गया। मैंने उसके माथे पर हाथ फेरा तो, वह कुछ संयत हुई। उसने कहा, "महाराज, अब तो आप समझ गये होंगे, क्या पूरी बात बतानी होगी?"

मैंने कहा, "गोरी, बताओ मैं सुनना चाहता हूँ।"

आगे बताते हुए उसने कहा, "एक वर्ष के बाद यह स्थिति आ गयी कि खाने के लिए घर में एक दाना भी न था। मैं खेतों में मजदूरी करने लगी हाँलाकि मैं लोहार का काम कर सकती थी। यदि मेरा भाई फकीरा घर पर होता तो हम अपना काम शुरू कर सकते थे, पर वह गाँव लौट नहीं सकता था। प्रायः सैनिक गाँव मे आते थे और मेरे घर की कहानी सब को ज्ञात ही थी। गाँव वाले भी हमसे कटे-कटे रहते थे। क्योंकि वे हमें राजा का विद्रोही मानने लगे थे। जबकि इससे हमारा कोई लेना देना नहीं था। राजन! एक दिन एक सेनानायक अपने आठ-दस सैनिकों के साथ हमारे गाँव के शिल्पकारों को राजा के महल के कार्यों हेतु बुलाने आया। तो उसकी नजर मुझ पर पड़ गयी। उसने मुझे जबरन पकड़वा लिया और मुझे आपके मित्र अनूप सिंह के हवाले कर दिया।"

वह सिसकियाँ मार-मार कर रोने लगी, मैं अपने ऊँचे आसन से उठा।

उसे भूमि से उठाया और अपने सीने से भींच लिया। मुझे अपने डोटी के दिन याद हो आये थे। मेरा हृदय द्रवित हो उठा था। मुझे याद हो आया कि मेरी माँ किस तरह मजदूरी कर पेट पालती थी। हमें भी हर समय राजसैनिकों से भय रहता था कि कहीं किसी को पता न चल जाये कि हम चंदवंशी राजपरिवार से हैं. मुझे मेरी जवान होती जा रही बहन की लाज बचाने के लिए कई बार संघर्ष करना पड़ा था तथा एक गाँव से दुसरे गाँव भागना पड़ा था। सावन-भादों के बादलों की भाँति अनेकों भाव मेरे मन मस्तिष्क में उमड़ने लगे। आज तक किसी ने इन घावों को कुरेदा नहीं था। ये सब भाव मेरे राजा बनने के बाद, भोग विलास के कारण कहीं दब गये थे। इन भावनाओं और यादों की चिंनगारी के उपर पड़े राख को इस दासी ने आज हटा दिया था। आज वर्षों बाद मुझे अपने वे पुराने दिन याद हो उठे थे।

मैं अभी उसे अपनी छाती से हटा भी नहीं पाया था कि अनूप सिंह भीतर आ धमका। मैंने उसे धमकाते हुए कहा, “अनूप! यह क्या बेहूदापन है तुम्हें दरवाजा तो खटखटाना चाहिए था या आवाज देनी चाहिए थी।”

हालाँकि उसके मेरे बीच कुछ छिपा न था।

उसने कहा, “राजन् ! मैंने तो दो-तीन बार द्वार खटखटाया था; परन्तु जब कोई जवाब न मिला तो मुझे अन्दर आना पड़ा, दूसरी ओर आप पूरे दिन इस कक्ष में थे जबकि आप प्रायः इतनी देर यहाँ रुकते नहीं थे।”

मैंने भी उसका बुरा नहीं माना। गोरी एक किनारे सिर झुका कर खड़ी हो गयी।

अनूप सिंह ने एक अनोखी दृष्टि मुझ पर डालते हुए पूछा, “राजन्, आपको गोरी पसन्द आयी?”

मैंने कहा, “अरे मित्र, वह छोड़। तूने इसे यहाँ लाकर ठीक नहीं किया?”

“क्यों?”

“अरे! इसके पिता को मृत्युदण्ड दिया गया जबकि वह निर्दोष था। इसके भाई घरों से भागे-भागे फिर रहे हैं, तुम्हारे सैनिक उन्हें ढूढ़ रहे हैं। और तुम इसे यहाँ उठा लाये।”

“राजन! दण्ड तो राजा ने निर्धारित किया था अर्थात आपकी राजाज्ञा थी। जहाँ तक इसे यहाँ लाने का प्रश्न है।” वह कुछ देर रुका।

मैंने पूछा ''हाँ-हाँ बताओ।''

''राजन! जिसके परिवार को लोग अपराधी मान रहे हों, भाई भगोड़े घोषित हो, जिनकी देखभाल करने वाली माँ भी जीवित न बची हो। ऐसी जवान लड़की को मैंने तो एक सुरक्षित स्थान, आप तक पहुँचा दिया।''

अनूप की बातों में कुछ हद तक सच्चाई थी, लेकिन किसी स्त्री को इस तरह का जीवन देना ही क्या एक विकल्प था? क्या अनूप उसकी किसी अन्य भाँति सहायता नहीं कर सकता था? राजा को खुश करने के लिए उसने सबसे घटिया, परन्तु सरल उपाय सोचा। तभी मैंने अपने स्वयं से प्रश्न किया, ''क्या इसमें अनूप सिंह की गलती है? क्या मेरी कुंठित भूख मिटाने के लिए उसने अपना कर्तव्य नहीं निभाया था। अनतः मैं ही इस गोरी का दोषी था।''

मैंने अपने मनोभावों में नियंत्रण किया और अनूप से कहा ''अनूप, आज मैं यहाँ इस कक्ष में गिर पड़ा था और बेहोश हो गया था इसने तमाम तरह से मेरी सेवा की है।''

तभी अनूप ने मेरी बात काटते हुए कहा, ''हाँ राजन, गोरी ने मुझे भी सूचना भिजवाई थी, तभी तो मैं शीघ्रता से यहाँ पहुँचा था किन्तु यहाँ आपको स्वस्थ पाकर चिंता दूर हुई। अब आप कैसे है?''

मैंने कहा, ''मैं अब स्वस्थ्य हूँ, किन्तु मुझे अब तुमसे एक और काम करवाना है।''

अनूप ने कहा, ''राजन्, आज्ञा करें।''

''मित्र! मैं चाहता हूँ कि इसके भाई फकीरा को माफ किया जाये तथा इसके गाँव में मुनादी की जाये कि इसके पिता निर्दोष थे और इसके भाईयों को माफ कर दिया गया है। साथ ही फकीरा को मेरे सामने प्रस्तुत किया जाय। मैं उसके हुनर के मुताबिक उसे काम सौंपकर राज्य की सेवा में लगाना चाहता हूँ।''

अनूप ने मुझे एक बार स्नेहिल दृष्टि से देखा, एक बार उसने गोरी पर नजर डाली और कहा, ''राजन्, आपकी बात उचित है, किन्तु?''

''किन्तु क्या?''

''राजन! यह राजसभा द्वारा लिया गया निर्णय है, क्या नाना सुमेर सिंह व राजगुरु से सलाह लेना उचित न होगा?''

"मित्र अनूप! एक ओर तो तुम मुझे राजा कह संबोधित कर रहे हो दूसरी ओर मेरी आज्ञा के पालन करने के स्थान पर प्रश्न खड़े कर रहे हो।"

"राजन्, मुझे भी तो आप मित्र कहकर पुकार रहे हैं, इसीलिए मेरा यह भी कर्त्तव्य है कि मैं आपको उचित सलाह दूँ।"

तब मुझे पहली बार महसूस हुआ कि मैं अधूरा राजा हूँ। राजा का तो अर्थ है- राजा के मुँह से निकली वाणी अन्तिम, किन्तु क्या मुझे हर छोटे-बड़े काम के लिए नाना व राजगुरु पर ही निर्भर होना पड़ेगा? एक निर्दोष गरीब को मुक्ति देने के लिए मुझे पुनः नाना व राजगुरु से विमर्श करना पड़ेगा? मैं अपने राजा होने पर पहली बार कुपित हुआ था। इस दासी ने मेरे बचपन से जवानी के बीच झेले गये गरीबी व भूख के घावों को कुरेद दिया था। मैंने आज राजा बनने के बाद प्रथम बार गरीब व गरीबी को याद किया था। आज इस दासी के कारण मुझे गरीबों की व्यथा याद हो उठी थी। मैंने अपने मन में ठान ली कि मुझे राजा होने के अधिकार को अपने हाथों में लेना होगा। विशेष तौर पर गरीबों व निर्दोषों को अनावश्यक रुप से दण्डित न किए जाने तथा उनके उत्थान के लिए कुछ करूँगा। एक निर्दोष एवं निश्छल दासी ने मेरे मन और मस्तिष्क के बन्द द्वार को दस्तक देकर खोलने का प्रयास किया था। भले ही उसका यह उद्देश्य नही था, किन्तु उसने मेरा बड़ा काम किया। मैं इस दासी का सदैव आभारी रहूँगा।

मैंने कक्ष से बाहर आते हुए गोरी के गाल पर स्नेहिल हाथ फेरा, यह मद व वासना का हाथ नहीं था। वह स्नेह व आभार का हाथ था।

नयी चुनौती

मुझे विस्तार से अवगत कराया गया था कि अब कुमांचल राज्य को कोई बाहरी खतरा नहीं है। आंतरिक चाल-बाजों को पहले ही समाप्त कर दिया गया है। जो विपक्षी या विद्रोही जीवित बचे रह गये थे वे भागकर पड़ोसी देश डोटी में, कुछ गढ़वाल तो कुछ माल-भावर रुहेलों की शरण में जा छुपे थे। मुझे सूचित किया गया कि गढ़वाल की ओर से फिलहाल कोई संकट आने वाला नहीं है। डोटी की ओर हमारी सेना मजबूत स्थिति में है। सबसे बड़ा संकट

दक्षिण की ओर से रुहेले पठानों का है। वे आये दिन तराई, माल-भाबर में लूट-पाट करते रहते थे, हालाँकि वहाँ हमारे सेनानायक और हेड़िया वीरों का दल उन्हें खदेड़ते रहते हैं, किन्तु इधर जब से कई चंदवंशीय राजवंशज रुहेलों के यहाँ शरणागत हो गये हैं तब से हमारे कुर्मांचल राज्य को खतरा बढ़ गया है। माल-भावर में दो मजबूत वीर सेनानायकों को नियुक्त किया गया। कोटा भाबर का भार पं0 रामदत्त अधिकारी को सौंपा गया था तथा सरबना-भाबर का भार लथैला के जोशी सरदार बाल कृष्ण को सौंपा गया है। मैं संतुष्ट था।

इसी बीच राजपुर को एक गूढ़ सूचना प्राप्त हुई। जैसे ही यह सूचना प्राप्त हुई मेरे नाना और राजगुरु ने तुरन्त ही राजसभा आहूत की और युद्ध परिषद को भी आनन-फानन में युद्ध के लिए तैयार होने का आदेश जारी कर दिया। राजसभा में राजगुरु ने सूचना देते हुए कहा, " राजन! राजवंश के चन्द्रवंशी जो भागकर रुहेलों से जा मिले थे उन्होंने रुहेलों के साथ मिलकर माल-भाबर पर आक्रमण की तैयारी कर ली है। ऐसी विश्वसनीय सूचना प्राप्त हो रही है। इसका नेतृत्व कुंवर हिम्मत सिंह गोसांई कर रहा है। यह हिम्मत सिंह कुर्मांचल के चंदवंशीय राज परिवार का सदस्य है। यह भी सूचना मिली है कि कुछ विद्रोही जो हमारे हाथों बंदी बनने से बच निकले थे, वे भी इनसे जा मिले हैं और इन्होंने कुर्मांचल पर आक्रमण की तैयारी पूरी कर ली है वे किसी भी समय युद्ध छेड़ सकते हैं। इसीलिए आवश्यक है कि सरबना से लेकर माल-भावर व तराई क्षेत्र को प्रर्याप्त सहायता और सैन्य साम्रगी उपलब्ध कराई जाये।"

उसके बाद मेरे नाना और सैन्य दलों के प्रमुख सुमेर सिंह ने कहा, "राजन् राजगुरु उचित सलाह दे रहे हैं। हमें शीघ्र से शीघ्र पर्याप्त सैन्य दल एवं आर्थिक सहायता माल-भावर को भेज देनी चाहिए ताकि वहाँ के सेनानायक रामदत्त अधिकारी अपने हेडिया तथा मेवाती सैनिक वीरों के साथ रुहेले तथा हिम्मत चंद गोसांई की संयुक्त सेना का मुकाबला कर उन्हें माल-भाबर में प्रवेश करने से रोकें।"

मैं अब कुछ-कुछ राजकाज को समझने लगा था। मैंने तुरन्त हामी भर दी। राजकाज के मामलों में अब मेरे कोरे मस्तिष्क में धीरे-धीरे कई पृष्ठ लिखे जा चुके थे। कुछ आनंदित करने वाले, कुछ मार्मिक और कुछ भावुक भी, किन्तु अधिकांश पृष्ठ मार-काट, हत्या, अंगभंग और आँखें निकाले जाने से कृत्यों से भरे पड़े थे। मैं धीरे-धीरे इनमें अतंर करने लगा था। मनुष्य का मस्तिष्क बड़ा ही उर्वरक होता है। जब तक मैं डोटी में था वहाँ मस्तिष्क में अधिक द्वन्द

कहाँ थे? मात्र रोजी रोटी की चिंता थी। रोजी-रोटी चल रही थी। परन्तु यह राजकाज तो बड़ा कठिन काम है। तरह-तरह के निर्णय, तरह-तरह की समस्यायें, तरह-तरह के दण्ड, तरह-तरह के अपराध, मान-मर्यादा, सम्मान चुनौतियाँ और न मालूम क्या-क्या।

अब इस तरह की बातों से मन-मस्तिष्क में उथल-पुथल स्वाभाविक थी। शरीर भोग विलास की सीमायें पार कर रहा था, हालाँकि इसका आर्कषण अभी कम नहीं हुआ था।

इस नयी चुनौती का सामना करने की तैयारी हो रही थी; किन्तु चन्द्रवंशीय राजपरिवार के कई युवक पड़ोसी राजाओं के शरणागंत हो चुके थे। जिन परिवारों के मुखियाओं की आँखे निकाली गयी थी या मृत्युदण्ड दिया गया था उनके युवा पुत्र भी डोटी, गढ़वाल, नाहन तथा रुहेलखण्ड देशों में शरण ले लिए थे। उनसे आये दिन नयी चुनौतियों का खतरा बना हुआ था। उनसे निबटने का भी मुझे शीघ्र ही उपाय खोजना होगा। मेरी राजनैतिक समझ धीरे-धीरे बढ़ रही थी।

छोटा भाई-बड़ा भाई

फकीरा

मैं फकीरा, पुत्र पारसराम लोहार, दर-दर भटक रहा था। दाड़ी बढ़ी थी। मैं आज तीन साल से अपना घर-बार छोड़कर जंगलों में रहता था। किसी अन्य गाँव व कस्बों में नाम व बदले रुप मे कामकर अपने खाने पीने की व्यवस्था करता था। मैं लम्बा चौड़ा था पिता के साथ लोहा पीटने तथा हथियार बनाने के श्रमसाध्य काम के कारण मेरा बदन गठीला व मजबूत था। इस कद-काठी का होना भी मेरे लिए अभिशाप हो सकता था, एक तो मैं भगोड़ा था, दूसरा मेरी कद-काठी देख सैनिक अपने कामों के लिए जबरन उठाकर ले जा सकते थे। मैं अपने हुनर को भी नहीं प्रदर्शित कर सकता था। इससे मेरी पहचान उजागर हो सकती थी। जीवन लुका-छिपी का चल रहा था। मुझे जब से यह मालूम चला कि मेरी बहन को भी सैनिक उठा ले गये हैं। मैं अधिक भयभीत हो उठा। मेरी छोटी बहन व भाई न मालूम किस स्थिति में होंगे? जब से मेरी बहन गोरी

को सैनिक उठाकर ले गये थे तब से मैंने गाँव का रुख ही नहीं किया था। सब भगवान भरोसे छोड़कर अपनी जान बचाने में लगा था। इन तीन वर्षों में मुझे जीवन के कई कड़वे-मीठे अनुभव हुए। जीवन की सच्चाई का सामना हुआ। गाँव में वर्गभेद व छुआछूत का दंश तो था ही; किन्तु नगरों में भी कदाचित वही होना था; परन्तु नगरों में मैं अपनी पहचान व जाति छुपा सकता था। अतः मुझे उसका कई बार लाभ हुआ और मुझे अच्छा काम मिल जाता था। मंदिरों में जाकर भण्डारे खाने का लाभ मिल जाता था, जहाँ प्रायः सवर्ण वर्ग के लोगों का प्रवेश था। यह एक उपलब्धि भी थी कि मैं संसार के भेदभाव, दिखावा, छुआछूत, वैभव तथा सत्ता की शक्ति जैसी तमाम चीजों से रूबरू हुआ। यदि मैं गाँव में रहा होता तो मैं एक सीधा साधा, मेहनती लोहार ही बन कर रह जाता। वास्तविक दुनिया को निकट से देखे जाने का अवसर न मिलता। मुझे अपनी बहनों एवं भाई की चिंता थी, किन्तु मैं बेबस था। मुझे ज्ञात नहीं था कि उनमें कौन किस स्थिति में है।

मेरा परिवार निर्दोष था। एक सामान्य लोहार को तो यह भी मालूम नहीं कि हथियार का कौन प्रयोग कर रहा है। यदि उसे पहले राजा से आज्ञा मिली होती कि वह तलवार, खुकरी आदि शास्त्र किसी के लिए न बनाये तो हम न बनाते, अन्य यंत्र बनाते? हमारे पूर्वज वर्षों से सभी के लिए सब तरह के हथियार और यंत्र बनाते रहे थे। आज तक किसी राजा ने टोका नहीं, न ही कोई निर्देश हमें मिले थे। मेरे पिता जी ने सैनिकों के सामने ये सब तर्क रखे थे, किन्तु वे भी क्या करते, उन्हें जो आदेश मिला वे उसका पालन कर रहे होंगे। मेरी बहन का क्या दोष था? वे निर्दयी सैनिक मेरी जवान बहन को क्यों उठा ले गये? उन्होंने पता नहीं उसके साथ क्या अत्याचार, अनाचार किया होगा? ओह! मेरा सर दुखने लगा। ये शासन करने वाले दुर्बल व गरीबों पर ही अधिक अत्याचार क्यों करते है? हम तो मात्र अपनी संतानों व परिवार की भूख को शांत करने के लिए जी तोड़ मेहनत करते हैं और ये शासक महलों में शानो शौकत के साथ मौज करते हैं। एक ओर हमारा जीवन दयनीय होता जा रहा है तो दूसरी ओर ये राजवंशी आपस में सत्ता के लिए लड़ रहे हैं। युद्ध व विद्रोह में धन खर्च कर रहे हैं। क्या ये हमारे जैसे लोगों की बेहतरी के लिए कभी कुछ सोचते होंगे? मैं इन सब बातों पर विचार कर अपना सर क्यों खपा रहा हूँ? शायद इसीलिए मैं कष्ट में हूँ। अन्यथा मेरे समाज को अपनी भूख-प्यास मिटाने से ही फुरसत कहाँ है? राज-काज के झंझटों में पड़ने का खतरा कोई

क्यों मोल ले। मैं कभी-कभी सोचता हूँ कि क्यों न हमारी जाति वाले अपनी सेना बना लें और हम भी अपने लिए स्वयं राज्य स्थापित करें। अंततः हथियार हम बनाते ही है। हमारे नवयुवक भी श्रमसाध्य कामों से मजबूत हैं। तभी मुझे याद आता कि जोखिम तो वहाँ भी है, जान का जोखिम है; किन्तु बिना जोखिम के कुछ मिलेगा भी तो नहीं। मेरे पास आज कोई काम नहीं था। मैं एक पेड़ की छाँव में सुस्ता रहा था कि किसी ने मेरे कंधे पर हाथ रखा। मैं एकदम उछलकर खड़ा हो गया और एक लम्बा चाकू जो मैंने अपने कमर में छुपा कर रखा था- निकाल लिया। जैसे ही मैंने उसे देखा, मेरा चाकू जमीन पर गिर पड़ा। मै उससे जा चिपटा। वह कोई और नहीं मेरा छोटा भाई था। हम दोनों रो रहे थे। कुछ क्षण इसी तरह बीते। मैंने धीरे से उसे अपनी छाती से विलग किया और उसका चेहरा हाथों से सहलाते हुए पूछा, ''बलराम, तुम यहाँ कैसे पहुँचे और तुमने मुझे कैसे पहचाना?''

उसने स्नेह से बह रहे अपने आँसुओं को अपनी कमीज की बाहों से पोछा। नाक साफ की और बोला ''दादा, मैं भी कई दिन से इसी कस्बे में हूँ, तुम जानते गोरी दीदी को राजा के सैनिक उठा ले गये थे। छोटी गाँव में किसी के घर में काम कर रही है। मैं काम की तलाश में यहाँ आ गया था। मैं एक भोजनालय में बर्तन धोने का काम करता हूँ। आज तुम वहाँ खाना लेने आये थे तो मैं तुम्हें चेहरे से तो नहीं पहचान पाया लेकिन तुम्हारी आवाज जैसे ही मेरे कानों पर पड़ी, मैं चौंक गया। इस दुकान पर बराबर राजा के सैनिक भी आते हैं, इसीलिए मैं चुप रहा और तुम्हारा पीछा करते-करते यहाँ आ गया।''

वह फिर से सिसकियाँ ले लेकर रोने लगा। मैंने उसे सीने से लगाया। सांत्वना दी। हम दोनों को अपार आंनद मिला, किन्तु मुझे आशंका ने आ घेरा। कहीं सैनिक मुझे भी पकड़ सकते थे? खैर! अभी हमारे मिलन के क्षण थे।

हम दोनों पेड़ के नीचे बैठ गये और अपनी-अपनी व्यथा-गाथा बताने लगे। तभी मेरे भाई ने मुझे बताते हुए कहा, ''दादा आपको एक खबर देता हूँ, यह बुरी भी है अच्छी भी है।''

मैंने उत्सुकता बस कहा, ''अच्छी भी,बुरी भी यह क्या बात हुई?''

वह बताने में सकुचा रहा था। मैंने उससे कहा,''बताओ भाई क्या बात है?''

उसने कहा, '' दादा हमारे भोजनालय में कई सैनिक आते-जाते रहते हैं,

उनमे से एक सैनिक को पहचान गया हूँ जो पिता जी को पकड़कर ले जाने वाली टोली में था।''

मैंने उससे डपटते हुए कहा ''तो इससे अच्छी क्या खबर है? यह तो बुरी बात है कहीं वे तुम्हे या मुझे पहचान गये तो।''

''नहीं दादा पहली बात तो उसने मुझे देखा ही कहाँ था? उस दिन मैं उन्हें छिपकर देख रहा था। जब वे पिता जी को पकड़ने आये थे, तब मैं छोटा भी था। आज तो मैं लम्बा हो गया हूँ, भोजन खा-खा कर तगड़ा भी।''

''हाँ, तुम तो बहुत समझदार भी हो गये हो।'' मैंने प्यार से उसके पीठ पर धौल जमाई। कई वर्षों बाद आज मैं हँसा था। भाई से मिलकर जो खुशी मुझे हुई मैं कह नहीं सकता हूँ। आज ईश्वर हम पर मेहरबान हुआ था। मेरे पास तो बताने को कुछ था नहीं। लेकिन उसके पास बताने के लिए कई बातें थीं। मैंने जिज्ञासावश कहा, ''हाँ तो आगे बता।''

''नहीं दादा। मैं नहीं बता सकता हूँ।''

''अरे भाई तू इतने दिनों बाद मिला है मेरे पास तो बताने के लिए इतना ही है कि मैं मारा-मारा फिरता रहा किसी तरह पेट भरने तथा छुपने की जुगत करता रहा। ''मेरा सर झुक गया था।

उसने एक बार मेरे मुख मंडल को ध्यान से देखा। वह कुछ लजाते हुए बोला, ''दादा, दीदी का पता चल गया है।'' मुझे अचानक झटका सा लगा। शंका-आशंका की कल्पनाऐं मन-मस्तिष्क में छा गई। मैंने सिर उठाकर उसके ओर प्रश्नवाचक होकर पूछा, ''कहाँ हैं?'' वह फिर लज्जाया लेकिन अबकी बार धीरे से बोला, ''दादा, दीदी राजा के महल में राजा की खास दासी हैं।''

''क्या!'' मैं आवाक रहा गया। ''तुम्हें कैसे पता?'' मैंने उससे उतावलापन दिखाते हुए पूछा।

उसने कहा, ''दादा, सैनिक भोजनालय में आते हैं, तरह-तरह की बातें करके रहते हैं। उनमें से एक को मैं पहचानता था, मैं उनकी बातों में रूचि लेने लगा। वे एक दिन बातों व मजाक-मस्ती मे कह रहे थे।''

वह कुछ क्षण के लिए फिर रुका मेरी तरफ देखते हुए बोला, '' वे कह रहे थे कि राजा की खास दासी, जिसका नाम गोरी है, उसी ने दीदी को राजा के खास मित्र अनूप सिंह को सौंपा था। अनूप सिंह ने उसे राजा के महल में दासी बनवा दिया और...।''

“और क्या? बता और क्या?” मैं उतावला हो उठा, वह शायद अपनी दीदी की व्यथा को कह नहीं पा रहा था। उसने थूक निगला और पुनः बोला, “दादा, वे सैनिक कह रहे थे कि राजा उस पर फिदा है और रोज उसके पास जाता है और...।” वह कुछ रुका। इस बार मैंने उससे कोई प्रश्न नहीं किया। उल्टा मेरा मुख मलिन हो उठा और झुक गया। लेकिन बलराम ने मेरा चेहरा ऊपर उठाकर कहा, “दादा, लेकिन वे लोग कह रहे थे कि राजा उसकी बहुत बातें मानता है। उसके कहने से राजा ने कई नियम गरीबों के कल्याण के लिए बना डाले हैं। क्योंकि राजा ने भी गरीबी देखी है इसीलिए वह गोरी को यह जानकर भी कि वह हमारी जाति से है, तब भी मान देता हैं।”

मैंने बलराम को झिड़कते हुए कहा, “अरे! तो इससे हमें क्या। उसका भाग्य? हम कर भी क्या सकते हैं? हाँ, कहो तो मैं उस कमीने सैनिक का सर काट सकता हूँ जो गोरी को उठाकर ले गया था। इस तरह भाग-भाग कर, छुप-छुपकर जीने से अच्छा है की पकड़ा जाऊँ और मर ही जाऊँ। तुमने एक ओर ऐसी खबर सुनाकर मुझे और अधिक लज्जित कर दिया है।”

मैंने लगभग अपनी पीठ उसकी ओर करते हुए कहा। वह मेरी व्यथा समझा रहा था। उसे भी ऐसी ही पीड़ा रही होगी कि उसकी दीदी राजमहल की दासी है।

उसने मेरे पीठ पर हाथ फेरते हुए कहा, “दादा, मैं भोजनालय में दो साल से हूँ, मुझे अब ऊँच-नीच का काफी ज्ञान हो चुका है। मैं अभी छोटा हूँ मात्र 14-15 वर्षों का होऊँगा, लेकिन मैं लोगो की बात सुन-सुन कर, ग्राहकों के भले-बुरे, सुख-दुख की बातें जानकर काफी कुछ सीख गया हूँ।”

आज यह मेरा छोटा भाई बलराम मुझे एक बड़े भाई की तरह समझा रहा था। उसने कहा, “दादा, जो होना था हुआ। पिताजी गये, माँ भी हमें छोड़कर चली गयी। भाग्य ने आज हमें मिला दिया है, छोटी जैसी भी है गाँव में है। दीदी भी अपने भाग्य से कम से कम राजमहल में राजा की खास दासी है। यदि हम दीदी तक किसी तरह पहुँच जाएँ या उस तक अपनी खबर पहुचाएं तो मुझे पक्का विश्वास है कि वह अपने भाई-बहनों की सहायता जरूर करेगी।”

मैं लगभग चिल्लाते हुए विफर पड़ा, “अरे! तू मूर्ख है। यदि उसकी महल में इतनी चलती तो क्या वह हमारी खोज खबर न करती। क्या उसे कभी हमारी याद नहीं आयी होगी?”

“दादा, तुम भी कैसी बात करते हो? तुम दो तीन साल से गाँव नहीं गये हो, मैं एक-डेढ़ साल से गाँव नहीं गया हूँ। किसी को नहीं पता कि हम दोनों कहाँ है। दीदी ने यदि पूछ-ताछ करायी भी होगी तो हमें क्या पता? शायद उसने पूछ-ताछ नहीं भी कराई हो? उसे भी शर्म आ रही होगी कि हम उससे क्या कहेंगे? वह भी तो हमारी तरह सोचती होगी। राजा की दासी है, सुन कर तुम्हें अभी कैसा लगा था? मुझे भी बताने में लज्जा आ रही थी। किन्तु हमारे पास क्या उपाय है? तुम कब तक छुपते फिरोगे, मैं कब तक बर्तन मलता रहूँगा? हमारा घर, छोटी बहन? क्या हम अपने गाँव कभी न जा पायेंगे?

वह चुप हो गया। वह कितना समझदार हो गया था। जब हम बिछुड़े थे तो उसकी नाक बहती थी। जिसे वह अपनी कमीज की बांह से पोछता था- नटखट। नाक को बाँह से पोछने की आदत अभी भी उसकी पूरी तरह छूटी नहीं थी। कुछ देर पहले ही उसने नाक व आँसू अपनी कमीज की बाँह से ही पोछे थे। उसकी बातों में व्यवहारिकता थी। वह हजारों लोगों के बीच रहा था। ऊँच-नीच, अच्छी-बुरी बातें सुनकर उसकी समझ बढ़ी थी, उम्र भी बढ गयी थी। आज वह मेरा पथ प्रदर्शक था। मैंने क्या किया इन तीन वर्षों में?लोंगो से छुपने के व भेष बनाने के नये-नये ढंग सीखे, गुर सीखे, बस। मनुष्य जब विभिन्न तरह के लोगों से मिलता है, उनकी तरह-तरह की बातें सुनता है तो उसका अच्छे-बुरे दोनों प्रकार के विषयों से निकटता व समझ बढ़ती है। आज मेरा छोटा नटखट भाई समझदार हो चुका था। मैंने धीरे से उससे कहा, “बलराम! हाँ यह तो सच है, मैं थक गया हूँ भाई! न मैं घर जा सकता हूँ न ही खुल कर जी सकता हूँ। मौत के डर से भाग-भाग कर जी रहा हूँ। कभी-कभी तो इच्छा होती है कि माँ की तरह आत्महत्या कर लूँ या किसी सैनिक को मार डालूँ तो मौत खुद ही आ जाएगी। मैं क्या करु? बता बलराम, बता?”

मैं आज एक बच्चे की भाँति बलराम के गोद में सर रखकर फफक-फफक कर रो पड़ा। मेरे मन के भीतर के दबा तीन वर्षों का संताप संधु आँसुओं के रुप में बह निकला। वह मेरे सर को सहलाता रहा बिना कुछ बोले और मैं भी उठना नहीं चाह रहा था।

मुझे अपना सहोदर मिल चुका था। तभी तो कहा गया है कि भाई से कुछ भी न छिपाओ। वह तुम्हारी पीड़ा समझेगा। मैं उसकी गोद में पड़ा रहा।

इन्हें जीवित रहने दो

फकीरा

हम दोनों भाई अल्मपुरी के राजभवन के बाहर मुख्य द्वार की ओर बढ़ रहे थे। हमने तय कर लिया था कि हम गोरी तक किसी प्रकार सूचना भिजवाएंगे, क्योंकि हमारे पास अब आशा की यही एक किरण शेष थी। स्वाभिमान तो हमारा था ही कहाँ? घर-बार, परिवार सब छिन्न-भिन्न था। हमें पकड़े जाने और बंदी बनाये जाने का डर था। वैसे भी हम कौन सा अच्छा जीवन जी रहे थे। बेहतर जीवन के लिए कुछ जोखिम तो उठाना ही था।

हम अल्मपुरी के बाजारों को देख कर दंग रह गये थे। सामान से भरी पड़ी भव्य दुकानें। भव्य दुकानों की ऐसी साज-सज्जा जिसे हम खड़े-खड़े देखते रहे, जब तक कि दुकान के भीतर से बाहर आकर हम फटेहालों को वहाँ से कोई भगा नहीं दिया। खाने-पीने की दुकानें, बर्तन व कपड़ों की दुकानें, जूतों व सुन्दर कलाकारी की गई पंलग की दुकानें आदि। क्या-क्या नहीं था! जिनमें से अधिकांश के बारे में हम जानते भी नहीं थे। आँखें फाड़-फाड़कर हम देखते रहे पग-पग राजमहल की ओर बढ़ते रहे। अभी हम मुख्य द्वारा से कुछ दूरी पर थे। विशाल राजभवन का भव्य द्वार दर्शनीय था जो कि काष्ठकला का बेहतरीन नमूना था। मैं सर उठाकर उसकी भव्यता को नाप रहा था। उस द्वार में लगी लोहे की अर्गलाओं को मैं ध्यान से देख रहा था क्योंकि यह मेरी रुचि की वस्तु थी। मैं सोचने लगा, मैं भी इस तरह की सुन्दर अर्गलाऐं बना सकता हूँ।

हम दोनों भाई यह सोचते-सोचते कब भव्य राजमहल के द्वार के निकट आ पहुँचे ज्ञात ही नहीं रहा। एक कर्कश स्वर सुनकर मैं ठिठका और मैंने बलराम का हाथ कसकर थाम लिया।

''अरे मूर्खों! कहाँ चले आ रहे हो?''

हम दोनों जड़वत जहाँ जैसे थे खड़े रह गये। कोई उत्तर नहीं। पहरे पर खड़ा दूसरा सैनिक दहाड़ा।

''तुम दोनों ने सुना नहीं? यहाँ क्या करने आये हो?''

मैंने अपने अन्दर शक्ति संजोयी और हाथ जोड़कर, तनिक निकट जाकर धीरे से कहा, "हमें गोरी से मिलना है, हम उसके भाई है।"

सैनिक ने झिड़कते हुए कहा, "कौन गोरी? यहाँ कोई गोरी-वोरी नहीं रहती है। चलो भाग जाओ यहाँ से।"

मैंने बलराम की ओर मुख किया। मैं उससे पूँछना चाह रहा था, अब क्या? तुम तो कह रहे थे कि गोरी की राजा पर खूब चलती है। यहाँ तो दरबान भी उसे नहीं जानता है; परन्तु मैं मुँह से कुछ न बोला। बलराम मुझसे कहीं अधिक चालाक था, उसने आगे बढ़कर सैनिक से कहा, "पहरेदारजी, हम लोहार हैं, हमारा भाई हथियार बनाना जानता है, हमें महाराज के मित्र अनूप सिंह जी से मिलना है उन्होंने हमें बुलाया है।"

बलराम की बातें सुनकर मैं हैरान था, उसको यह कैसे सूझा और उसे अनूप सिंह के बारे में कैसे ज्ञात हुआ? मेरे साथ ही सैनिकों पर भी उसकी बात का प्रभाव पड़ा। एक तो राजा के मित्र की बात थी दूसरा हथियारों की बात, उन्होंने आपस में मंत्रणा की। तभी एक सैनिक आगे बढ़ा उसने पूछा-

"अरे! तुम अनूप सिंह को कैसे जानते हो।"

"श्रीमान् हम उन्हें नहीं जानते है पर उन्हें हमारे हुनर के बारे में ज्ञात है, इसीलिए उन्होंने हमें सूचना दी है कि हम हाजिर हों। जब वे मिलेंगे आप स्वयं जान जायेंगे।"

बलराम ने बड़ी निर्भिकता से उत्तर दिया। मैं उसकी झूठ बोलने की वाकपटुता को देखता रह गया। साथ ही डर भी गया था, किन्तु अब हमारे पास कोई और चारा भी शेष न था।

सैनिक ने आदेश देते हुए कहा, "ठीक है, लेकिन राजा अनूप सिंह अभी नहीं मिल सकते हैं। हम उन्हें खबर भिजवा देते हैं। तुम चार घड़ी बाद फिर आना यदि वे मिलना चाहेगें तो तुम्हें मिलवा दिया जायेगा अन्यथा झूठ हुआ तो तुम्हे दण्ड मिलेगा।"

दण्ड के नाम से मेरे शरीर में कंपकपी होने लगी। सैनिकों के हाथ में लम्बे तीखे भाले थे कमर पर तलवार लटकी थी किन्तु बलराम निशिंचत था। उसने सहमति में सर हिलाया और मेरा हाथ पकड़कर महल के मुख्य द्वार के विपरीत मुड़ गया। हम दोनों कुछ दूर बिना कुछ बोले चलते रहे। इतनी दूर कि सैनिकों को हमारी बातें न सुनाई दें। मैंने बलराम को सड़क के एक ओर दिवाल की

ओट में घसीटा और उस पर धीरे, किन्तु सख्त शब्दों में चीखा, ''तुम पगला गये हो क्या? तुम झूठ पर झूठ बोले जा रहे हो। कहीं उन्होंने हमें पकड़ लिया और दण्ड दिया तो?''

बलराम ने निश्चिंत होकर कहा, ''दादा, क्यों नाराज होते हो, ओखली मे सिर डाल ही दिया है तो मूसल से क्या डरना। मेरी सूचना पक्की है, क्योंकि अनूप सिंह महाराज के गहरे मित्र हैं, दीदी को उन्होंने ही महराज तक पहुँचाया है। एक बार उनसे आमना-सामना हो जाएगा तो हम गोरी तक पहुँच जायेंगे।''

''उन्होंने राजद्रोह के आरोप में जिस तरह पिताजी को मार डाला था, हमें भी मार डाला तो?''

''दादा, आप चिंता न करें, जितना मैंने भोजनालय में आने वाले सैनिकों के मुख से सुना है यदि उसका आधा भी सच निकला तो हमारा भाग्य खुल जायेगा।''

''अगर नहीं निकला तो,'' मैं सशंकित होकर बोला-

''दादा, कल तो आप कह रहे थे कि जीवन से तंग आ गया हूँ, सोचता हूँ कि माँ की तरह आत्महत्या कर लूँ या किसी सैनिक को मार डालू ताकि मृत्युदण्ड मिल जाये। फिर आज क्यों घबड़ा रहे हो।''

मै निरुत्तर था।

हम दोनों अल्मपुरी के भव्य बाजारों में यूँ ही घूमते रहे। भूख भी लग रही थी। भोजनालय के सामने से गुजरते समय भोजन की सुगंध से हमारी भूख बढ़ने लग जाती। हमारे पास एक फूटी कौड़ी भी न थी। बस इस राजपुर के बाजार की सड़कों पर चलते रहे। इन भव्य बाजारों व भवनों को देखकर मेरे मन में निश्चय ही चाहतें हिलोरें मारने लगी; क्योंकि हर अच्छी वस्तु को देखकर मनुष्य न्यूनाधिक रुप में उसे पाने की कामना करता है तथा उससे प्रभावित होकर वह अधिक लगन से कर्मशील होता है। मैं भी गोरी से मिलने के बाद के सुख की अनुभूति करने लगा था। मनुष्य के भीतर तो महत्वाकांक्षाओं की आग होती है, उसे हवा मिलते ही दहकने लगती है।

चार घड़ी भर बाद हम दोनों भाई पुनः राजमहल के द्वार के पास आ खड़े हुए हालाँकि मैं आंशकाओं से घिरा था; परंतु बलराम गम्भीरता ओढ़े था। निश्चित ही भय उसके भीतर भी रहा होगा लेकिन वह निर्भय बने रहने का दिखावा कर रहा था ताकि मैं भाग न खड़ा हो जाऊँ।

हमें द्वार के निकट आते देख पहले वाला एक सैनिक आगे बढ़ा उसने कहा, ''तुम सामने के कक्ष में बैठ जाओ तुम्हारी भेंट सेनानायक अनूप सिंह जी से करायी जायेगी।''

जो सैनिक कुछ देर पहले हमें बुरी तरह झिड़क रहा था अब उसके स्वर में नम्रता थी। बलराम का अपनी सफलता पर गर्व हुआ। उसने मेरे मुरझाये मुख की ओर देखा। मैंने उसका हाथ दबाया और दोनों कक्ष की ओर बढ़ गये।

आधा घड़ी का इंतजार हमें करना पड़ा। तब एक नया सैनिक हमारे पास आया। बिना कुछ कहे हमारी तलाशी लेने लगा। मैं भय से काँप उठा क्योंकि मेरी कमर में अभी भी लम्बा तेज धार वाला चाकू बँधा था। बलराम की तलाशी पूर्ण होने से पूर्व ही मैंने अपना चाकू निकाल कर सैनिक के हवाले कर दिया। इससे वह कुछ प्रसन्न दिखा। उसने फिर से मेरी गहन तलाशी ली क्योंकि मेरे पास से एक हथियार मिल चुका था। मैं अब अत्यधिक आशंकित होता जा रहा था। बलराम तो अपनी सफलता पर फूले न समा रहा था। जैसे उसे अभी सब कुछ मिल गया हो। यह हो भी क्यों न आज वह राजमहल के भीतर प्रवेश कर रहा था भले ही अर्धसत्य के सहारे ही सही। महल के भीतर हम जैसों का पहुँचना भी बड़ी बात थी। कक्ष के भीतर से ही वह हमें राजमहल के किसी अन्य मार्ग से अन्दर ले गया। जबकि मैं सोच रहा था कि हमें मुख्य द्वार से भीतर ले जाया जायेगा। मैं महल की भव्यता को देखना चाहता था। परन्तु यह क्या! हमें एक गुफा द्वार से लम्बा रास्ता पार कराते हुए एक बड़े कक्ष में ले जाया गया।

विशाल कक्ष के एक ऊँचे आसन पर एक लम्बा-चौड़ा, सुघड़, बलिष्ठ व्यक्ति बैठा था। उसने सैनिक की ओर संकेत किया। सैनिक ने बिना कुछ कहे हमें उनके सम्मुख जाने का संकेत किया और वह कक्ष के बाहर चला गया। कक्ष के बाहर जाने के पूर्व उसने मुझसे प्राप्त चाकू उस व्यक्ति को सौंप दिया। कक्ष में और कोई भी न था। मुझे यह देखकर खुशी हुई कि वहाँ कोई सैनिक नहीं था। बलराम ने मुझे समझा दिया था कि मुझे कुछ भी नहीं बोलना है, जो भी उत्तर देना होगा वह स्वयं देगा।

आसन में बैठे व्यक्ति ने गम्भीरता से पूछा, ''तुम दोनों कौन हो? और मेरा नाम व गोरी के बारे में कैसे जानते हो?''

मैंने बलराम की ओर देखा, उसने मेरी और बलराम ने हाथ जोड़ लिए।

उसको देखकर मैं भी हाथ जोड़कर झुक गया। मैं समझ गया कि यह व्यक्ति ही अनूप सिंह है।

बलराम ने उत्तर दिया ''हुजूर! हम दोनों गोरी के सगे भाई हैं। मैं एक छोटे नगर के एक भोजनालय में काम करता था वहाँ भोजन हेतु आये सैनिकों की बातें मैंने सुनी थी, जिससे आपका नाम व मेरी दीदी गोरी के बारे जानकारी मिली। किसी तरह हिम्मत कर हमने झूठ बोला कि आपने हमें बुलाया है। जिसके लिए हमें हुजूर दया कर क्षमा करें।''

बलराम भूमि पर लोटकर उसके चरणों से कुछ दूर दण्डवत हो गया। उसे देखकर मुझे भी वही करना पड़ा। अनूप सिंह ने पूछा, ''तुम दोनों गोरी के भाई ही हो इसमें अगर तनिक भी झूठ निकला तो यही पर तुम्हें मार डालूँगा?''

यह सुनकर बलराम भूमि पर ही बैठ गया मैंने उसका अनुसरण किया। बलराम का साहस बढ़ता गया। उसने दृढ़तापूर्वक कहा ''हुजूर हमने आपसे मिलने के लिए झूठ अवश्य बोला था; किन्तु हम दोनों गोरी दीदी के भाई हैं, इसमें झूठ नहीं।''

उसने बलराम को घूरा। शायद बलराम ने खुशी के जोश में कुछ अधिक ही ऊँची आवाज मे बोल दिया था। बलराम ग्राहकों की भाषा व आँख की भाषा पढ़ना सीख चुका था, अतः उसे यह समझते देर नही लगी कि आसन पर बैठा व्यक्ति उसकी ऊँची आवाज से नाखुश है।

उसने सर झुका लिया और पुनः दण्डवत हो गया। इस बार मैंने उसका अनुसरण नहीं किया। वह व्यक्ति जिसका नाम अनूप सिंह था अपने आसन से उठ खड़ा हुआ, हम दोनों अभी भी भूमि पर बैठे थे। उसने पूछा, ''क्या तुम उन सैनिकों को पहचान लोगे, जिन्होंने यह सब बातें कही थी?''

बलराम ने उत्तर दिया, ''जी हुजूर, जरूर।'' ''ठीक है तो मेरे पीछे-पीछे आओ।'' वह महल की भीतर किसी गुप्त द्वार की ओर चल पड़ा। हम दोनों उसके पीछे-पीछे थे। एक लम्बे दालान को पार कर, कई सीढ़ियाँ चढ़कर हम एक छोटे से सुन्दर सुव्यस्थित घर के आगे खड़े थे। अनूप सिंह ने दरवाजे के कुंडे को एक विशेष संकेत से खड़खड़ाया। कुछ क्षण में ही एक प्रौढ़ महिला ने द्वार खोला, वह आदर से अनूप सिंह के सामने झुक गयी और उसने उन्हें भीतर आने का संकेत दिया। अनूप सिंह भीतर प्रवेश कर गये। हम द्वार के बाहर खड़े रहे। शायद हमें भव्य सुन्दर कक्ष के भीतर जाने में हिचकिचाहट हो

रही थी। अनूप सिंह ने पीछे मुड़कर नहीं देखा, न ही उस प्रौढ़ महिला ने। हम मूक बने द्वार के बाहर खड़े रहे हालाँकि द्वार खुला था इसलिए हमें चिन्तित होने की आवश्यकता नहीं थी।

कुछ क्षणों बाद हमने देखा कि अनूप सिंह चले आ रहे हैं। उसके साथ एक सजी धजी सुन्दर स्त्री आ रही है। दूर से उसे मैं न पहचान सका, किन्तु निकट आते ही हम दोनों भाई उसे पहचान गये, वह गोरी थी। गोरी, मेरी छोटी बहन, आज कितना बदल गयी थी। सुन्दर व गोरी चिट्टी तो वह पहले से ही थी, इसलिए उसका नाम "गोरी" पड़ा था। रेशमी वस्त्रों, आभूषणों और सुन्दर केश सज्जा से वह परी जैसी लग रही थी। मेरा साहस नहीं हुआ कि चिल्लाकर कह सकूं, "गोरी मेरी प्यारी बहन"

परन्तु बलराम भिन्न तरह का था वह हर्ष से उछल कर चिल्ला उठा "दीदी।"

यदि लम्बा चौड़ा सशस्त्र, अनूप सिंह बीच में न होता तो बलराम उससे जा चिपटता।

अनूप सिंह ने गोरी को आगे किया और बोला, "गोरी! क्या तुम इन्हें जानती हो? ये तुम्हें अपनी बहन बता रहे हैं।"

मैं सोचने लगा कहीं गोरी ने हमें पहचानने से इंकार तो नहीं कर देगी? क्योंकि उसने हमें देखकर कोई उत्साह व्यक्त नही किया था। कुछ क्षण वह मूर्तिवत खड़ी रही कुछ सोचती रही। पुनः बलराम ने ही पहल की, वह आगे बढ़ा और गोरी से जा लिपटा। बलराम गोरी से लिपटकर सिसक-सिसक कर रोने लगा। गोरी के हाथ धीरे-धीरे बलराम पर कस गये। वह भी सुबुक-सुबुक कर रोने लगीं। मैं भी खड़ा-खड़ा देखता रहा-भाई-बहन के मिलन को।

मैं दोनों के स्नेह को जानता था। मैं तो घर में सबसे बड़ा था। पिता जी मुझे सदैव काम पर जुटाये रखते थे। मैं प्रायः उनके साथ कच्चा लोहा खरीदने, ढोने या लोहा पीटने मे लगा रहता था। वे चाहते थे कि मैं भी उनकी तरह एक हुनरमन्द कारीगर बन जाऊँ-जो मैं बना भी। बलराम और गोरी तो एक साथ खेलते-लड़ते झगड़ते रहते थे। जब उनके बीच झगड़ा होता था तो दोनों मेरे पास शिकायत लेकर आ जाते। मैं अधिकांश मामलों में गोरी का पक्ष नहीं लेता था। उसे लड़कों की तरह झगड़ने के लिए झिड़कता रहता था। मैंने उसे कभी अधिक स्नेह नहीं दिया था। उसका कारण था कि मेरे दिमाग मे सदैव यह

डाला जाता था कि लड़की तो परायी होती है, उसे घर के कामों में सुघड़ बनाओ।

अब मैं प्रसन्न था, निश्चित ही मैं पुनः अपना लोहे के यंत्र बनाने का कारखाना खोल सकता था।

चन्द्रनिष्ठ

कल्याण चंद

एक दिन मेरे दरबार में शिवानन्द नाम के एक ज्ञानी कविराज पधारे। मै स्वयं तो अधिक रुचि कविता, साहित्य में नहीं रखता था; किन्तु मैं अपने ज्ञान में निरंतर वृद्धि की लालसा रखने लगा था। जब से मुझे यह अनुभव होने लगा था कि मुझसे कई गलत निर्णय कराये गये। कई निर्दोष लोगों की आँखें निकलवा ली गयी थीं या हत्याएँ करवा दी गयी थी। मुझे कभी स्वप्न में भी उनकी चीखें जगा देती थीं। मैं जब एकांत में होता तो मुझे अपने अनेक निर्णयों व आदेशों पर पश्चाताप होता था; परन्तु मैं अभी भी राजगुरु व नाना सुमेर सिंह के विरुद्ध नहीं जा सकता था।

शिवानंद, मेरी राजसभा के ही एक सचिव ब्रह्मानंद का सगा भाई था। इनके पिता विश्वरुप पाण्डेय मेरे पूर्वजों, विशेष रुप से चन्द्रवंश शिरोमणि बाजबहादुर के दरबार में सभारत्न रह चुके थे। उनकी प्रशंसा मैंने यदा-कदा अपनी माँ और नाना के मुँह से सुनी थी। उन्हीं विश्वरुप का यह ज्ञानी पुत्र विद्यार्जन के लिए वाराणसी चला गया था। चूँकि, ब्रह्मानंद मेरी राजसभा मैं महत्वपूर्ण सचिव था, साथ ही मेरे नाना का प्रिय भी था। ब्रह्मानंद ने समाचीन जानकर अपने भाई शिवानन्द को वाराणसी से बुलवा लिया था।

लम्बा व सुगठित शरीर वाला शिवानन्द प्रौढ़ावस्था पार कर चुका था, दरबार में प्रस्तुत हुआ। माथे पर चन्दन के साथ लाल तिलक, शरीर पर लम्बी धोती, घुटे हुए सिर पर लम्बी चुटिया वाले शिवानन्द से मैं प्रभावित हुए बिना न रह सका। मैंने उसे सादर सहित उचित स्थान दिया। राजगुरु व नानाश्री को भी उसके दरबार में आने पर कोई आपत्ति नहीं हुई।

ब्रह्मानंद ने सभा में खड़े होकर कुछ कहने की अनुमति चाही। मैंने

अनुमति दे दी। ब्रह्मानंद ने शिवानंद के बारे में सविस्तार बताना प्रारम्भ किया। "चन्द्रचूड़ामणि कल्याण देव की जै हो। राजन् मेरे पिता विश्वरुप, आपके दादा चन्द्रशिरोमणि बाजबहादुर की राजसभा में राजगुरु के पद पर थे। महान राजा बाजबहादुर के देहावसान के कुछ वर्षों बाद छल-कपटी मंत्रियों ने मेरे पिताजी को अपमानित किया और राजा उद्योत चंद से उचित आश्रय न मिलने पर वे शिवार्चन में संलग्न होने शिवानन्द सहित काशी चले गये। जहाँ इस शिवानंद ने उनकी सेवा करते हुए शास्त्रों, वेदों का अध्ययन किया। राजनीति शास्त्र के साथ ही साहित्य ज्ञानी भी बना। इस बीच अल्मपुरी मे निरंतर कुटिल राजनीति होती रही। विद्वान जनों को सताया गया अतः मेरा यह विद्वान भाई यत्र-तत्र रहा। आपकी समदृष्टि देखकर मैंने उसे आपकी सभा में आकर अपने ज्ञान के प्रकाश से अपनी जन्मभूमि को उल्लसित करने को लिए उत्प्रेरित किया, आज वह आपके सम्मुख खड़ा है।"

इतना कहकर सचिव ब्रह्मानंद अपने आसन में जा बैठा। देखने में दर्शनीय ब्राह्मण, सभा के मध्य आ खड़ा हुआ। बड़ी गम्भीरता और दृढ़तापूर्वक उसने अपना सम्भाषण प्रारम्भ किया; "चन्द्रवंश में लम्बे समय तक सुव्यवस्थित ढंग से राज करने वाले परम प्रतापी चन्द्र शिरोमणि राजा बाजबहादुर चंद के सुपौत्र तथा महा धर्मात्मा राजा उद्योतचंद जिन्होंने त्रिपुरसुन्दरी, पार्वतीश्वर आदि मंदिरों का निर्माण कराया। ऐसे महादानी उद्योतचंद के विशुद्ध चंदवंशीय पुत्र चंदचूड़ामणि कल्याण चंद देव महाराज की जै हो।"

इस ब्राह्मण द्वारा मेरे पूर्वजों का सुंदर शब्दों व प्रंशशात्मक वाक्यों में वर्णन करने से मैं प्रभावित हुआ। सभी दरबारी भी मेरी जैकार करने लगे। मुझे यह मालूम हो गया कि यह पंडित चतुर व ज्ञानी है। यह बात सर्वविदित है कि अपनी प्रंशसा सुनना सबको प्रिय होता है यदि पूर्वजों की प्रंशसा भी कर दी जाये तो निश्चित ही मनुष्य अधिक आनंद का अनुभव करता है। पंडित ने आगे कहा था, " आपके पितामह द्वारा मेरे पिता को सम्पूर्ण मध्य देश अर्थात तराई-माल-भाबर का क्षेत्र विकसित करने हेतु दे दिया था। मेरे पिताश्री आपके पितामह के सबसे विश्वसनीय मंत्रीगणों में थे। उन्होंने चंदशिरोमणि के आदेश से रायपुर से लेकर श्रोणित तक की सारी भूमि आबाद की थी। हाथी, घोड़े खच्चर ऊँटों आदि से गाँव के गाँव भर दिये, राज्यपथों का निर्माण कराया तथा गाँवों ने नगरों का रुप धारण किया। आबादी बढ़ती गई। बाह्य देशों-

राजपुताना, कठेड़, हिमांचल, गढ़प्रदेश, डोटी प्रदेश, नाहन, अवध आदि से लोग आकर बसने लगे। यह उर्वरा तराई-भावर का क्षेत्र अति वैभव संपन्न होता चला गया। चन्द्रशिरोमणि बाज बहादुर का राज खजाना माल-भावर की आय से भरता गया। व्यापार, धन, सम्पत्ति वैभव बढ़ता ही गया। मध्यदेश की भूमि में धान, गेहूँ, ईख, तिल, सरसों, चना आदि हर प्रकार के अन्न की पैदावार बढ़ती गयी। जहाँ वर्षा का जल नहीं था वहाँ नहरों व तालाबों का निर्माण कराया गया। आपके पितामह के आदेश और मेरे पिताश्री के प्रयासों से यह प्रदेश शस्य-श्यामल होता चला गया।

चंदशिरामणि के आदेशों से मार्गों की सुरक्षा हेतु घुड़सवार प्रहरी तैनात किये गये। स्थान-स्थान पर दुर्ग बनाये गये, जिनमें धनुर्धारी सैनिक तैनात किये गये। अनाजों का भण्डारण किया गया। मेरे पिताश्री विश्वरुप ने आपके पितामह का विश्वास प्राप्तकर सारे माल प्रदेश को वैभवपूर्ण बनाया। राज्यादेश के द्वारा प्रजा से आय का छटा अंश कर के रुप में प्राप्त कर राजकोष में जमा किया गया जिससे सम्पूर्ण कुर्मांचल राज्य का वैभव बढ़ता चला गया। सैन्य शक्ति भी बड़ी, दूर देशों से नौजवान सेना में सेवा के लिए आने लगे। जालंधर, जम्मू, नगरकोटा, गुलेर, नाहन आदि अन्य-अन्य प्रदेशों के शूरबीर सैनिक आकर चन्द्राशिरोमणि बाज बहादुर की सेना में सेवा करने लगे। चन्द्रशिरोमणी की दानशक्ति बढ़ी। उन्होंने काशी, प्रयाग, हरिद्वार आदि तीर्थों को अनाज व धन दान दिया जिससे कुर्मांचल राज्य की कीर्ति चारों ओर फैलती गई। कूर्मांचलीय राज्य की शक्ति का भय बना। शत्रु संकुचित होने लगे। चंदाशिरोमणि के समभाव से मेरे पितामह विश्वरुप ने मध्य देश में सुदृढ़ प्रबंधन किया।''

पंडित कुछ क्षणों के लिए रुका उसने सभा पर एक दृष्टि घुमाई। वह यह जानना चाहता होगा कि उसकी बातों का क्या प्रभाव पड़ रहा है। निश्चित ही सभी ध्यानपूर्वक पंडित शिवानंद के मुख से कुर्मांचल की वैभव गाथा सुनना चाह रहे थे। मैंने प्रसन्नतापूर्वक कहा, ''पंडित शिवानंद आप मेरे महान पूर्वजों के राजकाल शैली का सुन्दर वर्णन कर रहे हैं। मैं सुनना चाहता हूँ आप सुनायें।''

पंडित का मुख मण्डल हर्षित हुआ। उसने एक दृष्टि अपने भाई ब्रह्मानंद पर डालने के बाद बोला, ''चंदचूड़ामणि कल्याण देव आपका कल्याण हो जिस प्रकार मेरे पिताश्री ने चंदशिरोमणि की निष्ठापूर्वक सेवी की उसी प्रकार

आपके महादानी पिताश्री राजा उद्योतचंद की भी सेवा की। चंदशिरोमणि के इन्द्रपुरी गमन के बाद गढ़वाल के राजा ने कुर्मांचल पर युद्ध की ठानी परन्तु कुर्मांचल देश की सुदृढ़ सैन्य शक्ति के आगे वह टिक न सका और उसे नृपत उद्योगचंद से मैत्री करनी पड़ी। दूसरी ओर डोटी के राजा पर पूर्वी सीमा में जुमला से लेकर द्विपायन के आगे तक के क्षेत्र को कुर्मांचल ने जीता और डोटिश को संधि के लिए बाध्य किया। यह शक्ति चंदशिरोमणि के महान राज्यकाल का संचयन था। नृपत उद्योतचंद ने इस संचय शक्ति का प्रारम्भ काल में बहुत उत्तम सुदपयोग किया किन्तु; आगे चलकर वे काम के वश हो गये और उनका मन राजकाल से उचट गया। इसमें कुछ कुटिल मंत्रियो की चाल थी, वे मेरे पिताश्री के प्रभाव को समाप्त करने के लिए नृपत को भ्रमित करना चाहते थे जिसमें वे सफल रहे। मेरे पिताश्री विश्वरुप जो चंदशिरोमणि के सबसे विश्वासपात्र थे, जिनके नेतृत्व में नृपत उद्योतचंद ने गढ़प्रदेश व डोटीराज को हराया था। राज्य को वैभव सम्पन्न बनाया। उन्हीं विश्वरुप को कुछ दुष्ट मंत्रियों तथा सेनानायकों ने राजा का विरोधी ठहरा दिया। हालाँकि नृपत उद्योतचन्द्र इसे सत्य नहीं मानते थे; किन्तु हटबुद्धि व कुपात्र मंत्रियों के दुःसंग के कारण नृपत उद्योतचन्द्र उसी प्रकार प्रभावित हो गये जिस प्रकार विषधर सर्प के पीने से निर्मल दूध भी विषैला हो जाता है। उसी प्रकार राजकाज में विषमता आती चली गयी। मेरे पिताश्री ने यह उचित समझा कि वे राजव्यवस्था से पृथक होकर माँ अम्बा की सेवा करें। वे छः वर्षों तक राज सेवा से पृथक रहे, किन्तु उन्हें सदा कुर्मांचल राज्य के हितों की चिंता रहती थी उन्होंने अपने कई विश्स्वत लोगों को पहले ही राज्य के विभिन्न महत्वपूर्ण कार्यों में तैनात कर दिया था। मध्यदेश का भार श्रीनाथ को सौंपा था जिनके सहयोगी रमापंडित थे। ऋषीकेश जोशी जो महान राजनीतिज्ञ थे के पाँच वीर, ओजस्वी व विद्वान पुत्र क्रमशः मनोरथ, कमलापति, परशुराम, पद्मापति और शिवदेव को राज्य के विभिन्न विभागो के सचिव के रुप मे रख छोड़ा था। नरसिंह और यश चौधरी तथा लक्ष्मण त्रिपाठी को विभिन्न अधिकारी के पदों स्थापित किया ताकि राज्य का अहित न होने पाये। यह सुव्यवस्था कर मेरे पिताश्री काशीवासी हो गये। मैं भी अपने पिता की सेवा हेतु काशी चला गया और विद्या व शास्त्रों का अध्ययन के साथ ही अपने पिताश्री से कुर्मांचल की राजनीति व प्रमुख लोगों की विशेषता का ज्ञान प्राप्त करता रहा। इस बीच कुर्मांचल राज्य में विकट परिस्थियाँ उत्पन्न हुई। राजा उद्योतचंद के स्वर्गवासी

होते ही राजकाज, अच्छे विद्वान मंत्रियों व सलाहकारों के अभाव में दुर्व्यवस्था को प्राप्त होता चला गया। गैडागर्दी और अन्य चंदराजाओं की हत्या, अत्याचार, अनाचार उसके बाद के वर्षों में होते रहे। नृपत आप उसके स्वयं भुक्तभोगी रहे हैं इसीलिए इस पर अधिक प्रकाश डालने की आवश्यकता नहीं है। चन्द्रचूड़ामणि ने अपने सुविवेकी मंत्रियों, राजगुरु हरि और सेनापति सुमेर सिंह की सहायता से इस राजसिंहासन को पुनः सुशोभित किया और पापी मणिकलाल को उसके पुत्रों के साथ मृत्युदण्ड देकर पूरे पूर्वांचल को गैडागर्दी से मुक्त कर कुर्मांचल वासियों पर महान कृपा की। राज्य को सुव्यवस्थित किया आज राज्य में शांति स्थापित है; किन्तु दक्षिण में जिस मध्यप्रदेश की मैंने अभी चर्चा कीहै को रुहेले पठानों की ओर से गम्भीर चुनौती दी जा रही है क्योंकि काशी से लौटते समय मैंने मार्ग में मध्यदेश की व्यवस्था वैसी नहीं देखी जैसा चन्द्रशिरोमणि के राजकाल में मेरे पिताश्री ने रख छोड़ी थी। रुहेले पठान क्रूर हैं और अविश्वासी भी, हमारे राज्य के कई चन्द्रवंशी भी भागकर वहाँ शरणागत हो गये हैं। मैं चन्द्रचूड़ामणि नृपत से कुछ विनती, कुछ कटु आग्रह और कुछ विषयों पर आगाह करना चाहता हूँ-यदि मुझे क्षमादान मिले तो?''

मैं उस पंडित के वचनों से प्रभावित था, उसने बड़ी स्पष्टता से विषयों को प्रकट किया था। मैंने राजगुरु हरिकृष्ण और नाना सुमेर सिंह पर दृष्टि डाली, उन्होंने सिर हिलाकर सहमति का संकेत दिया। इस पंडित से कोई भय तो था नहीं, साथ ही जिस प्रकार उसने अपने पिता के चंदवंशीयों के प्रति निष्ठा का बखान किया था वह प्रतिकूल न था। उसका एक भाई ब्रह्मानंद मेरे यहाँ पहले से ही सचिव था। जिससे यह स्पष्ट था कि उसकी सत्यनिष्ठा पर विश्वास किया जा सकता था।

मैंने कहा, ''पंडितजी! निश्चय ही मैंने आपके पिता की कीर्ति सुनी है। आपके कुल की सत्यनिष्ठता सदैव चंदवंश के साथ रही है। आपने कई देशों काशी, अवध, रुहेल, नाहन, जालंधर तक भ्रमण किया है। इससे आपके राजनीति का अनुभव निश्चय ही विस्तारित हुआ होगा। अतः आप अपनी बात निर्भीकता से रखें।'' पंडित आश्वासन पाकर आगे बोला, ''राजन! आपके कुल में कई महान राजा हुए; किन्तु कुछ कुसंगत के कारण या राजकाज का अनुभव कम होने के कारण अत्याचारी हो उठे जिस कारण कुछ समय तक भीषण अत्याचार व मारकाट होती रही। आपके कार्यकाल के आरम्भ में भी यही हुआ। हालाँकि आपने गैडागर्दी की समाप्ति जरूर की लेकिन इसी काल

में कई निर्दोषों की भी हत्या हुई या उनकी आँखें निकाल ली गयी। उसमें आपका दोष नहीं है क्योंकि चंदवंशीयों में पिछले एक-दो दशकों से यह परम्परा सी बन गयी है, किन्तु राजन, हे चन्द्रचूड़ामणि! यदि आपके वंश के पिछले कुछ राजाओं ने प्रतिशोध लेने के उद्देश्य से अत्याचार किया है तो क्या आप भी उसी का अनुशरण करेंगे? नहीं चन्द्रचूड़ामणि! आप अपने उन पूर्वजों के मार्ग पर चलें जिन्होंने न्यायकारी राज्य किया। शत्रुओं से भी प्रतिशोध त्यागकर उन्हें भी प्रतिशोध से विरत किया। आप चन्द्रशिरोमणि बाज बहादुर देव के मार्ग पर चलें। विद्वानों व वीरों को पहचानें। राष्ट्रभक्त एवं द्रोही में अंतर करें। राजा के निर्णयों की समालोचना, आलोचना से विचलित न हों। उनका पक्ष जानें, उन्हें अपने पास बुलाएं, निर्धन व विपन्नों को धन-वैभव दें। आश्रयहीनों को भूमि दें। आपका सैन्यबल और गुप्तचर बल मजबूत है; किन्तु सूचनाओं के विश्लेषण के तंत्र को सशक्त करने के लिए विद्वान मंत्रिमंडल की आवश्यकता है। कभी-कभी विपक्षी असत्य बातें फैलाते हैं जिससे प्रभावित होकर और सूचनाओं का उचित विश्लेषण न कर पाने के कारण भ्रमित व सशंकित होकर गलत निर्णय ले लिया जाता है। जिससे प्रजा में असंतोष बढ़ता है और राष्ट्र कमजोर होता है।''

मेरे नाना एकाएक अपने आसन से उठ खड़े हुए और आक्रोशित होकर कह उठे, ''तो ब्राह्मण! आप यह कहना चाहते हो कि वर्तमान मंत्रिमंडल में विद्वान नहीं है तथा वे सूचनाओं का उचित विश्लेषण करने में अक्षम हैं? यह राज्य व राजसभा का अपमान है।''

मेरे नाना खड़े रहे और उनकी क्रोधपूर्ण भंगिमा बनी रही, उनका हाथ खड़ग पर कस गया था।

''चन्द्रशिरोमणि, मैंने पहले ही क्षमा याचना के साथ कहा था कि मैं कुछ उग्र, तीखा या कटु बोल सकता हूँ, आग्रह व आगाह के रूप में अपनी बातें रखूँगा। आप सहमत होंगे कि मैंने सुधार की बातें की है, आपके मंत्रिमंडल में कई विद्वान तथा कई वीर हैं, किन्तु समीक्षा से कोई हानि है क्या?''

मैं पंडित के तर्कों से पूर्ण रुप से सहमत था? मैंने नानाश्री की ओर दृष्टि घुमाकर कहा, ''नानाश्री, मैंने स्वयं पं0 शिवानंद को बुलाया है उसकी बातों में अर्थ है, उन्हें किसी व्यक्ति विशेष को इंगित नहीं किया है। क्या आप यह समझते हैं कि हमारे द्वारा लिये गये सभी निर्णय सही विश्लेषण पर आधारित थे?''

मेरे नाना को शायद यह आशा नहीं रही होगी कि मैं इस भाषा में उनसे प्रश्न कर सकने की क्षमता रखता हूँ। वे अचकचा गये और उत्तर दिया, "नृपत! सभी निर्णय समय, परिस्थितियों के अनुसार राज्य व राजा के हित में लिए जाते हैं, उसमें कुछ कमियाँ सम्भव हैं।"

मैंने नाना को बीच में टोकते हुए कहा, "नानाश्री, यदि कमियाँ हैं तो समीक्षा का कारण बनता है।"

नाना हतप्रभ खड़े रहे, तभी पंडित ने कहा, "वीर सुमेर सिंह, का कथन सत्य है। महाराज! निर्णय समय व परिस्थितिवश लिए जाते हैं जो उस काल के अनुसार सही होने का औचित्य रखते है; किन्तु मैं आज की बात कर रहा हूँ। आज आप सबके समुद्योग से राज्य एक ओर सुव्यवस्थित है तो दूसरी ओर बाह्य शत्रु आपकी सम्पन्नता, वैभव को देखकर ईष्या कर रहे हैं तथा कुर्मांचल की इस वैभवता को नष्ट करने के प्रयास में लगे है। हमें बाह्य सुरक्षा से पूर्व राज्य को भीतर से भी एकजुट करना होगा।"

नाना सुमेर सिंह जो अभी तक अपने आसन पर बैठे नहीं थे, वे पुनः भड़के, "पंडित जी! क्या आप कहना चाहते हैं कि हमारे राज्य में अभी भी विद्रोही उपस्थित हैं, हमने ऐसे लोगों को चुन-चुन कर मार डाला है। अब राज्य के भीतर कोई ऐसा नहीं जो नृपत के विरुद्ध खड़ा होने का साहस कर सकेगा। हमारी गुप्तचर व्यवस्था भी सुदृढ़ है।"

राजसभा अचंभित थी। मेरे नाना अपने राज्य की सुदृढ़ व्यवस्था पर कोई प्रश्न चिन्ह नहीं चाहते थे; किन्तु शिवानंद उसमें सुधार व समीक्षा का आग्रह कर रहा था। मैं इस स्थिति में नहीं था कि सेनापति-नाना का विरोध कर सकूं। हालाँकि मैं पूर्व की भाँति अब माटी का माधो न था। अनुभव ने मुझे तर्क करना सिखा दिया था। एक दासी ने भी मेरे मन को झकझोरा था उसने मुझे निर्धन, गरीब व निर्दोष के लिए संवेदनशील होने की याद दिलायी थी। मुझे अपने गरीबी व विपन्नता के दिन याद दिलाये थे। मैं अब बहुत कुछ सीखता आ रहा था। मैंने बीच में कहा-

"नानाश्री! मैं वर्तमान परिस्थितियों से परिचित होना चाहता हूँ। पं० शिवानंद अवध, रुहेलखण्ड, कठेड़ और माल-भावर से होते हुए यहाँ पहुँचे हैं। हमें वर्तमान परिवेश का विश्लेषण करना ही चाहिए। पंडित की बातों को सुनने के बाद हम विचार करेंगे, उन्हें विस्तार से अपनी बातें रखने दें।"

मेरे नाना को कष्ट अवश्य पहुँचा होगा, किन्तु मैं पंडित की वाणी व तर्क के प्रभाव से बच न सका था।

नानाश्री की खड्ग से पकड़ ढीली हो गयी, मुख पर तनिक आक्रोश छलक रहा था। मैंने उनको सिर हिला कर बैठ जाने का संकेत दिया। कदाचित मैं उनका भरी सभा में अपमान नहीं करना चाहा था, उन पर क्रोधित होने का तो प्रश्न ही न था।

पंडित शिवानंद अविचलित खड़ा था। मेरा समर्थन जानकर उसकी वाणी की स्पष्टता और अधिक मुखर हो उठी।

"नृपत! वर्तमान में हमें अपने राज्य के भीतर के युवाओं व विभिन्न वर्गों में लोगों को अपने साथ जोड़ना होगा। मैं रुहेलखण्ड-कठेड़ सीमा की स्थिति से चिंतित हूँ, वहाँ शीघ्र ही सैन्य व्यवस्था सुदृढ़ करने की आवश्यकता है। रुहेले पठानों का सरदार अली मोहम्मद खाँ अपनी सैन्य शक्ति बढ़ाता जा रहा है। वह अपने राज्य के दक्षिण में स्थित अवध प्रांत से लड़ने की क्षमता रखता है; परन्तु अवध प्रांत को दिल्ली बादशाह का पूर्ण समर्थन है, इसलिए रुहेले अवध राज्य पर दबाव नहीं बना सकते हैं। कठेड़ों को पहले ही उन्होंने अपने अधीन कर लिया है। पश्चिम का राज्य दिल्ली बादशाह के अधीन राज्य है, उसका मनसुबा तो दिल्ली पर कब्जा करना भी है। इस हेतु वह अपनी सैन्य व धनशक्ति पहले एकत्र करना चाहता है जिसके लिए वह संपन्न माल-भावर से लेकर सम्पूर्ण कुर्मांचल पर ही दृष्टि गड़ाये हुए है। कुर्मांचल को सबसे बड़ा संकट दक्षिण से है। दूसरा हमारी सैन्य शक्ति में वीर व अनुभवी सैनिकों की कमी नहीं है किन्तु युवा व उत्साही युवकों की कमी साफ दिखाई देती है। इस बात से सेनापति सुमेर सिंह शायद सहमत होगें। इसका क्या करण है? इसको समझने की आवश्यकता है। बिना युवा व उत्साही सैनिकों के क्रूर दुःसाहसी रुहेलों को रोकना कठिन होगा।"

नानाश्री फिर उठ खड़े हुए और उन्होंने पंडित से प्रश्न किया। "आपने जो प्रश्न किया है उसका उत्तर भी स्वयं ही दे तो उचित होगा, महोदय?"

"निश्चित ही मैं उत्तर देना चाहता हूँ। चन्द्रचूड़ामणि आप जानते है गैडागर्दी की समाप्ति के बाद जो मार-काट और लोगों को अंधा किये जाने का लम्बा कालचक्र चला उसके कारण लड़ाकू क्षत्रिय युवक राज्य छोड़कर अन्य पड़ोसी देशों में जा छुपे हैं। जो चंदवंशीय क्षत्रिय युवा यदि राज्य के भीतर हैं तो

वे सेना मे आने के अनच्छुक हैं। सैकड़ों ब्राह्मणों की आँखें निकाले जाने के कारण निश्चय ही ब्राह्मण युवाओं में रोष है या यह कहें कि युवा व उत्साही ब्राह्मण भीतर ही भीतर प्रतिशोध की आग में झुलस रहे हैं। वे कभी भी उचित अवसर पाकर राज्य के विरोध में खड़े हो सकते हैं। क्या चन्द्रवंशीय आपस में लड़ कर, मार-काट कर स्वयं को नष्ट लेंगे? क्या हमारा राज्य इन सुलगती चिंगारियों को पुनः सामूहिक हत्याकाण्ड करके कुर्मांचल को युवा शून्य कर देगा? नृपत यदि कुछ चंदवंशीयों ने आपके साथ क्रूर व्यवहार किया, आपको देश छोड़ना पड़ा, तो क्या यही व्यवहार आप अपने अन्य चंदवंशीयों के साथ करेंगें? अंधे बनकर राज्य भर में फैले ब्राह्मण भले ही चुप हों, उनकी संततियां उनका दारूण स्थिति देख भले ही भय से मौन हों, किन्तु यह राज्य के लिए उचित है क्या? न्यायकारी गोलूदेव की दी शिक्षा को कुर्मांचल राज्य भूलता जा रहा है? गोलूदेव को लगाई गई इन पीड़ित लोगों की आर्तपुकार-घात का क्या होगा?''

''बस करो पंडित! बस करो, अधिक न कहो। मेरा सिर फट पड़ेगा। तुम ठीक कह रहे हो। जिन लोगों की आँखें निकाली गयी थी उनकी आर्तपुकार व चीखें मुझे कभी-कभी स्वप्न में भी सुनायी देती हैं। ये चीखें मेरा पीछा करती जा रही हैं।''

यह कहकर मैंने सिर पकड़ लिया और चुप हो गया। राजसभा में सन्नाटा छा गया।

कुछ क्षण में राजगुरु हरिकृष्ण अपने आसन से खड़े हुए और वे पंडित शिवानंद के समक्ष जा खड़े हुए। उन्होंने एक तीक्ष्ण नजर पंडित शिवानंद पर डाली फिर मेरी तरफ मुड़कर उन्होंने कहा, ''नृपत चंदचूड़ामणि कल्याणदेव! आप चिंतित न हों। पंडित शिवानंद निश्चय ही काशी में विद्यार्जन कर विद्वान बन गये हैं। उन्होंने काशी के महान विद्वानों से, गुरुओं से शिक्षा पाई है। इसके तर्क उचित हैं। यह विद्वान पंडित उन किये गये अत्याचारों या हत्याकाण्ड से उत्पन्न स्थिति के निराकरण की बात कर रहा है, उन हत्याओं व अत्याचारों को गलत या सही ठहराने का प्रयास नहीं कर रहा है, उसके तर्क कुर्मांचल के भविष्य को सँवारने के लिए है। राजन् आप चिंतित न हों।''

मैं सिर पकड़े आँख बंद किये सिंहासन पर बैठा रहा। मेरा मन कैसा-कैसा होता रहा। मैं सोचने लगा क्या मैं एक अन्यायी, अत्याचारी, शोषक राजा हूँ? क्या मैंने कभी प्रजा के लिए कोई कल्याण के कार्य नहीं किये? लेकिन

निश्चय ही मुझ कल्याण की पुण्य की झोली खाली ही थी। मैंने जागीरें अवश्य बाँटी थी, वह स्वार्थवश अपने खास लोगों को। क्या कभी गरीब, पिछड़े, वंचित वर्ग के लिए मैंने कुछ किया? मैं सोचने लगा, मेरी दासी गोरी के पिता के साथ क्या हुआ? ऐसे कितने निर्दोष होंगे? मुझे याद हो उठी उस पंडित रमापति की चीखें और उसका दिया शाप- ''अरे निर्बुद्धि राजा! खुली आँखों से अधिक बंद आँखों से दिखाई देता है। तेरा यह महल एक दिन जलकर खाक हो जायेगा।''

आज मैंने आँखें बन्द कर रखी थी लेकिन मुझे बहुत कुछ दिखाई दे रहा था।

मैं एकाएक सिंहासन से उठ खड़ा हुआ। पूरी सभा भी हड़बड़ा कर उठ खड़ी हुई। मैंने उँचे स्वर में कहा, ''सभा समाप्त की जाती है।''

मैं तेज कदमों से उद्विग्न होकर अपने निज महल की ओर चल पड़ा।

समय आ गया
फकीरा

बहन गोरी के भवन के निकट एक अन्य भवन के सुसज्जित कक्ष में मुलायम बिस्तर पर हम दोनों भाई आराम पूर्वक विश्राम कर रहे थे। आज हमारा इस महल में दूसरा दिन था। गोरी ने अबतक हमसे अधिक संवाद नहीं किया था। कल जब उसने हमें पहचान लिया था तब बलराम उससे लिपट कर खूब रोया था। गोरी दीदी को वह बहुत कुछ बताना चाहता था किन्तु गोरी ने कहा कि वह हमसे फुरसत से बात करेगी। कल वह मेरे कंठ से आ लगी थी। मैंने उससे एक भी शब्द नहीं कहा। बस मैंने उसके सिर पर हाथ फेर दिया था। वह रोती हुई अपने भवन के भीतर भाग गयी थी। अनूप सिंह ने हमारे रहने की व्यवस्था कर दी थी। रात में हमने ऐसा भोजन पाया जिसकी हम कभी कल्पना तक नहीं कर सकते थे। क्या संसार में ऐसा भी भोजन होता है? हमारे समाज को यदि किसी भण्डारे में या किसी सम्पन्न व्यक्ति के यहाँ पूड़ी-सब्जी, दाल भात खाने को मिल जायें तो हम धन्य हो जाते थे यदि इसके साथ हलुवा भी मिल गया तो वह अहोभाग्य होता था। इस प्रकार के भोजन खाना एक स्वप्न जैसा ही लग रहा था। एक ओर हम दो दिन से भूखे थे दूसरी ओर राजसी

महल का खाना। मैं मन ही मन सोच रहा था -मेरी बहन दासी जरूर है लेकिन उसका जीवन तो अच्छा चल रहा है। सुसज्जित भवन में रहती है, सुन्दर साफ वस्त्र पहनती हे, अच्छा खाना खाती है, इससे अधिक क्या उसे गाँव में मिल पाता ? यह सोचते-सोचते हम दोनों भाई गतरात्रि कब गहरी निद्रा में सो गये थे याद ही नहीं रहा था।

प्रातः हम देर तक सोते रहे, जब हमें उठाया गया और प्रातःकालीन कार्यों से निवृत्त होने का आदेश दिया गया तो मै भौंचक रह गया- कल तक मैं घास के बिछौने पर सोता था, एक हलकी सी आहट भी मुझे जगाने के लिए पर्याप्त थी; किन्तु कल रात हम- घोड़े बेचकर सोते रहे। कुछ घड़ी बाद हमारे सामने हल्की-फुल्की भोजन की थाली रख दी गयी। जो महिला खाने देने आयी थी उसने हमसे कहा, ''आप लोग कलेवा कर लें। फिर आपको गोरी के पास मैं ले चलूँगी।'' उसके मुड़ते ही हम दोनों नाश्ते पर टूट पड़े, किन्तु यह नाश्ता ऊँट के मुँह मे जीरा ही साबित हुआ। हाथ व अंगुलियाँ चाटकर, पानी पीकर हमने पेट भरा और पुनः बिछौने में घुस गये। बलराम काफी देर से चुप था। मुझे उसकी चुप्पी अखर रही थी। मैंने ही बात प्रारम्भ की, ''बलराम, बड़े चुप-चुप हो, कल तो तुम बड़े चहक रहे थे।''

बलराम ने कुछ देर बाद चुप्पी तोड़ी, ''बड़े भैय्या, दीदी तक पहुँचने और मिलने से पूर्व मेरे अन्दर अति उत्साह था लेकिन दीदी बिना बात किये ही चली गयी। मेरा उत्साह ठंडा पड़ गया, उसने ऐसा रुखा व्यवहार क्यों किया?''

मैंने बलराम को समझाते हुए कहा, ''बलराम! गोरी यहाँ राजमहल मैं एक दासी है। कोई रानी नहीं है, भाई! उसे कुछ काम होगा। उसने हमारे रहने-खाने की कितनी सुन्दर व्यवस्था की है। आज उसने बुलाया है आराम से बात हो जायेगी।''

''लेकिन पहले तो वह ऐसा नहीं करती थी। मुझसे मिलते ही हम दोनों उछल-कूद करने लगते थे। गाँव भर की बातें करते थे हम। आज वह एक शब्द भी नहीं बोली क्यों?''

''अरे बलराम! क्या गोरी अब गाँव की एक सामान्य लड़की है जो तेरे साथ उछले-कूदे? वह अब बड़ी हो चुकी है, वह अब महल में पराधीन है, वह हमसे मिली तो और आज अब बातें भी कर लेना।''

''लेकिन कुछ भी हो दीदी बदल गयी है। कहीं उसने हमारी सहायता नही

की तो?''

''पहले मैं सशंकित था, अब तू हो रहा है! मुझे अनुभव है, मैंने पराधीनता का कष्ट भोगा है, उसको तू समझा नहीं, तू अभी नासमझ है। उसे एक तो महल मैं दासी होने का दुःख होगा। उसे शायद लज्जा भी आ रही होगी, उसने किस प्रकार हमारा सामना किया होगा? तुम उसकी पीड़ा नहीं समझ रहे हो।''

बलराम चुप हो गया। कुछ देर खामोशी के थे। तभी दरवाजे पर आहट हुई। हम दोनों उठ खड़े हुए। हमारे सामने गोरी खड़ी थीं। वह गोरी चिट्टी तो थी ही, सुन्दर वस्त्रों में आकर्षक केस सज्जा, उज्ज्वल वस्त्र, पावों में पादुकायें, पूर्णरुप से श्रृंगार मे वह रानी लग रही थी।

इस बार बलराम मूर्तिवत खड़ा रहा, मैं भी। गोरी आगे बढ़ी और मेरे कदमों की ओर झुक गयी। मैंने उसे उठाकर उसके सिर पर हाथ फेरा। अब वह बलराम की ओर मुड़ी। बलराम अपने स्थान से हिला तक नहीं, कल तक वह उत्साहित होकर मेरा मार्गदर्शन कर रहा था। आज उसे क्या हो गया था? गोरी कुछ देर उसको देखती रही। सहसा उससे जा चिपटी और सिसक-सिसक कर रोने लगी, किन्तु बलराम शांत था। उसने बलराम को अपनी छाती से विलग किया और बोली, ''तुम मुझे खोजते-खोजते यहाँ क्यों आ गये? मैं यहाँ एक दासी हूँ। गाँव वाले जब यह जानेंगे तो तरह-तरह की बातें करेंगे। मुझ पर पता नहीं क्या-क्या लांछन लगायेंगे। मैं महल के एक कोने में छिपकर पड़ी थी। अपने जीवन की पुरानी यादों को दफनाने का प्रयास कर रही थी। जिस राजा के आदेश से मेरे पिता की हत्या हुई उसी राजा की सेवा रहती हूँ। मेरा कष्ट तुम क्या समझ सकोगे। परन्तु आज मुझे बहुत आनंद भी मिला कि मेरे दोनों भाईयों ने मेरी सुध तो ली, वे कष्ट उठाकर भी मुझसे मिलने आये।''

अब बलराम के मुख पर कुछ प्रसन्नता उभरी। उसने उत्साह के साथ कहा, ''दीदी, मैं बड़ी चतुराई से सच-झूठ बोलकर तुम तक आ गया।'' वह गोरी से जा चिपटा।

गोरी ने पूछा, ''बल्लू! तुझे कैसे पता चला रे! कि मैं महल में हूँ।''

बलराम सहज होता गया. उसने बताया, ''अरे दीदी! दादा फकीरा तो तुम्हारे सामने ही सैनिको की पकड़ से भाग गया था। वह जंगलों मे दाड़ी बढ़ाकर व नगरों में इधर-उधर भटकता रहा। जब तुझे सैनिक पकड़कर ले गये तो मैं भी धीरे से भाग गया और सोमेश्वर बाजार के एक भोजनालय में काम

करने लगा। वहाँ उस भोजनालय में कई सैनिक आते-जाते थे। उनमें से वह भी एक सैनिक था जो तुम्हें पकड़कर ले गया था। उन्हें खाना परोसते, उनकी सेवा करते मैं उनकी बातों को ध्यान से सुनता रहता था। बातों-बातों में मुझे पता चला कि तुम महल में दासी हो।''

वह पल भर के लिए रुका। गोरी ने उत्सुकता से पूछा, ''और वे क्या कह रहे थे।''

''दीदी वे कह रहे थे कि ....।'' वह अचकचा कर खामोश हो गया।

गोरी ने कहा, ''बोल ना! क्या कह रहे थे।''

परन्तु बलराम आगे कुछ न बोला। गोरी ने बिना संकोच के दृढ़तापूर्वक कहा, ''बलराम! तुझे शर्म आ रही है यह कहते कि तुम्हारी दीदी राजा की खवासन है- एक खास दासी।''

गोरी ने बलराम के कंधों को झझकोरतें हुए पूछा, ''जब तुझे शर्म ही आ रही है तो तू यहाँ आया ही क्यों? तुम दोनों क्या मुझे वापस ले जा सकते हो? नहीं। तब मेरी दुगर्ति देखने यहाँ आये हो क्या?''

बलराम बैठ गया और मुख घुटनों में डाल कर रोने लगा, उसके पास उत्तर कहाँ था। वह निश्छल लड़का अभी जीवन के इन कड़वे अनुभवों से दो-चार कहाँ हुआ था। मैं गोरी की पीड़ा व विवशता समझता था किन्तु उसकी विवशता से बड़ी हमारी पीड़ा व विवशता थी। मैं गोरी से स्नेहपूर्वक बोला, ''बहन! मैं तुम्हारा दुःख समझता हूँ। हमारे पूरे परिवार पर ही दुखों का पहाड़ आ गिरा। तुम जैसी भी हो कम से कम छत के भीतर हो। खाना-पीना मिल रहा है। हम दोनों भाइयों को देखो, मैं भगोड़ा घोषित हूँ, भेष बदल कर छिपता फिर रह रहा हूँ। खाने-पीने, घर-बार का ठिकाना नही है। उपर से पकड़े जाने का डर। भागता फिर रहा हूँ। कल रात मुझे कई सालों बाद गहरी नींद आयी। यह बलराम जो तेरे साथ गाँव भर में उछलता कूदता था। शैतानियाँ करता फिरता था। इधर दो साल से बर्तन मल रहा है। मालिक की मार खाता है, जूठा व बासी-तासी भोजन खाकर इधर-उधर पड़ा रहता है। इस कच्ची उम्र में भी यह इतना समझदार हो गया, मुझे विश्वास ही नहीं होता। यह किस तरह बातें बना-बना कर महल तक आ गया। मैं जानता हूँ।''

मैंने देखा गोरी के दोनों आँखों से आँसुओं की धार बह रही थी। सहसा उसने अपने दोनों हाथों से अपने दोनों गोरे गालों के उपर बह रहे आंसुओं को

पोछा और पूछा, ''छोटी, कहाँ है?''

अब बलराम की बारी थी। वह अपने स्थान से उठा और गोरी के बगल में बैठते हुए बोला, ''दीदी! दो साल पहले जब मैं गाँव से भागा था, तब मैं उसे नारायण चाचा के यहाँ छोड़ कर आया था, वहीं होगी।''

''यानि दो वर्षों से उसकी तुमने कोई खोज खबर नहीं ली?''

मैंने कहा, ''बहन! जब जीने व खाने-पीने के लाले हों तो किसी की सुध कहाँ? हमारा पूरा घर-कारोबार सब बर्बाद हो गया बहन! सब बर्बाद हो गया।''

वह धीरे से बुदबुदाई, ''यह सब इस दुर्बुद्धि राजा के कारण हुआ। मेरे निर्दोष पिता को मरवा डाला। मेरी माँ की आत्महत्या का पाप भी इसी पर जायेगा।''

लेकिन मैंने इन शब्दों को सुन लिया था। मैंने उसे घूरा। वह दृढ़ता से बोली, ''कोई बात नहीं जो हुआ, सो हआ। बलराम, तूने ठीक किया जो तू यहाँ आया। दादा फकीरा का दुःख मैं समझ सकती हूँ। यदि उस दिन दादा पकड़ा जाता तो निश्चय ही ये क्रूर सैनिक इसे भी मार ही डालते। मैं अब सब ठीक कर दूँगी, सब ठीक। तुम्हारे साथ मै एक राज्य कर्मचारी को लगाती हूँ। तुम राजपुर घूमो, वह तुम्हारी रक्षा व सहायता तो करेगा ही महल के बाहर-भीतर भी लायेगा-लेजायेगा। शाम को मैं मिलती हूँ, मैं अब सब ठीक करवा दूँगी। बलराम! तू चिंता न कर।'' उसने बलराम को फिर एक बार स्नेह से अपनी छाती पर लगाया और कक्ष से बाहर हो गयी।

हम दोनों भाई एक राज्य कर्मचारी के संरक्षण में बड़ी शान के साथ राजपुर के बाजारों में घूम रहे थे। गोरी द्वारा दिये गये धन और सुझाव के अनुसार हमने अच्छे वस्त्र एवं जूते खरीदे। जिन भोजनालयों को देख कर कल हमारी लार टपक रही थी वहाँ आज हम शान के साथ बैठकर स्वादिष्ट भोजन खा रहे थे। एक दिन में कितना बदलाव आ गया था- हमारे जीवन में।

बलराम जो कल तक एक भोजनालय में ग्राहकों की सेवा करता था,बर्तन मलता था, आज वह विभिन्न पकवानों को लाने का आदेश दे रहा था। धन और राजसत्ता का गठजोड़ कितना सुखदायी होता है इसकी एक अनुभूति मुझे आज हुई।

बलराम चहका, ''दादा, अब हमारा समय आ गया है।''

मैंने स्वादिष्ट पकवान का बड़ा ग्रास मुँह के भीतर ठूँस रखा था, बोल नहीं सकता था। मैंने सहमति में सिर हिला दिया।

राजा को किसका भय

पंडित शिवानन्द

मैं कल सभा में राजा कल्याण चन्द्र के दुखी हो जाने के कारण कुछ विचलित हुआ था। मैंने अपने छोटे भाई ब्रह्मानंद से पूछा, ''ब्रह्मानन्द! राजा मुझ पर कुपित तो नहीं हुए होंगे? मुझे दण्डित तो नहीं करेंगे?''

मेरी आंशका को निर्मूल करते हुए मेरे छोटे भाई ने कहा, ''शिवानन्द दादा! जब राजा ने मुझे तुम्हें बुलाने का आदेश दिया था तो मैंने उनसे पहले ही यह वचन ले लिया था कि मेरा बड़ा भाई विद्वान है। शास्त्र का ज्ञाता है। कटु व स्पष्ट वक्ता है। यदि आपमें उसकी बातें सुनने का संयम हो तभी उसे मैं बुलाने को जाता हूँ। मैंने यह भी स्पष्ट कर दिया था कि यदि उसकी बातें आप सभा मध्य न सुनना चाहें तो एकांत में भी सुन सकते हैं ताकि आप तर्क-विर्तक कर उसकी बातें समझ लें। यदि आपको उसके विचार अच्छे न लगें तो हम उन्हें काशी या नाहन जहाँ वे जाना चाहें वापस भेज देंगे।''

''लेकिन उन्होंने मेरी बातों को अभी पूरी तरह से सुना ही कहाँ।''

''देखो शिवानन्द भाई! उन्हें कुछ तो पश्चाताप हुआ है। यह राजा कल्याण चंद मन के अच्छे हैं, लेकिन वह क्या कर सकते है? उनके चारों ओर एक बेहद सशक्त चक्रव्यूह है; न तो वे उसके बिना चल सकते है और न चक्रव्यूह के रचयिता उन्हें चक्रव्यूह के बाहर आने देंगे।''

''तब तो अपनी बातें रखने, सलाह देने का क्या लाभ?''

''नहीं! एक बात मैं निरन्तर अनुभव कर रहा हूँ कि राजा बदल रहे हैं। वह तर्क करने की क्षमता रखते हैं, उनका अनुभव भी बढ़ता जा रहा है। धीरे-धीरे उन्हें अच्छे-बुरे का अन्तर समझ आ रहा है। वह चक्रव्यूह के अनुचित निर्णयों में फेरबदल करते देखे जा रहे हैं। उदाहरण कल का ही ले लो, सुमेर सिंह के विरोध को उन्होंने किस ढंग से शांत करा दिया था। वे तुम्हारी बात जरूर

सुनेगें।''

''लेकिन क्या वे पुनः मुझे सभा में बुलाऐंगे?''

''यह तो नहीं ज्ञात, देखते जाओ, किन्तु तुम चिंतित न होना तुम सुरक्षित रहोगे।''

''ब्रह्मानन्द, मैं परिणाम से घबराता नहीं। हमारे पूज्य पिताश्री विश्वरूप की दी गयी शिक्षा व ज्ञान पर मुझे पूरा विश्वास है; परन्तु कुर्मांचल पर गम्भीर आपत्ति आने वाली है? क्या राजा और उसके मंत्रिमण्डल, सेनानायक व प्रजा को यह स्थिति समझ में आयेगी?''

''भाई! आप अपना कर्तव्य पूरा करें। आप दक्षिण सीमा की स्थिति व राज्य के भीतरी स्थिति के साथ ही राजा कल्याण चन्द्र का मार्गदर्शन करें क्योंकि राजा के कल्याण में ही प्रजा का भी कल्याण है।''

''निश्चय ही ब्रह्मानन्द! पिताश्री के यही वचन थे। हम पंडितों का यह कर्त्तव्य है कि दण्ड का भय किये बिना शास्त्रानकूल बातें राजा के सामने रखें ताकि राजा के साथ ही हम भी अपकीर्ति से बचें।''

अभी हमारी वार्ता चल ही रही थी कि एक सैनिक ने कक्ष में प्रवेश चाहा। ब्रह्मानंद से अनुमति भेज दी कुछ क्षण में राजा द्वारा भेजा गया सैनिक हमारे सामने उपस्थित था। उसने संदेश सुनाया, ''महाराज कल्याणचंद द्वारा आप दोनों भाईयों को अपने निज महल में उपस्थित होने का आदेश दिया है।''

ब्रह्मानंद ने संदेशवाहक से पूछा, ''क्या राजा के महल में कुछ और लोग भी पहले से उपस्थित हैं?''

''श्रीमान, मुझे आदेश महाराज के मित्र अनूप सिंह की ओर से दिया गया। अतः मैं अधिक जानकारी नहीं रखता हूँ।''

''ठीक है, तुम जाओ हम शीघ्र नृपत के समक्ष उपस्थित होते हैं।''

कुछ समय के भीतर ही हम दोनों भाई राजा के निजी महल के एक बड़े कक्ष में खड़े थे। राजा के साथ मात्र उनके परम मित्र अनूप सिंह थे। एक ऊँचे आसन में राजन् कल्याण चंद विराजे थे। उनके सामने खाली बड़े आसनों में उन्होंने बैठने का आदेश दिया। हम दोनों ने राजा को प्रणाम किया और बैठ गये।

राजा ने ही वार्तालाप प्रारम्भ किया, ''पंडित शिवानंद! कल राजसभा में

आपकी बातें सुनकर मैं उद्वेलित हो गया था और उत्तेजित भीं। आपकी बातों में निश्चय ही सार्थकता थीः किन्तु क्या एक मात्र राजा ही सब कुछ बदल सकता है। राज्य तो मंत्रिमण्डल, सेनानायकों, माण्डालिक राजाओं, अधिकारियों के संयुक्त प्रयास से चलता है। मैं आज तक अपने नाना सुमेर सिंह, जिनका मैं हृदय से आदर करता हूँ तथा राजगुरु हरिकृष्ण के परामर्श से ही सब कार्य करता रहा हूँ। उन्होंने सदैव मेरा व कुर्मांचल का हित चाहा। उनकी वाणी मेरे लिए आदेश है। दूसरी ओर सेना के दोनों अंग महर दल एवं फर्त्याल दल भी इन्हीं की आज्ञा पर चलते हैं। मैं कोई आदेश दूँ, यदि उसका पालन, मेरे नाना जो सेनापति भी हैं, न करवायें तो विद्रोह की स्थिति आ खड़ी होगी। मैं ऐसी परिस्थितियों में क्या अधिक कुछ कर सकता हूँ? में हत्याओं और आँखें निकाले जाने के क्रूर कर्म को पूर्णतया उचित नहीं मानता, किन्तु गैडा-गर्दी और चालबाजों को समाप्त करने, सुचारू व शांतिपूर्ण शासन व्यवस्था के लिए आवश्यक भी था।''

राजा कल्याण सिंह ने प्रश्नवाचक दृष्टि से मुझे देखा। मैंने देखा- राजा को निश्चय ही क्रूर कर्मों से पश्चाताप था और वे राज व्यवस्था में सुधार हेतु आकांक्षातुर थे, तभी तो उन्होंने एकांत में मुझे वार्ता हेतु आमंत्रित किया था। अब मेरा कर्त्तव्य बनता था कि मै उन्हें विवेकपूर्वक, सलाह दूँ।

मैंने कहा, ''चंदचूड़ामणि! निश्चित ही राजा अपने विश्वसनीय सेनापति, मंत्रिमण्डल व राज्याधिकारियों के साथ मिलकर ही सुचारू राजव्यवस्था का संचालन कर सकता है। राजा के हाथ-पाँव, आँख-कान यही सब तो होते हैं। राजा को जो सूचना वह देंगे- राजा वही सुनेगा, जो दिखायेंगे- वही देखेगा। राजा के आदेशों का जमीनी स्तर तक क्रियान्वयन उन्हीं के माध्यम से होगा। यह सही है, किन्तु यदि इन्हीं सबको सब कुछ करना है तो राजा क्या करेगा? राजा का क्या काम है? क्या कर्त्तव्य व उत्तरदायित्व है?''

मैं क्षणभर के लिए रुका, यह जानना चाहता था कि नृपत की क्या प्रतिक्रिया है; परन्तु राजा निश्चछल भाव से मेरी ओर देख रहे थे जैसे पूँछ रहे हों- आप ही बतायें यदि मुझे यह सब ज्ञात होता तो तुम्हें एकांत में क्यों बुलाया होता? तब राजा के अंतरंग मित्र अनूप सिंह ने कहा, ''पंडितजी! राजा कल्याणचंद को निश्चय ही राज्य संचालन का सम्पूर्ण ज्ञान नहीं था किन्तु इन चार-पाँच वर्षों के राज्यकाल ने उन्हें काफी अनुभव प्राप्त हुआ है। आप जानते हैं नृपत के राजा बनने से पूर्व कुर्मांचल की क्या स्थिति थी। आपको स्वयं भी

राज्य से दूर जाना पड़ा। उस परिस्थिति को नियत्रंण में लाने के लिए कुछ कठोर कदम उठाने आवश्यक थे जिसके परिणामस्वरुप आज राज्य में शांति है। इसमें हो सकता है कुछ निर्दोष लोगों के साथ भी अन्याय हुआ हो; किन्तु राज्य का उद्देश्य अंततः कुर्मांचल की प्रजा की भलाई, राज्य में शांति व खुशहाली स्थापित करना ही था। राजा को पहले अपने राजसिंहासन को सुनिश्चित व सुरक्षित करना होता है। इसके पूर्व चन्द्रवंशीय तीन राजाओं की संदेहास्पद ढंग से मृत्यु हो गयी थी, जो राज्य के चालबाजों का काम था। हमें राजा कल्याण चंद को सुरक्षित रखना था। जिसके लिए कई जतन करने पड़े, कड़े निर्णय लेने पड़े; परन्तु मैं नरेश को जानता हूँ, वे एकांत में दुखी होते हैं, उन्होंने निर्धनता, गरीबी व भूख देखी है। वे दिल से उत्तम, सरल व भावुक हैं, किन्तु परिस्थितियाँ ही ऐसी हैं।''

अनूप सिंह राजा के मित्र थे- एक सच्चे मित्र। उन्होंने अपने मित्र का बचाव किया था, वह उचित था। मैं प्रसन्न हुआ कि अनूप सिंह के विचार व भाव अच्छे हैं।

मैंने प्रसन्न मुख मुद्रा में कहा, ''अनूप सिंह जी, मुझे प्रसन्नता है कि नृपत चन्द्रचूड़ामणि के आप जैसे सच्चे मित्र हैं। यदि एक अच्छे व सत्यनिष्ठ मित्र का साथ मिल जाए तो मनुष्य कई कठिनाईयों से बच सकता है''

मनुष्य का ईश्वर प्रदत्त भाव है कि वह अपनी प्रशंसा से अवश्य खुश होता है। अनूप सिंह जी भी हुए होगें, इसमें भिन्न मत नहीं। मैंने आगे कहा, ''चन्द्रचूड़ामणि कल्याचन्द्र, आपने निश्चय ही भूख, गरीबी व लाचारी झेली है। आपने सामान्य प्रजा की भाँति अपने तीस वर्ष बिताये हैं। अतः आप सामान्य प्रजा का दुख, दर्द आसानी से समझ सकते है। अधिकांश राजा अपना प्रारम्भ का जीवन राजमहलों में राजकुमार के रुप में सुखपूर्वक व्यतीत करते हैं। फिर राजा बनते हैं और वृद्ध हो जाते है। भगवान राम राजा के घर अवश्य उत्पन्न हुए, कुछ दिन सुखपूर्वक रहे; किन्तु प्रजा के बीच जाकर, उन्हीं की भाँति साधारण वस्त्रों में, साधारण कुटिया में रहे, घास के बिस्तर पर सोये, कंदमूल-फल आदि जो उपलब्ध हुआ खाये। युद्ध किये, सीता का वियोग सहा, उसके उपरान्त लौटकर राजा बने तो वे रामराज्य की स्थापना कर पाये। आपने भी अपने जीवन के अमूल्य वर्ष साधारण व निम्न स्थिति में बिताये हैं। आपने प्रजा के दुखों का निकटता से देखा है उनकी विवशता व पीड़ा को स्वयं सहा है। यह आपके जीवन की बहुत बड़ी पूँजी है। इसी पूँजी का प्रयोग करें।

अभी तक जो आपने किया वह आपका किया नहीं था। अब जो आप करोगे वह आपका किया होगा। अभी तक आपने जो किया वह राज्य को स्थिर करने के लिए आप से कराया गया, जो प्रत्येक राजा करता है। अब आपको कल्याणकारी राज्य को नींव डालनी है, अपनी प्रजा के निकट जाओ, उनके दुख समझो। जो चन्द्रवंश के निष्ठ परिवार है; किन्तु कतिपय कारणों से रुठे हैं, उन्हें बुलाओ उनसे वार्ता करो, उनके भीतर विश्वास पैदा करो कि इस राज्य को उनकी आवश्यकता है। उन्हें प्रसन्न करने का प्रयत्न करो। जहाँ तक सेनापति सुमेर सिंह, राजगुरु और मंत्री परिषद का प्रश्न है, वे सब निश्चय ही आपके हित चिंतक हैं। उन्होंने भी विगत शासन काल में कष्ट सहे हैं। वे किसी भी स्थिति में आप पर आँच नहीं आने देना चाहते हैं। जैसे आपको उनकी आवश्यकता है, वैसे ही उन्हें भी आपकी आवश्यकता है। समय आपके अनुकूल है जो की निर्णय लें। उससे पहले आप अपने मंत्रिमंडल, सेनानायकों से अपने अनुभव के आधार पर प्रश्न करे, तर्क करें। प्रश्न करने तथा तर्क-विर्तक से पीछे न हटें। आप राजा हैं। आप अंतिम निर्णय तब दें जब आपकी आत्मा संतुष्ट हो जाये।''

कल्याणचंद विस्मयपूर्वक मुझे घूरे जा रहा था। मैं लगातार बोलता जा रहा था। मैंने पुनः बोलना शुरु किया, ''राजन! वर्तमान में हमें बाहरी विधर्मी रुहेला पठानों से खतरा है। वे शक्तिशाली होते जा रहे हैं। 1739 में दिल्ली पर नादिर शाह के आक्रमण व लूट पाट के कारण दिल्ली का बादशाह कमजोर हो गया है। जिससे रुहेले पठानों के होंसले बढ़ गए हैं और उन्होंने कठेड राजपूतों को परास्त कर आँवला-बदायूँ के सम्पूर्ण क्षेत्र को जीत कर उसका नाम रोहेला प्रान्त रख लिया है। अब वे अपना राज्य विस्तार कुमाऊँ की और करना चाहते हैं। आवश्यकता है- हमें अपने राज्य को हर तरह से मजबूत करने की तथा राज्य के भीतर सौहार्द, प्रेम व एकता की भावना उत्पन्न करने की। इसके लिए धर्म का सूत्र सबसे उत्तम है। राजनीति जो काम नहीं कर सकती है। धर्म वह कार्य करता है। जिसके बल पर हम सतत् प्रतिशोध, रक्तपात, असुरक्षा, अस्थिरता से मुक्ति पा सकेंगे। राजा का भय प्रजा में होना चाहिए। जो शठ हैं, पूर्व पापाचारी हैं, चालबाज हैं, उन्हें मृत्युदण्ड देना पाप नहीं है। ''सठे साठ्यम् समाचरेत''; परन्तु राजा को किसका भय? राजा पर किसका अंकुश? सत्य व झूठ का निर्धारण कैसे हो?''

यह प्रश्न कर मैं कुछ देर के लिए रुका। मैं जानता था, उत्तर मुझे ही देना

होगा। मैं मन ही मन विचार करने लगा कि राजा को मैं अवश्य ही उत्तर दूँगा; किन्तु मैं यह समझ रहा था कि विचारों को क्रिया में बदलना आसान न होगा। मैंने यह सोच लिया कि मैं इस विषय पर मंत्रिमंडल के वरिष्ठ सदस्यों तथा राजगुरु को भी अपने पक्ष में करुँगा। मैंने निर्भय हो कर, दृढ़ता पूर्वक पुनः कहा, " राजन! राजा को धर्म का भय होना चाहिए। शास्त्रों में उल्लखित नियमों का भय होना चाहिए। प्रजा में फैल रहे दुष्प्रचार का भय होना चाहिए। पाप-पुण्य और अगले जन्म के लिए अर्जित कर्मों का भय होना चाहिए। धर्म-शास्त्रों में उल्लिखित विचार राजाओं पर अंकुश रखने के लिए होते हैं ताकि उनकी स्वेच्छाचारिता एवं उच्छंखलता पर अंकुश रहे। राजा प्रजा को धर्मसूत्र में पिरोकर रखे और स्वयं भी धर्मानुसार राज्य का संचालन करे। ऐसा राजा चारों ओर ख्याति को प्राप्त होता है, उसका यह लोक तो सुधरता ही है अगला लोक थी सुधर जाता है।"

मैंने अपनी वाणी को विराम दिया। कुछ क्षण कक्ष में सन्नाटा छाया रहा। राजा कल्याण का विशाल शरीर अपने आसन पर अकड़ कर सीधा हो गया। कुछ क्षण मौन के थे। अगले ही पल वह बोल पड़ा, "पंडितजी! मैंने आपके पिता विश्वरुप जी के विषय में बहुत सुना है। आप भी उन्हीं के प्रतिरुप लगते हैं। मैं आज ही आपको अपने मंत्री मण्डल में शामिल करने की घोषणा राजसभा के मध्य करुँगा; किन्तु आप से भी मैं वचन चाहता हूँ कि आप अपने पिताश्री की भाँति ही मेरा मार्गदर्शन सत्यनिष्ठा के साथ करते रहेंगे।"

मैं तुरन्त अपने आसन से खड़ा हुआ। मैंने राजा चंदचूड़ामणि को प्रणाम किया और कहा "राजन! मैं अपने कर्त्तव्यों का निर्वाह पूरी सत्य निष्ठा से करूँगा। कुर्मांचल के हित को ही अपना हित समझूँगा। चंदवंशी राजाओं व कुर्मांचल राज्य हित हेतु जैसे मेरे पूर्वजों ने अपने पद- वैभव व जीवन का मूल्य नहीं समझा, मैं उसका अनुशरण करूँगा।"

मेरे आसन से खड़े होते ही मेरा भाई व अनूप सिंह अपने आसन से उठ खड़े हुए। कल्याण चंद धीरे से अपने आसन से उठा और मेरे चरणों की ओर झुका ही था कि मैंने उसे बांहो में उठा लिया और उसे आशीर्वाद देने लगा। मेरा कुर्मांचल लौटना सार्थक हो रहा था।

हृदय परिवर्तन

शिवदेव जोशी

मेरे पिता पंडित लक्ष्मीपति जोशी को राजद्रोह के आरोप में मृत्यु के घाट उतार दिया गया था। मेरे एक बड़े व एक छोटे भाई को भी पिताजी के साथ क्रूरतापूर्वक मार डाला गया था। जब यह सब हुआ तब मैं अपने मामा के घर गया हुआ था जिस कारण मैं बच गया। लेकिन राजा के पक्ष के लोग मुझे खोजने का प्रयास कर रहे थे। मैं वहाँ से भी भागकर एक सुदूर गाँव में अपने दूर के रिश्तेदार के घर जा छिपा। अज्ञातवास के इन सात वर्षों में, मैं निरंतर अपने इन मामा पं० ब्रह्मदेव पाण्डे का शिष्य बन उनसे शास्त्रों व राजनीतिशास्त्र का ज्ञान अर्जित करता रहा। मैं बाहर अधिक नहीं निकलता था, अतः मेरे पास दो ही काम थे, एक- रोज दो घण्टे व्यायाम करना, दूसरा- शेष समय विद्याध्ययन करना। मेरा घर लूट लिया गया था। पिताश्री को दक्षिणा के रुप मे प्राप्त हजारों स्वर्ण मुद्रायें राजा ने जब्त कर ली थी। पिताश्री को दी गयी जागीर छीनकर किसी अन्य को सौंप दी गयी थी। मेरी माँ पहले ही हमारे बीच नहीं थी, अब पिता व भाई भी नहीं रहे। अब अपने गाँव जाने का प्रश्न न था। साथ ही राजा के सैनिकों द्वारा पकड़े जाने का भय भी था। बिना अधिक क्रिया कलापों के जीवन मंदगति से व्यतीत हो रहा था। मैं कभी सोचता था इस, विद्याध्ययन का क्या लाभ? जब मै इसका उपयोग ही नहीं कर पाऊँगा। तभी मामाश्री ढाँढ़स बाधते, ''अभी तेरा लम्बा जीवन है, अभी तो तू तीस वर्ष का ही हुआ है। समय बदलता रहता है, तू अपना ज्ञान बढ़ा, स्वस्थ रहकर शरीर सौष्ठव बढ़ा।''

तभी मेरे जीवन में एक कठिन परीक्षा की घड़ी उपस्थित हो गयी। एक दिन मेरे मामा ब्रह्मदेव पाण्डे कई दिनों बाद घर लौटे तो उनके साथ दो अन्य लोग भी थे। उनमें एक स्वच्छ वस्त्रों में ज्ञानी पंडित लग रहा था, एक अन्य माथे पर चन्दन-तिलक लगाये तथा सिर पर लम्बी चुटिया लटकाये था; किन्तु उसकी वेशभूषा ऋषियों की सी नहीं थी, कमर पर तलवार लटक रही थी। दीर्घकाय शरीर से एक सैनिक प्रतीत होता था। मैं आशंकित सा घर के पीछे

दुबक गया था। किन्तु ब्रह्मदेव प्रसन्नचित मुद्रा में हँसी खुशी घर की ओर बढ़ रहे थे जिससे मेरा भय कम हुआ।

तीनों ने घर के भीतर प्रवेश किया। यथा स्थान बैठने के बाद मामाजी ने मुझे ऊँचे स्वर में आवाज दी, ''शिव बेटा! अतिथियों के लिए पानी-गुड़ लेकर आओ।'' मेरी शंका दूर हुई।

मैं पानी व गुड़ लेकर जहाँ मेरे मामा, अतिथि के साथ कक्ष में बैठे थे लेकर पहुँचा।

मैंने पानी यथा स्थान रखा तथा क्रम से सभी का चरणवंदन किया। इस मध्य दोनों अतिथि मुझे बड़े ध्यान से देख रहे थे बल्कि मै यह कहूँ कि वे मुझे घूर रहे थे। दोनों अतिथियों ने पानी पिया, थकान मिटाई क्योंकि वे मीलों पैदल पहाड़ी यात्रा के बाद इस गाँव तक पहुँचे थे। मैं अपने आसन पर खामोशी से सिर झुकाये बैठा था।

कुछ देर के बाद नाना ने मेरा परिचय अतिथियों से कराते हुए कहा, ''पं0 शिवानंद जी, आपके सम्मुख बैठा यह सुगठित लम्बा-चौड़ा, शीलवान पुरुष ही पंडित लक्ष्मीपति जोशी का पुत्र शिवदेव जोशी है।''

मैंने सिर उठाकर पं0 शिवानंद की ओर देखा और हाथ जोड़ दिये। उन्होंने कहा, ''निश्चय ही यह तो पं0 लक्ष्मीपति जी की प्रतिमूर्ति लग रहा है, क्योंकि मैं और लक्ष्मीपति ने काशी में एक साथ विद्याध्ययन किया था। वह मेरे परम हितैषी व अभिन्न मित्र थे।''

मेरे मामा ने मेरी प्रशंसा करते हुए कहा, ''पंडित जी! यह लड़का जैसे शरीर सौष्ठव से स्वस्थ है, उसी प्रकार ज्ञानी भी है. इधर पाँच-सात वर्षों में तो इसने मेरे सानिध्य में एक ही काम किया है- शास्त्रों का अध्ययन।''

मैं हाथ-जोड़े बैठा था। पं0 शिवानंद ने कहा, ''निश्चय ही पंडित लक्ष्मीपति जोशी का यह पुत्र अपने पिता के अनुरुप ही ज्ञानी होगा, यह मैं समझ सकता हूँ, ऊपर से आपके गुरुत्व में इसका ज्ञान निखरा होगा इसमें संशय नहीं।''

इसके बाद मेरे मामा ने अतिथियों का परिचय कराते हुए मुझको बताया, ''शिवदेव, देखो ये पंडित शिवानन्द पाण्डेय है, जो हमारे ही कुल से है। इनके पिता विश्वरुप महान विद्वान तथा चंदवंश के राजा चंदशिरोमणि बाजबहादुर के प्रधानमंत्री थे। बाजबहादुर के शासनकाल को चन्द्रवंशियों का स्वर्णकाल कहा

जाता है। उन विश्वरुप के ये सुयोग्य, विद्वान, साहित्यकार व शास्त्रों के ज्ञाता सुपुत्र हैं। अपने पिता की सेवा के लिए इन्होंने राजदरबार का भी त्याग किया। अपने महान पिता के साथ काशी में रहकर उनकी अन्तिम साँस तक सेवा की साथ ही काशी में शास्त्रों, वेद-उपनिषदों का अध्ययन किया, इन्हें साहित्य-व्याकरण में भी महारथ हासिल की हैं।''

तभी पंडित शिवानंद ने मेरे मामा को रोकते हुए कहा, ''ब्रह्मदेव! मेरी अधिक प्रंशसा न करें आप चूँकि स्वयं महान हैं जिस कारण मुझे इतना मान दे रहे हैं।''

मामाजी ने पुनः कहा, ''पंडित शिवानंद जी, आप मात्र इसलिए महान नहीं हैं कि आपने ज्ञान, शिक्षा व साहित्य में महारथ प्राप्त की है, ऐसा ज्ञान तो कई पुरुषों के पास होता है। आप इस कारण महान हैं कि आपने अपने ज्ञान का प्रयोग अपनी जन्मभूमि इस देवभूमि के उत्थान में लगाया। महान पं० विश्वरुप के आदर्शों का अनुशरण करते हुए आपने अज्ञानी राजा को सद्बबुद्धि प्रदान की। उसे न्याय व कल्याण के मार्ग में जाने को प्रेरित किया। अपने तर्क व शास्त्र ज्ञान से उसकी बुद्धि को परिमार्जित कर उसका इहलोक व परलोक दोनों आपने सवाँरा है।''

पं० शिवनंद ने मेरे मामा श्री की ओर हाथ जोड़कर कहा, ''बस करें ब्रह्मदेव! यह शिवदेव भी क्या सोचेगा कि उसका मामा तो इस ब्राह्मण की प्रंशसा से थक ही नहीं रहा है।''

पर मेरे मामा रुके नहीं, ''पंडित जी मेरी बातों में अतिश्योक्ति नहीं है। जो विद्वान ज्ञान प्राप्त कर अपनी आजीविका में संलग्न हो जाते हैं- वे स्वार्थी हैं। जो विद्वान ज्ञानी होकर अन्य को ज्ञान बाँटते हैं और कुछ अन्य मनुष्यों को विद्वान बनाते है- वे महान हैं; किन्तु जो निःस्वार्थ, अपने ज्ञान को अपनी जन्मभूमि, देश व प्रजा के सर्वांगीण उत्थान में प्रयोग करते हैं- ऐसे ही मनुष्य श्रेष्ठ व महाज्ञानी कहलाते हैं। ऐसे ही लोगों के कारण देश, समाज कीर्ति को प्राप्त होता है।''

मैं अपने मामा की बातों को सुन विह्वल हो गया, उनकी वाणी में मुझे अपने विद्वान पिताश्री लक्ष्मीपति की छवि नजर आ रही थी। मेरे पिता हम तीनों भाईयों तथा हमारे कुल के लगभग 20-22 छात्रों को शिक्षा के साथ देशभक्ति का पाठ भी पढ़ाते थे, किन्तु उनकी देशभक्ति को अज्ञानी राजा समझ न सका

और उन्हें असमय ही काल के गाल मे धकेल दिया। मेरे आँखों में आँसू भर आये, गला रुँध गया था।

मेरी स्थिति का आंकलन मेरे मामा से पूर्व पंडित शिवानंद ने कर लिया था। उन्होंने ढाढस भरे शब्दों में कहा, ‘‘ब्रह्मदेव! इस शिवदेव ने लम्बा अज्ञातवास काट लिया है, अब इस पुरुष को देश की सेवा में लगना होगा।’’

मैंने एकाएक ऐसे शब्द सुन झटके के साथ सिर उठाकर शिवानंद को प्रश्नवाचक नजरों से देखा। उनके प्रसन्नचित मुख पर मुस्कान थी। उन्होंने कहा था, ‘‘हाँ शिवदेव! अब तुम्हारे ज्ञान व शिक्षा की परीक्षा होगी। तुम्हें कुर्मांचल राज्य की सेवाओं में संलग्न होना है।’’

मैं भौंचका था, यह पंडित कैसी बातें कर रहा था। मैं राजद्रोह में मृत्युदंड पा चुके पंडित का पुत्र ठहरा, जिसके पिता व दो भाइयों को राजा ने मरवा डाला हो और उसकी खोज चल रही हो, वह कैसे राज की सेवाओं के अनुकूल होगा? साथ ही मैं भी ऐसे राजा के अधीन क्यों काम करूँगा जो मेरे पिता एवं भाईयों का हत्यारा हो। विद्वान शिवानंद मेरी मनःस्थित भाँप गये थे। मेरी आँखों के आँसुओं की पहचान उन्हें हो गयी होगी। उन्होंने बड़े ही धैर्य भरे शब्दों में मुझ से कहा, ‘‘शिवदेव! यह जीवन पथ बड़ा कठिन है। इस पथ में कितने उतार चढ़ाव होते हैं इसकी कल्पना करना कठिन है। समय व काल बदलता रहता है। पिछली बातों को विस्मृत नहीं किया जा सकता है। मुझे भलीभाँति अनुभव है कि तुम्हारे पिताश्री व दो भाईयों की हत्या इसी राजा के आदेशों से हुई थी। तुम्हें घर-बार से हाथ धोना पड़ा। अज्ञातवास में रह रहे हो; किन्तु पूरा जीवन अज्ञातवास में रहकर तो नहीं बिताया जा सकता है। तेरे मामा ने विद्वानों की तीन श्रेणियाँ अभी बताई थीं। तुम्हारा शास्त्र ज्ञान, राजनीति का ज्ञान और यह मजबूत शरीर सौष्ठव किस काम आएगा? यह तुम्हें निर्धारित करना है। अपने दुखों का त्याग मैंने बीच में प्रश्न किया, ‘‘क्या मैं अपने निर्दोष पिता व भाईयों के हत्यारे को माफ कर दूँ? मैं उसी राजा की सेवा करुँ जो मेरे पिता का हत्यारा है। मैं यह न कर सकूंगा।’’

शिवानंद पलभर खामोश रहे। उन्होंने मुझसे प्रश्न किया, ‘‘क्या तुम राजा से प्रतिशोध लेना चाहते हो? क्या तुमने शास्त्रों का अध्ययन इसीलिए किया है कि ज्ञानवान, पौरुषवान बनकर राजा के द्वारा तुम्हारे पिता व भाईयों पर जो अत्याचार किया था उसका बदला ले सको? यदि तुमने यह सोचा भी है तो अब तक तुमने प्रतिशोध लेने का क्या उपक्रम किया? यदि अभी तक कोई

उपक्रम नहीं किया तो इस गाँव में छुपे रह कर तुम प्रतिशोध को पूर्ण कैसे करोगे? इनमें से कुछ प्रश्नों का ही उत्तर तुम मुझे दे दो?''

मेरे मन मैं राजा के प्रति घृणा थी। अपने पिताश्री एवं भाइयों की हत्या की पीड़ा मेरे मन में चुभ रही थी, किन्तु निश्चय ही मैंने प्रतिशोध किस तरह से लेना है, सोचा न था। मैं तो बस पीड़ा मन में छिपाये इस गाँव में छिपा बैठा था और शास्त्रों व नीतिशास्त्र की शिक्षा ले रहा था। मैं चुप ही रहा।

मेरी चुप्पी देख पंडित शिवानंद ने कहा था, ''बेटा शिवदेव! मेरे पिता भी राजा कल्याणचंद के पितामह चंदशिरोमणि बाजबहादुर के प्रधानमंत्री थे उन्होंने अपना सारा जीवन चंदवंशीय राजाओं व कुर्मांचल राज्य की सेवा में खपा दिया था। उन्हें राजा ने प्रसन्न होकर 100 गाँवों का राजा घोषित किया था, किन्तु मेरे पिता ने आजीविका के लिए मात्र तीन गाँव लिए थे। राजा की मृत्यु के बाद कुछ वर्षों तक स्थिति पूर्ववत रही; परन्तु शीघ्र ही राजा ज्ञानचन्द्र द्वारा मानिकलाल को बढ़ावा दे दिया गया जिस कारण चालबाजों व दुष्टों ने राजा को घेर लिया। मेरे विद्वान पिता को लांछित करने का प्रयास किया गया। स्थिति को भांप कर व अपनी वृद्धा अवस्था को देख कर वे काशी चले गये और मैं भी उनकी सेवा में रत हो गया। मेरे पिता जो कभी इस महान राज्य के प्रधानमंत्री थे; उन्हें दूध में पड़ी मक्खी की तरह फेंक दिया गया था। मैं उनका पुत्र शास्त्रों का ज्ञान प्राप्त कर पुनः अपनी जन्मभूमि की दुर्दशा को देख, जन्मभूमि के ऋण से उऋण होने के लिए अपना जीवन दाँव मे लगा कर भी राजा कल्याण चंद के पास आ गया। इस राजा कल्याण को न शिक्षा मिली, न राजनीति का पारिवारिक राजज्ञान मिला, उसे राजा बना दिया गया। इस माटी के माधो राजा के सहारे तमाम अत्याचार प्रजा पर किये गये। इसमें राजा कल्याण चंद की गलती अधिक नहीं हैं। इसमें सारा दोष उसके राजगुरु और मंत्रिपरिषद का है जिन्होंने राजनैतिक पूर्वाग्रह से अपने विरोधियों को समाप्त कराया और प्रजा में भय का वातावरण उत्पन्न किया। राजा यदि बुद्धिहीन हो, उसे राज्य के बारे में विस्तृत ज्ञान न हो तो वह वही निर्णय लेगा जो उसके चारों ओर घेरे, लोग समझा देंगे? अतः मैं मानता हूँ कि इन सारे हत्याओं और अत्याचारों की जिम्मेदारी राजगुरु, सेनापति व मंत्रिमंडल की है। जब मैंने राजा कल्याणचंद से एकांत में वार्तालाप किया तो उसको निश्चित ही पश्चाताप हुआ है। अब धीरे-धीरे उसके राजकाज का अनुभव भी बढ़ा है। अतः पुत्र शिवदेव तुम शोक को त्यागो। पूरा जीवन तुम्हारे सामने है। तुम अपने बुद्धि, ज्ञान, पौरुष को उस

अन्याय के प्रतिशोध में व्यर्थ न करो बल्कि इस बुद्धि, ज्ञान व पौरुष से ऐसा प्रयास करो कि राजा पुनः अन्य प्रजा पर अत्याचार, अन्याय न कर सके। देश व जन्मभूमि के लिए कोई महान कार्य करो ताकि तुम्हारे पिताश्री के नाम की रीति तुम्हारे नाम के साथ और बढ़ जाए, साथ ही यह भी सिद्ध हो जाए कि मैं लक्ष्मीपति राजकुल द्रोही नहीं था।''

मैं पं0 शिवानंद की चरणों में दण्डवत हो गया। उन्होंने मुझे उठाया मेरे सिर पर हाथ फेरा। मुझे आशीर्वाद देते हुए कहा, ''पुत्र! मैं तुम्हें इस राज्य में तुम्हारे पिता से भी उच्च पद पर स्थापित करा कर ही दम लूँगा तुम्हें मेरा साथ देना ही होगा।''

मैं पुनः उनके चरणों में प्रणिपात हो गया। मैंने पीछे मुड़कर देखा मेरे मामा ब्रह्मदेव व मामी दयावती दोनों आँसू पोंछ रहे थे। मैं अपनी माँ स्वरूपा मामी से बिछुड़ने जा रहा था। उनकी ममता और उनके रसीले व्यंजनों के कारण मेरा शरीर सौष्ठव मजबूत बना था। मुझ मातृहीन-पितृहीन को चार वर्षों तक राजभय से बचा कर रखा, छुपाकर रखा. क्या मैं उनका उपकार कभी भूल सकूंगा?

तराई क्षेत्र हमारा है

कल्याणचंद

मैं राजसभा में बैठा मंत्रीमण्डल से रुहेले पठानों के हमारे राज्य पर बढ़ते दबाव के विषय पर विमर्श कर ही रहा था कि तभी पंडित शिवानंद ने सभा में प्रवेश किया। मैं शिवानंद को पहले ही अपने मंत्रीमण्डल के कुछ मंत्रियों के विरोध के बाद भी सम्मानित कर चुका था। उसके साथ एक बलिष्ठ ब्राह्मण और भी था। मैंने उन्हें यथा स्थान बैठने का आदेश दिया। रुहलेखण्ड की चर्चा पर राजगुरु ने प्रस्ताव रखते हुए कहा, ''निश्चय ही रुहेले आये दिन माल-भावर में सीमा के भीतर घुसकर लूट-पाट करते हैं या छुटपुट घटनाएँ करते है; किन्तु अभी युद्ध का खतरा प्रतीत नहीं होता है।''

राजगुरु का समर्थन करते हुए चन्द्रि सिंह, पद्म सिंह और शिरोमणि ने

कहा, "रुहेलखण्ड में अभी इतनी सामर्थ नहीं है कि वह कुर्मांचल राज्य पर चढ़ाई कर सके। माल-भावर के काशीपुर में रामदत्त अधिकारी व बालकृष्ण से यह सूचना अवश्य ही मिल रही है कि रुहेले आये दिन छुट-पुट घटनाऐं कर रहे हैं, किन्तु वे वीर कुमय्यों को जानते हैं। वे माँल-भावर में कुछ उत्पात जरूर मचा सकते, किन्तु पहाड़ी युद्ध में सवर्था असमर्थ हैं।"

मैं अब पंडित शिवानंद पर बहुत विश्वास करने लगा था। मैंने उन्हें राज्यभर में घूम-घूमकर प्रजा के मध्य सौहार्द बनाने हेतु नियुक्त कर दिया था। मैंने उन्हें अधिकार दिया था कि वे ऐसे परिवारों की सूची तैयार करें जो निर्दोष थे फिर भी उन्हें दण्ड मिल गया था। मैं उन्हें उचित मुआवजा धन के रुप में, राजसेवा के रुप में अथवा गाँव, जागीरें देने तक तैयार था। मैं पं0 शिवानंद की सलाह से अन्याय पर पश्चाताप करते हुए राज्य में भीतरी असन्तोष को शांत करना चाहता था साथ ही अपने अशांत होते जा रहे मन को भी शांति देना चाहता था।

मैंने पंडित शिवानंद को संबोधित करते हुए पूछा, "पंडित शिवानंद! आप अवध, रुहेलखण्ड, भाल-भावर से होते हुए राजपुर आये हैं। आपने भी रुहेलों की ओर से खतरे पर हमें आगाह किया था। अब आप मंत्रिमण्डल के सदस्य हैं आप अपनी सलाह प्रस्तुत करें।"

वह निर्भीक ब्राह्मण मेरा आश्रय पाकर और भी मुखरित हो चुका था। तर्कशास्त्र में राजगुरु व मेरे नाना सेनापति उसका लोहा मान चुके थे, तभी तो वह आज मंत्री पद पर सुशोभित था। वह अपने स्थान से खड़ा हुआ और सभा के मध्य में आकर बोला, "चंदचूड़ामणि कल्याणचंद की जै हो, आपकी कीर्ति चहूं ओर फैल रही है।"

एक क्षण रुककर उसने एक दृष्टि राजगुरु की ओर उठायी और पुनः मेरी ओर रुख करते हुए बोला, "नृपत! राजगुरु ने जैसा कि उचित कहा था कि रुहेले हमारी सीमा के भीतर घुसकर लूटपाट करते हैं फिर वापस चले जाते हैं। मैं आँवले में कई दिन रुका था, उसके बाद मैंने पैदल और घोड़े की सवारी करते हुए रुहेले सैनिक छावनियों पर गौर किया था, जिससे यह साफ होता जा रहा था कि वे कुर्मांचल की सीमा की ओर अपनी सैन्य शक्ति को मजबूत कर रहे हैं। वे हमारी सीमा के भीतर कई मील घुस आते हैं। यह जानने के लिए हमारी सेना उनका कितना प्रतिरोध करने की क्षमता रखती है। वहाँ हम निश्चित रुप से कमजोर हैं। मैं यह भी स्पष्ट रुप से कहता हूँ कि माल-भावर से

कोटा तराई तक, बनबोकसा का भावर, छखाता तक का क्षेत्र कुर्मांचल राज्य का वैभवशाली एवं उपजाऊ क्षेत्र है। चंदशिरोमणि राजा बाज बहादुर देव के समय मेरे पिता विश्वरुप ने इस क्षेत्र को बहुत विकसित किया था जिसके कारण कुर्मांचल का अन्नभण्डार बढा, यहाँ तक कि उस अतिरिक्त अन्न को काशी और हरिद्वार तीर्थों में भेजकर कुर्मांचल ने कीर्ति अर्जित की थी। कहने का तात्पर्य यह है कि यह पूरा क्षेत्र कुर्मांचल का प्रदेश द्वार है, इसकी रक्षा करना सबसे प्रथम कर्त्तव्य है।''

पंडित शिवानंद की बातें सुनते ही मेरे नाना भड़क गये उन्होंने ऊँचे स्वर में कहा, ''पंडित शिवानंद! आपको तराई-भावर कुछ अधिक ही प्यारा है इसीलिए कि आपके पिता पं0 विश्वरुप उस क्षेत्र के मुख्य अधिकारी रहे थे; किन्तु आपको ज्ञात होना चाहिए हमें लगातार गढ़वाल से चुनौतियाँ मिलती रही हैं। गोरखा भी आये दिन कुर्मांचल पर कब्जा करने की ताक में रहेते हैं। क्या हम इन सीमाओं पर ध्यान न देकर केवल दक्षिणी सीमा पर अधिक सैन्यशक्ति बढ़ायें?''

मैं चुपचाप विमर्श सुन रहा था। मैंने पंडित शिवानंद की ओर देखा, उसने संकेत समझते हुए उत्तर दिया, ''सेनापति सुमेर सिंह! आपकी बातों में कुछ सत्यता हो सकती है, किन्तु गढ़वाल राज्य कभी भी इतना शक्तिशाली नहीं रहा कि उसने सम्पूर्ण कुर्मांचल में राज किया हो। कुर्मांचल ने ही उस पर अधिक आक्रमण किये हैं। यदि उन्हें छेड़ा न जाये तो ये स्वधर्मी कभी कुर्मांचल पर राज करने का विचार नहीं रखते हैं। गोरखाओं की भी वर्तमान में यही स्थिति है। राजा उद्योतचंद के समय हमने उन्हें बहुत पीछे धकेल दिया था। आज वह अवश्य ही शक्ति एकत्र कर रहे हैं, किन्तु फिलहाल उनसे हमें अभी कोई खतरा नहीं है। दक्षिण से खतरा बढ़ने के कई कारण हैं। एक तो कई चंदवंशी राजकुमारों ने रुहेलों के यहाँ शरण ली है। उनमें से हिम्मत सिंह गोसाई को उनकी शरण में ही कुर्मांचलीय गुप्तचरों ने मार डाला था, जिससे अली मुहम्मदखाँ कुर्मांचल से खफा है। साथ ही उनके पास अन्य कई चंदवंशी अभी भी शरण लिए हैं जो अली मुहम्मद को उकसा रहे हैं कि राजपुर में करोड़ो रुपये और सोना-चाँदी भरा पड़ा है। यदि उसे लूट लिया जाये तो अली मुहम्मद दिल्ली के बादशाह से भी अधिक सम्पन्न हो जायेंगे। राजन! आप जानते हैं, रुहेले पठान इस समय मजबूत स्थिति में हैं, वे अवध प्रांत ही नहीं, यहाँ तक कि दिल्ली दरबार को भी चुनौती देने लगे हैं। वे अवश्य ही चाहेंगे कि

सम्पूर्ण कुर्मांचल उनके अधीन हो जाये।''

तभी पंडित शिवानंद को बीच में टोकते हुए रणाधिकारी हरीराम ने कहा, ''राजन्, हमारा कुर्मांचल स्वयं में एक अभेद्य किला है। मैदानी भाग में हाथी, घोड़ा, तोप, रथ आदि में चढ़कर युद्ध किया जा सकता है, किन्तु पर्वतीय क्षेत्र के युद्ध में रुहेले पारंगत नहीं हैं, उन्हें हम इन दुर्गम पर्वतों पर चढ़ने से आसानी से रोक सकते है।''

हरीराम की बात समाप्त होते ही पं० शिवानंद ने कहा, ''राजन! हरीरामजी एक अनुभवी रणाधिकारी है, उनके नेतृत्व में कुर्मांचल ने कई युद्ध जीते हैं, किन्तु क्या हमारा कुर्मांचल राज्य पर्वतीय क्षेत्र तक ही सीमित है? इस कुर्मांचल का प्रवेश द्वार तराई-भावर है, वह मैदानी क्षेत्र है। यदि तराई भावर को ही रुहेलों ने अधिकार में ले लिया तो कुर्मांचल इस प्राकृतिक दुर्ग में बन्द हो कर रह जायेगा। तब तो स्थिति और अधिक भयावह हो जाएगी। यदि हमें कुर्मांचल को वैभव व धन्य-धान्य सम्पन्न रखना है तो हमें उपजाऊ तराई-भावर को सदैव मजबूती से अपने अधिकार में रखना ही होगा।''

सभा मध्य सन्नाटा छा गया, पं० शिवानंद के तर्क के आगे किसी के पास कोई उचित उत्तर उपलब्ध न था। तब मैंने ही निःशब्दता तोड़ते हुए भावर क्षेत्र में काशीपुर के प्रमुख अधिकारी रामदत्त के प्रतिनिधि नरसिंह से पूछा, '' नरसिंह जी! आप काशीपुर के प्रतिनिधि के रूप में दरबार में उपस्थित हैं, वहाँ की स्थिति पर आपका क्या विचार है? पं० शिवानंद की बातों में कितनी सार्थकता है?''

नरसिंह ने उत्तर दिया, ''चन्द्रचूड़ामणि, पंडित शिवानंद बचपन से ही पं० विश्वरुप जी के सानिध्य में तराई-भावर में रहे है इधर उन्होंने कई देशों का भम्रण भी किया है। उनके कथन में निश्चय ही सत्यता है। जबसे हिम्मत सिंह गोसाई को काशीपुर में कुर्मांचलीय वीरों ने पराजित किया है तब से निरंतर रुहेले हमारी सीमा का उल्लघंन करते रहे है। वे कहते हैं- मैदानी क्षेत्र हमारा है, पर्वतीय लोग पर्वत के ऊपर ही रहें, जबकि इस क्षेत्र को सबसे पहले सूर्यवंशियों ने आबाद किया था। बाद में महान चन्द्र राजाओं ने इस को विस्तारित किया। बड़ी कठिनाई और विषम आबोहवा को सहन कर हमने इस क्षेत्र को उपजाऊ बनाया है। इसी क्षेत्र से पूरे कुमाँऊ व सेना को अन्न की आपूर्ति होती है, अतः यह क्षेत्र कुर्मांचल का सबसे महत्वपूर्ण भाग है। यहाँ अतिरिक्त सैन्य व्यवस्था होनी ही चाहिए।''

मुझे गर्व हुआ कि पं0 शिवानंद को मंत्री बनाकर मैंने भूल नहीं की थी। यह कुलीन पंडित जिसका पूरा कुल चंदवंश का निष्ठावान रहा था, आज भी कुर्मांचल की सेवा में जी जान से लगा था। वह कुर्मांचलीय उन ब्राह्मणों को भी मेरे पक्ष में करने के अभियान में जुटा था, जिनके किसी पारिवारिक सदस्य को मृत्युदण्ड दिया गया था या अन्धा कर दिया गया था। शिवानन्द ने ऐसे कुल व परिवारों की सहायता की एक योजना बनायी थी जिसके अच्छे परिणाम आ रहे थे।

सभा में शांति छा गयी। तब मैंने राजगुरु से पूछा, "गुरुदेव! आप अब किस निष्कर्ष में पहुँचे हैं? राजगुरु ने कहा, " राजन! इसमें कोई भिन्न मत नहीं हो सकता कि तराई भावर के बिना कुर्मांचल पंगु हो जाएगा। यह उचित होगा कि तराई भावर की सैन्य व्यवस्था बढ़ाई जाय।"

राजगुरु ने संक्षिप्त सा उत्तर देकर यह बात तो पक्की कर दी कि पं0 शिवानंद के विचार सही थे। अब आवश्यकता थी कि किस प्रकार इस कार्य की क्रियान्वयन किया जाय।

मैंने मन ही मन विचार किया कि मैं पंडित शिवानंद से एकांत में भी विचार विमर्श करूँगा।

प्रतिशोध अन्तिम हल नहीं

शिवानंद

राजा कल्याण चंद ने मुझ पर विश्वास जताया था। अब मुझे अपना कर्तव्य निभाना था। देवभूमि-जन्मभूमि के लिए कुछ कर दिखाना था। आज मुझे पुनः राजा ने अपने निजी महल में बुलाया था। मैं अपने साथ शिवदेव जोशी के लिए उनके कक्ष में उपस्थित हुआ। राजा ने आदर के साथ मुझे आसन ग्रहण करने को कहा, साथ ही मेरे साथ एक मजबूत, लम्बे चौड़े बलिष्ठ नौजवान को देखकर पूछा, "पंडित शिवानंद! मैंने आपको एकांत में वार्त्ता हेतु बुलाया था आप अपने साथ किसे लाये हैं?"

मैं अपने आसन से खड़ा हुआ और बोला, "राजन् !आपने मुझे एक

महत्वपूर्ण कार्य सौंपा था कि मैं उन परिवारों को खोजूं जिन्हें विगत वर्षों में किसी कारण गम्भीर दण्ड दिया गया था, उन परिवारों के उपकार के लिए कुछ योजना बनाऊं, उसी क्रम मे मैंने कई क्षेत्रों का भ्रमण किया, कई उन परिवारों से मिला जिन्होंने चन्द्रवंशीयों के लिये कई युद्ध लड़े हैं। इन ब्राह्मण व क्षत्रिय परिवारों ने चंद्वंशियों के लिए अपने स्वजनों की जान गवांयी, किन्तु गैडा-गर्दी के विरूद्ध अभियान में गेहूँ के साथ घुन भी पीस गये। मैंने ऐसे पीड़ित सभी परिवारों को आपकी ओर से विश्वास दिलाया है कि उनके पुर्नवास के लिए योजना बनायी जा रही है। अशांति, अव्यवस्था का दौर अब समाप्त हो गया है। आपकी आज्ञा और आपके द्वारा उपलब्ध कराये गये धन से मैंने उन परिवारों की विपन्नता कम करने की भी कोशिश की है।''

मैं कुछ क्षण रुका था कि राजा ने पूछा, ''यह तो आपने उचित ही किया; किन्तु यह नौजवान कौन है?''

''राजन! आप द्वारा मुझे जिस अभियान में लगाया गया था उसी अभियान का यह एक पीड़ित युवक है। यह विद्वान है साथ ही युद्ध नीति व शस्त्र चालन में भी निपुण है।''

''लेकिन परिचय तो दो?'' राजा ने व्यग्रता से पूछा।

''राजन! याद करें आपने एक राजद्रोह के आरोपी पं0 लक्ष्मीपति जोशी व उसके दो पुत्रों को मृत्युदण्ड दिया था। पं0 लक्ष्मीपति जिसे कुमाँऊ का सिर कहा जाता था। हमारे मंत्रियों व सलाहकारों ने उनके विरुद्ध आरोपों का उचित विश्लेषण किये बिना ही, भय उत्पन्न करने की नीति के तहत अति उत्साह में लक्ष्मीपति को गैडा पिता-पुत्र का समर्थक बताकर मृत्युदण्ड दिलवा दिया था। यह युवा पुरुष उन्हीं लक्ष्मीपति का पुत्र है जो उस समय गाँव से बाहर होने के कारण बच गया था।''

''किन्तु इसे मेरे सामने प्रस्तुत करने का क्या उद्धेश्य है?''

''राजन! निश्चय ही इसके पीछे मेरा गहरा उद्देश्य है। प्रथम यह कि इसके निर्दोष पिता की हत्या से इसका परिवार छिन्न-भिन्न हो गया है, यह अब अनाथ है; किन्तु यह एक वीर युवक है, ज्ञानी भी है। मैं इसे राज सेवा में लगाना चाहता हूँ।''

''पंडित शिवानंद, यह युवक दर्शनीय, बलिष्ठ व प्रतिभावान तो प्रतीत होता है, परन्तु क्या यह युवक अपने पिता के मृत्युदण्ड के प्रतिशोध के लिए

कोई उपक्रम तो नहीं करेगा? क्या यह राज्य के प्रति निष्ठावान रहेगा? इसका कैसे भरोसा किया जाय?''

''राजन! मेरी इस विषय पर इस युवक के साथ लम्बी चर्चा हो चुकी है। इसका पूरा कुल राजवंश की सेवा में रहा है। विपत्ति के दौर में जो हुआ उसे भूलकर इनसे जन्मभूमि की सेवा करने का प्रण लिया है।''

''लेकिन फिर भी इस नौजवान को अल्मपुरी में राजभवन की सेवा के पूर्व सत्यनिष्ठा की परीक्षा देनी होगी।''

मैंने सशंकित होकर नौजवान शिवदेव की ओर देखा और उससे राजा के समक्ष अपना पक्ष रखने को प्रेरित किया। शिवदेव ने सधे शब्दों में कहा, ''चन्द्रचूड़ामणि कल्याणदेव की जय हो, राजन! मैं निश्चित ही अपने पिताजी एवं भाईयों की इस प्रकार से मृत्यु के लिए दुखी था। मेरा झिजाड़ के जोशियों का कुल सदा ही चंदवंशी राजाओं की सेवा में निष्ठापूर्वक लगा रहा, आज भी कई लोग राजभवन व राजकाज में संलग्न हैं। किसी षडयंत्र के तहत मेरे पिता को मृत्युदण्ड दे दिया गया। राजन! विद्वान शिवानंद जी ने उन परिस्थितियों से मुझे अवगत कराया है तथा यह भी सिद्ध किया कि आपका इसमें कोई दोष नहीं है। तब आपके सामने जो तथ्य रखे गये उन्ही के आधार पर आपने निर्णय लिए थे। राजन! मैं भी इसमें आपका कोई दोष नहीं मानता हूँ। आज राजन् ने देवभूमि के हित में यह निर्णय लिया है कि ऐसे विलखते, विपिन्नावस्था में चल रहे परिवारों का दुख दूर किया जाएगा, तो क्लेश दूर हुआ। आज पं0 शिवानंद ने मेरे भीतर यह बात स्थापित कर दी कि प्रतिशोध कोई अन्तिम हल नहीं है। मैंने प्रतिज्ञा की है कि मैं पुनः अपनी निष्ठा व कर्म से वही स्थान प्राप्त करूँगा जो मेरे पिता का था।''

मैं राजा के भावों को पढ़ने की कोशिश कर रहा था, वे पूरी तरह संतुष्ट नजर नहीं आ रहे थे। उनकी दुविधा को दूर करते हुए मैंने प्रस्ताव रखा, ''राजन! मेरे मन में एक प्रस्ताव है, यदि आप आज्ञा दें तो सुनाऊँ।''

राजा ने उत्तर दिये बिना सिर हिलाकर सहमति दे दी मैंने कहा, ''राजन! वर्तमान में तराई भावर में रुहेलों की ओर से संकट बढ़ रहा है वहाँ हमें अपनी स्थिति सुदृढ़ करनी है यदि आपका आदेश हो तो इस युवक शिवदेव को काशीपुर के बक्सी (सेनापति) के अधीन राजकाज में नियुक्त कर दिया जाय। यह एक तो अल्मपुरी से दूर रहेगा तथा यदि वहाँ इसका कार्य श्रेष्ठ रहा तो स्वयं

आगे बढ़ेगा अन्यथा तराई भावर में पड़ा रहेगा।''

राजा ने सहमति में सिर हिला दिया और कहा, ''पं0 शिवानंद, काशीपुर में बक्सी रामदत्त का कार्य सराहनीय है। यदि यह शिवदेव सत्यनिष्ठा के साथ काम करना चाहता है तो इसे सरबना-रुद्रपुर के प्रमुख बालकृष्ण जोशी के अधीन तैनात कर देते हैं। बालकृष्ण की गतिविधियों से मैं पूर्णतया संतुष्ट नहीं हूँ। यह शिवदेव अपने बुद्धिचार्तुय से उस पर गूढ़ दृष्टि रखते हुए हमें उसकी गतविधि की सही सूचना भी देता रहेगा और राजकाज का अनुभव भी लेगा। यही इसकी परीक्षा भी हो जायेगी।''

मैंने तुरन्त यह बात स्वीकार करते हुए आसन से उठकर प्रसन्नता पूर्वक कहा ''चन्द्रचूड़ामणि कल्याण देव की जै।''

शिवदेव ने भी दोहराया, ''चन्द्रचूड़ामणि कल्याण की जै।''

हम दोनों शिवों ने राजा से अनुमति प्राप्त की और आनंदित होकर राजा के महल से बाहर निकल रहे ही थे कि महल मे प्रवेश करने हेतु राजगुरु हरिकृष्ण और सेनापति सुमेर सिंह आते दिखाई दिये। मैंने उन्हें देखकर अभिवादन किया, विस्मय से उन्होंने मुझे घूरा। शायद उन्हें आशा नहीं रही होगी कि मैं राजा के निजी आवास के भीतर रहा होऊँगा। दोनों ने अभिवादन का संक्षिप्त उत्तर दिया और बिना वार्तालाप के वे तेजी से राजा के महल में प्रवेश कर गये।

हालाँकि कि राजा की ओर से मैं निश्चिन्त था; किन्तु राजगुरु व सेनापति ने मेरे मन में कुछ शंकायें जरूर खड़ी कर दी थी।

गाँव छूटा

फकीरा

हम दोनों भाइयों की खुशियों का ठिकाना न था। मुझको अनूप सिंह ने राजद्रोह से मुक्त होने का संदेश सुनाया। मुझे मेरे हुनर को देखते हुए राजकीय शस्त्र बनाने वाले कारखाने में महत्वपूर्ण काम दिया गया था। मेरा भाई भी मेरे साथ था, उसे भी मेरा सहायक नियुक्त कर दिया गया था। मैंने अनूप सिंह जी से आग्रह किया कि मैं एक बार अपने गाँव जाना चाहता हूँ। अपने को दोषमुक्त

होने का समाचार गाँव में देना चाहता हूँ ताकि हमारा खोया हुआ सम्मान स्थापित हो सके। गोरी को गाँव में रह रही हमारी छोटी बहन छुटकी की भी चिंता थी। गोरी के प्रभाव के कारण रहा होगा कि अनूप सिंह ने मुझे एक राजमुहर लगा पत्र दिया जिसको मुझे अपने इलाके के सेनानायक को देना था।

उन्होंने कहा था, "फकीरा! अब तुम्हें चिंता करने की आवश्यकता नहीं है, तुम यह राजसी आदेश अपने क्षेत्र देवीधूरा के सेना टुकड़ी के प्रमुख लाल सिंह रौतेला को देना, वह तुरन्त एक-दो सैनिक तुम्हारे साथ में भेजेगा जो तुम्हारे गाँव जाकर तुम्हें दोषमुक्त होने की मुनादी करेंगे। तुम्हारा घर-जमीन यदि किसी ने कब्जा कर लिया होगा तो वह भी वापस दिला देगें, किन्तु तुम्हें शीघ्र शस्त्र बनाने वालों की एक बड़ी टोली लेकर राजपुर लौट आना है ताकि राजकीय शस्त्रालय के लिए अस्त्र-शस्त्र तैयार करने में तेजी आ सके।"

हम दोनों भाइयों की खुशीयां सातवें आसमान में थी।

हम घर की ओर चल पड़। जाते समय गोरी ने मुझे इतना धन दे दिया था जिसकी कि हम कल्पना भी नहीं कर सकते थे? चार दिन पूर्व हम क्या थे? बहन गोरी के कारण आज हमें राजकीय संरक्षण प्राप्त था। पर्याप्त धन हमारे पास था। मैं गाँव में पड़ने वाले अपने रुतबे के बारे में सोच कर उत्साहित था। बलराम तो उछते-कूदते चल रहा था। उसे छुटकी से मिलने की आतुरता थी। उसे हमारे घर और हमारे नारंगी, नीबू, दाडिम के पेड़ों की चिंता हो रही थी। जिस बल्लू को कल तक गाँव वापस जाने की आशा भी नहीं रही होगी आज वह ठाठ के साथ गाँव पहुँचेगा। इस सब का थोड़ा-थोड़ा भान मुझे भी होता गया और मैं अभिमानी होता जा रहा था। मैं उन सब पर रौब गाँठना चाहता था जिन्होनें मेरी खिल्ली उड़ाई थी। धन का रुतबा भी उन्हें दिखाना चाहता था। तभी मैंने बलराम से सशंकित होकर पूछा, "बल्लू! यदि गाँव में कोई यह पूछेगा कि यह सब कैसे हुआ तो क्या हम गोरी के बारे में सारी बात बता देगें?"

बलराम एकाएक रुक गया। कुछ देर खामोश रहा फिर वह बोला, "दादा, क्या हम यह बताएंगे कि गोरी राजा की खवासिन है? यह बताना उचित नही होगा।"

"तो लोगों को हम यह कहकर तो समझा देंगे कि सैनिकों ने हमारी व्यथा सुनकर हमें दोषमुक्त कर दिया, किन्तु इतना धन कहाँ से आ गया या राजकीय

शस्त्रालय में काम कैसे मिल गया तो क्या कहेंगे?''

''अरे! कह देगें कि जब सेनानायक को यह जानकारी हुई कि हम अच्छे लोहार हैं, शस्त्र बनाना जानते हैं इसलिए उन्होंने हमें शस्त्रालय में काम दे दिया। उन्होंने ही धन भी दिया है।''

''क्या इस बात को गाँव वाले मान लेगें?''

''क्यों नहीं, क्या हमारा खानदानी पेशा राजा के लिए उपयोगी नहीं है?'' बलराम ने तर्क रखा। मैंने कहा, ''हाँ, यह तो ठीक कह रहे हो। गोरी को राजा की खवासिन बताने में कोई गर्व की बात तो होगी नहीं?''

मैंने कहा, ''तो ठीक है, यह बात तय रही कि गोरी के बारे में हम अनभिज्ञता व्यक्त कर देगें। बस अपनी कारीगरी के बल पर हम राजकीय शस्त्रालय में शस्त्र बनाने का काम पा जाने की कहानी बताएँगे। वहीं से धन प्राप्त हुआ, यह बताया जायेगा, क्योंकि हमारे साथ राज्य का सैनिक भी होगा। अतः कोई शक भी नहीं करेगा।''

हम रास्ते भर यह तय करते रहे और अपने गाँव की सुखद यात्रा करते रहे। आज गाँव लौटकर जाने का आनंद ही कुछ और था, जिसे शब्दों में कहना कठिन था। हमें शीघ्र गाँव पहुंचने की चिंता थी।

हमारे गाँव लौटकर आने की खबर पूरे गाँव में आग की तरह फैल गयी। हमारे साथ एक राजकीय सैनिक होने की सूचना ने आग में घी का काम किया। पूरा गाँव कुछ अनहोनी की आशंका में डूबा मेरे घर के पास एकत्र हो गया था। अपना घर जिसे हम सुन्दर अवस्था में छोड़ गये थे, झाड़-झंकाड़ से भरा पड़ा था। हम दोनों भाई बाहर ही खड़े थे कि बड़ी संख्या में गाँव के लोगों ने हमें आ घेरा। जिसमें हमारे शिल्पकार रिस्तेदार व बिरादर भी थे। सब हमारा हाल जानना चाहते थे। कुछ यह जानना चाहते थे कि राजकीय सैनिक वेशभूषा में यह सैनिक तुम्हारे साथ क्यों आया है। तभी मेरे बूढ़े चाचा दौड़ते हुए मेरे पास आ खड़े हुए। मैंने उन्हें अभिवादन किया उन्होंने स्नेहिल हाथ मेरे माथे पर फेरा और पूछा, ''अरे फकीरा! तुम इतने दिन कहाँ रहे? यह सैनिक क्या तुम्हें पकड़ने आया है?''

मैंने कुछ ऊँचे स्वर मे उत्तर दिया।

मैं चाहता था मेरा उत्तर पूरा गाँव सुन ले और उन पर हमारा रौब भी जम जायें। मैंने कहा, ''नहीं चाचा, राजा कल्याण चंद ने मेरे पिता व मुझे निर्दोष

घोषित कर दिया है, यही बताने के लिए यह सैनिक हमारे साथ आया है। राजा कल्याण चंद ने निर्दोष पिताजी को मृत्युदण्ड दिये जाने पर दुःख जताया है और हम दोनों भाइयों को राजकीय शस्त्रालय मे लौह शिल्पकार नियुक्त कर दिया है।''

पूरा गाँव विस्मय पूर्वक मेरी बातों की प्रामाणिकता चाहता था। मैंने सैनिक की ओर अधिकार पूर्वक देखते हुए कहा, ''सैनिक, आप पूरे गाँव के सामने राजा कल्याण चंद की ओर से जारी आदेश को सुनायें।''

सैनिक ने अपना हाथ ऊपर उठाया। भीड़ शांत हो गयी। उसने अपने जेब से एक पत्र निकाला और पढ़ना शुरू किया, ''राजधानी अल्मपुरी से चन्द्रचूड़ामणि राजा कल्याणचंद की ओर से आज्ञा यह है कि स्व0 पारस राम लौह शिल्पकार को राजद्रोह के आरोप से मुक्त किया जाता है। चूँकि, सबूतों के अभाव में उसे दोषी माना गया था और मृत्युदण्ड दिया गया था जिसका राज्य को दुःख है। उसके पुत्र फकीरा को भी निर्दोष घोषित किया जाता है। निर्दोष को राज्य द्वारा सजा दे दिये जाने के एवज में उसके दोनों पुत्रों फकीरा व बलराम को राजकीय सेवा में तैनात किया जाता है। आज से वे राजकीय शस्त्रालय में लौहशस्त्र शिल्पकार होगें।

मुहर राजा चन्द्रचूड़ामणि कल्याणचंद, अल्मपुरी कुर्मांचल।''

राजाज्ञा सुन कुछ गाँव वाले हर्षित होकर ''बधाई-बधाई'' कहने लगे। कुछ इर्ष्यावश मुँह मोड़कर अपने-अपने घरों की ओर बढ़ गये। मेरे हितैषियों व बिरादरों ने मुझे घेर लिया। तरह-तरह के प्रश्न दागने शुरू कर दिये। कुछ ने गोरी के विषय में भी जानना चाहा; परन्तु हम दोनों ने अनभिज्ञता प्रकट की। तभी बलराम ने चाचा से पूछा, ''चाचा छुटकी दिखाई नहीं दे रही है?''

चाचा ने दुःखी भाव मुद्रा मे कहा, ''बेटा बल्लू, वह एक साल पहले चल बसी। उसे बुखार आया था, इस गाँव में न कोई वैद्य न दवा-दारू। जड़ी-बूटियाँ जो गाँव में दी जाती हैं, उसे मैंने दी थी; किन्तु हम उसे बचा नहीं पाये।'' यह कहकर उन्होंने सिर झुका लिया। हमारी तमाम खुशियों में ग्रहण लग गया। बल्लू रोने लगा, बल्लू ने अल्मपुरी से उसके लिए नये कपड़े खरीदे थे। बालों में लगाने वाला लाल डोरा, फुन, चूड़ी आदि। वह उत्साहित होकर उसे देने आया था। उसने अपने सामान का झोला भूमि पर पटक दिया और सर घुटनों के बीच डालकर सिसकने लगा।

मैंने चाचा से कहा, "चाचा हमारा भाग्य ही खराब है, जब कारोबार अच्छा चल रहा था, पिताजी नहीं रहे, माताजी भी छोड़कर चली गयी। गोरी लापता है। अब कुछ अच्छा समय आया था तो छुटकी बिछुड़ गयी।"

चाचा ने ढाँढ़स बधाते हुए कहा, "बेटा, ईश्वर के आगे सब हारमान हैं। तेरी चाची के मर जाने के बाद मेरे घर में कोई भी नहीं था, छुटकी ही मेरी देखभाल करती थी। मैं पूरी तरह उस पर निर्भर था किन्तु ईश्वर से यह भी न देखा गया। छुटुकी को भी उसने मुझसे छीन लिया, आज मुझे पानी देने वाला भी कोई नहीं है। अगल-बगल वालों की विनती कर किसी तरह खाना-पीना चल रहा है।"

मैंने अपने वृद्ध चाचा को अपने चौड़े सीने से लगाया। गाँव में एक अकेले घर में एक वृद्ध कितनी कठिन अवस्था में रहता होगा, सोचकर मेरा मन दुःखी हो उठा।

सैनिक जा चुका था। धीरे-धीरे गाँव वालों को यह मालूम हो गया कि हमारे पास पर्याप्त धन है, वे जुटने लगे। शायद उन्हें भान हो गया था कि हम कंगले होकर नहीं आये हैं अन्यथा उन्हें हमें भोजन कराना पड़ता, किन्तु अब हमारी आवाभगत होने लगी थी। हमें अपने-अपने घर खाना खाने पर बुलाने की होड़ मच गयी थी। हम दोनों भाई भी बड़ा चढ़ा कर यह बताने मे लगे थे कि हमने किस बहादुरी से राजधानी अल्मपुरी के सेनापति से बहस की और हम उन्हें यह समझाने में सफल रहे कि हमारे पिता निर्दोष थे। हमने लौह शिल्पकार होने का हुनर जब उन्हें दिखाया तो वे इस कदर प्रसन्न हुए कि उन्होंने हमें राजकीय सेवा में ले लिया और पिताजी की हत्या के एवज में भारी मात्रा में धन भी दिया। हम अपनी झूठी कहानी सुनाकर पूरे गाँव को अपने प्रभाव में ले चुके थे। इस कहानी में इतना तो सच ही था कि हम दोनों भाइयों को राजकीय सेवा में ले लिया गया था।

दूसरे दिन गाँव के कई नौजवान हमारे घर पर एकत्रित हो गये। वे जानना चाहते थे कि क्या उन्हें भी राजकीय सेवा मे लिया जा सकता है। क्या कोई रास्ता है?

मैंने कहा, "भाइयों, इन उच्चवर्ग में अग्रिम, ब्राह्मणों से कोई राजसेवा का पद छूटे तो न हमें मिले? हम शिल्पकारों से मजदूरी करायी जाती है। हाड़तोड़ मजदूरी और मजदूरी के नाम पर मोटे अनाज का खाना तथा फटे

पुराने कपड़े। हमें तो न मालूम ईश्वर ने कौन सा आशीर्वाद दिया कि मासिक वेतन पर राजकीय शस्त्रागार मे नौकरी मिल गयी। मैं वहाँ जाकर अवश्य ही तुम्हारे लिए प्रयास करूँगा। मुझे बातों-बातों में ज्ञात हुआ है कि दक्षिण की ओर से मलेच्छ के आक्रमण की सम्भावना है इसीलिए बड़ी मात्रा मे अस्त्र शस्त्र तैयार किये जा रहे हैं। तुम में से जो लौह शिल्पकार है, वह मेरे साथ चल सकता है। अगर आगे युद्ध हुआ तो निश्चय ही सामान, अस्त्र-शस्त्र ढोने, घोड़े-खच्चर ले जाने का काम बढ़ जायेगा, तो मैं तुम लोगों को काम पर जरूर लगा दूँगा।''

लोग हमारे चारों ओर चक्कर लगाने लगे। गाँव में हमारे लिए खाने-पीने की कोई कमी न रहीं, हमने भी उनमें से कुछ को थोड़ा धन देकर खुश कर दिया। छुटकी के लिए लाये गये वस्त्र कुछ गाँव की लड़कियो में बाँट दिये। अब हम उनका क्या करते? पूरा गाँव उन सुन्दर वस्त्रों के देखने आता था।

इस प्रकार हमारा गाँव में चार दिन का प्रवास पूरा हुआ। अधिक वहाँ टिकने का कारण भी नहीं था। हम दोनों अपने पिता के कारखाने को देखने गये; परन्तु आश्चर्य! जब हम गाँव छोड़कर गये थे तब वहां ढेरों औजार थे। लौह गलाने, पीटने तथा अन्य प्रकार के यंत्र थे, आज सब गायब थे। वहाँ खण्डहर के सिवा कुछ भी न था। हम दोनों भाइयों का मन उचट गया। अब हमारा कौन था, इस गाँव में? बूढ़े चाचा को मैंने हमेशा सहायता का भरोसा दिलाया और बल्लू की सलाह से बहुत सा धन भी दिया ताकि बुढ़ापे में उसे कोई सहारा देता रहे- शायद धन के लालच में। उन्हें हम अपने साथ ले नहीं जा सकते थे। गोरी का सच हमें रोक रहा था।

इससे इतना अवश्य हुआ कि गाँव में हमारी शान बढ़ गयी और हमसे गाँव वाले आशा करने लगे कि कभी हम उनके काम आ सकते हैं। हम शान से अल्मपुरी की ओर लौट रहे थे। इस तरह हमारा सपनों का गाँव हमसे छूट गया।

चतुराई भरे आरोप

शिवदेव जोशी

मुझे राजाज्ञा से माल-भावर के रुद्रपुर प्रांत का उप सेनानायक नियुक्त किया जा चुका था। मेरे सेनानायक बालकृष्ण बहुत ही चतुर और शक्तिशाली व्यक्ति थे। उन्होंने इस उपजाऊ प्रांत के विकास पर बहुत ध्यान दिया था। अन्न उत्पादन में यह प्रांत अग्रणी था। मुझे बालकृष्ण जी के अधीन काम करते लगभग एक वर्ष व्यतीत हो गया था। मुझे बालकृष्ण जी से बहुत कुछ सीखने को मिला था, किन्तु मुझे बार-बार राजा कल्याण चंद की यह बात याद आती थी कि उन्हें बालकृष्ण पर पूरा भरोसा नहीं है, इसीलिए मुझे उनके अधीन तैनात किया गया था। मैंने अपने ज्ञान से बालकृष्ण की कमियाँ खोजना प्रारम्भ किया। एक वर्ष के कार्यकाल में इतना जान पाया कि उनकी कार्यशैली में एक ही कमी थी कि वे जितना कर भावर की प्रजा से एकत्र करते थे उसकी आधी-अधूरी जानकारी ही राजा तक पहुँचाते थे; इसका अर्थ यह था कि वे राजधन की चोरी कर रहे थे। चूकिं, मुझे केवल सैन्य टुकड़ियों का कार्यभार दिया गया था। अतः मैं बिना सबूत के कोई आरोप उन पर नहीं गढ़ सकता था। उन्होंने जो उपलब्ध सैन्य शक्ति थी उसे तो बरकरार रखा था, किन्तु सैन्य शक्ति में वृद्धि के वह विरोधी थे। उनका आशय था कि भविष्य में युद्ध की कोई आशंका नहीं है। अतः क्यों व्यर्थ में बैठे-बैठे सैनिकों पर अधिक व्यय किया जाय।

इसी मध्य राजा कल्याणचन्द्र ने अल्मपुरी से मंत्री पं0 शिवानंद को रुद्रपुर के दौरे पर भेजा। मैं तो उनका भक्त ही था। उनके कारण ही मैं आज राजकीय सेवा पर ऊँचे पद पर विराजमान था। दिनभर पं0 शिवानंद की बालकृष्ण आवाभगत करते रहे। जो सूचनायें नृपत ने उन्हें एकत्र करने के लिए आदेशित किया होगा, उन्होंने प्राप्त की थी। उन्होंने सेनानायक बालकृष्ण से मेरे विषय में पूछते हुए सभा कक्ष के मध्य ही कहा, ''बालकृष्ण जी, आपको हमने जो उपसेनानायक उपलब्ध कराया है, क्या उसके कार्य से आप संतुष्ट हैं?''

बालकृष्ण ने स्पष्टता पूर्वक कहा, ''पं0 शिवानंद जी, यह शिवदेव जोशी निश्चित ही वीर है, इसका बुद्धि चार्तुय भी प्रशंसनीय है। सैनिकों में

अनुशासन भी इसने खूब रखा है; किन्तु मुझे लगता है कि यह मुझ पर निगरानी भी रखता है, ऐसा मैंने अनुभव किया है। चूँकि इसकी नियुक्ति राजधानी से आपकी अनुशंसा पर हुई है, अतः मुझे आशंका नहीं है। यह ब्राह्मण परिवार से है, इसकी अति महत्वाकांक्षा उचित नहीं।''

पं0 शिवानंद बुद्धिमान मंत्री थे। उन्होंने इतना कहा, ''बालकृष्ण जी, अब आप वृद्ध होते जा रहे हैं, आपको तो प्रसन्नता होना चाहिए कि आपको एक तेज तर्रार, उत्साही युवा उपसेनानायक प्राप्त हुआ है, जो आपके भार को कम करेगा। युवाओं में महत्वाकांक्षा का गुण होना उचित है।''

बालकृष्ण ने संतोष जताते हुए उत्तर दिया, ''निश्चय ही शिवदेव के आने से मुझे सैनिकों पर नियंत्रण, प्रशिक्षण, अस्त्र-शस्त्र आदि व्यवस्था पर अधिक ध्यान देने की आवश्यकता नहीं पड़ती है।''

मंत्री शिवानंद ने बालकृष्ण से पूछा, ''सेनापति जी, रुहेलखण्ड की ओर से क्या संकेत हैं? मुझे सूचना मिली है कि वे अपनी सैन्यशक्ति बढ़ाते जा रहे हैं और उसे हमारी सीमा पर एकत्र कर रहे हैं। काशीपुर के बक्शी ने सूचना दी है कि वे आये दिन हमारी सीमा के भीतर घुस आते हैं। आपके प्रांत की सीमा भी रुहेलों के राज्य से मिलती है, वहाँ क्या स्थिति है?''

बालकृष्ण ने मेरी ओर देखते हुए कहा, '' पंडित जी, इधर लगभग छः माह से शिवदेव ही सीमाओं की रखवाली का काम देख रहे हैं, उचित होगा वह ही आपको स्थिति से अवगत करायें।''

पंडित शिवानंद ने मेरी ओर दृष्टि घुमाई। मैं विनम्र भाव से सभा मध्य खड़े होकर बोला, ''आदरणीय शिवानंद जी, मैं निरंतर रुहेलखण्ड की सीमा का निरीक्षण कर रहा हूँ और हमने कुछ गूढ़ पुरुषों को रुहेलखण्ड के भीतर भेजा था। जैसा कि आपने अल्मपुरी की सभा में शंका जताई थी और काशीपुर के सेनानायक रामदत्त ने भी सूचना दी है कि रुहेले अपनी सैन्य शक्ति मे बड़ी वृद्धि कर चुके हैं। मेरी सूचना के अनुसार भी पाँच-छः हजार रुहेले पठान हमारी सीमा के करीबी छावनियों में विद्यमान हैं और निरंतर जमावड़ा बढ़ा रहे हैं। इसका क्या उद्देश्य हो सकता है?''

मंत्री पं0 शिवानंद ने मुझे रोकते हुए पूछा, ''शिवदेव! क्या तुमने इसकी सूचना सेनानायक बाल कृष्ण को दी थी?''

''निश्चित ही, मैं प्रतिमाह अपना प्रतिवेदन अपने प्रमुख के समक्ष रखता

हूँ। मैंने सीमा पर अपने सैनिकों की संख्या बढ़ाने का अनुरोध भी किया है।''

पं0 शिवानंद कुछ क्षण शांत रहे। उन्होंने बालकृष्ण से प्रश्न किया, ''बालकृष्ण जी, आपके उपर भाल-भावर के तीन प्रांतों - सरबना-वनबोक्सा से लेकर रुद्रपुर तक का महत्वपूर्ण भार है। रुहेलखण्ड की सीमा, गोरखा देश की सीमा भी इस प्रांत से लगती है। अतः हमें आंतरिक सुरक्षा व उन्नति के साथ अपनी सीमाओं पर भी ध्यान देना चाहिए। क्या आप बता सकते हैं कि आपके पास कुल सैन्य शक्ति है?''

बालकृष्ण को शायद इस प्रकार के प्रश्न पूँछे जाने की आंशका नहीं होगी। अभी तक उसका कद इतना ऊँचा था कि वह सीधे चन्द्रचूड़ामणि के प्रश्नों का ही उत्तर देता था। एक साधारण मंत्री उसकी सैन्य व्यवस्था की समीक्षा करे, उसे उचित नहीं लगा होगा? उसने गर्वीले स्वर में कहा, ''पंडित शिवानंद, आप हमारे सम्मानित अतिथि हैं, राजसभा के एक मंत्री भी हैं, किन्तु आपके मंत्री पद का दायित्व सैन्य क्षेत्र नहीं है। आपका क्षेत्र शिक्षा, विकास और अन्न भण्डार से सम्बन्धित है। मैं चाहता हू कि आप इन्हीं विषयों तक सीमित रहें तो उचित होगा।''

पंडित शिवानंद को भी ऐसे उत्तर की आशा नहीं रही होगी, निश्चय ही वे नृपत के नये मंत्रिमंडल में शामिल हुए थे। राजा कल्याण चंद उन्हें मान भी देते थे, किन्तु बालकृष्ण भी पुराने अधिकारी थे, सरबना का प्रांत लम्बे समय से उनके नेतृत्व में था।

मंत्री पं0 शिवानंद कुछ क्षण खामोश रहे। कुछ सोचते रहे। मुझे अवश्य ही बालकृष्ण की बातें उचित नहीं लगी थी। पं0 शिवानंद बड़े अनुभवी मंत्री थे। राजा कल्याण चंद ने उन्हें इस प्रांत में कार्यों की समीक्षा हेतु भेजा था। सेनानायक बालकृष्ण को संतुलित उत्तर देना चाहिए था। पं0 शिवानंद से गम्भीर परन्तु दृढ़ शब्दों में उत्तर देते हुए कहा, '' सेनानायक बालकृष्ण ! आप शायद मर्यादा भूल रहे हैं। मुझे चन्द्रचूड़ामणि ने रुद्रपुर के कार्यों की समीक्षा के लिए भेजा है जैसा मैं आपको पहले ही अवगत करा चुका हूँ। क्या आंतरिक व वाह्य सैन्य सुरक्षा के प्रश्न उससे बाहर है? आप यह जानते हैं कि इसके पूर्व यह प्रांत मेरे पिताश्री स्व0 विश्वरूप के अधीन था। यही प्रांत नहीं चन्द्रशिरोमणि बाज बहादुर के काल में रुद्रपुर, काशीपुर व छोटा भावर तीनों प्रांतों का अधिकार मेरे पिताश्री के पास था। मैं पिताश्री के साथ लम्बे समय तक यहाँ रहकर इस क्षेत्र की पूरी भौगोलिक व सामरिक स्थिति को जानता हूँ। यहाँ

की भौगोलिक सामाजिक, आर्थिक स्थितियों का मुझे भली भाँति ज्ञान है; तभी मुझे चन्द्रचूड़ामणि ने यहाँ भेजा है। आप सूचनाएँ न भी देंगे तो मेरे पास सूचनाएँ पहले से हैं। क्या आप जानना चाहेंगे?''

बालकृष्ण ने कोई उत्तर नहीं दिया। सभा में सन्नाटा था। पं0 शिवानंद पुनः गरजे, ''बालकृष्ण! राजधानी में बैठे नृपत और उनके विद्वान मंत्रीगण व सेनापति मूर्ख नहीं हैं। मैं नही चाहता था कि इस प्रकार का कटु वार्तालाप हो, किन्तु आपके ओछे उत्तर ने मुझे यह कहने को मजबूर कर दिया है। आप जानना चाहते हैं कि यहाँ की सैन्यशक्ति कितनी है। मैं आपको बताता हूँ- पैदल सेना 1500, घुड़सवार सेना 450, ऊंट सेना 150, तीरंदाज सिपाही 225, हाथी 30, रथ दो, बन्दुकची 45, उपसेनानायक दो, नायक लगभग 105। बालकृष्ण! यह संख्या मुझे जबानी याद है, क्या आप इस संख्या को दोहरा सकते हैं? बतायेगें कि मेरी जानकारी सही है या गलत?''

बालकृष्ण के साथ ही उसकी सभा भी सन्न थी। क्या ये आंकड़े सही हैं? मैं उपसेनानायक था फिर भी मेरे कंठ में सही संख्या नहीं थी, परन्तु इस मंत्री को तो पूरी सेना की जानकारी कंठस्थ थी!

बालकृष्ण का सिर झुक गया। पं0 शिवानंद ने पुनः कहा, ''बालकृष्ण! आप इस प्रांत के बक्सी हैं, अर्थात एक प्रांत के सेनानायक, देश के सेनापति नहीं हैं। नृपत चन्द्रचूणामणि हमारे कुर्मांचल देश के राजा हैं आप समझते हैं कि अल्मपुरी में बैठा राजा तुम्हारे प्रांत के बारे मे जानकारी नहीं रखता? अगर तुम चाहो तो तुम्हारे खजाने में कितना धन है और कितना धन आपने दबा कर रखा है, इसकी गणना भी करके बता दूँ? मैं यह भी आगाह करता हूँ कि दबा धन निकलवाने में मुझे समय नहीं लगेगा।''

बालकृष्ण क्रोधपूर्वक अपने स्थान से उठ खड़ा हुआ। उसका हाथ तलवार की मूंठ पर कस गया। उसने ऊँचे स्वर मे कहा, ''पंडित शिवानंद! आप मुझ पर राजधन की चोरी का आरोप लगा रहे हैं। आपके पिताश्री के उत्तराधिकारी के रूप में मैंने अपने कर्तव्यों का निष्ठा पूर्वक पालन किया है। कर व धन-धान्य की जो मात्रा विश्वरुप जी के समय इस प्रान्त से अल्मपुरी को जाती थी, उसमें मैंने निरंतर वृद्धि की है। प्रतिवर्ष उसमें वृद्धि हुई है। व्यय, अपव्यय और मितव्यता की समीक्षा हो सकती है, लेकिन धन दबाने का आरोप आपको नहीं लगाना चाहिए था।''

बालकृष्ण के चुप होते ही पं0 शिवानंद ने चतुराई से पैंतरा बदला। ''बक्सी बालकृष्ण! क्रोध छोड़ें, हाथ तलवार की मूंठ से हटा लें। आपका यह आचरण कहीं राजा तक पहुँचा तो आपके लिए संकट खड़ा हो जायेगा।''

बालकृष्ण क्रोध में यह भूल गया था कि वह कुर्मांचल देश के महत्वपूर्ण मंत्री से बात कर रहा है, कोई अपने मातहत से नहीं। उसे भूल का अनुमान हुआ, उसने झटके से तलवार की मूठ से हाथ हटा लिया और पूर्ववत अपने आसन पर बैठ गया।

पं0 शिवानंद ने व्यंग किया, ''अब ठीक है बालकृष्ण! चलो मैं धन दबाने का अपना आरोप वापस लेता हूँ क्योंकि अभी यह सिर्फ आरोप ही है, जिस दिन सबूत मिल जायेंगे तब उस दिन की स्थिति का आकंलन कर लेना मुझे इतना ही कहना है। मैं मात्र एक गाँव का जागीरदार हूँ। राजा मुझे सौ गाँव देना चाहते थे, मैंने एक गाँव लिया, मुझ ब्राह्मण को यदि किसी चीज की आवश्यकता है, वह है अपने जन्मभूमि- देवभूमि की सुरक्षा। मुझे चिंता है कि विधर्मी रुहेलों ने यदि हमारी सीमा का अतिक्रमण किया तो क्या हम उनका प्रतिरोध करने की क्षमता रखते हैं या नहीं? आपने इसे अपने मान-सम्मान से जोड़ लिया, अब आप मुझे पुनः बतायें यदि रुहेले पठानों के 5-6 हजार सैनिक यदि एक साथ आ चढ़े तो क्या तुम्हारी सैन्य क्षमता उन्हें रोकने के लिए पर्याप्त है?''

मैं शिवदेव जोशी, पं0शिवानंद के बुद्धिचार्तुय का तो पहले से ही कायल था, मैं आज उनकी सलाह व मार्गदर्शन के कारण ही इस महत्वपूर्ण प्रांत का उपसेनानायक था। मुझे अच्छी तरह याद है कि नृपत कल्याण चंद, किस प्रकार इनकी बातों को सहर्ष स्वीकार करते हैं, स्वीकार ही नहीं करते हैं बल्कि मंत्रिमण्डल के विरोध के बाद भी मुझे रुद्रपुर का उपसेनानायक नियुक्त किया। मंत्रिमण्डल के सदस्यों की राय थी कि मैं राजद्रोही का पुत्र हूँ कहीं उच्च पद प्राप्त कर राजा से प्रतिशोध न लेने लगूँ। किन्तु पंडित जी ने तुरन्त चार्तुय के साथ पासा फेंका कि मुझे राजधानी अल्मपुरी से दूर रुहेलखण्ड की सीमा पर बालकृष्ण के अधीन भेजा जाये। सभी लोग यही जानते थे कि पर्वतीय व्यक्ति भाव-भावर की आवोहबा में टिक नहीं पाते हैं। सबने सहमति दे दी थी। मैंने प्रतिज्ञा ली थी कि मैं कभी पंडित जी का भरोसा नहीं तोडूँगा। मैं चंदवंश का निष्ठ नहीं, देश व जन्मभूमि का सत्यनिष्ठ बनकर रहूँगा। यदि आज कहीं बालकृष्ण ने तलवार म्यान से निकाल ली होती तो निश्चय ही उसकी तलवार

की भेंट पहले मेरे तलवार से होती। बालकृष्ण समझ चुका था कि क्रोध कर उसने बड़ी गलती कर दी है। क्रोध में मनुष्य विवेक का साथ छोड़ देता है। विवेक बुद्धि का साथ छोड़ देती है। अंततः अधिक क्रोध भाव उचित- अनुचित का अंतर भूल जाता है।

बालकृष्ण हथियार डाल चुका था, विनम्रता के साथ बोला, ''पंडित शिवानंद जी! निश्चय ही आपको इस क्षेत्र का पुराना अनुभव है। आपके पिता विश्वरूप जी के समय से ही यह क्षेत्र उन्नति करता रहा है। मैंने भी उनका उत्तरदायित्व बड़ी सफलता पूर्वक निभाया है। जहाँ तक सैन्यशक्ति का प्रश्न है। यह रुहेलों के मुकाबले अवश्य ही कम है। मैंने इसमें वृद्धि का प्रस्ताव नहीं रखा यह मेरी भूल थी; किन्तु अल्मपुरी से भी कभी इस तरह के आदेश प्राप्त नहीं हुए कि वर्तमान सैन्य शक्ति को बढ़ाया जाये। स्थिति को भाँपने में मुझ से अवश्य ही भूल हुई है। मैं क्रोध में आपसे कुछ ऊँचे स्वरों में बोला था उसके लिए मैं क्षमा चाहता हूँ।''

बालकृष्ण ने हाथ जोड़ दिये। पं0 शिवानंद ने कहा, ''बालकृष्ण! इसमें आपका तनिक भी दोष नहीं है। यह दोष हमारे राजधानी में बैठे मंत्रिपरिषद व सेनापति का है वह दोष इसलिए कि उन्होंने कभी प्रांतो में जाकर वहाँ की समीक्षा की ही नहीं। यदि इस तरह की समीक्षाएँ होती रहती तो आप प्रश्नों के उत्तर देने के अभयस्थ होते और आपको प्रश्नों के उत्तर भी याद रखने पड़ते। आप की सैन्य व्यवस्था की खामियों के अतिरिक्त आपका कार्य अच्छा है। मुझे कोई दोष नजर नहीं आया। मैंने धन दबाने का जो आरोप आप पर लगाया था उसमें सत्यता नहीं है, किन्तु यह समीक्षा के द्वारा आगाह करने का एक तरीका है। धन के विषय में आप अपनी समीक्षा स्वयं कर लें।''

मंत्री पं0 शिवानंद अपने आसन से उठ खड़े हुए, उनके उठते ही सभी सभासदों ने अपना आसन त्यागा। पंडित जी ने बालकृष्ण से विदा ली और कक्ष के बाहर चल दिये। मुझे ज्ञात था कि वे सीधे अपने पैतृक निवास में जायेंगे। मैं कुछ सशस्त्र सैनिकों के साथ उनके पीछ-पीछे चल रहा था। अपने पिताश्री द्वारा बनाये गये एक सुन्दर घर में प्रवेश करने से पूर्व वे पीछे मुड़े।

मुझे सैनिकों सहित पीछे आता देख मुस्कराकर बोले, ''शिवदेव जोशी! क्या मुझे गिरफ्तार करने आ रहे हो?''

मैं उनके चरणों में झुक गया, जब मैं उठा तो मेरी आँखों में आँसू थे।

उन्होनें मेरे कंधे पर हाथ रखा और मेरी डबडबाई आँखों को देखकर कहा, "अरे! मैं तो परिहास कर रहा था, मुझे तो ज्ञात था कि तुम मेरे पीछे आ रहे हो। तभी तो मैं निशिंचत चलता रहा। मुझे तुम पर पूरा भरोसा है, शिवदेव।"

मैं उस पंडित के गले से चिपट गया, जिसने मुझे नया जीवन दिया था। प्रतिशोध के काले विचारों को छोड़कर नई राह में बढ़ने का हौसला ही नहीं दिया, उसने तो मेरा जीवन ही बदल दिया था।

उन्होंने मेरी पीठ थपथपाई और स्नेहपूर्वक कहा, "शिवा! तुम अब जाओ मेरी संध्या भजन का समय निकट आ रहा है, मैं कल प्रातः काशीपुर को प्रस्थान करूँगा। मेरे जाने की व्यवस्था करवा देना। कल प्रातः तुमसे बातें होंगी।" वे अपने पैतृक घर के भीतर प्रविष्ठ हो गये। मैंने दस सशस्त्र सैनिकों को उनके छोटे से महल को चारों ओर तैनात किया और अपने सैन्य छावनी में वापस लौटने लगा।

मार्ग भर मैं यह सोचता रहा कि यह वृद्ध तो अपने आप में एक पाठशाला है, जितने समय इसके साथ मनुष्य रहे, कुछ न कुछ सीखता ही रहेगा। कैसे बालकृष्ण को निरुतर करके रख दिया था? कैसे उस पर धन दबाये रखने का आरोप मढ़ा और दोषमुक्त भी घोषित कर दिया, अर्थात आगाह कर दिया कि सुधार कर लो। कितने चार्तुय के साथ, क्या आरोप सत्य था?

मैं अपनी छावनी के भीतर था.

मुझे ज्ञान चाहिए

कल्याण चंद

धर्म, ज्ञान, धारणा, आस्था, कर्मकाण्ड, परम्पराएँ कितने शब्द इन ज्ञानी पंडितों के चक्रव्यूह में होते हैं। मेरे चारों ओर इनका घेरा बन गया था। पं० शिवानंद के मेरे जीवन में आने से मुझे एक राह दिखाई देने लगी थी। मेरा जीवन सदा ही चक्रव्यूहों से घिरा रहा था। मैं तो बिना पराक्रम के इस चक्रव्यूह के भीतर पहुँच गया था, किन्तु बाहर निकलने की राह कठिन थी। मैं बाहर निकलना भी नहीं चाहता था, क्योंकि मैं उस चक्रव्यूह के भीतर अपने को

सुरक्षित पाता था या फिर उस चक्रव्यूह से बाहर निकलने का कौशल मेरे पास नहीं। मैं सोचता अवश्य था कि मुझे कुछ और अधिक हासिल करना होगा। वह कुछ अधिक क्या होगा? मैं सोचने लगा था। अपनों के चक्रव्यूह से निकलने की कला मुझे जाननी होगी। इसी उधेड़बुन में कई रातें कट गयीं। पूरे दिन तो मैं सक्रिय चक्रव्यूह के भीतर रहता था, जहाँ मैं योद्धा तो था, किन्तु अभिमन्यु की तरह बिना अस्त्र-शस्त्र के। अंतर केवल इतना था कि यह सत्ता का चक्रव्यूह मुझे व्यक्तिगत रुप से कोई हानि पहुँचाने वाला नही था; परन्तु मेरे निश्चल मन में कई घाव कर रहा था। मैं सोचता- मेरी घृणा तो पूर्ववर्त्ती राजाओं से थी, उनके सेनापतियों, मंत्रियों और सलाहकारों से थी, लेकिन घृणा उनसे क्यों, जिन्होंने पुरस्कार प्राप्त किये? किसी कारण से दक्षिणा या जागीरें पायी? ऐसे पुरस्कृत लोगों से जागीरें, धन आदि जब्त करना या जबरन उनसे छीनना क्या उचित है? उन्होंने उसी प्रकार के धर्म का पालन किया है जैसे आज मेरे दरबार में लोग आकर करते हैं। वे लोग मुझे खुश करते हैं या अपनी वीरता, योग्यता आदि के बल पर जागीर व धन-दक्षिणा पाते हैं? कल तक जिस तरह का उत्पीड़पन, अत्याचार पूर्ववर्ती राजा कर रहे थे वही तो मैं भी कर रहा था, इसमें अंतर क्या है?

पं0 शिवानंद के आने से मेरा मनोबल बढ़ा था। मुझे परिमार्जन में कुछ करना होगा, पर क्या?

मैं सोचता राज्य मुझे बिना पराक्रम के प्राप्त हुआ। राजा में कुलीन चंदवंशीय था इस कारण बन गया। अंततः मेरे पास अपना क्या है? मैं स्वयं क्या हूँ? मैं अपने स्वज्ञान व स्वधर्म को खोजने लगा। मेरी इस लालसा की चिंनगारी को शिवानंद ने भड़काया था।

तब तक मैं राजकर्म के अंध अनुशरणकर्ता की भाँति प्रजा को हाँक रहा था। बल और भय के जोर पर हाँकना कितना सरल था। राज्य प्राप्त करते समय मैं अबोध था। सुख व वैभव पाकर, आनंद -उमंग, आमोद-प्रमोद में डूब गया। अब भी मैं अबोध ही था, किन्तु एक अबोध व अज्ञानी भी ताउम्र बोध की तलाश में रहता है। मनुष्य जब भूखा होता है तो वह अन्न की तलाश में, पेट भर जाने पर वह आनंद की तलाश में रहता है। आनंद से तृप्त होने पर वह, बोध ज्ञान, सम्मान की चाह रखता है। अब मेरा पेट भरा था, मेरे जीवन में आनंद-उमंग था, भोग विलास था, संगीत व ललनाएं थी, मधुर स्वरों का मुग्ध करने वाला संगीत था। मैं इन सुखों के भावोन्माद में डूबा था। भोग की जो

सीमाएं मेरे मस्तिष्क में थी उन्हें मैं पा चुका था। अब मैं शायद बोध की तलाश में था। बोध को कहीं से खरीदा तो जा नहीं सकता था या किसी पेड़ से तोड़ कर भी नहीं लाया जा सकता था।

मेरा प्रारम्भिक जीवन दुःख व संघर्षों में बीता था- निर्धनता एवं विपन्नता से भरा, पीड़ा की परम अनुभूतियों से गुजरा था। उसके बाद मैं सत्ता एवं शक्ति भोग के घुमावदार मार्गों से गुजर रहा था। जिस सत्ता दुरुपयोग के कारण मैंने कष्ट सहा आज मैं उसी सत्ता शक्ति का दुरपयोग स्वयं भी कर रहा था। मनुष्य शक्तियाँ पा कर अपना पिछला क्यों भूल जाता है ?

अनुभव रुपी जीवन की इस पाठशाला ने मुझे बिना किसी पाठशाला गए, बहुत कुछ ज्ञान व बोध दे दिया था, ऐसा मेरा मानना था।

धीरे-धीरे मैं मंगल-अमंगल के मध्य भेद करना जानने लगा। सुफल-कुफल का, न्याय-अन्याय का भेद करने लगा था। मंत्री मण्डल व सलाहकारों के गलत निर्णयों से असहमति तथा अधिकारपूर्ण ढंग से प्रतिरोध करने का साहस करना सीख रहा था। अब मैं वह करना चाह रहा था जो मैं चाहता था, किन्तु कई कारणों से अपने चारों आरे के चक्रव्यूह के बाहर नहीं आ सकता था। मैं अपने नाना तथा राजगुरू का आभारी था, उनके निर्णयों व सलाह का विरोध में समर्थ होने पर भी नहीं कर सकता था। आज तक जो शोषण, अन्याय, हत्या, दण्ड आदि आदेश मैंने दिये थे या मुझसे दिलवाये गये थे, अनंतः मैं उसका भागीदार था।

मैं इस सब का एक झटके में परिमार्जन या परिवर्तन करना चाहता था, किन्तु कर नहीं सकता था, मैं इसी उधेड़बुन में रहने लगा। यह पीड़ा मैंने एक दिन पं0 शिवानंद के सामने रखी थी कि मैं तो निरा अनपढ़, अज्ञानी हूँ, जो आप चाहते हैं क्या वह मैं कर पाउँगा?

चतुर ज्ञानी पंडित ने कहा था, ''राजन! सभी साक्षर व शिक्षित व्यक्ति ज्ञानी हों आवश्यक नहीं हैं। शिक्षा अवश्य ही मनुष्य को ज्ञानी बनाने में सहायक होती है, किन्तु मात्र शिक्षा से ही मनुष्य भला व समझदार नहीं बनता है। एक से एक शिक्षित राजा भी क्रूर व अत्याचारी हुए हैं, जिनसे पृथ्वी काँप जाती थी। अतः आवश्यक नहीं है कि मनुष्य किताबें पढ़ने से बोध को प्राप्त कर ले। मनुष्य जीवन की पाठशाला में अच्छे व बुरे का अंतर करना सीख जाता है, सामान्य समझदारी तो हर मनुष्य के भीतर होती ही है। अनुभवों व

अनुभूतियों ने तुम्हें बहुत ज्ञान व समझदारी दी है। राजन! आपने गरीबी, भूख, लाचारी, पीड़ा और दीनता देखी है। उस अनुभव को प्राप्त कर आप राजा बने हैं। आप उन अनुभवों व संवेदनाओं को याद करें तो आपके निर्णय स्वतः ही मानवोचित हो जाएँगे। जो आपके लिए पर्याप्त होगा। आपकी आत्मा को जो अनुचित लगे उसका कड़ा प्रतिरोध करें, आपको अपने साथ कई लोग खड़े नजर आएँगे। शेष हम सब आपके साथ हैं।''

तब मैं निश्‍िंचत हो गया था। मेरे मन से इस काले बोध का भार उतर गया था कि मैं अनपढ़ व अशिक्षित हूँ। अब मैं निर्णय लेने में अपने को स्वतंत्र पा रहा था। निर्भीकता व दृढ़ता का अनुभव करता जा रहा था। इन ज्ञानियों ने मुझे तब कुछ ज्ञान दिया हो या न दिया हो, परन्तु यह ज्ञान तो दे ही दिया था कि मुझे भी कुछ ज्ञान तो होना ही चाहिए; यह ज्ञान क्या कम था। इसलिए मुझे इन ज्ञानी पंडितों, दरबारियों, सेनापतियों का आभारी होना ही चाहिए। आभारी क्या? मैं तो अभी भी उसी भार से दबा पड़ा था। मैंने सोच लिया था कि मैं धीरे-धीरे इस भार से मुक्त होऊँगा। पर कैसे?

दासी का प्रेम

कल्याणचंद

एक दिन परिहास ओर प्रमोद के क्षण में मेरे मित्र अनूप ने मुझसे प्रश्न किया था, ''राजन! क्या आपने कभी किसी से प्रेम किया है? क्या किसी स्त्री को दिल दिया है?''

मैं उसे घूरने लगा था। वह तुरन्त समझ गया था कि इस मामले मे मूर्ख ही होऊँगा। उसने फिर प्रश्न किया ''अरे! आप समझे नहीं-प्यार-प्रेम की बात कर रहा हूँ।''

मैंने नासमझ बनते हुए कहा, ''गोरी से करता तो हूँ, वह भी तो स्त्री है। कितनी सेवा करती है, कितना ध्यान रखती है, जो कहता हूँ वह करती है। सब कुछ। अब और क्या? कुछ और भी स्त्रियों से तुम मिलवा ही चुके हो।''

क्या मैं प्रेम के बारे में नही जानता था? क्यों नहीं जानता था यह तो ईश्वर

का बनाया स्वाभाविक गुण है पुरुष व स्त्री के मध्य का यह परम सात्विक गुण है। मैंने एक असफल प्रेम किया भी था। मैंने उस प्रेम की भनक किसी को लगने भी नहीं देना चाहता था। प्रेम तो अनुभूति की वस्तु है, उसके फल के स्वाद को चख कर नहीं, अनुभूति और भाव के साथ समझा जाता है। मैंने उन भावों की अनुभूति प्राप्त की जरूर थी उसकी पूर्णता अवश्य ही नहीं देखी थी। पूर्णता तो तब होगी जब दोनों ओर से प्रेम हो उनका मिलन सम्भव हो पाये। मैं अनजान ही बना रहा। मैंने तब अनूप सिंह से कहा, ''मैं गोरी को चाहता हूँ वह मेरी हर कामना पूर्ण करती है एक स्त्री से और क्या चाहिए?''

''राजन! गोरी एक दासी है, वह तो आपकी आज्ञा का पालन करती है आप जो कहेंगे वह यंत्रवत करेगी इसमें प्यार- प्रेम कहाँ है।''

''अनूप कैसी बातें करते हो? एक नारी मुझे सब कुछ दे रही है, सेवा कर रही है, मान-सम्मान दे रही है मैं उससे प्यार नहीं कर सकता हूँ।''

''राजा कल्याणचंद! तुमने अभी प्रेम का फल चखा नहीं है यह जो तुम गोरी के साथ करते हो वह वासना की पूर्ति है, प्रेम नहीं है।''

मैंने ज्ञान बघारा, ''तो प्रेम व वासना में क्या होता है अंततः प्रेम व प्यार का चरम भी तो वासना में जाकर पूर्ण होता है।''

''राजन! वह प्रेम प्रणय होता है वासना नहीं। वह प्रेम की पूर्णता का द्योतक है, मिलन की चरम सीमा है। प्रेम मात्र वासना पूर्ति के लिए नहीं किया जाता है। प्रेमी मात्र इसीलिए प्रेम नहीं करते हैं कि उन्हें शारीरिक भूख मिटानी है। वह मानसिक व आत्मीय भूख को भी शांत करते हैं। प्यार करने वाली आपके इशारों पर सदा नहीं नाचती है, वह आपको भी नचाती है; जिसके नचाने में भी एक परमआनंद प्राप्त होता है।''

अनूप सिंह काफी देर तक प्रेम पर प्रवचन देता रहा। मैं ध्यान से उसे देख रहा था। सोचता यह रसिक व्यक्ति आये दिन औरतों के पीछे लगा रहता है। मेरे लिए यदाकदा सुन्दर स्त्रियों की व्यवस्था करता है। यह लंपट प्रकार का व्यक्ति भी क्या प्रेम की भाषा जानता है?

मैंने उससे पूछा, ''अनूप सिंह! मित्र क्या तुमने किसी से प्यार किया है? क्या तुमने प्रेम के चरम आनंद की प्राप्ति की है?''

जो अनूप सिंह अब तक चहक रहा था। प्रेम पर महान प्रवचन दे रहा था। अचानक खामोश हो गया। उसका मुखमण्डल मुरझा गया।

मैंने उससे कहा, "क्यों चुप हो गये? बस शेखी झाड़ रहे थे, फुस्स हो गये हो।'''

अनूप सिंह ने अपने प्यार की एक लम्बी कहानी मुझे सुनाई .... उसकी आँखों मे कई बार आँसू छलक आये थे। उसने निश्चल प्रेम किया था। प्रेम को पूर्णता तक प्राप्त भी किया था, परन्तु मनुष्य का जीवन कितना कठिन, घुमावदार अनिश्चित होता है। उसने कहा, "विगत गैडा-गर्दी के दिनों मे मेरे पिता की हत्या करके मुझे एक बार बंदी बना लिया गया था। माणिकमल गैंडा के पुत्र ने मेरी प्रेमिका को बलपूर्वक उठवा लिया था, उसके साथ दुराचार किया। जब आप राजा बने तो आपके नाना ने मुझे बंदीगृह से निकाला। आपके नाना और मेरे पिता मित्र थे। मैं चाचा सुमेरु सिंह का आजीवन ऋणी हूँ, लेकिन इस बीच मुझसे निश्चल प्यार करने वाली मेरी प्रेमिका ने आत्महत्या कर ली थी। राजन् हम दोनों के मध्य गहरा प्यार था''।

अनूप सिंह ने निश्चय ही प्यार किया था। मेरी तरह उसका प्यार एकतरफा नहीं थी, उसके प्यार में पूर्णता थी।

अनूप ने मेरे मन में प्यार करने के प्रति एक नये जीवन का रोपड़ कर दिया था। यह कहना ठीक होगा कि उसने मेरे मन में पड़े प्यार के सूखे बीजों में खाद पानी डाल दिया था।

उसी रात मैं गोरी के कक्ष में था। आज मैंने गोरी को तीक्ष्ण दृष्टि से देखा। प्रत्येक स्त्री के आँखों में एक अनोखा आकर्षण होता ही है या यह कहना ठीक होगा कि हर पुरुष स्त्री की आँखों में एक आर्कषण को पाता हैं। यह स्वाभाविक गुण है अथवा पुरुष की मानसिकता? जो भी हो यह निश्चित है कि स्त्री और पुरुष के मध्य एक चुम्बकीय प्रभाव होता ही है।

मैंने पहली बार गोरी को अलग दृष्टिकोण से देखा था लेकिन मैंने यह पाया कि प्यार के लिए अलग दृष्टि की आवश्यकता नहीं होती है प्यार तो बस हो जाता है। प्यार खोजने की चीज नहीं है। मैंने गोरी को बिस्तर पर बुलाया और अपनी भूख को मिटाया। वह यंत्रवत कार्य करती रही मुझे प्यार व वासना की पूर्ति का उत्तर प्राप्त हो गया था।

गोरी ने कृतज्ञतापूर्वक मेरी सेवा की। अपने भाई फकीरा को क्षमादान देने तथा दोनों भाइयों को राजकीय शस्त्रशाला में कार्य देने हेतु आभार व्यक्त किया।

मैंने गोरी से पूछा, ''गोरी, क्या तुमने किसी से प्यार किया है?''

उसने साफ़ शब्दों में कहा, ''महाराज, मैं और किसी से प्यार कैसे कर सकती हूँ, मैं आपकी सेवा में हूँ आपको ही प्यार करती हूँ।''

''क्या निश्चित ही तुम मुझसे प्यार करती हो? परन्तु मैं..?''

''महाराज, मैं आपसे प्यार करती हूँ, आवश्यक नहीं कि आप मुझसे प्यार करें। मैं अपने को आपकी सेवा में अर्पित कर चुकी हूँ। इसी में सुख का अनुभव करती हूँ। प्यार दिखाने की चीज नहीं है। मुझे आपने सुरक्षा दी है, सुख दिया है, मान दिया है। मेरे भाइयों के लिए बहुत किया है। मेरे हृदय में आपके लिए सम्मान, आदर के साथ ही प्यार भी है। आप राजा हैं, आपका अधिकार बड़ा है; किन्तु मेरा संसार इतना ही है, मैं इसी में प्यार को भी खोजती हूँ, सुख भी खोजती हूँ, मान सम्मान भी खोजती हूँ जो मुझे मिला है मैं उसी में खुश हूँ।''

मैं नहीं जानता था कि इस नादान सी दासी के भीतर कितना बड़ा दिल है। मनुष्य हर स्थिति में अच्छाई तथा बुराई दोनों खोज सकता है। मेरे गलत निर्णय से इसके निर्दोष पिता को मृत्युदण्ड मिला था। मेरे कारण ही वह आज दासी बनी थी, किन्तु गोरी ने उसे भुलाकर एक नयी राह पकड़ ली थी। स्नेह व प्यार की राह। वह वर्तमान में जी रही थी। उसने भविष्य की चिन्ता नहीं की थी। क्या मैं सदैव ही इसी तरह उसके साथ व्यवहार करता रह सकूँगा- मैं सोच रहा था। मैंने तय कर लिया था कि मैं उसे सदैव अपनी सेवा में रखूँगा।

संकट की आहट

कल्याण चंद

मैं दोपहर का भोजन कर अपने शयनकक्ष में बिस्तर पर लेटा ही था कि इतने में सैनिक ने कक्ष में प्रवेश की आज्ञा माँगी। मैंने उसे भीतर बुलवाया उसने कहा, ''राजन् आपके आराम में खलल डालने के लिए क्षमा प्रार्थी हूँ। भावर प्रांत से एक प्रतिनिधि मण्डल महल में पहुँचा है। उसे पं0 शिवानंद जी ने भेजा है, वह आपसे वार्ता करना चाहते हैं।''

मैंने जैसे ही पं0 शिवानंद का नाम सुना मैं उठ बैठा, मैंने कहा, "ठीक है उन्हें आदर सहित बैठाओ, मैं शीघ्र आता हूँ।" सैनिक वापस चला गया।

मैंने तत्काल अपना शयन कक्ष छोड़ा और मंत्रणा कक्ष में जा पहुँचा। मैंने स्वयं पं0 शिवानंद को रुहेलों की गतिविधियों को स्थिति जानने तथा अपनी सैन्य समता का आंकलन करने के उद्देश्य से भाल-भावर भेजा था। मैं यह जानने के लिए उत्सुक था कि वहाँ की क्या स्थिति है।

मैंने प्रतिनिधि मण्डल से वार्ता प्रारम्भ कर दी। उन्होंने अवगत करते हुए कहा, "राजन् पंडित शिवानंद जी भावर का भ्रमण करते हुए रुद्रपुर से आगे काशीपुर की ओर रवाना हो चुके हैं उन्होंने वहाँ की स्थिति आप तक पहुँचाने के लिए हमें भेजा है।"

मैंने तुरन्त उन्हें सविस्तार स्थिति बताने को कहा। उस प्रतिनिधि मण्डल के प्रमुख जयराम ने कहा, "राजन्! पं0 शिवानंद के साथ ही हम सभी इस निष्कर्ष में पहुँचे हैं कि भाल-भावर की सैन्य शक्ति रुहेलों के मुकाबले के लिए पर्याप्त नहीं है। ज्ञात सूचनाओं से पता चलता है कि रुहेले लगभग सात हजार सैनिकों का जमावड़ा हमारी सीमा पर किये हुए हैं। हमारी माल-भावर तराई एवं कोटा की सैन्य क्षमता लगभग पाँच हजार के पास है, किन्तु वह तीन मोंर्चों में बंटी है। एक कोटा व कोशी नदी की ओर, दूसरी काशीपुर रुद्रपुर के क्षेत्र में तीसरी पीलीभीत- वन बोक्सा की ओर। हम वर्तमान में गढ़वाल की ओर कोटा व कोशी के क्षेत्र की सेना को वहाँ से हटा नहीं सकते हैं। इस प्रकार पं0 शिवानंद का सुझाव है कि हमें गढ़वाल के राजा प्रदीप शाह से सम्बन्ध सुधारने हेतु पत्राचार करना चाहिए व दूत भेजना चाहिए ताकि हमारा युद्ध का एक मोंर्चा कम हो जाये और हम युद्ध में अपना पूरा ध्यान रुहेलों के विरुद्ध लगा सकें।"

मैं रुचिपूर्वक वार्तालाप सुन रहा था। मेरे नाना जो सेनापति भी थे बड़े आत्मीयता से उनकी बातें सुन रहे थे। राजगुरु भी चितिंत नजर आ रहे थे। जयराम ने चारों ओर दृष्टि घुमाई और पुनः बोलना शुरू किया, "राजन् पं0 शिवानंद का मत है कि हमें गढ़ देश व गोरखा देश की सीमान्त क्षेत्रों में अनावश्यक सैन्य कार्यवाही बन्द कर देनी चाहिए और उन देशों से मित्रतता हेतु हाथ बढ़ाना श्रेयष्कर होगा। हमें वर्तमान में अपना पूरा ध्यान भावर व तराई की दक्षिणी सीमा पर लगाना चाहिए। रुहेले आक्रामक होते जा रहे हैं। भावर के सैन्य दल में हेडियाँ की संख्या अधिक है वे वीर व जुझारू हैं। यदि उन्हें पर्याप्त अस्त्र-शस्त्र व वेतन मिले तो वे दृढ़तापूर्वक युद्ध करेंगे अन्यथा निर्बल हो गये

तो रुहेलों को रोकना कठिन होगा।''

मेरे नाना सेनापति सुमेर सिंह ने कुछ बिन्दुओं पर असहमति जताते हुए कहा, ''पंडित शिवानंद की इस सलाह से असहमत हूँ कि हमें गढ़वाल की सीमा की गतिविधियाँ स्थगित कर देनी चाहिए। गढ़ देश सदैव इस ताक में रहता है कि हम कमजोर दिखाई दें और वह हम पर आक्रमण कर दें। मेरे विचार से गढ़ देश की सीमा को कमजोर करना उचित न होगा। मेरी सूचना के आधार पर हिम्मत सिंह गोसाई के पराजित होने तथा उसकी हत्या हो जाने के बाद रुहेले ने कुर्मांचल पर आक्रमण की हिम्मत नहीं करेंगे।''

राजगुरु ने सुमेर सिंह की बातों का आंशिक समर्थन करते हुए कहा, ''राजन्, मेरा विचार है कि हमारा गढ़ देश से मैत्रीपूर्ण व्यवहार रखना उचित होगा। हम भले ही आपस में लड़ें, परन्तु हम स्वधर्मी हैं और इधर कई वर्षों से उन्होंने हम पर आक्रमण नहीं किया है प्रदीप शाह सूझबूझ वाले राजा हैं। भले ही तुरन्त हमें रुहेलों की ओर से संकट न हो, किन्तु यदि विधर्मी रुहेलों ने हम पर आक्रमण किया तो वह भयानक रुप ले लेगा।''

सेनापति ने कहा था, ''राजगुरु, रुहेले पठान मैदानी युद्ध में तो प्रबल हैं; परन्तु पहाड़ी युद्ध में वे सक्षम नहीं हैं यहाँ न उनके रथ आ सकेंगे न हाथी। घुड़सवारों से युद्ध आसान नहीं है उनकी गति यहाँ काम नहीं करेगी यदि किसी कारण वे भावर तक आ भी गये तो उन्हें हम पहाड़ पर न चढ़ने देंगे।''

मैंने पहली बार वार्तालाप में हस्तक्षेप करते हुए कहा, ''नानाश्री! आप क्या यह मानते हैं कि रुहेले तराई भावर को आसानी से जीत लेंगे।''

''मेरा यह कहना है कि मैदानी सेना तेज चाल के घुड़सवारों, हाथी, रथों के कारण भले वे हम पर भारी पड़ जायें, किन्तु पहाड़ के उपर चढ़ाई आसान नहीं होगी हम उन्हें वहाँ पर आसानी से पराजित कर सकते हैं।'' नाना ने उत्तर दिया।

मैंने कहा, ''अर्थात हम यह मानते हैं कि तराई भावर में हम कमजोर स्थिति में हैं।''

''यह कहा जा सकता है।'' नाना ने पहली बार मेरी बात पर सहमति व्यक्त की और उन्हें आश्चर्य भी हुआ होगा कि मैं तर्क भी कर सकता हूँ। मैंने आगे कहा था, '' राजगुरु, तराई भावर हाथ से निकल जाने पर हमारी क्या स्थिति होगी? क्या कोई अधिक अंतर पड़ेगा? क्या हम दुबारा तराई भावर को

हासिल कर पायेंगे?''

राजगुरु ने प्रंशसा किन्तु आश्चर्य भरी दृष्टि से मुझे देखा और कहा, ''राजन् निश्चय ही यदि तराई भावर हमारे हाथ से निकल गया तो हम अपने पर्वतीय दुर्ग में सिमट कर रह जायेंगे। हमें निश्चय ही तराई-भावर को सैन्य सहायता भेजने की व्यवस्था करनी चाहिए।'' तराई से आये प्रतिनिधि मण्डल के प्रमुख जयराम ने अपनी बात आगे बढ़ाते हुए कहा, ''राजन् पं0 शिवानंद को रुद्रपुर के बक्सी के विषय में कुछ शंका है यदि आज्ञा दें तो मैं कहूँ?''

''क्यों नहीं, आप वहाँ से संदेश लेकर आए हो, स्पष्टता से कहें राजगुरु व सेनापति के समक्ष पूरी बात आप रखें। ''राजन् ! पं0 विश्वरूप के बाद लम्बे समय से रुद्रपुर के प्रमुख अधिकारी वक्सी श्री बालकृष्ण अब वृद्ध हो चुके हैं। वहाँ एक उत्साही वीर व बुद्धिमान व्यक्ति की आवश्यकता है। पंडित शिवानंद के साथ ही हमारे प्रतिनिधि मण्डल की थी यह राय है कि आप द्वारा नियुक्त उपसेनापति शिवदेव जोशी को रुद्रपुर का प्रमुख बनाया जाये और बालकृष्ण जी को राजधानी में सलाहकार के रुप में रखा जाये तो श्रेष्ठ होगा।''

मैंने राजगुरु व सेनापति की ओर देखा; मेरे नाना सुमेर सिंह हतप्रभ होकर बोल पड़े, ''यह पं. शिवानंद अपने को बहुत विद्वान समझने लगा है अब यह राजधानी को यह भी संदेश देने लगा है कि किस को किस प्रांत का प्रमुख बनाया जाये। बाल कृष्ण अनुभवी हैं वे निरंतर धन व धान्य कोष मे जमा कर रहे हैं, राजा के निष्ठ हैं। तब यह कैसी सलाह है?''

जयराम ने उत्तर देते हुए कहा, ''राजन! बालकृष्ण जी पर कोई आरोप नहीं है, न ही उनके अनुभव को कम आँका गया है। वर्तमान में उनके वृद्ध हो जाने से उनका प्रभावी नियंत्रण क्षेत्र में नहीं रहा। सेनानायक को अनुभवी होने के साथ ही वीर-बहादुर, उत्साही व चुस्त होना पड़ता है। तीव्रता से सभी क्षेत्रों का उत्साह व चपलता से निरीक्षण करना पड़ता है। वृद्ध सेनापति बहुधा यथा स्थितिवादी हो जाते हैं, आक्रामक होने के स्थान पर शांति प्रिय हो जाते हैं, जो प्रकृतिवश होना स्वाभाविक है। आज तराई भावर में अशांति व युद्ध के बादल मंडरा रहे हैं तो यह बात और अधिक सार्थक हो जाती है।''

मेरे नाना विफर पड़े, ''जयराम! तुम क्या यह कहना चाहते हो कि वृद्धों की राज्य को आवश्यकता नहीं है। वे नाकारा और यथास्थितिवादी हैं, उन्हें देश या समाज की चिंता नहीं है? क्या यह तुम्हारे विचार हैं या उस चतुर पंडित

शिवानंद का संदेश?''

जयराम स्थिति को भाँपते हुए लगभग हड़बड़ाते हुए बोले, ''राजन् मैं तो मात्र पंडित शिवानंद का संदेश आप तक पहुँचा रहा हूँ। किन्तु हम सब भी उनकी विचार का समर्थन करते हैं''

मेरे नाना ने कहा, ''राजन! आप जानते हैं कि यह शिवदेव जोशी जिसे यह पंडित शिवानंद रुद्रपुर का सेनानायक बनना चाहता है, कौन है?''

मैं चुप ही रहा। नाना ने दहाड़ते हुए कहा, ''यह शिवदेव उसी राजद्रोही लक्ष्मीपति का पुत्र है जिसे आपने उसके दो पुत्रों के साथ मृत्युदण्ड दिया था। वह शिवानंद का रिस्तेदार भी है। हो न हो किसी षडयंत्र के तहत वह शिवदेव जोशी को तराई भावर का प्रमुख बनाना चाहता हो। हमें सतर्कता से काम लेना होगा।''

एक बड़ी आंशका प्रकट कर नानाश्री ने राजगुरु की ओर अपने बातों के समर्थन हेतु देखा।

राजगुरु ने संतुलित शब्दों में कहा, ''राजन! में दो विषयों पर अलग-अलग वार्ता रखूँगा, एक कि रुहेलों के आक्रामक रुख से इनकार नहीं किया जा सकता है। हमें तराई भावर को केन्द्रीय खजाने से आवश्यक सहायता करनी चाहिए और अतिरिक्त सेना भी उपलब्ध करानी चाहिए। दूसरी बात यह कि बालकृष्ण को हटाकर शिवदेव जोशी को तराई भावर का प्रमुख बनाया जाय। इस दूसरी बात पर मैं भी आंशिक रुप से सहमत हूँ।''

मैंने राजगुरु को टोकते हुए कहा, ''राजगुरु, आप बातों को घुमा-घुमा कर रखते हैं। मेरी समझ में आपकी आधी बातें आती ही नहीं है?''

राजगुरु ने हल्की मुस्कान ली और पुनः बोले, ''राजन! अब आप नये-नये राजा नहीं हैं। आपको राजकाज का लम्बा अनुभव हो चुका है, आपमें तर्क-विर्तक की क्षमता विद्यमान है।''

मैं अपनी प्रशंसा सुनकर तन गया था। राजगुरु को आदर देते हुए मैंने कहा, ''गुरुदेव आप ज्ञानी हैं। आप अपनी बात जैसे चाहे वैसे रखें।'' उन्होंने भी एक मुस्कराहट बिखेरी और कहा, ''राजन! सेनापति की यह बात उचित है कि शिवदेव, लक्ष्मीपति का पुत्र है जिसे राजद्रोह के आरोप में मृत्युदण्ड दिया गया था। उसके दो भाई भी मारे गये थे। क्या ऐसे व्यक्ति को इतने महत्वपूर्ण समय पर, महत्वपूर्ण प्रांत का सम्पूर्ण दायित्व दिया जाना उचित होगा? क्या

हम बिना आंशका के यह निर्णय ले सकते हैं, शायद नहीं। हाँ, इस बात पर भी हमें विचार करना ही होगा कि बालकृष्ण निश्चित ही वृद्ध हो चुके हैं। एक सेनानायक का काम मात्र प्रजा से कर एकत्र कर राजकोषागार में जमा कर देना ही नहीं होता है, उसे सामरिक व सैन्य क्षमता में भी पारंगत होना आवश्यक है। उत्साह व बहादुरी का परिचय देते रहने से ही सैनिक अपने नायक पर विश्वास रखते हैं और प्राण प्रण से उसका साथ देते हैं। जब नायक बहादुर व शक्तिशाली नहीं होता है तो सैनिक भी अनुशासनहीन व ढीले-ढाले बन जाते हैं।''

नानाश्री की ओर मैंने देखा वे पूरी तरह संतुष्ट नजर नहीं आ रहे थे। अंततः वे भी वृद्ध सेनापति थे। मुझे इस बात की अधिक चिंता अब नहीं थी कि नानाश्री असंतुष्ट हो जाएंगे। मैं यह निर्णय नहीं ले पा रहा था कि पं0 शिवानंद की सलाह लेकर जो प्रतिनिधि मंडल पधारा है, उसको क्या निर्णय सुनाऊं। राजगुरु ने तो खिचड़ी बना रख दी थी जिसमें से चावल व दाल को पृथक करना कठिन था।

नानाश्री चुप थे, जयराम इस सब वार्ता को सुन स्तब्ध था। उसे चिंता हो रही होगी कि मैं क्या निर्णय लेता हूँ? कक्ष में सभी निःशब्द बैठे थे।

मैं यह जानकर कि तराई-भावर को पर्याप्त सहायता नहीं दी जा रही, अवश्य ही चिंतित हुआ था। मुझे क्रोध भी आ रहा था, लेकिन मैंने अपने क्रोध को प्रकट करना उचित नहीं समझा। क्षणभर में अपने क्रोध से जूझता रहा। किसी तरह उस पर विजय पाकर मैंने उस प्रतिनिधि मण्डल से किस प्रकार रुहेले पठानों के आक्रमण से उत्पन्न स्थिति से जूझा जाय, इस विषय पर स्नेहपूर्वक वार्तालाप किया, उन्हें ढाँढस बधायाँ कि इस पर शीघ्र कार्य प्रारम्भ किया जायेगा। मैंने, दृढ़ता से आवश्वासन दिया कि कुर्मांचलीय सेना सीमान्त प्रदेशों की रक्षा करने मे समर्थ है।

प्रतिनिधियों के चले जाने के पश्चात मैं पुनः विचारमग्न हो गया कि किस तरह इस समस्या का समाधान निकाला जाय। मैं पं0 शिवानंद व शिवदेव से प्रभावित था। मुझे उस विद्वान शिवानंद की सूचनाओं पर विश्वास था। समय-समय पर गुप्तचरों के द्वारा भी यह सूचना दी जा रही थी कि रुहेले पठान भाबर प्रदेश की सीमा के भीतर आ जा रहे हैं। यदा-कदा, सशस्त्र सैनिक दल भी सीमा के मीलों भीतर आ रहे हैं, परन्तु मेरा मंत्रीमण्डल इन सूचनाओं का विश्लेषण सही ढंग से नहीं कर पा रहा था। ऐसे में मेरे मंत्रियों व सेनापति की

जानकारी या तो अपूर्ण थी या उनका ध्यान सदैव गढ़देश की सीमा की ओर ही लगा रहता था।

रात्रि भोज के पश्चात् शयन-कक्ष में मैं स्थिर विचार कर अकेले में इस विषय पर सोचने लगा था। मेरे भीतर कुछ उदासी सी पसरी थी। अकस्मात न जाने वह पसरी उदासी कहाँ विलीन हो गयी और उसके स्थान पर मेरे मस्तिष्क में एक दृढ़ विचार स्थिर हो गया।

मैं तत्काल अपने शयन-कक्ष के बाहर आ गया और मैंने प्रहरी को आदेश दिया कि वह प्रातःकाल सभी मंत्रिमण्डल के सदस्यों व सेनापति को मंत्रणा कक्ष में उपस्थित होने की सूचना दे दे।

वर्ण व्यवस्था के पोषक

फकीरा

मुझे इस राजमहल के अस्त्र-शस्त्र बनाने वाली यंत्रशाला में काम करते दो वर्ष से अधिक समय हो गया था। हालाँकि इस शिल्पशाला में अधिकतर मेरे जाति वर्ग के ही मेहनतकश पुरुष थे लेकिन नियंत्रण क्षत्रिय व ब्राह्मणों का ही था। मुझे अब महल के कुछ महत्वपूर्ण जगहों पर जाने की अनुमति थी। हम दोनों भाई कभी-कभी गोरी से एकांत में मिलते थे यदि हमारी कोई समस्या होती थी तो वह उसे चुटकी में दूर कर देती थी, किन्तु गोरी व अनूप सिंह ने हमें यह हिदायत दी थी, हम किसी से भी यह चर्चा न करें कि हम गोरी के भाई हैं। हम दोनों भाइयों ने यह बात गाँठ बाँध कर रख ली थी।

वर्गभेद का दंश गाँव में तो चरम में था ही, परन्तु महल में भी कम न था। पुरोहितों का जोर यहाँ भी था। आये दिन कर्मकाण्ड होते थे। गुरु, पुरोहित, धर्माधिकारी, पंडित सब ब्राह्मण कोई न कोई नया अनुष्ठान पूजा पाठ कराते ही रहते थे, जहाँ हमारा जाना वर्जित था। पूजा का प्रसाद भी हमें नसीब नहीं था। खाने में पूड़ी-सब्जी अवश्य मिल जाती थी, कभी भाग्य से खीर या हलवा भी मिलता था।

मैं देखता रहता था कि ब्राह्मण वर्ग ने कुमांचल देश में सबसे अधिक

प्रगति की थी, वे सदैव राजा के आगे पीछे रहते थे। उनके सलाह के बिना राजकार्य आरम्भ ही नहीं करता था। हालाँकि नये राजा के आने पर पुराने राजा के निकटस्थ ब्राह्मणों को हटाया जाता था। कई बार इन ब्राह्मणों का एक वर्ग दूसरे वर्ग पर बहुत अत्याचार करवाता था। अनेक ब्राह्मण अपने वर्चस्व के लिए एक दूसरे पर दोषारोपण करते रहते थे। विचित्र बात यह थी कि ब्राह्मणों पर अत्याचार के सूत्रधार भी कुछ दूसरे ब्राह्मण ही होते थे। इन ब्राह्मणों में एक अजीब किस्म की होड़ लगी रहती थी कि वे किस प्रकार सत्ता में परोक्ष रूप से दबदबा बनायें रखें। यह सब होने पर भी सत्य यह था कि ब्राह्मण वर्ग अनुत्पादक वर्ग होने पर भी, बड़े प्रभावकारी ढंग के साथ लाभप्रद एवं महत्वपूर्ण पदों पर अधिकार स्थापित कर लेता था। अधिकांश राजकीय पदों पर इनका अधिकार होता था। मंदिरों में तो सदैव से ही इनके अधीन रहते थे। जहाँ से इन्हें धन-अन्न आदि निरंतर प्राप्त होते रहते थे। यत्र-तत्र जो कुछ गुरुकुल थे वे भी ब्राह्मणों के अधीन थे। इसमें कोई आश्चर्य नहीं था कि कर्म-काण्ड, पूजापाठ का चक्रव्यूह, इनका एक विशेष अस्त्र था। ये समाज में आदर्शों को गड़ते थे। मनुष्य के कर्मों को, सम्मान-असम्मान को धर्म के आइने पर परखते थे, जिनसे ज्ञानी से ज्ञानी राजा की असहमत नहीं हो पाते थे।

क्षत्रिय तो सदैव लड़ते रहते थे। आपसी खींचतान, सत्ता मद का सुख भोग करते, स्त्री भोग की लिप्सा में डूबे रहते थे। उन्हें एक ही पाठ पढ़ाया जाता था कि वे क्षत्रिय हैं, राज्य उनका है या उनके वंशजों का है, अतः उन्हें विदेशी आक्रमणकारियों से अपने वंशजों के राज को सुरक्षित रखना है। उन्हें शरीर बल बढ़ाने और अस्त्र-शस्त्र संचालन मे व्यस्त रखा जाता था। इन क्षत्रियों में जो कुछ जन्मजात ज्ञानी होते थे वे निश्चय ही अधिक दिन जीवित नहीं रहते थे क्योंकि उनसे वर्तमान क्षत्रिय राजा को भय और आंशंका घेर लेती थी कि कहीं यह ज्ञानी उसके समकक्ष न आ खड़ा हो जाये। ब्राह्मण वर्ग भी किसी चतुर एवं ज्ञानी क्षत्रिय राजा को अधिक पसंद नहीं करते थे; क्योंकि ऐसे चतुर राजा के सामने उनका महत्व फीका पड़ने की आंशका उन्हें रहती थी। इस आंशका को निर्मूल करने की गति देने के लिए चतुर राजनैतिज्ञ ब्राह्मण राजा को परामर्श हेतु सदैव तैयार रहते थे। अन्य वीर क्षत्रिय बीच-बीच में होने वाले युद्दों के काम आते थे। यहाँ एक बात और महत्वपूण थी कि जो ब्राह्मण चतुर व ज्ञानी नहीं थे वे भी सैनिकों का कार्य करते थे वे युद्ध में क्षत्रियों के कंधे से कंधा मिलाकर लड़ते थे। अंततः उन्हें भी राजा को सुरक्षित रख कर ही लाभ था। इस

तरह ब्राह्मण-क्षत्रिय का गठजोड़ बहुत अधिक मजबूत था।

वैश्य वर्ग सदैव अपने लाभ में संलग्न रहता था। वह अपने हर कर्म में लाभ-हानि को देखता था, युद्ध हो या शांति उसका कारोबार बढ़ता ही रहता था। वह प्रत्येक नये राजा के साथ सामंजस्य बना ही लेता था। इसमें ब्राह्मण वर्ग जो राजाओं के निकट होता था, उसका सहयोग इस व्यापारी वर्ग को मिलता था क्योंकि वैश्य वर्ग बड़ा ही धर्मानुरागी व श्रद्धा भाव में रहने वाला सहिष्णु समाज से था। ब्राह्मणों को इन वैश्यों के यहाँ से मोटी-मोटी दक्षिणा, अन्न-धन, वस्त्र के रुप में मिलता था। जिस कारण ब्राह्मण सदैव उनके कवच का कार्य करते थे। वैसे भी इस कारोबारी समाज को अपने कारोबार को बढ़ाने और अपने धनवृद्धि के अवसरों को खोजने के अतिरिक्त और कोई काम नहीं था।

सबसे निचले स्तर पर मेरा शूद्र समाज था। यह विडंबना ही थी कि सबसे उत्पादक वर्ग होने पर, सबसे श्रमशील होने पर भी वह समाज में सबसे नीचे के पायदान पर खड़ा था। मेरा समाज सबसे महत्व के कामों को अंजाम देता था। हल जोतना, खेती के काम, बढ़ईगिरी, ओढ़-मिस्त्री, लोहारी अर्थात वे सभी कर्म जो जीवन को सुगम बनाने के लिए और कार्यों के बेहतर सम्पादन के लिए आवश्यक होते थे इस वर्ग के बिना सम्भव नहीं थे। इनके श्रम का मोल मात्र निम्न स्तर का भोज्य व फटे पुराने कपड़े या चंद सिक्के ही होते थे। इन्हें किसी राजा ने जागीर या गाँव दान में दिये हों, देखा-सुना नहीं गया। हमारा वर्ग सैनिकों के लिए महत्वपूर्ण अस्त्रों-शस्त्रों का निर्माण करता था। पथरीली कठोर भूमि का सीना चीरकर, अपने पसीने से उसे अन्न उगाने योग्य बनाता था। उच्च वर्ग के खेत-खलिहान हमारे श्रम से हरे-भरे एवं भरे-पूरे रहते थे लेकिन स्वयं सदैव दरिद्रता धारण किये रहते हैं। इतिहास में इन्हें कहीं पर उचित स्थान मिला हो, सुना नहीं गया। राजाओं के महलों व गढ़ों पर कहीं न कहीं हमारे वर्ग के खून व पसीने के कतरे अवश्य ही मिल जायेंगे; किन्तु हमें उन महलों के भीतर जाने का अधिकार नहीं था। क्षत्रिय, वैश्य तक इन्हें अपने घरों के भीतर प्रवेश नहीं देते थे तो ब्राह्मणों की बात ही छोड़ दें। छुआछूत, अस्पृश्यता की पराकाष्ठा देखने की यहाँ मिलती है। राजा चाहें जो भी हो, जैसा भी हो। कोई इस वर्ग के अधिकारों एवं हमारी उन्नति की बात नहीं करता था। देश में चाहें कोई क्रांति होती हो हमारे वर्ग के हाथ कुछ नहीं आता था। कोई राजा अधिक दयालू होता तो हमें कुछ अन्न अधिक मिल जाता था या मजदूरी करने के

अधिक अवसर मिल जाते थे। इससे हमारी स्थिति कुछ बेहतर भले ही हो जाती हो, किन्तु हमें हमारे स्थान पर ही रखा जाता था। शीघ्र ही हमें यह बता दिया जाता था कि हमारा स्थान कहाँ पर है? और हमें किस तरह से उनके साथ पेश होना है? खेती हो चाहे नगर निमार्ण, अस्त्र-शस्त्र हो अथवा युद्ध हो हमारे बगैर उनका काम नहीं चलता था। युद्ध हो तो भी हमें बोझा ढोने का काम करना पड़ता, रात-दिन बिना सोये कई दिन पैदल चलकर बोझा ढोना पड़ता, लेकिन खान-पान व सुविधाओं के नाम पर सबसे पीछे रखा जाता था।

ब्राह्मण व क्षत्रिय वंश के कुछ लोग भाग्यवश राजा व मंत्री बन ही जाते थे। भले ही वे अज्ञानी क्यों न हों, किन्तु हमारे वर्ग के पास भाग्य नाम की भी कोई वस्तु नहीं थी। अज्ञानी ब्राह्मण भी रसोई में खाना बनाने का काम पा जाता था। जहाँ भूखे रहने का तो प्रश्न ही न था उल्टा पूड़ी-पकवान खा कर वह और अधिक मोटा ताजा हो जाता था।

हम सदैव भूख व कुपोषण के शिकार रहते थे। सबसे अधिक शारीरिक श्रम के बाद भी भरपेट व पौष्टिक भोजन नहीं था। शायद हमने इसे अपनी नियति मान लिया था।

ब्राह्मणों ने यह बातें घोषित कर दी थी कि शूद्र जाति या ब्राह्मण जाति में जन्म लेना पिछले जन्म के कर्मों का फल है इसमें शायद सत्यता भी रही होगी तभी तो हम सब अपने पिछले जन्मों के बुरे कर्मों का फल भोग रहे थे। क्योंकि इस जन्म में तो हमने अन्य जातियों के मुकाबले कोई बुरे कर्म किये ही नहीं थे।

इस भूख व दरिद्रता के बाद भी हमारे पास सहिष्णुता की भारी मात्रा थी। हमने अपने स्वामियों के सामने गरीबी, अत्याचारों, शोषण का रोना कभी नहीं रोया। कभी अन्याय-अत्याचार के विरुद्ध एकजुट होकर साहस के साथ प्रतिकार करना नहीं सीखा। हम न तो कभी एकजुट थे न ही हममें इतना साहस था कि हम इन सशक्त जातियों के विरुद्ध कोई साहसी कदम उठाते।

यह भी एक कारण था कि यह चतुर वर्ग हमें कभी एक जुट होने का अवसर ही नहीं देता था। यहाँ तक कि इन चतुर वर्ग ने हमारी ही जाति के बीच मैं भी वर्ग व ऊँच-नीच की खाईयाँ बना दी थी हमारा वर्ग ब्राह्मणों से कुछ और चालाकी सीखे न सीखे अपनों के ही बीच ऊँच-नीच की खाई बनाना आसानी से सीख गया था।

इस तरह कुर्मांचल में चन्द्रवंशीयों के कार्यकाल में वर्ण व्यवस्था चरम पर

थी। किसी भी राजा के पास सबसे नीचे की जाति वर्ग के लिए कोई कल्याणकारी या महत्वपूर्ण कार्य नहीं था। न तो ऐसा पिछले राजाओं के कार्यकाल में देखा गया और न ही आगे देखे जाने की सम्भावना थी। हम तब जहाँ जिस स्थिति में थे आज भी उसी स्थिति में थे।

दूसरी ओर व्यापारी वर्ग, ब्राह्मण व क्षत्रिय वर्ग राज्य के अधिकारी, पुरोहित, सांमत, कलाकार, ज्योतिषी, संगीतकार दिन-ब-दिन वैभवशाली होते जा रहे थे। हम देख सकते थे कि अल्मपुरी के बाहरी क्षेत्रों में उनके उँचे-उँचे भवन खड़े होते जा रहे थे। उनके वस्त्र, आभूषण, जूते पहले से और अधिक भड़कीले होते जा रहे थे। उनके घरों में सजावटी वस्तुओं के ढेर लगते जा रहे थे। भोट व तिब्बत के बने सुन्दर गलीचे, कालीन, कम्बल आ रहे थे। सुन्दर गलीचे व कालीन इतने मँहगे होते थे कि उतने धन से हमारा पूरे गाँव महीने भर भोजन पा सकता था। लेकिन इसकी किसे चिंता थी? हमें खुशी इस बात की थी कि हमें भवन, सड़क निर्माण के तमाम काम उपलब्ध हो रहे थे। भवन में मिस्त्री, लोहार बढ़ई आदि सभी को कुछ न कुछ काम मिल रहा था। जहाँ मजदूरी भी मिल ही जाती थी। काम मिलने से हमें यह लाभ अवश्य हुआ था कि हमारी आमदनी बढ़ रही थी। किन्तु यहाँ भी चतुर वर्ग ने हमें मिल रही मजदूरी को हड़पने के लिए दूसरा साधन खड़ा कर दिया था। हमें सस्ती मदिरा उपलब्ध करायी जाने लगी। हमारा मेहनतकश कामगार अपनी मेहनत की कमाई क्षणिक आनंद के लिए मदिरा में लुटा देता था। इस प्रकार हमें आर्थिक सम्पन्नता से दूर ही रखा जाता था, यदि हम सम्पन्न हो गये तो इन्हें मजदूरी के लिए लोग कहाँ से उपलब्ध होंगे; परन्तु इस सब में हमारा दोष भी कम न था। हमने इस मदिरापान को मनोरंजन का साधन मान लिया। धन आने पर हम जश्न मनाते, स्वयं पीते और अपने परिवार व स्वजनों को दावतें देते। फलस्वरूप हम निर्धन के निर्धन ही बने रहे, साथ ही मानसिक व शारीरिक रूप से भी निर्बल होते चले गये। अर्थात जैसे थे उससे भी बदत्तर होते चले गये। हममें से शायद ही कुछ लोग चतुर, चापलूस रहे होंगे, जो ब्राह्मणों से कुछ सीख पाये होंगे, किन्तु अधिकांश वैसे के वैसे रहे।

गुरुकुल में शिक्षा का अधिकार तो मात्र ब्राह्मणों के बालकों के लिए उपलब्ध था। चूकिं राज्य द्वारा शिक्षा की कोई व्यवस्था तो थी नही अतः गुरुकुल ब्राह्मणों द्वारा स्वयं संचालित होते थे।

हमें कभी किसी साहसिक या कीर्ति प्रदान करने वालो कार्यों के लिए चुना

ही नहीं जाता था। हम कल्पनाओं के सहारे जीते थे और बूढ़े हो जाते थे। जवानी के बाद हम शीघ्र ही दुर्बल शरीर के हो जाते, कुपोषण व भारी शारीरिक कामों के कारण हमारे पेट व गाल पिचक जाते थे। ब्राह्मण जवानों से कम उम्र होने के बाद भी हम उनसे अधिक उम्र के लगने लगते थे। हमारे पास उनसे ईर्ष्या करने के सिवाय और कोई विकल्प नहीं था। हम असहाय थे।

परिस्थियाँ चाहे जितनी प्रतिकूल हों,मनुष्य जीवित रहना चाहता है। यही सत्य हमारी जाति को जीवित रखे था। अन्य कोई उत्साह भरा या कोई बड़ा लक्ष्य हमारे सम्मुख नहीं था। कामोवेश यही स्थिति सारी दुनिया में रही होगी? कह नहीं सकता। क्या कहीं संसार में इन कामगार वर्गों की लिए इससे अच्छा जीवन स्तर होता होगा? अगर हाँ, तो कहाँ? यदि कहीं है तो यहाँ क्यों नहीं?

संशयात्माएँ

कल्याणचंद

अगले दिन मैं राजसभा में अपने पूरे मंत्रिमण्डल, युद्ध परिषद के सदस्यों के साथ इसी चर्चा मे व्यस्त था कि माल-भावर से शिवानंद ने जो सूचना भेजी है उस पर क्या निर्णय लिया जाये? मेरे प्रिय सेनापति नाना का स्पष्ट मत था कि रुद्रपुर-सरवना का प्रमुख अधिकारी शिवदेव जोशी को अभी बनाना उचित नहीं है; क्योंकि वह राजद्रोह में दण्ड पा चुके पं० लक्ष्मीपति का पुत्र है उसका पूर्णरूप से विश्वास कर लेना उचित नहीं होगा। जहाँ तक धन से सहायता का प्रश्न है, उनका मत था था कि रुद्रपुर के अधिकारी बालकृष्ण एवं रामपुर के अधिकारी रामदत्त के पास पर्याप्त धन सुरक्षित है। उन्हें सैन्य संग्रहण की सलाह दे दी जाये तब यदि धन की अतिरिक्त आवश्यकता हुई तो उन्हें अल्मपुरी के खजाने से भेज दिया जायेगा। मेरे नाना ने अपना मत रखते हुए कहा था, "इन माल-भावर के अधिकारी निरंतर धन की माँग कर रहे हैं, और हमारे सैन्य परिषद व मंत्रिमंडल के कुछ सदस्य भी उन्हें अति उत्साही व उर्जावान ठहराने में लगे हैं। मैं कहता हूँ यदि राज्य से धन हासिल करने का हुनर हो और उसे मनमाने ढंग से स्वयं ही व्यय करना हो और जिसमें स्वयं का स्वार्थ भी सम्मिलित हो तो निश्चय ही अतिरिक्त उत्साह व उर्जा का आ जाना

स्वाभाविक है-इसमें महानता कैसी?''

इस तरह के तर्कों से नाना सुमेर सिंह अन्य मंत्री परिषद के सदस्यों को चुप कराने में सफल रहे थे किन्तु कई विद्वान मंत्रीगण माल-भावर को शीघ्र धन से सहायता और सैन्य संग्रहण करने हेतु सहायता की वकालत कर रहे थे। इस विचार विमर्श पर पूरा दिन ही लग गया था तभी एकाएक शिव द्वारा छोड़ा गया गूढ़ पुरुष जो एक औघड़ संन्यासी के वेश में था ठीक उसी समय कुत्सित हास्य करते हुए सभा में आ धमका। उसकी वेशभूषा, निर्भीकता के साथ धड़ल्ले से राजसभा में घुसता देख सभी भौंचक रह गये। उसने सभा में प्रवेश करते ही अपना त्रिशूल विचित्र ढंग से घुमाया और उसे उलटा कर दिया। वह मुझे घूरने लगा, उसने किसी को अभिवादन भी नहीं किया। मात्र मैं ही उसके त्रिशूल घुमाने और उसे उल्टा खड़ा करने का अर्थ समझ सकता था, किन्तु सभा मध्य एक भी इस संकेत का अर्थ नहीं जानता था।

मैंने उसे आसन ग्रहण करने का अनुरोध किया, किन्तु उसने व्यंगात्मक भाव में कहा, ''तुम सबको विश्वास करना ही होगा कि नियति तुम्हारे पक्ष में नहीं है, शिव कुपित हैं, कैलाश प्रकंपित है। तुमने हमारी युक्ति नहीं मानी, कुछ खिचड़ी आदि भूत व मसानों को भी खिला देते और उन्हें मना लेते तो क्या जाता? पठानों की सागर-सेना आकस्मिक वर्षा की भाँति काशीपुर तक आ खड़ी हुई है। अब तक तो रुद्रपुर को भी रौंद चुकी होगी। तुम सब यहाँ बैठे सभायें करते रहो। राक्षसों की सेना तब तक तुम्हें रौंद चुकी होगी। तुम महाज्ञानी लोग सीमाओं में तैनात अधिकारियों व वीरों पर क्यों विश्वास करोगे? तुम संशयात्मा जो ठहरे? हर विषय को संशय से दिखाना तुम्हारा दायित्व जो ठहरा। उसका फल तुम शीघ्र ही देखोगे। शिव कुपित हो चुके हैं। अब उन्हें मनाना कठिन है। उनके इस हिमालय पर राक्षसों को आने से रोकना चाहते हो तो अभी भी तुम्हारे पास समय है, कुछ उपाय खोजो।''

औघड़ संन्यासी सिर हिला-हिलाकर नाचने लगा। सैनिको ने उसे पकड़ना चाहा किन्तु अचानक वह सभा से तेज कदमों से बाहर चला गया। मुझे इस गुप्तचर औघड़ से सूचना मिल चुकी थी कि रुहेलों ने हम पर आक्रमण कर दिया है।

सभा सन्न थी। मैंने संयम रखते हुय निःशब्दता तोड़ी, ''राजगुरु! क्या इस औघड़ की बातों में सत्यता है?''

"मैं इसे पूर्ण सत्य नहीं मानता हूँ किन्तु हम भी तो इसी विषय में चर्चा कर रहे हैं। यदि इसकी बातों में सत्यता है तो एक महान संकट कुमांचल के लिए होगा। हमें अपने कुछ गूढ़ पुरुषों के आने की प्रतीक्षा है, तदानुसार ही अन्तिम निर्णय लिया जायेगा।"

मैंने दृढ़तापूर्वक कहा, "यदि इस साधु की बातों में सत्यता हुई ओर रुहेले पठान, भाल-भावर को रौंद चुके होंगे तो अब हम क्या कर पायेगें? मुझे विश्वास है कि इसकी बातों में कहीं न कहीं सत्यता है। क्योंकि कल जयराम के नेतृत्व में जो प्रतिनिधि मण्डल माल-भावर से आया था वह भी इसी प्रकार के संकेत दे रहा था, आंखिर हम संशय में क्यों हैं?"

सेनापति सुमेर सिंह ने कहा, "हम एक औघड़ बाबा की बातों में विश्वास तो नहीं कर सकते हैं।"

"तो फिर, तुम्हारे गुप्तचर किधर सो रहे हैं? मैं तो यह मानता हूँ कि यह शिवानंद द्वारा ही भेजा गया गुप्तचर है।" मैंने सेनापति और राजगुरु की ओर घूरा। दोनों नाखुश नजर आ रहे थे। मैंने पहली बार उनको ललकारा था। जिसकी इनको आशा न थी। मैंने पुनः कहा, "ऐसी विषम स्थितियों में हमारे राज्य के गूढ़पुरुष अभी तक यह सूचना प्राप्त करने में अक्षम हैं कि माल-भावर में क्या हो रहा है? यह इस बात का द्योतक है कि राज्य का सूचनातंत्र कितना छिन्न-भिन्न है। आप लोगों की शासन व सैन्य व्यवस्था में पकड़ समाप्त हो गयी है। आप अल्मपुरी में बैठे-बैठे योजना बनाते रह जाओगे और रुहेले सिर पर आ बैठेंगे, तब आप सब चतेगो? आप के अपने-अपने सूचना के स्त्रोत भी होने चाहिए थे जो आपको दिन प्रतिदिन की सूचनायें देते रहें, किन्तु मैं अब समझ रहा हूँ कि आप लोग पर्वत प्रदेश के बाहर जाना ही नहीं चाहते हो। दक्षिण के भावर की आप को विशेष चिंता करनी चाहिए क्योंकि कि वह सबसे महत्वपूर्ण प्रांत है।"

अभी मेरा संभाषण पूरा भी नहीं हुआ था कि किसी गूढ़ पुरुष ने राजसभा में आने की आज्ञ मांगी, मैंने तुरन्त उसे सभा में पेश होने का आदेश दिया। वह एक सैन्य वेशधारी युवक था उसने सभा में प्रवेश करते ही सब को अभिवादन कर उद्घोष किया, "चन्द्रचूड़ामणि कुमाँचल नरेश की जै हो।"

मैंने उतावलेपन में आदेश दिया, "क्या सूचना है? शीघ्र सुनाओ?" सैनिक ने सेनापति की ओर नजर घुमाई, वह उस गूढ़पुरुष को पहचानते थे

उन्होंने सिर हिला कर सहमति दी। मैं भी आश्वस्त हुआ कि निश्चित ही यह सैनिक गूढ़पुरुष था। उसने कहा, "महाराज, सूचना है कि रुहेले पठान लगभग दस-बारह हजार की सेना लेकर काशीपुर पर धावा करने हेतु कूच कर चुके हैं यह सूचना पूर्व की है क्योंकि हमें सूचना लाने में 10 घन्टे लग गये हैं। अब तक वे निश्चय ही काशीपुर पर चढ़ायी कर चुके होंगे। आज शाम तक दूसरा संदेशवाहक आता होगा। रामदत्त जी ने काशीपुर से प्रत्येक दिन एक संदेशवाहाक दल भेजने का आदेश दिया है। ताकि हमें प्रतिदिन की सूचना मिलती रहे।"

मैंने सेनापति व राजगुरु को घूमते हुए कहा, "अब आप लोगों की क्या राय है क्या अब भी कुछ संशय रह गया है? इस प्रकार यदि हम हाथ पर हाथ धरे बैठे रहे और उधर पठानों की बड़ी सेना विद्युत वेग से सारे माल-भावर को आंक्रात करते हुए उत्तर की ओर बढ़ती चली आई तो यह क्रूर सेना एक पखवाड़े के भीतर ही राजपुर पर चढ़ आयेगी। हमारी सारी रक्षा तैयारियों को तोड़ते हुए हमारे मंदिरों को लाँघते हुए अब भी आप लोग कुछ उपक्रम करेंगे?"

सभा में व्यग्रता छा गयी। सबके सिर झुक गये। मुँह कुम्हला गये, मेरे इस रुप का दर्शन सभा को प्रथम बार हुआ था। अब तक तो मैं उनकी सलाह को ही अन्तिम मानता रहा था।

मैंने बिना सलाह के कठोरता पूर्वक निर्णय सुनाया। कल 3000 सैनिकों का दल पर्याप्त युद्ध सामग्री के साथ तथा धन-धान्य के साथ माल-भावर को कूच करेगा। इसमें तनिक भी विलम्ब न किया जायें। मैं कल प्रातः स्वयं माल-भावर को जाने वाले सैन्य दल का निरीक्षण करूँगा।"

मैं बिना किसी प्रत्युत्तर व तर्क की प्रतीक्षा किये। सभा से उठकर सैन्य शिविर की ओर कूच कर गया। मेरे पीछे-पीछे सेनापति व युद्ध परिषद के सदस्य भागे-भागे चले आ रहे थे।

आक्रमण

शिवदेव

माल-भावर जैसा कि नाम से स्पष्ट होता था माल से भरा। कुर्मांचल का पर्वतीय क्षेत्र, यहाँ की फसल की पैदावर पर बहुत कुछ निर्भर रहता था। पर्वतीय क्षेत्र की प्रजा अपने उदर पूर्ति हेतु भले ही अन्न उपजा लेती हो; परन्तु हजारो सैनिकों हेतु अन्न का भण्डार उसे माल-भावर से ही प्राप्त होता था। इसी प्रदेश के अन्न भण्डार से कुर्मांचल देश हरिद्वार व काशी तीर्थ स्थानों को अन्नदान करता था। जिससे इसकी यश पताका इन तीर्थों के माध्यम से पूरे भारतवर्ष मे फैल रही थी। इस सम्पन्न माल-भावर व प्राकृतिक दुर्ग रुपी अल्मपुरी पर रुहेला पठानों के नवाब अली मोहम्मद खाँ की नजर लगी थी। रुहेला नवाब कुर्मांचल की दक्षिणी सीमा पर अपनी शक्ति बढ़ाता जा रहा था। ये रुहेले पठान कद-काठी से भी मजबूत थे तथा क्रूरता व दंभ से भरे थे। इन्होंने कठेड़ राजपूतों का प्रांत उनसे जीतकर उसका नाम रुहेलखण्ड रख लिया था। अब तो ये पठान दिल्ली के कमजोर पड़ते जा रहे सम्राट मोहम्मद शाह को भी चुनौती देने की स्थिति में था। हालाँकि वह जानता था कि दिल्ली के बादशाह से जीतना कठिन होगा। इसीलिए वह अपने दक्षिण पूर्व में अवध के नवाब और उत्तर मे कुर्मांचल प्रांत पर नजर गड़ाये थे। अल्मपुरी नगर एक प्राकृतिक दुर्ग के समान था जहाँ बुरे वक्त में छिपा जा सकता था यह सोचकर की वह अल्मपुरी पर नजर लगाय था। जहाँ रथ, हाथी, ऊँट नहीं जा सकते हैं। तोपों को चढ़ाना कठिन है। वहाँ केवल पैदल सेना ही बड़ी कठिनाई से चढ़ सकती है। वह ऐसे ही एक प्राकृतिक दुर्ग की तलाश में था। उसने यह सोचा होगा कि यदि वह इस दुर्ग पर आधिपत्य जमा लेता है तो, लम्बे समय तक सुरक्षित रह सकेगा।

मेरे गुरु शिवानंद व बालकृष्ण ने मंत्रणा कर मुझे माल-भावर, विशेष रुप से रुद्रपुर का सम्पूर्ण क्षेत्र का सैन्य भार सौंप दिया था। मुझे कठिन परिस्थितियों में यह उत्तरदायित्व दिया गया था कि मैं इस क्षेत्र को सुरक्षित रखूँ। मैं जी-जान से अपने दायित्व को पूरा करने में लगा भी था। रुद्रपुर के प्रमुख बालकृष्ण

अधिक से अधिक कर और धन-धान्य कुमाँचल नरेश के केन्द्रीय कोषागार में जमा करते जा रहे थे। स्वाभाविक है कि देश को जिस प्रांत से अधिक कर व अनाज प्राप्त होता हो उससे और अधिक की आशा रखता है। उस पर राज्य अधिक भार बढ़ता जाता है। इसमें गलत भी क्या? देश की निर्भरता उसी प्रांत पर रहती है जो सक्षम होता है; परन्तु प्रजा राजा से यह भी अपेक्षा रखती है कि वह उस प्रान्त को आंतरिक व बाह्य दुष्ट ताकतों से सुरक्षित रखे। आंक्राताओं, आततताइयों व अत्याचारियों के दमन के लिए सैन्य शक्ति का प्रयोग कर उस क्षेत्र को शांत व सुरक्षित रखे।

इसी विषय पर कुमाँचल नृप पीछे रह गये थे। इसमें उनकी कमी कम थी और उनके चारों ओर फैले सलाहकारों तथा मंत्रीमंडल के कुचक्र की कमी अधिक थी। यह एक ऐसा चक्रव्यूह था जिसके बाहर राजा न तो निकल सकते थे न ही वह प्रयास कर रहे थे। इस चक्रव्यूह के महानायकों ने तो सदा मेरे विरुद्ध राजा को यही भरा था कि मैं, एक राजद्रोही का पुत्र हूँ। कहीं मैं शक्ति बढ़ाकर कुमाँचल के साथ विश्वासघात न कर दूँ। मुझे इस कलंक से मुक्ति भी पानी थी, जिस कारण मैं अपनी पूरा क्षमता से देश की सेवा में संलग्न था। किन्तु यदि राजा की समदृष्टि न हो तो कार्य सफल कैसे हों? मेरे विरुद्ध राजा को भड़काया जाने लगा। इसका प्रतिफल यह हुआ कि माल-भावर के सैन्य शक्ति को सुदृढ़ करने के पं0 शिवानंद, काशीपुर के अधिकारी रामदत्त तथा मेरे सभी सुझावों को अनदेखा किया गया। दक्षिण सीमा पर रुहेलों के दबाव की सूचना पाकर भी राजपुर उन्हें नजरअंदाज करता रहा। सैनिकों की भर्ती, गढ़ों की मरम्मत व विस्तार की योजनाओं को स्थगित रखा गया। अल्मपुरी के सुरक्षित प्राकृतिक दुर्ग में बेठे वे क्या जाने कि सुदूर दक्षिणी सीमा पर हो रही हलचल की सूचनाएँ कितनी गम्भीर हैं। इसके दूरगामी परिणामों से वे अनभिज्ञ तो नहीं थे,किन्तु पूर्वाग्रह व राजसत्ता की होड़ में कोई आगे न बढ़ जाये इसी रस्सा-कसी में लगे रहते थे। दक्षिण सीमा में हो रही आहट कब गड़गड़ाहट में बदल जायेगी इस बात से वे जानबूझ कर अनजान बने थे। उन्हें कौन समझाये? बार-बार माल-भावर से गूढ़ पुरुषों के माध्यम से राजधानी अल्मपुरी को सूचनायें भेजी जा रही थी कि रुहेले पठानों की मंशा ठीक नहीं है। वे अल्मपुरी पर आक्रमण की रणनीति बना रहे हैं, इसके लिए उन्हें पहले माल-भावर पर कब्जा करना होगा। अतः उन्हें इस सम्पन्न प्रदेश को हथियाने से रोकना होगा। एक बार यदि माल-भावर उनके हाथ आ गया तो अल्मपुरी पर

कब्जा करने में उन्हें देर न लगेगी।

राजा कल्याणचन्द्र अभी भी अपने मंत्रिपरिषद, चाटुकार सलाहकारों से घिरा था। वह इन शक्तिपुंज के सहारे ही तो राज कर रहा था। उसकी सोच अभी इतनी परिपक्व नहीं थी कि वह स्वयं निर्णय ले सके। ये चाटुकार राजा को यही समझा रहे थे कि दक्षिण में माल-भावर को कोई खतरा नहीं है। वहाँ चार हजार की मजबूत सेना है। शिवदेव जोशी अपनी स्वयं की शक्ति वृद्धि हेतु धन की माँग कर रहा है। उस राजदोही के पुत्र को अधिक शक्तिशाली बनने देना उचित नहीं होगा। कल्याणचन्द्र भी अकस्मात भाग्यवश राजा बना था, उसे यही समझाया गया था कि किसी अन्य को इतना शक्तिशाली न बनने दो कि वह सत्ता अपने हाथों में ले ले। ऐसी रीति लम्बे समय से चन्द्रवंशियो में चली आ रही थी। आज कुर्मांचल के राजा कल्याण चन्द्र के क्रूर कृत्यों से भागकर जो चन्द्रवंशी रुहेलों की शरण मे जा छुपे थे, इन्हीं भागे हुए चन्द्रवंशियो के उकसाने और मार्गदर्शन से ही रुहेले कुर्मांचल पर आक्रमण करना चाहते थे। ऐसे ही कुछ चन्द्रवंशियो को पहले ही कुर्मांचलीय सेना के गुप्तचरों ने रुहेलखण्ड के भीतर जा कर मारवा डाला था, किन्तु अल्मपुरी के राज परिवार के कई सदस्य अभी भी रुहेलों की शरण में थे। वे चन्द्रवंशी अल्मपुरी में अपार खजाना छुपे होने की अफवाह फैला कर रुहेले नवाब की लिप्सा को बढ़ा रहे थे।

इधर काशीपुर व कोटा भावर के प्रमुख अधिकारी रामदत्त की ओर से निरंतर मुझ तक सूचना आ रही थी कि रुहेले काशीपुर की सीमा पर एकत्र हो चुके हैं वे किसी भी समय काशीपुर पर आक्रमण कर सकते हैं। उन्होंने मुझे रुद्रपुर में अपने सैन्य साधनों को मजबूत कर काशीपुर की ओर भेजने का अनुरोध किया। मैं अपने सीमित साधनों को व्यवस्थित कर काशीपुर की ओर कूच करने की तैयारी कर चुका था, किन्तु तभी समाचार आया कि रुहेलों की विशाल सेना जिसमें लगभग दस से बारह हजार सैनिक हैं हाफिज रहमत खाँ, सरदार खाँ, पैंदा खाँ के नेतृत्व में कुर्मांचल की सीमा में घुस आयी है और वे काशीपुर को रौंदते हुए रुद्रपुर की ओर बढ़ रहे हैं। मेरे पास लगभग ढाई हजार की फौज थी। उसमें भी मजबूत लड़ाकू योद्धा दो हजार के लगभग ही थे। मैंने अल्मपुरी से सेना व अस्त्र-शस्त्र आने की आशा छोड़ दी और मैं रहमत खाँ से लोहा लेने के लिए चक्रव्यूह बनाने लगा।

पहला मुकाबला

शिवदेव

धड़ाम.... धड़ाम.... दुम.... धम्म, धुम...।

रुहेलों की तोपें गरजती हुई माल-भावर को रोंदती। विशाल जंगलों को कंपाती रुद्रपुर की सीमा के बाहर आ खड़ी हुई। सूचना के मुताबिक काशीपुर में जो लगभग एक हजार सैनिक थे वे या तो मारे गये। कुछ भागकर रुद्रपुर मेरी सेना में आ मिले और कुछ कोटा के रास्ते पहाड़ों की ओर भाग खड़े हुए।

जब रुहेलों की तोपें गरजती तो गर्जनायें विशाल जंगलों व पेड़ों से टकरा कर प्रतिध्वनित होती, तब ये आवाजें भयावह हो उठती। हमारी सैन्य तैयारी इतनी कमजोर थी कि उनके मुकाबले के लिए हमारे पास एक भी तोप नहीं थी।

मैंने काशीपुर से जान बचाकर आये सैनिकों से पूछा, " पठानों के पास कितनी तोपें होंगी।" उनमें से एक सैनिक ने उत्तर दिया, "महराज! तोपें काफी हैं, लगभग बीस-तीस तो होंगी ही, साथ ही उनके पास बन्दूकें भी बड़ी मात्रा में। हमें तो आमने-सामने का युद्ध करने का मौका ही नहीं मिला।"

मैंने अपनी सेना का आंकलन किया। मेरे पास पाँच सौ अश्वारोही सैनिक थे। दस हाथी पचास बन्दूकें, लगभग पंद्रह सौ पैदल सैनिक, तीन सौ तीरंदाज, दो रथ थे।

ढाई-तीन हजार की फौज रुहेलों के दस-बारह हजार की फौज के सामने कितने समय तक टिकी रह पायेगी? मैं रणनीति पर विचार करने लगा। मैं रुद्रपुर व रुहेले पठानों के बीच फैले जंगल को युद्ध स्थल बनाना चाह रहा था। जहाँ हम तोप के गोलों और बन्दूक की गोलियों से अपना बचाव करते हुए रुहेले पठानों को कुछ क्षति पहुँचा सकते थे। मैंने घने जंगलों के बीच अपनी सेना को व्यवस्थित किया। कुछ सैनिकों को ऊँचे पेड़ों पर चढ़कर पठानों की स्थिति जानने के लिए भेजा। कई सैनिक ऊँचे पेड़ों पर जा चढ़े। मैंने पूछा, "आगे अश्वारोही हैं या बन्दूक वाले पैदल सिपाही।" सैनिक ने उत्तर दिया,"जोशी जी, वे अभी शिविर डाले हैं।"

“कितनी संख्या होगी?”

“असंख्य हैं, तोपों का मुँह भी हमारी ओर ही है।”

“क्या ये युद्ध के लिए तैयार हो रहे हैं या विश्राम कर रहे हैं?”

“अभी कूच करने की स्थिति में नही हैं, तैयारियों में जुटे हैं।”

मैंने उससे कहा, “ठीक हैं, तुम पेड़ से नीचे उतर आओ।”

मैंने अपने एक वीर योद्धा जीवानंद को बुलाया और उससे बोला, “जीवानंद! तुम मेरे उपसेनानायक हो, बताओ, क्या अभी धावा बोला जाय या इन्हें आगे बढ़ने दें?”

जीवानंद एक चतुर व बहादुर सेनानायक था। उसने उत्तर दिया, “जीवन तो तुच्छ है, हम सभी को एक न एक दिन मरना ही है देवभूमि के लिए कुछ काम करके मरना सार्थक होगा, देवभूमि आज त्याग मांग रही है। रुहेलों की अपार सेना के आगे हमारे पच्चीस सौ सैनिकों की क्या बिसात, लेकिन हम पीठ दिखाकर बिना लड़े तो मानेगें नहीं।”

मुझे गर्व की अनुभूति हुई, मेरा उत्साह द्विगुणित हो गया। मैंने जीवानंद से कहा, “तो क्या यह उचित नहीं कि हम इन असतर्क रुहेलों पर अभी धावा बोल दें? हम यदि जीत न पाये तो कुछ क्षति तो इन्हें पहुँचा ही सकते है।”

जीवानंद ने सहमति जताते हुए कहा, “हम इन पर आक्रमण कर इन्हें यह बता देना चाहते हैं कि हम यूँ ही खेत छोड़कर भागने वाले नहीं है। अभी धावा बोला जाना ठीक होगा।”

“तो फिर ठीक है, अभी इन असर्तक पठानों पर तीन तरफ से धावा बोलते हैं। एक ओर तुम अश्वारोही सेना को लेकर आगे बढ़ो। मैं पैदल सेना को लेकर दायीं ओर से हमला करता हूँ। लेकिन याद रहे हमें ज्ञात है हम जीतने के लिए नहीं लड़ रहे हैं, हम छापामार युद्धकर उनका जितना अधिक से अधिक नुकसान कर सकते हैं- करें। विषम स्थित देखकर वापस भाग जंगलों में इसी स्थान पर आ मिलें। अनावश्यक रूप से सैनिकों की बलि नहीं देनी है- याद रहे।”

जीवानंद ने हुंकार भरी और हम घने जंगलों के बीच से तीन भागों में बंट गये। रुहेलों को इतना तो ज्ञात ही हो जाये कि कुर्मांचलीय वीर कम संख्या में होने पर भी उन्हें अच्छा मजा चखा सकते हैं। उनमें कुछ भय तो पैदा करना ही

होगा। यह सोचते-सोचते मैं और जीवानंद रुहेलों की सेना पर टूट पड़े। अब हमें जीवन की चिंता नहीं थी। जीवानंद दहाड़ा, ''कुर्मांचलीय वीरो! जय महादेव का नारा देकर रुहेलों को गाजर मूली की तरह काट डालो।''

चारो ओर ''हर हर महादेव'' ''हर हर महादेव'' का नारा देते हुए हम तीन तरफ से असावधान रुहेलों पर टूट पड़े। जब तक वे तोपों पर चढ़ते या अपनी-अपनी बन्दूकें सँभालते हमारे पंद्रह सौ सैनिक उनको धरती पर बिछाने लगे। पठान भी चारों ओर से बन्दूकें, तलवार भाले लेकर आ जुटे चूंकि हमारी सेना उनकी सेना से गुथीं पड़ी थी अतः बन्दूकें व तोपें व्यर्थ थी। हमने अंधाधुन्ध तरीके से उन्हें काटना शुरू कर दिया, आधे घन्टे से कम समय में ही पठानों के सैकडों शव जमीन पर पड़े थे- छिन्न-मस्तक, छिन्न-बाहु हम तभी तक लड़ते रहे जब तक कि वे युद्ध के लिए तैयार होते। हमने तय कर लिया था कि उनको भारी पड़ते देख हम वापस भागकर जंगल में शरण ले ले लेंगे। हमारे सैकड़ों सैनिक भी मारे जा रहे थे। हम अपना अधिक नुकसान नहीं चाहते थे। पठानों ने हमारे वापस भागते सैनिकों पर गोला वृष्टि करनी प्रारम्भ कर दी थी। गोलों से हमारे सैनिक मरते जा रहे थे। जो बच पाये वे घने जंगलों के मध्य पूर्व निर्धारित स्थान पर आ मिले। मैंने अनुमान लगाया कि मेरे लगभग चार सौ सैनिक इस युद्ध में काम आये, लेकिन हमने उसके दो गुने रुहेलों को अवश्य ही मारा था। हम आमने-सामने का युद्ध करने की स्थिति में नहीं थे। इस छापामार युद्ध से यह बात अवश्य तय हो गयी होगी कि रुहेले जंगलों में घुसने की नयी योजना बनायेंगे। उन्हें यह ज्ञात नहीं था कि हम मुठ्ठीभर सैनिक हैं। वे आगे नहीं बढ़े। उन्होंने अपनी घेरा बन्दी कर ली थी और नये सिरे से आक्रमण व्यूह पर विचार करने लगे। उन्हें हमारे इस दुःसाहस का अंदाज भी नहीं रहा होगा।

तभी जंगल की ओर तोपें आगे बढ़ी और उन्होंने जोरदार गोलाबारी कर दी। जिसके लिए हम तैयार थे हमने अपने सैनिकों को और अधिक पीछे हटने को कहा ताकि वे गोलों की पहुँच से दूर रहें। जंगलों ने हमारी रक्षा की इसमें दो मत नहीं। हम पीछे हटते चले गये।

जीवानंद को गम्भीर घाव लग गये थे वह लगभग मूर्छा की स्थिति में था मैंने अपने चिकित्सक के साथ उसे एक रथ पर बैठाकर पहाड़ की ओर रवाना करवा दिया।

अब मैं विचार में था- मेरे पास दो ही विकल्प हैं। एक तो इस विशाल सेना

के साथ भिड़ कर समाप्त हो जाऊं या पीछे हटते हुए पहाड़ पर चढ़ कर उचित सामरिक स्थल पर रुहेलों से लोहा लूँ। जहाँ इनकी तोपें न तो चढ़ पाएंगी न ही कारगर साबित होंगी। वहाँ पर पैदल सेना के साथ हम आमने-सामने का युद्ध कर सकेंगे। तब तक सम्भव है अल्मपुरी से कुछ सैन्य सहायता आ ही जाये। यह सोचकर मैंने निर्णय लिया कि मैं अपनी बची खुची सेना को लेकर इनसे पर्याप्त दूरी बनाते हुए विजैपुर की पहाड़ियों पर चढ़ जाऊँ इसमें एक-दो दिन भी निकल जायेंगे, मैं सोच रहा था कि कुछ और वीर जमा हो जाने देता हूँ। अल्मपुरी को विषम परिस्थितियों की सूचना भेजी जा चुकी थी। भीमताल के पहले ऊँची पहाड़ी पर बने बाड़ाखोरी का दुर्ग और उसके आसपास का सामारिक स्थल हमारे कम योद्धाओं के लिए उपयोगी रहेगा यह सोच कर हम उस ओर रवाना हो गए। तब तक कोटा और सितारगंज की सैन्य टुकड़ियों को भी मैंने इस स्थान पर पहुँचने का आदेश भेज दिया था।

कठिन विजय

हाफिज रहमत खाँ

मेरी रुहेले पठानों की बहादुर फौज माल-भावर के मैदानी भू-भाग को रौंदते हुए, लूटपाट करती अल्मपुरी की ओर निरंतर बढ़ रही थी। रुद्रपुर में कुमय्ये फौजों ने जरूर अचानक धावा बोलकर मेरे सैकड़ों सैनिकों को मार गिराया था और कुछ को घायल कर दिया था। ऐसा दुःसाहस की मुझे आंशका नहीं थी; किन्तु उसके बाद कुमाँयू की सेना ने कहीं कोई प्रतिकार नहीं किया। मैं उत्साहित था कि यह विजय तो आसान होती जा रही है। मेरे सैनिक भी बिना प्रतिरोध के तेजी से आगे बढ़ते जा रहे थे रुद्रपुर की लूट से उन्हें और अधिक उत्साहित कर दिया था। सहसा हमारी गति रुक गयी हमारे सामने ऊँचे सर उठाये पहाड़ खड़े थे। ऊँचे घने जंगलों वाले पहाड़। मैं ठिठक गया था। अब क्या किया जाये? इन पहाड़ों पर न तो रथ चढ़ सकते थे न ही तोपों के चढ़ाने का मार्ग था। हाथी, छकड़े, बैलगाड़ियाँ जिसमें रसद व अस्त्र-शस्त्र भरे पड़े थे वह कैसे इन दुर्गम पहाड़ियों पर चढ़ सकेंगे? मैं उहापोह में रह गया। घने जंगलों से घिरे सीधे खड़े पहाड़ों पर लड़ाई का मेरा यह प्रथम अनुभव था। मेरे

साथ अवश्य ही चन्द्रवंशी राजपरिवार के कुछ विद्रोही सदस्य थे जो हमें मार्गदर्शन दे रहे थे। साथ ही भागती कुमय्यों की फौज भी हमें रास्ता दिखा रही थी।

फिर भी स्थितियाँ मैदानी युद्ध के बिल्कुल उलट थीं। हमें अब पैदल सेना के सहारे ही आगे बढ़ना था। मैंने कुछ साहसी घुड़सवार सैनिको को संकरे मार्गों से आगे बढ़ाया, किन्तु वे एक साथ आगे नहीं चढ़ सकते थे वे एक के पीछे एक करके आगे बढ़ने लगे लेकिन इस तरह खतरा यह था कि कहीं कुर्मांचलीय फौज ने छापामार युद्ध किया तो हमें भारी हानि उठानी पड़ सकतीथी; परन्तु ऐसा कुछ नहीं हुआ। हमारे गुप्तचर सैनिकों ने सूचना भेजी थी कि कुमाँऊ की फौज बटोखरी के दुर्ग में मोर्चा लिए बैठी है क्योंकि यहीं एक अपेक्षाकृत सुगम मार्ग अल्मपुरी को जाने के लिए था। अर्थात हमें बटोखरी के दुर्ग पर फतह हासिल करनी ही होगी यह सोचकर मैं चिंता में था। मैंने अपनी सेना का पड़ाव गोला नदी के किनारे डाल दिया। मैंने सेना को एक दिन आराम कर उसे तरोताजा होने का मौका दिया। नदी के किनारे शिविर में मैंने अपने बक्सी सरदार खाँ, पैंदा खाँ और असलत खान से बात की और योजना तैयार की कि सभी तोपें, हाथी, रसद को ढोने वाली गाड़ियाँ जिन्हें पहाड़ पर चढ़ाना कठिन है, उन्हें इसी शिविर पर छोड़ दिया जाये। बाकी आठ हजार पैदल सैनिकों, जिसमें बन्दूकबाज, तलवारबाज, तीरंदाज होगें को लेकर छखाता, विजयपुर होते बटेषर के दुर्ग पर कब्जा किया जायेगा। यह तय होते ही मैं अगले सुबह का इंतजार करने लगा।

अगली सुबह सभी सिपाही तरोताजा थे। मैंने बन्दूबाज व तलवारबाज फौजों को पहाड़ में चढ़ने का हुक्म दे दिया। जो घोड़े आसानी से सकरे मार्गो से जा सकते थे उन्हें लेकर मैं आगे बढ़ा। धीरे-धीरे आगे बढ़ते रहे पूरे राह में कहीं कोई प्रतिरोध नहीं था। मैंने किले को चारों ओर से घेर लिया और कई चक्कर लगाकर इस दुर्ग का मुआयना किया यह कोई खास बड़ा दुर्ग नहीं था मैं तो इससे बड़े-बड़े किलों को फतह कर चुका था। कमी तोपों की थी लेकिन यह खुशी की बात थी कि इन कुमय्यों के पास एक भी तोप नहीं थी, यह तो मुझे पहले ही हिम्मत सिंह गोसाई से जानकारी प्राप्त हो चुकी थी। मैंने राय बना ली कि आज ही गढ़ पर हमला करूँगा ताकि कहीं इनकी सहायता के लिए और फौज न आ जाये। तीन तरफ से किले की दिवारों पर मेरी फौज चीटीं की तरह चढ़ने लगी। किले के मुख्य द्वार को बन्दूकधारी सैनिकों ने घेर लिया था

किले के भीतर से यदाकदा बन्दूकें छोड़ी जा रही थी। कुछ पत्थर भी लुढ़काये गये हमारे कुछ फौजी हताहत भी हुए। अंत में मेरे फौजी किले के भीतर दीवारों से रस्सियों के सहारे चढ़ गये और उन्होंने किले का मुख्य द्वार खोल दिया। किन्तु मुझे घोर निराशा हाथ लगी जब देखा अन्दर किला सूना पड़ा था जो सौ-दो सौ सैनिक किले से बन्दूक चला रहे थे या पत्थर लुढ़का रहे थे वे सब गुप्त द्वार से भाग निकले थे जब तक मैं यह समझता बाहर जंगलों से हजारों कुँमय्ये वीर मेरी सेना पर टूट पड़े। मैं मौके की नजाकत भाँप चुका था मैंने फौज को पीछे की ओर जाने का हुक्म दिया तभी जबरदस्त हाहाकार मच गए। कुर्मांचली सेना का नेतृत्व बहादुर शिवदेव जोशी कर रहा था। उसके पास दो हजार के आसपास सैनिक रहे होंगे, लेकिन उसने इस युद्ध में बड़ी बहादुरी दिखाई, हमें छकाया भी और हमारे सैकड़ों सैनिकों को मार डाला। हालाँकि हमारी संख्या बल के कारण उसके अधिकांश सैनिक मारे गये जो बचे थे उन्हें लेकर शिवदेव भाग खड़ा हुआ। मैंने किले का भार बूढ़े बक्सी सरदार खाँ को सौंपा तथा रसद आदि की व्यवस्था का भार उसे सौंपते हुये मै भागते कुम्मँये फौज के पीछे हो लिया। गाँवों को लूटते, आग लगाते, तेजी से रामगढ़, प्यूड़ा होते राजधानी अल्मपुरी के ठीक नीचे सुयाल नामक नदी के किनारे-किनारे आसानी से शाम होते होते हम खड़े थे। अब हम फतह के करीब थे। मैंने सुयाल नदी के किनारे पड़ाव डाला। सुरक्षा घेरा मजबूत किया और अगली सुबह की प्रतिक्षा करने लगा।

पलायन

कल्याणचंद

बटोषर की हार और रुहेले पठानों का सुयालनदी के किनारे आ खड़े होने का समाचार सुन मैं स्तब्ध था। किसी को आशा नहीं थी कि ये पठान इतनी शीघ्रता से सात-आठ हजार फौज के साथ अल्मपुरी को घेर लेंगें। आपात बैठक में मैंने कहा, ‘‘आप चतुर ज्ञानी मंत्रिगण, वीर सेनानायक लोग यही सोचते रहे कि इस दुर्लंघ्य पर्वतों से घिरी कुर्मांचल की धरती पर कोई मैदानी सेना न चढ़ सकेगी। हमारी सबसे बड़ी त्रुटि यह है कि हमने शत्रु की आक्रमण योजना को ठीक से परखा ही नहीं। अपने गुप्तचरों, शिवदेव और रामदत्त की

भेजी गयी सूचनाओं का अफवाह मानकर या उन पर अविश्वास कर बड़ी भूल कर दी है। हमने बहुमूल्य समय को व्यर्थ के विचारों में नष्ट किया। यदि हमने पं.शिवानंद, शिवदेव के विचारों के अनुरुप समय से उन्हें सहायता माल-भावर को भेजी होती या कम से कम बटोषर पर विशाल सेना के साथ हम स्वंय उपस्थित रहते तो शायद हम उन्हें उपर पहाड़ों में चढ़ने से रोक पाते।''

सेनापति सुमेर सिंह ने स्वभावतः तनिक चिढ़ कर कहा, ''हमने काफी धन शिवदेव को उपलब्ध करा दिया था।''

मैंने अपने क्रोध को प्रकट करते हुये तुरन्त प्रत्युत्तर दिया, ''जितना उसने चाहा था उससे काफी कम। वह भी तब जब पठान माल-भावर पर चढ़ आये थे। उसे तैयारी करने, नयी फौज तैयार करने का समय ही कहाँ मिला। शिवदेव द्वारा दी गयी रुहेले पठानों की सम्भावित युद्धकी सूचना को यदि हमने सच माना होता, उस पर अविश्वास न किया होता तो आज यह स्थिति न आती। उसने मुठ्ठीभर सैनिकों के साथ दो बार रुहेलों से मोंचा लिया। पठानों के हजारों फौजियों को मारा क्या यह सच नहीं है? बटोषर से किसी तरह बचकर आये सैनिक शिवदेव की वीरता का बखान करते नहीं थक रहे है। हमने नाहक उस पर शंका की। हम सबने शिवदेव की वीरता, योजना व चार्तुय का सही आकंलन नहीं किया।''

''किन्तु हमने अल्मपुरी की सुरक्षा में कोई कसर नहीं छोड़ी है, अल्मपुरी को आने वाले सभी मार्ग बन्द हैं, उनमें सैनिक तैनात है। हम अभी भी प्रत्याक्रमण कर पठानों को खदेड़ने का प्रयास करेंगे।''

मैंने लगभग चीखते हुए कहा, ''प्रयास करेंगे? आपकी कितनी सैन्य शक्ति है अल्मपुरी में, कृपया बतायेंगे?''

''लगभग दो हजार पाँच सौ के आसपास।''

''पठानों की सात-आठ हजार बन्दूकधारी फौज का सामना यह कितनी देर कर पायेगी?''

सब चुप थे। मैंने पुनः कहा, ''क्या मात्र अल्मपुरी को बचाना ही हमारा उद्देश्य है? जो भू भाग हम गवां बैठे हैं उसे वापस लेना क्या कठिन नहीं है? इन क्रूर पठानों ने जो-जो अत्याचार प्रजा के उपर किया है उन्हें सुन-सुन कर मैं शर्मसार हूँ।''

मैंने सभा में चारों ओर दृष्टि घुमाई सभी शूरवीरों व ज्ञानियों के सिर झुके

थे। वे भूमि को ताक रहे थे। भरी सभा मे कोई भी शूरवीर ऐसा नहीं था जो नजरें मिला कर वीरता के साथ कह सके कि हम युद्ध के लिए तैयार हैं, हम युद्ध करेंगे। सब कायरों की तरह चुप बैठे थे।

इस संकट की घड़ी में मुझे याद आया- पंडित रमावल्लभ पंत, जिसकी आँखें मैंने निर्दयता के साथ निकलवा ली थीं फिर भी वह तनकर खड़ा हो मुझसे प्रश्न कर रहा था, उत्तर भी स्वयं ही दे रहा था। उसने तब कहा था, ''निर्बुद्धि राजा कभी-कभी बन्द आँखें खुली आँखों की अपेक्षा अधिक देखती हैं।''

सही कहा था। आज मेरी खुली आँखों को कुछ भी नहीं सूझ रहा था। आज मुझे वीरता व उत्साह से भरे बाहों की आवश्यकता थी। मुझे ज्ञान चक्षुओं की आवश्यकता थी; परन्तु इस कठिन समय में मेरे पास दोनों नही थे।

तभी राजगुरु ने अपने लड़खड़ाते सूखे शब्दों मे कहा, ''राजन! नियति ही हमसे रूठ गयी है, वह जब रूठती है तो चारों ओर से वार करती है। हम सोचते रहे कि इस प्राकृतिक दुर्ग रूपी अल्मपुरी की ऊँची पर्वत श्रेणियों पर कोई मैदानी सेना लेकर न चढ़ सकेगी। हमारे सेनापति, सेनानायक आज तक डोटी और गढ़ प्रदेशों से ही लड़ते रहे हमने कभी दक्षिण पूर्व का अभियान नहीं किया। शिवदेव, रामदत्त को समय से धन व सैन्य सहायता उपलब्ध नहीं करायी। पं0 शिवानंद द्वारा दी गयी स्पष्ट सूचना का भी हमने संज्ञान नही लिया, उलटे उन्हें माल-भावर की समीक्षा हेतु वापस भेज दिया। फिर भी हम सशंकित रहे। गुप्तचरों की सूचनाओं का भी हमने उचित विश्लेषण नहीं किया। दूसरी ओर अली महम्मद खाँ का यह चतुर शृंगाल नायक हाफिज रहमत खाँ अपनी निपुण बुद्धि का प्रयोग कर हमारी ही सेना का पीछा करता हमारे निकट आ खड़ा हुआ है। शिवदेव के बाद किसी ने उसे मार्ग में रोकने का दम-खम नहीं दिखाया। उसकी भारी सेना के सामने देख हमारे सैन्य दल पहले ही यत्र तत्र भाग खड़े हुए। आज वह अपनी आठ हजार की विशाल फौज के साथ सुयाल नदी कि किनारे खड़ा है। कल प्रातः वह अल्मपुरी पर धावा बोल देगा। राजन! निश्चित ही हमारे पास अल्मपुरी में इस समय दो हाजर के करीब ही लड़ाकू सैनिक हैं। जिन्हें विशाल सेना के सामने झौंक कर हम युद्ध नहीं जीत पाएंगे? हमारे सेनापतियों ने सोचा नदियों के पुलों को तोड़ कर रास्तों में बाधायें डालकर हम शत्रु को आगे बढ़ने से रोक देगें, जो हमारी भूल थी। हमें कई दुर्गम स्थानों में जहाँ हम सामरिक स्थिति से उत्तम स्थल पर थे

उन्हें वहां लड़ने के लिए मजबूर करना चाहिए था, ताकि उनकी शक्ति क्षीण होती जाती अंततः वे अल्मपुरी तक पहुँच ही न पाते। हमारे सेनानायकों ने अल्मपुरी को प्राकृतिक रूप से सुदृढ़ दुर्ग मान उसमें आराम से विश्राम करते रहे, नतीजा सामने है।''

सभा में निःशब्दता छा गयी। कोई उत्तर नहीं, कोई प्रश्न नहीं। आज कोई चालबाज की चालबाजी काम नहीं आ रही थी। शूरवीरों के सिर झुके थे। तलवारों की नोक भूमि को छू रही थी। कोई एक भी सेनानायक अपने भुजा को तलवार के साथ उठाकर नहीं गरजा कि हम देवभूमि की रक्षा हेतु जान दे देंगे। वीरता के लिए प्रसिद्ध महर व फर्त्याल दलों के सेनानायक भी सिर झुकाये बैठे थे। सब निरुउत्साहित, निस्तेज, निश्चेष्ठ।

धीरे-धीरे सांयकाल उपस्थित हो चुकी थी। सूर्य का बचा खुचा प्रकाश पर्वत शिखरों में जा सिमटा था। अल्मपुरी भारी निराशा व शोक के अंधकार मे डूबती चली गयी। निराश अल्मपुरी की प्रजा समझ चुकी थी कि पठानों की विशाल विजयोन्मत्त सेना से अल्मपुरी की छोटी सी हताश सेना का जीतना सम्भव नहीं है, न ही कोई युद्ध की तैयारी दिखाई दे रही थी। वणिक लोग अपना कीमती सामान लेकर उत्तर दिशा की ओर पलायन करने लगे। उनको शहर छोड़ता देख भीरु प्रजा भी शहर को खाली करने लगी। जब मैं राजा हो कर भी उन्हें कोई ढाँढस बधाने के लिए उपस्थित नहीं था, न हम युद्ध के प्रत्युत्तर की तैयारी में दिखाई दे रहे थे, तब प्रजा को महसूस हो गया कि उनकी सुरक्षा के लिए राजा का कोई प्रबंध नहीं है, तो ऐसी प्रजा को भीरु कहना भी उचित नहीं होगा। भीरु तो मैं था।

नगर खाली होने लगा।

अंधकार के कारण मुँह छिपाकर भागने की आवश्यकता भी नहीं थी। जो जितना धन-सामान आदि ले जा सकता था अपने बाल-बच्चों, स्त्रियों के साथ पलायन कर गये। सेना का एक भी सैनिक उन्हें रोक नहीं रहा था। प्रजा मान चुकी थी कि राजा कल्याण चंद हार मान चुका है। कोई मुझे कोस रहा था तो कोई क्रूर रुहेले पठानों को। जिन गाँवों, शहरों को रुहेले पठान जीत चुके थे उनसे जान बचा कर भागे लोगों के मुँह से पठानों की क्रूरता, अमानवता का वर्णन सुन-सुन कर पुरवासी और अधिक भयभीत होकर शीघ्रता से अल्मपुरी से पलायन करने लगे। पठानों के अत्याचारों की खबर देते हुए वे बता रहे थे कि उन्होंने किस प्रकार मंदिरों व मूर्तियों को तोड़ा, घरों को आग के हवाले

किया, जो स्त्री हाथ लगी उसके साथ किस प्रकार दुर्व्यवहार किया।

चारों ओर पलायन का हाहाकार था।

अंधों व असक्तों का नगर

रमावल्लभ पंत

मुझे मेरी पत्नी पार्वती ने बताया - लोग कह रहे है कि रुहेले पठान आठ-दस हजार फौज लेकर सुयाल नदी के किनारे डेरा डाल चुके हैं। कल सुबह तक वे अल्मपुरी पर चढ़ आयेंगे। उसने यह भी बताया कि नगरवासी, नगर छोड़कर उत्तर दिशा में उच्च हिमालयी क्षेत्र की ओर भाग रहे हैं। नगर लगभग खाली हो चुका है। जब मैंने उससे पूछा कि राजा कल्याण चंद युद्ध की तैयारी नहीं कर रहा है? उसका उत्तर सुन मैं मर्माहत हुआ। उसने बताया कि राजा अपने पूरे राजपरिवार मंत्रिपरिषद सहित बची खुची सेना के साथ द्वाराहाट की ओर पलायन कर गया है। जब राजा ही भाग खड़ा हुआ तो प्रजा का क्या हाल।

इसी निर्बुद्धि राजा ने मेरी आँखें निकाल ली थी। तभी मैंने इसे श्राप देते हुए कहा था "निर्बुद्धि राजा! तू एक दिन जरूर इस राजपुर से भागेगा तुझसे भी क्रूर कोई तुम्हें परास्त करेगा। तू अपना राजमहल अवश्य ही एक दिन जला हुआ देखेगा।" आज क्रूर पठान अल्मपुरी पर आ धमकने वाले हैं इस पवित्र देवभूमि पर इन नापाकों के कदम पड़ेगें तो क्या माँ नन्दादेवी के मन्दिर को ये मलेच्छ सुरक्षित छोड़ेंगे? कदापि नहीं। ये मूर्ति भंजक हैं, अच्छा हुआ मेरी आँखें नहीं है। मैं यह सब होते हुए देख तो न सकूँगा। लेकिन मुझे जो सूचना मिल रही है उससे मेरे हृदय में अजीब उथल-पुथल हो रही है। इस क्रूर अत्याचारी, अन्यायी राजा को घोर पाप लगेगा, जो अल्मपुरी को अभागा छोड़कर भाग खड़ा हुआ है। चन्द्रवंशियों के माथे पर सदैव के लिए एक कलंक रहेगा कि पहली बार कोई मलेच्छ ने आकर इस अल्मपुरी का विध्वंस किया। कभी मैं खुश होता कि चलो मेरा प्रतिशोध पूर्ण हुआ। तभी अपनी मातृभूमि के विषय में, माँ नन्दादेवी के पवित्र मंदिर में मलेच्छों के अपवित्र कदम पड़ेगे यह सोचकर मेरा मन विह्वल हो उठाता। मुझ अंधे के बस में क्या

था?

मैंने अपनी पत्नी से पूछा, ''अब नगर में कोई बचा है या पूरा नगर सूना हो चुका है।''

मेरी पत्नी ने कहा, ''तुम्हारे-हमारे जैसे लोग कहाँ और कैसे भागकर जाएंगे? अंधे, लाचार, बीमार और अपाहिज बेचारे कहाँ जायें? जब लोग अपनी-अपनी जान बचाकर नगर छोड़-छोड़ भाग रहे हैं तो असहाय, असक्तों की किसे सुध है। ये सब भगवान भरोसे हैं। अपने-अपने घरों मे कैद होकर बैठे हैं।''

मैंने उलाहना देते हुए कहा, ''तुम तो असक्त नहीं हो, तुम भी लोगों के साथ चली जाती। मुझ अंधे के साथ क्यों बेकार मरना चाहती हो?''

पार्वती झल्ला उठी, ''अब बुढ़ापे में तुझ अंधे को छोड़कर मैं कहाँ भागकर जाऊँगी? इस राजा कल्याण चंद ने हमें जितने कष्ट दिये हैं, तुम्हारे साथ जितनी क्रूरता की है उससे अधिक तो पठान नहीं ही करेंगे। हमारे पास अब है क्या? जो कुछ बर्तन भाण्डे पड़े हैं, कहूँगी ले जाओ। मार देगें तो मार दें। वैसे भी हम कौन से जिन्दा हैं। एक समय था यही चन्द्रवंशी राजा आपको मान-सम्मान देते थे, आपसे सलाह लेने आपके पास स्वयं भी चल कर आ जाते थे। अगर इन्होंने आज भी समय से तुमसे सलाह ली होती तो आप जरूर कोई रास्ता खोजते। लेकिन निर्बुद्धि राजा स्वंय तो कलंकित हुआ ही पूरे कुर्मांचल को भी कंलकित कर भाग खड़ा हुआ। इससे अच्छा होता लड़ते-लड़ते मर जाता।''

''अरी पार्वती! ज्योतिषी मणिराम व विद्वान रविशंकर को भी तो इसी मूर्ख राजा ने अंधा बनाया था. क्या वे अल्मपुरी में हैं?''

''नहीं, मणिराम जी तो अपने गाँव में अपने पुत्रों के साथ ही थे। हाँ, शायद रविशंकर अल्मपुरी में ही होगें।''

मैंने पार्वती से कहा, '' पार्वती, तुम मुझे राजराजेश्वरी माँ नन्दा देवी के मन्दिर में ले चलो, वह भी अर्धरात्रि में। मैं चाहता हूँ कि माँ नन्दा देवी का मूल विग्रह यदि वहाँ अभी तक है तो मैं उसे उठा लाऊँ, उसे कही छिपाकर रख दूं ताकि इन मलेच्छ पठानों के हाथ उन तक न पहुँच सकें।''

पार्वती ने चिंता ग्रस्त स्वरों में कहा, ''मैंने सुना है कि माँ नन्दा देवी की सोने की मूर्ति व चाँदी के छत्र आदि तो राजा अपने साथ उठाकर ले गये हैं

परन्तु मूल पत्थर की मूर्ति का नहीं पता?''

''मैं अंधा देख भी तो नहीं सकता हूं। गर्भगृह के भीतरी दीवार पर प्राचीन मूर्ति है जो कई सौ साल पुरानी है ये राजा लोग तो सोने, चाँदी की नयी मूर्तियाँ बना देते हैं उन्हें ही पूजते हैं। मैं चाहता हूँ कि यदि मूल मूर्ति निकाल कर सुरक्षित रखी जाती तो उचित होता।''

''लेकिन पत्थर की भारी मूर्ति को निकालना व उठाकर लाना क्या हमारे लिए सम्भव होगा? और क्या यह उचित भी होगा?''

''आपात स्थिति में विग्रह की रक्षा करने के लिए उसको उखाड़कर सुरक्षित रखना धर्म सम्मत ही है।''

''किन्तु उसे उखाड़ना व उठाकर सुरक्षित रखना क्या हमारे लिए सम्भव होगा?''

अभी तो रात्रि हो गयी है, कल प्रातःकाल हम मंदिर में चलते हैं तब देखेंगे क्या हो सकता है।'' मेरी पत्नी ने सुझाव दिया। उचित ही था। हालाँकि मुझ अंधे के लिए रात व सुबह का क्या अंतर लेकिन पार्वती रात्रि के अंधकार में स्वयं को संभालती या मुझ अंधे को? पार्वती और मैं प्रातः की प्रतिक्षा मे बेचैन होकर रातभर सो नहीं पाये।

मैं सूर्योदय के पूर्व से ही पार्वती को जगाकर उससे शीघ्र मंदिर चलने को कहने लगा। जल्दी-जल्दी नहा-धोकर हम दोनों गिरते-पड़ते राजराजेश्वरी माँ नंदा देवी के मंदिर की ओर चल दिए। पूरा नगर सूनसान था जहाँ कल तक प्रातः मंदिर की घंटियाँ बज उठती थीं, ब्राह्मणों के शंखों की आवाजें पर्वतों को गुंजायमान करती थीं। आज यहाँ चिड़ियों की चहचहाहट व अवारा कुत्तों के भौंकने की आवाज के अलावा कुछ भी सुनाई नहीं दे रहा था। मैं अंधा देख तो सकता नहीं था कि चारों ओर कैसा विराना दिखता होगा। मैं अनुमान ही लगा सकता था लेकिन कान से जो सुनायी दे रहा था उससे स्पष्ट हो रहा था कि नगर लगभग जनशून्य हो चुका होगा। पार्वती मुझे सँभालती सीड़ियों पर किसी तरह चढ़ाती मंदिर प्रांगण तक ले गयी। उसने मुझे माँ नंदा देवी के मंदिर के द्वार पर खड़ा कर दिया। मेरे दोनों हाथों को दोनों चौखट पर लगा दिया। मैं माँ के मंदिर में अनगिनत बार आ चुका था। पार्वती को पता था कि इसके आगे उसे मुझे राह दिखाने की आवश्यकता न होगी क्योंकि मैं बिना आँखों के भी मंदिर के गर्भ गृह के चप्पे-चप्पे को खोज सकता था। मैं अपनी स्मृति चक्षुओं

के सहारे गर्भ गृह के भीतर दिवार पर लगी मूल देवी मूर्ति को टटोलने लगा, मूल पत्थर की मूर्ति यथा स्थान थी। मुझे दुःख भी हुआ, प्रसन्नता भी। दुख इस कारण कि यह मूर्ति रुहेलों के हाथ लगी तो इसे बचाना कठिन होगा और प्रसन्नता यह कि मुझे मूर्ति को छूकर अपार प्रसन्नता व आत्मीय सुखानुभूति हुई थी।

मैंने हाथ जोड़कर सिर झुकाकर प्रणाम किया। अगले ही पल में उसे उठाने या उखाड़ने के उपक्रम हेतु उसे उतावलेपन से टटोलने लगा। उसके भार का अनुमान लगाने लगा।

मूर्ति बहुत बड़ी नहीं थी। मैंने अनुमान लगाया कि यदि इसे अपने स्थान से उखाड़ लिया जाये तो इसे मैं उठाकर ले जा सकता था परन्तु दो बड़ी समस्याएं थीं, एक तो उसे उखाड़ना कठिन था दूसरा मैं अकेला अंधा व्यक्ति जब स्वंय ही पार्वती के सहारे चल रहा हूँ तो भारी मूर्ति को कैसे ले जा सकूंगा। उसे छुपाने की समस्या अलग थी। पार्वती को मैंने भीतर से आवाज लगायी। वह गर्भगृह में आयी तो मैंने उससे पूछा, " पार्वती, यदि हमें रुहेले मलेच्छियों से इस मूर्ति को बचाना है तो इसे यहाँ से उखाड़ना होगा और कहीं छिपाना भी होगा, लेकिन कैसे?"

पार्वती मेरी पीड़ा को समझ रही थी, उसने कातर स्वरों मे कहा, "अहो! क्या इस माता की मूर्ति को अपने स्थान से उखाड़ना ठीक होगा। यदि उखाड़ भी लिया तो हम क्या इस मूर्ति को उठाकर ले जा सकेगें? नहीं! हम इसे उखाड़ तो लेंगे पर उठाकर ले जाना सम्भव न होगा। ऊँची नीची सीढ़ियों से मैं तुम्हें किसी तरह यहाँ तक लायी हूँ।"

"तो क्या हम माँ की मूर्ति का भंजन होते देखते रहेंगे। हाय! मैं अन्धा क्या करू?" मैंने अपना माथा माँ के चरणों मे पटक दिया। मेरे माथे पर खून की बूँदें झलक आयी। मैंने हाथ माथे पर लगाया तो हाथ में खून लगा होगा मैंने अनुमान लगा लिया था। तभी पार्वती चिल्लाई, " यह तुमने क्या किया तुमने माँ के चरणो मे खून चढ़ा दिया? यह तो अनर्थ का प्रतीक है।"

"तो मैं क्या करू? क्या अब आगे अनर्थ होने वाला नही हैं? तुम सोच रही हो आगे ये रुहेले पठान आकर यहाँ सब अच्छा-अच्छा करेंगे?"

तभी कहीं दूर से कोलाहल सुनाई दे रहा था मैं समझ गया कि रुहेले पठानों का अल्मपुरी में आ धमकने का समय आ गया है। मैंने माँ की मूर्ति को

अपने बाहों मे कसा और जितना बल मेरे भीतर था। वह लगाकर मूर्ति को अपनी ओर खींचा। सहसा एक आवाज हुई और मूर्ति अपने स्थान से उखड़कर मेरे उपर आ गिरी मैं मूर्ति के नीचे दबा पड़ा था। पार्वती कुछ क्षण हक्का बक्का रही। अगले ही पल उसने मूर्ति को उपर उठाने की कोशिश की वह उसे हलका हिला ही सकी, तब मैंने पूरा ताकत लगा कर मूर्ति को उपर उठाने का प्रयास किया। पार्वती व मेरे संयुक्त प्रयास से मूर्ति सीधी खड़ी हो गयी। मैं हतप्रभ था। माँ ने मेरी सुन ली थी अब उसे छुपाने के बारे में सोचने लगा। सहसा मैं उछल पड़ा। मैंने पार्वती से कहा, ''पार्वती हम मूर्ति को एक जगह छिपा सकते हैं?''

पार्वती ने आश्चर्यचकित होकर पूछा, ''कहाँ?''

मैंने कहा, ''वहाँ देखो, शिवलिंग के आगे वह पानी कहाँ बहकर जाता है?''

उसने कहा, ''बाहर एक गहरे गड्ढे में।''

''बस! इस मूर्ति को उसी पानी भरे गड्ढे में डाल देते हैं, पानी में डूबकर दिखाई भी नहीं देगी।''

पत्नी ने शंका व्यक्त की, ''क्या इस पानी वाले गड्ढे में मूर्ति को डालना उचित होगा?''

''अरे! मलेच्छियों के हाथ लग जाने और मूर्ति का भंजन होने से अच्छा है। वह कोई गंदा पानी तो हैं नही, शिव के चरणों की पखारी जलराशी है।''

पार्वती सहमत हो गयी। हम दोनों ने मूर्ति को धीरे-धीरे सरकाया उसे बाहर मंदिर के उत्तर दिशा में ले गये। पार्वती ने धीरे से गड्ढे पर से पत्थर सरकाया और हम दोनों ने माँ के चरणों में अन्तिम प्रणाम किया और मूर्ति को धीरे से उस पानी भरे गड्ढे में सरका दिया। तभी ''अल्ला हो अकबर'' का जोरदार शोर होने लगा। हम समझ गये कि पठानों की फौज अल्मपुरी पर चढ़ आयी है। मूर्ति पानी में डूब गयी थी। गड्ढा जो अभी तक पानी से आधा भरा था वह उपर तक भर गया और मूर्ति उसमें समा गयी। मैंने पार्वती से पूछा, '' क्या मूर्ति उपर से दिखाई दे रही है। पार्वती ने सुकून भरे शब्दों मे कहा, ''आपकी बुद्धि का क्या कहना? तभी तो आपसे ये चतुर ब्राह्मण जलते थे।''

''अरे! मेरी बढ़ायी करना छोड़, जो पूछ रहा हूँ वह बता? रुहेले कभी भी मंदिर में आ सकते हैं।''

"यही तो कह रही हूँ, गड्ढा जो अभी तक आधा पानी से भरा था जैसे ही मूर्ति अन्दर गयी पानी उपर तक भर गया है। चमत्कार हो गया।"

"अरी बेवकूफ यह चमत्कार नहीं है। मूर्ति भारी है वह नीचे चली गयी उतना पानी उपर उठ गया इसमें चमत्कार कैसा।"

"जो भी हो, मैं बड़ी प्रसन्न हूँ। मूर्ति पूरी तरह छुप गयी है। किसी को शक न होगा कि मूर्ति इस मटमैले पानी के भीतर होगी। माँ नन्दा हमें माफ करना। यदि महादेव ने हमें जीवित रखा तो मैं तुम्हें बाहर निकालकर एक हजार एक बार दूध दही से नहलाकर यथास्थान स्थापित कराऊँगी।"

"जीवित रहे तब न?"

"अब तो जीवित रहना पड़ेगा। जो पापकर्म हमने मूर्ति के गड्ढे में डालने का किया है उसका प्रायश्चित भी तो करना है।"

"पगली हो क्या, हमने कोई पाप कर्म नहीं किया है हमें तो महादेव सदा आशीर्वाद देगें कि हमने माँ नन्दा देवी की मूल प्राचीन मूर्ति को मलेच्छों के हाथ लगने से बचा लिया है।"

हम दोनों को अपार हर्ष था। पार्वती ने खड्ड का पत्थर धीरे से सरका दिया।

हम मन्दिर के सम्मुख आये ही थे कि "मारो। लूटो। ताला तोड़ो, समान निकालो, अल्ला हो अकबर के नारे चारों ओर बुलन्द होने लगे।

अब तो घर पहुँचना भी कठिन था।

पार्वती ने मुझे दोनों-हाथों से कसकर पकड़ लिया और बोली, "अब क्या होगा?"

मैंने दृढ़ता से कहा, "मरने के लिए तैयार हो जाओ हम कितने भाग्यशाली है कि हम माँ के प्रांगण मे, उसके घर में प्राण त्यागेगें। हम दोनों के लिए इससे सुन्दर मृत्यु क्या होगी।"

मुझ अंधे को असीम सुख की अनुभूति हो रही थी कम से कम मृत्यु से पहले हमने माँ की मूर्ति को सुरक्षित स्थान पर छिपा दिया था। पार्वती ने मुझे बाहों मे भर लिया "अल्ला हो अकबर" का नारा माँ नन्दा देवी के मन्दिर की सीढ़ियों की ओर निरंतर करीब आते जा रहे थे।

जैसे ही पार्वती ने एक सैनिक को हाथों में नग्न तलवार लिए मंदिर प्रांगण

मे आते देखा। वह मूर्छित हो गयी और हम दोनों माँ राजराजेश्वरी के मंदिर प्रांगण में लोट गये।

विध्वंस

हाफिज रहमत खाँ

दोपहर होते-होते मेरी सेना से पूरे अल्मपुरी पर कब्जा कर लिया था। मुझे पहले आंशका थी कि अल्मपुरी पर चढ़ायी करने के लिए मुझे घोर संघर्ष करना पड़ेगा। प्रारम्भ में सतर्क होकर धीरे-धीरे आगे बढ़ रहा था जब मेरे गुप्तचरों ने यह सूचना दी कि राजा कल्याण चन्द्र रात को ही राजभवन खाली कर उत्तर दिशा की ओर भाग गया है। तो मैं बड़ा खिन्न हुआ मैंने तो सुना था कि कुमय्ये बड़े वीर व लड़ाका होते हैं। विशेष रूप से पहाड़ी लड़ाई में उन्हें महारथ हासिल है। मुझे उसका प्रत्यक्ष प्रमाण शिवदेव ने रुद्रपुर व बटोषर के युद्ध में दिया था। भले ही वह हार कर भाग गया था; परन्तु उसने जिस बहादुरी व बुद्धिमत्ता से हमारे हजारों सैनिकों को मार डाला वह काबिले तारीफ था। आज जिसे प्राकृतिक दुर्ग कहा जाता था, जहाँ मुझे सबसे अधिक प्रतिरोध की आशंका थी, वहाँ मुझे कोई युद्ध ही नहीं करना पड़ा। बिना लड़े ही मुझे अल्मपुरी पर कब्जा मिल रहा था। जैसे ही मेरी फौज को पता चला की राजा भाग गया है वे अति उत्साहित होकर अल्मपुरी नगर के भीतर प्रवेश कर गये। "अल्ला हो अकबर" का नारा बुलन्द करते विजयोल्लास से भरे मेरे सैनिक विजय गर्जनाएँ करते अल्मपुरी के राजमहल पर चढ़ गये और उन्होंने कुर्मांचल का ध्वज काटकर उस ध्वजस्तंभ में हमारा हरा ध्वज लहरा दिया। वे सब मद मस्त होकर नाचने लगे। मैंने आदेश दिया "पूरे नगर को अपने अधिकार में ले लो जितना लूटपाट कर सको करो। धन व जेवर एकत्र कर एक स्थान पर जमा करो। जो सामने प्रतिरोध करता नजर आये उसका क़त्ल कर दो।"

देखते ही देखते मेरी फौज ने अल्मपुरी पर कब्जा कर लिया। बन्द दुकानों व घरों के ताले तोड़-तोड़कर उसमें लूटपाट करने लगे। कुछ अंधे व लाचार पुरुषों को पकड़ कर सैनिक मेरे पास लेकर आये। मैंने उनसे खजाना तथा राजभवन तथा व्यापारिक धनियों के घरों के बारे मे जाना और उन्हें भय दिखाते

हुए छोड़ दिया।

मेरे सैनिकों को जैसी अपेक्षा थी उसके अनुरुप न तो अधिक धन-धान्य मिला न ही अत्याचार करने के लिए नारियाँ ही मिली। घरों के भीतर जा-जाकर कीमती वस्तुओं को लूटा गया। कुछ अंधे ब्राह्मणों ने स्वयं अपने घरों के सामान दे दिये। कुछ अंधे ब्राह्मण तो हमारा स्वागत करते नजर आये। जब मैंने कारण जानना चाहा तो ज्ञात हुआ कि राजा कल्याण चंद जिन ब्राह्मणों को दण्ड देना होता था उन्हें ब्रह्महत्या न लगे इस कारण उनकी आँखें निकाल देता था। अब ये ब्राह्मण जीवन भर अंधकारपूर्ण जीवन जीने के लिए बाध्य थे। तभी ये भागकर अल्मपुरी भी नहीं छोड़ सके थे। शायद इन अंधे ब्राह्मणो को अपना प्रतिशोध पूर्ण होता दिखाई दे रहा होगा।

शाम होते-होते मुझे व मेरी फौज को अपेक्षा के अनुरूप खजाना हाथ न आने के कारण निराशा लगी। प्रजा अपना धन एवं बहूमूल्य वस्तुएं अपने साथ उठाकर ले गयी होगी। यदि युद्ध होता तो शायद वे सब नगर के बाहर न जाते। हमें तो सूचना थी कि राजा कल्याण चंद के पास सोने के करोड़ों सिक्के हैं। इतना बड़ा खजारा रातों-रात कहाँ लेकर चला गया है? मैंने यह भी सुना था कि अल्मपुरी के वणिक धनवान हैं, सोने चाँदी का यहाँ बड़ा कारोबार है, परन्तु यहाँ कुछ अधिक हाथ नहीं लगा। मेरे जवान सैनिकों की वासना की भूख भी शांत नहीं हो पायी थी। उन्हें सूचना थी कि अल्मपुरी नारी सौन्दर्य का भी भण्डार है; परन्तु वे खाली हाथ थे। उनका विजय उत्साह ठंढा पड़ने लगा। उन्होंने प्रतिशोध में मंदिरों को तोड़ना शुरू कर दिया। जो जानवर हाथ लगे- गाय, बकरी, भैसे उन्हें काट-काटकर मंदिरों में फेंकना प्रारम्भ कर दिया। कई घरों को आग के हवाले कर दिया। मैं भी उन्हें रोकना नहीं चाहता था। उन्हें जीत के बाद मनमानी करने का शाम तक समय मैंने दे दिया था।

मैं शीघ्र ही भागते राजा का पीछा करना चाहता था ताकि वह जो खजाना लेकर भागा था उसे लूटा जा सके। मेरे चन्द्रवंशी सलाहकारों ने बताया कि राजा कल्याण चंद ऊँचे जंगली दुर्गम क्षेत्र होते हुए गढ़वाल की तरफ गया है अतः उचित हो कि कुछ फौज अल्मपुरी मे छोड़कर जल्दी से जल्दी उसका पीछा करे। मैंने अपनी फौज को आदेश दिया कि कल प्रातः वे कूच करने के लिये तैयार रहे। अब सम्पूर्ण अल्मपुरी मेरे नियंत्रण में थी। राजभवन के सिंहासन पर मेरा अधिकार था। आज मैंने रोहेले नबाब अली महमद का सपना पूरा कर दिखाया था।

अपार कष्ट

शिवदेव

बटेषर के दुर्ग को खाली कर मैं बचे खुचे सैनिकों के साथ जंगलों मैं छुप गया था। जैसे ही रहमत अली के आधे से अधिक सैनिक किले मैं दाखिल हो गए तब मैंने पीछे से धावा बोल दिया था। जब तक उसके सैनिक सँभालते हमने मार काट मचा दी थी। वह तो समझ रहे थे कि हम भाग कर अल्मपुरी की ओर जा चुके हैं। मुझे अल्म्पुरी से मिलने वाली सैन्य सहायता की आशा समाप्त हो चुकी थी। मैं जानता था कि हम युद्ध जीतने के लिये नहीं लड़ रहें हैं। हमने तो तय कर रखा था कि रहमत अली के अधिक से अधिक सनिकों को मार कर हम भाग खड़े होंगे, हमने अपना काम सफलता से पूरा किया। हालाँकि मैं बटोषर का युद्ध भी हार चुका था। अंततः मेरे पंद्रह सौ सैनिक आठ-दस हजार रुहेले पठानों से कितनी देर तक मुकाबला कर पाते। इसके बावजूद मेरे बहादुर कुँम्मये वीरों ने रुद्रपुर और बटोषर के पास उन्हें दो बार रोकने का असफल प्रयास किया। हाफिज रहमत खाँ के लगभग एक हजार सैनिकों को हमने काट डाला था। मेरे भी आठ सौ सैनिक खेत रहे थे। विशाल फौज के सामने अपने थोड़े से सैनिकों को कटता देख मैंने उन्हें मेरे पीछे लौट जाने का आदेश दिया। मैंने निर्णय लिया कि हम अल्मपुरी की ओर न जाकर दूसरे मार्ग लमगड़ा होते हुए भागेंगे। कुछ सैनिक अवश्य ही रामगढ़ से सुयाल नदी के ओर भागे थे, रुहेले पठान उनके पीछे हो लिए थे। मैं जानता था कि पठानों की सेना सुयाल नदी के साथ-साथ चलकर अल्मपुरी तक पहुँचना चाहेगी। मैंने योजना बनाई कि जब ये रोहेले राजपुर पर धावा बोलेंगे और राजपुर की सेना इनसे जूझ रही होगी तब हम आठ-नौ सौ सैनिक जो मेरे साथ बचे रह गये है, इन पठानों की सेना पर पीछे से धावा बोलेंगे।

रुहेलों की सेना अल्मपुरी की ओर बढ़ती जा रही थी। अपनी योजना के अनुरूप हम दस-पंद्रह मील की दूरी बना कर जंगलों में छिपते छिपाते पठानों के पीछे थे। हम ताक में थे कि अल्मपुरी की हमारी फौजें पठानों पर हमला करें और तभी मैं अपनी बची खुची सेना को पीछे से युद्ध में झोक दूँगा; परन्तु जब

मेरे गुप्तचर ने सूचना दी कि राजा कल्याण चंद सभी सैनिकों सहित अल्मपुरी छोड़कर गढ़वाल के जंगलों की ओर भाग खड़े हुए हैं। मुझे अत्यंत दुःख पहुँचा। मुझे अपने सैनिको का बलिदान व्यर्थ होता नजर आया। मेरे गुप्तचर ने सूचना देते हुए कहा था, " महाराज, राजपुर पर मलेच्छयों का कब्जा बिना युद्ध के ही हो गया है। अल्मपुरी ही नहीं कुर्मांचल के भी दुर्दिन आ गये हैं। जब मैं नगर में पहुँचा तो देखा नगर में सन्नाटा था, पथ सूने थे। राजपुर दीनहीन पड़ा था। उस सन्नाटे को बेफिक्र रौंदता हाफिज रहमत खाँ का सैन्य दल अल्मपुरी में फैल गया। उसने अपनी विजय पताका राजमहल पर फहरा दी है। माँ नंदा देवी के मंदिर सहित सभी छोटे-बड़े मंदिरों को नष्ट कर दिया है। घरों में आग लगा दी है। मनुष्य तो अधिक वहाँ थे नहीं, जानवरों को मारकाट कर वे यत्र तत्र पका-पका के खा रहे हैं। गायों को काटकर उनके खून और मांस से मंदिरों को अपवित्र कर रहे है। रहमत खाँ ने राजमहल को खंगाल डाला है, लेकिन कोई बड़ा खजाना उसके हाथ नहीं लगा है। इसलिए उसने निर्णय लिया है कि वह राजा का पीछा करेगा ताकि जो खजाना राजा कल्याण चंद लेकर भागा है उसे हासिल किया जा सके। पूरे अल्मपुरी के वणिकों के दुकानों और घरों को जो बन्द पड़े थे उनको लूट लिया गया है। अल्मपुरी में जो असक्त, बीमार, बूढ़े और अंधे लोग बचे हैं उनको सता-सताकर खजानों और राजा के बारे में पूछा जा रहा है।"

गुप्तचर के एक-एक शब्द मेरे हृदय को भेद रहे थे। मैं सोचने लगा रुहेलों को बटोषर के दुर्ग में रोका जा सकता था यदि अल्मपुरी में बैठे ज्ञानी व सेनापति तीन-चार हजार की अतिरिक्त फौज भी वहाँ भेज देते तो मैं निश्चित रूप से इन पापी रुहेले पठानों को वहाँ से मार भगाता, किन्तु ये निर्बुद्धि सलाहकार तो यह माने बैठे थे कि कोई मैदानी सेना इस अल्मपुरी के प्राकृतिक दुर्गम दुर्ग पर चढ़ ही नहीं पायेगी, जो चढ़ने का प्रयास करेगा उसे हम मार भगायेंगे। लेकिन अब वे ऐसा कुछ न कर पाये। विद्रोही चन्द्रवंशी ही रहमत खाँ को मार्गदर्शन करते हुए उन्हें अल्मपुरी पर चढ़ा ले गये।

राजा कल्याणचंद ने अपने चारों ओर चापलूस, स्वार्थी और कायरों का घेरा बना रखा था। ज्ञानी चतुर राजनैतिज्ञ पं0 शिवानंद के सुझाव को भी इन्होंने ध्यान नहीं दिया। मुझे तो ये सब देशद्रोही का पुत्र कहते थे जबकि मेरा कुल कुर्मांचल राज्य का निष्ठ था। भले ही ये स्वार्थी मेरे बारे में कुछ भी सोचें मैंने दिखा दिया था कि मैंने मुट्ठीभर सैनिकों के साथ हाफिज रहमत खाँ की फौज से

दो बार गम्भीर टक्कर ली। उसके हजारों सैनिकों को मार डाला। मुझे अपनी देवभूमि से प्यार है, राजा चाहे जो हो। राजा तो बदलते ही रहते हैं।

राजा कल्याण चंद के अत्याचारों के फलस्वरूप जो आज हजारों चन्द्रवंशी क्षत्रिय आस पड़ोस के देशों में छिपे, कल्याण चंद से पहले से ही शत्रुता पाले बैठे हैं क्या वे मौका पाते ही अल्मपुरी पर उन्हें आक्रमण के लिए नहीं उकसाते होगें? आज वही हुआ।

मेरे सैनिक एक गाँव के बाहर शिविर लगाये पड़े थे। ग्राम वासियों ने हमारी बड़ी सहायता की, किन्तु वे सशंकित थे कि कहीं पठानों की फौज इधर न आ जाये। मैंने उन्हें सांत्वना दी कि पठानों की फौज द्वाराहाट की ओर कूच कर रही। वे राजा कल्याण सिंह का पीछा कर रहे है। इसलिए वे इधर रुख नहीं करेंगे, किन्तु प्रजा में बेचैनी थी। मैं अंधेरी रात में एक खण्डहरनुमा मकान में भूमि पर सोया सोच रहा था कि अब क्या करूँ? मेरे पास धन भी समाप्त होता जा रहा था। मैं रुहेलों की तरह प्रजा से लूटपाट करके धन-धान्य एकत्र तो कर नहीं सकता था। मैंने निर्णय किया कि मैं कठिन मार्गो से होता हुआ गैरमाड़ा, राजा कल्याण चन्द्र के पास तक अपनी बची सेना के साथ पहुँच जाऊँ फिर वहाँ से नये सिरे से योजना बनाऊंगा।

मैं अल्मपुरी की निरीह प्रजा के बारे में सोच-सोच कर दुखी हो रहा था। वे अपने घरों को छोड़-छोड़कर भागे होगें, कहीं जाकर मेरी तरह ही भटक रहे होंगे? चन्द्रवंशी विगत दो तीन राजाओं ने भले ही अत्याचार किये हों लेकिन चन्द्रवंशियों ने ही बड़ी मेहनत से कत्यूरियों के बिखरते राज्य को सँम्भाला था। बाज बहादुर जैसे वीर व कल्याणकारी राजा हुए आज इन उत्तराधिकारियों ने अपने पूर्वजों द्वारा संरक्षित एवं निर्मित अल्मपुरी को बिना युद्ध किये ही आभागा छोड़ दिया। यह चन्द्रवंशियों के इतिहास में काला पृष्ठ होगा? क्या पुनः ये चन्द्रवंशिय अल्मपुरी पर कभी अधिकार स्थापित कर पायेंगे? पूरा भारतवर्ष ही मुगलों का गुलाम हो चुका है यही उत्तराखण्ड के दो पार्वत्य प्रदेश थे जहाँ इन विधर्मियों के पग नहीं पड़े थे। आज वह दुर्दिन भी आ ही गया है। इन क्रूर, किन्तु बहादुर पठानों की फौज को कुमांचल से भगाना आसान न होगा, क्योंकि इनके पीछे पूरा धन-धान्य से भरपूर रुहेला राज्य है। माल-भावर को ये पहले ही जीत चुके हैं। अली मोहम्मद खाँ तो इस अल्मपुरी को अपनी आपात कालीन राजधानी बनाना चाहता है इसीलिए वह ऐनकेन प्रकारेण अल्मपुरी पर अधिकार चाहता था। उसे ज्ञात कहाँ था कि कुमाँचल अपने

भीतरी अत्याचार, चालबाजी के कारण खोखला हो चुका है।

लेकिन राजाओं के अत्याचार व कुशासन का भुगतान भोली-भाली व निरीह प्रजा क्यों करे? जो राजा राज्य का ठीक प्रकार से संचालन न कर सके, प्रजा को निरीह, बेसहारा व असुरक्षित छोड़दे, वह भला कहाँ का राजा, कैसा राजा? प्रजा को अपना घर बार छोड़कर भागना पड़ रहा है। यह तो निश्चित है कि राजा के कुकृत्यों का फल प्रजा को भुगतना ही होता है। अतः प्रजा का भी दायित्व है कि वह राजा को अधर्म व अन्याय के रास्ते में जाने से रोके, उसका विविध प्रकार से- अनुरोध से, प्रतिरोध से, जरूरत पड़ने पर संघर्ष से प्रतिकार करें ताकि बड़ी विपत्ति से बचा जा सके। योग्य व अयोग्य में अंतर न कर सकने वाला राजा, क्षुद्र व विद्वान में भेद न करने वाला। चतुर, कुलीन, अनुभवी राजनैतिज्ञों की अपेक्षा चाटुकारों, सगे सम्बन्धियों को अधिक बढ़ावा देने वाला राजा हो तो वह उसका महान दोष है। अंततः ऐसे राजा व उसकी प्रजा दोनों को महान कष्ट उठाना ही पड़ेगा।

जैसे-जैसे यह संवाद भयावहता के साथ नगरों, जनपदों, ग्रामों में फैला वैसे-वैसे प्रजा भय व आतंक के कारण प्राण रक्षा हेतु व्याकुल होने लगी। भारी संख्या में नागरिक पलायन करने लगे। अल्मपुरी तो पहले ही सूनी हो चुकी थी। धीरे-धीरे गाँव भी सूने होने लगे। लोग अपना धन-धान्य, पशुधन आदि जो अपने साथ ले जा सकते थे उसे लेकर मुख्यमार्गों के बहुत दूर, दुर्गम जंगलों, पहाड़ों की ओर भाग गए। अनेक लोग राजा कल्याण चंद को कोस रहे थे, कुछ पठानों के अत्याचार सुन उन्हें गाली दे रहे थे। लोग देवताओं की धत्या (आर्तपुकार) रहे थे। लोग कह रहे थे कि कल्याण चंद तो राजा अच्छा था; परन्तु उसने पिछले राजाओं के समर्थकों के दमन के क्रम में जो अत्याचार किये वे गैडा-गर्दी के दौरान हुए अत्याचारों से कम न थे।

बोया पेड़ बबूल का तो आम कहाँ से होये? करेले के पेड़ पर मीठा फल कहाँ से लगेगा।

राजा कल्याण चंद ने अपने ही वंश के निर्दोषों को मार-मारकर जहाँ सुयाल नदी के किनारे फेंका था वहीं से ये पठान रूपी भूत अलम्पुरी की ओर आ रहे थे। कहीं ये उन्हीं चन्द्रवंशीयों के भूत तो नहीं थे? जिनका, अंतिम संस्कार भी इस राजा ने नहीं होने दिया था। कुर्मांचल में ऐसी कहावत है कि जिन मनुष्यों का अंतिम संस्कार नहीं होता है वे भूत बनकर अपने परिजनों को सताते हैं। कहीं यह चन्द्रवंशी परिजन राजा के पीछे तो नहीं पड़ गये? बहरहाल

जितने लोग उतनी बातें, उतनी अफवाहें। हाल-फिलहाल इनका कोई महत्व न था। विपत्ति आ खड़ी हुई थी, उसका सामना करना ही था। दुखी प्रजा और कर भी क्या सकती थी? आज कुर्मांचलीय वीर, राष्ट्राभिमानी व पराक्रमी होने पर भी नपुंसकों जैसा आचरण कैसे कर बैठे?

अत्यंत निबिड़, अंधकारमय रात बीतने को थी पर मुझे नींद नहीं आ रही थी। सुबह तो निश्चय ही आयेगी। प्रकृति के इस नियम को कोई प्रभाव नहीं पड़ता कि संसार में कहाँ क्या विपत्ति आयी है। वह अपने नियमों से बँधा हरहाल में चलता रहेगा। जहाँ एक ओर सुबह की उजली किरणें फूटने को थी वहीं कुमाँऊ के इतिहास का काला दिन प्रारम्भ होने वाला था। रुहेले पठानों, विधर्मियों की विजय पताका अल्मपुरी पर लहरा रही थी। माँ नन्दा देवी के प्रांगण में पुनः राक्षस महिषासुर आ खड़ा हुआ था।

शरणागत

राजा कल्याण चंद

मैं क्या करता। जब सभी ज्ञानीजनों, वीरबहादुरों, राजनैतिज्ञों व सेनानायकों की यही सलाह थी कि हमारी दो-ढाई हजार की फौज अब आठ-नौ हजार रुहेले पठानों की फौज के आगे टिक नहीं पाएगी। शिवदेव ने जो प्रतिरोध किया वह भी निष्फल हुआ। ऐसी परिस्थियों में लड़कर नष्ट हो जाना उचित नहीं है। अपना धन-धान्य, खजाना, सेना को सुरक्षित करना ही समझदारी है। सभी एकमत थे कि हमें दुर्गम स्थल गढ़वाल की सीमा के पास गैरमाड़ा गाँव में शिविर डाल कर बैठना चाहिए जहाँ से हम राजा गढ़वाल से सहयोग लेकर रुहेलों को हरा सकते हैं तब तक उनकी शक्ति भी दुर्गम पहाड़ों मे आते-आते क्षीण हो जाएगी।

मैं अकेला अधिक सोचने की स्थिति में नहीं था। मैं तो इन्ही शक्तिपुंजों के सहारे राजा बना था।

मेरा लश्कर बैराठ होते हुए दुर्गम सीमावर्ती स्थल गैरमाड़ा गाँव में जा पहुँचा। निर्णय हुआ कि यहीं पर शिविर स्थापित किया जाएगा। सेना को सुदृढ़

व व्यवस्थित किया जाएगा। गढ़वाल के राजा प्रदीप्त शाह के पास दूत भेजने पर विचार होने लगा। मैं प्रजा के दुःखों को सुनकर व्यथित था। मैं इस लिए भी व्यथित था कि मैंने पंडित शिवानंद, शिवदेव जोशी और माल-भावर के अधिकारी रामदत्त के सुझावों पर समय रहते निर्णय क्यों नहीं लिया? मैं ग्लानि से भरा था क्योंकि बिना युद्ध किए ही भागा था। मुझे लोग भगोड़ा राजा कहेगें? क्या मैं इस कलंक को धो पाऊँगा? सोचते-सोचते मैं विचलित हो उठाता था। शिवदेव जोशी की वीरता की यदा कदा कोई सूचना मुझे मिलती तो मन को सुकून मिलता, यही एक सेनानायक था जिसने दो स्थानों पर पठानों को मजा चखाया था। उसके हजारों सैनिकों को हताहत किया था। हमारे मंत्रिमण्डल के लोग तो उसे राज्य के विद्रोही के पुत्र के रूप में देखकर उसे अधिक धन व सैन्य सहायता देने का सदैव विरोध करते रहे। आज उसने यह सिद्ध कर दिया था कि वह एक वीर, साहसी, राष्ट्रभक्त सेनानायक है। आज उसके आगे मुझे सभी बौने नजर आ रहे थे लेकिन अभी वह कहाँ होगा? क्या वह मुझतक पहुँचेगा? कई दिनों से शिवदेव के बारे में कोई सूचना मुझे नहीं थी। किन्तु मुझे विश्वास था कि वह अवश्य ही कुछ कर रहा होगा।

शिवदेव जोशी दो दिन बाद बचे-खुचे सैनिकों के साथ गौर-माड़ पहुँच गया। उसके बहादुरी के किस्से मुझ तक पहले ही पहुँच चुके थे कि किस तरह उसने अपने अल्प संख्या में होने पर भी पठानों के सैकड़ों सैनिकों को मार डाला था और सैकड़ों को घायल कर उन्हें युद्ध में सम्मिलित होने लायक नहीं छोड़ा था। उसने मुझे बताया कि यदि बटोषर दुर्ग में अल्मपुरी से दो हजार सैनिक भी और पहुँच जाते तो जीत हमारी ही होती हालाँकि हमारी कुछ फौज माल-भावर को भेजी गयी थी; परन्तु वह सही समय पर नहीं पहुँच सकी थी। शिवदेव के मेरे शिविर में आ जाने से मुझे बहुत बड़ा बल मिला था और मैं पूरी तरह से उसके प्रति आस्वस्त हो गया कि मेरे प्रति अब उसके भीतर कोई प्रतिशोध की भावना नहीं रह गयी थी। उसके इस वाक्य का मैं कायल था, ''मुझे यह साबित करना है, मेरे पिता ही नहीं अपितु मेरा पूरा वंश ही देवभूमि का निष्ठ है। राजा जो भी हो वह देवभूमि में विधर्मियों के विरूद्ध संघर्ष करता रहेगा।''

गैरमाड़ आते ही मैंने उस रण-निपुण, वीर-मूर्ति शिवदेव को गले लगाया और सबसे अधिक महत्व देते हुए उसे अपने करीब बैठाया। इस पराजय में यदि किसी ने कुछ नाक बचायी थी तो वह शिवदेव था। अल्मपुरी मे बैठे

शूरवीर तो बिना लड़े ही मुझे अल्मपुरी से भगाकर गैरमाड़ा ले आये थे।

मैंने सोच लिया था कि अब मैं दरबारियों के चक्रव्यूह से बाहर निकल सकता हूँ। यही समय था जब मैं अपने चारों ओर खड़े पराजित शूरवीरों के मकड़जाल से बाहर आ सकता था। मैं अब स्वतंत्र निर्णय लेने की स्थिति में था।

मैंने युद्ध परिषद की बैठक आहूत की। इस परिषद में अल्मपुरी के भगोड़े शूरवीर मेरे प्रिय नाना सेनापति सुमेर सिंह, रणाधिकारी हरीराम जोशी, मेरा किशोर पुत्र कृष्णदेव, सचिव रुद्रदेव, मेरा अंतरंग मित्र अनूप सिंह, कोषाध्यक्ष, मंत्री परिषद में शक्ति सिंह, हरीमल, जैमल, चेदिसिंह, जीवनवाहक चिंता चौधरी, परमानंद बिष्ट, राजगुरु हरिकृष्ण, राजपुरोहित प्राणनाथ एवं निपुण भंडारी-भवानंद आदि शामिल हुए।

मैंने दृढ़ शब्दों मे अपनी पराजय की काली छाया से बाहर निकले हुए शूरवीरों की इस मंडली से कहा, "अल्मपुरी से मैं राजा कल्याण चंद आपकी सलाह पर भागकर इस जंगल मे अपना शिविर डाले बैठा हूँ-राजपुर व कूर्मांचल वासियों को अभागा और असहाय छोड़कर। बिना युद्ध किए भागने का कलंक मेरे माथे पर रहेगा; परन्तु अब आप मुझे सलाह दें कि आगे क्या विचार है? हम जंगल में पड़े तो रह नहीं सकते हैं?"

मैंने राजगुरु व सेनापति की ओर प्रश्न उछाला। राजगुरु ने अपने स्थान पर खड़े होकर कहा, "चन्द्रचूड़ामणि आप खिन्न न हों। समय सदैव एकसा नहीं होता है। निर्णय परिस्थितियों के अनुरूप ही लिए जाते हैं, अभी नियति हमारे प्रतिकूल है। बिना शक्तिशाली हुए मात्र सम्मान के लिए लड़-मर जाने से लक्ष्य की प्राप्ति नहीं की जा सकती है। यदि हमने ऐसा किया होता तो हम सब समाप्त हो जाते और आज हम पुनः युद्ध की रणनीति न बना रहे होते। हम शक्ति एकत्र करेंगे व पुनः युद्ध करेंगे, अपने राज्य को वापस प्राप्त करेंगे। हमें इस विषय पर विचार करना चाहिए।"

मैं दहाड़ा, "शक्ति! कौनसी शक्ति? जब हम अल्मपुरी के सिंहासन पर बैठकर शक्ति एकत्र नहीं कर सके, सही समय पर निर्णय न ले सके। माल-भावर में शिवदेव व रामदत्त को अकेले लड़ने के लिए छोड़ दिया। रुहेले पठान राज्य को तहस-नहस करते अल्मपुरी के निकट आ खड़े हुए तब हम जागे। मैं निश्चय ही आप शूरवीरों और सलाहकारों के भरोसे था। लेकिन मुझे

अब ग्लानि हो रही है कि मुझे युद्ध में स्वयं कूदना चाहिए था। पं0 रमावल्लभ की आँखे जब निकाली गयी थी उस ब्राह्मण ने चीख-चीखकर कहा था कि वह निर्दोष है। पं0 शिवदेव के पिता ने अपने निर्दोष होने के कई तर्क दिये थे, किन्तु तब मैं निर्बुद्धि था। आप सब के भरोसे था। उस रमावल्लभ ने मुझे श्राप देते हुए कहा था, ''मूढ़ नृपत! तुझे ज्ञात होना चाहिए कि मूँदी आँखें खुली आँखों की अपेक्षा अधिक देखने की क्षमता रखती हैं। मुझे स्पष्ट दिखाई दे रहा है कि तू शीघ्र ही इस सिंहासन से च्युत होगा। किसी अन्यायी राजा का राज सदैव नहीं चलता। तुझे सिंहासन से हटाने वाला तुझसे से भी अधिक अत्याचारी ही आएगा।''

आज उसकी बातें सच निकली। मैं आज राजसिंहासन से च्युत हो चुका हूँ। एक क्रूर, अत्याचारी, विधर्मी ने अल्मपुरी पर अधिकार जमा लिया है। इस विधर्मी ने मंदिरों को भी नहीं छोड़ा।''

मैं कुछ क्षण के लिए सिर झुकाकर रुका ही था कि सलाहकार रुद्रदेव जो स्पष्टवादिता के लिए जाने जाते थे, ने कहा, ''नृपत शोकग्रस्त न हों, उस समय अस्थिर चन्द्रवंशियों के राज्य को स्थिर करने के लिए कुछ अप्रिय निर्णय लिए गये थे जिसमें गेहूँ के साथ घुन भी पिस गये होंगे। इसमें असहमति नही हैं। जो साक्ष्य सामने होते हैं। उन्हीं के आधार पर निर्णय लिया जाता है। हम साधारण मनुष्य हैं, मनुष्य तो भूल कर ही सकता है। जब देवता भूल कर सकते हैं तो हम सब मनुष्य हैं, इसलिए यदि हमने भूल की है तो कल वह सुधर भी सकती है। राह चलते-चलते यदि किसी के वस्त्रों में धूल-कीचड़ लग जाए तो कल वह साफ सुथरे कपड़े पहनने का सुयोग्य क्यों प्राप्त नहीं कर सकेगा? अब हमें वर्तमान पर ध्यान देना है। यदि हम पुनः अल्मपुरी पर अधिकार जमाने में सफल रहे तो तब गलत निर्णयों पर पश्चाताप का समय आएगा।''

रणाधिकारी हरीराम ने कहा, ''राजन्! वर्तमान परिस्थितियों में हम सैन्यशक्ति से निर्बल हैं, हमारे पास लगभग ढाई हजार सैनिक ही हैं। अस्त्र-शस्त्र भी नाकाफी हैं। राज्य का अधिकांश भाग रुहेलों के अधिकार में है जिस कारण सेना की भर्ती भी सम्भव नहीं है, अतः उचित होगा कि हम गढ़वाल के राजा प्रदीप्त शाह से सहायता मागें।''

सेनापति सुमेर सिंह ने सशंकित होकर कहा, ''हम उनसे सदैव लड़ते रहे हैं, हमारा सीमा विवाद भी अभी सुलझा नहीं है ऐसी स्थिति में क्या वे सहायता करेगें?''

शक्ति सिंह जो एक पराक्रमी सेनानायक था ने कठोर शब्दों में कहा, "सेनापति महोदय, उचित ही कह रहे हैं, गढ़वाल के राजा हमारी दुर्बल अवस्था का लाभ उठाने का प्रयत्न करेंगे, वे हमारी सहायता क्यों करेंगे?"

मेरे मित्र अनूप सिंह ने कहा, "राजन! हालाँकि मैं रणचतुर नहीं हूँ, नहीं मैंने कभी युद्ध में भाग लिया लेकिन चन्द्रवंशी राजाओं के निकट रहने से जो अनुभव प्राप्त हुआ है उसके आधार पर मैं कह सकता हूँ कि चन्द्रवंशीयों का सदैव गढ़वासियों से बैर रहा है। कभी मैंने दोनों राज्यों के बीच मधुर सम्बन्ध नहीं देखे। ऐसी स्थिति में वे हमारी सहायता करेगें? कठिन है।"

मैंने खिन्न होकर कहा, "तो आप ज्ञानी व शूरवीर लोग और कोई रास्ता क्यों नहीं बता रहे हैं? गढ़वाली जो हमारे स्वधर्मी हैं, आपको सहायता देने से रहे, यही हाल डोटी राज्य का है। आप ज्ञानियों के पास क्या योजना है? जब रहमत खाँ हमारे सिर पर चढ़ जाएगा तब हम कहाँ जाएंगे?"

सभा सन्न थी। कल तक अल्मपुरी मे जो ज्ञानी सलाहकार ऊँची-ऊँची आवाज में अपना तर्क प्रस्तुत करते थे वे आज चुप थे। कोई योजना उनके मस्तिष्क में क्यों नहीं? तभी सभा की द्वितीय पंक्ति पर बैठा शिवदेव अपने स्थान से खड़ा हुआ बोला, "चन्द्रचूड़ामणि कल्याणचंद की जै हो। नृपत आज्ञा हो तो मैं कुछ कहना चाहता हूँ। मैंने उसका उत्साह बढ़ाते हुए कहा, "पंडित शिवदेव आपने बहादुरी के साथ दो बार रुहेलों से मुकाबला किया है। कम सैनिकों के बावजूद आपने उनको भारी क्षति पहुँचाई है। आप कुछ रास्ता बता सकें तो कहें। अल्मपुरी में वर्षों से बैठे ये शूरवीर, ज्ञानीजनों को तो साँप सूंघ गया है।"

शिवदेव ने कहा, "नृपत कुपित न हों। आज की परिस्थितियाँ ही ऐसी हैं कि सब किंकर्तव्यविमूढ़ हैं। मैंने स्वयं दो बार रुहेलों का सामना किया, पराजित होकर आपके पीछे-पीछे यहाँ पहुँचा हूँ। पीछे बहुत भूलें हो चुकी हैं। उस पर विचार का यह समय नहीं है। रहमत खाँ अपनी बढ़ी फौज को लेकर निरंतर आगे बढ़ रहा हैं। उसने सोमेश्वर, कटारमल में भारी तबाही मचाई है। मंदिरों को तोड़फोड़ दिया है। लोगों को लूट लिया है घरों को आग के हवाले कर दिया है। वह कभी भी बैराठ पर आक्रमण कर सकता है। कर वह उत्साहित होता जा रहा है। अब विचार विमर्श में अधिक समय व्यर्थ करने का नहीं है। हमारे पास दो ही विकल्प हैं।"

वह कुछ क्षण के लिए रुका उसने सभा को एक तीक्ष्ण नजर से देखा। कुछ शूरवीर सिर उठाकर पंडित शिवदेव से नजरें मिलाकर ध्यान से उसकी बातों का श्रवण कर रहे थे। कुछ जो स्वभावतः शिवदेव के विरोधी थे या अपने महत्व के सामने उसे नहीं गिनते थे वे नजरें घुमाये बैठे थे। मैंने स्वयं इसका अनुभव किया; परन्तु मैंने अब पं0 शिवदेव पर शंका करना छोड़ दिया था। उसके पराक्रम से ही मुझमें कुछ साहस बचा था। मैंने ऊँचे स्वरों में कहा, ''पं0 शिवदेव! आप अपनी बात सस्पष्टता से रखें, मुझे विश्वास है आप उचित प्रस्ताव रखेंगे।''

पं0 शिवदेव ने कहा, ''नृपत, अब आज की विषम पारिस्थिति में हमारे पास दो विकल्प हैं, प्रथम यह कि हम जितने शेष बचे हैं, वे वापस लौट जाएँ। जहाँ भी रहमत खाँ हमें मिले उससे जी जान से लड़े या तो विजय को प्राप्त करें या जन्मभूमि के खातिर अंतिम साँस तक लड़ते-लड़ते मर जाएँ। आप कृपया इन रणबाकुरों से पूछें कि क्या वे इस विकल्प के लिए सहर्ष तैयार हैं? यदि सभी इस विकल्प को मानने के लिए तैयार हों तो मैं इस युद्ध की बागडोर सँभालने के लिए तैयार हूँ। मैं सर्वप्रथम प्राणप्रण से अपने जीवित रहते रहमत खाँ को आप तक न पहुँचने दूँगा। मैंने भी दो बार विधर्मियों को इस आशा में पीठ दिखाई थी कि अल्मपुरी से सेना आती ही होगी और हम बड़ी सेना के साथ उससे भिड़ सकेगें, किन्तु जो न हो सका। लेकिन अब यदि युद्ध होगा तो किसी भी स्थिति में पीठ नहीं दिखाई जाएगी। मरना तो सब को एक दिन है ही, तब स्वाभिमान व वीरता के साथ युद्ध कर क्यों न मरा जाय, क्या यह सभा तैयार है?''

मैंने सभा की ओर दृष्टि घुमाई, कहीं से कोई उत्तर नहीं था। इसी बीच नाहन राज्य की सेना की टुकड़ी का वीरनायक धर्मू सिंह दहाड़ा, '' वैसे तो कुर्मांचली वीर हो तुम, एक विधर्मी हमारी देवभूमि को तहस-नहस कर रहा है, मंदिरों को भग्न कर रहा है और तुम यहाँ मुँह छिपाकर बैठे हो। मैं पंडित शिवदेव के साथ हूँ, मेरी पूरी सैन्य टुकड़ी जीजान से लड़ मरने को तैयार है।''

धर्मू की दहाड़ से कुछ वीरों ने उसकी हाँ में हाँ मिलाई कुछ ने उत्साहित होकर, तो किसी ने मजबूरी में। तभी राजगुरु हरीकृष्ण जी धीरे से अपने स्थान पर खड़े हुए और उन्होंने धैर्य व सधे शब्दों से कहा, ''राजन! वीरों की यही निशानी है कि वह विभिन्न परिस्थितियों में जन्मभूमि के लिए जीवन समर्पित करने से न हिचकें, जो यहाँ पर पंडित शिवदेव और कई वीरों ने प्रदर्शित भी

किया है। ये सभी वीर सपूत हमारे गौरव है, किन्तु मर-कट कर समाप्त होना अंतिम नहीं विकल्प है, जैसा पं० शिवदेव ने कहा है। शिवदेव में एक ओर गंभीर पांडित्य है तो उसे राजनीति का भी ज्ञान है। अतः उचित होगा कि वह अपने दूसरे विकल्प को भी सभा के सम्मुख रखें। तब राजन् आप अपने स्वविवेक से उन विकल्पों पर विचार करें।''

राजगुरु के वचनों से सब सहमत थे। मैंने पंडित शिवदेव से कहा, ''पंडित शिवदेव! दूसरा विकल्प भी प्रस्तुत करें।''

शिवदेव ने सधे हुए स्वर में कहा, ''राजन्, उस विकल्प पर इसके पूर्व सभा में विचार विमर्श हो चुका है। वह यह है कि हमें गढ़वाल के राजा प्रदीप्त शाह से सहायता प्राप्त करने की कोशिश करनी चाहिए। हमें अपना प्रतिनिधि मण्डल शीघ्र गढ़ प्रदेश को रवाना करना चाहिए, यह सोचे बिना कि वे हमारी सहायता करेंगे अथवा नहीं? यदि वे हमारी सहायता करते हैं तो हमें उसे स्वीकार करते हुए रणनीति तैयार करनी होगी। हमारे कुछ सभासदों की राय है कि गढ़ प्रदेश हमारी सहायता शायद नहीं करेगा; परन्तु मेरा विचार भिन्न है। भिन्न विचार इसीलिए है कि गढ़वासी हमारे स्वधर्मी हैं वे कभी नहीं चाहेंगे कि उनके पड़ोसी राज्य में मुसलमानों का राज हो जाए। क्या कोई उनकी ज्यादतियों, अत्याचारों को भूला है, औरंगजेब के अत्याचार क्या कोई हिन्दू राज्य भूल सकेगा? जब हम अपना तर्क उनके समक्ष रखेंगे कि आज ये विधर्मी कुर्मांचल पर कब्जा कर लेंगे तो क्यों नहीं कल उनकी महत्वाकांक्षा होगी कि वे गढ़प्रदेश को भी छीन लें? हम उन्हें समझाएंगे कि इन विधर्मियों के कदम कभी भी गढ़प्रदेश को अपवित्र कर सकते हैं। मैं सुझाव देता हूँ कि राजन! आप एक प्रतिनिधि मण्डल आज ही गढ़प्रदेश को रवाना करें या फिर दूसरे विकल्प के अनुसार सभी कुमय्ये लड़कर, मर मिटने के लिए तैयार हो जाएँ?''

सभा में सन्नाटा छा गया, निःशब्द! कुछ देर पहले जो गढ़प्रदेश से सहायता न मिलने का तर्क दे रहे थे वे शांत बैठे थे। आज मैंने प्रथम बार न अपने प्रिय नाना सेनापति सुमेर सिंह की ओर नहीं देखा, नहीं मैंने राजगुरु के दृष्टिकोण की ही चिंता की और आदेश सुना दिया।

''पंडित शिवदेव के दूसरे विकल्प के अनुसार मैं राजगुरु हरिकृष्ण व पंडित शिवदेव को गढ़ प्रदेश की राजधानी श्रीनगर की ओर प्रस्थान करने और राजा प्रदीप्त शाह से जो भी आवश्यक संधि या शर्तें हों को सुनिश्चित कर शीघ्र वापस लौटेने का आदेश देता हूँ।''प्रथम बार मुझे संतोष हुआ कि मैंने

स्वतंत्र रूप से निर्णय लिया था, न किसी प्रभाव में, न ही किसी दबाव में। मैंने मन ही मन सोच लिया कि अब मैं सभी के उपकारों से मुक्त हो चुका हूँ। मुझे अपनी पराजय का भार हलका लगने लगा। मैंने यह भी तुरन्त ही अपने मन में तय कर लिया कि यदि गढ़नरेश से सहायता न मिली तो मैं अंतिम युद्ध के लिए तैयार रहूँगा।

आज मेरे अन्दर अतिरिक्त शक्ति की अनुभूति उत्पन्न हो गयी थी। यदि मनुष्य अपने विचारों के प्रति दृढ़ हो जाय और मृत्यु के भय से मुक्त हो जाय तो उसकी अधिकांश चिंताएं स्वतः ही समाप्त हो जाती हैं। मेरी चिंताएं आज लगभग समाप्त हो चुकी थी।

असमंजस में गढ़वाल

शिवदेव जोशी

मैं कुर्मांचल नरेश का संदेश लेकर राजगुरु हरिकृष्ण के साथ गढ़देश की ओर प्रस्थान कर गया। मैं अपने विचारों पर दृढ़ होकर मनन करते हुए आगे बढ़ रहा था। मार्ग में रुहेलों के भय से वीरान पड़े छोटे-बड़े गाँव, अभागों की भाँति खाली पड़े घरों को देखकर मन खिन्न हो जाता। शत्रु के प्रति क्रोध व घृणा की आग को बढ़ाता हुआ मैं दृढ़ निश्चयी के निश्चय के समान अविचल होकर निरंतर आगे बढ़ता रहा। नदियों, घाटियों, पर्वतशिखरों को पार करता, भूख प्यास की चिंता किये बिना, धूप- छाँव की उपेक्षा करता राजगुरु के साथ दूसरे दोपहर तक गढ़ प्रदेश की राजधानी के पास जा पहुँचा।

गढ़देश की राजधानी श्रीनगर में पाँव रखते ही मेरे तन का श्रम और मन का खेद समाप्तप्राय हो चला था। मुझमें फुर्ती और उल्लास की वृद्धि होने लगी। अंतःकरण में पसर चुकी पराजय की ग्लानि से छुटकारा-सा पा गया था। शत्रु से प्रतिशोध लेने के उपायों पर मेरा मस्तिष्क काम करने लगा था। मैंने भगवान बद्री विशाल का हृदय में स्मरण किया और पराजय से झुकी अपनी गर्दन उठाकर दृष्टि घुमाई। मुझमें शीघ्र से शीघ्र गढ़नरेश से मिलने की उत्कंठा जाग उठी।

हम दोनों कुछ ही घन्टों के भीतर गढ़नरेश प्रदीप्तशाह के दरबार में

उपस्थित थे। मैंने बड़े विस्तार से रुहेले पठानों के अत्याचारों का वास्तविक वर्णन किया। असफलताओं और पराभव के कारण बताए। यह भी स्पष्ट किया कि यदि इन पठानों को रोका न गया तो इनकी पहुँच किसी भी समय गढ़प्रदेश के अन्दर तक भी हो जाएगी। मैं सविस्तार अपने स्वधर्मी बांधवों को यह समझाने में सफल रहा कि रुहेले पठानों को रोकना आवश्यक है। यदि इनके विजय अभियान को रोकने में हम पर्वतवासी सफल न हो सके तो, इनके नापाक कदम बद्री विशाल तक न पहुँच जायेंगे? मैंने यह भी साफ तौर पर उल्लेख किया कि किस प्रकार विधर्मी पठानों ने माता राजराजेश्वरी नंदा के मंदिर को अपवित्र किया। मूर्तियों को तोड़ा, कटारमल के प्राचीन मंदिर को भग्न किया। उन्हें तोड़ा ही नहीं अपितु पशुओं के रक्त व मांस से अपवित्र भी किया। ऐसे नापाक मलेच्छियों से प्रतिशोध लेना क्या हम देवभूमि के वासियों के लिए आवश्यक नहीं हो जाता? यदि हम अपने कर्तव्यों से विमुख हुए तो इसके और अधिक गम्भीर परिणाम होंगे। जैसे-जैसे रुहेलों के अत्याचारों का वर्णन कर कुर्मांचल के गाँव-गाँव की त्रासदी का चित्र खिंचता चला गया वैसे-वैसे गढ़वासियों का अवर्णनीय भावावेश उन्हें उद्वेलित करता चला गया। मेरा संदेश पूर्ण हो चुका था।

राजा प्रदीप्त शाह की सभा में कुछ देर निःशब्दता छा गयी। तभी गढ़नरेश के महामात्य ने बड़े सधे स्वरों मे कहा, "गढ़नरेश! निश्चय ही आज कुर्मांचल पर संकट छाया हुआ है; परन्तु यह संकट स्वयं कुर्मांचल के शासकों की कुटिल नीति के कारण उत्पन्न हुआ है। चन्द्रराजाओं ने गढ़वाल पर कई बार आक्रमण किया। राजा कल्याण चंद के दादा बाजबहादुर से लेकर राजा देवी चंद तक सभी राजाओं ने गढ़वाल पर बार-बार आक्रमण किये। बघानगढ़ को लूटकर वहाँ से माँ नंदा देवी की सोने की मूर्ति राजा ज्ञानचंद उठाकर ले गये। आज उसी माँ राजराजेश्वरी नंदा की ये चन्द्रराजा रक्षा न कर सके। अब रुहेले मुसलमानों से हार जाने पर उसी गड़वाल से सहायता की आशा करते हैं जिसे इन्होंने कई बार उजाड़ने की कोशिश की। इसी राजधानी श्रीनगर को चन्द्रराजाओं ने लूटा था। गढ़वासियों ने अपनी बहादुरी और परिश्रम के बल पर आज गढ़देश को सुसम्पन्न व वैभवशाली बनाया है। सदैव युद्ध करने वाले आज हमें बधु बान्धव बताएँ, स्वधर्म की रक्षा की शिक्षा दें, कहाँ तक उचित है?"

उनकी बातों पर अधिकांश दरबारी सहमत नजर आ रहे थे।

मैं और हरीकृष्ण जी दोनों हक्का-बक्का रह गये थे। हम तो सोच रहे थे कि राजा प्रदीप्त शाह के मंत्री लोग सहायता देने के लिए उत्सुक दिखाई देंगे; किन्तु महामात्य ने तो स्पष्ट शब्दों मे चंदराजाओं द्वारा किये गये आक्रमणों का हवाला देते हुए अनेक प्रश्न खड़े कर दिये थे। इसमें दो राय नहीं थी कि जब से चन्द्रवंशी शक्तिशाली हुए वह चाहे राजा बाज बहादुर हों या राजा ज्ञानचंद, सभी ने जब मौका पाया गढ़राज्य पर आक्रमण किया तथा लूटा-पाटा। नंदादेवी की मूर्ति को उठाकर ले आये और उसे अल्मपुरी मे प्रतिष्ठापित किया। गढ़देश की राजधानी श्रीनगर पर अधिकार कर उसे एक ब्राह्मणी को दान में दे दिया था। इस तरह कई बार दोनों तरफ से युद्ध होते रहे।

हमारे राजगुरु हरीकृष्ण ने राजा प्रदीप्तशाह से अपनी बात रखने की इजाजत माँगी और कहा, " गढ़ नरेश! यह आपकी महानता है कि हम दोनों राज्यों के बीच इतनी कटुता होने के बाद भी आपने हमें अपनी सभा में आदर सहित संवाद करने की आज्ञा दी। कुर्मांचल नरेश व कुर्मान्चलीय प्रजा आपका आभार मानेगी। गढ़नरेश! यदि हम आक्रमणों की बात थोड़ी देर के लिए भूल जाएँ तो हम समझ सकते हैं कि हम दोनों देश कभी एक थे। इस उत्तराखण्ड पर कत्यूरी राजवंश का एकछत्र राज था। कत्यूरी राजवंश के अवसान के बाद हम बिखर गए। गढ़वाल में परमार वंश के लोग राज करने लगे। मण्डलीक राजा स्वतंत्र हो गये जो यत्र-त्रत अपने-अपने गढ़ बनाकर राज करने लगे। उधर धीरे-धीरे सम्पूर्ण कुर्मांचल पर चन्द्रराजाओं ने अधिकार कर लिया और गढ़वाल पर परमार वंश ने अधिकार स्थापित कर लिया। निश्चय ही दोनों राज्य लड़ते रहे हैं। बन्धु बांधव भी अपने-अपने हिस्से के लिए कभी-कभी लड़ते हैं। पुत्र भी पिता से राज्य के लिए कभी-कभी लड़ता है, परन्तु आज परिस्थितियाँ भिन्न हैं। आज एक विधर्मी जो बाह्य संस्कृति का संवाहक है वह हमारी सनातन धर्म व संस्कृति को विध्वंस करने पर तुला है। हमने युद्ध जरूर किये, याद करें माँ नंदा की मूर्ति को कुर्मान्चलियों ने लूटा जरुर; किन्तु वे माँ को पालकी पर बैठाकर ले गये थे-महान आदर के साथ उन्हें अल्मपुरी में विशाल मंदिर बनाकर प्रतिष्ठापित किया था। आज माँ नंदादेवी कुर्मांचल की राजदेवी हैं। अर्थात गढ़वाल व कुमाँऊ दोनों की साँझी संस्कृति है। हम लड़ते हुए भी एक हैं। दूसरी ओर क्रूर रुहेले पठानों ने उसी माँ के मन्दिर को भग्न कर दिया है। मंदिरों को गाय के रक्त व मांस से अपवित्र कर दिया है। कटारमल के मंदिर को भी ढहाने का प्रयास किया। हम दोनों राज्यों ने भी लड़ाइयाँ लड़ी हैं

इसमें असहमति नहीं; परन्तु क्या हमने मंदिरों को तोड़ा? देवी देवताओं का अपमान किया? माता-बहनों पर अत्याचार व अनाचार किए? नहीं किए। क्योंकि हमारा युद्ध राजसत्ता के लिए था, प्रजा तो हमारी ही थी। संस्कृति व धर्म तो हमारा एक ही था। अगर इतना कहने पर आप मेरी बात समझ गये हों तो आप राजा कल्याणचंद की सहायता करें, यदि नहीं तो हम स्वाभिमान के साथ रुहेलों की विशाल सेना से लड़ कर मर-खप जाने के लिये तैयार हैं। उसके बाद आप उनसे युद्ध कर लेना या संधि कर लेना वह आप पर निर्भर करेगा।''

कुर्मान्चलीय राजगुरु ने अपनी बात समाप्त की और वे अपने आसन पर जा बैठे। वे निरुत्साहित लग रहे थे। उनकी बातों का इतना असर जरूर हुआ कि अब न तो गढ़राज्य के महामात्य ही कुछ बोले न कोई अन्य मंत्रिगण ही उत्तर देने के लिए खड़े हुए। सभा में सन्नाटा छा गया। सबकी नजर राजा प्रदीप्त शाह पर थी।

महान निर्णय का क्षण

प्रदीप्त शाह

मैं प्रदीप्त शाह, गढ़देश का राजा आज बड़ी ही असमंजस की स्थिति में था। मैं कुर्मांचल की सहायता करूँ या न करूँ? मेरे महामात्य का रूख स्पष्ट था। अन्य सभासदगण भी उसकी राय से सहमत नजर आ रहे थे। हालाँकि उन्होंने निर्णय मुझ पर छोड़ दिया था जिस कारण मेरा चिंतन अधिक चिंतायुक्त हो उठा था। एक ओर चन्द्रवंशीयों का गढ़देश से शत्रुता का भाव रहा था तो दूसरी ओर देवभूमि पर मलेछियों का राज होने का कष्ट था। मुझे कुर्मान्चलीय राजदूत शिवदेव की इस बात में सत्यता नजर आ रही थी कि यदि कुर्मांचल पर रुहेलों का राज स्थापित हो गया तो ये विधर्मी अवश्य ही गढ़ प्रदेश को अपना अगला निशाना बनाएंगे। गढ़प्रदेश की सीधी लड़ाई रुहेलों से होगी जो लगातार बलशाली होते जा रहे थे। कठेड़ राजपूतों को राजच्युत कर उन्होंने पर्वतीय प्रदेश, जिसे हम अपना दुर्ग मानते थे और सोचते थे कि मैदानी सेना इन दुर्गम स्थानों पर चढ़कर हमसे युद्ध नहीं जीत सकेगी-आज यह भ्रम भी टूट

गया। अवश्य ही ये रुहेले गढ़देश के लिए विषकीट के समान हो जाएंगे। मुझे शीघ्र निर्णय लेना ही होगा। मैं मंत्रणा में जुट गया।

दूसरे दिन मैंने राजसभा के बीच कुर्मांचल के दोनों दूतों शिवदेव जोशी और उनके राजगुरु हरीकृष्ण को सादर बुलाया। सभा शांत होकर मेरे निर्णय की प्रतिक्षा कर रही थी। मेरा निर्णय बड़ा कठिन और दीर्घपरिणामी था। लोगों की आशंकाएं, चिंताऐं व उग्रता साफ झलक रही थी।

मैंने सभा को अति शांत पाकर तथा शिवदेव व हरीकृष्ण को चिंताग्रस्त देखकर अपना निर्णय अधिक देर तक लम्बित न रखते हुए कहा, ''गढ़देश के कर्मठ सभासदों, वीर सेनानायको आज हमारे सामने एक कठिन परीक्षा की घड़ी है। मुझे आज एक ऐसा निर्णय लेना है जिसके दूरगामी परिणाम होंगे। हमें जहाँ बीते हुए कल से सीख लेनी है तो भविष्य के गर्त में भी झाँकना होगा? हालाँकि भविष्य के अंधकारपूर्ण गर्त में कुछ स्पष्ट दिखाई नहीं देता है, अपने अनुभवों व उपलब्ध ज्ञान से अनुमान ही लगाया जा सकता है। वह अनुमान बहुधा सटीक होता हो, आवश्यक नहीं; किन्तु हमें आगे बढ़ना होता है। अतः हमें भविष्य के लिए अभी से निर्णय लेने होते हैं उसका परिणाम भी भविष्य के गर्त में ही छिपा होता है। आज ऐसे ही एक निर्णय का भार आपने मुझे सौंप दिया है।''

कुछ क्षण मैं रुका, मैंने चारो ओर दृष्टि घुमाई, सभी ध्यान से मेरा निर्णय सुनना चाहते थे। मैंने दृढ़ता से अपना पक्ष रखते हुए कहा, ''देवभूमि-उत्तराखण्ड प्रारम्भ से ही एक अखण्ड राज्य रहा है। देवों की विचरण स्थली, ऋषियों की तपस्थली, माँ पार्वती व महादेव की निवास स्थली है-यह उत्तराखण्ड। शासन किसी का हो; परन्तु सनातन धर्म की गंगा इसी प्रदेश से होकर पूरे भारतवर्ष में फैलती है। भारतीय संस्कृति से यदि उत्तराखण्ड को पृथक कर दें तो उसके पास अधिक क्या बचेगा? हिमालय के बिना क्या भारतवर्ष, भारतवर्ष रह सकेगा? भारतवर्ष को भारत नाम देने वाला भी यही प्रदेश है। अर्थात भारतीय धर्म-संस्कृति का सबसे महत्वपूर्ण भाग है-यह भूभाग। यह एक भूखण्ड नहीं है, यह सनातन धर्म का मूल स्थान है। विधर्मियों की कुचेष्ठाओं को यहाँ किसी भी परिस्थिति में सहन नहीं कर सकते हैं। हम स्वधर्मी धर्म की डोर से जुड़े हैं। हम आपस में राज्य के भूभाग के लिए अवश्य लडते रहते हैं; परन्तु हमने कभी मंदिरों को नही तोड़ा, कभी उन्हें अपवित्र करना तो दूर, ऐसा सोचा भी नहीं। मूर्तियों को लूटा तो इसलिए नहीं कि

उनका अनादर करें बल्कि इसलिए कि हम उन्हें आदर सहित अपना बना लें, उनकी पूजा करें। उन विधर्मी रुहेलों ने माँ राजराजेश्वरी की मंदिर को तोड़ा उसे पशुओं के रक्त व मांस से अपवित्र किया। हमारी माँ-बहनों के साथ अनाचार अत्याचार किया? क्या यह सब हम सहन कर सकते हैं? क्या कल इनके नापाक कदम गढ़ प्रदेश की ओर नहीं बढ़ेंगे? हमें उत्तराखण्ड देवभूमि पर आ पड़ी इस भयानक विपत्ति का बोध होना चाहिए। ये मलेच्छ हमारे चरित्र को दूषित करने, हमारे धर्म को भ्रष्ट करने पर तुले हैं। हमें इस भयावह विपत्ति का आभास है। इसके दूरगामी दुष्परिणामों का भी ज्ञान है। यह सब जानकर भी क्या हम तटस्थ रहने की मूर्खता कर सकते हैं? परधर्म सहिष्णुता तभी तक उचित है जब वे भी उसी तरह का भाव रखते हों। हमें अहिंसा परमोधर्मः का भाव धारण करने को कहा गया, इसी कारण हमने युद्ध भी मर्यादा के भीतर रह कर किए हैं। निर्दोष प्रजा व नारियों पर अत्याचार नहीं किये। हम अनावश्यक हिंसा में भी विश्वास नहीं रखते है; परन्तु हमारी इस भावना का यदि सामने वाला अनुसरण नहीं करता है तो क्या हम अतिरिक्त करूणा दिखाकर उनके सामने अपने को दुर्बल साबित कर दें? हमने अस्त्र-शस्त्र सज्जा के लिए तो धारण नहीं किए हैं। यदि हम यह सोचें कि रुहेलों का आक्रमण कुमय्यों पर है, प्रतिकार करना कुमय्यों का काम है, उनकी दुर्गति होती हो तो हो, हमें क्या लेना देना? शासकों के मध्य युद्ध तो होते ही रहते हैं, अनंतकाल तक चलते रहेंगे ऐसा सोचकर तटस्थ की भाँति रहे तो देवभूमि हमें क्षमा नहीं करेगी। माँ नन्दा देवी हमें क्षमा नहीं करेगी। इसीलिए मैंने निर्णय लिया है कि हम भले ही लड़ते रहे हों; परन्तु आज जो परिस्थिति है वह हमारे एक होने के लिए निर्मित हुई है। माँ राजराजेश्वरी ने स्वयं निर्मित की है। गढ़देश प्राणप्रण से कुर्मांचल के साथ है, उन्हें जिस प्रकार की भी सहायता की आवश्यकता हो-हम करेंगे।''

मैं सिंहासन से सहसा उठ खड़ा हुआ। दरबार में छायी निःशब्दता क्षणभर में ही तुमुल जय-जयकार में बदल गयी- ''जय माँ नन्दा देवी'' - ''जय बद्री विशाल'' की गूँज पूरे गढ़ प्रदेश में फैलती चली गयी। इस महासंधि की सूचना जहाँ तक पहुँचती लोग उल्लासित हो उठते गढ़ व कुमाँऊ राज्य जो कल तक आपस मे लड़ने का जरा-सा भी बहाना खोजते थे, आज एक डोर से बँधे जा रहे थे। ये दोनों राज्यों के लिए महान क्षण था।

देखेते ही देखते गढ़प्रदेश के सारे निवासी, नरेश प्रदीप्त शाह के नेतृत्व में वाह्य शत्रु से प्रतिकार की योजना पर विचार करने लगे। गढ़ नरेश आवश्यक

निर्देश जारी करने लगे। मंत्रियों व दरबारियों में मंत्रणाएं होने लगी। विधर्मी रुहेलों को खदेड़ने की रणनीति तैयार होने लगी। विपत्ति बहुत गम्भीर थी। क्रूर, विज्योन्मत रुहेलों से लड़ना कोई हँसीखेल न था। गम्भीर विपत्ति की मंत्रणा भी गम्भीर थी। कुर्मांचलीय अपनी सेना व वैभव दोनों गवा बैठे थे उनकी सेना हताश व दुर्बल थी। उनके उस दुर्बल सेना में गढ़ सेना के जा मिलने से उनमें एक नये उत्साह का संचार होगा और दोनों मिलकर क्रूर रुहेलों को परास्त कर पाएंगे इस पर गहन विचार होने लगा।

मैं सोच रहा था कि उत्तम उद्धेश्यों के लिए, समुदाय के हित हेतु किये गए संकल्प का सामूहिक बल कुछ अलग ही होता है। आज प्रजा के व्यवहार से मैं इसे प्रत्यक्ष रूप से अनुभव कर रहा था।

संयुक्त सेना की हार

शिवदेव

राजा कल्याणचंद गढ़वाल की सीमा के पास अपनी बची-खुची सेना व हताश सहयोगी के साथ गैरमांडा नामक स्थान में शिविर डाले बैठे थे। निश्चित ही वे हमारे गढ़प्रदेश से लौटने की बेसब्री से प्रतीक्षा कर रहे होंगे। आशंकाओं के अनेक शूल उन्हें पीड़ित कर रहे होंगे।

मैंने राजगुरू हरिकृष्ण के साथ विचार विमर्श किया और इस निष्कर्ष पर पहुँचा कि यदि गढ़नरेश दो-ढाई हजार सैनिक व कुछ अन्य सैन्य सहायता हमें दे देते, तो उनके साथ मिलकर हमारी दो हजार कुर्मांचली सैनिक रूहेलों पर जोरदार हमला कर दें तो रुहेलों को परास्त करना कठिन न होगा। गढ़नरेश हर प्रकार की सहायता करने की सहमति दे चुके थे।

एक सप्ताह के बाद गढ़वाल व कुमाँऊ की संयुक्त सेनाओं ने अपना अभियान प्रारम्भ किया। राजा कल्याण चन्द्र प्रसन्न थे कि उन्हें गढ़देश का पूरा समर्थन मिल गया था। उनकी सभी शंकाएँ निर्मूल साबित हुई।

हमारी संयुक्त सेना ने पश्चिमी सीमा में चौखुटिया पर अधिकार स्थापित कर आगे बढ़ते हुए द्वाराहाट पर धावा बोला। वहाँ रूहेलों के कुछ सौ सैनिक थे

जो बड़ी सेना देखकर भाग खड़े हुए। संयुक्त सेना ने द्वारहाट पर अपना कब्जा जमा लिया। प्रजाजनों में व्यापक प्रसन्नता छा गयी। एक बड़ी सेना को देखकर उनके पराजित मन में स्वतंत्रता की चमक दिखायी देने लगी। द्वाराहाट पर अधिकार करलेने के बाद मुझे सूचना मिली कि रहमत खाँ शेष फौज के साथ बौरारौ में डेरा डाले बैठा है। मैंने गढ़वाली सेना के सेनानायक से विचार विमर्श किया और यह निर्णय हुआ कि हमारी सेना को रुहेलों पर आगे बढ़कर हमला कर देना चाहिए। हमारी संयुक्त सेना ने बौरारौ की ओर प्रस्थान किया हम निश्चय ही उत्साहित थे। रुहेलों की सेना से हमारी सेना का संख्या बल अवश्य ही कम था, किन्तु दो राज्यों की संयुक्त सेना होने का एक अलग ही उत्साह था। गाँव व कस्बों पर अधिकार स्थापित करते हुए हमारा शिविर बौरारौ के कुछ मील दूरी पर स्थापित हो गया। उधर जैसे ही हाफिज रहमत खाँ को हमारी संयुक्त फौज के आ धमकने की सूचना प्राप्त हुई, वह आग बबूला हो उठा। उसने भी तैयारियाँ प्रारम्भ कर दीं। हमारी संयुक्त फौज को सामने पाकर उसे जरूर यह लगा होगा कि अभी उसने पूरे कुमाँऊ को फतह नहीं किया है, अभी युद्ध बाकी है।

हमारी संयुक्त सेना का नेतृत्व हरी सिंह कर रहा था, गढ़वाली सेना का सेना नायक थान सिंह था। मैं हरी सिंह के अधीन उप सेनानायक था। शिविर में हमारी युद्ध परिषद की बैठक हुई। तय हुआ कि बिना विलम्ब के रुहेलों पर धावा बोल दिया जाय ताकि उन्हें अधिक तैयारी का समय न मिले।

अगले दिन सूर्योदय से पूर्व ही हम रुहेलों के शिविर पर धावा बोलने को तत्पर हो ही रहे थे कि सूचना मिली कि रुहेले पूरी तैयारी के साथ हमारे शिविर की ओर बढ़े चले आ रहे हैं। वे हमसे अधिक तैयारी व तत्परता के साथ युद्ध के लिए प्रस्तुत थे। आनन-फानन में हमारी फौज शिविर से बाहर निकलकर युद्ध हेतु प्रस्थान करने ही वाली थी कि चारों ओर से ''अल्ला हो अकबर'' की आवाजें गूँजने लगी। हाँलाकि हम तैयार थे, किन्तु हमें यह आशा नहीं थी कि रुहेले रात में ही युद्ध की तैयारियाँ कर सूर्योदय होने से पहले ही हम पर चढ़ बैठेंगे। हमारी सेना तो उनके शिविर पर आक्रमण की रणनीति ही बना रही थी। अंततः स्थिति स्पष्ट हो गयी कि अब हम अपनी रणनीति के तहत युद्ध नहीं कर सकेंगे। हम प्रातः का इंतजार करते रहे और रुहेलों ने प्रातः होने का इंतजार नहीं किया। निश्चय ही हाफिज रहमत खाँ चतुर रणनीतिकार था और उसकी सेना इन दुर्गम पर्वतीय मार्गों पर भी कुशलता से युद्ध को तत्पर थी। मैं दो बार

रहमत खाँ से युद्ध कर चुका था, दोनों बार हारा भी था। तब हमारा सैन्य बल नगण्य था, किन्तु मैं इन रुहेलों से जरूर यह सीख गया था कि युद्ध जीतने के लिए लड़े जाते है। युद्ध मर्यादाओं के पुराने तौर तरीके जो हमारी फौजें अपनाती चली आ रही थी- अब पुरानी हो चुकी हैं। न तो रुहेले समय देखते हैं न ही प्राकृतिक परिस्थितियाँ, न वे रात देखते हैं न दिन। उनका एक ही उद्धेश्य होता है- युद्ध और जीत। जबकि हम व्यवस्थित होकर लाव लश्कर के साथ ढोल, तूरी, नगाड़ा बजाते हुए, दुश्मन को ललकारते युद्ध के लिए जाते थे। वे जैसे होते थे, जहाँ होते थे, जैसी भी स्थिति में होते थे, अपने सेना नायक की एक आवाज पर युद्ध में कूद पड़ते थे। यह अभी हमें सीखना था। हालाँकि इसके पीछे एक क्रूर सत्य यह भी था कि उनके सैनिकों को प्रजा को हर तरह से लूटने की खुली छूट थी। उनके लिये युद्ध के नियम व मर्यादाओं का कोई महत्व नहीं था।

हमारी संयुक्त सेना बहादुरी से लड़ रही थी। मुकाबला बराबर का था, जोरदार था। भयंकर मार काट मची। रुहेलों के पास बन्दूकें अधिक थी जिस कारण कहीं कहीं पर वे भारी पड़ रहे थे। गढ़वाल व कुमाऊँ की संयुक्त फौज ने आग बरसाती बन्दूकों की परवाह नहीं की। मैं और थान सिंह दिनभर सैनिकों का उत्साह बढ़ाते रहे, दुश्मनों को काटते रहे।

निश्चित ही हमारी चार हजार की फौज कम न थी, किन्तु रुहेलों ने हमें चारों ओर से घेरा हुआ था जिस कारण हमें कई मोर्चों पर एक साथ लड़ना पड़ रहा था। शाम होते होते हमारी आधी फौज या तो खेत रही या घायल होकर युद्ध के लायक नहीं रही। अब हमारे ऊपर फिर हार का खतरा मंडरा रहा था। हमारे सैनिक दिनभर के युद्ध से थक चुके थे। रुहेले सैनिक किसी भी स्थिति में युद्ध रोकना नही चाहते थे। पता नहीं उनमें ऐसा क्या था कि रात्रि में भी युद्ध रोकना नहीं चाहते थे? शायद उनको पीछे से निरंतर नए हथियार, बारूद एवं सैनिक प्राप्त हो रहे थे, जबकि हम चारों ओर से घिरे थे। हमारी पूरी सेना एक साथ युद्धरत थी। हमारे पास बदूकें भी कम थी। शाम ढलते ही यह तय लगने लगा कि संयुक्त सेना हार की ओर है। सेनापति हरी सिंह व गढ़वाल के सेनानायक थान सिंह और मेरे मध्य मंत्रणा हुयी। इस मंत्रणा में तय मान लिया गया कि हम हार रहे हैं। हमने आक्रमण करने में देरी कर दी थी जिस कारण हम अपनी युद्ध की रणनीति के आधार पर उन पर धावा न बोल सके; उल्टा उन्होंने हम पर धावा बोल दिया था। हम रात्रि में युद्ध नहीं चाहते थे, किन्तु

रुहेले रुकने का नाम नहीं ले रहे थे। हमारी आधी फौज नष्ट हो चुकी थी। तय यह रहा कि हम युद्ध से पीछे हट जायें। फौज को अनावश्यक रुप से मरने-कटने देना उचित नहीं था।

संकेत होते ही हमारी सेना में खलबली मच गयी, हम पीछे हटने लगे रात्रि के अंधकार में हम दुर्गम पहाड़ी मार्गों पर भाग खड़े हुए। उन्होंने हमारा पीछा नहीं किया। या तो वे अंधकार में दुर्गम पहाड़ी मार्गों के अभ्यस्त नहीं थे या वो हमारे शिविर पर छूट गये रसद अस्त्र-शस्त्र पर अधिकार करने में जुट गये थे। जो भी हो हमारी बची खुची सेना थकी- हारी द्वाराहाट वापस लौट आयी। चारों ओर घोर निराशा का वातावरण छा गया। सेनानायक हरी सिंह थान सिंह सिर झुकाये बैठे थे। राजा कल्याण सिंह की रही सही आशा भी धूल में मिल गयी थी। अब तो युद्ध करने की इच्छा शक्ति भी समाप्तप्राय होने लगी थी। तुरन्त ही सूचना गढ़नरेश को भेजी गयी। दूत गढ़देश की राजधानी श्रीनगर को रवाना हो चुका था।

गढ़वाल व कुमाँऊ की संयुक्त सेना और रुहेलों के मध्य हुए इस युद्ध से इतना जरूर हुआ कि रुहेलों की फौज भी बड़ी संख्या में मारी गयी और उन्हें यह जता दिया गया कि अभी युद्ध समाप्त नहीं हुआ है। निश्चय ही इस युद्ध से हाफिज रहमत खाँ यह जान गया था कि उसे अभी और आक्रमणों का सामना करना पड़ेगा। उसकी फौज निरंतर घटती जा रही थी। अब तो उसके पास लगभग तीन-साढ़े तीन हजार की फौज ही शेष रह गयी थी। उधर हमने द्वाराहाट में किले बंदी कर ली, हमें प्रजा का साथ भी मिल रहा था। अतः अभी हमारे हौसले अभी पस्त नहीं हुये थे।

हम नये सिरे से रणनीति बनाने लगे।

प्रकृति का असहयोग

कूर्मांचल के इस हिमालयी क्षेत्र में सूर्य की किरणों की प्रखरता मद्धिम पड़ती जा रही थी। सूर्य की किरणों का स्पर्श प्रिय लगने लगा था। आग की ताप अपनी ओर आकर्षित करने लगी थी। प्रातः काल से ही कोहरा चारों ओर फैलता जा रहा था। सूर्य की मद्धिम किरणों का यह कोहरा अपहरण कर उन्हें

पृथ्वी पर पड़ने ही नहीं दे रहा था। सूरज भी बादलों का कम्बल ओढ़ चुका था। हल्की बारिस होने लगी थी। रुहेले पठान सोच रहे थे यह कैसी ऋतु है। गीले कपड़े सूख नहीं रहे थे। उन्हें इस शीत प्रदेश में रहना अति कष्टकारी लगने लगा। ठंढ से दुबके पड़े एक सैनिक ने दूसरे से कहा,

" ये कुमय्ये तो सदैव से यहीं रहते आये हैं ये कैसे कड़कड़ाती ठंढ में रह लेते हैं?"

"भाईजान! हमारे पास तो गर्म कपड़े व गर्म बिछौने भी नहीं हैं।"

"अरे! भाईजान अभी तो हेमन्त ऋतु चल रही है। शिशिर ऋतु में क्या होगा?"

"ठंड तो बढ़ती ही जा रही है, अभी तो यहाँ बर्फ भी पड़ेगी तब क्या होगा? हम तो अभी ठंढ से मरे जा रहे है।"

एक सैनिक ने कहा, "हमारे कई सैनिक ठंढ से बीमार पड़ गये हैं।'"

"अरे! कई तो मर भी गये है।"

"क्या यह सच है?"

"अरे! धीरे बोलो सरदार इन बातों को अफवाह मानता है और सजा भी देता है।" फिर वह धीरे से फुसफुसया, "लेकिन यह सच है कि ठंढहमारे लिए जानलेवा होगी।"

हाफिज रहमत खाँ भी शीत को सर पर देख कर परेशान था। निश्चित ही मैदानी सैनिक न तो अधिक शीत में रहने के अभ्यस्त थे, न ही उनके पास प्रर्याप्त गर्म वस्त्र थे। स्थानीय लोग या तो ग्राम छोड़कर भाग गये थे जो बचे थे उनका असहयोगी रुख था। वे मंदिरों के विध्वंस करने से खासे नाराज थे। वे मुसलमानों को म्लेच्छ कहते थे और अपवित्र मानते थे, जो उनकी पानी की बावड़ी तथा जलाशयों को अस्वच्छ कर रहे थे।

हाफिज रहमत खाँ शृंगाल चतुर था। वह भी अपना महत्वपूर्ण समय इस दुर्गम पहाड़ों पर खपाना नहीं चाहता था। यहाँ उसे अपना भविष्य आगे बढ़ता नहीं दिखाई दे रहा था। रुहेलों की राजधानी से दूर रहकर उसे रुहेलखण्ड में अपनी स्थिति कमजोर होती दिखाई दे रही थी। यदि वह प्रर्याप्त धनदौलत के बिना लौटा तो उसकी यह जीत अधिक सार्थक नहीं रहेगी। शीत के प्रकोप से भी उसके सैनिक बीमार हो कर मर रहे थे। कुर्मांचल के धर्मपरायण

ग्रामवासियों से भी उसे अपेक्षित सहायता या सहृदयता नहीं प्राप्त हो रही थी।

पराजित का सम्मान

राजा कल्याण चंद

मैंने शिवदेव और हरिकृष्ण को राजदूत बनाकर गढ़प्रदेश भेजा था। गढ़ प्रदेश की राजधानी श्रीनगर जाकर उन्होंने राजा प्रदीप्तशाह से गूढ़ विमर्श किया फलस्वरूप कुछ ही दिनों में राजा प्रदीप्त शाह ने सम्मान सहित मुझे श्रीनगर आने का निमंत्रण दिया। मैं सभी शंकाओं का त्याग कर श्रीनगर की ओर प्रस्थान कर गया।

रास्तेभर विभिन्न विचार मेरे मन में आते जाते रहे। जिस राज्य से हमारे वंशज बराबर लड़ते-झगड़ते रहे, आज उसी की शरण में जाना पड़ रहा है। आखिर मनुष्य ऐसा कब करता है जब उस पर कोई भारी विपत्ति आन पड़े। कोई तीसरी शक्ति जब ललकारे तब ही बंधु-बांधव याद आते हैं। मैं यह भी सोच रहा था कि अभागे जीवन को क्या-क्या नहीं देखना पड़ता है?

जैसे ही मैंने श्रीनगर प्रवेश किया मेरी सभी बची खुची शंकाएँ भी निर्मूल हो गई क्योंकि मेरे स्वागत हेतु गढ़देश के महामात्य स्वयं नगर के बाहर आ खड़े थे। मुझे एक पराजित राजा की भाँति नहीं अपितु एक देश के राजा की भाँति ससम्मान, स्वागत सहित गढ़नरेश के दरबार में ले जाया गया। इस सम्मान से मेरे मन के पराभव का भाव कुछ कम हुआ। तन का श्रम व मन का खेद जाने कहाँ चला गया। मैंने पराजय की ग्लानि से बहुत कुछ छुटकारा-सा पा लिया था। मेरे भीतर प्रतिशोध लेने के उपाय खोजने की क्षमता आने लगी थी।

जैसे ही मैंने राजा प्रदीप्त शाह के दरबार में प्रवेश किया चारों ओर से ''जै नन्दा देवी- जै बद्री विशाल'' के नारे गूँज उठे। मेरे लिए परम आनंद के क्षण थे। राजा प्रदीप्त शाह सिंहासन से उतर कर दरबार के मध्य में आये और मुझे अपने कंठ से लगा लिया और मुझे सभा मंच की ओर लेकर चले। आदर सहित अपने निकट उचित आसन पर बैठाया। दो राज्यों के राजाओं का यह

गौरवपूर्ण मिलन था जो सैकड़ों वर्षों के बाद आया था।

सभा कक्ष खचाखच भरा था। कुछ क्षणों की औपचारिक वार्ता के पश्चात् गढ़नरेश प्रदीप्त शाह ने ओजस्वी स्वरों में अपना भाषण देना प्रारम्भ किया-

''देवभूमि के एक खण्ड- मानसखण्ड का वीरपुत्र आज केदारखण्ड के गढ़प्रदेश की राजधानी में आया है। सैकड़ों वर्षों के बाद आज यह अवसर आया है। भले ही हमें बाहरी शत्रु से पराजित होने के कारण यह मिलने अवसर आया हो। हो सकता है कि देवाधिदेव ने हमारे मिलन के लिए ही यह अवसर निर्मित किया हो। हमें इस अवसर को सुअवसर में परिवर्तित करना है। हम राजा कल्याण चंद का अपनी राजसभा में स्वागत करते हैं।''

पूरी सभा ने करतल ध्वनि से मेरा पुनः स्वागत किया। मैंने भी अपने स्थान से खड़े होकर हाथ जोड़, सिर झुकाकर सभा के स्वागत का आभार व्यक्त किया।

गढ़नरेश ने कहा, ''राजा कल्याणचंद की सैन्य सहायता का प्रस्ताव भी हमने स्वीकार किया था, अपनी सेना की एक टुकड़ी हमने गैरसेंण भेजी थी। हमारी दोनों राज्यों की संयुक्त सेना बहादुरी के साथ रुहेले पठानों से लड़ी। उसकी सेना को भारी क्षति पहुँचाई, हालाँकि युद्ध मर्यादाओं को न मानने वाले, क्रूर आततायी, विधर्मी रुहेलों से हमारी सेना हार गयी; किन्तु हमारी सेनाओं ने यह साबित कर दिया कि हमने अभी हार स्वीकार नहीं की है। हम पुनः उन पर आक्रमण करेंगे। आज तक स्थिति यह रही कि हम आपस में ही लड़-लड़ कर कमजोर होते रहे। बाह्य व विधर्मियों से हमने लड़ने के बारे में विचार ही नहीं किया। अपने पर्वतीय राज्य के दुर्लंघ्य पर्वत श्रृंखलाओं को अपना अजेय दुर्ग मान लिया और सोच लिया कि यहाँ कोई चढ़कर नहीं आएगा। यह कुछ सीमा तक उचित भी था; किन्तु असम्भव भी नहीं था। अब हमें अपनी देवभूमि की रक्षा हेतु नई रणनीति से युद्ध तैयारियाँ करनी होंगी। हमें दक्षिण-पश्चिम के राज्यों से आ रही चुनौतियों का एक साथ मिलकर मुकाबला करना होगा। इन विधर्मियों ने हमें हराया यह महत्वपूर्ण नहीं है। इसके पूर्व भी हम हारते-जीतते रहे हैं, अपमान व कष्ट की बात यह है कि इन विधर्मियों ने हमारे देवभूमि को अपवित्र किया। हमारे देवालयों को तोड़, मूर्तियों का भंजन किया। पवित्र देवालयों को गाय व पशुओं के रक्त व मांस से अपवित्र किया। राजराजेश्वरी माँ नन्दा देवी के मन्दिर को तोड़ा, प्राचीन कटारमल के सूर्य मन्दिर को तोड़ा, गाँव-गाँव मे बने मन्दिरों को तोड़कर

अपवित्र कर दिया-यह कष्ट और अपमान की बात है।''

कुछ क्षण के लिए राजा रुका उसने मेरी ओर दृष्टि घुमाई, मैं थका-हारा सिर झुकाकर सब सुन रहा था। उन्होंने मुझे इंगित करते हुए कहा, ''राजा कल्याण चंद! अतीत की घटी भूलों पर, बीती बातों पर पश्चाताप ही किया जा सकता है, किन्तु जो बीत चुका है जो असंभव हो चुका है उससे क्या अपेक्षा? क्या लाभ? हम कब तक बूढ़ी परंपराओं से जकड़े रहेंगे। हमें मिलकर अपने देवभूमि की रक्षा करनी होगी। हमें कूर्मांचल या गढ़देश की पृथक-पृथक सुरक्षा के विचार को त्यागकर पूरे उत्तराखण्ड के स्वाभिमान व सुरक्षा की चिंता करनी होगी। हमें नयी रणनीति पर विचार करना होगा। आपस में सहयोग कर एक दूसरे के राज्य का सम्मान करना होगा। आपस में बन्धुप्रेम का दिखावा न कर प्रकट रुप से उसे उजागर भी करना होगा, जैसे गढ़देश ने अपनी सेना रुहेलों के विरुद्ध भेज यह साबित कर दिया कि हम कुर्मांचलियों से कोई बैर नहीं रखते हैं। हमें अपने क्षुद्र स्वार्थों को त्यागना होगा। संकट के वास्तविक स्वरुप को पहचानना होगा। हमारी देवभूमि पर आधिपत्य जमाने को व्याकुल अली मोहम्मद खाँ इस अवसर को छोड़ेगा नहीं। वह पूरी देवभूमि पर विष कीट की भाँति व्याप्त हो जाएगा। वह विष हमारी सम्पूर्ण संस्कृति को ही नष्ट करके रख देगा। हमें इस विपत्ति से निपटने के लिए तत्काल कदम उठाने है।''

राजा प्रदीप्तशाह ने अपनी बात समाप्त की और अपने वंशज छोटे भाई रणाधिकारी विक्रमपतिशाहसे सलाह चाही। विक्रमपति चतुर राजनीतिज्ञ तो था ही, एक वीर योद्धा भी था। उसने गढ़देश के कई युद्धों का सफल नेतृत्व किया था। वह गर्वीले स्वर मे बोला, ''सियार जैसे चतुर रुहेले सरदार रहमत खाँ का इस प्रकार के अत्याचार और देवभूमि की प्रजा के दमन और देव मंदिरों का अपमान सुनकर मैं विचलित हो गया था लेकिन कुमय्यों ने इस युद्ध में निश्चय ही कायरता का परिचय दिया, बिना लड़े ही अल्मपुरी को खाली करना मुझे अखरा है। अल्मपुरी जैसी प्राकृतिक प्रबल दुर्ग की रक्षा न कर पाने तथा माँ नंदा देवी के पवित्र मंदिर पर विधर्मियों द्वारा अपवित्र करने के अपयश सदैव राजा कल्याणचंद व चन्द्रवंशियों के माथे पर रहेगा। मुझे यह जानकार संतोष हुआ कि राजा कल्याण चंद ने अपने बांधवों को पहचाना। उनसे सहायता की इच्छा व्यक्त की तथा अल्मपुरी को रुहेलों से खाली कराने का प्रयत्न करने के उद्धेश्य से आज गढ़ प्रदेश में उपस्थित हैं। जब तक अल्मपुरी को रुहेलों से खाली नहीं करा लेंगे तब तक वे चैन से नही बैठेंगे- राजा कल्याण चंद की

इस प्रतिज्ञा से मैं प्रसन्न हुआ। उन्हें येन-केन प्रकारेण इस पराजय के कलंक को धोना ही होगा। यह सब कैसे सम्भव होगा वह समय के गर्भ में है। हाँ हमारे महान नरेश ने विशाल ह्रदय का परिचय देते हुए, रुहेलों से सदा का बैर ठानते हुए भी कुर्मांचल की हर प्रकार से सहायता और अल्मपुरी से विधर्मी रुहेलों को भगाने में राजा कल्याण चंद की जो सहायता करने का निर्णय लिया है उससे गढ़देश की सेना और प्रजा गढ़नरेश के प्रस्ताव के समर्थन में एक जुट है।''

मेरे मन में उत्साह की नयी किरण प्रज्जवलित हो उठी। पंडित शिवदेव जोशी का यह प्रस्ताव आज मूर्त रूप ले चुका था कि गढ़प्रदेश अवश्य ही हमारी सहायता करेगा। तभी गढ़देश के बूढ़े अमात्य ने कहा, ''अंधकार से प्रकाश के मार्ग की ओर जाने के लिए मात्र प्रकाश की आवश्यकता ही नहीं होती है, बुद्धि, उत्साह, आत्म विश्वास का होना आवश्यक है। यदि प्रकाश को ही एक मात्र साधन मान लिया जाय तो भाग्य भरोसे बैठकर कुछ भी प्राप्त नहीं हो सकेगा। आवश्यकता है एक दूसरे पर सम्पूर्ण विश्वास करते हुए सफलता की प्राप्ति हेतु गम्भीर प्रयास करने की, एक अच्छी नीति पर सुविचार करने की। विचार या नीति तभी फलीभूत होती है जब उसके व्यवहारिक पहलुओं को भलीभाँति आँका जाए।''

वह कुछ क्षण के लिए रुके उन्होंने सभा पर दृष्टि घुमाई। सभी उनकी बातों को ध्यान से सुनना चाहते थे। उन्होंने आगे कहा, ''आज दोनों राज्यों की सेनाएं इस स्थिति में नहीं हैं कि रुहेले पठानों को पराजित कर सकें। रुहेले पठान शक्ति सम्पन्न के साथ ही आर्थिक रूप से भी सम्पन्न हैं। मुझे सूचना मिली है कि रुहेलों की एक नयी सैन्य टुकड़ी कोटा भावर के रास्ते वैराठ पहँचने का प्रयास कर रही है। यदि समय रहते इस रुहेले रूपी संक्रमण को रोका न गया तो सम्पूर्ण उत्तराखण्ड को इससे भी अधिक भयंकर विपत्ति का सामना करना पड़ेगा। तब तुम सब अपने को इससे भी अधिक असहाय पाओगे। हम सब आज से भी हीनतर दशा में आ जाएंगे। अतः आत्मबल व विश्वास को बढायें, परस्पर बंधुप्रेम को आगे रखें। प्राणों की आहूति देकर भी इस विपत्ति का प्रतिकार करें, यहीं पर तुम देवपुत्रों की परीक्षा है। हर कार्य युद्ध से ही सफल हो आवश्यक नहीं। समय की माँग है कि रुहेले पठानों के सरदार रहमत खाँ से संधि का प्रस्ताव रखा जाय। पं0 शिवदेव जोशी की सूचना के अनुसार रहमत खाँ उसकी सेना शीत से परेशान है, ठण्ड बढ़ती जाएगी। इधर लगातार युद्ध के कारण उसकी सेना का संख्या बल भी कम हुआ है। सरदार

रहमत खाँ स्वयं भी रुहेलखण्ड लौटना चाहता है। अतः यह उचित अवसर है कि एक दूत भेजकर रुहेलों से संधि की बात की जाय। यह बात भी सच है कि मैदानी सैनिक अल्मपुरी की शीत को सहन नहीं कर पाएंगे। जल्दी ही बर्फबारी होगी, वे चाहेंगे कि यहाँ पर अपने कुछ अधिकार सुरक्षित कर वापस मैदान की ओर लौटा जाएँ। मेरा विचार है कि तुरन्त संधि की शर्तों पर विचार हो और एक दूत को सरदार रहमत खाँ के पास भेजा जाय।''

बूढ़े अमात्य के वचन सुनकर सभा मध्य में सन्नाटा छा गया। मैंने राजा प्रदीप्तशाह की ओर दृष्टि उठायी, हम दोनों की आँखें मिली और अमात्य की बातों पर दोनों की सहमति हो गयी।

गढ़नरेश के विशाल हृदय के कारण आज हमारे कुमाऊँ व गढ़वाल राज्य के राग-देष समाप्त हो गये थे। युद्ध में पराजित कुमय्यों को आज जो सम्बल मिला था, यह इतिहास में सदैव स्वर्ण अक्षरों में अंकित रहेगा। यह बंधु प्रेम सदैव याद किया जायेगा।

हम दोनों के मध्य गूढ़ व गम्भीर विचार विमर्श का दौर चला आर्थिक पहलुओं पर विचार हुआ। मेरे पास जो धन बचा था मैंने उसे प्रदीप्त शाह के सामने प्रकट किया। जो कुछ अल्मपुरी में छुपाकर रखा गया था उस पर अभी विचार करना उचित न था जब तक कि अल्मपुरी पर अधिकार न हो जाता। रात-दिन वार्ताओं का दौर चला। तर्क-विर्तक-कुर्तक सब हुए। किसे किस कार्य हेतु कहाँ भेजा जाए, इस पर सहमति बनी एवं निष्कर्ष भी निकाले गये।

मैं एक ओर उत्साहित भी था तो दूसरी ओर भाग्य द्वारा लिखे जा चुके क्रूर परिहास को लेकर व्याकुल था। क्या हम दोनों राज्य मिलकर भी इस दुर्दशा का ठीककर पाएंगे? कष्ट पा रही प्रजा पुनः स्वंतत्रता की स्वास ले सकेगी? रात्रि को यह सब विचार करते-करते मैं कब नींद के आगोश में समा गया था मुझे याद नहीं रहा था।

संधि की ओर

शिवदेव

इधर हमारे गुप्तचरों की सूचना यदि सही थी तो मेरा विचार दृढ़ हुआ कि

अब रुहेलों से संधि करने का यह उचित अवसर है। अगले दिन गौरमाड़ा के शिविर सभा में जिसमें राजा कल्याण चंद, गढ़देश के सेनानायक थान सिंह उनके सलाहकार अनुसुइया प्रसाद उपस्थित थे। उनके सामने मैंने यह प्रस्ताव रखते हुए कहा, "राजन! हमने तीन बार रुहेलों पर आक्रमण किया। दो बार तो मैंने स्वयं युद्ध की कमान सँभाली थी, जिसमें मुझे हार का सामना करना पड़ा था। आज पुनः हमारी दो राज्यों की संयुक्त सेना को भी हार का मुँह देखना पड़ा है; किन्तु इस युद्ध से रहमत खाँ को यह अनुभव हो गया है कि अभी हम पूरी तरह परास्त नहीं हुए है। उसे भान है कि उसे अभी और आक्रमणों का सामना करना पड़ सकता है। मेरी सूचना के अनुसार वह चिंतित है। उसकी सेना की संख्या भी लगातार हमारे आक्रमणों से कम होती जा रही है। दूसरा कारण यह है कि इस शीत प्रदेश की शीत ॠतु में उसके मैदानी सैनिक रुकना पसन्द नहीं कर रहे हैं। मेरा मानना है यह उचित अवसर है कि हम गढ़नरेश से वार्ता कर हाफिज रहमत खां को संधि का प्रस्ताव भेजें।"

तभी राजा कल्याण चंद ने चिंतित स्वर में कहा, "संधि प्रस्ताव से क्या वह जीता हुआ कुमाँऊ खाली कर देगा? यदि नहीं तो संधि का औचित्य क्या होगा?"

सभी को मेरे उत्तर की प्रतिक्षा थी। मैंने कहा, "राजन! हम तीन बार युद्ध हार चुके हैं, हमारी बड़ी संख्या में फौज मारी जा चुकी है। अब हम कई मास तक युद्ध करने की स्थिति में नहीं हैं। हमारा अस्त्र भण्डार लगभग समाप्त हो चुका है। सबसे वीर योद्धा घायल पड़े हैं या मारे जा चुके हैं। दूसरी ओर ऐसी ही स्थिति लगभग रुहेलों की भी होगी। हमने उनकी सेना को लगभग आधा तो कर ही दिया है। इतनी बड़ी संख्या में उनकी फौज का हताहत होना उनके लिए चिंता का विषय अवश्य होगा। दूसरी ओर ठढ के बढ़ने के कारण उनकी सेना विचलित हो रही है। मेरे विश्वस्त गुप्तचरों ने मुझे सूचना दी है कि रहमत खाँ दो कारणों से कुमाँऊ छोड़ना चाहता है- पहला यह कि वह रुहेलखण्ड में अपनी पकड़ खोता जा रहा है। उसे वहाँ से अपेक्षित सहायता नहीं मिल रही है। दूसरा जैसा उसके नवाब अली मुहमद खाँ ने अनुमान लगाया था कि कुर्मांचल में करोड़ो रुपयों का राज खजाना है जबकि उन्हें यहाँ कुछ खास हाथ नही लगा। मंदिरों, गाँवों व बाजारों को लूटने पर भी उसे करोड़ो की मात्रा में धन नहीं मिला जिससे वह खिन्न है। इतनी बड़ी जीत के बाद भी वह खाली हाथ ही है। बिना धन धान्य के इतनी बड़ी फौज को छः माह तक व्यवस्थित

रखना उसको भारी पड़ रहा है। उल्टा नवाब अली मुहम्मद खाँ उससे धन एकत्र कर भेजने को कह रहा है। जिसके कारण वह परेशान है। स्थिति संधि के अनुकूल है।''

''यदि परिस्थियाँ हमारे अनुकूल हैं तो हमें संधि करने की आवश्यकता ही क्यों है? वह स्वयं ही वापस चला जाएगा।'' अनुसुइया प्रसाद ने प्रश्न किया।

मैंने बिना विलम्ब के उत्तर दिया, ''देखिए हाफिज रहमत खाँ बहुत ही बहादुर होशियार व रणचतुर सेनापति है। वह यों ही कुमाऊँ को हमारे हवाले नहीं करेगा। ऐसी सूचना है कि वह अपनी शक्ति बटोर कर गैरमांडा पर भी धावा बोलना चाहता है, इस दृष्टिकोण से भी हमें सोचना होगा। तब क्या हम पुनः और एक आक्रमण झेलने में सक्षम हैं? यदि आप सब सहमत हों तो पहले राजा प्रदीप्त शाह के सामने संधि की बात रखी जाय?''

राजा कल्याण सिंह ने मेरे कथन का समर्थन करते हुए कहा, ''शिवदेव का प्रस्ताव उचित है। वह ससम्मान संधि चाहेगा। वह वापस जाना भी चाहता होगा; किन्तु उसे अपने नवाब को इस युद्ध अभियान से वापस लौटने का उचित औचित्य भी देना होगा; किन्तु इस पर पहले हमें राजा प्रदीप्त शाह से सलाह लेनी होगी।''

गढ़प्रदेश के सेना नायक थान सिंह ने कहा, ''मुझे प्राप्त सूचना, शिवदेव के इस सूचना का समर्थन करती है कि रहमत खाँ जल्दी ही गैरमाडा पर हमला करेगा तथा वह गढ़देश पर भी हमला करने की योजना बना रहा है। इसके लिए वह रुहेलखण्ड से कोटा के रास्ते नयी सैनिक सहायता मँगवाने जा रहा है। तब तो निश्चय ही हमारे लिए और अधिक कठिन घड़ी आ खड़ी होगी।''

रणधिकारी हरीसिंह ने भी थानसिंह के कथन को सही ठहराया। सभा में कुछ क्षणों के लिए निःशब्दता छा गयी। कुछ पल सोचने के बाद राजा कल्याण चंद ने निरुत्साहित होकर कहा, ''परिस्थियाँ हमारे अनुकूल नहीं हैं। पंडित शिवदेव का प्रस्ताव उचित है। हमें शीघ्र राजा प्रदीप्त शाह के सामने यह प्रस्ताव रखना चाहिए।''

अंततः यह सहमति बन गयी कि राजा कल्याण चंद स्वयं श्रीनगर को प्रस्थान कर गढ़नेरश प्रदीप्त शाह से संधि प्रस्ताव पर बात करेंगे। बोझिल वातावरण मे सभा का समापन हुआ।

संधि प्रस्ताव

राजा कल्याण चंद

कोई अन्य विकल्प न जानकर गढ़नरेश प्रदीप्त शाह से विचार विमर्श कर संधि व शांति वार्ता की तैयारी की गयी। भले ही कुछ लोग युद्ध करके स्वाभिमानपूर्वक राज्य वापस प्राप्त करने या वीरगति को प्राप्त हो जाने के पक्ष में थे; किन्तु मंत्रिमंडल के वरिष्ठ सदस्यों एवं विद्वान सलाहकारों की राय में यह बुद्धिमत्ता का विषय नहीं था। यदि पुनः युद्ध में हार हुई तो पूरी देवभूमि पर मलेच्छियों का राज हो जाता। आततायी के आक्रमण के पीछे धन की उच्छृंखल लोलुपता ही नहीं अपितु देवभूमि की देवसंस्कृति व स्वाभिमान को दमन करने की दुर्दम्य भावना भी काम कर रही थी।

मैं अपना युद्ध अभियान त्याग कर, अल्मपुरी से भागकर, श्रीनगर में गढ़नरेश प्रदीप्त शाह के राज्य अतिथि गृह में पड़ा सोच में था कि हम कुर्मांचलीय जो सदैव गढ़देश पर आक्रमण करते रहे, आज हम उन्हीं के द्वार पर पड़े हैं। आज हम पूरी तरह गढ़नरेश के रहमोकरम पर हैं। अपने अभिमान को त्याग कर जीवित रहना कितने साहस की बात है। कितनी सहनशक्ति की आवश्यकता पड़ती है, कितना कठिन है- यह सब। अपने अहंबोध को दबाकर दूसरे के सामने कुछ न बोल कर भी गिड़गिड़ाने की स्थिति में दिखाई देना- कितना कष्टकर होता है। आज मेरे पास अभिमान, गर्व, कीर्ति, विजयश्री कुछ भी तो नहीं है, महत्वपूर्ण रह गया है तो उत्तरजीविता। अपने स्वयं के कर्मों से उपजे दण्ड का दोष किस पर डालूं।

तभी एक और घटनाक्रम सामने आया।

सरदार रहमत खाँ ने गढ़नरेश प्रदीप्त शाह को संदेश भेजा कि वे कुर्मांचलियों को सहायता देना बंद करें अन्यथा रुहेले श्रीनगर पर आक्रमण करने से नहीं हिचकिचाएंगे। हाँलाकि इन सम्भावनाओं पर हम दोनों पहले ही विचार कर चुके थे अतः कोई आश्चर्य की बात न थी।

अंत में संधि की सम्भावनाओं पर ध्यान केन्द्रित किया गया। किसे दूत बनाकर भेजा जाय जो अपने वाकचातुर्य से सरदार रहमत खाँ से चर्चा कर

सके। संधि से बड़ी उपलब्धि प्राप्त करना कठिन था फिर भी कोई उपाय तत्काल उपलब्ध नहीं था। प्रथम प्रयास यह था कि किसी तरह रहमत खाँ के बढ़ते कदमों को रोका जाय तथा उसे पर्वतीय प्रदेश से नीचे उतारा जाय। निश्चय हुआ कि कुर्मांचल के चतुर राजनैतिज्ञ पंडित हरिहर पंत को सरदार रहमत खाँ के पास भेजा जाय।

दूत हरीहर पंत बोरारौ में डेरा जमाए बैठे सरदार हफ़ीज़ रहमत खाँ के पास जा पहुँचे। पंडित हरिहर पंत वाकचतुर राजनैतिज्ञ थे, उन्होंने राजा प्रदीप्तशाह का पत्र रहमत खाँ के सुपुर्द किया और सरदार की प्रंशसा करते हुए कहा, "सरदार हफ़ीज़ रहमत खाँ! आप निश्चित ही एक वीर योद्धा हैं, आज तक कोई मैदानी सेना इस पर्वत प्रदेश पर चढ़ नहीं पायी थी। जिसने भी कोशिश की वह विजय पाने में असफल रहा। आपने वीरता से अलम्पुरी पर विजय प्राप्त की इसमें कोई शक नहीं; लेकिन सरदार! रुहेलखण्ड तथा कुमाँऊ दोनों दिल्ली की बादशाहत को स्वीकारते हैं। तब कुमाँऊ पर बिना कोई उचित कारण के आक्रमण कर उस पर कब्जा करने का काम क्यों किया गया? आप जानते हैं कि इस अन्यायपूर्ण आक्रमण की जानकारी दिल्ली दरबार को भी हो चुकी है। इसलिए उचित होगा कि हम आपस में संधि कर लें। जो सभी राज्यों के हित में होगा। आप जानते हैं कि कुमाऊँ के राजा कल्याण चन्द्र राजा प्रदीप्तशाह की शरण में है। अतः प्रदीप्त शाह ने प्रस्ताव भेजा है कि आपका जो हर्जा-खर्चा युद्ध में हुआ है वह आपको दिया जाएगा। आप उचित शर्तों के साथ कुर्मांचल को वापस करे दें।

सरदार रहमत खाँ कई कारणों से स्वयं भी चाह रहा था कि संधि का अच्छा प्रस्ताव हाथ लगे तो वह उस पर विचार करेगा। वह यह भी जानता था कि दिल्ली दरबार में राजा बाजबहादुर के समय से ही कुमाँऊ नरेश का अच्छा रसूख रहा है, देर-सबेर दिल्ली दरबार रुहेलों से अवश्य ही बिना कारण कुमाँऊ पर चढ़ाई के लिए जवाब माँगेगा। इस सबके बावजूद आज उसका पलड़ा भारी था और वह विज्योन्मत्त था।

उसने कठोरता पूर्वक दंभ भरते हुए कहा था, "गढ़नरेश को आज राजा कल्याणचंद से इतना प्रेम क्यों हो आया है? कल तक तो कुमय्ये तथा गढ़वाली आये दिन आपस में लड़ते रहते थे। आज राजा कल्याण चंद भागकर उसकी शरण में क्या चला गया कि प्रदीप्त शाह ने उसका साथ देना स्वीकार कर लिया। यहाँ तक की उस भगोड़े राजा के लिए वह हर्जा-खर्चा देने को भी

तैयार हो गया, क्यों?''

पं. हरिहर पंत हाजिर जवाब थे, साथ ही निर्भीक भी। उन्होंने उत्तर दिया, ''सरदार जब रुहेलों ने अल्मपुरी के चन्द्रवंशी राजपरिवार के लोगों को जिसमें प्रमुख हिम्मत सिंह गुसाई थे, अपने यहाँ शरण दी और उसकी हत्या को एक मात्र कारण मानकर कुमाँऊ पर आक्रमण कर दिया। इस आक्रमण में जबकि आपकी बड़ी संख्या में फौज का भी नुकसान हुआ। यहाँ पर तो गढ़नरेश ने कुमॉऊ के राजा को शरण दी है तब वह भी अपने कर्तव्य का पालन क्यों न करेंगे?''

रहमत खाँ होशियार था वह समझता था कि पं0 हरिहर पंत से तर्क विर्तक करने का कुछ हल नहीं है। उसने गर्वोक्ति में कहा, ''वे क्या चाहते हैं कि मैं कठिन परिश्रम से जीते हुए कुमाँऊ को यूँ ही खाली कर दूँ? क्या राजा गढ़वाल को अपने श्रीनगर की चिंता नहीं रही?''

मेरे चतुर दूत ने उत्तर दिया, ''निश्चिय ही आपने कुमाँऊ के कुछ भाग पर अधिकार कर लिया है, राजा कल्याण चन्द्र आपसी गृह कलेश के कारण कमजोर था जिस कारण वह हार गया; किन्तु गढ़नरेश इतना कमजोर नहीं है। गढ़नरेश नहीं चाहते है कि हम दोनों बिना कारण लड़ें और दोनों पक्षों को जनधन की हानि उठानी पड़े, साथ ही इस युद्ध की सूचना दिल्ली के बादशाह तक पहुँच चुकी है। गढ़नरेश चाहते कि दिल्ली दरबार के हस्तक्षेप के बिना ही मामला संधि से निपट जाए।''

रहमत खाँ ने त्योरी चढ़ाते हुए कहा, ''पंडित हरिहर! तू मुझे धमकी दे रहा है और बादशाह का डर भी दिखा रहा है। तू संधि का प्रस्ताव लाया है या युद्ध का?''

हरिहर पंत ने नम्रता के साथ कहा, ''सरदार, आप वीर होने के साथ ही साथ बुद्धिमान भी हैं। आप जानते हैं कि यह पर्वतीय प्रदेश आर्थिक रुप से अधिक सम्पन्न नहीं है। यहाँ के लोग सरल व धार्मिक हैं। आपने कुमाऊं के कुछ भूभाग पर अवश्य कब्जा कर लिया है; किन्तु उच्च हिमालय के अधिक ठंढ प्रदेश एवं दुर्गम क्षेत्रों पर आपकी सेना कब्जा न जमा पाएगी। इस प्रदेश को कब्जा करके आपके हाथ क्या लगेगा? अगर यह बात बढ़ेगी तो दिल्ली के बादशाह तक जरूर जायेगी, तब बिना कारण कुमाँऊ पर आक्रमण करने का उत्तर रुहेलखण्ड को देना ही होगा।''

रहमत खाँ को यह तो अनुभव हो ही चुका था कि वहाँ से अधिक धन-धान्य तो हाथ आना नहीं हैं, ठण्ड भी दिन पर दिन बढ़ रही थी। गाँव व नगर खाली होते जा रहे थे। न धन मिला न ही विलासता के लिए स्त्रियाँ। उसके सैनिक निरुत्साहित व हताश होते जा रहे थे। रसद की कमी होती जा रही थी। उसके हजारों सैनिक पहले ही मारे जा चुके थे। वह यह भी जानता था कि दिल्ली के बादशाह के सामने इस आक्रमण का औचित्य भी सिद्ध करना पड़ेगा, हालाँकि बादशाह पहले की तरह मजबूत नहीं रह गया था। रहमत खाँ भी अब यही चाहता था कि कोई सम्मानजनक हल निकल आए, जिससे नवाब अली मुहम्मद खाँ भी प्रसन्न हो जाए और उसे इस ठंडे प्रदेश से छुटकारा भी मिल जाए। उसे इस दुर्गम पहाड़ी इलाके में अपना भविष्य भी ठंडा ही नजर आ रहा था।

विचार कर उसने पंडित हरिहर पंत से पूछा, ''तो दूत बताओ, वे संधि में क्या चाहते हैं? इस पत्र में संधि की शर्तें तो लिखी नहीं हैं?''

हरिहर पंत के मन में प्रसन्नता व्याप्त हो गयी। उसने चार्तुय दिखाते हुए धैर्यपूर्वक कहा, ''सरदार, अभी सब पत्र में लिखा जाना उचित नहीं था। दूसरी ओर जीत आपने हासिल की है अतः शर्तें भी आपको ही बतानी होंगी यदि हम पूरा कर सके तो ठीक है नहीं तो आगे देखा जायेगा।''

सरदार रहमत खाँ का सीना खुशी से चौड़ा हो गया। उसे अपनी पसंद के अनुसार शर्तें रखनी थी।

उसने कहा, ''ठीक है दूत हरिहर पंत! मेरी पाँच शर्तें हैं यदि इन्हें मान लिया जाता है तो में अल्मपुरी पर कब्जा छोड़ दूँगा।''

हरिहर पंत ने बीच में ही कहा, ''सरदार बात अल्मपुरी को खाली करने की नहीं है, पूरे कुमाँऊ को खाली करने की है। संधि तभी संभव है।''

क्रोध व दंभ से फुंफकारते हुए रहमत खाँ ने कहा, ''आश्चर्य! एक ओर तो तुम मुझसे शर्ते तय करने के लिए कह रहे हो और उल्टा तुम मुझ पर शर्तें थोप रहे हो?'' नम्रतापूर्वक हरिहर ने उत्तर दिया, ''सरदार! आप वीर और बुद्धिमान हैं आप जानते है कि माल-भाबर के बिना कुमाँऊ अधूरा है। अतः आप अपनी शर्तें माल भाबर को खाली करने के अनुसार ही रखें।''

रहमत खाँ भी अंततः संधि चाहता ही था। संयत हो कर बोला, ''मैं तुरन्त माल भाबर को खाली नहीं करूँगा। मैं चाहता हूँ कि अभी मैं समस्त पर्वतीय

क्षेत्र को वापस कर दूँ, यदि मेरी शर्तें को पूरा कर दिया जायेगा तो फिर माल भाबर को खाली करने पर हम विचार करेंगे।''

पंडित हरिहर पंत के पास अधिक विकल्प नहीं थे उन्होंने कहा, ''ठीक है सरदार! आप अन्य शर्तें बतायें।''

''पहला- मेरे कुमाँऊ के युद्ध में पाँच लाख रुपयों का खर्च आया है वह प्रदीप्त शाह मुझे दें। दूसरा- कुमाँऊ प्रदेश रुहेलखण्ड के अधीन रहेगा तथा वह सालाना एक लाख रूपया कर के रुप में देता रहेगा। तीसरा- कल्याण सिंह को कुमाँऊ का राजा नहीं बनाया जायेगा। चौथी- यह कि गढ़वाल यदि इन शर्तों को लागू नहीं करेगा तो उस पर रुहेले आक्रमण करने के लिए बाध्य होगें, जिम्मेदारी गढ़वाल की होगी। पाँचवी- रुहेलखण्ड अपनी एक सैन्य चौकी बटेषर के किले पर रखेगा ताकि कुमाँऊ व गढ़वाल यदि संधि की शर्तें पूरा नहीं करते हैं तो पुनः युद्ध का सामना करने को तैयार रहे। माल भावर को तभी खाली किया जायेगा जब यह सुनिश्चित होगा कि शर्तों का पालन ठीक ढंग से किया जा रहा है। राजा प्रदीप्त शाह यह जान लें कि यदि वे इन शर्तों पर संधि नहीं चाहते हो तो श्रीनगर पर हमारे आक्रमण की प्रतिक्षा करें।''

इन शर्तों को लेकर दूत हरीहर पंत वापस श्रीनगर लौट आये।

कठिन संधि

कल्याण चन्द्र

पहली शर्त पर सभा में चर्चा हुयी। पाँच लाख रुपयों की एकमुश्त रकम देना था। मैं अपना काफी धन जो मैं अल्मपुरी से लेकर आया था वह छः माह से पड़ी फौज के वेतन व खान-पान में व्यय हो गया था। थोड़ा बहुत धन जो मेरे पास था वह मैंने देना चाहा; किन्तु राजा प्रदीप्त शाह ने उदारता दिखाते हए कहा, ''प्रजा कल्याण चंद, अभी अल्मपुरी को रुहेलों ने खाली नहीं किया है। अभी आपको सेना सहित वापस अल्मपुरी लौटना होगा तो आपको धन की आवश्यकता पड़ेगी। रहमत खाँ आपके लिए वहाँ खजाना छोड़कर थोड़ी ही जायेगा।''

मैं थका-हारा राजा कल्याण चंद, मेरे पास कोई उत्तर न था। मैं तो पूर्णरूप से राजा प्रदीप्त शाह पर निर्भर था। सरदार रहमत खाँ ने दूसरी शर्तों में साफ कहा था कि राजा कल्याण कुमाँऊ के राजा नहीं होंगे। इस शर्त पर विचार आया तो गढ़नरेश ने कहा, "राजा कल्याण चंद! हमें यह शर्त स्वीकार करनी पड़ेगी। क्योंकि हमारे लिए रुहेले विधर्मियों को देवभूमि से वापस भेजना आवश्यक है राजा कोई रहे; परन्तु समय की माँग है कि आज कुमाँऊ से मलेच्छ रुहेले वापस चले जाएँ। बाद में इस बात पर विचार कर लिया जायेगा।"

मेरे पास क्या चारा था? प्रदीप्त शाह के विरूद्ध विचार व्यक्त करने का न तो मेरे भीतर नैतिक साहस था न ही कोई औचित्य। मैं पराजित राजा था। शरणागत था। मुझे भी प्रजा की चिंता थी। मैं भी यही चाहता था कि किसी प्रकार रुहेलों के आक्रमण समाप्त हों, उजाड़ कुमाँऊ आबाद हो। अंततः मैं ही इस स्थिति का कारक था। मैंने सहमति दे दी।

धन की व्यवस्था गढ़नरेश द्वारा की जाएगी, यह निश्चित हुआ। पंडित हरिहर पंत को राजा प्रदीप्त शाह ने सभी शर्तों का लिखित मसौदा कुछ संशोधनों के साथ बता दिया। राजा प्रदीप्त शाह ने दूत हरीहर पंत को यह कहते हुए प्रस्थान करने को कहा, "पंडित हरिहर पंत जी आप अत्यंत अनुभवी नीतिकार है, हमने संधि के मसौदे में जो संशोधन किये हैं उनका औचित्य सरदार रहमत खाँ के सम्मुख आपको किस प्रकार रखना है आप अच्छी तरह जानते है। अब यह आपके चार्तुय पर निर्भर करेगा कि आप उसे हमारी शर्तें मनवा लें। यदि वह किसी भी स्थिति में न माना तो फिर हमारे पास उसकी शर्तें यथास्थिति में ही माननी पड़ जायें तो मान ली जायेंगी। हमें हर कीमत पर रुहेलों को कुमाँऊ की धरती से भगाना है।"

पंडित हरिहर पंत ने राजा को आश्वासन दिया कि वह अपनी ओर से पूरी ताकत के साथ गढ़-कुमाँऊ का पक्ष रखेंगे। उन्होंने अनुरोध करते हुए कहा, "नरेश! गढ़देश के दूत व चतुर सलाहकार लक्ष्मीधर जी को भी मेरे साथ भेजा जाय ताकि सारी वार्तालाप के वह भी साक्षी रहेंगे तथा उनका साथ मुझको भी बल प्रदान करेगा।"

पंडित हरिहर पंत और लक्ष्मीधर गढ़नरेश का संधि मसौदा लेकर रहमत खाँ से मिलने रवाना हुए।

कुमाँऊ की यह कहावत चरितार्थ हुई कि दराती हमेशा अपनी ओर ही काटती है, अर्थात अपने ही वक्त पर काम आते हैं या समय आने पर अपने लोग ही पक्ष में खड़े दिखायी देते हैं। आज गढ़-कुमाँऊ एक सूत्र में बंधे, बंधु बांधव की भाँति थे। न मैंने उन पर अविश्वास किया न ही महान व विशाल हृदय के गढ़नरेश प्रदीप्त शाह ने मुझे यह अहसास होने दिया कि मैं पृथक देश का राजा हूँ। गढ़देश के व्यवहार से सभी वीर व मंत्रिगण अभिभूत थे।

संधि का अन्तिम मसौदा

पंडित हरीहर पंत

मैं गढ़देश के सलाहकार लक्ष्मीधर के साथ संधि के अन्तिम मसौदे के साथ सरदार रहमत खाँ के पास पहुँचा। रहमत खाँ ने पत्र पढ़ते ही अपनी त्योरियां चढ़ा ली, क्रोध में गरजते हुए उसने कहा, "अरे! पंडित तू तो कह रहा था आप जो शर्तें रखेंगे उन्हें माना जायेगा? मैंने सेना के हर्जाखर्चा के लिए पाँच लाख की माँग की थी इस मसौदे में तीन लाख लिखा गया है। सालाना एक लाख कर की माँग थी उसे साठ हजार कर दिया गया है, यह क्या है?

मैंने बड़े ही शांति से व सुमधुर स्वरों में रहमत खाँ की प्रंशसा के पुल बाँधते हुए कहा, "सरदार रहमत खाँ, आप एक बड़े राज्य रुहेलखण्ड के बहादुर सेनापति हैं, आपकी वीरता से डर कर राजा कल्याण चन्द्र बिना आपका सामना किये ही भाग कर गढ़नरेश चले गये हैं। इधर उनके पास जो खजाना बचा था वह छः माह से हजारों सैनिकों में तथा युद्ध की तैयारियों में खत्म हो गया है। यह सम्पूर्ण राशि तीन लाख रुपया गढ़ नरेश अपने खजाने से दे रहे हैं। जहाँ तक सालाना कर की बात है उसके विषय में आपको जानकारी देना चाहता हूँ कि दिल्ली के बादशाह को सालाना एक लाख रुपया नजराना कुमाँऊ भेजता है यदि उतना ही रुहेलखण्ड को भी देना पड़ा तो कुर्मांचल पर दो लाख सालाना का भार आ जाएगा। उधर आप माल भावर को भी खाली नहीं करना चाह रहे है, जहाँ से धन धान्य प्राप्त होता है इसलिए कोई ऐसी शर्तें न रखें कि हम उसे पूरा न कर पाएं। साथ ही दिल्ली दरबार को जब यह सूचना मिलेगी कि हम रुहेलों को भी एक लाख कर दे रहे हैं तो उनकी

नाराजगी कुर्मांचल के साथ-साथ रूहेलखंड को भी झेलनी पड़ सकती है। मेरा सरदार से अनुरोध है कि आपकी प्रमुख माँग कल्याण चन्द्र को राजा न बनाने की थी वह प्रदीप्त शाह ने मान ली है। माल भावर को यदि आप खाली कर कुमाँऊ की अभी सौंप दे तो सालाना एक लाख कर की बात भी मानी जा सकती है। क्योंकि उसकी भरपाई माल भावर से ही सकेगी।''

मैंने माल भावर को खाली करने के एवज में एक लाख कर देने के प्रस्ताव को अपनी आरे से जोड़ दिया था। मुझे अंदाजा था कि ये रुहेले सुसम्पन्न माल भावर को छोड़ना नहीं चाहेंगे, यदि वे एक लाख सालाना कर के बदले उसे छोड़ दें तो भी यह अच्छा सौदा होता। मैंने पुनः रहमत खाँ से अनुरोध किया, ''सरदार! हमारे गढ़वाल के राजा ने आपकी बाकी शर्तें -कल्याण चंद को राजा न बनाये जाने और बटेषर के किले में सेना की टुकड़ी रखे जाने की यथावत मान ली हैं। माल-भावर को भी आप बाद में खाली करें इस पर भी भारीमन से ही सही, आपकी शर्तें मान ली गई हैं। जहाँ तक धन का सवाल है। गढ़वाल नरेश तत्काल तीन लाख रूपया आपको देने को तैयार हैं तथा साठ हजार सलाना कर भी देना स्वीकार कर लिया है। अब आपको इस संधि पर अपनी रजामंदी दे देनी चाहिए।''

मुझे तथा लक्ष्मीधर की विनती के बाद हाफिज़ रहमत खाँ संधि के लिए तैयार हो गया। लक्ष्मीधर ने संधि का अन्तिम मसौदा तैयार किया। जिससे रहमत खाँ ने सहमत होते हुए कहा, ''पंडित! मैं पांच दिन का समय दे रहा हूँ यदि इन पांच दिनों में पूरा का पूरा धन नहीं मिला और मसौदा पर दस्तखत कर प्रस्तुत नहीं किया गया, तो गढ़नरेश श्रीनगर पर आक्रमण निश्चित जान लें।''

मैंने सरदार रहमत खाँ को आश्वत किया कि संधि के आधार पर तीन लाख रुपया सहित संधि पत्र पांच दिन के भीतर ही उस तक पहुँच जाएगा। मैं और लक्ष्मीधर बड़े ही सुकून के साथ श्रीनगर की ओर प्रस्थान कर गये।

पराजय से ज्ञान

राजा कल्याण चंद

आज पूरे सात माह पश्चात् मैं दूर से ही आरक्त निष्पलक नेत्रों से उजाड़ अल्मपुरी को देखता रह गया था। यद्धपि अल्मपुरी सूरज की उज्ज्वल प्रकाश से नहा रही थी; किन्तु मुझे कुछ भी आनन्द नही दे रही थी। मैं आज अपनी राजधानी अल्मपुरी लौट रहा था, परंतु हाँ! क्या मैं आज अल्मपुरी को अपनी राजधानी कहने की स्थिति में था? क्योंकि रहमत खाँ से संधि के अनुरूप मुझे पुनः राजा न बनाये जाने की शर्त थी। अपने देश वापस लौटने पर भी मेरे अन्दर नैराश्य का भाव व्याप्त था। राजा प्रदीप्त शाह के मन में निश्चित ही कहीं न कहीं यह चिंता भी सता रही होगी कि यदि मुझे राजा बनाया गया तो मजबूत रुहेले पठान श्रीनगर पर चढ़ाई अवश्य ही करेंगे। क्योंकि रोहिलों का दूसरा सरदार नजीब खान, नजीबाबाद व देहरादून की ओर से निरंतर गढ़वाल पर दबाव बनाये हुए था। वह मेरे लिए इतना जोखिम क्योंकर उठाएंगे? उन्होंने कुर्मांचलियों के लिए पहले ही अपने खजाने से तीन लाख की स्वर्णमुद्राएँ रुहेले पठान को दी थी। हमें शरण देकर सुरक्षित रखा था। आज हम उनके सुरक्षा घेरे में ही अल्मपुरी को लौट रहे थे।

मेरे पीछे मेरा बचा-खुचा सैन्य दल तथा मंत्रिमण्डल के ज्ञानी जन, सलाहकार, पुरोहित, मेरे नाना सेनापति सुमर सिंह थे। डोलियों में रानियाँ व बच्चे थे। जैसे-जैसे गाँवों व नगरों में सूचना फैली कि रुहेले पठानों ने अल्मपुरी खाली कर दी है और मैं वापस अल्मपुरी को लौट रहा हूँ तो जंगलों व दुर्गम स्थानों पर छुपा जनसमूह बाहर आने लगा। जैसे-जैसे मैं अल्मपुरी के निकट पहुँचता गया, हमारा काफिला बड़ा होता गया। इससे मेरे चित्त को जरूर कुछ प्रसन्नता प्राप्त हो रही थी; परन्तु वीरान पड़े गाँव, लूटकर जलाए घरों को देख मन खिन्न हो उठता। अंततः मैं स्वयं इसका जिम्मेदार था। मैं अल्मपुरी को लौट अवश्य रहा था, किन्तु अब मैं राजा कहाँ था। मैं एक भगोड़ा राजा था, जो राजा प्रदीप्त शाह के रहमोकरम के कारण आज जीवित था। उन्हीं की कृपा से कुमाँऊ की धरती पर लौट रहा था। प्रदीप्त शाह स्वयं अपने भारी

भरकम लावलश्कर के साथ मेरे पीछे-पीछे चले आ रहे थे।

मैं सोच रहा था कि क्या प्रदीप्त शाह स्वयं कुर्मांचल का राज्यभार भी सँभालेंगे? इसमें अनुचित भी क्या था। उनकी उदारता व बन्धु प्रेम के कारण आज कुर्मांचल स्वतंत्र हो पाया था। उन्होंने पुराने रागद्वेष भुलाते हुए जिस उदारता का परिचय दिया था वह बेमिसाल था। मेरे अन्दर उनके प्रति असीम आदर का भाव समा गया था। मैं उनके अधीन किसी भी पद पर कार्य करने का मन बना चुका था। उन्होंने एक दिन कहा था- राजा कल्याण चंद! यह देवभूमि उत्तराखण्ड वासियों की है, क्या हम देवभूमि के पुत्र एक राज्य के एक हिस्से के लिए सदैव लड़ते रहेंगे। अपनी निजी महत्वाकांक्षा के लिए आपस में लड़कर कमजोर होते रहेंगे। ताकि बाहरी शक्तियां हम दोनों को लड़ाकर अपना उल्लू सीधा करते रहें। हम अपने अपने राज्य की सीमा के भीतर रह कर अपनी-अपनी उन्नति पर अधिक ध्यान क्यों नहीं लगाते हैं? इन सब का नतीजा आज हम दोनों भुगत रहे हैं।

मैं ग्लानि से भर गया था। ऐसा विचार मेरे या मेरे पूर्ववर्ती राजाओं के मन में क्यों नही आया होगा? मुझे तो अल्मपुरी की राजगद्दी सौभाग्य से ही मिल गयी थी। तब मुझे ज्ञानीजनों ने समझाया था कि हमारे दो प्रमुख शत्रु हैं-एक डोटी के गोरखा तथा दूसरे पश्चिम में गढ़वाली। मुझ अज्ञानी के पास न तो तब ज्ञान था न अनुभव। आज अनुभव ने मुझे बहुत कुछ समझा दिया था।

तब राजगद्दी पर बैठने के बाद मेरे चारों ओर ज्ञानी जनों का एक चक्रव्यूह था जो मुझसे अपनी इच्छानुकूल आदेश पारित करवाता रहता था। उन्होंने जिसको चाहा, जैसा चाहा वह दण्ड दिलवाया। मैं तो तब एक कठपुतली मात्र था। तब मैं उनके सुझावों पर हाँ कहने के लिए या यह कहूँ कि उनके निर्देशों को मानने को बाध्य था। मैं न तो राजकाज की बातें जानता था न ही तर्क-वितर्क जानता था। आज मैं खाली हाथ था। मैं एकमात्र इस विश्वास के साथ लौट रहा था कि राजा प्रदीप्त शाह के अधीन सुख के साथ रह कर कुर्मांचल की सेवा करूँगा या युद्ध से भागने का जो कलंक मुझ पर लगा है, समय आने पर इस भारी भरकम तन को युद्ध में वीरतापूर्वक झोंक दूँगा।

बहरहाल मैं पूरी तरह गढ़नरेश पर आश्रित था। आज मैं गढ़नरेश के निर्णय के विरूद्ध कुछ करने की स्थिति में नहीं था। फिर मैं आज राजा प्रदीप्त शाह के विरुद्ध कुछ सोच भी कैसे सकता हूँ? जिस राजा ने मुझे प्रति क्षण सहयोग दिया, सुरक्षा दी, सम्मान दिया, उत्साह बढ़ाया, उससे भी बड़ा कि

जीवित रहने का अधिकार दिया। इतनी ठोकरें खाने के बाद मैं ऐसी मूर्खता कैसे कर सकता था? अब मैं पुराना कल्याण चंद नहीं था। मुझे जीवन यात्रा ने इतने अनुभव दे दिये थे कि मैं अब अपने विचारों को अपनी बुद्धि व विवेक से नियंत्रित कर सकता था। अपने निर्णय स्वयं ले सकता था। उनमें गुणदोष खोज सकता था।

तब मुझे एक प्रसन्नता इस बात की भी थी कि इन चतुर राजनैतिज्ञों ने तथा परिस्थितियों ने मुझे भी चतुराई सिखा दी थी। इसके लिए मैं इनका आभारी था। यह एक मेरी उपलब्धि थी। मैं आज अपने द्वारा लिए पूर्व में लिए गए कई निर्णयों पर स्वंय को असहमत पा रहा था; किन्तु वे निर्णय लिये जा चुके थे तथा क्रियान्वित किये जा चुके थे। उन्हीं क्रूर कर्मों के कारण निर्दोष लोगों द्वारा लगाई गई आर्त पुकार का ही फल था कि आज मैं श्रीहीन होकर अपनी राजधानी को लौट रहा था। नहीं! मैं आज अल्मपुरी को अपनी राजधानी कैसे कह सकता हूँ?

मुझे आज असंगत रूप से वह दृश्य याद आ गए थे जब सुआल नदी के किनारे सैकड़ों चन्द्रवशियों की हत्या कर उनके शवों को मैंने चीलों व सियारों के नोच खाने हेतु लिए छोड़ दिया था। मैंने उन्हें अन्तिम संस्कार का भी अधिकार नहीं दिया था। पं0 रमावल्लभ पंत की आँखें निकालते समय निकली कर्कश चीख के स्वर भी मेरे मस्तिष्क में साफ गूंज रहे थे। मेरे मस्तिष्क में उस दासी के ममत्व भरे दया व क्षमा की गुहार के स्वर भी हथोडे की चोट की भांति कष्ट दे रहे थे जो वह अपने लिए नहीं, अपने नन्हें अबोध बालक की रक्षा के लिए लगा रही थी। उस अभागिन की याचना सुनने तथा उस पर अपनी बुद्धि विवेक के अनुसार निर्णय लेने का अधिकार तो मेरे पास था; पर तब मैं उन अधिकारों का प्रयोग करने की स्थिति में कहाँ था? क्या तब मेरे भीतर दया, क्षमा व विवेक जैसे तत्व मौजूद नहीं थे? तभी मुझे याद आया कि तब मैं निर्णयकर्ता ही नहीं था, मैं तो एक मोहरा था। उन निर्णयों में मेरा कुछ हाथ न था। इस बात को सोच कर मुझे अपने पर हो रही घृणा का भाव कुछ कमजोर हुआ। आज की तरह अनुभव व विवेक मेरे पास तब कहाँ था। अंततः तब तो मैं माटी का माधो ही था।

इन विचार शृंखलाओं के मध्य मैं कब अल्मपुरी के भीतर प्रवेश कर गया पता ही नहीं चला।

अंधे का प्रतिशोध

कल्याण चन्द्र

सशस्त्र सैनिकों द्वारा दिन रात रक्षित रहने वाले अल्मपुरी के राजमहल के प्रवेश द्वार पर मैं अपने अश्व से उतरा; परन्तु आज कोई सेवक आगे बढ़कर मेरे अश्व की ग्रिवा को पकड़कर अभिवादन करने वाला न था। राजपुर के भीतर जहाँ पहले खंभों में स्वर्ण दीपक प्रकाशित हो रहे होते थे, सुगंधित तेल से वातावरण महक रहा होता था, आज अधंकारपूर्ण था जो कुछ प्रकाश था उसे भी अधजले धुँए से काले पड़ चुके स्तम्भ लीले जा रहे थे।

चारों ओर का मंजर भयावह था। जिधर देखो जले-अधजले मकान दिखाई दे रहे थे। लकड़ी के छत वाले मकानों की मात्र दिवारें बची थी। कई स्थानों पर जानवरों की हड्डियाँ, मांस के ढेर दिखाई दे रहे थे जिनमें सड़न की बू आ रही थी। मुझे उबकाई आ गयी। मैंने अपने घोड़े को सरपट दौड़ाया और मुख्य राजमार्ग पर आ खड़ा हुआ। अब यह राजमार्ग भी बंजर मार्ग प्रतीत हो रहा था। मार्ग के दोनों ओर की दुकानों को लूटा गया था। सभी दुकानों के पट टूटे व खुले पड़े थे। उनके भीतर कोई सामान न बचा था। मैं दुःखी तो था ही, मेरा मस्तक भी शर्म से झुक गया था। तभी पीछे से राजा प्रदीप्त शाह के ढाँढस भरे हाथ मेरे कंधे पर पड़े। उन्होंने कहा, "राजा कल्याण चंद! यह दुःखी होने का वक्त नहीं है। हम क्रूर रुहेले पठानों से क्या आशा रखते थे, जब उन्होंने यह जान लिया कि अब राजपुर में कुछ भी शेष नहीं बचा तभी तो उन्होंने संधि का प्रस्ताव माना। जाते-जाते भी वे हमारे देश की प्रजा की गाढ़ी कमाई को ले गये। अब शोक का समय नहीं रहा। चलो पहले राजराजेश्वरी माँ नन्दा देवी के मन्दिर पर चलते हैं। पता नहीं उन मलेच्छियों ने मन्दिर का क्या हाल किया होगा? हमारा दुर्भाग्य है कि हमें ऐसा मंजर भी देखने को मिला।

हम सब माँ नन्दा देवी के मन्दिर की ओर मुड़ गये। हम सब विस्फारित नेत्रों से लूट चुके अल्मपुरी को देखते, निःशब्द मन्दिर की ओर बढ़ रहे थे। राजमार्ग पर जहाँ पहले दुकानें सामान से अटी पड़ी रहती थी, ग्राहकों की भीड़ के मध्य अश्व को निकलना कठिन होता था, इत्र,फूलों व धूप की सुगंध से

राजमार्ग महका रहता था आज वह जानवरों के अंगों व हड्डियों से अटा पड़ा था। दुर्गंध से आगे बढ़ना कठिन लग रहा था।

मैंने अपने दुर्भाग्य के साथ माँ नन्दा देवी के विशाल मंदिर प्रांगण में प्रवेश किया। प्रांगण सूना पड़ा था। राजा प्रदीप्त शाह और मंत्रीमण्डल के सदस्यों के साथ हम सब आगे बढ़े ही थे कि आगे का मंजर देख हमारे पाँव थम गए। प्रांगण में एक ओर जहाँ जानवरो के कंकालों के ढेर लगे थे वही दूसरी ओर प्रांगण में बिछे पटाल जानवरों के खून से लाल दिखाई दे रहे थे। उन्हें लाँघते-फांदते हम किसी तरह मन्दिर के भीतर प्रवेश कर गए। मन्दिर के भीतर का हाल बताना कठिन था। इससे अच्छा होता कि मैं मन्दिर के भीतर गया ही न होता। माँ नन्दा देवी की प्राचीन पत्थर की मूर्ति अपने स्थान से गायब थी। अन्य मूर्तियों के टुकड़े चारों ओर बिखरे थे सोने चाँदी के छत्र, बर्तन आदि सब लूट लिए गये थे। चारों ओर सन्नाटा था। तभी मंदिर के बाहर एक गम्भीर स्वर गूँजा।

''आ गये भगोड़े राजा! वापस आ गये। देख! अब देख, यह सब देख, अच्छा ही हुआ तूने मेरी आँखे निकाल ली। मुझे माँ के मन्दिर की दुर्दशा देखने को तो नहीं मिल रही है। मेरे मन व मस्तिष्क में तो माँ की वही मूर्ति रची बसी है; किन्तु अच्छा होता तू मेरे कानों को भी फोड़ देता, इनमें पिघलता शीशा उड़ेल देता, तो मैं इस बुढ़िया के मुँह से मन्दिर व राजपुर की दुर्दशा की बातें सुन-सुन कर आत्महत्या करने को आतुर तो न होता। लेकिन एक अंधा तो आत्महत्या करने में भी सक्षम नहीं होता है। चन्द्रवंश का कलंक कहलाएगा तू, कलंक।''

मैंने पीछे मुड़ कर देखा- वह वृद्ध पंडित रमावल्लभ पंत था। उसकी बूढ़ी पत्नी उसका हाथ थामे मन्दिर प्रांगण में खड़ी थी। आज राजपुर के भीतर बीमार, असक्त व उसके जैसे बूढ़े व अंधे मनुष्य ही जीवित बचे थे। उनमें से भी कई को रुहेले सैनिकों ने सता-सता कर मार डाला था। अंधों से उन्हें अधिक भय नहीं था जिस कारण उनमें से अधिकांश को उन्होंने जीवित छोड़ दिया था।

मैं मन्दिर के बाहर आकर उस वृद्ध पंडित के सम्मुख आ खड़ा हुआ। वह पुनः चिल्लाया, ''अरे! निर्बुद्धि राजा! जब तूने सैकड़ों चन्द्रवंशी वीरो को मात्र इसलिए मौत के घाट उतार दिया ताकि कहीं वे सत्ता की दौड़ में न आ जाएँ, बुद्धिमान व ज्ञानी राजनैतिज्ञों को अपनी आलोचना के भय से मरवा दिया या उन्हें अंधा कर दिया था, तो तेरे पास बचा ही क्या? मूर्खों व चाटुकारों के

बदौलत तू क्या अल्मपुरी को बचा सकता था? उसके लिए बुद्धिमान मंत्रिमण्डल चाहिए। ज्ञानी, अनुभवी सलाहकार चाहिए। अनुभवी लड़ाकू वीरों की युद्ध नीति सुनी व परखी जानी चाहिए, तर्क-वितर्क, आलोचना-समालोचना होनी चाहिए। तब एक सुदृढ़ योजना के साथ युद्ध में जीत होती है। तूने तो यह सोच लिया कि कोई आलोचना करने वाला रहे ही ना। तुम्हारे चाटुकार यह चाहते थे कि उनकी बातों की कोई काट करने वाला जीवित ही न बचे। जब तुम्हारी ऐसी नीति थी तो, यह दिन आना ही था। निर्बुद्धियों की टोली क्या राजपुर को बचा पाती? देवभूमि की इस दुर्दशा का दोष किसका है?''

बूढ़ा रमा वल्लभ क्षणभर के लिए रुका। क्रोध से उसके मुँह के चारों ओर झाग भरा थूक निकल आया था। उसने अपने हिलते हाथों से उसे पोछा और अगले ही पल हाँफते हुए पुनः बोला, ''अरे अज्ञानी राजा! मेरी आँखे निकलवाने के बाद तूने मुझसे तब क्या कहा था? यही कहा था ना- पंडित अब तुझे दिन में भी कुछ दिखाई नहीं दे रहा होगा, एक मशाल जला कर ले जा शायद कुछ दिखाई दे। तब मैंने अपनी अथाह पीड़ा को दबाते हुए तुझसे कहा था- याद कर क्या कहा था? मैंने कहा था- तू मुझ अंधे को क्या मशाल जला कर देखने को कह रहा है अगर तू अपना महल भी जला कर देखने को कहेगा, तो भी मुझे अब नहीं दिखाई देगा। मगर एक दिन तू अपना जला महल अवश्य देखेगा। जा अब जाकर देख! तुझे अपने जिस सुन्दर राजमहल का घमंड था, नाज था, जा-जाकर देख अब वह कैसा है? इस निर्दोष पंडित की आह! का प्रतिफल देख।''

रमावल्लभ की पत्नी उसे बोलने से रोकने का प्रयास करती रही; परन्तु जिसे मौत का भय न हो, जिसे अपने अंधकारपूर्ण जीवन से छुटकारा न मिल पा रहा हो, उसके लिए प्राणों का क्या मूल्य? जिसने चन्द्रवंश की निष्ठापूर्वक सेवा में जीवन खपाया हो और अंत समय में उसे राजद्रोही घोषित कर उसकी आँखें निकाल ली गयी हों। उसे अब राजसत्ता से क्या भय, वह भी मुझ जैसे पराजित राजा से, जो अपने राज्य को ही न बचा पाया हो। बिना लड़े ही शत्रु को पीठ दिखाकर भाग खड़ा हुआ हो।

इसके पूर्व कि वृद्ध ब्राह्मण अपनी प्रतिशोध की वाणी की ज्वाला की वर्षा से मुझे और अधिक दग्ध करता, मैं उसके चरणों पर जा गिरा। पंडित के चरणों पर माथा रख, अपने आँसुओं से उन्हें धोने लगा। मैं आज तक इस तरह

से कभी रोया नहीं था। आज मेरे धीरज का बाँध टूट गया था। मुझे अल्मपुरी की हालत देखकर और अपनी अज्ञानता पर घोर पश्चाताप हो रहा था। रमापंत को कुर्मांचल की तीसरी आँख लोग कहा करते थे। आँखें निकाले जाने के बाद रमापंत ने एक और बात कही थी, जो मुझे स्मरण हो आयी- वह यह कि मनुष्य कभी-कभी खुली आँखों से अधिक बंद आँखों से देखता है। आज मैं आँखें बंदकर बृद्ध ब्राह्मण के कदमों में पड़ा रो रहा था और मुझे बहुत कुछ दिखाई दे रहा था, जो मैं आज तक खुली आँखों से न देख सका था।

सहसा मुझे लगा कि कोई अपना खुरदुरा हाथ मेरी पीठ पर बार-बार फेर रहा है। स्नेहभरा स्पर्श अलग ही होता है। मैं चौंका! मैंने नजर ऊपर उठाकर देखा,वह वृद्ध रमापंत की पत्नी का हाथ था। पं0 रमापंत कुछ न समझ पाया था कि उसके चरणों को कौन गीला कर रहा है। उसे तो यह आशा ही नहीं होगी कि मैं उसके चरणों पर गिर सकता हूँ। वह तो सोच रहा होगा कि शायद कुछ क्षणों में कोई उसकी गर्दन उतार देगा और वह इस अंधकारपूर्ण जीवन से मुक्ति पा जायेगा। लेकिन जीवन कितना क्रूर होता है जो मरना चाहता है वह जीवित रहने के लिए विवश है।

वृद्ध माता ने कहा, ''बेटा कल्याणचन्द्र! अब तू पंडित जी के चरणों में गिरकर राजा का मान न घटा। जो हो चुका उसे वापस लाया नहीं जा सकता है। पंडित जी की पीड़ा तो तुझसे भी कहीं अधिक है। उन्होंने अपना सारा जीवन देवभूमि व चन्द्रवंशियों की सेवा में लगाया। उन्होंने कभी धन और जागीर की लालसा नहीं की। यह वृद्ध चाहता तो माला-माल होता या अन्य की तरह अगल-बगल के राजाओं के यहाँ मालपुआ खा रहा होता; किन्तु नहीं! आज भी यह अल्मपुरी के विषय में सुन-सुन कर रातभर रोता है। दिन-भर बतियाता है कि ऐसा किया होता तो अल्मपुरी बच जाती, वैसा किया होता तो माँ नन्दा देवी के मंदिर का खण्डन नही होता। चन्द्रवंश के माथे पर रुहेलों ने दाग न लगाया होता; परन्तु भाग्य में जो बदा है सो हुआ। अब जा फिर से उजाड़ अल्मपुरी को बसा। राजधानी राज्य की प्रतिष्ठा होती है उसे ठीक कर। माँ के मन्दिर को सजा, न्याय के देवता गोलूदेव से माफी माँग। अपने अन्याय का पश्चाताप कर। पंडितजी को जो कहना था वह कह चुके है।''

बूढ़ी पंडिताइन ने अँधे रमापंत का हाथ कस कर थामा और लगभग घसीटते हुए आगे बढ़ी ही थी कि वह एकाएक पीछे मुड़ी और बोली, ''एक बात और सुन जिस माँ राजराजेश्वरी की प्राचीन मूर्ति को तू यहाँ, यूँ ही

मलेछियों के हाथ टूटने को छोड़ गया था उसे अंधे पंडित ने बचाकर रखा है। जब मूर्ति प्रतिष्ठापित करने का समय आयेगा, तब आ जाना वह तुझे मिल जायेगी।''

वृद्धा, रमापंत को लगभग खींचते हुए एक अधजले मकान के भीतर अदृश्य हो गयी।

हम सभी निःशब्द, मस्तक नीचे किये कुमाँऊँ की तीसरी आँख कहे जाने वाले अंधे रामापंत को लडखडाती टांगों के सहारे जाता देखते रहे।

धर्मपत्र

राजा प्रदीप्त शाह

हाफिज़ रहमत खां से हुई संधि में यह शर्ते थी कि कल्याण चन्द्र को कुमाँऊ का राजा नहीं बनाया जायेगा। अब आगे कुर्मांचल का राज काज कैसे चलेगा इस विषय पर मैंने अपने मंत्रिमंडल के मध्य सभा में विचार रखा। मैंने सभा मध्य विचार रखते हुए कहा, ''हमने जो भी त्याग किया है वह देवभूमि व अपने बाँधवों के लिए किया है। उत्तराखण्ड न केदारखण्ड के बिना पूर्ण है, न मानस खण्ड के बिना अर्थात कुर्मांचल व गढ़वाल क्या पृथक-पृथक हैं? स्वयं पर गर्व का अर्थ यह कदापि नहीं है कि हम अपने को दूसरे से बड़ा समझने लग जाएँ। अपने सामने अन्यों को बौना समझने लगें। गर्व करने की अवधारणा तब स्वतः फलीभूति होगी जब हम अन्यों को भी अपने जैसा ऊँचा उठाने में लग जाएं। सब के उत्थान में अपने गर्व की अवधारणा का प्रयोग करें, अन्यथा हमारा गर्व घमण्ड में परिवर्तित हो जायेगा और तब हमारे भीतर भातृभाव नहीं रहेगा। यदि हमें दोनों राज्यों के भीतर समभाव लाना है तो त्याग करने की भावना को बलवती बनाना होगा। त्याग से ही कीर्ति भी मिलेगी। कुमाँऊ का राज्य कुर्मांचलियों का है। हमने अपने बाँधवों की सहायता की है, उसे अहसान की भाँति समझना या श्रेष्ठता का भाव रखना मूर्खता होगी। हम उनसे से भी यही आशा रखते हैं। हमें देवाधिदेव ने यही शिक्षा दी है कि स्वयं विष पीकर संसार को बचायें। क्या हम कुमाँऊ को नहीं बचा सकते हैं? अवश्य

ही हम अपने देवों का मान रखेंगे और कुर्मांचलियों का राज्य उन्हें सौंप देगें। शायद उत्तराखंड का इतिहास हमें इसके लिए याद रखेगा।''

मैं कुछ देर शांत हुआ ही था कि मेरे सेना नायक विशाल शाह ने प्रश्न दाग दिया- ''राजन! हम राजनीतिज्ञ हैं हमें तात्कालिक न सही दीर्घकालीन कुछ तो लाभ होना चाहिए। हम त्यागी संन्यासियों का भाव तो ग्रहण नहीं कर सकते हैं। जब आप स्वयं ही आश्वस्त नहीं है कि आप जैसा सहृदय भाव कुर्मांचली भी रखें, आवश्यक नहीं है। तब इन परिस्थितियों को हमें मात्र भावानात्मक दृष्टिकोण से न देख कर राजनैतिक, सामरिक व वित्तीय कोण से भी परखना चाहिए।''

सभा में सन्नाटा छा गया, मेरे भाई की बातों में अर्थ था। मैं अन्य मंत्रिगणों की भावनाएं भी जानना चाहता था। मैंने एक दृष्टि महामंत्री पर डाली। उन्हें मेरी दृष्टि की परख थी। वह अपने स्थान से तुरन्त खड़े हुए और उन्होंने कहा, ''गढ़नरेश की भावनाएं अत्यंत आदर योग्य हैं, एक समर्थवान और ज्ञानी राजा के सारे गुण हमारे गढ़नरेश में हैं। रुहेले विधर्मियों से देवभूमि को मुक्त करना प्रथम उद्देश्य था जो पूर्ण हुआ। इन विषकीटों ने किस प्रकार मानसखण्ड की देवभूमि को कुचला है। किस प्रकार देवालयों का भंजन किया है, यह सब असहनीय है। ये विषकीट गढ़देश पर भी अपनी कुदृष्टि रखे होंगे यह निश्चित है; किन्तु हमें यह भी ध्यान रखना है कि कुर्मांचली चन्द्र राजाओं ने सदैव गढ़राजाओं से युद्ध किए हैं। क्या सम्पन्न होते ही वे पुनः गढ़ों पर आक्रमण नहीं करेंगे? हमें इन विषयों पर विचार करना ही चाहिए। वर्तमान परिस्थितियां हमारे पक्ष में हैं अतः इनका लाभ उठाते हुए हमें कुछ शर्तों के साथ ही कुर्मांचलियों को राज्य का हस्तान्तरण करना चाहिए। इसमें न तो घमण्ड की बात होगी न ही दबाव की बात। यथार्थ एवं व्यवहारिकता पर आधारित शर्तों पर विचार करना आवश्यक है।''

पं० अनुसुया प्रसाद महामंत्री थे जो निर्भीक व स्पष्टवादी के साथ ही तार्किक व ज्ञानी भी थे। उनके विचारों से काफी मंत्रीगण सहमत नजर आ रहे थे। भाई विशाल शाह भी अपनी बातों का समर्थन पाकर गर्व का अनुभव कर रहा था। मैं शायद अधिक भावुकता का शिकार हो गया था, किन्तु शर्तें जो भी हो मेरी भावना निश्छल थी। मैंने आज्ञापूर्ण ढंग से बात रखी, ''महामंत्री व भाई विशालशाह का सुझाव उचित है। हमारा प्रेम व बन्धुत्व दीर्घकालिक हो, सुफलदायी हो, इसकी कामना ही मेरा उद्देश्य है। धर्म व विधान के अन्तर्गत

मंत्रणा व सत्परामर्श आवश्यक है। आलोचनात्मक दृष्टिकोण और प्रत्येक बात को नीर-क्षीर की कसौटी पर कसा जाना चाहिए। तर्क और प्रमाण के बिना भावानात्मक दृष्टिकोण से ही संतुष्ट होकर रह जाना एक सीमा तक ही उचित है। राजनैतिक रूप से कुर्मांचलियों के साथ एक संधि पत्र तैयार किया जाय। कुर्मांचल नरेश कल्याण चंद और उनके सलाहकारों से भी विचार विमर्श कर अन्तिम निष्कर्ष पर पहुचें। मैं चाहता हूँ कि इस संधि पत्र का नाम "धर्म पत्र" रखा जाए, क्योंकि धर्मपालन का भाव व अर्थ- विशाल, पवित्र व कर्तव्य बोध भरा होता है। देवभूमि धर्मध्वजा की वाहक है। हम देवपुत्रों व पुत्रियों को इसका ध्यान रखना होगा।"

मेरे आसन से खड़े होते ही सभा में "जय बद्री-केदार, जय माँ नन्दादेवी" का जयघोष होने लगा।

सभा सार्थक उद्देश्य के साथ सम्पन्न हुई। धर्मपत्र के बिन्दुओं पर सर्वत्र चर्चा होने लगी।

प्रदीप्त शाह का राजत्याग

कल्याण चन्द्र

राजप्रासाद का आधे से अधिक भाग जल चुका था। भण्डार गृहों को लूटा गया था। बहुमूल्य चित्रों व कलाकृतियों को नष्ट किया गया था। एक भी सजावटी रत्नजड़ित व बहूमूल्य वस्तुएं अपने स्थान पर नहीं थीं। सोने व रत्नों से जड़ित सिंहासन को तोड़कर उसमें से सोना व रत्नों को उखाड़ लिया गया था। सिंहासन के टुकड़े-टुकड़े कर दिये गये थे।

प्रासाद के अगले भाग में जहाँ लेखा व भूमि सम्बन्धित लेखों का भण्डारण था, ऐतिहासिक पुस्तकें थी, महत्वपूर्ण दस्तावेज थे, को जलाकर खाक कर डाला गया था। भला इन दस्तावेजों से इन पठानों की क्या शत्रुता थी। चन्द्रवंशीयों के शासकीय दस्तावेज एक भी शेष न बचा था। अल्मपुरी को अपूर्णनीय क्षति पहुँची थी।

मैं व्यथित होकर सोचने लगा। अब क्या हो? खजाना खाली था, उल्टा

गढ़नरेश ने किसी तरह धन देकर रुहेलों से छुटकारा दिलाया था। मुझे अपने उस गुप्त खजाने की याद आयी जो भूमि में दबा कर मैं भागा था। उससे कुछ माहों तक राज व्यवस्था चलायी जा सकती थी।

खण्डहर हो चुके राजभवन को ठहरने योग्य बनाने में कुछ दिन लगे। सैकड़ों सैनिकों को शहर व माँ नन्दा देवी के मन्दिर की सफाई और मरम्मत में जुटाया गया। जानवरों की हड्डियों, कंकालों को हटाया गया। मंदिर की सफाई कर गोमूत्र, इत्र व गंगाजल छिड़क कर उसे पवित्र किया गया।

जैसे-जैसे अल्मपुरी के वणिकों व प्रजा को ज्ञात होता जा रहा था कि रुहेले पठान अल्मपुरी छोड़कर चले गये हैं, वे वापस आने लगे। अपने अधजले व लूटे जा चुके घरों को ठीक-ठाक करने में जुट गए। जो लोग घने जंगलों और उच्च हिमालयी दुर्गम स्थानों में जा छुपे थे और अपना जो धन-धान्य वे अपने साथ ले गये थे उसमें से जो बचा सके थे उसे लेकर वापस लौट रहे थे।

खण्डहर हो चुके व जल चुके नगर को, असहाय होकर घोर निषाद में डूब चुकी प्रजा को, मैं निरुपाय-सा खड़ा देखता रहा। किन्तु प्रजा पाकर भी अपने को असहाय व निरुपाय, किसी तरह अपना साहस एकत्र कर, इस कठिन घड़ी में लग गयी- अपने-अपने जले मकानों व दुकानों को व्यवस्थित करने में। आखिर जाएं तो जाएं कहाँ?

कुछ दिनों में राजप्रासाद को ठहरने योग्य बनाने के पश्चात मैं अपने मंत्रिपरिषद के सदस्यों, रणाधिकारी हरीराम जोशी, शिवदेव जोशी, सेनापति सुमेर सिंह, सेनानायक प्राणनाथ, हरिकृष्ण, ज्योतिषाचार्य रमापति, रुद्रदेव आदि के साथ बैठा था। हम राजा प्रदीप्त शाह की प्रतिक्षा कर रहे थे। आगे की सभी निर्णय राजा प्रदीप्त शाह को ही करने थे। वे स्वयं कुर्मांचल का राजकाज सँभालेंगे या अपना प्रतिनिधि किसी को बनाएंगे यह निश्चित होना शेष था। मुझे कुर्मांचल का राजा पुनः न बनाने की शर्त राजा प्रदीप्त शाह रुहेलों की संधि में मान चुके थे। मैं अपने भविष्य के बारे में अवश्य ही चिंतित था। रुहेलों के साथ हुई संधि की शर्तों का पालन करना गढ़नरेश की जिम्मेदारी थी।

कुछ क्षणों में राजा प्रदीप्त शाह अपने मंत्रिमण्डल के सदस्यों, सेनानायकों सहित उत्साह व गर्वपूर्वक, श्रीहीन बड़े राजप्रासाद में आ पहुँचे। उन्हें अव्यवस्थित राजप्रासाद को देखकर कोई आश्चर्य नहीं हुआ। हम सभी ने अपने आसनों से खड़े हो कर उनका स्वागत किया। गढ़नरेश के स्वागत में

जयकार के नारे लगाये।

राजा प्रदीप्त शाह ऊँचे आसन पर विराजमान हुए। उनके आसन ग्रहण करते ही सभी अपने-अपने स्थान पर बैठ गए। मैं भी अपने आसन पर सिर झुकाकर बैठ गया था। राजा प्रदीप्त शाह के गम्भीर स्वर सुनकर मैंने सिर उठाकर उनकी ओर देखा। उन्होंने कहा, ''राज्य की राजधानी ही राज्य की प्रतिष्ठा होती है लेकिन राजा कल्याण चन्द्र ने उसे मन से नहीं त्यागा था। तब युद्ध नीति ऐसा ही निर्णय चाह रही थी। जब जीत की सम्भावना न हो तो पीछे हटना ही उचित विकल्प होता है। अनावश्यक रूप से आत्म सम्मान के लिए जन-धन की हानि से क्या लाभ। तर्कवितर्क बहुत हो सकते हैं, कुछ लोगों का मत हो सकता है कि स्वाभिमान के साथ लड़कर जान गवाँ देना श्रेयकर होता। तब शायद हम पुनः प्रयास कर यहाँ बैठे न होते। हम सब मर-खप जाते और रुहेले विधर्मी पठान सदैव के लिए इस देवभूमि पर अधिकार जमाकर बैठ जाते। हानि दोनों परिस्थितियों में तय थी। अतः दीर्घकालीन हानि के स्थान पर अल्पकालीन हानि के बाद पुनः प्रयास कर बड़ी हानि से बचा जा सका है। राजा कल्याण चन्द्र तब निरुपाप थे। धर्मसंकट के धागों में उलझे थे। आत्मग्लानि व अपराध भावना के साथ ही उन्होंने रण छोड़ने पर विचार किया होगा। कभी-कभी ऐसी परिस्थितियाँ उत्पन्न हो जाती हैं जहाँ धर्म एवं नैतिकता की कुछ मान्यताएं टूट जाती हैं जो मानवोचित गुण हैं।''

ऐसी बातें सुन, मेरे मन में कुछ संतोष हुआ। मैंने सिर उँचा कर राजा प्रदीप्त शाह को आदर सहित देखा।

कुछ पल रुक कर गढ़नरेश ने पुनः कहा, ''कल्याण चन्द्र के अनुभवहीन सलाहकारों की कुनीति, चाटुकार मंत्रिमण्डल की कार्यप्रणाली और राजा कल्याण चन्द्र के राजमद में लिए गये अविवेकपूर्ण निर्णयों के कारण कुमांचल की आज यह दुर्दशा हुई है। गुणी व ज्ञानी लोगों की सलाह व परामर्श के बिना लिए गये निर्णयों के माध्यम से किये गये कार्य भी सफलताओं की सम्भावनाएँ क्षीण होती हैं; किन्तु यह समय संकट का है इन सब बातों की चर्चाओं से इतिहास बदला नहीं जा सकता है। जो खोया जा चुका है, जो बीत चुका है, उसके लिए बुद्धिमान लोग शोक नहीं करते हैं, न ही भविष्य की चिंता में घुलकर अकर्मण्य हो घर बैठ जाते हैं। वे तो वर्तमान के कार्यों में संलग्न होकर कर्मयोगी की भाँति पुर्ननिर्माण में लग जाते हैं। जिसका सुफल मिलना निश्चित है।''

वे कुछ देर के लिए रुके। मैं सोचने लगा कि प्रदीप्त शाह के अन्दर इतना नीतिज्ञान कहाँ से आया होगा? मैं स्वंय को आज छोटा महसूस कर रहा था। मैंने आज तक कभी राजसभा में इस तरह के तर्क क्यों नही रखे थे? एक प्रकार से मैं आज शिक्षा प्राप्त कर रहा था।

उन्होंने अपना संभाषण जारी रखते हुए कहा, "कुर्मांचली राजाओं ने नाहक ही बारम्बार गढ़वाल पर आक्रमण किए। बदले में गढ़वालियों ने भी वही किया अर्थात् हम आपस में बंधुबांधव होकर भी लड़ते रहे, स्वधर्मी होकर भी बैर पाले रहे, जिसका प्रतिफल हमें हार के रुप में प्राप्त हुआ। विधर्मी शत्रुओं ने हमें कमज़ोर पाकर देवभूमि को अपवित्र किया। मंदिरों को तोड़ा। देवभूमि की पुत्रियों के साथ दुराचार किया। शहर व गाँवों को लूटा। हमारे धर्म व संस्कृति को नष्ट करने का प्रयास किया। क्या यह पराजय केवल कुर्मांचल की पराजय है? नहीं यह पराजय पूरे उत्तराखण्ड की पराजय है। यदि ऐसा न होता तो क्या हम गढ़वाली अपना खजाना कुर्मांचलियों के लिए खोलते? अंततः बंधुबांधव ही संकट में काम आते हैं। कभी मात्र एक आँख से आँसू नहीं निकलते है। इसी प्रकार गढ़वाल व कुमाँऊ देवभूमि की दो आँखें हैं। कहावत है, आँसू आँखों से ही निकलते है घुटनों से नहीं। अर्थात आपकी पीड़ा हमारी पीड़ा है।"

राजा प्रदीप्त शाह साँसे लेने के लिए कुछ पल रुके थे कि सभी कुर्मांचलियों ने "गढ़नरेश की जय" और "ब्रदी विशाल की जय" "जय नन्दा देवी" के नारे लगाये। अल्मपुरी का खण्डहरनुमा राजप्रासाद इन जयकारों से गुंजायमान हो उठा।

"रुहेलों के साथ हुई संधि में उन्होंने हम पर यह शर्त थोपी है कि राजा कल्याण चन्द्र को पुनः कुर्मांचल का राजा न बनाया जायें। हमें इस महत्वपूर्ण विषय पर चर्चा करनी है। गम्भीरता से विचारविमर्श कर तय करना है कि कुर्मांचल का राज्य कौन सँभालेगा। राजा कल्याण चन्द्र के स्थान पर उसका उत्तराधिकारी कौन होगा?"

गढ़नरेश ने सभा पर अपनी दृष्टि घुमाई। कहीं से कोई प्रत्युत्तर के संकेत नहीं दिखाई दिये। मैं तो सिर झुका के बैठा ही था। कुर्मांचली किंकर्तव्य विमूढ़ थे। पराजय तथा गढ़नरेश की कृपा से दबे वे कोई सुझाव देने की स्थिति में नहीं थे। हम सभी कुर्मांचली राजा प्रदीप्त शाह को अपना राजा मान चुके थे। गढ़वाल के मंत्री परिषद के सदस्य व सलाहकार गण कुर्मांचल में अपना-

अपना स्थान निर्धारित करने की उधेड़बुन में जुटे थे।

गढ़वाल वासियों के लिए यह प्रथम महान अवसर था जब उनका राज विस्तारित होकर डोटी से लेकर नाहन तक, भोट से लेकर भाबर तक हो जाएगा। कुर्मांचलियों के झुके सिरों को देखकर गढ़ के मंत्रिगण उत्साहित हो उठे और राजा प्रदीप्त शाह के सामने अपना दृष्टिकोण रखने का अनुरोध करने लगे।

गढ़नरेश की आज्ञा पाकर विशाल शाह जो राजा का वंशज था तथा उपसेना नायक भी था ने तनिक बड़प्पन बघारते हुए कहा, ''नरेश की जय हो। नरेश यह आपकी महानता है कि आपने गढ़राज्य के खजाने से बड़ी राशि देकर किसी भाँति रुहेले पठानों को कुमाँऊ छोड़ने पर राजी किया, संधि की शर्तों को पूरा करने का दायित्व भी आपके ऊपर है। कुर्मांचल राज्य इस समय विपन्नावस्था में है, ऐसी कठिन परिस्थिति में संधि की शर्तों को तोड़ना रुहेलों को पुनः आक्रमण के लिए आमंत्रित करना होगा, जो उचित नहीं है। आपको ज्ञात है कि रुहेलों की एक सैनिक टुकड़ी अभी भी बटेषर के किले में ठहरी है और मालभाबर उनके ही कब्जे में है। इसलिए व्यवहारिक नीतिशास्त्र यही कहता है कि गढ़नरेश स्वयं कुर्मांचल के राजकाज को भी सँभालें तथा दोनों राज्यों की प्रजा की भलाई के लिए काम करें। इससे हमें अपनी सैन्यशक्ति भी सुदृढ़ करने का समय मिलेगा। जब हम रुहेलों से मुकाबला करने की स्थिति में आ जायें तब हम आगे की रणनीति तैयार कर सकते है।''

सभाकक्ष में सन्नाटा छा गया था। मैंने दृष्टि घुमाई तो पाया कि गढ़नरेश के सभी मंत्रिगण व सलाहकार विशालशाह के सुझाव के समर्थन में दिखाई दे रहे थे। हम कुमाँउनी तो पक्षाघात् खाये मनुष्यों की भाँति निश्चल बैठे थे। मैं स्थिति को भलीभाँति भाँप चुका था। मेरे पास कोई नैतिक अधिकार भी शेष नहीं था कि मैं राजा बनूँ। संधि की शर्तों पर मैं सहमति दे चुका था।

मैंने साहस बटोरा और धीरे से अपने आसन से उठकर हाथ जोड़कर गढ़नरेश से विनम्र शब्दों से बोला, ''गढ़नरेश प्रदीप्त शाह की जय हो! गढ़नरेश आप मेरे बड़े भाई हैं। आपकी छत्रछाया में आज हम सब सकुशल राजपुर में बैठे हैं। आपकी महान सहृदयता व सूझबूझ के कारण रुहेले कुर्मांचल छोड़ चुके हैं। आपको शर्तों की मर्यादा भी रखनी है। मैं आपसे सानुरोध विनती करता हूँ कि आप अल्मपुरी की राजगद्दी पर विराजमान हों तथा सम्पूर्ण देवभूमि की रक्षा का भार उठाएं। आपके समान सक्षम इस देवभूमि में

कोई नहीं है। आप मुझे अपने अधीन जो भी कार्य सौंपेगे उसके लिए मैं प्रस्तुत हूँ।''

मैं हाथ जोड़कर खड़ा ही रहा। तभी राजा प्रदीप्त शाह अपने स्थान से उठ खड़े हुए। उनके आसन छोड़ते ही पूरा सभा उठ खड़ा हुआ। राजा प्रदीप्त शाह मेरी और लपके। पूरा दरबार राजा प्रदीप्त शाह के मुँह से अन्तिम निर्णय सुनना चाह रहा था। उनके निर्णय के अनुसार ही कुर्मांचल में एक नये शासन काल का उदय होने वाला था। कुर्मांचल को नया राजा मिलने वाला था। उनके निर्णय से ही दरबारियों के भाग्य बँधे थे। निश्चित ही राजा के भाग्य के साथ ही प्रजा का भाग्य भी जुड़ा होता है। राजा की जय में ही प्रजा की जय और राजा की हार ही प्रजा की हार होती है। इसीलिए राजा को देवता के बाद का स्थान तथा आदर दिया जाता है। उसके निर्णयों पर देश व प्रजा का भाग्य बँधा होता है।

राजा प्रदीप्त शाह ने मेरे कंधे पर अपना मजबूत हाथ रखा। मैं एक बारगी तो विचलित हो गया; किन्तु जिस तरह से उन्होंने मेरे कंधों को थपथपाया उससे मेरा साहस बढ़ा और मेरे हाथ कृतज्ञता से पुनः जुड़ गये। वह मेरे बगल में आ खड़े हुये। उन्होंने निःशब्द सभा के मध्य गम्भीर शब्दों में कहा, "मैंने कुमय्यों की सहायता जालिम रुहेलों द्वारा देवभूमि को अपवित्र करने से रोकने के लिए की है, जो देवभूमि पर विषैले कीटपंतगों की भाँति फैलते जा रहे थे। ये विषैले कीट क्या कल ब्रदीविशाल व बाबा केदार तक न पहुँच जाते? हम दोनों राज्य बंधुबांधव हैं, स्वधर्मी हैं। सनातन काल से ही हमारे देव, देवाधि देव महादेव रहे हैं। माँ नन्दा हमारी कुल देवी हैं। राजराजेश्वरी माँ भगवती नन्दा के पवित्र स्थल को कोई विधर्मी, क्रूर आततायी आकर नष्ट-भ्रष्ट करके चला गया है। हमारी देव भूमि के प्राचीन मंदिरों को तोड़कर, माँ बहनो के साथ अत्याचार, अनाचार एवं लूटकर चला गया है। ऐसी विकट परिस्थितियों को हम क्या अपने क्षुद्र स्वार्थ के लिए प्रयोग करेंगे? चन्द्रवंशी राजा गढ़नरेश से लड़ते रहे, कभी हम जीते, कभी वे जीते। फिर भी हम एक ही हैं। सगे बंधु भी आपस में अपने-अपने छोटे-छोटे स्वार्थ के लिए लड़ते-झगड़ते ही हैं; लेकिन बंधु प्रेम तब प्रकट होता है जब कोई बाहरी शक्ति उन्हें ललकारती है। राजा कल्याण चंद मेरी शरण में आया था। उसने गढ़देश पर विश्वास किया, शरण माँगकर बंधु प्रेम को प्रकट किया। मुझे अपना बड़ा भाई माना। रुहेलों को इस देवभूमि से दूर करने के लिए मुझे राजा कल्याण चंद को पुनः राजा न बनने की शर्त

माननी पड़ी थी। राजा कल्याण चंद यह शर्तें सुनकर अवश्य ही मर्माहत हुए होंगे लेकिन कृतज्ञतावश कुछ प्रतिकार नहीं कर पाये। मैं सब समझता था और समझता हूँ, परन्तु तब वह समय की माँग थी। मैंने तभी मन में माँ राजराजेश्वरी की शपथ लेकर यह ठान लिया था कि मैं राजा कल्याण चन्द्र को अल्मपुरी के राज सिंहासन पर बैठाकर ही दम लूँगा।''

यह कहकर राजा प्रदीप्त शाह ने मेरे कंधे पर धौल जमायी। मैं अचानक प्रदीप्त शाह के मुँह से ऐसे वाक्य सुनकर अवाक रह गया और अनायास ही मेरे मुँह से निकल गया, ''मेरे बड़े भाई राजा प्रदीप्त शाह की जय हो।''

मैंने राजा प्रदीप्त शाह का लपक कर कंठालिंगन किया। पूरी सभा में ''राजा प्रदीप्त शाह की जय, जय बद्री विशाल, जय माँ नन्दा देवी'' के स्वर गूँजने लगे। तभी राजा प्रदीप्त शाह ने मेरा दाहिना हाथ पकड़ा उसे उँचा करते हुए कहा, ''कुर्मांचल नरेश राजा कल्याण चन्द्र की जय।''

पूरे सभागार ने दोहराया, ''कुर्मांचल नरेश राजा कल्याण चन्द्र की जय।''

जैसे ही सभा में जयकार के शब्द शिथिल पड़े, कुर्मांचल के राजगुरु हरिकृष्ण ने उँचे स्वरों में कहा, ''विधाता का विधान ही ऐसा है, जब घोर अंधेरी रात होती है तब भी कोई टिमटिमाता तारा आकाश में अवश्य ही उपस्थित रहता है। देवभूमि पर आयी घोर विपत्ति के समय भी कोई देवपुरुष या देवपुत्री प्रकट होते रहे हैं जो विपत्ति का प्रतिरोध करता हुआ सामान्यजनों के हताश मनों को धीरज बँधाता रहा है। ऐसे कई स्त्री पुरुष देवभूमि के इतिहास में पाये गये है। इसी प्रकार के स्त्री-पुरुषों के स्वार्थ त्याग के कारण यह भूमि देवभूमि कहलाती है। ऐसे ही मनुष्य इतिहास में अमरत्व को प्राप्त होते हैं। स्त्री पुरुषों के असाधारण चरित्र को पढ़कर ही भविष्य सीख लेता है। वही काम आज गढ़नरेश ने किया है। आज प्रदीप्त शाह ने जो मार्ग दिखाया है, वह देवभूमि के इतिहास में स्वर्णअक्षरों में अंकित रहेगा। उन्होंने जो बंधु प्रेम दिखाया है वह आगे के नरेशों का मार्ग प्रशस्त करेगा, उनका मार्गदर्शन करेगा।''

मेरी आँखें सजल हो आयीं। मैंने राजा प्रदीप्त शाह को पुनः गले से लगा लिया। मैं अपने बड़े धर्मभाई का त्याग सदैव याद रखूँगा।

पूरे कुर्मांचल व गढ़देश में राजा प्रदीप्त शाह की जयकार होने लगी। कुर्मांचल की प्रजा उनका हृदय से आभार जताने लगी। गढ़देश व कुमाँऊ

बंधुप्रेम के बंधन में बँध गये थे।

प्रेत लीला

कल्याण चंद

मैं गढ़नरेश प्रदीप्तशाह की कृपा और महानता के कारण पुनः कुर्मांचल का राजा बन चुका था। राजपुर के अधजले भवन की छत पर अर्धरात्रि को उद्विग्न मन से चहल कदमी कर रहा था। आकाश को ताकता हूँ तो देखता हूँ कि काले आकाश में चन्द्रकला की क्षीण छवि दूर कहीं दिखाई पड़ रही है। टिमटिमाते तारे अपना प्रभाव स्थापित किये हुए हैं। उँचे परकोटे से नीचे झाँकता हूँ तो देखता हूँ- खण्डहर पड़ी अल्मपुरी में कहीं कोई दीपक भी जलता नजर नहीं आ रहा है। जलकर काले पड़ चुके भयावह भवन इस अधंकार को और अधिक गहरा कर रहे हैं।

शायद अल्मपुरी की यह स्थिति देखकर ही गढ़नरेश ने यहाँ की राजगद्दी स्वीकार नहीं की होगी। भूतहा बन चुकी इस अल्मपुरी के राजसिंहासन का क्या लाभ था?

मैंने स्वयं से कहा, ''परिस्थिति मेरे कारण ही उपस्थित हुई है। इसे मुझे ही ठीक करना होगा। वैभव सम्पन्न अल्मपुरी को पुनः उसी स्थिति मे लाने का दायित्व मुझ पर है। मुझे चन्द्रवंशियों के माथे पर लग चुके कलंक को हटाने के लिए पहले से अधिक सुव्यवस्थित ढंग से कार्य करना होगा। अत्याचार व प्रताड़ना को नियन्त्रित करना होगा।'' मुझमें उत्साह भर आया।

तभी पूर्व में भोगी हुई मानसिक यंत्रणायें स्मरण कर मुझे स्वयं पर क्रोध आ जाता; अपने को असहाय सा अनुभव करता, मन का ताप तीव्र हो उठता। सोचता- लड़ते लड़ते अपनी जान दे देता तो आज इस कलंक का सामना न करना पड़ता। आज मैं नितांत बलहीन बना इस खण्डरनुमा महल में खड़ा हूँ।

मैं यह भी सोचने लगा कि क्या सारा दोष मेरा ही है। जब कई लड़ाइयों को लड़ चुके अनुभवी महान सेना नायक, चतुर मंत्रीगण और राजनैतिज्ञ रुहेले पठानों को रोकने का मार्ग न सुझा पाए, न ही वे लड़ने को आतुर दिखे तब मैं

अकेला राजा क्या करता? अब तक ये चतुर लोग ही तो मुझे मार्ग दर्शन देते आये थे, जब इन सबके सुझाव से ही सब सहमति बनी थी तो मैं अकेला ही दोषी क्यों? मुझे अपने को साँत्वना देने के लिए कुछ तर्क तो निर्धारित करने ही थे।

इस रात्रि के अंधकार में तभी मुझे सुयाल नदी की ओर से आते शृगांलों के कर्कश स्वर सुनाई दिये। मैं भयभीत-सा हो उठा। मेरे स्मृतिपटल पर अचानक अपने राजा बनने के प्रारंभिक काल में किये क्रूर कृत्यों के दृश्य उभर आये। मैंने उस दिशा से अपना मुख मोड़ लिया। मैं तब क्या करता, सभी राजा अपने पद व शक्ति को स्थिर करने के लिए क्रूरता दिखाते ही हैं। मैंने भी प्रतिद्वंदी चन्द्रवंशी राजकुमारों एवं उनके समर्थकों को मरवा डाला। जरा-सा भी शक होने पर उसको पकड़वाता, उसके जरा-से दोष के लिए कठोर से कठोर दण्ड देता ताकि कोई अन्य मेरे विरोध में जाने का साहस न कर सके। चन्द्रवंशियों के स्वामीभक्त कई प्रतिष्ठित परिवारों के लोग मारे गये, कुछ भूमिगत हो गये, शेष देश छोड़कर पड़ोसी राज्यों में शरणागत हो गये या जा छुपे। कुंवर हिम्मत सिंह रौतेला ने आँवला के नवाब रुहेले पठान अली मोहम्मद खाँ के यहाँ शरण ले ली थी। उसी ने मोहम्मद खाँ को उकसाया कि अल्मपुरी में करोड़ों रुपयों का भण्डार है, यदि वह उसे हथिया ले तो दिल्ली के बादशाह के समान ही वैभवशाली हो जायेगा। हाँलाकि मेरे गुप्तचरों ने बड़ी चतुराई से उस विद्रोही विश्वासघाती भेदी को आँवला जा कर ही मार डाला था। जिससे खिन्न होकर ही आँवला के रुहेले पठानों ने कुमांचल पर चढ़ाई कर दी थी। उन्हें एक बहाना मिल गया था। अवश्य ही भय का साम्राज्य खड़ा करने में कई निर्दोष लोग भी मारे गये होंगे। लेकिन तब मेरी समझ गहरी न थी, न ही मैं तब आज की तरह अनुभवी था, बस मुझे भय का साम्राज्य स्थापित करना था, परन्तु आज मैं स्वयं भयभीत एवं असहाय हूँ।

जिनकी आँखें निकाल कर उनसे मैंने चील कौवों को प्रसन्न किया था? क्या यह सब उन निर्दोषों की आर्तपुकार का प्रतिफल था? कहीं यह उन अन्तिम संस्कारों से भी च्युत रहे चन्द्रवंशियों की प्रेतलीला तो नहीं? आज मुझे इस अंधकारपूर्ण रात्रि में सुयाल नदी की ओर से आ रहे शृंगालो की आवाजें डरा क्यों रही हैं?

मैं अपने कक्ष में जा बैठा फिर अपने बिस्तर पर जा कर नींद लेने का प्रयास करने लगा। तभी मैं सोचने लगा- न्याय निष्ठुर नियति मेरे पापों के फलों

का रसास्वादन कराने में जुट गयी है, यह विपत्ति पुनः रुहेले पठानों के रुप में माध्यम बन कर कभी भी आ सकती है। क्योंकि मुझे उनकी शर्तें के विपरीत राजा बनाया गया हैं। यही सोच-सोच कर, देर रात तक तक मुझे नींद नहीं आई। अपने कक्ष के मंद प्रकाश में शैया पर मैं निढाल-सा इधर-उधर पलटता रहा।

जितना सोचूं कि नींद आ जाए; परन्तु सब व्यर्थ।

सहसा मुझे लगा कि सुयाल नदी की ओर से असंख्य कंठ चीख रहे हैं और कह रहे हैं कि हमें पिंडदान कराओ, हमें खिचड़ी खिलाओं, हम भूत प्रेत बने तुम्हारे वंशज है। हम भूखे हैं। हमें तुम क्यों भूल गये हो? हम भी तुम्हारी प्रजा हैं। हमने भी कई बार अपने प्राणों की बाजी इस चन्द्रवंश व कुमाँऊ के लिए लगायी थी। तुमने हमें यूं ही मार डाला? यदि हम युद्ध में मारे जाते तो वीरगति को प्राप्त होते। तुमने तो हमें अकारण बिना हमारा पक्ष जाने ही मार डाला। हमारा अन्तिम संस्कार भी नहीं होने दिया, क्यों? उन्नति के शिखर पर बैठ जाने से न्याय का देवता क्या तुम्हें यों ही माफ कर देगा? वह जन-उत्पीड़क होने का दण्ड तुम्हें अवश्य देगा। तभी तुम आज अवनति की खाई में गिरे हो। हमने कभी स्वामीद्रोह नहीं किया था। तुम्हारे ही बाप-दादाओं, भाइ-बँधुओं ने हमसे जो काम करने को कहा, वह हमने किया। जो राजा था उसका साथ निभाया। तू बता- आज तू राजा है जो लोग आज तेरे साथ है यदि कल तेरा बेटा या भाई राजा बना तो क्या ये सब लोग सब राजद्रोही हो जायेंगे? आज हम सब भूत बनकर अल्मपुरी के चारों ओर घूम रहे हैं। जब तक तू हमारा पिंडदान नहीं करेगा। हम भूत तुझे चैन से नहीं बैठने देंगे। अल्मपुरी में जिन्दा भूत बने घूम रहे अंधों की आर्तपुकार कहाँ जाएगी? यह न्याय का देवता जो अल्मपुरी के उपर पर्वत शिखर पर चढ़ा बैठा है वह सब देख रहा है वह तुम्हें दण्ड अवश्य देगा।

मुझे ऐसा लगा कि असंख्य बुदबुदाहटें मेरे कक्ष को घेर रही हैं। मैं सहसा भयभीत हो उठा और सुयाल नदी की ओर खुली खिड़की को खड़ाक से बन्द कर मैं धड़ाम से अपने बिस्तर पर जा लुढ़का। भय से मेरा कंठ सूख रहा था। माथे पर स्वेद बिन्दु उभर आये थे। कर्कश स्वर घन्टे की आवाज की भाँति मेरे मस्तिष्क में बज रहे थे। मुझे इन चीखों से मुक्ति पानी होगी, किन्तु कैसे?

पश्चाताप व प्रतिशोध

शिवदेव जोशी

अल्मपुरी के पुर्ननिर्माण का कार्य तेज कर दिया गया था। मुझे राजा कल्याण चन्द के स्वभाव व व्यवहार में एक नया परिवर्तन देखने को मिल रहा था। वह पहले से नर्म तथा प्रत्येक की सलाह को ध्यान से सुन कर उस पर तर्क करते दिखाई दे रहा था। वह स्वयं अल्मपुरी के पुर्ननिर्माण का कार्य निरीक्षण करने निकल पड़ता था। माँ नन्दा देवी के मन्दिर में जाकर वहाँ की सफाई व निर्माण कार्य का अवलोकन करते।

उसमें एक नई स्फूर्ति का प्रादुर्भाव हो गया ऐसा प्रतीत हो रहा था। हार की कुंठा का कहीं नामोनिशान उसके मन में नहीं था हाँलाकि अल्मपुरी हार के घावों के निशान से अटी पड़ी थी। कल गढ़नरेश के वापस श्रीनगर लौट जाने के बाद राजा कल्याण चन्द ने राज सभा में बड़े धीर-गम्भीर स्वर में कहा, ''हमें अपने हार के कारण कुंठा एवं क्रोध को सकारात्मक प्रतिशोध के रूप में प्रस्तुत करना होगा। उन क्रूर रुहेले आतताइयों के प्रति घृणा का भाव रखते हुए देवभूमि पर किए गए उनके अत्याचारों का बदला लेने का संकल्प करना होगा। हम अपनी भूलों को सुधारेंगे। वीर चन्द्रवंशियों पर अनावश्यक शक नहीं किया जायेगा, उन्हें महत्वपूर्ण सैन्य व्यवस्था का कार्यभार सौंपा जाएगा। ज्ञानी पंडितों व चतुर राजनैतिज्ञों को पुनः पदप्रतिष्ठित कर, उनसे सलाह ली जायेगी। जो परिवार राजदण्ड पा जाने के कारण राज्य के प्रति उदासीन हैं या प्रतिशोध का भाव धारण किए हुए हैं उनसे वार्ता की जाएगी। देवभूमि को पुनः कोई विधर्मी आक्रान्त न कर सके उसके लिए सभी वर्गों का साथ लिया जाएगा। कई ज्ञानी जनों, विशेषज्ञों, ज्योतिषियों सलाहकारों को जिन्हें दोषारोपित कर हटा दिया गया था या अंधा कर दिया गया था, उनसे क्षमा याचना कर उन्हें उचित सम्मान देने पर विचार किया जाएगा। हमें पुनः किसी परिस्थिति में हार का सामना न करना पड़े इस हेतु अपनी सैन्य क्षमता में वृद्धि करनी होगी।''

इस प्रकार के विचार राजा कल्याण चंद ने कभी सभा के मध्य नहीं रखे

थे। वह तो प्रायः मंत्रियों व सलाहकारों की बातें सुनते और हाँ या ना में आदेश जारी कर देते थे। एक हार ने उनके दृष्टिकोण में गम्भीर बदलाव ला दिया था। उन्होंने मेरी ओर संकेत करते हुए आदेश दिया, "वीर पुरूष शिवदेव की सलाह पर उचित समय पर निर्णय न लेकर हमने भारी भूल की थी। हमें सदैव संशय में रखा गया और बताया गया कि शिवदेव मालभाबर में अपना आधिपत्य जमाना चाहता है। धन व सैन्य बल पाकर वह अपने पिता पर हुए अत्याचार का बदला लेना चाहता है। रामदत्त व शिवदेव द्वारा भेजी गई गूढ़ सूचनाओं का मेरे मंत्री मण्डल व सलाहकारों ने उचित विश्लेषण नहीं किया। वह तो सदैव मुझे डोटी व गढ़देश के आक्रमणों के प्रति सचेत करते रहे या उनके विरूद्ध उकसाते रहे जबकि वास्तविक खतरा हमें दक्षिण पूर्व में रुहेले पठानों से था। जो आज भी बना हुआ है। हमने उनकी शर्तें तो मान ली हैं लेकिन क्या हम सदैव उनके गुलाम बन कर रहेंगे? बटेषर के दुर्ग में उनकी एक सैन्य टुकड़ी असलम खान के मातहत अभी भी डेरा डाले बैठी है। हमारी सेना में यदि तीन बार वीरता से रुहेलों का किसी ने सामना किया तो वह- पंडित शिवदेव जोशी ही था। वह तीनों बार हारा अवश्य क्योंकि हमारी सैन्य शक्ति कम थी; किन्तु उसने प्रत्येक बार हजारों रुहेलों को मार डाला, जिससे वे यह समझ गये कि उन्होंने कुर्मांचल पर कब्जा तो कर लिए है लेकिन अभी कुर्मांचलियों को पूरी तरह हरा नहीं सके हैं। अंततः उन्हें संधि के लिए सहमत होना पड़ा। मुझे व कुर्मांचल को पंडित शिवदेव पर गर्व है।"

मेरा सीना गर्व से चौड़ा हो गया था। देर में ही सही राजा को मेरी सूचनाओं व सलाह पर विश्वास तो हुआ। मेरा वंश सदैव ही राजवंश व कुमाँऊ की राज्य व्यवस्था का निष्ठ सेवक रहा था। मेरे परिवार के श्रेष्ठ पुरूष राजा बाजबहादुर से लेकर दीपचंद तक महत्वपूर्ण मंत्री पदों या सलाहकार मण्डलों में रहे। कई ने सेनानायक या उपसेनानायक रहकर युद्ध लड़े थे। बीच में चालबाजों ने अवश्य ही चालें चल कर मेरे सत्यनिष्ठ वंश को कंलकित करने की चेष्ठा की, मेरे पिता व भाइयों की हत्या करवा दी गई। अंततः आज राजा कल्याण चंद को यह विश्वास हो गया कि मैं भी सत्यनिष्ठा से देवभूमि और चन्द्रवंश की सेवा में लगा हूँ। मेरे प्रतिद्वंदियों व विरोधियों के सिर आज अवश्व ही झुक गए थे। रणाधिकारी हरी सिंह, सुमेरु सिंह, अनूप सिंह आदि की ओर दृष्टि घुमाते हुए नृपत ने आदेश दिया, "राज्य के प्रत्येक युवा को शस्त्र परिचालन की शिक्षा दी जाय। राज्यभर के लोहारों और विशेषज्ञों को शस्त्र

निर्माण में तत्काल लगाया जाय। प्रत्येक ग्राम प्रमुख को युवाओं का ब्योरा रणाधिकारी तक पहुँचाना होगा। सभी जाति वर्ग के युवाओं को सेना में भर्ती किया जाय। उनको प्रशिक्षित करने की व्यवस्था तुरन्त की जाय। इसमें विलम्ब न हो। शस्त्रागार अस्त्र-शस्त्रों से भरे हों। इस बार यदि रुहेलों से युद्ध हुआ तो हम किसी भी परिस्थिति में रण छोड़कर नहीं भागेंगे। हम विकराल रूप से सशस्त्र युद्ध करेंगे। हम या तो विजयश्री को प्राप्त कर ससम्मान जीवित रहेंगे या देवभूमि की रक्षा में प्राणों को न्योछावर कर देंगे। पिछली भूल को किसी भी परिस्थितियों में दोहराया नहीं जायेगा।''

सभा में सन्नाटा पसर गया था। नृपत को सभा में बैठे प्रत्येक ने नये रुप में देखा था-मुखर, दृढ़ व तर्कशील।

तभी उन्होंने मेरी ओर संकेत करते हुए कहा, ''शिवदेव को युद्धों का विशेष अनुभव है, खासतौर से रुहेलों की युद्धनीति का। मैं शिवदेव को अपने विचार रखने हेतु आदेश देता हूँ।''

नृपत ने आज मुझे सर्वप्रथम विचार प्रस्तुत करने का जो सम्मान बक्शा था उससे मैं उत्साहित था, गौरवांवित भी था। मैं अपने आसन से उठा और मैंने अपना उदबोधन प्रस्तुत किया, ''चन्द्रचूड़ामणि कुर्मांचल नरेश की जय हो। मैं एक वीर सिपाही हूँ और अपनी बात निर्भीकता से कहता रहा हूँ। हर बात कहने से ही प्रकट नहीं होती है, कर्म के द्वारा प्रकट भी होनी चाहिए। समझने वाले उसे समझ जाते हैं; किन्तु जो नासमझ या पूर्वाग्रहों से ग्रसित होते हैं वह जानबूझकर नहीं समझना चाहते हैं। आज सभा के मध्य मुझे कुर्मांचल नरेश ने जो सम्मान दिया है मैं उनका आभारी हूँ। आज मैं शब्दो के माध्यम से प्रकट रूप में अपनी बातें रखता हूँ।'' सभा को मैंने गहरी दृष्टि से देखा सबकी नजरें मुझ पर टिकी थी।

मैंने कहा ''नृपत ने स्वयं ही अपने शब्दों में प्रकट कर दिया है कि संकट अभी टला नहीं है। मैं तो स्पष्ट तौर पर कह रहा हूँ कि अभी युद्ध समाप्त नहीं हुआ है। हमारा युद्ध जारी है, हमारा मालभावर जो कुर्मांचल को धनधान्य देता है, वह मालभावर जो पूरे भारत को कुर्मांचल से जोड़ता है अभी वह हमारे हाथ में नहीं आया है। हमारे कुर्मांचल के द्वार पर खड़ा बटेषर के दुर्ग में अभी भी रुहेलों की फौज बैठी है। मुझे तो शीघ्र ही युद्ध होने की आहट सुनायी दे रही है। अतः जैसा कि नृपत ने आदेश दिया है, हमें आज से ही युद्ध की तैयारियों में लग जाना चाहिए। इस सभा में सभी सदस्यगण अपना विचार व सुझाव

खुलकर रखें। राजसभा के भीतर राज्य के क्रियाकलापों पर असहमत होना या उनका शांतिपूर्ण विरोध करना राजा या राज्य का विरोध नहीं समझा जाना चाहिए। स्पष्टवादी सलाहकारों की कटु आलोचना को भी गम्भीरता से सुनकर उस पर सोच विचार कर निर्णय लेना चाहिए। महान चन्द्रवंशी राजाओं ने कत्यूरी राजाओं के अवसान के बाद सम्पूर्ण कुर्मांचल को स्थायी व सुदृढ़ राज दिया, मालभावर, कठेढ़, डोटी से गढ़देश तक अपना राज्य फैलाया। आज वह राज्य और वह वीरवंश विपन्न अवस्था में पड़ा है। क्या अब चन्द्रवंशी मात्र अत्याचारों के लिए जाने जायेंगे? चतुर व ज्ञानी राजनीतिज्ञों को मारकर या अंधा करके राज्य को क्या लाभ हुआ? जो कुर्मांचल राज्य कभी मुगल सम्राट के विरूद्ध युद्ध के लिए उठ खड़ा हुआ था आज वह रुहेलों के हाथों पराजित हो गया। नृपत के पूर्वजों ने जिस विश्वासघाती दाऊद खाँ को बंदी बनाकर उसका वध कोटद्वार के निकट कर डाला था, उसी के वंशजों से आज हम पराजित हो गए। यह अली मोहम्मद खाँ इस देवभूमि के पार्वत्य प्रदेश को अपना स्थायी उपनिवेश बनाना चाहता है। हम किसी कीमत पर उसकी इस मंशा को पूरा नहीं होने देंगे।''

मैं कुछ देर के लिए रुका। मैंने चारों और दृष्टि घुमाई। राजसभा में बैठे सभी मंत्रीगणों, सलाहकारों व वीर सेनानायकों की नजरें झुकी हुई थी। मैं आज मेरे भीतर छुपी-दबी भावनाओं को प्रकट कर देना चाहता था क्योंकि फिर कभी समय मिले न मिले। मैंने कई युद्ध लड़े थे, कई बार जीता था; किन्तु इधर राजा की समदृष्टि न होने के कारण मैं रुहेलों से तीन बार लड़ा, तीनों बार पराजित हुआ। कितनी ही बार मुझे प्राणांतक चोटें आई थीं। मैं कई बार मृत्यु के द्वार से निकला था। मौत पता नहीं किस रूप में, कब आ जाएगी मुझे ज्ञात नहीं है। मैं योद्धा हूँ मौत से डरना मैंने सीखा नहीं है। मौत तो किसी न किसी रूप में आएगी ही, यदि मौत सुन्दर रूप धारण कर आ जाये और युद्ध भूमि में देश के काम आते-आते आ जाए तो मनुष्य को मौत से क्यों डरना चाहिए। आज मैं राजसभा में बिना डरे अपने भीतर भरी कुंठा, असहमति के स्वरों को बाहर निकाल देना चाहता था। मैंने दृणतापूर्वक पुनः कहा, ''राजन! सुयोग्य राजा व अनुभवी मंत्रियों के होने के बाद भी प्रजा के मध्य जाने वाले अधिकारी, राजकर्मचारी यदि भ्रष्ट हों, अत्याचारी हों, अज्ञानी व अजानकार हों तो यह दोष भी राजा व मंत्रियों पर ही जाता है। इन विषयों पर यदि गुणी मंत्रीगण ध्यान नहीं देते हैं, प्राप्त सूचनाओं का उचित विश्लेषण नहीं करते हैं तो उसका

परिणाम क्या होगा? मैंने कितनी गुप्त सूचनाएं अल्मपुरी को भेजी कि रुहेलों की शक्ति बढ़ती जा रही है उनकी कुदृष्टि सुसम्पन्न माल-भावर पर ही नहीं यहाँ तक कि अल्मपुरी पर है। अतः शीघ्र ही सैन्य शक्ति व विशेष आर्थिक सहायता माल-भाबर को भेजी जाए। काशीपुर के अधिकारी रामदत्त ने स्वयं कई गूढ़ सूचनाएं अल्मपुरी को भेजी थी जो स्वयं आज सभा में उपस्थित हैं। उन गुप्त सूचनाओं पर उचित विचार-विमर्श व विलेषण न कर उल्टा हम पर शंका व्यक्त की गयी। प्रतिफल सामने है। हमारे वंशजों ने कभी चाटुकारिता का सहारा नहीं लिया। मेरे पूर्वजों ने चन्द्रवंश व देवभूमि के हित में अपनी जानें गवाई हैं। हम जोशियों की यह आन रही है कि वे हँसते-हँसते देवभूमि के लिए मौत को गले लगा लेते हैं। देश छोड़कर भागे कुछ धूर्त, झूठे दूतों के माध्यम से चालभरी सूचनाएं भिजवाता है और मंत्रीगण उसका परीक्षण करने की क्षमता न रखते हों तो देश की सुरक्षा कैसे हो, राजा सरगुणी भी है तो वह भस्म में ढके रत्न के समान है।''

मैंने राजा कल्याण चन्द्र की ओर देखा। वह उजड़े सिंहासन पर सिर झुकाकर सब सुन रहा था। अन्य कोई दिन होता तो शायद अब तक मुझे मृत्यदण्ड मिल चुका होता और सभा में सिर झुका कर बैठे सेनापतियों की गर्जनाओं से सभा काँप रही होती, लेकिन अंत में सत्य की ही जीत होती है। भले ही प्रारम्भ में उसे कष्ट उठाना पड़ता हो। आज मैं तीन बार युद्ध में हार कर आया था; लेकिन मेरा हृदय व मन निश्छल था। मेरी भुजाओं का बल कमजोर नहीं हुआ था। यह पूरा कुर्मांचल जान चुका था। सर्वत्र सन्नाटे के मध्य मैंने आगे कहा, ''मत्रीगणों, सलाहकारों, ज्ञानी ब्राह्मणों को निर्भय होकर नृपत के सामने अपने विचार रखने चाहिए। देवभूमि के हित में बिना पूर्वाग्रह के जो उचित हो उसे प्रकट करें। उचित मार्गदर्शन देने या कटु सूचना देने में भय मत खाओ। यदि अपने सुख भोग और ऐश्वर्य में कुछ कमी भी आ जाए तो स्वभूमि का त्याग मत करो-ऐसा विद्वानों ने कहा है।''

मैंने अपमान के घावों से मलिन चन्द्रवंश के चन्द्र की ओर देखा। मैं उसकी मलिनता को और अधिक बढ़ाना नहीं चाहता था। मैंने अपने विचारों की दिशा बदली और भविष्य की राह पर चलने के उद्धेश्य से बोला, ''चन्द्रचूड़ामणि कुर्मांचल नरेश! आप व्यथित न हों जो हो चुका उससे सीख लेकर अनुभव एकत्र करने की आवश्यकता है। बांकी सब भूल जाएं। पठानों के आने वाले आक्रमण के झझांवात से अपनी सुरक्षा कैसे हो? दुर्गति से कैसे

बचा जाए? इस विषय पर विचार हो। आज देवभूमि की माँग है वीरता, मलिनता नहीं। जो पराजय व आत्मसमर्पण के कारण अनुत्साही पुरूष हूँ, जिनमें युद्ध करने की ललक समाप्त हो गयी हो वे लोग पीछे रहे। उन्हें अल्मपुरी के उजड़े गाँवों के पुर्ननिर्माण के कार्यों में लगाया जाए। जैसा नृपत ने अभी आदेश दिया है- हमें हर ग्राम से, हर जातिवर्ग के वीर व लड़ाकू युवाओं की आवश्यकता है, जो देवभूमि के लिए अपने प्राणों को तुच्छ समझते हों, जिन्हें देवभूमि की आन-बान-शान प्यारी हो, जो इस पवित्र भूमि पर क्रूर रुहेलों के कदमों को काट डालने के लिए सर्वस्व त्याग करना चाहते हों। मुझे ऐसे मात्र चार हजार वीरों की आवश्यकता है मैं वचन देता हूँ कि रुहेलों को बटेषर के दुर्ग से क्या माल-भाबर से खदेड़ कर ही दम लूँगा अन्यथा जीवित न रहूँगा।''

मेरे ऐसे रणातुर उत्तेजक वचनों को सुनकर रणाधिकारी हरि सिंह, हरी राम, सुमेरू सिंह आदि एक के बाद एक अपने स्थानों से उठ खड़े हुए। सबने एक साथ ''हर हर महादेव'' ''माँ नन्दा देवी'' का घोष किया। चारों ओर उत्तेजना व्याप्त हो उठी। अभी तक सिर झुकाये बैठे राजा कल्याण चन्द्र भी अपनी लम्बी तलवार खींच कर उत्तेजना में चिल्ला उठे ''हर हर महादेव'' ''जय माँ नन्दा देवी'' ''जय बद्री विशाल''। पूरा सभागार जो कुछ देर पूर्व तक मलिनता की चादर ओढ़े था अब युद्धातुर दिखाई देने लगा।

सर्वत्र वीरता की भावनाओं का ज्वार उमड़ पड़ा। मेरा मनोरथ कुछ हद तक सम्पन्न हुआ, किन्तु यात्रा तो अभी आरम्भ हुयी ही थी।

एक अवसर

फकीरा

युद्ध की तैयारियों से किसी को लाभ हो या न हो हमारी जाति वर्ग को अवश्य ही यह लाभ हो जाता था कि हमें कई काम मिल जाते थे। हमारे लौहकर्मियों को हथियार बनाने का काम मिल जाता था। लोहारों के कारखानों में घन की आवाज आने लगती थी। कई श्रमपूर्ण कार्यों हेतु हमारे लोगों को काम पर लगाया जाने लगा था।

परन्तु पहली बार एक नयी बात यह हुई थी कि हमारे जाति वर्ग के बलशाली, हट्टे-कट्टे युवाओं को सेना में भर्ती के लिए आमंत्रित किया जा रहा था। यह एक नई परम्परा का जन्म हो रहा था। क्या इन ब्राह्मण, क्षत्रियों के पास वीरों की कमी पड़ गयी थी या आपस में लड़-लड़कर ये क्षीण पड़ चुके थे आज इन्हें हमारे युवा पुत्रों की याद कैसे हो आयी। आज तक जो हमारे वीर युवा पुत्रों को कभी किसी शौर्यपूर्ण कार्य करने का अवसर ही नहीं मिलता था। हमें तो उच्चवर्ग वाले अपना दास से अधिक कुछ समझते ही न थे। हमारे जातिवर्ग के जो बलिष्ठ युवा होते थे उनसे भी ये लोग केवल पत्थर फोड़ने, भारी भरकम पेड़ों के काटने या उन्हें ढोने जैसे श्रमपूर्ण कार्य ही लेते थे। युद्ध में शौर्य दिखाने वाले कार्यों के योग्य तो कभी समझा ही नहीं गया। हम पर तो हथियार लेकर चलने पर भी प्रतिबन्ध था। जबकि हथियारों का निर्माण का काम हमारा था। घरों में भी हथियार हम छुपा कर ही रखते थे। शायद इन्हें भय हो कि हम कहीं अधिक बलशाली न हो जायें और हम कहीं राज सत्ता के लिए संघर्ष न करने लगे। वैसे तो हम आर्थिक रूप से इतने श्रीहीन थे कि हमारा सारा समय दो जून की रोटी जुटाने में ही व्यय हो जाता था। हमारी सारी जवानी इसी में खप जाती थी। हम कब युवा हुए और कब वृद्ध हो गये पता ही नहीं चलता था। क्षत्रिय तो भाग्यवश वंशानुगत रूप से राजसत्ता या राजकीय पद पर रख लिए जाते थे। ब्राह्मण सदैव ही क्षत्रियों के आदरणीय रहते थे। ये ब्राह्मण पढ़े लिखे और कर्मकांडी थे। पांडित्य पा चुके इन ब्राह्मणों को पीछे धकेलना क्षत्रियों के वश का नहीं था। उन्हें हर पल इन चतुर पंडितों की आवश्यकता रहती थी। पंडितों के पास कोई श्रमसाध्यपूर्ण कार्य नहीं होता था। उनके पास खाने-पीने की सभी वस्तुऐं न्यूनाधिक मात्रा में उपलब्ध रहती ही थी। यह चतुरवर्ग प्रजा को कर्मकाण्डों में उलझाकर अपने लिए भोग की वस्तुऐं वस्त्र, अनाज, गायें व जागीरों जोड़ ही लेते थे। ब्राह्मण जो अनपढ़ और गरीब थे वे भी धनी और उँचे लोगों के घरों में खाना पकाने का काम पा जाते थे जहाँ भूखे रहने का तो प्रश्न ही नहीं था। क्षत्रिय प्रायः राजवंशी थे ये, सेना में प्रमुख थे। लड़ने के लिए सदैव तैयार रहते थे। यह बात अवश्य ही थी कि युद्ध में अधिकांश क्षत्रिय व ब्राह्मण ही भाग लेते थे और मारे भी जाते थे। यह कहने में मुझे संकोच नहीं है कि ये वर्ग अपनी आन-बान के लिए अपने प्राणों को दाव में लगा देता था। अतः इस वर्ग के पास धन-धान्य की कमी न थी। बड़ी-बड़ी जागीरें, भूमि, ग्राम इनके ही अधीन थे। प्रजा से करों की वसूली भी ब्राह्मण व

क्षत्रिय वर्गों का ही काम था।

हमारा जाति वर्ग सबसे उत्पादक वर्ग था। जीवन को सुगम बनाने का हर महत्वपूर्ण कार्य हमारा वर्ग करता था। जीवन हेतु आवश्यक पदार्थ अन्न के उत्पादन का सम्पूर्ण भार हम पर था। खेत में हल जोतने से लेकर अन्न को उच्च वर्ग के भण्डारों तक ले जाने का पूरा काम हमारे जिम्मे था। जीवन के हर क्षेत्र को सरल बनाने के लिए हमारा जाति-वर्ग हाड़तोड़ मेहनत करता था, किन्तु उन सब से प्राप्त प्रतिफल का अधिकार हमारा नहीं था। हमें सदैव मोटा अनाज व निम्न कोटि का भोजन ही मिलता था। जंगली या बड़े पशुओं का माँस ही हमारे हिस्से आता था। फल-फूलों पर भी हमारा अधिकार नहीं था। जब भूमि ही हमारी नहीं थी तो उस पर उगने वाले किसी वस्तु पर हमारा अधिकार कहाँ? हमारे हिस्से जंगली फल-फूल ही आते थे। वस्त्र तो शायद ही कभी हम नए पहन पाते थे। हमारा जातिवर्ग पढ़ा लिखा नहीं था। ज्ञानी कहे जाने वाले पंडित स्वयं ही कहानी गड़ते थे कि हम रंग से काले या सांवले कर्मशील लोग ही इस पर्वतीय क्षेत्र के मूल निवासी है जो यहाँ के कामों के लिए बने हैं, बांकी तो भारत के विभिन्न हिस्सों से यहाँ आकर बस गये हैं। अब वे यहाँ के राजा थे और हम श्रीहीन गरीब उनकी प्रजा थे। यह सदा ही होता आया है और सर्वत्र ही होता आया है। ऐसा मात्र इस पर्वतीय प्रदेश में हुआ हो ऐसा नहीं था। यवन, मुगल, पठान, मलेच्छ आदि भी बाहर से आकर भारत मे आ बसे थे। आज तो पूरे भारत में ही मुगलों का ही राज चल रहा था।

जो भी हो आज इन्हें हमारी याद आयी थी। हो सकता है बुरी तरह हारने के बाद इन्हें कुछ अक्ल आयी हो या लड़ने से ये काफी संख्या में मर-खप गये हों। युवाओं की कमी पड़ गयी होगी, जो भी हो आज हमारे वर्ग को एक अवसर मिला था। इस अवसर का लाभ उठाकर वे अपने शौर्य व बल का प्रदर्शन कर सकते थे। मैं मानता था कि हमें उत्साहपूर्वक वीरता के साथ सेना में भर्ती होना चाहिए तथा अपनी भुजाओं का बल जो श्रम के कारण बलशाली हैं उसे दिखाना चाहिए। हमें इस अवसर का भरपूर लाभ उठाना ही होगा। मैं यह सोचकर अपने लोगों के मध्य जाना चाहता था उन्हें उत्साहित करना चाहता था, किन्तु हमारे जाति-वर्ग के भीतर कई प्रश्न थे, कई शंकाऐं व रूढियां थी।

जब मैं अपने गाँव पहुँचा तो मेरे घर पर भीड़ लग गयी। अंततः मैं अल्मपुरी के राजकीय सेवा में था। मेरे पास धन का अभाव नहीं था। मेरी अच्छी खासी हनक चारों ओर पहले से ही फैल चुकी थी। आज मेरे घर पर पूरे

इलाके के मेरे जाति वर्ग के प्रमुख लोग एकत्र थे। मैं उन्हें चना, गुड़ बाँट रहा था। जिसे पाकर वे प्रसन्न थे। दीवानी, बहादुर, जीतू, मंगल, चेतू, गोधिया आदि हमारे आंगन में हुक्का गुड़-गुड़ा रहे थे। मैंने हुक्के का एक लम्बा कश खींचा और हुक्का दीवानी की ओर बढ़ाते हुए बोला, ''प्रधान जी का हुक्म तो तुम लोग सुन ही चुके हो। अपनी बिरादरी के युवाओं को तैयार कराओ।''

जीतू ने मेरी बात काटते हुए कहा, ''भैया, हम लोग ठहरे कामकाजी लोग। भारी से भारी, कठिन से कठिन मेहनत वाला काम करा लो हमारे लड़के पीछे नहीं हटेंगे लेकिन ये मार-काट, लड़ाई-झगड़े करके उन्हें हम नहीं मरवाना चाहते हैं।''

दीवानी राम ने हुक्का बहादुर की ओर बढ़ाया और जीतू का समर्थन करते हुए कहा, ''तलवार भाँजना, मार-काट करना हमारा काम नहीं है। हमारे जवान बच्चे मर-कट जाएँगे तो हमारा क्या होगा?''

अन्य लोग भी जीतू एवं दिवानी राम के समर्थन में थे। मैं जानता था की ये बातें सामने आएँगी ही; किन्तु मैं इन अधेड़ व बूढ़ों की अपेक्षा उन युवाओं से बात करना चाहता था जिन्हें युद्ध के लिए बुलाया जा रहा था। ये बूढ़े तो लड़ाई के नाम से ही दुम दबा लेते थे। यही तो हमारी जाति की कमी है, आखिर बिना लड़े कुछ मिल सकेगा क्या?

मैंने थोड़ा-सा भय दिखाते हुए कहा, ''राजा का हुक्म हुआ है,मानना तो पड़ेगा ही। मैं स्वयं युवकों से बात करूँगा। कल प्रातः पूरे गाँव के युवाओं को एकत्र किया जाय।''

मैंने सब को हिदायत दी, कुछ ने भय से तो कुछ ने संशय के साथ हामी भर दी। तय हुआ कि कल प्रातः जीतू के कारखाने पर पूरे गाँव के युवा एकत्र होंगे।

दूसरे दिन प्रातः हम जीतू के कृषि यंत्र व छोटे-मोटे हथियार जैसे दराती, बणाँठ, खुकुरी आदि बनाने वाले कारखाना पर थे। दूर-दूर गाँवों से लोग यहाँ उन्हें बनवाने आते थे। अपने कृषि यंत्रों और हथियारों में धार चढ़ाने की सदैव भीड़ लगी रहती थी। आज से दस साल पहले हमारा ऐसा ही कारखाना हुआ करता था। मैं और मेरे पिताजी पूरे वर्ष इस काम में व्यस्त रहते थे। मेहनत इस काम में बहुत अधिक थी। निरंतर भट्टी फूँकना, घन चलाना, हथोड़ा पीटना सभी काम श्रम भरे थे; किन्तु इस काम से हमारा घर सम्पन्न था। धन-धान्य की

कभी कमी नहीं रही थी। किन्तु मेरे पिता को राजा के विद्रोहियों के लिए हथियार बनाने के जुर्म में इसी राजा कल्याण चंद के सेनानायकों ने मार डाला था। उसके बाद मैं एक साल इधर उधर भागता फिरा था तो हमारा कारखाना भी तरह नहस हो गया था। पूरा सामान लोग उठा ले गये थे। कुछ सामान जीतू ने अपने कारखाने में प्रयोग कर लिया था। जिसे उसने स्वीकार कर लिया था। अब तो मैं राजकीय शस्त्र कारखाने का प्रमुख लोहार था। मैंने जीतू को अपने कारखाने के शेष सभी सामान को भी प्रयोग करने का अधिकार दे दिया था।

पर आज इस कारखाने में भीड़ किसी दूसरे उद्धेश्य से एकत्र हुई थी। इस भीड़ के भीतर एक संशय था, भय था, प्रश्न थे। पूरा गाँव उत्सुकता के साथ इक्ट्ठा हो चुका था। मैंने सबको आराम से बैठाते हुए अधिकार सहित कहा, ''सब लोग पीछे हट कर बैंठे, आगे केवल बीस साल के ऊपर के युवा ही आयें उन्हें सेना में भर्ती किया जायेगा। यह महाराज का हुक्म हैं, सब जान लें।''

एक-एक, दो-दो करके युवक आगे आने लगे। देखते ही देखते पच्चीस-तीस युवक सामने आ खड़े हुए। मैंने उन्हें सम्बोधित करते हुए कहा, ''वीर पुत्रों! राजा की आज्ञा है कि सभी जाति के युवाओं को सेना में भर्ती किया जाएगा। राजा की आज्ञा का पालन तो करना ही होगा; किन्तु मैं इसे राजा की आज्ञा से बढ़कर एक अवसर मानता हूँ। आज तक हमें शौर्यपूर्ण कार्यों में नियुक्त ही नहीं किया गया, जहाँ हम यह साबित कर सकें कि हम सवर्ण जाति से कम बहादुर, कम वीर नहीं है। हम तो अपने कार्य क्षेत्र में ही सिमट कर रह गये हैं। आज हमें एक अवसर मिला है जहाँ हम यह सिद्ध कर सकते हैं कि हम मात्र हथियार ही नहीं बनाते है बल्कि ब्राह्मणों व क्षत्रियों से बेहतर चला भी सकते हैं। युद्ध में जान जाने का अवश्य ही अंदेशा रहता है। यह सही है की जीवित रहना ही मनुष्य की प्रथम आवश्यकता है, जीवित रहने की प्रथम आवश्यकता भोजन है और हम अपनी इस प्रथम आवश्यकता के भीतर ही बँधे रह गए हैं। ज्ञान, शिक्षा, विकास, धर्म और मर्यादाएं तो तब याद आएंगी जब प्रथम आवश्यकता की पूर्ति से समय मिले। जन्म से ही पृथक पड़े निर्धनता में पले-बड़े, भेदभाव व छुआछूत के दंश को झेलते हमें अवसर ही कहाँ है कि हम कुछ और करें या मैं तो कहता हूँ कि हमें कुछ और करने का अवसर ही कहाँ दिया गया?''

मैंने युवाओं पर पैनी दृष्टि घुमाई। सब एकाग्रचित होकर मेरी बातों को सुन रहे थे। शायद हमने इन विषयों पर बैठकर कभी संवाद ही नहीं किया था।

भय व अति सहिष्णुता हमें इन विषयों पर संवाद करने से रोकती थी।

आज मुझे खुशी थी कि इन उच्च वर्ग के लोगों ने रुहेलों की पराजय से कुछ तो सबक लिया। आज ऊँट पहाड़ के नीचे आया था। इसी बहाने उन्हें हमारी याद आयी थी। मैं आज जब कुछ आर्थिक रूप से सम्पन्न हुआ था, मुझे मेरी बहन गोरी के कारण राजाश्रय प्राप्त हुआ था। तो मैं अब इन विषयों पर विचार करने लगा हूँ और अपने जाति के लोगों के बीच फैली गरीबी, लाचारी को देखकर सोचने लगा हूँ कि जन्म के आधार पर भेदभाव या चमड़ी के रंग पर आधारित भेदभाव सबसे कठोर विचार है। जाति प्रथा समाज के लिए एक दुर्भाग्य और अभिशाप है। हमारे जातिवर्ग की दशा इतनी दयनीय व अकल्पनीय है कि हम भूख की ज्वाला को शांत करने के लिए कठोर से कठोरतम कार्य करने या निम्न से निम्न स्तर का कार्य करने के लिए भी विवश हैं।

मैं सोच रहा था कि हमारे भूखे समाज के भीतर की विकासेच्छा, ज्ञानवृद्धि की भावनाएं, धर्म सब कुछ पेट की ज्वाला को शांत करने में ही भस्म होकर रह गयी थी। कहावत है- ''भूख न जाने जूठा भात, प्रेम न जाने जात कुजात।''

मैंने युवाओं को आवाहन करते हुए कहा, ''युवा वीरो! क्या बलिदान के बिना कोई बड़ा लक्ष्य प्राप्त किया जा सकता है? हम युद्ध व लड़ाई-मार से कब तक डरते रहेंगे? हमें अपने बल व शौर्य पर विश्वास कब और कैसे आयेगा? हम एक बात से ब्राह्मणों व क्षत्रियों से सीख ही सकते हैं कि वे सदा अपने हितों के लिये युद्ध करने या मार-काट से भी पीछे नहीं हटते हैं। अपने हितों को सुरक्षित रखने के लिए वे हत्या के षडयंत्रों को रचने से भी पीछे नहीं हटते हैं। हम कब तक जीवन के भय ये कोई साहसी कार्य के लिए आगे नहीं बढ़ेंगें? हमें सिर्फ पेट की भूख मिटाने के अलावा भी कुछ सोचना चाहिए। नहीं तो हम जहाँ है, जैसे हैं, वहीं रहेंगे। यह सीख हमें सवर्णों से लेनी होगी। गरीबी उन जातियों के मध्य नहीं है ऐसा नहीं है। लेकिन उनकी भूख कुछ अलग है। उनकी भूख है- भौतिक सुखों की व साधनों को जोड़ने की, उनकी भूख है- लड़ कर भी सत्ता को पाने या सत्ता के निकट बने रहने की होड़। उनकी भूख है- अधिक भूमि व राज्य विस्तार की। उनकी भूख हैं-आगे बढ़कर दूसरे हिस्से को अपने में मिलाने की, उनकी भूख है- आनंद, मनोरंजन तथा वासना की अतिरिक्त चाहत। इनकी समस्या है- राज सत्ता पाने के लिए षड़यत्रों से बचने की या नये-नये षड़यंत्रों को गड़ने की। यह सत्य है कि जीवन

में सदैव सभी के साथ दिक्कतें रहेंगी। लेकिन हमारी समस्या औरों से भिन्न है यह एक अभिशाप की भाँति है, हमारे पास इसका क्या कोई समाधान है? आज राज्य की सेना में भर्ती होकर जहाँ एक ओर हमें देश व जन्म भूमि की सेवा करने का मौका मिलेगा तो दूसरी ओर कुछ कर दिखाने का भी अवसर मिलेगा। इसीलिए मैं अपने युवाओं को प्रोत्साहित कर रहा हूँ कि वे सेना में अधिक से अधिक संख्या में भर्ती हो जाय। वहाँ जाकर कम-से-कम भूख की एक समस्या का हल तो हो ही जाएगा तथा वेतन पाकर आप अपने परिवार की भूख की समस्या का भी कुछ सीमा तक हल कर सकेंगे।''

मुझे बीच में टोकते हुए मदन बारूड़ी नामक एक अधेड़ ने कटाक्ष किया, ''भाई फकीरा! तेरा तो कोई जवान बेटा है नहीं, तब हमारे जवान बेटों को लड़ाई में भेजकर तुम उन्हें क्यों मरवाना चाहते हो?''

उसकी इस बात पर सहमति के कई सिर हिले। तभी पिरमुवा ने लगभग चिल्लाते हए कहा, ''अरे फकीरा! तू तो बड़ा नेता बन रहा है। तुझे क्या मिलने वाला है? कोई राजा बने, कोई जीते-कोई हारे, हमें क्या फरक पड़ने वाला है? हम आज भी वही कर रहे हैं जो कल कर रहे थे। आगे भी वही करेंगे। कोई राजा बने हमारे जीवन में क्या अंतर आने वाला है, जरा बता तो?''

पिरमुवा की बातों में कुछ हद तक सच्चाई थी। पहले सूर्यवंशी राजाओं ने राज किया, वे गए तो चन्द्रवंशी क्षत्रियों का राज आ गया। हमारी जाति के लोग तो तब जहाँ थे, वही आज भी हैं। जो काम तब करते थे, अब भी वही करते हैं। हम पीढ़ी-दर-पीढ़ी उनकी सेवाओं में, उत्पादक कार्य कर उनके जीवन को सुगम व बेहतर करने में खप गये थे। ये राजा व सवर्ण, धनवान-बलवान होते चले गये। राजसत्ता व जागीरें पाते रहे। कभी हमने नहीं सुना कि किसी शूद्र जाति वाले को जागीरें मिली हों। क्षत्रिय लड़ने-झगड़ने के पीछे नहीं हटते थे जिस कारण उनसे सब डरते थे। ब्राह्मण अपने चातुर्य के बल पर, धर्म व कर्मकाण्ड का जाल फैला कर सदैव सम्मानीय बने रहते थे। हमें क्या मिला?

तभी मेरे दिमाग में एक विचार कौंधा था, तो क्या हम आगे भी ऐसा ही रहना चाहते हैं? क्या हमें कुछ अलग काम नहीं करना चाहिए? आज हमें मौका मिला है तो फिर हम क्यों न अपने शरीरों का बलिदान करके भी कुछ नया स्थापित नहीं करना चाहिए?

मैंने चारों ओर दृष्टि घुमाई। विशेष तौर पर युवाओं को इंगित करते हुए

मैंने कहा, "मैं अपने युवाओ से जानना चाहता हूँ कि आप क्या चाहते हैं? इन बूढ़ों की तो बातों को छोड़ ही दो। ये तो सदा दासता भरा काम करते रहे हैं। आगे भी अपने बच्चों को उसी में उलझा कर रखना चाहते हैं। क्या हमारे लोहार का पुत्र लोहार की बना रहेगा, तेली का लड़का तेल ही पेरता रहेगा, ढोली का पुत्र ढोल ही बजाता रहेगा। तुम वीर योद्धा बनकर तलवार बाजी क्यूँ नहीं करना चाहते हो? युद्ध में जाकर दुश्मन के दांत खट्टे क्यूँ नहीं करना चाहते हो? तुम अपने को युद्ध में भी सवर्णों से बेहतर साबित क्यूँ नहीं करना चाहते हो? यदि नहीं, तो फिर शिकायत क्यों करते हो कि हम जहाँ के तहाँ है? क्या क्षत्रिय व ब्राह्मण अपने स्वाभिमान के लिए लड़ते-लड़ते मरते नहीं हैं? रुहेलों के साथ युद्ध में हजारों ब्राह्मण, क्षत्रिय युवा मर-कट गये और फिर भी हार गये, लेकिन वे क्या चुप बैठ गए हैं? आज उनके जाति वर्ग में इतने युवा मर गये हैं कि उन्हें हमारे युवाओं की आवश्यकता आन पड़ी है; लेकिन वे अपने सम्मान, आन, बान व राज्य के लिए फिर भी युद्ध के लिए उतावले हैं। अर्थात कुछ पाने के लिए बलिदान देना होगा। कुछ खोना ही होगा। हमें भी यह दिखाना होगा कि हम केवल भारी से भारी श्रमसाध्य कामों के लिए ही नहीं बने हैं अपितु हम क्षत्रिय व ब्राह्मणों की तरह युद्ध मैं भी भाग ले सकते है। हमारे पास श्रम से सधा कठोर शरीर है जिससे हम पराक्रम भरा रण कौशल भी दिखा सकते हैं। हम वीरता भरे शौर्यपूर्ण कार्यों को भी दक्षता के साथ कर सकते हैं, यह हमें साबित करना ही होगा; तभी हम उनके समकक्ष खड़े होने की शक्ति हासिल कर सकेंगे। अच्छी सुविधायें व अधिकारों की मांग कर सकेंगे, इसलिए मेरे युवा वीरो उठो! और हथियार चलाना एवं युद्ध में जान की बाजी लगाना सीखो। उसके बाद जो बल की अनुभूति तुम्हारे भीतर आयेगी वही तुम्हारा भविष्य संवारेगी। अपने इस बल को पहचानो। कुछ खोने के बाद ही कुछ पाया जा सकता है। हमें हमारी जाति के लिए कुछ तो बलिदान करना ही होगा।"

मेरे ऐसे उत्तेजनापूर्ण वचन सुनकर युवाओं की शिराओं का रक्त गरम हो कर दौड़ने लगा। उनकी भीगी मुश्कें कठोर होने लगी। एक के बाद एक स्वर एकजुट होने लगे। कुछ ही पलों में अधिकांश युवाओं के कंठों से- हम लड़ेंगे, हम लड़ेंगे, के स्वर गूँजने लगे। वे एक साथ उठ खड़े हुए और उन्होंने उँचे स्वरों में घोर गर्जन किया, "जय महाकाल" "हर-हर महादेव" "हर-हर महादेव"

मेरी जाति में चारों ओर इस नये काम के प्रति गजब का उत्साह भर आया। जो कल तक हथियार बनाते थे वे आज उन्हें चलायेंगे भी। यह मेरी जाति के लिए नया सवेरा था। इससे मेरी क्षुप्त पड़ी जाति में शायद कुछ कर गुजरने की शक्ति आ जाये। शायद इस वीरता भरी सोच से वे अपने आने वाली पीढ़ी के लिए कुछ अन्य शौर्य पूर्ण या सम्मानजनक कार्य खोज पायेंगें?

मेरा सिर गर्व से ऊँचा हो उठा।

नाखुशी

अली महम्मद खाँ

मुझे यह जानकर खुशी थी कि मेरी फ़ौज ने अल्मपुरी पर कब्जा किया कर लिया है। मेरी हमेशा यह ख्वाहिश थी कि कुर्मांचल व गढ़वाल राज्य मेरे आधीन हो जाएं। खुदान ना खास्ता कभी बादशाह की नजर मुझ पर तिरछी हुई तो मैं दुर्गम पर्वत क्षेत्र में सुरक्षित रह सकता था। अवध के नवाब अली मंसूर खाँ मेरे राज्य विस्तार को सहन नहीं कर पा रहा था। उधर कठेड़ के राजपूत भी आये दिन प्रतिशोध लेने की ताक मे रहते थे। मैंने अपनी शक्ति बढ़ाते हुए माल भाबर पर तो आसानी से कब्जा कर लिया था। मुझे कुर्मांचल की राजधानी अल्मपुरी पर भी अधिकार चाहिए था। जिस सपने को आज हाफिज रहमत खाँ, पैदा खाँ और बकनी सरदार खाँ ने पूरा कर दिखाया था। मुझे यह आशंका अवश्य थी कि कुमायूँ नरेश इस हार से बौखला कर बादशाह तक रोने गिड़गिड़ाने पहुँच जाएगा। मुझे यह जानकर कतई खुशी नहीं हुई कि राजा कल्याण अभी तक पकड़ा नहीं जा सका है। वह कायर भाग कर गढ़ प्रदेश की सीमा के पास के दुर्गम पर्वतों के घने जंगलों में जा छुपा था।

मैं कुमाऊँ से आगे की खबरों का जानने के लिए उतावला था; किन्तु कई दिनों से कोई नयी खबर नहीं मिली थी। रहमत खाँ आखिर वहाँ कर क्या रहा है? अब तक तो उसे कल्याणचंद को पकड़ लेना चाहिए था। अल्मपुरी में अपने किसी मातहत को बैठाकर वापस ऑवला आ जाना चाहिए था। यहाँ मुझे उसकी जरूरत थी। लखनऊ के नवाब का दबाव आये दिन मुझ पर पड़ रहा था। उसकी नजदीकियाँ दिनों-दिन दिल्ली दरबार से बढ़ रही थी जो मेरे सूबे

रुहेलखण्ड के लिए मुनासिब नहीं था। अली मंसूर खाँ जिसे लोग अब सफदरजंग भी कहने लगे हैं से मैं यह चाहता था कि हम दोनों मिलकर दिल्ली पर कब्जा कर लें क्योंकि दिल्ली दरबार अब धीरे-धीरे कमजोर पड़ रहा है। मुगलों की पकड़ कम होती जा रही है। दिल्ली पर कब्ज़ा करने पर मैं बादशाह की पदवी पा सकता था। रुहेलेखण्ड, कुमाऊँ व कठेड़ में मेरा कब्जा जम चुका था। यदि अवध के नवाब का साथ मिल जाता तो मुझे दिल्ली को हासिल करने में देर न लगती। उधर रहमत खाँ यदि कुमाऊँ से बड़ी धन-दौलत ले आता है, जिसकी मुझे दरकार है तो फौजी ताकत बढ़ाने में मुझे बहुत सहायता मिलने वाली थी। कुर्मांचल से भागकर मेरी शरण में आये हिम्मत सिंह, जयसिंह ने तो बताया था कि कुर्मांचल नरेश के पास तीन करोड़ रुपया है। यदि रहमत खाँ इसे हासिल कर लेता है तो मुझे दिल्ली कूच करने में देरी न लगेगी।

मैंने सोच लिया था जेसे ही रहमत खाँ कुमाऊँ से लौटकर आता है सबसे पहले मैं अवध के नवाब को ही सबक सिखाता हूँ। यदि मैंने अवध के नवाब को काबू में कर लिया तो दिल्ली पर कब्जा करने से मुझे कोई रोक नहीं सकेगा। मैं बेसब्री से रहमत खाँ के आने का इंतजार करने लगा।

मैंने अपने सिपहसालार नजीब खाँ व फतह खाँ को हिदायत दे दी थी कि फौजी ताकत बढ़ाने में कोताही न बरती जाए। जैसे ही रहमत खाँ कुमाऊँ से लौटता है, हमें दूसरे अभियान में जाना है। चूँकि एक बड़ी फौज रहमत खाँ के साथ कुमाँऊ में फँसी पड़ी थी। इसीलिए मैं अभी चुप बैठा था।

एक सप्ताह के बाद आज मुझे जानकारी मिल पायी कि रहमत खाँ वापस आ रहा है वह भारी दौलत, जरजेवरात, सोना-चाँदी लेकर आ रहा है। यह जानकार मुझे बेहद खुशी हुई। मैं बेसब्री से रहमत खाँ का आँवला पहुँचने की प्रतिक्षा करने लगा।

साँतवे दिन रहमत खाँ सेना के साथ वापस लौट आया। वह सीधे मेरे पास आया। मैंने उसे गले लगाया और अपने करीब बैठाकर अभियान का हाल जानना चाहा। हाफिज रहमत खाँ ने अपने अंदाज में कहा, ''हुजूर अल्ला आपकी उम्र लम्बी करे, आपकी शोहरत बुलन्द रखें। हुजूर हमारी फौज ने कुर्मांचल को फतह कर लिया है जिसकी खबर हुजूर को पहले से ही है। मैं दस हजार के फौजी लश्कर के साथ निकला था। मेरा मुकाबला राजा कल्याण चंद के सिपहसालार रामदत्त से काशीपुर के पास हुआ उसकी लगभग एक हजार की फौज को हमने गाजर मूली की भाँति काट डाला। वह आधे सैनिकों को

लेकर रुद्रपुर की ओर भागा हमने उसका पीछा किया। गाँव वासियों को लूटते हम रुद्रपुर की ओर बढ़ते चले गये। जहाँ पर कल्याण चंद का एक सेनानायक पंडित शिवदेव जोशी से हमारा कड़ा मुकाबला हुआ। उसने हमें दो दिन तक आगे नहीं बढ़ने दिया। हमारे लगभग चार सौ सैनिकों को उन्होंने मार गिराया। हमने भी उसके सैकड़ों सैनिकों को मारा-काटा। तीसरे दिन वह भी भाग खड़ा हुआ। हम उसका पीछा करते गये। शिवदेव अपनी बची-खुची सेना के साथ ऊँचे पहाड़ों पर जा चढ़ा। मैदानी भाग तक तो हमें आगे बढ़ने मे कोई कठिनाई नहीं हुयी।''

रहमत खाँ कुछ क्षण के लिए चुप हुआ उसने एक नजर पैदा खाँ पर डाली, पैदा खाँ ने एक लम्बी मुस्कान के साथ रहमत खाँ की बयानबाजी का समर्थन किया। रहमत खाँ ने कहा, ''हजूर पैदा खाँ और बक्सी सरदार खाँ ने भी गजब की बहादुरी दिखाई।''

मैं अल्मपुरी पर कब्जा व राजा कल्याण चंद के बारे में जानने का अधिक इच्छुक था, फिर भी मैं अपने सेनापति के मनोबल को कम नहीं करना चाहता था। मैंने सीना चौड़ा करके कहा, ''बहुत बढ़िया रहमत खाँ! मैं जानता हूँ पैदा खाँ और सरदार खाँ की बहादुरी को, लेकिन यह बूढ़ा शेर तो युद्ध से ज्यादा औरतों की खोज में रहता होगा, इस पैंदा खाँ को तो बुढ़ापे में भी नयी नवेली औरतें पसन्द है।''

मेरा दरबार ठहाकों से गूँज उठा। पैंदा खाँ ने पूरी तरह कमर झुका कर मुझे तीन बार सलाम मारा और हँसते हुए अपनी जगह पर जा बैठा।

मैंने रहमत खाँ का हौसला बढ़ाते हुए कहा, ''हाँ तो आगे का किस्सा बताओ।''

''हजूर! मैदानी इलाका समाप्त होते ही ऊँचे खड़े पहाड़ सामने थे। हमारा आगे बढ़ना रुक गया। बड़ी समस्या आ खड़ी हुई। इन ऊँची पहाड़ियों पर हमारे सामान से भरे छकड़े चढ़ नहीं सकते थे। जिन पर हमारा खाने पीने का सामान, गोला बारूद आदि लदा था। हाथियों का भी खड़ी चढ़ाई व तंग रास्तों पर चढ़ना कठिन था। हमारे रथ सब बेकार थे। घोड़ा-गाड़ियो को आगे नहीं ले जाया जा सकता था, तोपों को पहाड़ी पर चढना मुश्किल था। जहाँ पहली बार हमें महसूस हुआ कि यहाँ पहाड़ पर लड़ाई कठिन है तभी इन पहाड़ों को एक किले के रुप में देखा जाता हैं। हुजूर! वहाँ से आगे हम तंग रास्तों पर केवल

घोड़ों पर या पैदल ही जा सकते थे। खड़ी चढ़ाई में घोड़ों को दौड़ाना भी नामुमकिन था। हम धीरे-धीरे एक के पीछे एक ही चल सकते थे। जल्दबाजी में कई घुड़सवार गहरी खाई में गिरकर जान से हाथ धो बैठे। हमने अपना सामान, छकड़े, घोड़ा गाडियाँ, तोपों और हाथियों को वहीं घाटी में एक पड़ाव बनाकर छोड़ दिया। हमें सूचना मिली कि पहाड़ी के ऊपर एक किला है जहाँ पंडित शिवदेव हमें घेरने की फिराक में हैं। मुझे सूचना थी कि उसके पास लगभग एक हजार के आस-पास फौज है। हमारे जासूस हमें बराबर खबर दे रहे थे। यह जानकर कि शिवदेव के पास केवल एक हजार सैनिक हैं, इससे मेरा हौंसला काफी बढ़ गया था; किन्तु हमें समस्या पहाड़ी रास्तों से थी जहाँ हमारी आगे बढ़ने की गति धीमी थी। पैदल सेना का दम भी चढ़ाई के कारण उखड़ रहा था। किसी तरह हम ऊँचाई वाले क्षेत्र में पहुँच पाए जहाँ कुछ समतल-सा इलाका था। हमने अपना पड़ाव वहाँ पर डाला। मजदूरों व सिपाहियों को आदेश दिया कि वे घाटी वाले शिविर से आवश्यक सामग्री लेकर आएं।''

रहमत खाँ के बयानों से मुझे यह साफ हो गया था कि क्यों अल्मपुरी को प्राकृतिक दुर्ग कहा जाता है। हाफिज रहमत खाँ ने बताना शुरू किया, ''हजूर! पहाड़ी लड़ाई असल में है बड़ी कठिन। एक तो खड़ी चढ़ाई उपर से दुश्मन की फौज उपर चढ़ी बैठी थी। जिसका उन्हें फायदा था। हमारी फौज उनकी फौज से सात-आठ गुना बड़ी होने पर भी हम उसका भरपूर इस्तेमाल नहीं कर सकते थे। उन्हें एक साथ लड़ाई में नहीं झोंक सकते थे। खैर, हमने हार नहीं मानी। हमारी फौज किसी तरह ऊपर चढ़ती रही। जैसे ही किले के नीचे हम पहुँचे उन्होंने ऊपर से बड़े-बड़े पत्थर लुड़काने शुरू कर दिये। जिसके लिए हम तैयार थे फिर भी हमारे कई सैनिक हताहत हुए। हम पत्थरों से बचते-बचते आगे बढ़ते रहे। उस गढ़ से कुछ दूरी पर हमने पड़ाव डाला और योजना बनाई कि किस प्रकार इस गढ़ पर विजय हासिल की जाये।''

मैं वास्तव में इस पहाड़ी युद्ध के बारे में अधिक जानकारी नहीं रखता था। जरूर सुना था कि खड़ी दुर्गम पहाड़ियों पर युद्ध कठिनाईयों से भरा होता है। इसलिए मैं ध्यान से रहमत खाँ की जुबानी सुन रहा था। रहमत खाँ ने एक गहरी साँस ली मुझे गौर से सुनता देखकर उसने अधिक उत्साह के साथ बताना जारी रखा।

''हजूर! दो दिन तक तो मैं अपनी सेना को ठीक से उस ऊँचे नीचे पहाड़

पर जमा सका। साजो-सामान, रसद नीचे घाटी से पैदल या खच्चरों में ऊपर लाया गया। खड़ी चढ़ाई के कारण सैनिक थके थे। मैंने उन्हें एक और दिन आराम फरमाने का आदेश दिया और उन्हें हिदायत दी कि एक दिन बाद उन्हें याद रहे कि किला किसी भी हालत में फतह करना है। अगले दिन हमारी तरोताजा फौज ने किले को घेर लिया और बड़ी बहादुरी से किले के भीतर प्रवेश किया। बड़ी मार-काट हुई। हमारी बड़ी फौज के सामने शिवदेव टिक नहीं पाया और किले के भीतरी गुप्त द्वार से वह भाग खड़ा हुआ। सैकड़ों सिपाही दोनों ओर से काम आये। खैर! मैंने किले पर कब्जा किया। रसद आदि किले में इकट्ठा किया और भागते कुर्मांचल की फौज के पीछे में अल्मपुरी की ओर बढ़ता चला गया। अब मैं अल्मपुरी के करीब एक घाटी में खड़ा था। अल्मपुरी पहाड़ी की चोटी पर थी। सीधी खड़ी चढ़ाई वाला बड़ा ही कठिन मार्ग। मैंने एक दिन विश्राम किया रसद आदि की व्यवस्था मजबूत की, पड़ाव जमाया और कुछ जासूस अल्मपुरी को रवाना कर दिये।

बटेषर के दुर्ग का भार मैंने बक्सी सरदार खां को सौंप दिया और उसे वहीं रोक दिया क्योंकि बूढ़े होते जा रहे सरदार खाँ को पहाड़ पर चढ़ने में अधिक कठिनाई हो रही थी। मैंने सरदार खाँ को यह किला मजबूत करने तथा माल-भाबर व अल्मपुरी के बीच कड़ी के काम करते हुए रसद आदि की व्यवस्था माल भावर से करने के लिए सौंप दिया।सुयाल नदी के किनारे मैं सात हजार फौज के साथ था। खुफिया खबर मिली कि अल्मपुरी में भी हजार-दो हजार से अधिक सैनिक नहीं है। मेरा साहस बढ़ता जा रहा था।''

इस तरह से हाफिज रहमत खाँ ने अल्मपुरी को फतह करने से लेकर राजा कल्याण चंद के गढ़वाल भाग जाने और गढ़वाल के राजा प्रदीप्त शाह से संधि तक का पूरा किस्सा ब्योरेवार मुझे सुनाया। उसने माल-भाबर से लेकर कुमाऊँ से लूटी गयी लाखों रुपयों की दौलत मेरे सामने रख दी। जिसमें मन्दिरों से लूटी गयी सोने की मूर्तियाँ, स्त्रियों के गहने, जेवरात तथा राजसी भवन से लूटा गया धन, सोना-चांदी, हीरे-जवाहरात शामिल थे।

हाफिज रहमत खाँ को आशा थी कि मैं खुश हो जाऊँगा। निश्चित ही मुझे रुपयों की आवश्यकता थी। मेरी महत्वाकांक्षा नवाब मंसूर अली और दिल्ली के बादशाह से टकराना था। मुझे बड़ी फौज की आवश्यकता थी जबकि इस लडाई मैं हमारी लगभग तीन हजार फौज मारी गयी थी जो हमारे लिये बड़ी हानि थी। इस समय मुझे रुपये के साथ ही एक बड़ी सेना की भी जरूरत थी।

मैंने रहमत खाँ से कहा, ‘‘हाफिज रहमत खाँ! तुमने कुमाऊँ को फतह किया। राजा गढ़वाल को भी संधि के लिए मजबूर किया। इससे रुहेलखण्ड की शान जरूर बढ़ी है। मैं तुम्हें बधाई देता हूँ। तुमने बहादुरी के साथ इस लड़ाई में फतह हासिल जरूर की, लेकिन दूसरी ओर हमें भारी फौजी नुकसान हुआ। तुमने गढ़नरेश से संधि करते हुए जीता हुआ कुमाऊँ खाली कर उन्हीं के हवाले कर दिया, यहाँ पर तुमने बहुत बड़ी नादानी कर दी है। तुमने मेरी मंशा को जानते हुए भी कि मैं अल्मपुरी पर अपना स्थाई कब्जा चाहता हूँ, जीते-जिताए कुमाऊँ को फिर से काफिरों को सौंप दिया। तुम्हें गढ़वाल के राजा से संधि करने में जल्दबाजी कर दी। तुम्हें अल्मपुरी में अपनी फौज बैठाकर आना चाहिए था। गढ़नरेश ने तुम्हें रुपयों का लालच देकर फँसा लिया। अब हमें फिर से एक बार अल्मपुरी पर कब्जा करने के लिए जंग लड़नी पड़ेगी। मेरी नाखुशी का कारण तुम समझ रहे होगे।’’

मेरे इस अलफाज को सुनकर हाफिज रहमत खाँ का खिला चेहरा मुरझा गया। उसने सिर झुका कर कहा, ‘‘हजूर! हमने अपनी फौज की एक टुकड़ी कुमाँऊ के महत्वपूर्ण किला बटेषर में रख छोड़ी है। माल भावर को हमने उन्हें नहीं दिया है। गढ़नरेश ने यदि हमारी शर्तों पर अमल करने में हिलाहवाली की तो हमें अल्मपुरी पर फिर से कब्जा करने में समय नहीं लगेगा। दूसरी वजह कुमाँऊँ से वापस लौटने की यह थी कि हमारी मैदानी फौज वहाँ की ठंड को बर्दाश्त नहीं कर पा रही थी। हमारे सैकड़ों सैनिक बीमार हो गये और कई मर भी गये। हुजूर! कुमाऊँ को लूटपाट कर हमने कंगाल कर दिया है। वैसे भी वहाँ धन-धान्य अधिक था नही, वे अनाज के मामले में माल-भावर पर आश्रित रहते हैं जो हमारे कब्जे में है।’’

रहमत खाँ का कहना काफी हद तक ठीक था लेकिन मैं अल्मपुरी पर अपना स्थायी अधिकार चाहता था ताकि किसी संकट की घड़ी में उस प्राकृतिक किले में छिप सकता था। रहमत खाँ का काम मेरी मंशा के माकूल नहीं था।

मैंने रहमत खाँ से कड़े शब्दों मे कहा, ‘‘रहमत खाँ! मैंने तुम्हें साफ तौर पर हुक्म दिया था कि अल्मपुरी पर मुझे कब्जा चाहिए। तुमने उस पर कब्जा किया भी; परन्तु फिर से उन्हें ही सौंप कर तुमने भारी भूल की है। तुम्हे यह स्वीकार करना ही होगा कि ये कुमय्ये बड़े स्वाभिमानी हैं, वे अपनी फौज को फिर से मजबूत करेंगे। उनका सिपहसालार शिवदेव जोशी बड़ा ही चतुर व

बहादुर है। तुम उसे भी खत्म नहीं कर पाये। मालभावर उनके लिए महत्वपूर्ण है वे हमें अधिक दिन तक माल भावर में टिकने नहीं देंगे। वे बादशाह से भी हमारी शिकायत जरूर करेंगे। मैं चाहता था कि कुमाऊँ व गढ़वाल पर कब्जा हो जाये तो हमारी उत्तरी सीमा से सदैव के लिए चुनौतीयां समाप्त हो जाएंगी। रहमत खाँ! याद रखना हमें जल्दी ही वे फिर चुनौती देंगे।''

मेरे हुक्म के बाद भी रहमत खां ने जीता-जिताया कुमाँऊ उनके हवाले करके भारी भूल कर दी थी। रहमत खाँ के पास इसका कोई उत्तर नहीं था। मैं जानता था ये पहाड़ी लड़ाकू कौम हमें चैन से बैठने नहीं देगी। मैंने रहमत खाँ से कहा, ''याद रखना रहमत खाँ! यह पंडित शिवदेव शीघ्र ही हमें चुनौती देगा। इसलिये मैं इस बड़ी कामयाबी के बाद भी तुमसे नाखुश हूँ।''

मेरे इन वचनों को सुनकर रहमत खाँ अवश्य ही अपमानित हुआ होगा। इसका इजहार उसने अपनी तलवार की नोक को जमीन में झट से गड़ाते हुए दिया था। मैं जानता था कि अपमानित मन की चुभन बड़ी होती है, विचित्र होती है जो साँप के विष की भाँति दिखने में कम होने पर भी भयंकर असर करती है। मैंने निश्चय कर लिया था कि मैं अगली जंग का भार रहमत खाँ को नहीं सौंपूंगा-नतीजा चाहे जो भी हो।

माँ नन्दा देवी प्रकट हुई

शिवदेव जोशी

अल्मपुरी के प्रमुख राजमार्ग के दोनों ओर निश्चल खड़े पंक्तिबद्ध देवदारु के सरल वृक्ष, आकाश साफ, नीला-निर्मल। क्षितिज पर फैले कई प्रकार के आकार बनाते मेघ। इन सब में एक-सी प्रसन्नता नजर आ रही है, मानो सखियां आपस में बिना कुछ कहे मुस्करा रही हों। हिम शिखरों पर तपाए सोने की सी स्वर्णिम आभा बिखरी पड़ी थी। इस प्रातः की बेला में प्रकृति के सौन्दर्य रस को पीकर तृप्त-सी पड़ी मंदशीतल सुखदायी हवा। यह मौन प्रकृति क्या कहती है मैं समझा पाने में असमर्थ हूँ, बस इस असीम सौन्दर्य को अपनी स्मृति में भरता जा रहा हूँ।

इसके विपरीत कल रात प्रकृति के एक अन्य रुप को देखकर मैं भयभीत-सा हो गया था। कल रात राजपुर को घनघोर काली घटाओं ने घेर लिया था। एक के ऊपर एक चढ़े जारहे विक्षुब्ध से मेघ मुझे रुहेलों के काले वस्त्रों की सेना-सी लग रही थी, मानो वे अल्मपुरी पर चढ़े आ रहे हों। मुसलाधार वर्षा द्वारा रचा गया प्रलय दृश्य समूचे राजपुर को बहाने का प्रयास कर रहा था। मेघों के मध्य विद्युत् प्रवाहों से उत्पन्न गड़गड़ाहट हृदय को भयभीत कर रही थी। कहीं दूर किसी विशाल वृक्ष को चीरती विद्युत धारायें पृथ्वी में समा रही थीं। एक भयभीत करने वाला दृश्य था; किन्तु मुझे भीतर ही भीतर एक अपार आनंद की अनुभूति हो रही थी। मैं इन मेघों द्वारा उलीची जा रही जलराशि को स्नेहिल दृष्टि से देख रहा था। भला क्यों? मैंने स्वयं से प्रश्न किया-

मुझे यह मुसलाधार वर्षा ऐसी लग रही थी मानो वह अल्मपुरी को नहला-धुला कर साफ कर रही हो। रुहेलों के नापाक कदम पड़ने से माँ नन्दा देवी का प्रांगण जो पशुओं के खून व मांस से दूषित हो गया था, यह मूसलाधार वर्षा उसे धो रही हो। मार्गों व गलियों में इतना अधिक पानी बह रहा था मुझे लग रहा था कि वह हर उस अपवित्र वस्तु को बढ़ाकर ले जा रही है जिसके कुछ अंश रुहेलों के क्रूर पशुवत कर्मों के कारण यहाँ शेष रह गये हों। दुर्गंध एवं पशुओं के खून के कतरे यदि कहीं रह गए थे तो वे भी आज अल्मपुरी से धुल गये थे। मुझे ऐसा लग रहा था मानो महेश्वर ने माँ नन्दा के इस पवित्र स्थल को धोने के लिए स्वयं ही अपनी जटाओं से एक जलधार छोड़ दी हो।

मैं अगले प्रातः राजमार्ग पर निकला, तो पूरी अल्मपुरी साफ-सुथरी, धुली-उजली लग रही थी। आज माँ नन्दा की पुर्नप्रतिष्ठा के ठीक पूर्व प्रकृति ने पूरे अल्मपुरी को नहला धुलाकर साफ कर दिया था- यह संयोग ही था या ईश्वर द्वारा रचा गया पवित्र अनुष्ठान?

मैं पूजा की थाल लिए माँ नन्दा देवी के मंदिर की ओर जाने वाली, वर्षा से साफ हो चुकी सीढ़ियों पर प्रसन्नता के साथ चढ़ रहा था। प्रांगण में पहुँचकर मैंने देखा वहाँ कई पुजारीगण अपने-अपने काम में व्यस्त थे। कुछ ही समय बाद राजा कल्याण चंद भी सपरिवार पूजन व पुर्नप्राणप्रतिष्ठा करने हेतु पहुँचने वाले थे। भीड़ धीरे-धीरे बढ़ती जा रही थी, लेकिन लोग शांत तथा कलांत थे, न कोई हो-हल्ला न जयकारा। सब यंत्रवत कामों में संलग्न थे। प्राण प्रतिष्ठा के उल्लासपूर्ण क्षणों में भी वहाँ उल्लास नहीं था। शायद एक राक्षस द्वारा देवी के स्थल को भग्न करने के दारुण दृश्य की छवि सबके भीतर समा गयी थी। जब

तक एक भव्य उल्लासित छवि उस कुरुप स्मृति छवि को ढक नही लेगी तब तक लोग कलांत व शांत ही नजर आएंगे। आज अल्मपुरी को एक उल्लास भरे उत्सव की आवश्यकता थी। जो आज पूरी होने जा रही थी।

कुछ क्षणों के पश्चात् मैंने जो दृश्य देखा वह विस्मर्णीय था। अंधा पंडित रमावल्लभ पंत लाठी टेकता, खटखट करता, माँ के प्रांगण में प्रविष्ठ हुआ। उसके उपरी बदन पर मात्र जनेऊ लटक रही थी। कमर के नीचे लम्बी-पीली धोती, गले में रुद्राक्ष की माला, लम्बी चुटिया के अलावा सिर घुटा हुआ। माथे पर त्रिपुण्ड। उसकी पत्नी ने समतल प्रांगण में पहुँचते ही उसका हाथ छोड़ दिया था। अब वह इस प्रांगण में ऐसे चल रहा था जैसे कि वह नेत्रहीन ही न हो। वह देवी मन्दिर के ठीक गर्भगृह के आगे आ कर खड़ा हो गया। उसका नेत्रहीन मुख मण्डल दृढ़ व आत्मविश्वास से भरा था और उसके चेहरे में एक अनोखी तेजस्विता थी। शरीर वृद्ध होने पर भी मजबूत था। बाल सफेद होने पर भी चमकदार व दर्शनीय थे। कोई उसे मुख्य द्वार से हटने के लिए नहीं कह सका। सभी जानते थे कि कुछ ही क्षण में राजा कल्याण चंद मन्दिर परिसर में पहुँचने वाले हैं उनके लिए मार्ग में कोई बाधा नहीं होनी चाहिए, किन्तु पं0 रमावल्लभ निःसंकोच, निर्भय खड़ा रहा। उनकी पत्नी कल्याणी देवी उसके बगल मे जा खड़ी हुई। उसके हाथ में पूजा की थाल थी। कुछ क्षणों में राजा कल्याण चंद के आने की आहट होने लगी, किन्तु इस बार न कोई जयकार की आवाज थी न ही अधिक सैनिकों की आवा-जाही। नितांत शांतिपूर्ण ढंग से उन्होंने अपने पूरे परिवार के साथ मन्दिर प्रांगण में प्रवेश किया। मन्दिर के मुख्य द्वार पर पं0 रमावल्लभ खड़ा था। सैनिकों और कुछ पुजारियों ने उसे हटाने का प्रयास किया; किन्तु राजा ने तुरन्त ही ऐसा न करने का संकेत किया। राजा कल्याण चंद आगे बढ़ा और वह पंडित रमावल्लभ के चरणों में प्रणिपात हो गया। पं0 रमावल्लभ को पता नहीं कैसे ज्ञात हो गया कि राजा कल्याण चंद उसके कदमों में पड़ा है। उसके मुँह से निकला, "कल्याण हो! चन्द्रों के वंश का पुर्नउत्थान हो।" इतना कहकर उसने राजा कल्याण चंद के सिर पर झुककर हाथ रखा। देवी कल्याणी ने कहा, "राजन! आज का दिन माँ नन्दा देवी के चरणों में प्रणिपात होने का है। उसकी मूर्ति की पुर्नप्राणप्रतिष्ठा का है। माँ नन्दा चन्द्रवंश की कुलदेवी है। उठो! और पुण्य कार्य को सम्पन्न करो। पंडित रमापंत का संताप धुल चुका है।"

ऐसे सुमधुर वचन सुनकर राजा खड़े हुए और उन्होंने देवी कल्याणी को

प्रणाम किया। उसने कहा, "हे ज्ञानी पंडित जी! मुझे क्षमा करें। मैं चाहता हूँ कि इस प्राणप्रतिष्ठा के मुख्य पुरोहित आप बनें। मेरा अनुरोध है कि जैसे आप इस मन्दिर की मूर्तियों की प्राण प्रतिष्ठ करें, उसी प्रकार इस अज्ञानी कल्याण चंद में भी ज्ञान की प्राण प्रतिष्ठा करें। मैं आज से आपको राज्य का राजपुरोहित घोषित करता हूँ।" यह कहकर राजा पुनः रमा पंत के चरणों की ओर झुका ही था कि रमा पंत ने उसे रोकते हुए कहा, "चद्रवंश के चन्द्र! तुम पर जो धब्बा लगना था वह लग चुका है। जिस प्रकार चाँद पर धब्बा लगा है उसी प्रकार तुम्हारे वंश पर भी रोहेलों से हार का धब्बा लग चुका है; किन्तु चँन्द्रमा फिर भी अपनी शीतल व मंद प्रकाश से रात में सुन्दर दिखाई देता है, उसी प्रकार पुनः तुम अपने सद्‌कर्मों के द्वारा व पाप कर्मों के प्रायश्चित से कुर्मांचल पर चमक सकते हो। प्रयास करो! सद्गुणों का विकास करो। जाओ राजा कल्याण! तुम्हारा कल्याण हो।"

देवी कल्याणी ने रमापंत को धीरे से अपनी ओर खींचने का प्रयास किया, किन्तु रमापंत ने उसे झटकते हुए कहा, "देवी कल्याणी! क्या हमारा कर्तव्य पूरा हो गया है? क्या माँ नन्दा की जिस मूर्ति को हमने रुहेलों के अपवित्र हाथों से बचायी है उसकी खोज बाकी नहीं है? आज उसी मूल प्राचीन मूर्ति की ही सबसे पहले प्राण प्रतिष्ठा होगी।"

राजा कल्याण चंद के साथ ही विशाल प्रांगण में उपस्थित जन-समूह यह जानकर की माँ नन्दा की प्राचीन पत्थर की मूल प्रतिमा सुरक्षित है, खुशी से झूम उठा। जिस प्रकार मन्दिर की मूर्तियों का विध्वंस किया गया था किसी को भी आशा नहीं रही होगी कि प्रमुख प्राचीन मूर्ति बची होगी। सभी रमापंत की ओर देखने लगे। मैं भी आगे बढ़ा। मैं रमापंत के सम्मुख आ खड़ा हुआ। मैंने अपना परिचय देते हुए कहा, "पंडित जी! मैं आपके मित्र लक्ष्मीचन्द्र जोशी का कनिष्ठ पुत्र शिवदेव जोशी हूँ मैं आप को चरण छूकर प्रणाम करता हूं।"

मैं उनके चरणों में झुक गया। उन्होंने अपने एक हाथ से टटोलते हुए मुझे उठाया और अपने सीने से भींच लिया। उनकी बाँहों के कसाव से ही स्पष्ट हो रहा था कि उन्हें कितनी प्रसन्नता हुई होगी। उन्होंने देर तक मुझे अपने कंठ से लगाए रखा और फिर विलग करते हुए पूछाँ, "अरे! शिबू तू कैसे जीवित बच गया? मुझे तो ज्ञात हुआ था कि तेरे पूरे परिवार को ही मार डाला गया है।"

"पंडित जी! मैं भाग्यवश बच गया था। माँ के दरबार का यह दारुण दृश्य देखने के लिए नाहक ही जीवित बचा रहा।"

पंडित रमापंत और मेरे पिता चन्द्रवंशियों के दरबार में प्रतिष्ठित पदों पर आसीन थे, लेकिन गैंडा-गर्दी व उसके बाद की अंधेर-गर्दी ने विद्वानों व चतुर राजनैतिज्ञों को समाप्तप्राय कर दिया था। जिसका प्रतिफल कुर्मांचल की पराजय था।

पं0 रमापंत ने बगल में खड़े राजा कल्याण चंद से कहा, "राजा कल्याण चन्द्र! जाओ शिवलिंग से निकलता पानी जिस कुण्ड में एकत्र होता है उसमें मैंने मूर्ति को डुबाकर रखा है जहाँ मलेच्छ उसे खोज नहीं पाए होंगे। जा उसे निकलवा और उसको नहला-धुला कर उसकी पुर्नप्राणप्रतिष्ठा कर।"

मैंने पंडित रमापंत को एक आसन पर बैठा दिया और हम सब उत्तर दिशा की ओर बने उस कुण्ड के पास पहुंच गये जहाँ शिविंलग से निकलता हुआ पानी एकत्र होता था। मैंने उस गड्ढे के उपर रखे पत्थर को हटाया; किन्तु उसमें पानी व तैरते फूल ही दिखाई दे रहे थे। मैंने एक सैनिक को गड्ढे में उतरने को कहा। सैनिक उस गड्ढे मे उतरा और वह पानी में मूर्ति को टटोलने लगा, उसके हाथ मे मूर्ति आयी, उसने कठिनाई से मूर्ति को उठा लिया। जैसे ही मूर्ति कुण्ड से बाहर निकली मंदिर प्रांगण में "मां नन्दा देवी की जै" के जयकार गूँजने लगे। घंटा व शंख बजने लगे। माँ नन्दा देवी की प्राचीन मूर्ति सुरक्षित थी। लोग मूर्ति को हाथों में उठाने के लिए उमड़ पड़े। चारों ओर जयकार लग रहे थे। पूरी अल्मपुरी उत्साहित व उल्लसित थी। माँ नन्दा देवी की मूर्ति पूरी तरह सुरक्षित थी। शहर में यह बात आग की तरह फैल गयी। लोग मूर्ति के दर्शन व पूजन हेतु मंदिर की ओर उमड़ पड़े। पं0 रमापंत के चार्तुय से यह प्राचीन मूर्ति बच गयी थी।

पूरा शहर उत्सव में डूब गया। राजराजेश्वरी माँ नन्दा देवी का मन्दिर मंगलगीतों से गूँजने लगा। शंख-घंट बजने लगे। लोग पराजय का दंश भूलने लगें।शहरवासियों में पराजय के कारण उत्पन्न निराशा का भाव आज माँ के मंदिर में मूर्ति प्रतिष्ठापित हो जाने से समाप्त हो गया था।

एक उत्सव हमारे मन से कई व्यथाओं को दूर कर देता है, कितना तनावमुक्त कर देता है।

चन्द्रोदय

शिवदेव जोशी

आज की राजसभा में पिछली बैठकों की भाँति हार की चर्चा नहीं थी। चर्चा थी तो बस- देव भूमि पर मर मिटने की चाह के साथ युद्ध की तैयारियां।

राजा कल्याण चन्द्र की आज्ञा से नये मंत्री मण्डल के गठन के साथ ही नये सलाहकार मण्डल, राजपुरोहित, राजगुरु, रणाधिकारी, शस्त्रागार के अध्यक्ष आदि की तैनाती हो चुकी थी। राजा कल्याण चंद ने उन सभी विद्वानों को जिन्हें किसी भी राजनीतिक कारणों से दण्डित किया गया था या अंधा कर दिया गया था। उन्हें दरबार में बुलाया था तथा उन्हें यथोचित सम्मान दिया गया। उनसे क्षमा याचना की गयी। उन्हें यथा आवश्यक धन-धान्य दान में दिया गया। इससे भी अधिक प्रेरक बात यह थी कि राजा ने उनसे नए मंत्रिमंडल व पदाधिकारियों के गठन के विषय में सुझाव प्राप्त किए और उन्हें भविष्य में भी सदैव ससम्मान दरबार में बुलाया जायेगा-ऐसा आश्वासन दिया। मुझे अपार प्रसन्नता हो रही थी। मेरे पिता आज जीवित नहीं थे, इसी राजा के अज्ञानी मंत्रियों के कारण उन्हें मृत्युदण्ड दिया गया था। आज मैं प्रसन्न था कि एक हार ने राजा का हृदय परिवर्तन कर दिया था। अब राजा को अपनी सत्ता व जीवन का अधिक लोभ न था। आज उसे देवभूमि व देवभूमि की प्रजा की खुशहाली की चिंता थी। आज राजा को अपने विरुद्ध होने वाली किसी चालबाजी या विद्रोह आदि की भी चिंता नहीं रह गई थी।

जब मनुष्य अपने हितों को सुरक्षित करने की चिंता में रहता है तो वह सार्वजनिक हितों की उपेक्षा करता चला जाता है। जो अब तक होता आया था। आज राजा कल्याण चंद नये रुप में सभा में उपस्थित था। माँ नन्दा देवी की पुर्नप्राणप्रतिष्ठा के साथ ही चन्द्रवंश के नये राजा, कल्याण रुपी चन्द्र का चन्द्रोदय हो चुका था।

राजा कल्याण चंद ने सभा को सम्बोधित करते हुए कहा, ''कुर्मांचल का पर्वतीय क्षेत्र आर्थिक रुप से उतना सुसम्पन्न नहीं है जितना माल भाबर है। आय का प्रमुख स्रोत माल भाबर है। यह माल भाबर पूरे भारतवर्ष से हमारे

संपर्क का मुख्य मार्ग भी है जो अब रुहेलों के अधिकार में है। क्या हम इतनी-सी बात पर खुश हैं कि रुहेले अल्मपुरी को खाली कर गये हैं? बटेषर का दुर्ग अभी भी रुहेलों के कब्जे में है। विधर्मी रुहेलों के आक्रमण से हमारी संस्कृति, धर्म ही नहीं सम्पूर्ण जीवन पद्धति ही नाश के कगार पर है। रुहेलों को जितना जल्दी सम्भव हो सके माल भावर से खदेड़ना ही होगा-यह हमारे कुर्मांचल के जीवन मरण का प्रश्न हैं।''

राज सभा खचाखच भरी थी। राजा कल्याण पहले ही मंत्रि परिषद व अन्य पदाधिकारियों के चयन पर चर्चा कर चुके थे।

पंडित शिवानंद जो एक कवि भी थे और जिन्होंने माल भाबर की स्थिति का आंकलन कर राजा को समय-समय पर आगाह किया था। आज सभा में उपस्थित थे। उन्होंने काव्यात्मक ढंग से राजा और उसके वंश की प्रशंसा में कहा, ''प्रज्वलित अग्नि के समान तेजस्वी, प्रताप में सिंह के समान भयंकर, नाम धाम से जिन्होंने सूर्य-चन्द्र को छोटा कर दिया, ऐसे साक्षात धर्ममूर्ति महाराज उद्योतचन्द्र हुए। श्रीमद् ज्ञानचंद आदि उनके नौ पुत्र हुए। उन पुत्रों में श्री महाराजाधिराज कल्याण चन्द्र एक लाख वर्ष जीवें। कल्याण चन्द्र का नित्य कल्याण होय। कमल के समान खिले नृप के ऊपर दुष्ट काले मेघों के समान अपनी छाया डालते रहते हैं। राज्य प्राप्त करना और चलाना निश्चय ही एक कष्टसाध्य कर्म है। चन्द्रवंश के विद्रोही राजपुत्रों ने कई षड़यंत्र किए जिनमें से एक हिम्मत सिंह गोसाईं के उकसाने पर क्रूर अली महमद खाँ कुर्मांचल पर चढ़ आया था। कुपित विधाता ने जहाँ एक ओर कृतघ्न, दुष्ट, छल-फरेब करने वालों का दमन किया और कुर्मांचलियों में फूट डलवाने व रुहेलों को कुर्मांचल पर आक्रमण हेतु लिवाकर लाने वालों को तो दण्डित किया, वही चन्द्रवंश पर पराजय का दाग भी लग गया।''

राजा कल्याण चंद शांतिपूर्वक शिवानंद के वचनों को सुन रहे थे। अब राजा पुराने ढंग का राजा नहीं था। वह प्रत्येक बात को सुनना-समझना चाहता था। उसने कोमल वाणी में कहा, ''पंडित शिवानंद! आपके पूर्वज जी हमारे दादा के समय से ही परम्परागत रुप से प्रतिष्ठित पदों पर रहकर चन्द्रवंशियों का मार्गदर्शन करते रहे हैं। हम अपनी प्राचीन सभ्यता व जीवन की परिपाटी को कैसे भूल सकते हैं। अतः आप विस्तार से निर्भय होकर अपने सुझाव दें।''

राजा कल्याणचन्द्र देव के ऐसे सुमधुर वचन सुनकर मैं गदगद हो उठा। यह शिवानंद ही थे जिसने मुझे नया जीवन दिया था। इस ज्ञानी का सम्मान

होता देखमैं स्वयं भी गर्व से फूल गया था।

ज्ञानी पंडित शिवानंद ने स्पष्ट शब्दों में कहा, ''महाराज, आप स्वयं ही नीर-क्षीर के परीक्षक हैं। आपको साम, दाम, दण्ड, भेद आदि उपायों से मलेच्छ अली मोहम्मद के विनाश के उपाय करने हैं। आप अपने लक्ष्य में विजयी होवें, आप दीर्घायु होवें। जिस राजा के पास अच्छी सलाह देने वाले मंत्री नहीं होते हैं येसे राजा बहुत समय तक सुरक्षित नहीं रह सकते हैं अतः मैं यही कहता हूँ कि राजा मूर्ख व विद्वानों में अंतर करना जानें। आँख मूँद कर कुपात्रों को दान न दें, न उन्हें आगे बढ़ाएं। कोष में सुनीति से धन एकत्र किया जाय। राजकोष में विश्वसनीय तथा भलीभाँति परखे व्यक्ति ही नियुक्त हों। राजा के निकट वे लोग एकत्र न रहें जो मात्र सम्बन्धी हों, वे रहे- जो ज्ञानी, कुलीन, मृदुभाषी, वीर व देशभक्त हों। सगे सम्बन्धियों को आदर सहित खीर खिलाकर घर पर ही रखें। मूर्ख जनों को वैसे ही तुच्छ समझे जैसे हाथी कुत्ते को समझता है।''

राजा कल्याण चंद ने प्रसन्न होकर कहा, ''निश्चय ही मैं आपकी बातों को स्वीकारता हूँ। आपकी स्पष्टवाणी की तरह आज तक मेरे मंत्रियों ने इस प्रकार के विचार क्यों नहीं रखे? हम सब की चिंतन-प्रकिया में अवश्य ही त्रुटि थी।''

पंडित शिवानंद ने पुनः कहा, ''हे चन्द्रवंश के स्वामी! तेरे राज्य की भूमि शस्यश्यामला तथा सम्पूर्ण फलों को देने वाली हो, जो तेरे गुणों से सुसम्पन्न होवें। जिस प्रकार पति के बिना पत्नी तथा पत्नी के बिना पति शोभायमान नहीं दिखाई देता है उसी प्रकार सुखी प्रजा के बिना राजा शोभावान नहीं दिखाई देता है। धन-सम्पति, सत्ता-शासन-शक्ति, रूप-सौन्दर्य से बड़ा है सम्मान, वह चाहे देश का हो या स्वयं का। अतः राजन! प्रजावत्सल बनो। सुरक्षा, उत्पादन तथा शिक्षा को समान महत्व देना चाहिए भले ही आवश्यकतानुसार उनका क्रम बदलन पड़े।''

मैं जानता था राजा कल्याण कभी इस तरह की शिक्षा भरी लम्बी चौड़ी बातों का सुनने का आदी नहीं था। कारण था- उसके चारों ओर चाटुकारों या कम बुद्धि के लोगों का चक्रव्यूह। आज वह चक्रव्यूह टूट चुका था। राजा वह सब कुछ जानना चाहता था जो उसे आज तक किसी ने नहीं समझाया था। कवि शिवानंद को तो बस एक अवसर चाहिए था। उस ज्ञानी को उसके ज्ञान सागर से कोई ज्ञान पीने वाला चाहिए था। जो उनके ज्ञान सागर की कुछ बूँदें

भी पी लेगा वह उन्नति को अवश्य ही प्राप्त होगा- मेरा ऐसा विश्वास था।

कविराज पंडित शिवानंद ने राजा की सहमति जानकर, एक-दो क्षण के बाद उत्साह के साथ अपना सम्भाषण जारी रखते हुए कहा, "महाराज! आपके वंशजों में राजा रुपचन्द्र से लेकर आपके पिताश्री चन्द्रशिरोमणि उद्योतचन्द्र तक के महान राजाओं ने जिस तरह राजकाज किया आप वही करें। राजा ज्ञान चन्द्र एवं माणिक लाल के कार्यकाल के कार्यों की समीक्षा में आप सार को ही ग्रहण कीजिए। आपने राजा देवीचन्द्र व अजीतचंद के हत्यारे मणिक व पूरनमल इत्यादि को मारकर कुर्मांचल को दुष्टों से मुक्ति दिलाई। गैंडा-गर्दी से कुमाऊँ को मुक्त किया; किन्तु राजन्, आपके प्रारम्भिक कार्यकाल में भी आपकी अनुभवहीनता का लाभ उठाकर बहुत अंधेर गर्दी हुई। जिसके कारण कई दिग्दर्शन करने वाले कुर्मांचलीय ज्ञानी, पंडित और राजवंशी विदेशों में जा बसे। उन्हें हे राजन! प्रेम व आदरपूर्वक कुर्मांचल बुलाएं। उन्हें आपके पितामहों द्वारा दिये गये पदों से सुशोभित करें। जो ज्ञानी देश के भीतर सुस्त व तटस्थ बैठे हैं उन्हें मनोहर वचनों के साथ राजकाज में लगाए तो निश्चय ही आप इन्द्र के समान प्रताप को प्राप्त करेंगे। जो परिवार अन्न की इच्छा रखते हों उन्हें अन्न दान करें जो भूखण्ड की इच्छा रखते हों उन्हें भूमिदान करें। इससे सम्पूर्ण कुर्मांचल राजा की वंदना करेगा और आप कीर्ति प्राप्त करेंगे। अंत में राजन यही कहूँगा कि जैसे आपने मेरी बातों को धैर्य से सुना है इसी प्रकार धैर्यशाली बनें बुद्धिशाली बनें, आप रत्नों को ही ग्रहण कीजिये-पत्थरों से आप का क्या काम।" आज जिस धैर्य व विश्वास के साथ राजा कल्याण चन्द्र ने कविवर शिवानंद की शिक्षा को ग्रहण कर रहे थे उससे लगता था कि चन्द्रवंश के इस चन्द्रमा पर कुछ समय के लिए जो ग्रहण लग गया था, अब वह हट चुका है और नये चंदवंश का चन्द्रोदय गया हो।

कूटनीति

राजा कल्याण चन्द्र

अल्मपुरी लौटे कई माह व्यतीत हो चुके थे। राजपुर को बहुत ढंग से सुव्यस्थित कर दिया गया। बाजारों में चहल-पहल होनी लगी थी। माँ नन्दा

देवी सहित समस्त मंदिरों का पुर्ननिर्माण व प्राण प्रतिष्ठा करवा कर उन्हें श्रद्धालुओं के लिए खोल दिया गया था। मंदिरों में भीड़ बढ़ने लगी थी। राज्य की आर्थिक स्थिति को सुदृढ़ करने के लिए सभी जागीदारों, ग्राम प्रधानों से नियमित कर जमा करने का कहा गया। साथ ही साथ सैनिक व्यवस्था को मजबूत करने के लिए प्रजा से ऋण के रूप में धन राज्य के कोष में जमा करने के लिए कहा गया। ऋण के रूप में जमा धन पर ब्याज के रूप में धन वापस करने का आश्वासन दिया गया। दूसरी ओर कठोरता से घोषणा भी की गई की तय सीमा से अधिक धन किसी के पास पाया गया तो उसे राज्य अधिग्रहण कर लेगा। इसका असर यह हुआ कि राजकोष में ऋण के रूप में पर्याप्त धन जमा हो गया था। जमा धन की प्राप्त रसीदें जारी की गई ताकि प्रजा को विश्वास रहे और वे आश्वस्त रहें कि एक निश्चित अवधि के बाद उनका धन ब्याज सहित वापस हो जाएगा।

अब हमारे पास सैन्य व्यवस्था को सुदृढ़ करने तथा हथियार गोला बारूद के भण्डार बढ़ाने के लिए धन की समस्या नहीं थी। रणाधिकारी हरि सिंह तथा सेनापति पंडित शिव देव जोशी तथा मेरे नाना और सुमेर सिंह जोर-शोर से सभी जातिवर्गों के युवाओं को चुन-चुन कर सेना में भर्ती करने जुटे थे। उन्हें युद्ध का प्रशिक्षण देने लगे। उन्होंने तय कर लिया था कि चार हजार तक सैनिक तैयार किये जाएंगे। इस कार्य हेतु कई स्थानों पर सैन्य शिविर स्थापित कर लिए गये। इस शिविरों का मुख्य भार शिवदेव जोशी को दिया गया।

युद्ध परिषद की बैठक में मैंने कहा था, ''मंत्रिगणों व सेनानायकों! जैसा में बार-बार कह रहा हूँ- हमें बटेषर के किले तथा सम्पूर्ण माल भाबर से रुहेलों को खदेड़ना है। उधर मुझे जानकारी मिली है कि रुहेला नवाब अली महम्मद खां मेरे पुनः राजा बनाये जाने तथा अल्मपुरी पर से कब्जा छोड़ देने के कारण सरदार हाफिज रहमत खाँ से नाराज है। वह अल्मपुरी पर स्थाई अधिकार चाहता है। दूसरी ओर हमें अपने सम्पन्न मालभावर पर अधिकार चाहिए। इसके लिए पं0 शिवदेव के नेतृत्व में सेना को हर प्रकार से मजबूत किया जा रहा है; किन्तु हमें राजनैतिक रूप से बादशाह मुहम्मद शाह को रुहेलों द्वारा कुमाँऊ पर अकारण आक्रमण करने से रोकने हेतु शिकायत करनी होगी और उन्हें बताना होगा कि रुहेलों ने यदि हमारे माल भाबर को हमारे सुपुर्द नहीं किया तो कुमाँऊ दिल्ली दरबार को भेजे जाने वाला सालाना रुपया एक लाख नजराना नहीं दे सकेगा। हमें सैन्य शक्ति के साथ ही कूटनीति का सहारा भी

लेना होगा। सभी के प्रयासों से हमारी आर्थिक स्थिति मजबूत हुई है विशेष तौर से साह, चौधरी एवं रतगलियों ने धन जमा करने में महत्वपूर्ण भूमिका निभाई है। काशीपुर में गुप्त रूप से हमारे वीर लोग सैन्य टुकड़ियाँ बना रहे हैं। हमने उसका काम श्रीनाथ और काशीराम को सौंपा है। अब आप ज्ञानीजन सुझाव दें कि आगे क्या रणनीति अपनाया जाना श्रेयकर होगा?''

अंधे पंडित रमावल्लभ पंत ने राजपुरोहित का पद स्वीकार कर लिया था। मेरे द्वारा क्षमा याचना करने के बाद उन्होंने अपना क्रोध त्याग दिया था। आज वे मेरे दरबार में बैठे थे। मैंने आदर पूर्वक उनसे पूछा, ''पुरोहित रमा वल्लभ पंत! आपसी कुर्मांचल की राजनीति की गहरी परख है हमें अपना मार्गदर्शन दें।'' रमा वल्लभ पंत एक देशभक्त और चतुर राजनैतिज्ञ था। उसे जब अंधा किया गया था तब उसने मुझसे कहा था कि मनुष्य कभी-कभी खुली आँखों से अधिक बन्द आँखों से देखता है। आज रमापंत की आँखें नहीं थी, किन्तु उसकी कुशाग्र बुद्धि का लोहा सभी मानते थे। उसने सभा को संबोधित करते हुए कहा, ''प्रजाजनो! आज ऐसा प्रतीति होता है कि अल्मपुरी में बहुत समय के बाद चन्द्रों के वंश में चन्द्र का उदय हुआ है जिसकी शीतल किरणों से कुर्मांचल प्रकाशवान हो रहा है। देर में ही सही आज मैं राजा कल्याण चन्द्र को ''चंदचूणामणि नृपत कल्याणचन्द,'' कहने में गर्व अनुभव कर रहा हूँ। क्योंकि आज वह प्रजा के कल्याण का कार्य कर रहा है, आज उसने उन सभी दुःखी व मर्माहत परिवारों का दुःख दूर करने का प्रयास किया है जिन्हें उसके प्रारम्भिक राजकाल में षडयंत्र के तहत प्रताड़ित करवाया गया था। उन्हीं में से आज एक वीर पुत्र शिवदेव जोशी सेना की बागडोर थामे हुआ है, जिसके पिता को चालबाजों ने झूठा आरोप लगाकर राजा कल्याण चंद के हाथों मृत्युदंड दिलवा दिया था। अब मैं अपने अंधे होने की पीड़ा को भुलाकर गदगद हूँ कि आज राजा कल्याण चन्द्र नीर-क्षीर की पहचान में सक्षम हो गया है। एक हार ने उसे खरा सोना बना दिया है। मंत्रीगण था पदाधिकारी तभी अपने राजा का हृदय से आदर करते हैं जब वह स्वयं निर्णय लेने की क्षमता रखता हो। आज मुझे प्रसन्नता है कि राजा कल्याण चंद में एक महान शासक के गुण विद्यमान हैं।''

कुछ क्षण ठहर कर उसने कहा था, ''चन्द्रचूड़ामणि राजा कल्याण चंद की जय हो।'' चारों ओर राजा की जयकार होने लगी।

''राजन! आपका यह विचार उत्तम है कि हमें सैन्य शक्ति के साथ ही कूटनीति का सहारा भी लेना चाहिए। आज हमें हार जरूर मिली है लेकिन इस

हार ने हमारे लिए कई नये द्वार भी खोल दिये हैं। आज हमें गढ़वाल की ओर से कोई खतरा नहीं हैं। आज माँ नन्दा देवी के मंदिर तथा अन्य मंदिरों को रुहेलों द्वारा तोड़े जाने से, उन्हें अपवित्र किए जाने से धर्मपरायण गोरखे उनसे बेहद नाराज हैं। अर्थात फिलहाल हमें डोटी राज्य की ओर से भी कोई भय नहीं है। कुर्मांचल इस समय अपनी पूरी शक्ति रुहेल पठानों को खदेड़ने में लगा सकता है; किन्तु जब तक हम दिल्ली दरबार से रुहेलों पर दबाव नहीं डलवाऐंगे तब तक इस बेलगाम होते जा रहे रुहेले नवाब को काबू में रख पाना कठिन होगा। इस क्रूर व महत्वांकाक्षी नवाब ने दुर्बल व आपस में लड़कर क्षीण पड़े कठेढ़ राजपूतों का राज्य हड़प कर रुहेलखण्ड नाम दे दिया है। राजपूतों को इस विधर्मी ने पकड़-पकड़ कर मुसलमान बना दिया है। बाकी ने या तो उसकी दासता स्वीकार कर ली है या पड़ोसी राज्यों में भाग खड़े हुए हैं। इस रुहेले नवाब की नजर तो दिल्ली पर भी कब्जा जमाने की है। अवध के नवाब मंसूर अली भी उससे खफा है। इसलिए यह उचित अवसर है कि गढ़वाल व कुमाऊँ की ओर से दिल्ली दरबार में रुहेलों के विरुद्ध नालिश दर्ज करायी जाय। उनको इन तथ्यों से अवगत कराया जाय तो अति उत्तम फल प्राप्त होगा। हाँ इतना अवश्य कहना चाहता हूँ कि इस उद्धेश्य के लिए किसी चतुर वाकनिपुण व्यक्ति को ही दूत बनाया जाय जो अपनी गूढ़ राजनीति से सिद्धि को प्राप्त कर सकें।''

पं0 रमापंत की प्रशंसा भरी वाणी से मैं एक ओर गदगद हो गया था तो दूसरी ओर मुझे एक ज्ञानी सलाहकार भी मिल गया था। इसके लिए मैं पंडित शिवानंद पाण्डेय कविराज का आभारी था कि जिन्होंने मुझे बार-बार मार्गदर्शन दिया था कि पुराने राजनीति में निपुण लोगों को दरबार में बुलाया जाय। आज चारों ओर राज्य में शांति थी। सभी वर्गों के लोग में उत्साह था व मेरे प्रति सम्मान था। हार के बाद भी लोग मुझे अज्ञानी मान कर मुझ पर हार का ठीकरा नहीं फोड़ना चाहते थे। कुछ भी हो इस हार ने मुझे बदल कर रख दिया था।

दासी की हिम्मत

राजा कल्याण चन्द्र

आज मेरे दो पुत्र दीपचंद तथा कृष्णचंद धीरे-धीरे बड़े हो रहे थे, वे बाल्यावस्था पार करने को थे, किन्तु उन्हें युवा होने में अभी समय था। मैं उन्हें शीघ्र युवा देखना चाहता था। मृत्यु का भय मुझे कभी-कभी सताने लगता था। विशेष रुप से रुहेलों की हार के बाद सात माह के बनवास काल में। मैं अपने परिवार के बारे में चिंतित था। इस अवधि में अपने परिवार के काफी निकट था पहले मैं अल्मपुरी में सदैव राजकाज में व्यस्त रहता था। अवशेष समय मेरा हास-परिहास तथा भोग-विलास में व्यय हो जाता था। इस हार के बाद मैं यह सोचने को मजबूर था कि मृत्यु के पंजे कभी भी मेरी ओर बढ़ सकते हैं। अब मुझे अपने परिवार की यादें अधिक आने लगी थी। जैसा कि प्रत्येक राजा चाहता है- वह अपने पीछे एक बड़ी विरासत छोड़कर जाए तथा उसका पुत्र एक सुयोग्य राजा बने। मैं अपने पुत्रों को एक ज्ञानवान व शिक्षावान बनाना चाहता था। ताकि वे मेरी तरह अज्ञानी रहकर अधकचरा राज न करें, जैसे मैंने किया था। मेरी तरह माटी का माधो बनकर न रह जाय, किन्तु मनुष्य जो सोचता है वह हो ही जाये आवश्यक नहीं। मैं अधेड़वस्था पार करने को था, परन्तु मेरी संतानें अभी किशोर अवस्था में भी नहीं पहुँची थी। मैं उन्हें एक हुनरमंद तलवारबाज देखना चाहता था। मेरा बड़ा पुत्र दीपचंद अधिक बुद्धिमान व तेज तर्रार नहीं था। वह बहुत आलसी भी था। मुझे सदैव उसकी चिंता सताने लगी। छोटा पुत्र अवश्य ही तेज व बुद्धिमान था, परन्तु परम्परा के अनुसार बड़ा पुत्र ही राजगद्दी का अधिकारी बनता था। मैंने दोनों पुत्रों को शिक्षा का भार राजगुरू हरिकृष्ण को सौंपा तथा शारीरिक व्यायाम व युद्धाभ्यास का काम अपने मित्र अनूप सिंह रौतेला को सौंप दिया था। मेरी पत्नी पार्वती का प्यार दुलार भी शायद उन्हें बिगाड़ रहा था। मेरी एक छोटी पुत्री महल के प्रांगण में जब अपनी चूड़ियाँ बजाती, इधर से उधर भागती तो मैं हार का विषाद भूल जाता था। जीवन के ऐसे छोटे-छोटे आनंदों का मैं प्रथम बार अनुभव कर रहा था।

तभी मुझे एक याद विकल कर गयी- वह याद थी गोरी की। मुझे याद आया कि मेरे प्रारम्भिक राज्य काल में मैं कितना क्रूर, क्रोधी व कामुक था। गोरी के अलावा मेरी कई दासियों से कामुक सम्बन्ध रहे थे। लेकिन गोरी मेरी प्रथम दुर्बलता के क्षणों की साक्षी थी। उसे मैं कैसे भूल सकता था। मदिरा और वासना से भरे कुकृत्य पूर्ण उस अवधि को स्मृति से कैसे मिटाया जा सकता था। अब अनचाही बातें मेरे स्मृतियों की खिड़कियों से बार बार भीतर झाँकती, हृदय पर प्रहार करती हैं। कलेजे को नोंच कर रख देती हैं। मैं अतीत को मुड़कर देखना भी पसंद नहीं करता हूँ। इन स्मृतियों के कारण मैं कई बार सिहर उठता हूँ तथा की गई मुर्खताओं पर क्रोधित व शर्मिंदा भी हो उठता हूं। कभी मैं स्वयं पर हँसने लगता हूं। यह सब कुछ दुर्बलता के क्षणों में आरंभ हुआ था। आज मैं अपने उस दुराचरण की सफाई भी कैसे दूँ?

मुझे याद है- तब मैं दिन-प्रतिदिन शासन के कार्यों में अधिक रुचि नहीं ले रहा था। मेरे चारों ओर अपने को सुयोग्य मानने वाले मंत्रीगण थे, कोष भरे पड़े थे। मैं जीवन की बहती धार के प्रवाह में बहता चला जा रहा था। प्रवाह के विरूद्ध तैरने का मैंने कभी प्रयास ही नहीं किया था। राजमद, अत्याचार और कामनाओं के भीषण बाढ़ में सारी मर्यादाओं को तोड़ता, उफनती नदी की तरह बहता रहा। दया, प्रेम, न्याय आदि की भावनाओं के बंधन में क्यों नहीं आया। काश! यह समझ मुझे दस वर्ष पूर्व आ गयी होती तो जीवन शांत, निर्मल सरित प्रवाह मे समान होता।

मैं तब शरीर का गुलाम हो गया था। क्या जितना वैभव बढ़ता जाता है, उतना ही आत्मा का पतन भी होता जाता है? मेरे मित्र ने एक दिन कहा था, ''नारी सुख में सभी सुखों का संगम होता है, तुम इसका आनंद उठाओ।'' श्रृंगार रस के मधुर नाद मेरे मस्तिष्क में छाने लगे थे। उसके साथ यदि मदिरा का साथ हो तो वह सभी बंधन तोड़ देता है। मैं विभिन्न भाव रसों से पूर्व में वंचित था। मेरे अपने प्रारंभिक जीवन काल में हास्य, वत्सल, करूणा, आनंद के रसों के लिए स्थान ही कहाँ था। जब मनुष्य भूख से संघर्ष कर रहा हो तो उसे इन रसों का आनंद लेने के लिये समय कहाँ था। राज पाकर भी मैं क्रूरता, घृणा, प्रतिशोध तथा राजमद में डूबा रहा। अब मुझे जो आंनद मिल रहा था। मैं उसका भरपूर उपयोग करना चाहता था।

मुझे याद आया- मैं एक दिन अपनी प्रिय दासी गोरी के उस कक्ष में था जो महल के एक ओर उसके लिए आरक्षित था। उसकी सेवा का तरीका इतना

अनोखा था कि मैं तब उसके कक्ष में जाने के लोभ का संवरण नहीं कर पाता था। मैंने उस दिन कुछ अधिक ही मदिरा का सेवन कर लिया था। वह वाचाल तो पहले से ही थी। मैंने उसे फटकारते हुए कहा, ''तुम बहुत बोलती हो, मैं जितना माँगू उतनी मदिरा पिलाओ। तुम कौन होती हो मुझे रोकने वाली? तुम दासी हो दासी।''

फिर भी उसने मुझे मदिरा का गिलास नहीं परोसा। उसने उदासी से भरे शब्दों में कहा, ''राजन! आप अधिक पी चुके हैं, मैं अब और मदिरा न दूँगी।''

''तू मेरे आदेश का पालन नहीं करेगी? तू वाचाल तो थी ही अब डीठ भी हो गयी हो।''

मैंने बिस्तर पर हिलते हुए क्रोध से लगभग चिल्लाते हुए कहा था।

''दासी को अधिक नहीं बोलना चाहिए, अधिक प्रश्न भी नहीं करने चाहिए। वह तो आदेश सुन सकती है, उसे तो आदेशों का पालन करना ही होता है।'' वह बड़बड़ा रही थी।

मैं कुछ क्षणों के लिए होश में आया था। मैंने कहा, ''तुम अपने को दासी क्यों समझती हो, मैं तो तुमसे सबसे अधिक प्रेम करता हूँ, समय मिलते ही तेरे कक्ष में आ जाता हूँ।''

''राजन! अभी तो आपने मुझे दासी कहा था। अधिक न बोलने को कहा था। चुपचाप आदेशों को पालन करने को कहा था।''

''अरे! वह तो इसलिए कि तुम मदिरा नहीं दे रही थी।''

''अर्थात मैं आपकी दासी तो हूँ?'' मैं मदिरा के झौंक में था मैंने चिढ़कर कहा, ''मैं राजा हूँ और तुम मुझसे उल्टा-सीधा प्रश्न करने की हिम्मत करती हो, तुम मेरी दासी भी हो प्रेयसी भी हो।''

उसने सँभलते हुए उत्तर दिया, ''फिर ठीक है, यदि मैं प्रश्न करती हूँ तो प्रेयसी के रूप में करती हूँ। मदिरा नहीं देती हूँ तो प्रेयसी का धर्म निभाती हूँ। मुझे आपकी चिंता है। अधिक मदिरा पीने से आपका स्वास्थ्य खराब हो रहा है।''

मुझे मदिरा न मिलने के कारण क्रोध हो आया। मुझे और मदिरा चाहिए थी। मैंने कुंठित हो कर कहा, ''तुम दासी बन कर मदिरा दो। मैं जो आदेश दूँ पूरा

करो।''

"उचित है, एक दासी प्रश्न नहीं कर सकती। राजा यदि जहर का प्याला भी लाने का आदेश दे तो भी उसे लाकर देना ही होता है।'' उसने एक गिलास में मदिरा भरकर मेरे हाथ में थमा दी। मैंने प्रसन्नता के साथ उसके हाथ से मदिरा का गिलास पकड़ा; परन्तु मैं गिलास ठीक से न पकड़ पाया। वह आधा से अधिक झलक गया फिर भी शेष मदिरा को मैं अपने मुँह में उड़ेलने में सफल रहा।

कुछ क्षण के पश्चात् मेरी आँखें नहीं खुल पा रही थी; किन्तु मैं सब कुछ सुन पा रहा था। वह बोले जा रही थी, ''राजन! आप को क्या हो रहा है आप कहाँ जा रहे है। काम और मदिरा नरक के द्वार है। इनकी कामना का अंत नही है। मैं दासी ही सही, किन्तु मैं एक नारी भी हूँ। जैसी भी हूँ, आपके छाया में सुखी हूँ, मुझे आपके हित की चिंता है।''

वह बोले जा रही थी तभी तो मैं उसे वाचाला कहता था। मैंने फिर मदिरा की माँग की। मैंने आँखें खोलने का प्रयास किया, वहाँ मुझे कोई दिखाई नहीं दिया। बस किसकी आवाज मुझे सुनाई दे रही थी। मैं एक ओर लुड़क गया था तब भी मुझे आवाज सुनाई दे रही थी। ''तूने जीवन में खूब अत्याचार किये, निर्दोषों को दण्ड दिया। अपने ही वंश के लोगों को मार-काट दिया। ब्राह्मणों को अंधा किया। अब स्वयं मदांन्ध होकर पड़ा है। इससे अच्छा तो तू डोटी में ही ठीक था; एक अज्ञात, शांत, तालाब की तरह जिसमें न कोई हलचल थी न कोई गन्दगी न कोई बहाव।''

मैंने पुनः आँखें खोलने का प्रयास किया, ''कौन बोल रहा है? एक दासी का इतना दुःसाहस जो मुझे उपदेश दे। डोटी राज्य में मजदूरी को मजबूर मुझ राजवंशी को वहीं के योग्य कहे।'' मैं चारों ओर हाथ फैला कर अपनी तलवार खोजने लगा। तभी मेरा हाथ मदिरा से भरे गिलास से छू गया। मैं उल्लासित हो उठा, मैंने आँखें मूँदे ही उस प्याले की मदिरा को एक ही बार में अपने हलक में उतार लिया।

एक तीव्र चुभन मेरे गले से होती हुई मेरे उदर में प्रविष्ट कर गयी। अगले ही पल मैं मदिरा की प्याली में पूरी तरह डूब गया था।

मैं कभी-कभी इन मदभरे दिनों को याद कर आनंदित हो लेता हूँ तो कभी-कभी उन नादानी भरे क्षणों को याद कर स्वयं पर क्रोध भी आता है। मैं डोटी

राज्य में पड़ा सीधा-साधा निर्व्यसनी व्यक्ति सत्ता प्राप्त करते ही कितना निर्द्वंद, अनाचारी और उच्छृंखल हो गया था।

नयी उत्साहित सेना

शिवदेव जोशी

शीत ऋतु समाप्त हो रही थी, बसंत अपने आगमन की आहट दे रहा था। प्रकृति में कई प्रकार से सुखद बदलाव दृष्टिगोचर हो रहे थे। चारों ओर खिले रगं-बिरंगे फूलों को देखकर आँखें तृप्त हो रही थी। आसमान में एक भी बादल का टुकड़ा न था- निरभ्र,नीला निर्झर स्वच्छ आकाश। मैं सूर्योदय के पूर्व ही पहाड़ी पर स्थित सैन्य शिविर की ओर जा रहा था। जैसे ही मैं पहाड़ी के ऊपर पहुँचा, सामने अपरिमित सौन्दर्य से परिपूर्ण हिमाच्छादित हिमालय के सौन्दर्य से मोहित हो गया। मैं प्रायः ही यह दृश्य देखता था; परन्तु आज मुझे यह अधिक आकर्षित कर रहा था। शायद इसलिए की अब मेरे मन मस्ष्कि में अधिक तनाव व चिंताएँ नहीं थी। हिमालय की धवल शृंखलाओं पर प्रातः कालीन सूर्य की किरणें पड़ते ही स्वर्णिम रूप धारण कर लेती है। इसे देखना एक जीवनातीत अनुभव होता है। सुनहरे हिमालय के इस सौन्दर्य को मैं कई पलों तक निहारता रहा।

ऊँची पहाड़ी पर से मैं प्रकृति की इस अनुपम कृति को देखता रहा। कुछ क्षण बाद मैंने पीछे मुड़कर देखा तो मुझे अल्मपुरी का नजारा दिखाई दिया जो अब प्रातः के हल्के प्रकाश में साफ नजर आ रही थी। वैभव से दमकते इस राजपुर को ऐसी नजर लग गयी थी कि यह अभी तक उससे उबर नहीं पाया था। यदपि जबरदस्त विध्वंस के बाद भी यह शहर बचा रहा। चन्द्रवंशियों द्वारा बसाया गया यह शहर अपनी गौरवमयी स्थिति पुनः स्थापित करने का प्रयास कर रहा था-यह प्रसन्नता का विषय था। रुहेलों ने तो इसे पूरी तरह उजाड़ने में कोई कोर कसर नहीं छोड़ी थी। यह चन्द्रवंशियों की आपसी कलह तथा राजा कल्याण चन्द्र के कुनीतियों का भी फल था लेकिन जो भी हो यह प्रकृति हमें सदैव एक अनोखी ऊर्जा प्रदान कर देती है, नये सृजन की ओर आकर्षित करती है।

मैंने सैन्य शिविर में ठसक के साथ प्रवेश किया। हजारों सैनिक अनुशासित ढंग से कतारबद्ध खड़े थे। ये सभी सैनिक युवा व बलिष्ठ थे। सबसे बड़ी बात यह थी कि इस सेना में सभी वर्गों के युवा थे। एक समान वर्दी में कतारबद्ध खड़े इन युवाओ में देश के लिए लड़ने का जबरदस्त उत्साह था। इस समय न इनकी कोई जाति थी न कोई ऊँच-नीच। मैं स्वयं एक ब्राह्मण परिवार से था; किन्तु अनुभव और युद्ध में लगे हार के कई घावों ने मुझे इतना समझा दिया था कि जातीय अभिमान एक मूर्खतापूर्ण सोच है। जब हम अपने को ऊँचा समझने लगते हैं तो दूसरों को हम नीचा समझने लगते हैं। यह सोच आपको घमंडी बना देती है। इससे समाज खण्डित होता है। मैं केवल इसे मन में सोचता ही नहीं था, अपने व्यवहार में भी उतारता था। मैंने स्पष्ट रूप से घोषणा कर दी थी कि सेना में केवल एक जाति रहेगी- वह सैनिक जाति। यह नियम बिना तर्क-वितर्क के सब पर लागू होगी जो इस नियम का उल्लघंन करेगा दण्ड का भागी होगा।

इस निर्णय को भले ही समाज ने आत्मसात् न किया हो; किन्तु सेना में यह नियम दृढ़तापूर्वक लागू हो चुका था। इससे समाज के भीतर एक संवाद शुरू हो चुका था, यह कोई कम उपलब्धि नहीं थी। आज तक तो जाति की श्रेष्ठता व वर्णव्यवस्था पर कोई प्रश्न चिन्ह लगा ही नहीं सकता था। अंततः इसकी पहल किसी को तो करनी ही थी। सन्निकट संकट के कारण यह सही समय था, जब एकता की महती आवश्यकता थी। ब्राह्मण व क्षत्रिय युवा बड़ी संख्या में रूहेलों के युद्ध में मारे जा चुके थे। हमें चार पाँच हजार नये फौजियों की आवश्यकता थी। एक डेढ़ हजार जो पुराने सैनिक युद्ध के पश्चात् बच गये थे उनके भरोसे युद्ध जीतना सम्भव न था।

आज मैंने जब इन नवयुवाओं का उत्साह व जोश देखा तो मेरा सीना गर्व से तन गया था। मुझे अब पूर्ण विश्वास हो गया था कि मैं अवश्य ही इन उत्साही युवकों के दम पर रुहेले पठानों को मार भगाऊँगा।

रण उत्साह

शिवदेव जोशी

एक ओर कुर्मांचल तथा अल्मपुरी का पुर्ननिर्माण का कार्य जोर-शोर से चल रहा था। ग्राम, बाजार, हाट, बस्तियाँ सुव्यवस्थित होने लगी थीं। ग्रामों से उत्पाद बेचने के लिए बस्तियों व बाजारों में पहुँचने लगे थे; किन्तु मैं दक्षिण से मिलने वाली बड़ी चुनौती के बारे में चिंतित था। हाँलाकि मैं राजा कल्याण चन्द्र को आवश्यक परामर्श दे चुका था। मैं सेना को सुदृढ़ करने में लगा था। चिंता का विषय यह था कि रुहेलों की शक्ति बढ़ती जा रही थी। बाइस कठेड़ी राजपूत राजा अपना राज्य रुहलों से हार चुके थे। वे किसी तरह अपनी जान बचाकर गढ़मुक्तेश्वर जा पहुँचे थे, जहाँ मुगल सम्राट महम्मद शाह डेरा डाले बैठा था। उन्होंने सम्राट से रुहेलों के अत्याचारों से और उनकी बढ़ती शक्ति से अवगत कराया। उन्होंने सम्राट को आगाह किया कि अली मोहम्मद खाँ की नजर दिल्ली पर भी है। देव योग से अवध के नवाब अली मंसूर खाँ भी रुहेलों के बढ़ते दबाव को भाँप चुके थे। यहाँ तक कि रोहेले नबाब अली मोहम्मद खाँ ने अवध के नबाब अलीमंसूर खाँ को यह प्रस्ताव भी भेजा था कि यदि वे साथ दें तो दिल्ली पर आक्रमण कर उस पर अधिकार जमा लिया जाय। दिल्ली जीतने पर उन्हें अवध के साथ ही रुहेलखण्ड की नवाबी भी सौंप दी जाएगी। धीरे-धीरे रुहेलों के विरुद्ध उनके सभी पड़ोसी लामबंद हो रहे थे। ठाकुरद्वारा के राजा भी कठेड़ी राजपूतों के साथ थे। कुर्मांचल के राजपूत राजाओं की रिश्तेदारी कठेड़ियों से थी, जिस कारण दोनों में मित्रता का भाव स्वतः ही था। कुर्मांचल की गढ़वाल नरेश के साथ मित्रता स्थापित हो चुकी थी। राजा कल्याण चन्द्र व गढ़ नरेश प्रदीप्त शाह धर्म-भाई बन चुके थे। अर्थात गढ़वाल की ओर की सीमा अब सुरक्षित थी। डोटी के धर्मपरायण गोरखा भी रुहेलों द्वारा मंदिरों को तोड़े जाने से खफा थे। अतः उचित समय था कि बटेषर दुर्ग में जमे रुहेलों को खदेड़ा जाय। फाल्गुन के माह में होली के ठीक बाद युद्ध परिषद की बैठक सम्पन्न हुई। इस बैठक में बड़ी संख्या में कुर्मांचलीय रणयोद्धाओं को भी सम्मिलित किया गया।

राजा कल्याण चन्द्र ने युद्ध परिषद को सम्बोधित करते हुए कहा, "कुर्मांचल के वीर योद्धाओ, गुप्तचरों से सूचना मिली है कि रुहेलों की एक फौज नजीब खाँ के नेतृत्व में मालभाबर की ओर बढ़ रही है। उसका इरादा पुनः अल्मपुरी पर अधिकार स्थापित करना है। उस क्रूर रुहेले नवाब ने हाफिज रहमत खाँ जिसने हमसे संधि स्थापित की थी, उसे उसके पद से हटा दिया है और नजीब खाँ को सिपहसालार बनाकर हम पर आक्रमण हेतु भेजा है। वीर योद्धाओ, कुर्मांचलियों की प्रतिष्ठा दाँव पर लगी है अतः एक निश्चित परिणाम देने वाले युद्ध की तत्काल आवश्यकता है। ऐसे संधि को तोड़ने वाले विश्वासघाती को हमें सबक सिखाना ही होगा। इस बार किसी भी कीमत में हम इन रुहेलों को हराएंगे। हम रण नहीं छोड़ेंगे, या तो हम विजयश्री को प्राप्त करेंगे या रणभूमि के काम आयेंगे। किसी को कोई संदेह हो तो प्रकट करें।"

मैंने दृढ़ शब्दों में कहा, "राजन! युद्ध की विभीषिका तथा रुहेलों की क्रूरता के आंतक से पूरा कूर्मप्रदेश व्याकुल है। निरन्तर तनाव व भय से उनका जीना कठिन हो रहा है। यह संकट अभी टला नहीं है। हमें इस भय और आंतक के साए को सदैव के लिए समाप्त करना होगा। आज सर्वत्र प्रतिशोध का भाव फैल गया है। दलित जातियाँ भी आज भारी उत्साह व स्वाभिमान के साथ देवभूमि के सम्मान को बचाने के लिए तत्पर हो उठी हैं। उनके युवाओं में अपार उत्साह है। प्रसन्नता की बात यह है कि आज सभी जातिवर्ग के लोग एकजुट होकर रुहेलों की कुर्मांचल की धरती पर नहीं देखना चाहती हैं। अतः उचित समय है कि बिना संशय एवं उहापोह के हमें युद्ध के लिए अन्तिम निर्णय ले लेना चाहिए।"

नेत्रहीन पं० रमापंत ने अपने आसन से उठने का प्रयास किया। रणाधिकारी हरि सिंह ने लपककर उन्हें सहारा दिया और उसने अपने स्थान पर खड़े होकर कहा, "राजा कल्याण चंद का निर्णय सही है। इसमें किसी को संदेह करने का प्रश्न कहाँ है? हम जो युद्ध करने जा रहे हैं वह किसी की भूमि को हड़नने या लूटने के लिए नहीं करने जा रहे हैं। यह युद्ध हम अपनी कुर्मांचल की भूमि को पुनः अपने अधिकार में करने के लिए कर रहे हैं, अपने आत्म सम्मान के लिए एवं अन्याय के विरूद्ध करने जा रहे हैं। हमारा पक्ष न्याय का पक्ष है, यह निर्बल व भीरु कैसे हो सकता है? चुनौतियों के प्रतिकार के लिए यह युद्ध आवश्यक है। इस युद्ध से हमारे देश में शांति स्थापित होगी तथा धर्म, न्याय व संस्कृति की रक्षा होगी। ऐसे युद्ध से भले ही हिंसा होगी,

कुछ बलिदान होगा; किन्तु यह युद्ध पूर्णतया न्यायोचित है।''

रणाधिकारी हरि सिंह ने कहा, ''चन्द्रचूड़ामणि नृपत कल्याण चन्द्र की जय हो, राजन! हमारे शस्त्रागार नये व विश्वसनीय अस्त्र-शस्त्रों से भरे हैं। हमारे सैन्य भरपूर उत्साह, उमंग व साहस से लबरेज है। हम युद्ध हेतु पुरी तरह तैयार हैं।''

चारों ओर से एक ही स्वर था कि युद्ध करते हुए बटेषर के किले को सबसे पहले अधिकार में ले लिया जाय, तत्पश्चात पूरे मालभाबर से रुहेलों को खदेड़ा जाय। रणनीति व कूटनीति दोनों को एक साथ लेकर चलने के प्रस्ताव पर विचार हो चुका था। पं0 शिवानन्द दिल्ली के बादशाह के पास रोहेले नबाब की शिकायत ले कर जा चुके थे। उधर गढ़नरेश ने भी रुहेलों के विरूद्ध दिल्ली के सम्राट को इसी प्रकार की शिकायत भेजी थी। आज कुर्मांचल को उत्तर-पश्चिम एवं पूर्वी सीमाओं से कोई खतरा नहीं था। प्रजा में प्रतिशोध का भाव भरा था।

राजा कल्याण चन्द्र ने युद्ध परिषद के विचार जानने के पश्चात् कहा, ''इस बार मैं किसी प्रकार की सामरिक भूल को दोहराना नहीं चाहता हूँ। अधिक से अधिक सैन्य साम्रगी का तथा सैनिकों का संग्रहण किया जाये। ग्राम प्रमुखों को युद्ध का संदेश भेजा जाय। बल व कूटनीति दोनों का एक साथ प्रयोग होना चाहिए।''

राजा कल्याण चन्द्र ने सभा में गहरी दृष्टि डाली, सब उत्साहित व शंका रहित थे। नृपत ने कहा था, ''रुहेलों की युद्ध नीति, उनकी युद्ध विशेषताओं और कमजोरियों की सबसे अधिक जानकारी हमारे रण पारंगत वीर योद्धा शिवदेव को प्राप्त है। मैं राजा कल्याण चन्द्र रुहेलों के विरूद्ध इस युद्ध का भार पं0 शिवदेव को सौंपता हूँ। वीर शिवदेव रणकौशल में सिद्धहस्त है, एक धनुर्धर, निपुण अश्वारोही, कुशल तलवारबाज व रणनीतिकार भी है। वह तीन बार रुहेलों के साथ लड़ा है। हमने युद्ध जरूर हारे है; किन्तु वे युद्ध हम इसलिए हारे की हमारी राय भिन्न थी, हममें एकता का अभाव था, हमने शिवदेव पर पूर्ण विश्वास नहीं किया था। जिस कारण हमने उसे मुक्त हस्त से आर्थिक व सैन्य सहायता नहीं दी थी। आज मैं राजा कल्याण चन्द्र, शिवदेव जोशी को अपनी सेना का सेनाप्रमुख घोषित करते हुए उसको पूरी स्वतंत्रता देता हूँ कि वह रुहेलों के विरूद्ध रणनीति तैयार करे, जितना भी धन आवश्यक हो, राजकोष से उन्हें लेने का अधिकार देता हूँ, जीत हमारी ही होगी इसमें

संशय नहीं। ''जय माँ नन्दा'' ''जय बद्री विशाल।''

राजन् के मुँह से ''जय माँ नन्दा देवी'' ''जय बद्री विशाल'' के स्वरों में स्वर मिलाते हुए पूरा युद्ध परिषद उत्साह, उमंग और विजय की लालसा के साथ जयकार करने लगा। जयकारों से सभागृह प्रकंपित हो उठा। मेरा सीना चौड़ा हो गया था। जिस राजा ने रुहेलों से प्रथम युद्ध के समय मुझ पर शंका व्यक्त की थी, उसे भय था कि मैं कहीं उसके विरूद्ध ही सैन्य ताकत का प्रयोग न करूं, कहीं मैं अपने पिता व भाई की क्रूर हत्या का बदला न लेने लग जाऊँ। यद्यपि मैं पंडित शिवानन्द के मार्गदर्शन में राजा के सामने ही प्रतिशोध का भाव त्याग कर मातृभूमि की सेवा का प्रण ले चुका था। मैंने सोच लिया था कि अपने वंश पर लगे झूठे राज विद्रोह के दाग को में उच्च कोटि की देश भक्ति व बलिदान से मिटा दूँगा। मुझे ज्ञानी शिवानंद ने दीक्षा दी थी कि प्रतिशोध कोई अन्तिम हल नहीं है। इससे प्रतिशोध तो पूरा हो जायेगा; किन्तु इससे न तो राजद्रोह का दाग मिटेगा न ही कीर्ति व यश ही मिलेगा। मुझे पंडित शिवानन्द के एक-एक शब्द आज भी याद हैं उन्होंने कहा था- अपने ज्ञान, बल व चार्तुय का सदुपयोग राजा के लिए नहीं, अपने देश के लिए करो। राजा तो आते जाते रहेंगे, मातृभूमि तो अपनी है। धर्म, संस्कृति, सभ्यता तो हमारी है। हमें विधर्मी व विदेशी ताकतों के विरूद्ध लड़ना है, स्वयं को साबित करो कि तुम्हारा वंश राष्ट्र प्रेमी था और है। ताकि उन्हें कल पश्चाताप हो कि उन्होंने तुम्हारे पिता व भाई को मरवाकर अपराध किया था। आज मैंने यह साबित कर दिखाया था। आज मैं कुर्मांचल की सेना का सेनापति था-पाँच हजार सैनिकों का प्रमुख। आज यदि सभागृह में पं0 शिवानंद होते तो मैं सबसे पहले उन्हें नमन करता; किन्तु उन्होंने कूटनीति का दूसरा मोर्चा सँभाल रखा था। वे दिल्ली सम्राट से मिलने जा चुके थे।

जिस तरह आज राजा कल्याण चन्द्र अपने वंश पर लगे हार के अपयश का दाग धोने के लिए व्यग्र था, मैं भी रुहेलों को हरा कर अपनी पिछली हारों का बदला लेना चाहता था। राजा कल्याण चन्द्र- माटी का माधो कल्याण चन्द्र, अपने मंत्रिमण्डल की कठपुतली निर्बुद्धि कल्याणचन्द्र, एक हार के बाद बदल चुका था। पं0 शिवानंद व रमा वल्लभ पंत की फटकार से वह अपने कुकृत्यों पर पश्चाताप कर रहा था। उससे मुझे विश्वास हो गया था कि राजा कल्याणचंद अब एक खरा सोना बनकर तैयार हो चुका है। मैंने स्वीकार कर लिया था कि गौरवमयी चन्द्रवंशी राजा की वापसी हो चुकी है। मैं दुगुने उत्साह

के साथ युद्ध की तैयारी के लिए निकल पड़ा।

युद्ध की ललकार

शिवदेव जोशी

मैंने ग्रामों व बस्तीओं का सघन दौरा किया और पाया था कि लोंगों में रोहेलों के प्रति घ्रणा, आक्रोश एवं प्रतिशोध की भावना थी। चारों ओर इन विधर्मी रोहेलों से टकराने की लालसा दिखायी दे रही थी। निराशा व हताशा कहीं भी नहीं थी। तरुण योद्धाओं का उत्साह, उमंग और विजय की लालसा देखते ही बन रही थी। मुझे सब ओर मंदिरों व देवी-देवताओं के अपमान के विरोध में प्रतिशोध की धधकती ज्वाला दिखाई दे रही था। मैं थोड़ा बहुत यदि चिंतित था तो वह इसलिए कि मेरी तरुणों से भरी सेना युद्ध का अधिक अनुभव नहीं रखती थी। हाँलाकि उन्हें प्रशिक्षण भली भाँति दिया जा चुका था। युद्धाभ्यास तथा युद्ध के दौरान वाद्य यंत्रों की ध्वनियों से संकेत समझने का अभ्यास करा दिया गया था। प्रत्येक पाँच सौ कि एक टुकड़ी के साथ दस अनुभवी नायकों को लगाया गया था, अर्थात सौ तरुण सैनिकों के नियमित करने के लिए दो अनुभवी सेना नायकों की नियुक्ति की गयी थी। सेना ने विभिन्न स्थानों पर बीस शिविर स्थापित थे। प्रत्येक शिविर में दो सौ से तीन सौ तक सैनिक प्रशिक्षण ले रहे थे। महत्वपूर्ण बात यह भी थी कि यहाँ जातिगत रूप से कोई भेदभाव नहीं था। सैनिकों के समुचित अस्त्र-शस्त्र से सुसज्जित किया जा चुका था। उन्हें मानसिक रूप से युद्ध में मातृभूमि पर बलिदान देने हेतु तैयार किया जा चुका था।

जैसे-जैसे सैन्य तैयारियों की गाथाएं अंचलों तक फैल रही थीं, आश्चर्यपूर्ण ढंग से युवा सेना में सम्मिलित होने के लिए अब भी आ रहे थे। जिनके लिए नये सैन्य शिविर स्थापित किये जा रहे थे। चूँकि युद्ध के लिए नए सैनिक को तैयार करने का समय अब नहीं था, अतः उन्हें युद्ध में सहायता के अन्य कार्यों में लगाया जाना तय किया गया। दलित जातियों ने भी इस युद्ध को अपने स्वाभिमान का विषय बना लिया था। क्योंकि प्रथम बार उन्हें कठिन व महत्वपूर्ण कार्य सौंपकर राजा ने उन पर विश्वास व स्नेह प्रकट किया था। यह

मेरे लिए अति उत्साह का विषय था।

मैं जब एक अन्य शिविर में पहुँचा तो वहाँ पर सैनिकों के मनोरंजन व उत्साह वर्धन हेतु एक वीर रस के कवि पधारे थे जो अपने को कविराज पं0 शिवनन्द का शिष्य बता रहे थे। जो बहुत ही प्रभावोत्पादक गीत सुनाने लगे-

देवभूमि के लोगो आओ, ऋण चुकाने का दिन आया,
मलेच्छों हत्यारों का झंडा फिर पहाड़ की ओर उठ आया।

अब रुहेलों के पापी पंजे, देवालयों को न छूने पाएं,
इन क्रूर आततायियों के पग, अब न पहाड़ पर पड़ने पाएं।।

चारों ओर से उमड़ पड़े हैं, वीर कुमय्याँ लड़ाके,
जिसके हाथ जो शस्त्र लगा है, निकल पड़े है दहाड़ के।

देवभूमि के वीरो आओ, ऋण चुकाने का दिन आया,
मलेच्छयों हत्यारों का झंडा, फिर पहाड़ की ओर उठ आया।

देवभूमि के वीरो आओ कर से खड़ग-तलवार खींचो,
इन रुहेलों के खून से तुम अपने खेतों को सींचो।

ओ मातृभूमि के पुण्य प्रेम, हम सब को राह दिखा जाना,
कर शत्रुओं पर विंध्वस प्रहार, रक्षक बन प्राण बचा जाना।

कटारमल, माँ नन्दा के भंजक को सबक सिखाने का दिन आया,
देवभूमि के लोगों आओ ऋण चुकाने का दिन आया।

देवभूमि के लोगों आओ ऋण चुकाने का दिन आया।

इस तरह के उद्वेलित कर देने वाली कविता की पंक्तियाँ सुन, मेरा मन गदगद हो गया। तरुण सैनिकों की रुहेलों के प्रति घृणा स्वयं एक हथियार बनती जा रही थी।

मैंने युद्धाभ्यास का निरीक्षण किया। अस्त्र-शस्त्र भण्डार का परीक्षण

किया। जहाँ कमी नजर आयी उसे तुरन्त ठीक करने के निर्देश देता चला जा रहा था। हमें सैनिकों के लिए अन्न संचय व अन्न भण्डारण की आवश्यकता थी। उत्साहित युवाओं के लिए युद्धअनुभवी नायकों की आवश्यकता थी। मैंने राज्यभर से शल्य चिकित्सकों व वैद्यों को बुलवा लिया था। घायल सैनिकों के लिए आवश्यक औषधियों एवं अन्य चिकित्सकीय साम्रगी एकत्र कर ली गयी थी। सूचना तंत्र व संम्पर्क व्यवस्था के दो स्तर पर व्यवस्था की गयी थी। एक- वाद्य यंत्रों जैसे ढोल-डमरू एवं तूरी, भौंकर से विभिन्न प्रकार की आवाजें निकाल कर सैनिकों को दूर से ही संदेश पहुँचाया जाना। दूसरा- संदेशवाहकों, गुप्तचरों द्वारा सूचना पहुँचाने तथा शत्रुदल में अफवाहें फ़ैला कर अव्यवस्था फ़ैलाने का काम आदि।

पाँच हजार सैनिकों की ठहरने, अन्न, वस्त्र, अस्त्र-शस्त्र की व्यवस्था, घोड़े व खच्चरों से सामान ढोने की व्यवस्था तथा इसमें लगने वाले समय व सामान की आपूर्ति इस दुर्गम पहाड़ी क्षेत्र में आसान न था। बटेषर दुर्ग तक के मार्गों को दुरुस्त करने में मजदूरों को लगाया जा चुका था। नदियों नालों पर स्थाई-अस्थाई पुलों का निर्माण कराया जा चुका था। पहाड़ी क्षेत्र में कब वर्षा हो जाय, बड़ा अनिश्चित होता है। अतः फिसलन भरे मार्गों पर पत्थरों को बिछाकर चलने के लिए सुगम बनाया जा रहा था।

युद्ध का विस्तृत खाका तैयार करना इतना आसान न था। उस स्थिति में जब हम कुछ माह पूर्व ही युद्ध हार कर अपने हजारों सैनिकों से हाथ धो बैठे हों। मैंने कूटनीति का दाँव भी सीखा था, कई कठेड़िया राजपूतों को इस युद्ध के लिए तैयार किया था। मालभाबर के वीर हेड़िया जाति के लोगों तथा स्थानीय बोक्सा, थारु आदि के बीच से ही वहीं पर लगभग एक हजार सैनिकों को थोड़े-थोड़े कर अलग-अलग स्थानों पर छोड़ गया था ताकि रुहेलों के कब्जे वाले मालभावर में जब हम रुहेलों को खदेड़ते हुए पहुँचे तो वे हमारे सैनिकों के साथ शामिल होते चले जाएँ। केठेढ़ी राजपूत तो स्वाभाविक रूप से ही हमारे साथ थे। वीरता के लिए जाने जाते लम्बे चौड़े हेड़ियों को मालभाबर में बड़ी जागीरें दिये जाने का आश्वासन दिया गया था। बोक्सा, थारु जनजाति को उनकी संस्कृति व जनजाति सभ्यता व जीवन पद्धति में कुर्मांचलीय हस्तक्षेप नहीं करेंगे- ऐसा आश्वासन दिया गया था। ये सभी जातियां क्रूर आतताई रुहेले पठानों के अत्याचार से त्रस्त थे। ये रोहेले पठान इन जन जातियों की स्त्रियों का अपहरण कर लेते थे, उनके साथ सामूहिक अनाचार करते थे।

जबकि देवभूमि के सैनिक अपनी देव संस्कृति व सुसंस्कारों के कारण संयमित होते थे जिससे वे सम्मान के पात्र होते थे। इन जनजातियों को जबरिया मुसलमान बनाये जाने पर भी उनमें रोहेलों के खिलाफ़ कड़ा रोष व्याप्त था।

मुझे माल भाबर की सामाजिक संरचना व भौगोलिक स्थित दोनों का भलीभाँति ज्ञान था। अतः मैंने दुर्गम पहाड़ व मध्यदेश के लिए अलग-अलग रणनीति तैयार कर ली थीं। मैंने माल भाबर में गुप्त रूप से अपने विश्वस्त लोगों को धन मुहैया करा दिया था। पहली बार कई मोर्चों पर एक साथ काम किया गया। युद्ध क्षेत्र में पड़ने वाले ग्रामों में जनवाहिनी बनायी गयी जो सैनिकों को युद्ध के समय असैनिक गतिविधियों में सहयोग प्रदान करेगी।

इतना धन

फकीरा

सारा आकाश घने बादलों के भार से पहाड़ों पर जैसे आ बैठा हो। चारों ओर भयावह काला स्याह दृश्य नजर आ रहा था। इस काले स्याह दिन में समय का ज्ञान लगाना भी कठिन हो रहा था- दोपहर है कि शाम। पंछियों का कलरव नहीं था। वे अपने पंख समेटे पत्तों के भीतर जा छुपे थे। चारों ओर अजीब सी उदासी व खामोशी व्याप्त थी। हवा थम गयी थी, ऐसा प्रतीत हो रहा था कि वह भी आशंका से अपनी साँस रोके किसी की प्रतिक्षा कर रही हो।

पर्वत, उपत्यकाओं और घने जंगलों के बीच-बीच में जैसा पहाड़ों में होता है- जगह-जगह पर छोटे-मोटे गाँव बसे हैं, उनके चारों ओर सीढ़ीनुमा खेत। जहाँ सिंचाई हेतु पानी उपलब्ध है वहाँ हरियाली दिखाई देती है जहाँ नहीं है वहाँ की भूमि सूखी दिखाई दे रही है। ऐसी अधिकांश सूखी भूमि वर्षा पर निर्भर है। आज यदि बादल की मेहरबानी रही तो कुछ तो इन सूखे खेतों में बोया जा सकेगा?

मकान भी इन्हीं सीड़ीनुमा खेतों पर कतार के रुप में बने हैं जो दूर से सुन्दर दृश्य का निर्माण करते हैं।

अब घने बादलों के कारण चारों ओर अंधेरा घिर आया है। गाँव के लोग जंगलों, खेतों से घर लौटने के लिए उतावले लग रहे हैं। कोई जंगल से लकड़ी

का गठ्ठर लादे लौट रहा है, तो कोई खेतों से अनाज या साग सब्जी की छापरी सिर पर लादे तेज कदमों से घर की और लपक रहा है।

गंगाराम भी अपने दो बैलों को हाँकता अपने घर की ओर लौट रहा था। हरे भरे खेतों के मध्य के मार्ग पर उसके बैल खेत में मुँह मारने का प्रयास कर रहे हैं; किन्तु उनके मुँह पर जाल बँधा है जिसके कारण गंगाराम निश्चिंतता के साथ उनके पीछे चल रहा है। फिर भी बैल हरे भरे खेत को देख अपनी भूख के कारण उत्पन्न इच्छा को रोक नहीं पा रहे हैं। अपना मुँह इधर-उधर झटक रहें हैं। गंगा राम कंधे पर हल व जुवां लादे पीछे-पीछे चल रहा है। कभी-कभी वह बैलों को हरे-भरे खेत की तरफ बेवजह ही रुख न करने के लिए फटकार रहा है। उसके काले बदन में मात्र एक मटमैली सदरी है, नीचे के शरीर में आठ-दस इंच लम्बी लंगोटीनुमा धोती है। यह छोटी-सी धोती उसके कर्मठता से उभरे नितम्बों को ढकने में असमर्थ थी- वे उघड़े थे। उसकी धोती उसके भारी नितम्बों के बीच सिमट गयी थी। गंगाराम को नितम्बों के उघड़े होने की कोई परवाह भी नहीं थी।

मैं अपने घर के छज्जे पर बैठा इस भयावह दृश्य के मध्य हो रही हलचलों को देख रहा था। जैसे ही गंगाराम ने मुझे देखा उसने ऊँचे स्वर में कहा,

"अरे! भाई फकीरा, राम-राम, कब आये राजपुर से।"

मैंने कहा, "आज ही लौटा हूँ, तू भी जल्दी घर जा तेरा लड़का बलवंत भी घर आया है। रास्ते में मुझे मिल गया था। साथ ही साथ गाँव तक आये हैं।" गंगाराम की खुशी का ठिकाना न रहा उसके बैलों को तेज हाँक लगायी और यह कहते हुए आगे बढ़ गया, "ठीक है भाई फकीरा, बाद में मिलते हैं।"

मैं सोचने लगा कि यह गंगाराम कितना कठिन परिश्रम करता है- मालिक का खेत जोतने प्रातः बिना कलेवा किये ही खेत में चला जाता है। दोपहर तक तेज धूप में हल जोतता है और दोपहर में आने वाले खाने की पोटली की प्रतिक्षा करता है। मालिक के घर से आयी खाने की पोटली देख। बैलों को छोड़कर हाँफते हुए किसी पेड़ की छाँव में बैठता है तथा बड़ी बेसब्री से उसे खोलता है। उसमें एक-दो गेहूँ की सफेद रोटियाँ होती हैं शेष पाँच छः काली रंग के मडुवे की रोटियां, थोड़ा सा साग, नमक और प्याज। कभी मालकिन की मेहरबानी हुई तो लोटे में छाँछ मिल जाती थी। पेट की ज्वाला खत्म कर कभी वह पेड़ की छाँव मे लेट जाता था तो कभी काम खत्म करने की चाह में पुनः काम में जुट जाता था। उसे इन जमीन से पैदा होने वाले फसल की

अधिक प्रतीक्षा भी नहीं रहती थी। क्योंकि उसे तो प्रायः मोटा अनाज ही मिलता था फिर भी जीवन चल रहा था। उसकी पत्नी भी मालिक के गाय भैंसों की देखभाल करती थी। उसके बदले उसे रोज एक गिलास दूध व सप्ताह में एक घड़ा छाँछ मिल जाता था। साथ ही मालकिन व उसकी बहुओं के पुराने वस्त्र अलग से मिल जाते थे।

आज उसकी झोंपड़ी में नया उत्साह था। गंगाराम घर पहुँचा तो उसका लड़का बलवंत लपकर आया और उसने अपने पिता के कंधे से हल उतारा और अपने बापू के गले से जा लिपटा। गंगाराम ने भी अपने बलिष्ठ पुत्र को जोर से गले से भींचा, अगले ही पल उसे अपने से विलग कर बोला, "अरे बलवंत! कैसा है बेटा? अरे! मुझसे न लिपट पसीने व धूल से मैं अटा पड़ा हूँ तेरे ये साफ कपड़े मैले हो जायेंगे।"

लेकिन बलवंत ने उसकी बात की परवाह न करते हुए पुनः बापू को जोर से गले से भींचे रखा। गंगाराम की आँखों से अश्रु निकल पड़े। बगल में खड़ी गंगाराम की पत्नी भागवंती भी अपनी मैली धोती से अपने गीले गालों को पोंछ रही थी। बहुत समय बाद गंगाराम के घर पर खुशियों आयी थी।

दोनों पति-पत्नी बलवंत के साथ अन्दर जा बैठे। भागवंती अपनी रसोई में जाकर शीघ्रता से दूध गरम करके बलवंत को थमाते हुए पूछने लगी, "बेटा बल्लू! फौज में कैसा लग रहा है? खाना मिलता है कि नहीं, बड़े लोग तंग तो नहीं करते है?"

कई प्रश्न एक साथ। गंगाराम ने कहा, "अरे! भागुली एक साथ सब पूछ लेगी। उसे दूध तो गले में उतारने दे।"

बलवंत ने माँ को अपने निकट खींच लिया और उसे अपनी बलिष्ठ बाहों में लपेटते हुए कहा, "माँ! मेरा शरीर देख रही हो खाना न मिलता तो हट्टा-कट्टा हो रहा होता?"

उसने दूध गटक लिया और गिलास भूमि पर रखते हुए कहा, "माँ! फौज में जाकर बहुत अच्छा लगा। वहाँ जाकर मैंने बहुत कुछ सीखा है। हम लोग तो इस गाँव में रहकर कूपमण्डूप बने रहे। वह तो धन्यवाद चाचा फकीरा का जिन्होंने हमें फौज में भर्ती होने के लिए प्रेरित किया।"

भागवंती ने चिंता दिखाते हए कहा, "लेकिन बेटा सुना है कि लड़ाई लगने वाली है भाबर से मलेच्छ फिर पहाड़ की ओर चढ़े आ रहे है कल

मालकिन कह रही थी।''

''अरे माँ! में कोई अकेला थोड़े ही हूँ, हमारे ही गाँव के बीस-पच्चीस लोग मेरे साथ हैं। मेरी सेना की टुकड़ी में पाँच सौ सिपाही हैं, डर किस बात का? इस बार हमारी सेना मलेच्छियों के छक्के छुड़ा देगी।''

''मुझे लड़ाई का नाम सुनकर ही डर लगता है।''

''माँ! डरने की बात नहीं है, हमें तमाम तरह के हथियार चलाने का अभ्यास कराया गया है। हमारी सेना कोई थोड़ी संख्या में नहीं है इस बार कूर्मांचल की सेना कई हजारों में है, तू चिंता छोड़। देख मैं तेरे लिये क्या लाया हूँ।''

बलवंत ने अपने लोहे की पेटी खोली उसमें से सबसे पहले उसने अपनी माँ को अल्मपुरी की प्रसिद्ध बाल मिठाई का डिब्बा दिया। उसे देखकर भागुली ने पूछा, ''यह क्या है बल्लू?''

''माँ! खोलकर देख, खाकर बता।''

भागुली ने बड़े जतन से गत्ते से बना डिब्बा खोला। उसमें सफेद-सफेद दाने लगे कुछ टुकड़े-टुकड़े थे। भागुली ने कभी ऐसी मिठाई देखी नहीं थी। उसने डिब्बे से एक टुकड़े को उठाया और उलट-पलट कर देखने लगी। तभी बलवंत ने अपनी माँ का वह हाथ थामा जिससे वह मिठाई के टुकड़े को उलट-पलट कर देख रही थी और उस मिठाई के टुकड़े को उसी के हाथ से उसके मुँह में जबरन डाल दिया। भागवंती उसे चबाने लगी। ऐसी स्वादिष्ट मिठाई वह पहली बार खा रही थी। उसने तो मकर संक्रान्ति पर लगने वाले उत्तरायणी के मेले में जलेबी खाई थी, बस। उसे ज्ञात ही कहाँ था कि ऐसी भी मिठाई होती है। उसने एक मिठाई का टुकड़ा गंगाराम के मुँह में भी डाला। दोनों बड़े चाव से मिठाई खा रहे थे। अगले ही क्षण बलवंत ने अपनी माँ के हाथ में कुछ कपड़े रखते हुए कहा, ''माँ! तूने आज तक नये कपड़े कभी नहीं पहने हैं। आज तू यह नये कपड़े पहन। भागवंती निश्चय ही भाग्यवंती थी। वह साड़ी व अन्य कपड़ों को उलटती-पलटती, देखती रह गयी। बलवंत ने अपने बापू को धोती व कुर्ता थमाते हुए कहा, ''बापू! आपने भी कभी अपने लिए नये कपडे नहीं बनाए, कभी पैसे हुए तो आपने मेरे लिए नये कपड़े बनवा दिये। आज आपका बेटा कमाने लगा है, अब आपको अधिक मेहनत का काम करने की जरूरत नहीं है।''

गंगाराम की आँखें डबडबा गई। उसके जीवन में एक नया सवेरा आ गया था। उनकी खुशियों की सीमा ही न रही; किन्तु अभी खुशियाँ उनके जीवन में आनी शेष थी। बलवंत ने अपने लोहे के पेटी के नीचे से एक पोटली निकाली और बापू की ओर करते हुए कहा, ''बापू! यह लो इसमें मेरी कमाई का पैसा है।'' गंगाराम ने झिझकते हुए ढीले हाथों से पैसों की पोटली हाथ में ले ली; परन्तु जैसे ही उसने ढीले हाथ से उसने पोटली पकड़ी वह नीचे गिरते-गिरते बची क्योंकि वह गंगाराम की सोच से कहीं अधिक भारी थी। गंगाराम चकित होकर पोटली को देखता रहा। हिचकते हुए उसने बलवंत से पूछा, ''बल्लू, इतना पैसा सचमुच तेरी कमाई का है?''

बल्लू ने गर्वीले स्वर मे कहा, ''बापू! खाना पीना तो सब वहाँ मिलता ही है साथ में प्रत्येक माह वेतन भी मिलता है। हम सदैव फौज के साथ ही रहते हैं इसलिए अधिक खर्च होता ही नहीं है।''

गंगाराम ने पोटली खोलकर भागवंती के सामने रख दी। दोनों इतना रुपया देखकर एक-दूसरे को देखने लगे। उन्होंने तो इतना रुपया एक साथ कभी देखा ही न था। भागवंती तो उसे टटोलने, उलटने-पलटने लगी। इतने रुपयों से वह क्या करेगी? वह सोचने लगी। वह सोच रही थी कि क्या फौज में इतना रुपया मिलता होगा? बल्लू सच तो बोल रहा है न? कहीं गलत-सलत काम से तो नहीं कमाया है? लेकिन तभी फकीरा की कही बात उसे याद हो आयी-उसने कहा था, ''फौज में भर्ती होने पर वहाँ खाना पीना तो अच्छा मिलेगा ही, साथ ही जब फौजी छुट्टी में घर लौटेगा, तो उसे उसके द्वारा कमाई गयी तनख्वाह भी एक मुश्त मिलेगी।'' आज उसकी बात सच साबित हुई थी।

भागवंती के मस्तिष्क में जरूर यह चिंता थी कि लड़ाई में कोई होनी-अनहोनी न हो जाये; किन्तु आज वह धनवान हो गयी थी। आर्थिक परेशानियों की समाप्ति हो गयी थी। भागवंती सोच रही थे कि उधारी के लिए जो दुकानवाला रोज-रोज उसे टोकता है, साथ ही उधारी के कारण मुझे उसकी ओछी नजरों को भी झेलना पड़ता हैं। सबसे पहले उसके मुँह में उसका उधारी का पैसा मारूँगी।

गंगाराम सोच रहा था कि यदि बल्लू गाँव में मेरी ही तरह हल जोत रहा होता तो मेरे जैसे ही फटेहाल रहता। अपने इकलौते पुत्र को अपने से दूर फौज जैसे जोखिम भरे काम पर भेजने पर दुख जरूर हुआ था; परन्तु क्या बिना कुछ गँवाये कुछ प्राप्त होता है? हम जरूर अपने पुत्र से दूर है; किन्तु वह हमें नया

सवेरा भी तो दिखा रहा है। हम अब हम आर्थिक तंगहाली से निजात पा चुके थे। इससे हमारे भीतर एक नया उत्साह व आत्मबल आ गया है।

क्या मनुष्य के जीवन में धन का सबसे अधिक महत्व है? क्या धन ही मनुष्य का प्रभु है? निर्धन मनुष्य को लोग कैसी दृष्टि से देखते हैं? अपने से दूर रखते है। कहीं वह धन की माँग न कर ले। गंगाराम सोचने लगा कि इसमें निश्चय ही सत्य है कि इस कलयुग में धन ही संसार का प्रभु है। सभी उसके अधीन हैं, जो नहीं है वे हमारी तरह यत्र-तत्र गरीब व विपन्न है। कलयुग में तो धन से ही आदर खरीदा जाता है, पद खरीदा जाता है। धन से आनंद की प्राप्ति की जा सकती है। लोगों का ईमान खरीदा जा सकता है।

तभी उसका हृदय तीव्र भावों से भर गया। वह बलवंत के फौज में जाने तथा मलेच्छों के साथ लड़ाई के बारे में सोचकर चिंतामग्न हो उठा, कहीं उसे लड़ाई में कुछ हो गया तो हमारा क्या होगा?

मैं फकीरा, इस बात से खुश था कि मैंने कम-से-कम इन विपन्न मनुष्यों के भीतर धन प्राप्त करने की लालसा तो उत्पन्न कर ही दी थी, उसके लिए इन्हें कुछ बलिदान तो करना ही पड़ेगा।

आशायें, शंकाएं, चिंताए मनुष्य के जीवन में तो सदैव किसी न किसी रूप मे विद्यमान रहेंगी ही।

निर्णायक युद्ध की तैयारी

राजा कल्याण चन्द्र

एक बड़ी हार ने मुझे काफी कुछ सिखाया था। दूसरी ओर समाज के सभी वर्गों के भीतर सूर्यदेव के सुप्रसिद्ध कटारमल मंदिर, माँ राजराजेश्वरी नन्दा देवी के मन्दिर सहित सैकड़ों मंदिरों को रुहेले पठानों द्वारा खण्डित किए जाने के कारण गहरा रोष व्याप्त था जो हमारी एकजुटता के लिए महत्वपूर्ण था। वीर बुद्धिमान सेनापति शिवदेव ने सभामध्य अपना संबोधन रखते हुए कहा था, ''हम कुर्मांचल के निवासी शत्रु की सर्वथा क्रूरतापूर्ण व अप्रत्यासित प्रहार से भयजड़ अवश्य हुए थे; किन्तु माँ नन्दा देवी के अपमान से प्रजा में भीतर ही भीतर भारी आक्रोश उफन रहा है। आज हमने ब्राह्मण, क्षत्रिय, वैश्य व शूद्र

सभी को अपनी सेना में सम्मिलित कर लिया है। हमारे हजारों सशस्त्र सैनिक बांधव रुहेले क्रूर अत्याचारियों को दण्डित करने के लिए मानो देवभूमि की धरती से फूट पड रहे हैं। तब विजय माँ नन्दा देवी के वीर पुत्रों की होगी इसमें संशय नही हैं।''

उत्साहित करने वाले गम्भीर वक्तव्य से प्रजा में उत्पन्न उत्साह एवं आवेश को देखकर मैंने भी भीड़ भरी सभा को संबोधित करते हुए कहा था, ''देवभूमि के पुत्रो। शत्रु ने पूरा बल लगाकर हमारे तीर्थ स्थान, मर्मस्थल पर जो प्रहार किया है उसके प्रत्युत्तर में हमें उतना ही कड़ा प्रतिप्रहार करना होगा। यदि हम ऐसा न कर पाए तो रुहेलों के साथ यह द्वितीय युद्ध हमारे सर्वनाश का कारण बन जाएगा। इन विधर्मी रुहेलों ने हमारे कुर्मांचल को कमजोर ही नहीं किया है अपितु हमारी धर्मप्राण जनता के मनोबल को भी ध्वस्त करने की चेष्ठा की है। हमारी धर्म परायण प्रजा माँ राजराजेश्वरी नन्दा देवी के मन्दिर खण्डन को देवी प्रकोप की तरह मान रही है। हमें उनके मनोबल को गिरने से बचाना होगा। मनोबल क्षीण हो जाने के कारण ही तो हम बिना युद्ध किए ही भाग खड़े हुए थे। इस बार हमें अपने प्राणों की चिंता किये बिना उन्हें किसी भी परिस्थिति में उखाड़कर फेंकना ही होगा। मालभाबर को रुहेलों के चंगुल से छुड़ाना ही होगा। आज हमारे साथ हमारे बाँधव गढ़ नरेश प्रदीप्त शाह हैं। जो हमें आर्थिक, नैतिक व सैन्य सहायता दे रहे हैं। आज डोटी नरेश ने भी रुहेलों के विरूद्ध युद्ध में हमें सहयोग देने तथा युद्ध की जीत की कामना व्यक्त की है। इस प्रकार हमारी दोनों सीमाऐं सुरक्षित हैं जो पहले नहीं रहती थीं। पहले हमें कई मोर्चों पर एक साथ लड़ना पड़ता था। आज हमें एकाग्र होकर रुहेलों पर विजय पाने के लिए संलग्न हो जाना है। विजय निश्चित ही हमारी होगी।''

मेरे सम्भाषण के समाप्त होते ही चारों ओर से ''हर-हर महादेव'' ''जय माँ नन्दा देवी'' ''जय बद्री विशाल'' के स्वर अल्मपुरी में गुँजयमान होने लगे। सेना के साथ ही प्रजा भी रुहेलों को सबक सिखाने के लिए कटिबद्ध नजर आने लगी।

मेरे राज्य के उजड़े ग्राम बसने लगे थे, हाट-बाजार सजने लगे थे। युद्ध के दौरान लूट, आगजनी, अत्याचार, अनाचार के कष्टमय क्षणों की स्मृतियां धीरे-धीरे धूमिल होने लगी थी। स्वजनों को खोने की पीड़ा जीवित रहने की ललक व गतिमान नवजीवन के कारण कम हो चली थी। धर्म परायण प्रजा ने मन्दिरों में रुहेलों के अपवित्र पदचिन्हों को मिटा दिया था। लेकिन अल्मपुरी में

भग्न भवनों एवं जली इमारतों के घाव अभी ताजे थे।

प्रजा के मध्य मैंने जो भय का वातावरण अपने साम्राज्य को बचाने के लिए बनाया था। वह ढह चुका था। तब मैं इतना ही जानता था कि कोई किसी भी स्थिति मे मेरी सत्ता को चुनौती न देने पाये। कहीं से थोड़ी सी आलोचना या विरोध के स्वरों को मैं अपने विरूद्ध विद्रोह मानता था। उसका दमन में क्रूरता के साथ करता था। मेरे चारों ओर फैले चक्रव्यूह का भी यही मानना होता था। किन्तु आज की विषम परिस्थितियों में भी कमजोर पड़ी अल्मपुरी के प्रशासन तंत्र को देखकर भी कोई चन्द्रवंशी अल्मपुरी पर अपना दावा प्रस्तुत नहीं कर रहा था। कोई चालबाजी नहीं कर रहा था। रुहेलों से हुई हार से सब स्तब्ध व संत्रास में थे जबकि कुछ पद लोभी, सत्ता लोभी व धन लोभी सदैव ऐसे मौकों की तलाश में रहते ही है।

मैं सोचता- ऐसा पहली बार के युद्ध में क्यों नहीं हुआ? मुझे इस विषय पर विचार करने का अवसर मिल गया था। मैं सोचता कि मुझे आज पहले की तुलना में परिस्थितियों का विश्लेषण करने की सामर्थ आ गयी है। शायद हार तथा सात माह के बनवास काल ने मुझे कई विषयों पर गहराई से एंकात में सोचने का अवसर दिया था। ये दुर्भाग्य के दिन भी सम्भवतया विधाता ने मेरी समझ बढ़ाने के लिए ही निर्मित किये होंगे।

तब गढ़वाल से लौटकर मैंने उन ब्राह्मण परिवारों की प्रर्याप्त सहायता की जिन्हें मेरे प्रारम्भिक शासन काल में विद्रोही मानते हुए मारा गया था या अंधा बना दिया गया था। पं0 शिवानन्द पाण्डेय व पंडित शिवदेव जोशी ने इन कार्य को भली भाँति सम्पन्न किया था, जिससे कुर्मांचल का विद्वान ब्राह्मण समाज आज शासन तंत्र के साथ एक जुट था। दूसरी ओर चन्द्रवंशियों तथा अन्य क्षत्रियों के राज परिवार में विश्वास का वातावरण तैयार करते हुए उन्हें विभिन्न राजकीय पदों में तथा सेना में महत्वपूर्ण स्थान दिया गया था। अब मैं इस भय से मुक्ति पा चुका था कि कोई चालबाजी करके मेरे राजसिंहासन को हड़प लेगा। राजसिंहासन से आसक्ति का भाव कम हुआ था। निश्चय ही आसक्ति आपको निष्पक्ष न्याय करने में बाधा पहुँचाती है। जब आप अनासक्त होकर न्याय करते हैं तो वहाँ भय या पक्षताप का स्थान नहीं होता है। मेरे ऐसे विचार जानकर पड़ोसी देशों में जा बसे क्षत्रिय राजवंशी वापस अल्मपुरी आकर मुझे सहर्ष सहयोग देने लगे थे। मैंने अपने सभी पूर्वाग्रह त्यागकर उन्हें सम्मान सहित यथोचित स्थान, पद व सम्मान प्रदान किया था। इसी प्रकार वैश्य व शूद्र

वर्गों में एक अनोखा उत्साह था। इन जातियों के सभी युवाओं को सेना में भर्ती कर लिया गया था। अब सभी जातिवर्ग के लोग एकजुट होकर सेना में सम्मिलित थे-रुहेलों को हराने की जुगत में लग गये। चारों ओर उत्साह था। शूद्र वर्ग के वीर पुत्रों को प्रथम बार अपना रण कौशल दिखाने का अवसर मिला था; वह अपना रण कौशल व बल दिखाकर यह साबित करना चाहते थे कि वे क्षत्रिय व ब्राह्मण युवाओं से कम नहीं है।

राजराजेश्वरी माँ नन्दा देवी इन रणबाँकुरों को देखकर निश्चय ही प्रसन्न हो रही होंगी। न्याय का देवता भी जिसने अत्याचार, अनाचार, छुआछूत व जातिभेद के विरूद्ध लड़ने के लिए संन्यासी से योद्धा का रूप धारण किया था। आज वह निश्चय ही अपना आशीर्वाद दे रहा होगा। मैं यह सोचते-सोचते कह उठा था- ''देवभूमि की जय होगी, निश्चित ही होगी।''

युद्ध की ओर

शिवदेव जोशी

रुहेले पठानों के नापाक कदम फिर देवभूमि की ओर बढ़ रहे थे। माल भाबर उनके कब्जे में पहले से ही था। वैसे भी माल भाबर के मैदानों में उनकी विशाल सेना से पार पाना कठिन था। युद्ध परिषद ने एकजुट होकर यह रणनीति तैयार कि थी कि पहले रुहेलों को पहाड़ पर चढ़ने दिया जाय, तब उन पर आक्रमण किया जाएगा। गुप्तचरों से सूचना मिली थी इस आक्रमण की कमान इस बार हाफीज रहमत खाँ के हाथ में न होकर नजीब खाँ के हाथों में है। नजीब खाँ को पहाड़ी युद्ध का उतना अनुभव नहीं था जितना रहमत खाँ को था। यह हमारे लिए एक अच्छी खबर थी। यह भी सूचना थी कि वे बाड़ाखेड़ी के बटेषर दुर्ग, जो असलत खाँ के नेतृत्व में अभी भी रुहेलों के अधिकार में था, उस दुर्ग पर कब्ज़ा जमाए रखना चाहते थे।

हमने प्रण कर लिया था कि नजीब खाँ के माल भाबर को पार कर बड़ी सेना के साथ बटेषर पहुँचने से पूर्व ही हम बटेषर के सामरिक महत्व के दुर्ग पर कब्जा कर लें तथा नीचे मैदान से ऊपर चढ़ती रुहेलों की फौज पर जबरदस्त प्रहार कर उन्हें नीचे की ओर खदेड़ देगें। उन्हें किसी भी परिस्थिति में दुर्ग पर

कब्जा न करने देगें-मैंने यह ठान ली थी। मैंने अपने सहयोगी हरिराम, सुमेरसिंह, जैकृष्ण, हरिमल्ल, जैमल्ल, जीवनवाहक, चंदिसिंह, वीरधर्मू आदि के साथ मिलकर यह निर्णय ले लिया कि होली के तुरन्त बाद बटेषर दुर्ग पर धावा बोल देना है। बटेषर के दुर्गपाल असलत खाँ के पास चार-पांच सौ सैनिक थे। नजीब खाँ अपनी विशाल सेना लेकर जब तक बटेषर पहुँचे, हम बटेषर पर पहले ही कब्जा कर चुके होंगे। नजीब खाँ रुद्रपुर पार कर हल्दूचौड़ की ओर बढ़ रहा होगा। तब तक हम बटेषर के दुर्ग में अपनी स्थिति मजबूत कर लेंगे।

उधर गूढ़ राजनीतिज्ञ पंडित शिवानन्द, मुगल बादशाह नसीरुद्दीन मुहम्मद शाह से मिलने पहले ही जा चुके थे, किन्तु हमें युद्ध की तैयारियों में कोई कोर-कसर नहीं छोड़नी थी।

अग्रणी व श्रेष्ठ ज्योतिषि रमापति द्वारा आगणित विजयी मुहूर्त पर ढोल, भेरी और तूर्यनाद से दिग-दिगंत काँपने लगे। नगाड़े पीटे जाने लगे। वाद्य यंत्रों के ऊँचें स्वरों ने वातावरण को और भी उन्मत्त एवं प्रचंड बना दिया था। इसी बीच भीम के समान बलिष्ठ शरीर वाले राजा कल्याण चंद के सेना सहित युद्ध भूमि को प्रस्थान करते समय ब्राह्मणों के समूह ने स्वस्तिवाचन किया तथा शंख फूँके।

हजारों की संख्या में वीर योद्धाओं की विशाल सेना भीमताल की ओर प्रस्थान कर गई। मेरे साथ प्रमुख योद्धाओं में थे- सस्त्रगार के प्रमुख चन्द्रिसिंह वीरयोद्धा रणजीत सिंह, कराल केसरी सिंह, पद्मसिंह, नरिया, निऊण, सुरतानक, बलवंत, फकीरा, गजसिंह, हिम्मत सिंह, नाहन राज्य से आये वीरों की टोली के प्रमुख धर्मुसिंह, जैकृष्ण जोशी, हरिराम जोशी, वीरवल्लभ पाण्डे आदि अपनी-अपनी सैनिक टुकड़ियों के साथ रणप्रतिज्ञा लेकर चल दिये थे।

उसी समय अन्य सैन्य शिविरों से भी उल्लास के साथ प्रतिशोध की भावना के साथ बड़ी संख्या में सैन्य दल मुख्य सेना में सम्मलित होने के लिए चल दिए थे। इन सैन्य टुकड़ियों का नेतृत्व कुंवर कृष्ण सिंह कर रहे थे। जिनके साथ वीर योद्धा जीवनवाहक, जैमल, रुद्रदत्त, वृद्ध सुमेरू सिंह आदि सेना नायक थे।

एक अन्य सैन्य टुकड़ी का नेतृत्व फर्त्याल दल के तेजसिंह सँभाले हुए थे, जिनके साथ अनुभवी वीर योद्धा बीरबल सिंह, नाहर सिंह, श्याम सिंह, तेज सिंह, दीवानी, गोपूराम, मंगतराम, रामदत्त पंत, परमानंद आदि थे।

इन सभी दलों को भीमताल में एकत्र होने का आदेश था, जहाँ से बटेषर के किले पर धावा बोला जाना था।

दो दिन बाद बटेषर से कुछ दूर अपना सैन्य शिविर सुदृण कर मैंने युद्ध मंत्रणा प्रारम्भ की। हमें ज्ञात हो चुका था कि रुहेलों की एक बड़ी सेना नजीब खाँ के नेतृत्व मे तेजी से बटेषर की ओर बढ़ रही है हमें उसके बटेषर पहुँचने से पहले ही किले पर कब्जा करना था। इसी रणनीति के तहत हमने अगले प्रातः बटेषर के किले पर धावा बोल दिया। बहादुर असलत खाँ ने जमकर मुकाबला किया; किन्तु उसके पास लगभग चार-पांच सौ सैनिक थे, उसने किले के भीतर होने का फायदा अवश्य उठाया और हमें पूरे एक दिन किले में घुसने से रोके रखा। वह इस रणनीति से काम कर रहा था कि वह हमको तब तक रोके रखे जब तक कि उसकी सेना बटेषर न पहुँच जाय ताकि हमारी सेना को दोनों तरफ से युद्ध झेलना पड़े। हम इसका उल्टा चाहते थे। भीषण युद्ध हुआ हमारी विशाल सेना के आगे के दबाव को वह सह न सका और रात्रि के अंधकार में अपने बचे खुचे सैनिकों के साथ वह किले से भाग खड़ा हुआ। रुहेलों की सेना जब तक पहाड़ पर चढ़ती तब तक हमारा कब्जा बटेषर के सामारिक महत्व वाले किले पर हो चुका था। चारों ओर राजा कल्याण चंद की जय जय कार के नारे गूँजने लगे।

मैंने अपने योद्धाओं के साथ बैठकर शांति से तय किया कि हमारी आधी सेना किले के भीतर रहेगी तथा आधी सेना किले के उपरी पहाड़ियों पर छिपी रहेगी जैसे ही नजीब खाँ की सेना किले के भीतर प्रवेश करने को होगी तभी वाद्य यंत्रों का संकेत पाकर पहाड़ियों पर छिपी हमारी आधी सेना उन पर बाहर की ओर से धावा करेगी इस प्रकार उसका आगे और पीछे दोनों ओर से हमारे सैनिकों का वार झेलना पड़ेगा। इसी बीच हमारी सेना में अन्य उत्साही कुर्मांचली सैनिक टुकड़ियाँ युद्ध में जुड़ती जाएंगी।

तभी हमें गुप्तचरों ने एक महत्वपूर्ण सूचना दी कि असलत खाँ जो हमें पूरे एक दिन बटेषर से किले के भीतर घुसने से रोके रहा था और अपने मुट्ठी भर सैनिकों के साथ बहादुरी से लड़ते रहा था। जैसे ही भाग कर रोहेलों के सरदार नजीब खाँ की सेना के साथ जा मिला वैसे ही नजीब खाँ ने उसको दुत्कारते हुए कहा, "अरे! मूर्ख तूने बटेषर के किले को क्यों कुर्मांचली सेना के हवाले कर दिया? अरे कायर! पठान कभी पीठ नहीं दिखाता है, तू वहीं मर जाता तो ठीक था।"

असलत खाँ ने उत्तर दिया, “सरदार मेरे मुट्ठीभर सैनिकों ने पूरे एक दिन-एक रात्रि कुर्मांचली सेना से बहादुरी से मुकाबला किया। कुमाऊँ की हजारों की सेना के आगे हमारे चार सौ सैनिक क्या बिसात रखते, फिर मैं उन्हें अधिकतम समय तक येन-केन प्रकारेण रोके था; किन्तु जब मेरे सारे सैनिक मारे गये, मैं घायल हो गया तो मुझे मजबूरन किले से भागना पड़ा।”

नजीब खाँ के साथ उसके दूसरे सिपहसालार चाँद खाँ व मिया खाँ ने भी असलत खाँ को धिक्कारते हुए कहा, “तू कायर है, तू इन कुमय्यों को एक दिन और किले में घुसने से रोक लेता तो हमारा किले पर कब्जा होता। अरे मूर्ख! तुझे अपनी जान देकर भी किले को नहीं छोड़ना चाहिए था।”

गुप्तचर बता रहा था कि असलत खाँ एक वीर योद्धा था; किन्तु जब उसके सरदार ने उसकी इस बात पर प्रसंशा नहीं कि वह एक दिन- एक रात्रि बहादुरी पूर्वक कुम्मयों से लड़ा, कई घाव खा कर भी डटा रहा। उल्टा उसको कायर व मूर्ख कहा, तो वह अपने सरदारों के मुँह से निकले कटुवचनों को सहन नहीं कर सका और उसने अपनी विषबुझी कटार से अपना गला काट लिया। इससे वहाँ बड़ी अफरा-तफरी मच गयी। उसके आत्महत्या करने से रुहेलों का बड़ा नुकसान हुआ था, जिसकी उन्होंने कल्पना नहीं की थी। अगर असलत खाँ जीवित होता तो उन्हें पहाड़ी क्षेत्र में लड़ाई की रणनीति बनाने में बड़ी सहायता प्राप्त होती। यह रुहेलों के लिए अच्छा संकेत नहीं था। असलत खाँ बटेषर दुर्ग के आस-पास के पहाड़ी क्षेत्र के चप्पे-चप्पे से वाकिफ था,वह पहाड़ी युद्ध की कई बारीकियों का अनुभव भी रखता था। उसके आत्म सम्मान को ललकार कर और उसे खोकर रुहेले सरदार को एक बड़ी हानि उठानी पड़ी थी, जिसका उसे भान न था।

वास्तव में वीर पुरुष आत्म सम्मान के लिए अपने प्राणों का कुछ भी मोल नहीं समझते हैं।

असलत खाँ का मरना हमारे लिए शुभ संकेत ही था।

हमने अपनी स्थिति मजबूत कर ली थी, किले के भीतर हमने इतने सैनिक रखे कि नजीब खाँ को लगे कि पूरी सेना किले के भीतर ही है। उसका पूरा ध्यान किले पर कब्जा करने पर लगा रहे। तभी किले से दो मील दूर उँचे पहाड़ो पर छिपे सैनिक संकेत पाते ही उन पर पीछे से आक्रमण कर देंगे। तभी किले का द्वार खुलेगा और दोनों तरफ से आमने सामने का युद्ध कर हम उन्हें हम पछाड़ देंगे।

मैंने सैनिको को ललकारते हुए उँचे स्वर में कहा, ''हम शिव की सौगंध लेते है, हम माँ राजराजेश्वरी नन्दा देवी की सौगन्ध लेते हैं कि हम अपनी देवभूमि पर दोबारा मलेच्छों के पैर नहीं पड़ने देंगे। हमें हमारे मंदिरों, नगरों को उजाड़ने वालों से प्रतिशोध लेने का असर मिल रहा है। हम दुष्टों को ऐसा सबक सिखाएंगे कि वे फिर कभी देवभूमि की ओर रुख नहीं कर सकेंगे। हमने कपट युद्ध में निष्णांत सेना की टुकड़ियों का भी गठन किया है जिन्हें उचित स्थानों पर छुपाकर तैनात किया गया है वे हमारे आदेशों की प्रतीक्षा करेंगे। प्रमुख युद्ध का सेनादल अलग होगा। हमने अपने युद्ध नीति व कल्पना चतुर उच्च कोटि के योद्धाओं को चारों ओर तैनात कर दिया है। प्रथम युद्ध सम्पूर्ण रूप से हमारी प्रशिक्षित सेना लड़ेगी तभी चारों ओर से शत्रु पर हमारी द्वितीय पंक्ति की सेना टूट पड़ेगी, उसके पीछे हमारे युवा व उमंग से भरे दो हजार सैनिक कूद पड़ेंगे पहले ही मुख्य सेना से जूझ रहे रुहेलों पर ये युवा काल की तरह टूट पड़ेंगे और उन्हें हम काल के गाल में पहुँचा देंगे। जहाँ हमारी सेना कमजोर नजर आएगी वहाँ किले से भीतर की सुरक्षित सेना सहयोग के लिए भेजी जाएगी, अर्थात क्रमबद्ध रूप में पूरी सेना एक साथ युद्ध में झोंक दी जाएगी इतनी बड़ी सेना का हमारे शत्रुओं को भान भी नहीं होगा। पहाड़ी युद्ध प्रणाली से अनिभिज्ञ रुहेलों को हमें इन ऊँची-नीची पहाड़ियों में ऐसा उलझाना है कि उनके कदम पहली ही बार में लड़खड़ा जाएं। हमें अपने प्राणों की परवाह न करते हुए प्रथम को अंतिम मानकर प्रहार करना है- विजय निश्चित ही हमारी है। हम या तो मर-कट जाएंगे या जीत को ग्रहण करेंगे। हमारी एकता, हमारी रणनीति, हमारा उत्साह यह प्रकट कर रहा है कि विजय निश्चय ही हमारी है।''

एक ही क्षण में, अचानक सैनिकों के अन्दर विद्युत-सा आवेग कौंध गया। सैनिकों ने एक विशाल पुकार की ''कुर्मांचल शिरोमणि राजा कल्याण चन्द्र की जय।'' किले के उँचे परकोटे पर से राजा कल्याण चंद ने अपनी नग्न तलवार लहराते हुए कहा, ''हर-हर महादेव, मलेच्छों का नाश हो, नाश हो।''सैनिकों में विजय उत्साह था जिसे मेरी अनुभवी आँखे साफ देख रही थी।

विजय

राजा कल्याण चन्द्र

मैं बटेषर के किले के उँचे परकोट पर चढ़ा उत्साही सैनिकों के चमकते भालों, त्रिशूलों, खड्ग-खुकुरियों को देख सकता था। मैंने अपनी स्वर्णमूठ वाली चमचमाती तलवार हवा में लहराई और घोर गर्जना की, ''हर-हर महादेव'' हजारों सैनिकों के समवेत कंठों ने दोहराया- ''हर-हर महादेव'' ''जय महामृत्युजंय महादेव,'' ''जय-जय मृत्युजय महादेव।'' इन प्रकंपित कर देने वाली गर्जना के स्वर रुहेले सैनिकों तक पहुँच कर उन्हें दहलाने के लिए प्रर्याप्त थे।

मेरे सैनिकों का उत्साह चरम पर था। सैनिकों की भीड़ नाना प्रकार के हथियारों से सज्जित होकर देवभूमि की रक्षा हेतु पहाड़ियों में जम गयी। पीछे से प्रजा की सहभागिता को देख कर सैनिकों का उत्साह कई गुना बढ़ गया था। वे हर स्थिति में शत्रु के विनाश करने हेतु अपने जीवन को उत्सर्ग करने के लिए तत्पर दिखाई दे रहे थे।

यह सब उस शिवदेव जोशी ने कर दिखाया था जिसे मैंने रुहेलों के प्रथम युद्धों में सही नहीं आंका था। उस पर शंका की थी कि कहीं वह अपने पिता की हत्या का प्रतिशोध न ले। आज मैं सुनी-सुनाई बातों से नहीं, अपनी आँखों से शिवदेव की सच्चाई का आंकलन कर रहा था। जीत के लिए इस जोश, उत्साह व जीवन को न्योछावर करने की चाह आज शिवदेव ने सैनिकों के भीतर कूट-कूट कर भर दी थी। इस युद्ध को जीवन मरण का प्रश्न बनाकर, रुहेलों के विरुद्ध इसको धर्मयुद्ध का नाम देकर जो उत्साह सैनिकों और योद्धाओं के भीतर में देख रहा था, वह अवर्णनीय था।

ढोल-नगाड़े पीटे जाने लगे। वाद्ययंत्रों की ध्वनियों से पहाड़ियों पर अलग-अलग मोर्चों पर बैठे सैनिकों को संदेश दिये जा रहे थे। इन वाद्य यंत्रों के तुमुल स्वरों ने वातावरण को प्रंचड रणक्षेत्र बना दिया था। शत्रु पहाड़ के नीचे खड़ा था। आज उसे निश्चय ही पहाड़, पहाड़-सा लगने वाला था। जैसे ही रुहेलों की सेना का युद्ध विगुल बजा, शत्रु सैनिक बन्दरों की भाँति पहाड़ पर

चढ़ने लगे।

जैसे ही मैंने अपने वीर सेनापति की सहमति देखी, तलवार उठाकर रणघोष किया, ''हर-हर महादेव,'' ''हर-हर महादेव'' की गूँज के साथ शंख फूँके जाने लगे। उत्साही कुमांचली सेना रोमांचित हो उठी।

बटेषर दुर्ग के पश्चिमी ढलानों में युद्ध आरंभ हो गया। हमें ऊँचाई पर होने का लाभ था। सबसे पहले पत्थरों को लुढ़काया जाने लगा। सैकड़ों रुहेले सैनिक पत्थरों के साथ ही खाईयों में लुढ़क कर जा गिरे, जो आगे बढ़ते जा रहे थे उन्हें सीमित मात्रा में उपलब्ध बन्दूकों का निशाना बनाया जाने लगा। जो सैनिक अधिक करीब आते उन्हें विष बुझे तीरों का सामना करना पड़ रहा था। शिवदेव ने आमने सामने की लड़ाई के पूर्व ही त्रिस्तरीय युद्ध रणनीति तैयार की थी; जो कारगर दिखाई दे रही थी। मैं परकोट पर से चारों ओर युद्ध का निरीक्षण कर रहा था। शिव ने चक्रव्यूह गजब का बनाया था। किले के तीन ओर जहाँ से शत्रु किले पर चढ़ता, सीधी ढलान बनायी गयी थी। ऊपर चढ़ता शत्रु हमारे सैनिकों की नजरों से छुप नहीं सकता था, लेकिन रुहेले भी कम न थे, वे चीटियों की भाँति कतारों में आगे बढ़ते जा रहे थे। वे कम होने का नाम ही नहीं ले रहे थे। उनके पास उच्चकोटि की बन्दूकें थी। जिससे हमारे अनेक सैनिक हताहत हो रहे थे, उधर हमारे बन्दूकों के बारूद खत्म होने को थे। पत्थरों को लुढ़काना बंद कर दिया गया था क्योंकि अब हमारे सैनिक रुहेलों की ओर बढ़ रहे थे। अब युद्ध आमने-सामने का था। असली वीरता दिखाने का समय आ चुका था। गगन भेदी नारे दोनों ओर से गूँज रहे थे।

तलवारें खनकने लगी, खुकुरियाँ चलने लगी, त्रिशूल-भाले लहराने लगे। पहाड़ों पर चढ़ने में अभ्यस्त मेरे सैनिक रुहेलों की सेना में तबाही मचा रहे थे। रुहेलों के ऊपर चढ़ते सैनिक हाँफने लगते थे; किन्तु तभी नजीब खाँ चाँदखाँ, मियाँ खाँ आदि रुहेले सेनापतियों ने मोर्चा सँभाला। वह घोड़ों में सवार थे उनकी तलवारें कहर बरपा रही थी। उन्होंने ''अल्ला हो अकबर'' का गम्भीर घोष किया और अपनी विशाल सेना को युद्ध में झोंक दिया। काले वस्त्रों में लम्बे चौड़े पठान काले यमदूतों की भाँति दिखाई दे रहे थे। चारों ओर काले वस्त्रों वाले सैनिक अधिक दिखाई देने लगे थे। मैं कुछ चिंतित हुआ था, तभी तूरी से विशेष आवाजें आने लगी, शंखों से विशेष प्रकार की ध्वनि गूँजने लगी। संकेत था पहाड़ों के पीछे छिपे सैनिक युद्ध में कूद पड़े। संकेत मिलते ही पहाड़ी जंगलों में छिपे हजारों युवा व उमंग से भरे कुमांचली वीर ''हर-हर

महादेव'' ''चन्द्रचूड़ामणि राजा कल्याण चंद की जय हो'' के नारों के साथ युद्ध भूमि में कूद गये। रुहेले पठान पीछे से आती गम्भीर रण गर्जनायें देखने पीछे मुड़े, अब वे दोनों ओर से घिर गये थे। शिवदेव घोड़े पर चढ़कर दौड़-दौड़ कर सैनिकों का उत्साह बढ़ा रहा था। उसने जोर से कहा, ''देवभूमि के वीरों ऋण चुकाने का क्षण आ गया है। माँ नन्दा देवी के आंगन को अपवित्र करने वालों के हाथों को काटने का क्षण है, अपने प्राणों का दान करके भी हमें कर्ज चुकाना है।''

ऐसे वचनों को सुनकर योद्धा श्रेष्ठ सुरतानक, जिऊण, नरी आदि युद्ध में ऐसे कूद पड़े जैसे नदी में तैर रहे हों। उनकी वीरता को देख कर विशाल शरीर वाले काली कुमाँऊ के वीर श्यामसिंह अपना विशाल खड्ग लहराते हुए शत्रुओं के सिरों को काटते हुए सरदार नजीब खाँ के सामने आ डटे। भयानक युद्ध हो रहा था, नजीब खाँ पर संकट आता देख मियाँ खाँ उसकी ओर लपका। अब वह काली कुमाऊँ का योद्धा चारों ओर से घिर चुका था, उसकी सहायता के लिए कुमाँऊ के कर्मवीर लपके; परन्तु उन्हें काले सैनिकों ने घेरे के भीतर न जाने दिया। भीषण युद्ध करते हुए काली कुमाँऊ के इस वीर योद्धा ने अपना जीवन देवभूमि को अर्पित कर दिया। जैसे ही नजीब खाँ पलटा उसका सामना कुमाँऊ के वीर जैकृष्ण व नाहर सिंह से हुआ। तभी कुंवर कृष्णदेव सिंह भी अपनी सैन्य टुकड़ी के साथ उनके मध्य जा पहुँचा। भीषण युद्ध होता देख नजीब खाँ ने चाँद खाँ को आगे कर अपना पीछे हटने का फैसला लिया। यह देख कुँवर कृष्णदेव दुगने उत्साह से रण में छा गये। कुवंर कृष्णदेव की सुरक्षा में लगे प्रवीण पन्त और वीरवल्लभ आदि शत्रु समूह को गाजर-मूली की तरह काट रहे थे। चारों ओर उनकी तलवार चमकती देख हर-हर महादेव की गूँज होने लगी। तभी वीरवल्लभ बन्दूक की गोली के शिकार हो गये। कई वीर सैनिको की भांति ही इस वीरनायक ने भी देवभूमि की रक्षा में अपना बलिदान दे दिया। उसके खाली स्थान को तुरन्त ही रणजीत सिंह तथा फर्त्याल दल के शीर्ष कराल केसरी सिंह ने भर दिया। नजीब खाँ नजर नहीं आ रहा था। तभी सेनापति शिवदेव जोशी मेरे करीब आये। उन्होंने कहा, ''राजन! हमें युद्ध आज ही समाप्त करना है, आप ऊँचे परकोटे से देखें। मैं यह मानता हूँ कि सेना के प्रमुख को यदि मार गिराया जाय तो पूरी सेना में खलबली मच जाएगी। राजन! मैंने कई सैन्य अभियानों से यह सीखा है कि यदि सेना के प्रमुख को हरा दिया जाय या हत्या कर दी जाय तो क्षणभर में ही सारा युद्ध

बिखर जाता है और उसके सैनिक भाग खड़े होते हैं। मैं ऐसा ही एक प्रयत्न करता हूँ, मैं जान हथेली में रखकर नजीब खाँ पर हमला करता हूँ। इसी कारण से मैंने आपको भी सीधे युद्ध में सम्मिलित नहीं किया है। रणभूमि में कुछ ही क्षणों में क्या-क्या हो जाता है-निश्चित नहीं। रणभूमि में मेरे लिए यह स्वर्ण अवसर है, मैं वेश बदलकर नजीब खाँ को खोजकर सीधे उस पर प्रहार करता हूँ। यदि मैं सफल रहा तो यह युद्ध वही पर समाप्त हुआ समझायेगा, जीत हमारी होगी। यदि मैं देवभूमि के काम आया तो फिर इन्द्रलोक में भेंट होगी।''

यह कह कर शिवदेव ने मेरी आज्ञा की प्रतिक्षा किये बिना ही युद्ध भूमि में छलाँग लगा दी। उसका अश्व हवा में उड़ने लगा। मेरा हृदय भावों से भर गया। यह वही शिवदेव है जिसके पिता व भाई को मेरे सलाहकारों ने विद्रोही होने के झूठे आशंकों में मेरे हाथों मृत्युदण्ड दिलवाया था। आज वह चाहता एक झटके में मेरे सिर को धड़ से अलग कर प्रतिशोध ले सकता था; किन्तु वह कुछ अलग माटी का बना था। उसे देवभूमि से प्यार था उसे धर्म-संस्कृति से प्यार था। जिसके लिए उसने मेरे उस दुष्कर्म को भी भुला दिया था।

मैं सोचने लगा मित्र कौन है- वह जो मेरे दुखी होने पर रोने के लिए आ खड़ा हो या मित्र वह है जो दुखों को कम करने का प्रयास करें। आज इस रणक्षेत्र में खड़ा मैं सोच रहा था कि जीवन के प्रारम्भिक काल के दुखों के कारण मेरे भीतर की कोमलता नष्ट हो गयी थी। मैं उस मनोवृत्ति का भी गम्भीर अध्ययन कर रहा था। मैंने माँ नन्दा देवी से प्रार्थना की कि वह मुझे इस मित्र से पृथक न होने दे। मुझे आगे की जीवन पथ पर इस शिव की महती आवश्यकता पड़ेगी। हे महादेव! इसकी रक्षा करना।

शिवदेव मेरी नजरों से ओझिल हो चुका था। चारों ओर घोर युद्ध चल रहा था। मैंने स्वयं से पूछा, ''क्या हम इस धर्मयुद्ध में विजयी हो पाएंगे? कहीं हम म्लेच्छों के गुलाम तो नही बन जाएंगे?''

तभी एक पहाड़ी के उपर से उँचे स्वरों में ''हर-हर महादेव,'' ''जय ज्वाला देवी'' के स्वरों को सुनकर मेरा ध्यान उस ओर गया। मैं दंग रह गया वह सिरमौर राज्य का वीर धर्मु था। उसने परकोटे के नीचे खड़े हो, ऊँचे स्वर में कहा, ''राजन कल्याण चंद! सिरमौर और कुमाऊँ की सदैव एकता रही है हम स्वधर्मी व नाते रिश्तेदार भी हैं। आज नाहन की फौज आपकी सहायता के लिए अभी तक यहाँ नहीं पहुँच पायी है; किन्तु मेरी नाहन की यह छोटी-सी सेना की टुकड़ी आपको उनकी कमी नहीं होने देगी।''

इतना कहकर वह वीर धर्मु, ''जय मां ज्वाला देवी'' की हुंकार भरकर रणाग्नि में कूद पड़ा। उसकी हुंकार सुनकर कुर्मांचली वीर भी दोगुने उत्साह से साथ शत्रुओं से भिड़ने लगे।

मैं परकोटे से साफ देख रहा था कि नाहन का यह वीर धर्मू दोनों हाथों से तलवार चलाता और सेना में घुस गया। उसकी वीरता किसी ने छुपी नहीं थी; किन्तु मैं आज साक्षात देख रहा था। इसी कारण शिवदेव ने उसके अधीन पाँच सौ सैनिकों के साथ उसे अपने पीछे पीछे आने का आदेश दिया था ये दोनों वीर सेना को चीरते हुए नजीब खाँ के निकट पहुँचने का प्रयास करने लगे। शिवदेव ने अपने ऊपर काले रंग का चोंगा पहन लिया था जिसके कारण वह नजीब खाँ के निकट जा पहुँचे, अब वह नजीब खाँ पर वार करने की स्थिति में था; परन्तु यह वीर योद्धा शिवदेव शत्रु की पीठ पर वार नहीं करना चाहता था। अगले ही क्षण उसने अपना काला चोंगा उतार फेंका और नजीब खाँ को ललकारते हुए उसने कहा, ''नजीब खाँ, पिछली वार मैंने हफीज रहमत खाँ को एक बार प्राण दान दे दिया था; किन्तु तुम्हारे नवाब ने पुनः देवभूमि पर आक्रमण कर अपना काल बुला लिया है।''

नजीब खाँ ने परिहासयुक्त वक्रता सहित कहा, ''अरे कायर! शिवदेव तू ही है? तू ही रुहेलों के साथ तीन बार लड़ा था; किन्तु शायद तुझे याद नहीं तीनों बार तूने मुँह की खाई थी, तू और तेरा राजा भागकर गढ़वाल चले गये। आज तू जिन्दा न बचेगा।''यह कहकर नजीब खाँ ने विपुल वेग के साथ शिवदेव पर तलवार से प्रहार किया। शिवदेव ने हर-हर महोदव का घोषकर उसके वार को अपने ढाल से रोका और प्रतिवार किया। दोनों में घमासान युद्ध हो रहा था। तभी शिवदेव के सहयोग के लिए धर्मू आ खडा हुआ। वह काले सैनिकों को काटता हुआ नजीब खाँ की तरफ लपका नजीब खाँ अपने को घिरा पाकर कुछ सोच पाता कि शिवदेव ने तलवार का तेज वार नजीब खाँ पर किया। नजीब खाँ कम वीर न था। उसने एक ओर शिवदेव के वार को विफल किया और दो कदम पीछे हटकर युद्ध भूमि में छा रहे और उसके दल को बेतहासा हानि पहुँचा रहे धरमु की सैन्य टुकड़ी की ओर मुड़ गया। धर्मू दूसरे योद्धाओं से भिड़ा था; किन्तु नजीब खाँ ने पीछे से पीठ पर वार कर वीर धर्मू को सदा के लिए रणभूमि मे धराशाही कर दिया। इस कायराना हमले को देखकर शिवदेव ने अपने प्राणों की परवाह न करते हुए, उसी की रणनीति से उसके पीछे वार किया नजीब खाँ भाग्यशाली था उसका घोड़ा मुड़ गया यदि ऐसा न हुआ होता

तो नजीब खाँ की सर-धड़ से अलग हुआ होता फिर भी उसके कंधे पर गम्भीर घाव हो गया। वह दर्द से कराहने लगा उसके कंधे से खून बहता देख उसकी रक्षा के लिए मिया खाँ, शिवदेव व नजीब खाँ के बीच में आ गया। दर्द से कराह रहा नजीब खाँ पीछे हटने लगा। शिवदेव अपनी रणनीति में आंशिक रूप से सफल हो चुका था। वह पीछे हटते हुए रणभूमि में सुरक्षित स्थान की ओर मुड़ गया। अब शिवदेव ने दूसरी रणनीति पर काम शुरू कर दिया था। उसके वाद्य यंत्र नकली विजयी धुन बजाने लगे। जिसका आशय कि युद्ध में बिना ढील देते हुए यह प्रचारित किया जाय कि हम विजय पा चुके है। नजीब खाँ मारा जा चुका हैं। क्योंकि नजीब खाँ घाव खाकर युद्ध भूमि से हट चुका था, अतः रणनीति काम आनी ही थी। कुर्मांचली सेना ने बिना युद्ध की तीव्रता को कम किए हुए यह प्रचारित करना शुरू कर दिया कि रुहेलों का सेनापति नजीब खाँ मारा जा चुका है। रणभूमि में न तो नजीब खाँ था नहीं मियाँ खाँ। दोनों सेनापतियों को रुहेले सैनिक अपने मध्य न पाकर चिंचित थे। रणनीति के अनुसार कुर्मांचली वीर विजयघोष करने के साथ ही और अधिक प्रबल वेग से वार भी करने लगे। जय निकट है, जानकर उन्मत्त कुर्मांचलीय वीरों द्वारा बहुत वेग के साथ प्रहार करते हुए शत्रु के घोड़ों को हताहत करना प्रारंभ कर दिया, गम्भीर चोटों के आहत घोड़े चिढ़कर अपने ही सवारों को ले भागे। रुहेले यह देखकर आश्चर्य चकित थे कि पहाड़ों की ओट से हजारों सामान्य प्रजाजन भी हथियार लिए जैसे धरातल को फाड़-फाड़ कर निकले आ रहे थे।

तभी दूसरी ओर फकीरा, बलवंत आदि वीरों की टोली ने चाँद खाँ को घेर लिया और उनके बीच घोर युद्ध होने लगा। बलवंत ने सैकड़ों रुहलों को या तो मार गिराया था या घायल कर दिया। फकीरा तो उसके युद्ध कौशल को देख गदगद हो गया। बलवंत की टोली के अदम्य साहस को देख, आज उसे अपने व अपनी जाति पर गर्व हो रहा था। आज उन्होंने यह दिखा दिया था कि वे किसी से कम नहीं हैं। रुहेले पठानों के एक-एक सैनिक को मार गिराने में कुर्मांचली वीरों को अगाध संतोष व सुख मिल रहा था। कुर्मांचलीय वीरों के भीतर प्रतिशोध की ज्वाला धधक रही थी। पिछले युद्ध की हार और कुर्मांचल के गाँवों में निर्बल ग्रामीणों पर किये गए अत्याचार का प्रतिशोध लेने से उनके हृदय का उत्ताप शांत होता जा रहा था। उनके परिवार की स्त्रियों को अपमानित किया गया था, बच्चों की निर्मम हत्या कर दी गयी थी। मन्दिरों को नष्ट-भ्रष्ट कर दिया था। ऐसी क्रूर, निर्दयी, विधर्मी सेना बचने न पाए, इस संकल्प से

उतरे थे- कुर्मांचली युवा। नजीब खाँ और मियाँ खाँ को युद्ध भूमि में न देखकर तथा शिवदेव की रणनीति के अनुसार नजीब खाँ के मारे जाने की खबर से रुहेले सैनिक हताश होने लगे। जैसे-जैसे यह खबर फैलती जा रही थी वैसे-वैसे रुहेले ढीले पड़ते जा रहे थे। चाँद खाँ भी चिंतित था, तभी बलवंत की युवा सैन्य टुकड़ी चाँद खॉ पर चढ़ बैठी, उसे चारों ओर से घिरा देख रुहेले पठानों का एक युवा वीर आलम खाँ रणभूमि में आ कूदा उस लम्बे चैड़े पठान ने हमारे कई योद्धाओं को मार गिराया। बलवंत पीछे हटने लगा तभी तेज सिंह, हिम्मत सिंह सहसा वहाँ आ गये। तभी युद्ध के मध्य ''राजा कल्याण चंद की जय'' ''नजीब खाँ मारा गया, नजीब खाँ मारा गया'' का घोष होने लगा।

कुर्मांचली वीरों के लिये यह युद्ध, युद्ध नहीं था, जीवन-मरण का प्रश्न था। उन पर काल भैरवी चढ़ी थी। वे अपने प्राणों की कोई परवाह नहीं कर रहे थे। मैंने देखा जो अर्ध-प्रशिक्षित सेना हमने सहायक कार्यों हेतु रखी थी, वे भी हजारों की संख्या में हथियार उठा-उठा कर युद्ध में कूद पड़े थे। महासंग्राम को देखकर उन पर भी रण भैरवी चढ़ गयी थी, वे अपने को युद्ध में जाने से रोक नहीं पाये थे।

मैंने चारों ओर नजर घुमाई। आज मुझे अपनी विजय की ओर बढ़ रही सेना और उनके साथ बढ़-चढ़ कर सहयोग कर रही प्रजा जनों पर गर्व हो रहा था। मेरे भीतर समाये हार का भय व आशंका के बादल धीरे-धीरे छंटते जा रहे थे। चिंता समाप्त हो रही थी; हाँलाकि घमासान युद्ध अभी जारी था। चीख पुकारें कम नहीं हुई थी।

मुझे अपने पर लज्जा आ रही थी कि मैं युद्ध में क्यों नही कूद पड़ा, लेकिन मुझे उँचे स्थान से युद्ध निरीक्षण व आदेश देने मात्र का काम सौंपा गया था। मैं जिस प्रजा पर भयवश राज करना चाहता था, जिसे प्रताड़ित करने में मुझे आनंद प्राप्त होता था, क्या वह प्रजा आज मेरे भय के कारण दिलोजान से लड़ रही थी? नहीं। वह आज देवभूमि के अपमान के प्रतिशोध हेतु लड़ रही थी। माँ नन्दा के मन्दिर को अपवित्र करने के अपराध का रुहेलों से बदला ले रही थी। आज मैं अनुभव कर रहा था कि मान-सम्मान, घृणा- प्रतिशोध, जातीय श्रेष्ठता, घमंड, वंश-जाति, वर्ण, परम्पराऐं इस हार-जीत के महायुद्ध में अर्थहीन हो गए थे। आज यहाँ एक ही भाव था, प्राणों की आहुति देकर भी देवभूमि को बचाना है।

कुर्मांचली वीरों की वीरता पराकाष्ठा पर पहुँच गई थी। रुहेलों में

व्याकुलता बढ़ने लगी। उनके पाँव लड़खडाने लगे, उनकी शृंखलाएं टूटने लगी। उँची पर्वत मालाओं से आ रहे तीखे बाणों की बौछार से उनके अँग बिंधने लगे। उनके घोड़े के अंगो में तीव्र पीड़ा के कारण वे बेकाबू होने लगे थे। सैनिक अपने सरदार नजीब खाँ व मियाँ खाँ को युद्ध भूमि में उचक-उचक कर देखने लगे। उन्हें युद्ध भूमि में न देखकर रुहेल सैनिक संकट को भांप चुके थे। दूसरी ओर कुर्मांचली वीरों का उत्साह बढ़ता जा रहा था। युवा व उत्साही कुर्मांचली सेना रुहेलों पर छाने लगी। काले वस्त्रों वाले सैनिक संकट को भांप, कुंठित होते जा रहे थे। वे अपने सैनिकों को अधिक संख्या में हताहत होता देख रक्षात्मक युद्ध करने लगे थे। तभी मियाँ खाँ तेजी से ''अल्ला हो अकबर अल्ला'' का नारा बुलन्द करता रण मध्य आ कूदा; किन्तु आज उसका न्याय निष्ठुर हो चुका अल्ला उसकी प्रार्थना सुनने वाला नहीं था।

मियाँ खाँ को शिवदेव, तेज सिंह, राज सिंह व बलवंत ने घेर लिया था। अपने को संकट में जान वह किसी प्रकार इन वीरों के घेरे से निकल कर भागने लगा। उसको भागता देख रुहेलों में हाहाकार मच गया। रुहेलों की सेना कमजोर पड़कर पीछे हटने लगी, उनका उत्साह छीज रहा था। तभी शिवदेव ने ''हर-हर महादेव'' ''जय माँ नन्दा'' का ऊँचा घोषकर योद्धाओं को अन्तिम प्रचंड वार के लिए ललकारा।

वीरपथ के अनुगामियों के लिए आनंददायक हर्ष देने वाला व शत्रुओं, कायरों को भय देने वाला, यह कुर्मांचल के इतिहास में सबसे बड़ा धर्मयुद्ध था जो समाप्त होने को था। बटेषर की भूमि खून व सैनिकों की लाशों से अटी पड़ी थी।

तभी नजीब खाँ अपने एक बाँह में पट्टी बाँधे, तलवार हिलाता अपनी सेना को उत्साहित करने के लिए लपका; परन्तु अब सब व्यर्थ था उसकी सेना में भगदड़ मच चुकी थी, उसकी कोई सुनने वाला न था। जब घायल नजीब खां ने देखा कि शिवदेव अपने कई योद्धाओं के साथ उसके भागते सैनिकों को काटता हुआ तेजी से उसकी ओर बढ़ रहा है तो उसे स्थिति का भान हो गया। उसने अपने घोड़े को तुरन्त ही विपरीत दिशा में घुमाया और युद्ध भूमि से अदृश्य हो गया।

शिवदेव के वीर ''हर-हर महादेव'' ''जय माँ नन्दा'' के नारे बुलंद कर बचे-खुचे रुहेलों को काल के गाल में पहुँचा रहे थे। भागते रुहेलों के कई सैनिक उँची पहाड़ियों से खाइयों में गिरे। दुर्गम पहाड़ी युद्ध के लिए पूर्ण रूप

से अप्रशिक्षित रुहेले सैनिक रण छोड़कर मैदानों की ओर भागने लगे। कुर्मांचली सेना को रुहेलों की पिछली क्रूरता याद थी, वह नहीं चाहती थी कि रुहेलों को भागता छोड़ दिया जाय। सेनापति शिवदेव ने आदेश दिया कि तेज सिंह, रणजीत सिंह, बलवंत आदि की सैन्य टुकड़ी बटेषर के दुर्ग में राजा कल्याण चंद की सैन्य टुकड़ी के साथ रहे और वह स्वयं, कराल केशरी सिंह, गेंदा सिंह फकीरा, जिऊण, सुखानक आदि के साथ रुहेलों को रुद्रपुर तक खदेड़ते रहेंगे। शिवदेव ने रुद्रपुर में अपनी गुप्त सेना जो वीर हेड़ियों व स्थानीय बोक्सा वीरों के साथ व्यवस्थित थी, को सूचना भेज दी थी कि विजय हो चुकी है वे मुख्य मार्गों से हट कर जंगलों में छिपे रहे जैसे ही रुहेल भागते हुए वहाँ से गुजरें उन पर पीछे से वार कर उन्हें अधिक से अधिक हानि पहुचाएं, उनके शिविर, अस्त्र-शस्त्र आदि लूट लिए जाएं। बिना किसी दया के पूरी विध्वंशता के साथ उनकी हत्या की जाय, उन्हें लूटा जाय। ताकि ये भविष्य में कुमाँऊ पर हमला करने के पहले सौ बार सोचें।

तभी एक चिंताजनक गुप्त सूचना शिवदेव को मिली कि कोटा भाबर के रास्ते कोशी नदी के किनारे होते हुए सैकड़ों रोहेले सैनिक अल्मपुरी की ओर बढ़ रहे हैं और एक दूसरा रोहेलों का दल टनकपुर के रास्ते काली कुमाऊँ की ओर से आगे बढ़ने का प्रयास कर रहा है।

शिवदेव ने तुरन्त निर्णय लिया। उसने हरीराम की सेना की एक हजार की सैनिक टुकड़ी कोशी नदी के साथ- साथ कोटा की ओर भेज दी। कराल केसरी सिंह व बलवंत की सेना की टुकड़ी को टनकपुर तिमली दर्रे की ओर रवाना कर दिया। कुर्मांचली वीर नजीब खाँ को हराकर उत्साहित थे। जैसे ही ये दोनों सैन्य दल अपने-अपने मोर्चे पर पहुँचे उससे पहले ही रुहेलों के सैनिकों को ज्ञात हो गया कि नजीब खाँ बटेषर में युद्ध हार गया है और वह उल्टा मैदान की ओर भाग रहा है, तो उनका साहस टूट गया। वे भी उल्टे पाँव मैदान की ओर कूच कर गए। हमारी दोनों सैन्य टुकड़ियाँ उन्हें खदेड़ते हुए मैदान की ओर बढ़ने लगी।

चारों ओर कुर्मांचलियों की जीत का नारा बुलंद था।

माल भाबर पर कब्जा

शिवदेव जोशी

मैं नजीब खाँ को खदेड़ता हुआ माल भाबर की ओर बढ़ता जा रहा था। रोहेला नवाब अली मुहम्मद खाँ काशीपुर के पास डेरा डाले था। जैसे ही उसे खबर मिली की नजीबउद्दौला खां बटेषर का युद्ध हार गया है और वह काशीपुर की ओर भागा आ रहा है। उसने अपना डेरा उखाड़ना शुरू कर दिया। लेकिन रुहेलों के दुर्भाग्य के दिन आ चुके थे। माँ नन्दा देवी का कोप उसे आज कहाँ छोड़ने वाला था। मैं नजीब खाँ को खदेड़ता रुद्रपुर के करीब पहुँच चुका था, जहाँ का शेष काम मेरी वीर हेड़ियों व स्थानीय बोक्सा वीरों की गुप्त सेना ने कर दिखाया था। नजीब खाँ किसी तरह बचता-बचाता मियाँ खाँ और चाँद खाँ के साथ रुहेलों की सीमा के भीतर जा पहुँचा था।

पं० शिवानन्द जो कुर्मांचल के दूत बन कर दिल्ली के बादशाह के पास गये थे, उन्होंने अपने सहायक को मेरे पास भेजा।

पं० शिवानन्द के सहायक हरिहर पंत ने मुझे सूचना देते हुए कहा, "सेनापति शिवदेव! आपने देवभूमि की लाज रख ली है। आपकी वीरता, रणनीति व युद्ध कौशल की चारों ओर कीर्ति फैल रही है। दूसरी ओर दूसरे शिव ने दिल्ली के बादशाह को जो इस समय स्वयं गढ़मुक्तेश्वर में डेरा डाले है, को रुहेले अली मुहम्मद खाँ की गुस्ताखियों व महत्वाकांक्षाओ से परिचय कराया और बादशाह को यह समझाने में सफल रहे कि कुर्मांचल से करोड़ों की लूट के माल का इस्तेमाल वह बादशाह के विरूद्ध करने वाला है।"

मैंने व्यग्रता से हरिहर पंत से जानना चाहा, "तब बादशाह की क्या प्रतिक्रिया थी?"

हरिहर पंत ने प्रसन्नता पूर्वक कहा, "सेनापति शिवदेव! रुहेलों का अंत निकट समझिए। इधर हमारे दूत, विद्वान व वाकचतुर शिवानन्द ने कुर्मांचल पर अली मुहम्मद खां के अत्याचारों से बादशाह को अवगत कराया तो दूसरी ओर अवध के नवाब मंसूर अली ने भी अपना दूत बादशाह के पास भेजा था। अली मुहम्मद खाँ ने अवध प्रांत के कई हिस्सों में कब्जा कर लिया था उसने गंगा के

दक्षिण पश्चिम क्षेत्र को अवध के नवाब से छीन लिया था। महत्वाकांक्षी रुहेले नबाब का राज्य विस्तार बढ़ता जा रहा था। यह जानकर मुगल सम्राट मुहम्मद शाह ने अपने सिपहसालार कमरुद्दीन खाँ व नवाब मंसूर अली को रुहले नवाब को पकड़कर लाने का हुक्म जारी कर दिया है।''

कर्णों को मधुर लगने वाले ऐसे वचनों को सुनकर मैंने हरिहर पंत को सीने से लगा लिया। आज मुझे सम्पूर्ण संतुष्टि मिली थी। मैंने जो चाहा था कि अली मुहम्मद खाँ का खात्मा करके रहूँगा। आज वह स्थिति आ चुकी थी। मैंने हरिहर पंत को यह सूचना शीघ्र राजा कल्याण चंद को पहुँचाने को कहा, जो अभी बटेषर के दुर्ग में अगली सूचना की प्रतिक्षा कर रहे थे। मैंने हरिहर पंत से कहा, ''पंडित हरिहर जी, आप शीघ्रता से बटेषर जाएं, उन्हें गढमुक्तेश्वर का हाल बताएं तथा यहाँ की सूचना दें कि हमने रुहेलों को काशीपुर से भी आगे तक भगा दिया है। अब पूरा कुर्मांचल, माल भाबर सहित हमारे अधीन है। हरीराम को कोटा भाबर की सुरक्षा का भार दिया गया है तथा टनकपुर काली कुमाँऊ के प्रवेश द्वार का भार जैमल को सौंपकर वहाँ सैन्य शिविरों को सुगठित कर दिया गया है। अब चारों ओर कुर्मांचल राजा कल्याण चंद की जीत की खुशियाँ मनायी जा रही हैं। पंत जी! आप नृपत को सूचना दे कि वे अब निश्चित होकर बटेषर से राजधानी अल्मपुरी को विजय जुलूस के साथ प्रस्थान करें।''

हरिहरपंत ने कहा, ''वीर शिवदेव! आपके व कुर्मांचली वीरों के सहयोग से आज कुर्मांचल की कीर्ति दिल्ली तक पहुँच गयी है। देवयोग से दूत शिवानंद की बातों का समर्थन जब बादशाह के वजीर कमरुद्दीन खाँ ने किया और अवध के नवाब मंसूर अली के दूत ने भी रुहेलों के क्रूरता व महत्वाकांक्षा की सूचना दी, तो अब अली मुहम्मद का अंत निकट समझें। आपकी आज्ञानुसार मैं बटेषर को प्रस्थान करता हूँ।''

मैंने हरिहर पंत के साथ ही साथ यह जानकर कि अब रुहेलों की ओर से कोई खतरा नहीं बचा है, बटेषर से मेरे साथ आयी कुछ और सेना को वापस राजा कल्याण चंद के पास भेज दिया। माल भाबर में वीर हेड़ियों व स्थानीय बोक्साओं की फौज मेरे पास उपलब्ध थी। मैं माल भाबर को सुव्यस्थित करने में लग गया।

सफल कूटनीति

राजा कल्याण चंद

कुर्मांचल की प्रजा अपनी जीत से आंकठ प्रसन्नता में झूम रही थी। मैं बटेषर के दुर्ग में बैठा चारों ओर से आ रहे शुभ समाचारों को प्राप्त कर रहा था। मैंने गढ़नरेश प्रदीप्त शाह को कुर्मांचल की जीत सुनाने एवं उनको धन्यवाद देते हुए रवाना कर दिया था। मैं उनका आभार क्या कभी भूल सकता था? राजधानी अल्मपुरी में माँ नन्दा देवी के मन्दिर में लगातार जीत की खुशी में जागरण हो रहा था। पूरे कुर्मांचल में अपार हर्ष व्याप्त था; किन्तु मैं अभी सेनापति शिवदेव से प्राप्त होने वाली माल भाबर की जीत की सूचना का बेसब्री से इंतजार कर रहा था। हमारी कुर्मांचल के पहाड़ी क्षेत्र की जीत माल भाबर की जीत के बिना अधूरी थी। मेरी सम्पूर्ण जीत व खुशी तभी थी जब माल भाबर हमारे कब्जे में आ जाय। मेरे पूर्वजों द्वारा विस्तारित व सुसंपन्न बनाए गए क्षेत्र के बिना मैं कैसे अपनी जीत मानकर खुशियाँ मना सकता था?

कुछ ही समय बाद वह दिन भी आ गया। मैंने देखा सैकड़ों सैनिक माल भाबर के मैदानी क्षेत्र से ऊपर पहाड़ी पर स्थित बटेषर के दुर्ग की ओर चले आ रहे हैं। मुझे तनिक चिंता हुई कि कहीं रुहेले तो नहीं है, तभी मैंने देखा कुर्मांचलीय सफेद व लाल तिकोना वाला ध्वज लहरा रहा है। सैनिक ''राजा कल्याण चंद की जय'' ''माँ नन्दा देवी की जय'' का घोष करते चले आ रहे थे। मेरी प्रसन्नता का ठिकाना न रहा। मैं भूमि पर बैठ गया। मैंने अपना सिर भूमि पर रखकर माँ नन्दा देवी को प्रणाम किया। मैंने न्याय के देवता गोलूदेव को याद किया। अंत में देवभूमि के अमर शहीद वीरों को याद कर इस एकांत में मेरी आँखे भर आयीं। मैं सोचने लगा आखिर इस समस्त हार-जीत, बलिदान, साहस में मेरा क्या योगदान है? इस जीत-हार की खुशियों मैं कहाँ स्थान रखता हूँ? मैं तो भाग्यवश राजा बना अपनी अकर्मण्यता से हारा। आज जीता हूँ तो भी सेनापति शिवदेव और कुर्मांचलीय वीरों के युद्ध कौशल व बलिदान से। मैं आमने-सामने के युद्ध में जाकर लड़ना चाहता था। ईश्वर ने जो भारी भरकम शरीर मुझे दिया है उसका उपयोग करना चाहता था; किन्तु सेनापति

शिवदेव व राजगुरु ने कहा था, "आप चन्द्रवंश के शिरोमणि हैं, आप राजन हैं। कुर्मांचल का एक-एक सैनिक आज आपके लिए जीवन उत्सर्ग करने को तैयार है। आप सेना को मार्गदर्शन देते रहें शेष हम पर छोड़ दें।"

कभी-कभी मैं सोचता अंततः भाग्य भी तो मेरा ही है, जब सौभाग्य ने मुझे राजा बनाया है तो मेरा इसमें क्या दोष। मेरा दोष था कि मैंने प्रजा में भय उत्पन्न करने के लिए क्रूरता दिखाई। न्याय-अन्याय पर विचार किए बिना बहुतों को मार डाला, बहुतों को अंधा किया; किन्तु तब मैं अज्ञानी था, अनुभवहीन था। मैं अपने चारों ओर घेरा बनाए कुर्मांचल के ज्ञानियों के अधीन था। मेरा इसमें अधिक दोष कहाँ था?

मैं सोच में डूबा था कि पंडित हरिहर पंत ने कक्ष में प्रवेश की आज्ञा हेतु प्रहरी को भेजा; परन्तु मैं स्वयं आगे बढ़कर हरिहर पंत के पास जा पहुँचा और आतुरता के साथ उसे गले लगा लिया।

वह मेरे ऐसे व्यवहार से कुछ अचकचाया गया। मैंने उसके कंधे पर हाथ रखते हुए कहा, "बताओं पंडित जी, क्या समाचार है?"

हरिहर पंत ने प्रफुल्लित मुख मंडल से उत्तर दिया, "चन्द्रचूड़ामणि कल्याण चन्द्र की सर्वत्र जय-जयकार है। रुहेलों को माल भाबर से खदेड़ा जा चुका है। नजीब खाँ मुरादाबाद की ओर भागा है। जो रुहेले सैनिक काशीपुर होते आंवला की ओर भाग रहे थे, उन्हें रुद्रपुर काशीपुर के बीच शिवदेव की स्थानीय गुरिल्ला सैन्य टुकड़ी ने मार गिराया है। सैकड़ों को बंदी बनाया गया है। समूचा माल भाबर अब कुर्मांचली वीरों के अधीन है। कोटा भावर से लेकर रुहेलों की पश्चिमी सीमा तक के भूभाग को सेनापति शिवदेव ने हरीराम के सुर्पुद किया है। वह स्वयं पूर्वी एवं दक्षिणी सीमा में स्थित है। राजन! पूरे माल भाबर में राजा कल्याण चंद की विजय पताका लहरा रही है। अब आप निश्चित हो जायें।" चारों ओर खड़े मंत्रिगणों व योद्धाओं ने मेरी जयकार के नारे लगाये।

मैंने अति प्रसन्न होकर हरिहर पंत को पुनः कंठ से लगा लिया। मैंने पूछा, "पंडित जी आप तो दूत शिवानन्द के साथ गुढ़मुत्तेश्वर गये थे। क्या वहाँ दिल्ली के बादशाह से मुलाकात हो सकी?"

हरिहर पंत ने सविस्तार वर्णन करते हुए कहा, "राजन! विद्वान शिवानन्द ने गढ़मुत्तेश्वर में दिल्ली के बादशाह मुहम्मद शाह से उनके वजीर कमरुद्दीन

को विश्वास में लेकर मुलाकात की। उन्हें रुहेलों के अत्याचारों से अवगत कराया और उन्हें अवगत कराया कि रुहेले अपने आसपास की सभी रियासतों पर कब्जा करना चाहता है। दूत शिवानन्द ने कूटनीति को ध्यान में रखते हुए मुगल बादशाह को बताया कि रुहेलों ने कुमॉऊ से करोड़ों का धन लूटकर अपना खजाना भर लिया है और वे इस लूटे हुए धन के बदौलत अवध प्रांत यहाँ तक कि दिल्ली की सल्तनत पर बुरी नजर रखे है। शिवानन्द के बातों का समर्थन करते हुए वजीर कमरुद्दीन ने बादशाह को नवाब अली मंसूर खाँ की चिंताओं से भी अवगत कराया।''

मैंने अति आतुर होकर पूछा, ''फिर क्या हुआ?''

''राजन! बादशाह ने गुस्से में आकर तुरंत रुहेले नवाब अली मुहम्मद खाँ को बंदी बनाने का हुक्म जारी करते हुए वजीर कमरुद्दीन को आदेश दिया कि अवध के नवाब अली मंसूर खाँ और बादशाह की फौज दो तरफा आक्रमण कर उसे पकड़ कर उनके सामने पेश करें।''

''यह तो अति सुन्दर समाचार है। कुर्मांचली सेना से हारा यह क्रूर अब बच न पाएगा। देवभूमि को अपवित्र करने वाले को सजा तो महादेव किसी न किसी रूप में देंगे ही।''

हरिहर पंत ने कहा, ''राजन! अब इस अभिमानी अली मुहम्मद खाँ का विनाश निश्चित जानिए। गंगावली के प्रतिष्ठा प्राप्त विप्र हरिहर पंत ने आगे का समाचार सुनाया, ''राजन! चूँकि दिल्लीपति सम्राट मुहम्मद शाह स्वयं ही गढ़ मुकत्तेश्वर में अपना विशाल सैन्य डेरा डाले बैठे हैं, उन्होंने रुहेले अभिमानी अली मुहम्मद खाँ को बंदी बनाए जाने का आदेश दे दिया है। अतः दूत शिवानन्द और सेनापति शिवदेव दोनों का मत है कि आप भी दिल्ली पति से मिलने वहाँ जाएँ। सेनापति शिवदेव कोटा में आपकी प्रतिक्षा में हैं जहाँ से आप कुर्मांचल की सेना के साथ गढ़मुक्तश्वर की ओर बढ़ेगें।

मैंने तुरन्त इस प्रस्ताव को स्वीकार किया। बटेषर कि किले का भार कराल केसरी सिंह को सौंपा तथा आवश्यक आदेशों को जारी कर मैं गढ़मुत्तेश्वर की ओर बादशाह मुहम्मदशाह से मुलाकात करने निकल पड़ा। अब क्रूर अभिमानी रुहेले नवाब अली मुहम्मद खाँ का पतन सन्निकट था।

अली मुहम्मद खाँ का पतन

शिवदेव जोशी

राजा कल्याण चन्द्र का सपना पूरा हुआ। सन् 1745 अभिमानी क्रूर आततायी अली मुहम्मद खाँ को अवध के नवाब मंसूर अली खाँ व दिल्ली बादशाह के वजीर कमरुद्दीन ने बंदी बना लिया था। जिसे बादशाह के समक्ष लाया गया। कुर्मांचल, अवध, कठेड़, गढ़वाल एवं ठाकुरद्वारा के राजाओं ने रुहेलों के आततायी व्यवहार के विरूद्ध एक स्वर में मुगल सम्राट नसीरूदीन मुहम्मद शाह के सामने शिकायतें रखी। अली मुहम्मद, उसके सिपहसालार पैदा खाँ, दूदे खाँ तथा जयसिंह राय को बादशाह के सामने प्रस्तुत किया गया। देवभूमि पर कुदृष्टि डालने वाले अली मुहम्मद खाँ को अकेले ही देशनिकाले की सजा दी गई। बाकी सिपहसालारों को माफी दे दी गई। नजीब खां, हाफिज रहमत खां सहित बाकी सब रोहेले सिपहसालार बादशाह के आगे नतमस्तक हो गए। जिससे उसको माफी मिल गई।

इस प्रकार रुहेलों को आंतक सदैव के लिए समाप्त हो गया। रुहेल खंड को तीन सूबों में बाँट दिया गया।

सहारनपुर सूबे का सूबेदार नजीब खाँ को जो बाद में नजीबुद्दौला के नाम से जाना जाने लगा। कठेड़ के राजपूतों को उनका कुछ प्रांत वापस मिल गया। शेष रोहेलखंड को हाफ़िज़ रहमतखां को सौंपा गया और बादशाह ने उसे ताकीद दी की वह अपनी सीमा के भीतर ही रहे। कुर्मांचलियों का माल भाबर पर सम्पूर्ण अधिकार स्थापित हो गया। युद्ध से लेकर कूटनीति तक के क्षेत्र में हम विजयी हुए। राजा कल्याण का विजयी अभियान पूर्ण हुआ। कुर्मांचल में आंतक फैलाने वाले, मंदिरों का भंजन करने वाले, कुर्मांचलियों को लूटने का आदेश देने वाले रुहेल नवाब अली मुहम्मद खाँ का पतन हुआ।

राजा कल्याण चंद का विजयी काफिला काशीपुर एवं रुद्रपुर में रुका। राजा ने मुझे सम्पूर्ण माल भाबर का प्रमुख नियुक्त करते हुए कहा, "शिवदेव! आपकी वीरता, रणकुशलता के कारण आज कुमाँऊ ने अपनी खोई हुयी कीर्ति वापस प्राप्त की है। नजीब खाँ को पराजित करके तुमने इतिहास रचा है। बटेषर

के युद्ध में हमारे वीर योद्धाओं ने जो अपूर्व शौर्य दिखाया वह सदैव याद किया जाएगा। तुम बताओ किस प्रकार माल भाबर को सुव्यवस्थित किया जाये?''

मैंने इस विषय पर पहले से ही चिंतन कर रखा था। मैंने स्थानीय जनजातियों एवं अपनी वीरता के लिए प्रसिद्ध तथा भावर की गर्मी के अभयस्त हेड़ियों का महत्वपूर्ण सहयोग लिया था, उन्होंने मुझे कभी निराश नहीं किया था। मैंने राजा को सलाह देते हुए विस्तार से स्थिति वर्णन करते हुए कहा, ''चन्द्रचूड़ामणि कल्याण चंद की विजय पताका अली मुहम्मद खाँ को पराजित करने से दूर-दूर तक फैल गयी है। कुर्मांचल की संस्कृति पर प्रहार करने वाले रुहेले पठान अली मुहम्मद खां का पतन ही नहीं हुआ अपितु उसे देशनिकाला भी हो गया। इस विजय के कारण कुर्मांचल के साथ ही चन्द्रवंशियों के राजपूत नातेदार कठेड़ राजपूतों को भी उनका कुछ प्रांत वापस मिला। रुहेलों की विस्तारवादी नीति का अंत हुआ। रुहेलों को अपनी सीमा में रहने को मजबूर कर दिया गया है। अब इस समय रुहेलों का प्रमुख कुर्मांचल पर कब्ज़ा करने वाला हाफिज रहमत खाँ अवश्य है; किन्तु उसे बादशाह की ओर से सख्त हिदायत दे दी गयी है कि वह अब किसी प्रांत पर आक्रमण की हिमाकत न करें। उसने स्वयं कुर्मांचल नरेश के पास आकर मित्रता स्वीकार कर ली है। उधर नजीब खाँ को बादशाह ने सहारनपुर प्रांत का नवाब घोषित कर दिया है; परन्तु उसे भी कुर्मांचल व गढ़वाल की ओर रुख ना करने का फरमान सुना दिया गया है। अब रुहेलखण्ड विभाजित हो कर कमजोर हो गया है और इससे कुमाऊँ व गढ़वाल दोनों को लाभ हुआ। इस प्रकार कुर्मांचल की युद्ध में भी विजय हुई तथा कूटनीति में भी सफलता प्राप्त हुई। मेरे गुरु शिवानन्द पांडे जी की चतुराई, बुद्धि कौशल के कारण हम कूटनीति में भी सफल रहे। मैं सदैव कविराज पंडित शिवानन्द का आभारी रहूँगा जिन्होंने मुझे प्रतिशोध के पतित मार्ग से विमुख कर देवभूमि-जन्मभूमि से प्रेम करने का पाठ पढ़ाया, जिसका प्रतिफल आज सामने है।''

मैं तनिक रुका। मैं आगे बढ़ा और कविराज शिवानन्द पांडे के चरणों में झुक गया। उन्होंने तुरन्त मुझे उठाया और कंठ से लगा लिया। उन्होंने मेरे बलिष्ठ कंधे को थपथपाते हुए कहा, ''प्रिय सेनापति शिवदेव! तुमने कुर्मांचल के साथ ही अपने गुरु का ही मान नहीं बढ़ाया अपितु तुमने अपने निर्दोष, देशप्रेमी महान वंश का भी मान बढ़ाया है। तुमने यह साबित कर दिया कि तुम्हारे पिता व भाई निर्दोष थे। आज तुमने कुर्मांचल को विधर्मी, आततायी के

चंगुल से मुक्त करा कर राजा कल्याण चन्द्र की कीर्ति एवं यश को भी बढ़ाया है, तुम धन्य हो।''

मैं पुनः गुरु के कंठ से जा लिपटा, उन्होंने कहा, ''शिवदेव! राजा कल्याण चन्द्र अपने प्रारम्भिक राजकाल में अपने चतुर व स्वार्थी मंत्रि परिषद के अधीन रहे, तब वे अनुभवी न थे; किन्तु आज राजा कल्याण चंद चंदशिरोमणि के रूप में निखर आये हैं। कड़वे-मीठे अनुभवों ने उन्हें उचित अनुचित का भान कराया है। आज वे कुर्मांचल के गुणी राजाओं की श्रेणी में आ गए हैं। इस विजय कीर्ति से उनका यश व चन्द्रवंशियों का मान सम्मान सदैव के लिए स्थापित हो चुका है। तुम्हें आगे भी अपने कर्तव्य को इसी प्रकार निभाना होगा। तुम्हें राजा कल्याण चन्द्र का पग-पग पर संबल बनना होगा।''

मैंने उन्हें आश्वासन देते हए कहा, ''गुरुदेव! मैं आपके बताए मार्ग का ही अनुसरण करूँगा। चन्द्रवंश का निष्ठ रहकर देवभूमि की सेवा करूँगा।''

राजा कल्याण चंद अपने आसन से उठ खड़े हुए और उन्होंने कहा, ''सेनापति शिवदेव! धन्य हैं, धन्य हैं।'' पूरी सभा ने भी मेरी प्रशंसा करते हुए अपने-अपने स्थान पर खड़े होकर मुझे सम्मान प्रदान किया।

मेरी सलाह पर राजा ने बिलहरी, सरबना एवं घनेर परगनों का भार स्थानीय बडवायक कौम के नायकदेव को सौंप दिया। थारु और बोक्साओं को जागीरें दी गई। वीर हेड़ियों को कई स्थानों पर जागीरें देते हुए उन्हें मार्गों की रक्षा तथा डाकुओं और दुष्टों को नियंत्रित करने का भार सौंपा गया; इस हेतु उनके लिए अलग से दस्तूर की व्यवस्था की गयी।

सम्पूर्ण माल भाबर का प्रमुख राजा कल्याण चन्द्र ने मुझे अवश्य बना दिया था; किन्तु वे चाहते थे कि मैं अल्मपुरी में रहूँ। इसलिए मैंने अपने पुत्र हरिराम जोशी को काशीपुर का भार सौंपा, स्वयं राजा के साथ अल्मपुरी को विजय जुलूस के साथ रवाना हो गया।

पराक्रम की दुन्दुभी

कवि शिवानन्द पांडे

अल्मपुरी को लौटते समय स्थान-स्थान पर हमारा भव्य स्वागत हुआ। राजा कल्याण चन्द्र जो कल तक अत्याचार व अन्याय के लिए जाना जाता था आज वह प्रजा का प्यारा था। उसने विधर्मी, आतंकियों से कुर्मांचल को मुक्ति दिलाई थी। देश के भीतर के अन्याय व आतंक को प्रजा किसी प्रकार सह भी लेती है उसका प्रतिकार भी कर लेती है; किन्तु जब बाह्य आक्रांता उनका दमन करता है तो वह उसे अपनी सभ्यता, संस्कृति व अस्तित्व से जोड़कर देखती है, उसे कभी क्षमा नहीं करती है, न स्वीकार करती है।

माल भाबर से बटेषर के दुर्ग तथा अल्मपुरी के पूरे मार्ग पर विजयी राजा को देखने प्रजा उमड़ पड़ी थी। पुष्प वर्षा कर रही थी। कुछ तो पूजा की थाल लेकर आरती उतार रहे थे। प्रजा के उत्साह व उमंग को देख राजा कल्याण चन्द्र गदगद था। अब वह यह समझ रहा होगा कि प्रजा भय या दण्ड के कारण राजा का सम्मान नहीं करती है वरन् उसके उच्च कर्मों व वीरता के कारण करती है।

आज विजयिनी सेना की अभ्यर्थना के लिए प्रजा दौड़ पड़ी थी। राजधानी अल्मपुरी में राजपथ के दोनों ओर नागरिकों की भीड़, "राजा कल्याण चंद की जै" "माँ नन्दा देवी की जै" के नारों से गूँजित थी। महिलाएं तांबे की गगरियों में जल, पुष्प-पत्र भरकर उन्हें सिर पर लिए स्वागत में सजी-धजी खड़ी थीं। नगरवासी आनंद में कोलाहल कर रहे थे, हर द्वार सजा था। देहली की सीढ़ियों को लाल मिट्टी से लीपकर उनमें ऐंपड और रंगोली बनाकर उनमें रंग बिरंगे पुष्प और अक्षत बिखेरे गए थे। मैं अपने कवि चक्षुओं से देख रहा था कि राजधानी की नारियाँ जो अपने छोटे बच्चों को छाती पर चिपटाए दूध पिला रही थी, वे भी इस विजयोत्सव को देखने का लालच नहीं छोड़ पा रही थीं। जो जैसी स्थिति में थे, सब काज भूलाकर राजपथ पर नजरें गढ़ाये आ खड़े हुए। पुष्पहार गूँथती स्त्रियाँ, राजा पर दूर से ही पुष्पहार फेंक रही थीं। संगीतज्ञ-संगीत अभ्यास छोड़कर, संवरती युवतियां श्रृंगार भूलकर, सुरति प्रंसग में

व्यस्त युवक-युवतियाँ भी मधुर क्षणों को त्याग कर, उत्सुकतावश राजपथ की ओर दौड़ पड़े। स्वर्णकार हों या रंगकार, चित्रकार हों या संगीतकार, ब्राह्मण हों या शूद्र, वणिक हों या क्षत्रिय सभी आज इस विजयोत्सव का समान रूप से आनंद ले रहे थे। रथ में सवार राजा कल्याण चन्द्र चमकते हुए उदीयमान सूर्य के समान शोभित हो रहे थे। पीछे-पीछे उत्तम घोड़ों पर सवार सैकड़ों वीर योद्धाओं पर प्रजा निरंतर पुष्प वर्षा कर उनके शौर्य व वीरता को नमन कर रही थी। जो जन्मभूमि-देवभूमि के लिए बलिदान हो चुके थे उनके लिए प्रार्थनाएं कर रही थीं।

राजपथ पर जब उत्तम नस्ल के उँचे घोड़ों की पीठ पर सवार वीर योद्धा घोड़ों की चाल से उनकी पीठ पर हौले-हौले उछलते हुए भीड़ के सामने से गुजरते, तो लोग उँचे स्वरों में उनका स्वागत करते। वीर योद्धा अपना विजयी हाथ उनकी ओर उठाकर उनके अभिवादन को स्वीकार करते जा रहे थे।

पुरनारियों के कौतुक को देखकर राजा कल्याण चन्द्र प्रसन्नचित हो उठे। ऐसी अपूर्व सुखानुभूति उन्हें जीवन में प्रथम बार हुई थी।

नगर के श्रेष्ठ वणिक व महाजन लोग विविध प्रकार के उपहारों के साथ राजपथ पर खड़े थे। यह देखकर राजन् ने उनके नाना प्रकार के उपहारों को प्रेमपूर्वक स्वीकार किया। चारों ओर राजा कल्याण चन्द्र की जय-जय कार की गूँज हो रही थी।

मैं यह सब देखकर चकित था कि जिन सैकड़ों ब्राह्मणों की आँखें राजा कल्याण चन्द्र ने निकाल कर उनके जीवन में सदा के लिये अंधकार भर दिया था, वे अंधे होकर भी अपनी खिड़कियों से बाहर झाँककर इस विजय जुलूस के कुतूहल में शामिल होना चाहते थे।

विजय जुलूस राजप्रासाद की ओर बढ़ा। राजप्रासाद की पौर पर दुन्दुभि बज रही थी। ढोल, डमरू, नगाढ़ा, तुरही, रणसिंह, झाल, मजीरा की मनमोहक ध्वनें सुनाई दे रही थी।

अतःपुर में रानियाँ वस्त्र व अन्न-धन दान दे रही थीं। अतिथियों, अभ्यागतों, ऋषियों, पुरोहितों से राजमहल भरा पड़ा था। सभी का यथोचित सत्कार हो रहा था। मंगल गीत गाए जाने लगे, मंगल वाद्ययंत्र बजने लगे। राजभवन वन्दनवार व पताकाओं से सजा था। महल के तिपुरों-चैपुरों की छज्जों से छतों पर से नारियाँ व बच्चे विजयोत्सव का आनंद ले रहे थे।

महल के विशाल प्रांगण के एक ओर यज्ञ-पूजा, अनुष्ठान की तैयारियाँ चल रही थी।

महल के भीतर प्रवेश करते ही पूर्णचन्द्र के समान खिले हुए राजसी चमकीले वस्त्रों में सजे, सुंदर संवरे केश सज्जा के साथ तीखी चितवन वाली रानियों ने राजा कल्याण चन्द्र की आरती उतारी। गवाक्षमार्ग से कई सुन्दरियाँ अपने चंचल नेत्रों से राजा को निहार रही थीं।

जैसे ही राजन् मुख्य सभागार के मध्य पहुँचे, विद्वान व श्रेष्ठ ब्राह्मणों ने मंत्रोचारण व स्वतिवाचन किया। आज चारों वर्णों के लोगों को सभा में स्थान दिया गया। बलवंत, नरिया, जिऊण, फकीरा आदि प्रमुख योद्धाओं की अग्रिम पंक्ति में सभा मध्य खड़े थे। चन्द्रमकुटमणि राजा कल्याण चन्द्र, इन्द्र के सामान अद्भुत रूप धारण कर कुर्मांचल के रत्न सिंहासन पर आरूढ़ हुए। वंदीजन स्तुति गान करने लगे। सैंकड़ों छोटे राजा व योद्धा अभिवादन में सिर झुकाए खड़े थे। राजा कल्याण चन्द्र देव के दोनों ओर राजकुमार दीपचंद और कृष्ण सिंह विराजमान थे। उनके ऊपर सिंहासन के पीछे से चँवर डुलाया जा रहा था।

विविध अनुष्ठानों के सम्पन्न हो जाने पर चन्द्रचूड़ामणि राजा कल्याण चन्द्र ने सभा को संबोधित करते हुए कहा, ''देवभूमि के रणबांकुरों की अदम्य वीरता, बलिदान, शौर्य, पराक्रम अवर्णनीय है। योद्धाओं की देशभक्ति व साहसपूर्ण दृढ़ता के सामने विधर्मी रुहेले शत्रु का देवभूमि की स्वतंत्रता को नष्ट करने का स्वप्न सदा के लिए समाप्त हुआ। इस विजयी युद्ध में देवभूमि के चतुरवर्ण के वीरों ने भाग लिया अर्थात् यह जीत देवभूमि की प्रजा की जीत है। रुहेलों ने हमें जो भी घाव दिए, वे आज इस प्रतिशोध के साथ भर गए हैं। कुर्मांचली प्रजा ने शत्रु का पग-पग पर विरोध किया, जिसके कारण वे इस देवभूमि पर टिक न पाए जबकि वे भारतवर्ष के कई प्रान्तों को जीत कर अपने राज्य में मिला चुके थे। हमारी हजारों वर्षों की स्वतंत्रता अक्षुण्ण रही। जिन वीर-बहादुरों ने जन्मभूमि के लिए अपना जीवन बलिदान कर दिया है, वह इतिहास में स्वर्ण अक्षरों में अंकित रहेगा। मैं चाहता हूँ कि उनके परिवारों को हर प्रकार से सहायता प्रदान की जाय। इस युद्ध को मैं वैसा ही युद्ध मानता हूँ जैसा त्रेतायुग में रावण से राम का युद्ध तथा द्वापर में महाभारत का युद्ध हुआ था। यह युद्ध वीरपथ के अनुगामियों को आनंद देने वाला व कायरों के लिए भयानक दुख देने वाला था। बटेषर की रणभूमि इस युद्ध की साक्षी रहेगी।''

राजा एक क्षण के लिए रुके कि योद्धाओ ने ''जय माँ नन्दा देवी'' ''जय ब्रदी विशाल'' ''राजा कल्याण चन्द्र की जय'' के घोष से राजभवन को प्रकंपित कर दिया।

चन्द्रचूड़ामणि राजा कल्याण चन्द्र ने पुनः कहा, ''अहो! मैं अपने प्रारम्भिक शासन काल में किए कुछ कष्टपूर्ण निर्णयों व अन्यायपूर्ण निर्णयों का दोषी हूँ। तब मैं अनुभवहीन व अज्ञानी ही था। मैं देवभूमि के लोगों से उन कर्मों के लिए क्षमा माँगता हूँ तथा घोषणा करता हूँ कि उन सभी मर्माहतों को आवश्यक सहायता दी जाय।''

सभागार में उपस्थित प्रजाजनों ने हर्ष से जयघोष किया। सर्वत्र चंदशिरोमणि के इस बदले व्यवहार का गुणगान होने लगा।

राजा ने पुनः घोषणा करते हुए कहा, ''पुराने अनुभवी महापुरूषों, राजनीतिज्ञों, विद्वानों, पदाधिकारियों तथा राजवंश के लोगों की राज्य में वापसी हो। उनका पूर्व की भाँति यथायोग्य सम्मान हो। चन्द्रवंश के वंशधर जो अन्य पड़ोसी राज्यों में पलायन कर गए हैं, उनको ससम्मान बुलाया जाय। चन्द्र राज्य के स्वामिभक्त प्रतिष्ठित परिवारों के योग्य व्यक्तियों को शासकीय पदों पर नियुक्त किया जाय। सब को एकता के सूत्र में बाँधकर देवभूमि की प्रतिष्ठा व सम्पन्नता को सुदृढ़ करना है।''

सभाकक्ष राजा कल्याण चंद की जय हो-जय हो, के घोष से गूँज उठा। तभी चारों ओर की व्यवस्था में व्यस्त सेनापति वीरशिवा ने सभा कक्ष में प्रवेश किया। राजा कल्याण चंद ने अपने सिंहासन से उतरकर दो कदम आगे आकर उसका आलिंगन किया, कुशल-क्षेम पूछकर अपने निकट बैठाया।

मेरा कवि हृदय गदगद हो उठा। आज चन्द्र वंश के राज्य में चन्द्रमा का नवोदय-सा हो गया था। मैंने उँचे स्वरों में कहा,

अनुकृतमरकतवर्णा शोभितकर्णा कदंवकुसुमेन।
नखमुखमुखरित वीणा मध्ये क्षीणा शिवा शिव कुर्यात।।

मेरे मुख से निकले इन शब्दों से प्रसन्न होकर नृपति ने मुझे मेरा सम्पूर्ण वह गाँव दान में दे दिया जो उनके प्रारम्भिक शासन काल में मुझसे छीन लिया गया था। राजा ने उँचे स्वरों में सभामध्य कहा, ''देवभूमि के सभी वीरों का इस युद्ध में महान योगदान रहा तदापि दो शिवों के कारण ही देवभूमि का शिव हुआ। प्रथम- कविराज शिवानन्द पांडे, कुर्मांचल के देवदूत के समान हैं। वे

स्वयं योद्धा नहीं है; किन्तु वे वीरों का सम्मान करते हैं। कवि होने पर भी योद्धा का स्वभाव रखते हैं। युद्ध कई प्रकार से लड़ा जाता है, कठिन परिस्थितियों में गहराते जा रहे भय के समय साहस को जगाने वाला, सत्यपरामर्श देने वाला महान व्यक्ति होता है। कूटनीति के द्वारा उन्होंने वही पराक्रम दिखाया जो अन्य वीरों ने रण में दिखाया। ऐसे है महान- कविराज विद्वान पं0 शिवानन्द पाण्डे। दूसरे हैं- परमवीर, पराक्रमी सेनापति शिवदेव जोशी जिनके कारण इस कल्याण चन्द्र का कल्याण हो सका। मैं शिवानन्द से कहूँगा कि आगे किस प्रकार राज्य का कल्याण हो कहें तथा उन्हें और कुछ जागीर चाहिए तो निःसंकोच वर्णन करें। आपने बादशाह को जिस निपुणता से प्रसन्न कर अली मुहम्मद का अंत कराया उसके लिए देवभूमि आपकी आभारी है।''

मनुष्य अपनी प्रशंसा सुनकर निश्चय ही हर्षित होता है। सर्वाधिकार प्राप्त राजा के मुख से प्रशंसा प्राप्त कर मुझ अकिंचन ब्राह्मण को और क्या चाहिए था। मैंने कहा, ''चन्द्रचूड़ामणि राजा कल्याण चन्द्र की जय हो। मुझ गरीब ब्राह्मण को अपने वह ग्राम पुनः वापस दे दिया है जो आपके वंशजों ने मुझे पूर्व में दान दिया था। इससे आपके साथ ही आपके पूर्वजों का भी मान स्थापित रहा। ब्राह्मण का धन ज्ञान है, फिर भी मेरे परिवार की आजीविका के लिए एक ग्राम पर्याप्त है। मुझे जागीर की आवश्यकता नहीं है। आप जागीरें उन्हें दें जिन्होंने युद्ध में वीरता दिखाई है, आप गरीब व चतुर्थ वर्ण के वीर फकीरा, बलवंत, नरिया व जिऊण को भूदान करें। जिनके कारण आज पूरे दलित वर्ग में नयी वीरता की स्फूर्ति जगी है। आज सेनापति शिवदेव ने उनके अन्दर नया उत्साह, उमंग का भाव जगाया है। सबका साथ और सबका विकास की नीति से ही सम्पूर्ण प्रजा का कल्याण होगा। हे राजन! प्रजा का अपनी संतान की तरह समझकर पालन करें। भीमकर्मा दलितों की दरिद्रता दूर करें। जिस प्रकार पान के पत्तों को खाने से पूर्व कई बार साफ कर उन पर बार-बार चूना मला जाता है, उसी प्रकार दण्ड देने से पूर्व बार-बार बुद्धि का प्रयोग करें। कुलीन, सुपात्रों एवं शास्त्रानुकूल चलने वालों को ही राजसभा में स्थान मिले। प्रजा को राजा का भय होता है; परन्तु राजा को किसका भय? राजन! राजा को धर्म का भय होना चाहिए। धर्मानुसार चलने से ही राजा का व प्रजा का कल्याण है। धर्म का अर्थ मात्र कर्मकाण्ड पूजापाठ नहीं है। राजा के लिए धर्म का अर्थ- न्याय-अन्याय, सुरक्षा, समानता, दण्ड, वीरता व सदाचरण है। हे राजन! देवालयों को अपवित्र करने वाले, श्रद्धा एवं कला की अप्रतिम मूर्तियों को

तोड़ने वाले पापी को, पुस्तकालयों के जलाने वाले अज्ञानी को, प्राचीन पाण्डुलिपियों को नष्ट करने वाले निर्बुद्धि को, जिसने हमारे नगरों व ग्रामों को रौंदा, हमारी सभ्यता, संस्कृति को नष्ट करने का प्रयास किया ऐसे राक्षस को नष्ट कर आपने देवभूमि में आदरणीय स्थान प्राप्त कर लिया है। आपने अपने पूर्व के तुच्छ कर्मों का प्रायश्चित कर देवभूमि के चंदवंशियों का मान बढ़ाया है। आप द्वारा की गयी घोषणाओं का पूर्णरूप से अनुपालन हो जाने पर आप देवभूमि में कौस्तुभ मणि के समान शोभायमान हो गए हैं। हे राजन! सेनापति शिवदेव को अपना प्रधानमंत्री बनाएं तो सर्वोत्तम होगा। जिसकी अडिग देशभक्ति, स्वामीभक्ति एवं अप्रतिम वीरता स्थापित हो चुकी है। अब मुझ अंकिचन ब्राह्मण को महादेव शिव की स्थली काशी को प्रस्थान करने की आज्ञा दें। इसी में निःस्पृह ब्राह्मण का मोक्ष है।''

इतना कहकर मैं अपना दण्ड लेकर सभा कक्ष से बाहर निकलने लगा कि वीर शिवदेव मेरे चरणों में लेट गया। उसने मुझे रोकते हुए कहा, ''गुरुदेव! आपने मुझ निर्बुद्धि को प्रतिशोध के मार्ग से हटाकर देश भक्ति के मार्ग पर लगाया। आप देवभूमि में ही रहकर शिवार्चना करें, मैं आपकी सेवा करना चाहता हूँ। आपके यहाँ रहने से हम सब को मार्गदर्शन भी मिलता रहेगा।''

मैंने उसे भूमि से उठाया। उसके कंघों को थपथपाते हुए कहा, ''प्रिय पुत्र! मैं वानप्रस्थी होना चाहता हूँ। इस अवस्था में राज्य के कार्यों में प्रत्यक्ष अथवा अप्रत्यक्ष रूप से संलग्न रहने पर वानप्रस्थ धर्म को निभाना सम्भव नहीं हो सकेगा। अतः मुझसे अल्मपुरी में रूकने का आग्रह मत कर। मैं अब पूर्णरूप से संतुष्ट हूँ कि राजा कल्याणदेव गुणग्राही हैं। तुम्हें देशभक्ति का परिचय देते हुए राजा का साथ देना है; परन्तु तुम्हें अत्याचार, अन्याय एवं अनाचार के सामने सिर नहीं झुकाना है। चाटुकारिता रहित बनकर राजा के अनुचित कार्यों का प्रतिकार भी करना है। इसके कारण यदि मान-सम्मान तथा अर्थ की कमी भी हो जाये तो भी स्वाभिमान के साथ देशभक्ति, प्रजाहित को सर्वोपरि रखना। जीवन के उतार चढ़ाव में मानसिक संतुलन बनाकर रखना। पूरे मनोबल व दृढ़ता के साथ राजा को सत परामर्श देना। देश का हित सर्वोपरि हो यह सदैव ध्यान में रहे।''

इतना कह कर मैंने वीर शिवदेव को कंठ से लगाया और बिना विलम्ब किए राज सभागार को त्याग दिया।

मूँदी आँखें

राजा कल्याण चन्द्र

कुछ बरसों तक मैंने न्यायपूर्ण व शांतिपूर्ण ढंग से कुमांचल पर राज्य किया; किन्तु जब से में गढ़कुक्तेश्वर से लौटा हूँ, मेरी आँखों में निरंतर पीड़ा हो रही है। प्रातःकाल जब उठता हूँ, मेरी आँखे लाल हुई रहती हैं। मैं उन्हें कई बार ठंडे पानी से धोता, कभी गुनगुने पानी से धोता। पीड़ा कुछ कम होती; परन्तु समाप्त नहीं हो रही थी। कुछ दिन तो मैं पीड़ा सहता रहा, शायद ठीक जो जाय, यह सोचता रहा। अंततः मुझे राजवैद्य को बुलाना पड़ा। उन्होंने मेरी आँखों का परीक्षण किया। कुछ दवायें खाने के लिए दी और अर्क आँखों में डालने के लिए दिए। मैंने जब राजवैद्य से आँखों की पीड़ा का कारण जानना चाहा तो उन्होंने कहा, "राजन! यह एक प्रकार का संक्रमण है। आप सदैव साफ सुथरी, प्रदूषण रहित वातावरण मैं, प्रकृति के मध्य रहे हैं, माल भाबर तथा मैदानी जलवायु के कारण यह हुआ हो या आप युद्ध तथा मुगल बादशाह की भेंट के दौरान हजारों मनुष्यों के संपर्क में आए जिसके कारण कहीं से यह संक्रमण आपके आँखों तक आ गया होगा।"

"मेरी तरह तो हजारों लोग युद्ध में गए थे किसी और की आँखों मैं यह संक्रमण क्यों नहीं हुआ?" मैंने व्यथित हो कर पूछा।

वैद्य जी ने उत्तर दिया, "राजन्, आपका प्रश्न उचित है; किन्तु आप जानते हैं जो लोग प्रायः भारी भीड़ के मध्य या अधिक लोगों के लगातार सम्पर्क में रहते हैं, उनमें रोगों के विरूद्ध लड़ने की प्रतिरोधक क्षमता का क्रमशः विकास होता जाता हैं। चूँकि आप सदैव साफ, स्वच्छ जलवायु में रहते हैं। इस दौरान युद्ध के कारण धूल व बारूद के कणों के मध्य आपको समय व्यतीत करना पड़ा तथा विपरीत प्रदूषित वातावरण में रहना पड़ा, इनमें से किसी कारण से यह संक्रमरण आपकी आँखों तक पहुँच गया है।"

मैंने अधीरता पूर्वक पूछा, "लेकिन इसे ठीक होने में कितना समय लगेगा।"

"राजन! मैंने जो दवाएं दी हैं आप उनको नियमित सेवन करें, आँखों को

गुनगुने पानी से दिन में कई बार धोएं, उसके पश्चात गुलाब जल डालें। मुझे आशा है आपकी आँखों की पीड़ा शीघ्र समाप्त हो जाएगी।''

एक सप्ताह तक मैं नियमपूर्वक वैद्यजी द्वारा बताये गये तरीकों से अपनी आँखों को धोता, नियमित रूप से अर्क डालता रहा, दवाएं खाता रहा। पीड़ा कभी काफी कम हो जाती तो समझता कि शायद अब संक्रमण समाप्त हो रहा है लेकिन अगले प्रातः आँखें कीचड़ से भरी प्रतीत होती। आरसी में देखता तो पाता आँखें लाल हुई पड़ी हैं। इस तरह एक सप्ताह के बाद भी कुछ लाभ होता न देखकर मैंने पुनः राज वैद्यजी को बुलाया।

कुर्मांचल में वैद्यों की लम्बी परंपरा रही थी। मेरे दादा राजा बाज बहादुर के समय के धुरन्धर वैद्य बैकुण्ठ मिश्र हुआ करते थे। उनके वंश परंपरा के वेणीवल्लभ थे जो स्वयं भी प्रख्यात वैद्य थे। गंगावली प्रांत के दुर्गादत्त पंत भी ख्याति प्राप्त वैद्य थे जिन्हें दिल्ली के बादशाह ने कभी अपने दरबार में चिकित्सा हेतु बुलाया था। अब वह मुराद नगर के पास रहते हैं। अर्थात कुर्मांचल में चिकित्सकों की कमी न थी; परन्तु इससे क्या अंतर पड़ता है, मुझे तो अपनी आँखों की पीड़ा से निजात नहीं मिल पा रही थी। वेणीवल्लभ जी ने मेरी आँखों का बारम्बार परीक्षण किया, दवायें बदली, अर्क बदले; एक दो दिन तक उसका असर जानने के लिए वह राजमहल में रुके रहे। लेकिन अधिक लाभ नहीं दिखाई दिया।

मैंने वैद्यजी को महल में तब तक रुकने को कहा जब तक मेरी पीड़ा समाप्त नहीं हो जाती है। उनके ना कहने का प्रश्न ही नहीं था; किन्तु उन्हें जंगल से विभिन्न प्रकार की जड़ी-बूटियाँ एकत्र करनी होती थीं। इस प्रकार से तमाम प्रकार की दवायें देकर, उनके ग्रहण करने के तरीकों को समझाकर एक दो दिन के लिए आकर पुनः मेरी आँखों का परीक्षण करते, इस प्रकार एक माह व्यतीत हो गया। इस बीच मुझे कुछ पीड़ा तो कम हुई; किन्तु मुझे ऐसा प्रतीत होता था कि मेरी आँखों की पुतलियाँ कुछ बड़ी हो गयी हैं। मुझे पलकें झपकाने में काफी कठिनाई-सी हो रही है। मैंने वैद्यजी से कहा, ''वेणीवल्लभ जी, आप तो सुविख्यात वैद्य हैं, आपके वंशज तो दिल्ली दरबार तक जाते थे। क्या आप बिमारी का इलाज नहीं खोज पा रहे हैं?''

उन्होंने गम्भीर होकर कहा, ''राजन! यह कोई नए प्रकार का संक्रमण है, जो प्रायः हमारे पर्वतीय क्षेत्रों में नहीं देखा गया है इसलिए इस पर अधिक अनुसंधान नहीं हुए हैं। मैं मुरादनगर से दुर्गादत्त पंत जी के पास अपने शिष्य

को भेजना चाहता हूँ, दुर्गादत्त पंत जी पदार्थ व रसायन विज्ञान के महान ज्ञाता हैं। उनकी विद्वता को देखकर ही बादशाह ने उन्हें मुरादनगर में जागीर दी है, अब वे वहीं रहते हैं।''

मैंने उत्सुकतावश पूछा, ''वैद्य जी, जब हमारे राज्य में ऐसे ज्ञानी वैद्य हैं तो, उन्हें इसी राज्य में जागीर देकर बसाना चाहिए था, उन्हें मुरादनगर में जा बसने की क्या आवश्यकता पड़ गई।'' ''राजन! छोड़िए एक लम्बी कहानी है जब ज्ञानियों का तिरस्कार होता है। राजा जब राजमद में डूब जाता है और वह निर्धन समझ कर विद्वानों का अपमान करता है तो वे स्वाभीमानी विद्वान उसके राज्य को छोड़ देने में ही अपना भला समझते हैं।'' वैद्यजी की बातों में गम्भीरता के साथ ही व्यंगबांण भी था।

मैंने संकोचपूर्वक पूछा, ''मैं चाहता हूँ कि वैद्यनाथ दुर्गादत्त जी स्वयं यहाँ आकर मेरी आँखों की चिकित्सा करें, क्या ऐसा सम्भव है? मैं उनके लिए हर प्रकार की व्यवस्था करवा दूँगा।''

वैद्य वेणीवल्लभ ने कहा, ''राजन! दुर्गादत्त जी अति वृद्ध हैं, वह कहीं आ-जा नहीं सकते हैं। वह अपना चिकित्सकीय परामर्श अपने किसी शिष्य के माध्यम से भेज सकते हैं। मैं प्रयास करता हूँ कि उनके गुणी शिष्य व वैद्यजी, पुत्र ज्वाला प्रसाद मिश्र जी अल्मपुरी आकर आपके आँखों का परीक्षण करें तो ठीक होगा।''

मैंने दुखी मन से कहा, ''यदि दुर्गादत्त जी का आना सम्भव नहीं है तो कोई अन्य उपाय करना ही उचित होगा, आप जो ठीक समझें करें।''

मैंने महाअमात्य शिवदेव जोशी को बुलवाया और उनसे कहा, ''पंडित जी! वैद्यजी को जो भी धन की आवश्यकता हो उपलब्ध करा दें। मुरादनगर से ज्वाला प्रसाद वैद्य को बुलाने की व्यवस्था की जाय। आँखों की पीड़ा के कारण वैद्यजी ने मुझे लोगों के बीच न जाने की हिदायत दी है, अतः आप सभी राजकाज के कार्यों को स्वंय अपनी देखरेख में सम्पन्न कराएं तथा कुंवर दीपचंद को भी राजकाज में निपुण बनाएं।''

पंडित शिवदेव ने कहा, ''राजन् निश्चिंत रहें, आप स्वास्थ्य लाभ लें। मैं मुरादनगर से वैद्यजी को बुलाने की समुचित व्यस्था करता हूँ। कुंवर दीपचंद को शनैः-शनैः राजकार्यों में निपुण बनाने का प्रयास भी मैं कर रहा हूँ।''

''महाअमात्य! दीपचंद निश्छल है; परन्तु उसी अनुपात में वह बुद्धिमान

नहीं है। वह कुर्मांचल का भावी राजा है, मेरा उत्तराधिकारी है। मैं चाहता हूँ कि वह मेरी ही तरह अज्ञानी बनकर राज्य न करे। मैं तो परिस्थितवश ज्ञान, विद्या व राजकाज की प्रारंभिक शिक्षा ग्रहण नहीं कर सका था; किन्तु दीप के साथ ऐसा नहीं है, उसे अभी से समस्त ज्ञान दीजिए ताकि वह मेरी तरह ही राजकाज में सलाहकारों, परामर्शदाताओं के किसी प्रस्ताव को आँख मूँदकर न माने। उसे भी मेरी तरह बाद में पश्चाताप न करना पड़े।''

सभी राज व्यवस्थाएं महामात्य शिवदेव जोशी को सौंप दी गई थी। मैं उन पर पूर्ण विश्वास करता था। वह वीर निश्चय ही देशभक्त था साथ ही विद्वान भी था।

मुरादनगर से आने वाले वैद्यजी की प्रतिक्षा होने लगी। मैं वैद्य वेणी वल्लभ द्वारा बताई गयी विधि से आँखों को साफ करता, अर्क डालता; किन्तु विशेष लाभ होता मुझे प्रतीत नहीं हुआ। इसी बीच राज्य के कई अन्य चिकित्सकों को भी बुलाया गया, उनसे राजवैद्य ने परामर्श कर दवाओं में कुछ परिवर्तन किया; परन्तु स्थिति जस-की-तस थी। आँखों की पीड़ा कभी कम होती तो फिर से बढ़ जाती। आँखे निरंतर फैलती जा रही थी। मेरी चिंता बढ़ती जा रही थी।

इसी बीच राज पुरोहित प्राणनाथ तथा ज्योतिषाचार्य रमापित मेरा हाल जानने के लिए मेरे कक्ष में आए। सब तरह से हाल जानने के बाद राजपुरोहित ने कहा, ''राजन! ज्योतिषाचार्य रमापति अपने ज्योतिष विद्या से यह तो बता सकते हैं कि यह बीमारी कब तक ठीक हो जाएगी।''मैंने प्रश्नवाचक दृष्टि से रमापति की ओर दृष्टि घुमाई, मेरी फैली लाल आँखें देखकर रमापति घबरा गए। संयत होकर उन्होंने कहा, ''राजन! निश्चित ही यह आँखों की बिमारी गंभीर है। ज्योतिष विद्या में इस बारे में जानना सम्भव नहीं है।''

राजपुरोहित ने व्यंग्य करते हुए कहा, ''अरे! रमापति जी आपके पास तो सभी प्रश्नों के उत्तर रहते हैं कुछ तो गणना करके बतायें कि राजा का स्वास्थ्य भविष्य में कैसा रहने वाला है।''

रमापति विशेष उत्सुक नहीं दिखाई दे रहे थे जबकि अन्य समय में वे तुरन्त ज्योतिषज्ञान का पिटारा खोलकर बैठ जाते थे। संकोच करते हुए उन्होंने अपनी पुस्तक खोली। कुछ समय आगमन कर उन्होंने कहा, ''राजन्! आप पर ग्रहों की कुपित दृष्टि है। यह आंकलन बताता है कि स्वास्थ की दृष्टि में यह समय शुभ नहीं है। दृष्टिदोष बढ़ने की सम्भावना है।''

इतना कहकर वे सिर झुकाकर बैठ गए। राज पुरोहित प्राणनाथ ने रमापति से पूछा, ''आप चुप क्यों हो गए।''

मैंने भी कहा, ''रमामापति जी आप बीच में चुप क्यों हो गए, कोई और कारण है तो स्पष्ट करें।''

पुरोहित जी ने कहा, ''इन ग्रहों को शांत करने का कोई उपाय हो तो बताएं, मैं तुरन्त ही व्यवस्था करता हूँ। राजन् का हर हाल में स्वस्थ होना आवश्यक है।''

रमापति ने ससंकोच कहा, ''राजन्! मैं जो भी कह सकता हूँ वह मैं ग्रह दशा व अपने अनुभव से कहता हूँ। यदि इसमें कुछ कटु हो तो राजन्! क्षमा करने का वचन दें तो कहूँ।''

मैं अब तक बहुत कटु अनुभवों को भोग चुका था, मैं अब पुराना कल्याण चन्द्र नहीं था। शायद रमापति को मेरा वह क्रोधपूर्ण व्यवहार याद हो आया होगा जब मैंने उन दो ज्योतिषियों की आँखें निकलवा ली थी जिन्होंने अपने ज्योतिषि ज्ञान से यह कहा था कि राजन् तुम्हारे राजसिंहासन पर ग्रहों की कुदृष्टि है। तुम्हारे कुछ निकट संबधी इस संकट का कारण बनेंगे।

मैंने क्रोध में उनसे कहा था कि इसका कोई उपाय बताएं कि संकट दूर हो जाय या उन निकट सम्बन्धियों के नाम बताएं; किन्तु उन्होंने कहा था राजन् संकट गम्भीर है, आपके राजयोग नष्ट हो रहे हैं, आप देश व प्रजा की सुरक्षा के साथ स्वयं की सुरक्षा पर ध्यान दें। इस संकट को टालना कठिन है।

यह बात राजधानी में आग की तरफ फैल गयी थी। लोगों ने इसे बढ़ा-चढ़ा कर अफवाह फैलाना शुरु कर दिया था। मैंने कुपित होकर क्रोधवश दोनों ज्योतिषियों को गम्भीर दण्ड देते हुए उन्हें अन्धा करवा दिया था, जबकि वे निरंतर गुहार लगा रहे थे कि राजन् हमने जो कहा वह आपके सामने राजदरबार में ही ज्योतिष गणना के आधार पर कहा था। दरबारियों ने ही या आपके विपक्षियों ने ही इसे अफवाह के रूप में राजधानी में प्रचारित किया होगा। मैंने तब कुछ नहीं सुना, मैंने क्रोध में उन्हें दण्ड दे दिया था।

शायद रमापति भी कुछ कटु कहना चाहता होगा; परन्तु दण्ड के भय से नहीं कह पा रहा था। मैंने कोमल शब्दो में कहा, ''पं. रमापति जी, मैं अब समझ सकता हूँ कि आप ज्योतिष गणना के आधार पर ही कुछ बताऐंगे आप घबराएं नहीं, आपको क्षमा है।''

रमापति पुनः अपनी ज्योतिष की पुस्तकों में लीन हो गया और कागज पर लेखनी से विविध प्रकार के गणना करने लगा।

चक्रनेमिक्रमेण - विचार शृंखला

राजा कल्याण चंद

"राजन! मानव कितना दुर्बल है वह अपना पिछला किया भूल जाना चाहता है, वर्तमान को ही स्मरण रखता है। मनुष्य भूल जाये तो भूल जाये; किन्तु जो कर्म वह कर चुका है वह तो रहेगा ही। कर्मदण्ड तो पिछले पाप कर्मों को नहीं भूलता है। कुछ पाप कर्म विवशता, दुर्बलता, घोर निराशा से विवश होकर किए जाते हैं, कुछ राजमद, प्रलोभन, मिथ्याभिमान और शठता के कारण। लेकिन पाप की श्रेणियां नहीं हैं, जीवन की किसी पीड़ा के कारण मनुष्य विकृत रूप धारण कर उस पीड़ा के कारण अमानुषिक हो जाता है तो क्या ऐसे अमानुषिक कार्य क्षम्य हैं? असहाय व निर्बलों पर अपनी कुंठा तथा क्रोध के कारण क्रूरतापूर्वक दुर्व्यवहार का प्रदर्शन करना क्या उचित था? उसे ज्ञानियों, परामर्शदाताओं तथा सभासदों द्वारा रोका जाना चाहिए था। दुर्भाग्य व आश्चर्य, यह कि पूरी सभा व विद्वान मौन थे।" विद्वान व ज्ञानी पं० रमापति बोले जा रहा था; किन्तु उसकी बातें सुनकर मेरा मन सावन भादों के बादलों से भरे आकाश की तरह भर आया। जब मुझे अचानक राजगद्दी प्राप्त हो गई और मैं सर्वाधिकार सम्पन्न हो गया तब मेरा मन अपने बालपन से लेकर युवाकाल तक संचित तिरस्कार, निर्धनता, पीड़ा, अपमान से प्रगाढ़ क्रूरता धारण कर चुका था। तब तक मैं धर्म-अधर्म की परिभाषा जानता ही कहाँ था जो धर्मात्मा थे वे मौन समर्थक थे। मैं तब अपने परामर्शदाताओं के नियंत्रण में था, मैं कर भी क्या सकता था?

पं० रमापति ने आगे कहा, "राजन! कुर्मांचली समाज पारंपरिक रूप से धर्मपरायण समाज है। परलोक या परमात्मा, वह चाहे कल्पनाओं में हो या सत्य हो; परन्तु वह उनमें पूर्ण श्रद्धा रखकर अनेकानेक नैतिक बंधनों में बधना स्वीकार करता है। श्रद्धा से करता हो या भय से वह इन बंधनों को स्वीकार करते हुए उनका यथाशक्ति पालन करता है। पाप- पुण्य, परलोक, स्वर्ग-नर्क

कितने सारे बन्धन हैं, जिसके कारण वह पाप कर्मों से दूर रहने का प्रयास करता है; किन्तु राजन! आपने राजमद, लोभ, क्रोध में इन मूल्यों को नहीं माना। सत्ता के मद में राजन् आप इन बन्धनों को भूल गए। प्रजा पर राजा का भय है; परन्तु राजा को किसका भय? उसे इन्हीं धार्मिक बंधनों का भय होना चाहिए। आश्चर्य यह कि भरे पूरी राजसभा में उपस्थिति समाज के महान पुरुषों को क्या हो गया था? उन्हें आपको इन बंधनों को याद दिलाना चाहिए था; किन्तु वे अपने स्वार्थ के कारण आपको उकसाते रहे और मनचाहा दण्ड दिलाते रहे।''

पं0 रमापति कुछ क्षण रुका। उसने मुझे घूरा पुनः कहा, ''राजन! यह उन्हीं कर्मदण्डों का फल है। ज्योतिष गणना में इसका कोई उल्लेख न होने पर भी मैं अपने ज्ञान व अनुभवों के आधार पर आपसे निवेदन करता हूँ कि आपको अपने संचित पापकर्मों का प्रायश्चित करना ही होगा। निर्दोष लोगों को अंधा करने के कारण उनके द्वारा देवताओं को न्याय के लिए लगायी गयी आर्त-पुकार का यह फल है। यह इसी जीवन में किए गए कर्मों का दण्ड है। मैं ऐसा मानता हूँ। जहाँ तक ज्योतिष विद्या का प्रश्न है वह यह कहता है कि आपको स्थान दोष है, आपको शीघ्र से शीघ्र राजधानी का त्याग करना चाहिए, ऐसा ज्योतिष विद्या की गणना कहती है।''

इतना कहकर पंडित रमापति शांत हो गया। उसने अपनी पुस्तकें बन्द कर बस्ते में बाँध ली।

मेरे पाप कर्मों की पोटली भी खुल गयी थी। मेरे मस्तिष्क में वे दृश्य आने लगे जब मैंने ज्योतिषी मणिराम व जयराम की आँखे निकलवा ली थी। वे चिल्ला रहे थे, ''राजन! हम निर्दोष हैं, हमने जो कहा वह ज्योतिष गणना के फल के आधार पर कहा था, इसमें राजद्रोह कहाँ? राजपुर पर निश्चय ही संकट आने वाला है, हे राजन! उसकी सुध लें। हमारी आँखे निकालने से यह संकट दूर नहीं होगा। संकट गहराएगा। इस अन्यायपूर्ण कर्म के लिए न्याय का देव तुम्हें क्षमा नहीं करेगा।''

मैंने क्रोध में उनकी एक नहीं सुनी थी।

उन सैकड़ों लोगों की आर्त अंतःपुकार आज मेरे चारों ओर मंडराने लगी, गूँजने लगी। मैंने अपने दोनों हाथों से अपना सिर दबा लिया। मेरी आँखों की पीड़ा बढ़ गयी थी। मेरा मन भर आया। आँसुओं की बरसात होने लगी; किन्तु मन के दावानल को बुझाने की शक्ति इन अभागे आँसुओं में कहाँ थी।

मैं अपनी भूलों के पश्चाताप के विभिन्न उपायों को खोजने लगा उसके लिए पंडित-पुरोहित के पास ढेरों अनुष्ठान उपलब्ध थे।

स्मृतियों की श्रृंखला
राजा कल्याणचन्द्र

मैं अपनी स्मृतियों की श्रृंखलाओं में खोता जा रहा था। बारह दिन और बीत गये थे। मुरादनगर से आने वाले वैद्यजी के अल्मपुरी शीघ्र पहुँचने की सूचना पाकर मेरे भीतर कुछ आशा का संचार हुआ। पं० रमापति मेरे मन मस्तिष्क को झकझोर कर जा चुका था। मैंने प्रण किया कि आँखें ठीक होते ही मैं तमाम प्रकार के प्रायश्चित एवं अनुष्ठान करूँगा, हाँलाकि मैं उन परिवारों व लोगों को समुचित सहायता करने की घोषणा कर चुका था जिसका अधिकांश अनुपालन सेनापति शिवदेव जोशी, कुंवर कृष्णसिंह द्वारा किया जा चुका था।

अगले दिन मुरादनगर से आये वैद्य ज्वाला प्रसाद मिश्र ने मेरे महल में आकर मेरी आँखों का परीक्षण किया। उन्होंने वेणीवल्लभ से देर तक चर्चा की, कई प्रकार की औषधियाँ, अर्क, रसायन वेणीवल्लभ को देते हुए उनके प्रयोग की विधियां उन्हें बताई और मुझे ढांडस बंधाते हुए उन्होंने कहा, ''राजन! आपने मुझे इतनी दूर से बुलाया आपका धन्यवाद। आप जानते हैं कि हमारे पिताश्री दुर्गादत्त जी अत्यंत वृद्ध हैं। उनके पास देशभर के बीमार लोगों की भीड़ लगी रहती है। मेरा अल्मपुरी आना कतई सम्भव नहीं था; किन्तु वैद्य वेणीवल्लभ जो मेरे गुरूभाई हैं, इनका अनुरोध व राजन् आपका आग्रह ठुकराना उचित न जानकर मैं मात्र एक दिवस के लिए अल्मपुरी आया हूँ। मैंने आपके आँखों का परीक्षण कर लिया है। यह एक अजीब किस्म का संक्रमण है इस प्रकार का संक्रमण लाखों में किसी व्यक्ति पर होता है इसी कारण इस पर अधिक अनुसंधान नहीं हुआ, न ही सटीक दवाएं बनी हैं। फिर भी जितना ज्ञान का विस्तार हुआ है और प्रकृति ने हमें जो औषधियाँ दी है, उनका पूर्ण प्रयोग कर आपकी आँखों के संक्रमण को समाप्त करने का प्रयास होगा।''

मैंने उनका आभार व्यक्त करते हुए उनसे रुकने का तीव्र आग्रह किया,

किन्तु उन्हें अपने अन्य मरीजों की भी चिंता थी।

उनके चले जाने पर उनके द्वारा बताए गए उपचार के बाद भी मेरे आँखों की पीड़ा पूर्ण रूप से ठीक नहीं हो सकी थी। कुछ पीड़ा तो कम हुई; किन्तु आँखों की पुतलियों की सूजन कम नहीं हो रही थी वे निरंतर फैलती जा रही थी। कुछ समय पश्चात् तो मेरी पलकों का बन्द होना कठिन हो गया।

यह कोई नयी बात तो है नहीं कि मनुष्य छल-कपट व विश्वासघास न करते हों। एक समय था जब मैं बहुत ही निष्कपट था, चतुराई, चालबाजी जानता न था। लेकिन यह सब आखिर मुझे किसने सिखाया, इन्हीं चतुर ज्ञानी और वीर कहे जाने वाले सोना नायकों, दीवानों तथा पंडितों ने अन्यथा मैं तो इन सब से कोसों दूर था।

युद्ध विजय के उपरांत जब निर्दोषों की चीखें विधवाओं के क्रांत स्वर मेरे कानों पर पड़े तो उसने मेरे अहंकार को विगलित कर दिया। निर्मम हत्याओं, अंग विछेदन में सुख खोजले वाला मुझ कल्याण चन्द्र की आँखें तो ऐसे खुली की उनका बंद होना ही कठिन हो गया मन की आँखें तो खुली; परन्तु भौतिक आँखें रोज ग्रसित होकर बाहर को फैल गयी। मुझ रूपवान राजा का रूप आँखें बाहर की ओर फैल जाने के कारण विकृत सा हो गया, भयावह हो गया था।

अब मुझे सेवा, साधना एवं सहिष्णुता की यादें आयी मेरा अभिमान समाप्त प्रायः हो चुका था।

मैं सब कुछ नये सिरे से करना चाहता था। मैं फिर वही भूल नहीं करना चाहता था। मैं स्वर्ग में भी अपने लिए कुछ स्थान निपत करना चाहता था। मैं अब साठ वर्ष पार कर रहा था। अब धीरे-धीरे मेरा पद एवं धरती से मोह कम होता जा रहा था।

मुझसे मिलने आने वाले लोग मेरा चेहरा देखकर डर जाते और मुझ से दूर हो जाते थे। मेरी सेवा में लगी दासियाँ व रानियाँ भी शनैः-शनैः मुझसे दूरी बनाने लग गयी थी। उन्हें डर था कि कहीं यह संक्रमण उनकी आँखों में न लग जाय; परन्तु मेरे लिए यह प्रसन्नता की बात थी कि गोरी मेरी सेवा में तन-मन से जुटी थी। जिसे कभी मैं दासी जान दुत्कारता था, खिलौना समझकर खेलता, पटकता-उठाता था। आज वही दासी गोरी मेरे सबसे करीब थी। आज मेरी अंतरंग रही रानियाँ किसी न किसी बहाने से मुझसे दूर रहने का प्रयास कर रही थी। मैं सब कुछ जान-समझ रहा था, लेकिन दासी गोरी को न तो संक्रमण का

भय था न ही उसकी मुझ पर आस्था कम हुई थी। आज मैं उसे बहुत कुछ देना चाह रहा था; किन्तु उसने इतना ही माँगा कि वह मेरे सेवा में सदैव संलग्न रहे- मेरा मन भर आया था। आज वह दासी मेरे हृदय के उस स्थान पर विराजमान हो गयी थी जो अभी तक रिक्त पड़ा था। यह कहूँ कि वह तो प्रारम्भ से ही उस स्थान पर विराजमान थी जिसे मेरी आँखों पर पड़ा पर्दा देख नहीं पा रहा था। आज मूँदी आँखे भी उसे देख रही थी।

दवाओं के दुष्प्रभाव और चिंता से वृद्ध होते जा रहे मेरे शरीर के कई स्नायुतंत्र शिथिल पड़ने लगे थे फिर भी मैं स्वस्थ्य होने की कामना कर रहा था।

मैं अब अपनी पलकें झपका नहीं पा रहा था जिस कारण मेरी आँखे लाल हो जाती थी, उसमें से पानी निकलता रहता था। मुझे आँखों पर पट्टी बाँधने का सुझाव वैद्य जी ने दिया था। अब मेरी आँखें खुली होने के बाद भी देखने में असमर्थ थी, इस हाल में अल्मपुरी के राजमहल से दूर जाने का मैंने इरादा बना लिया। राजधानी के उत्तर में सुरम्य बिनसर के जंगलों में बने राज विश्रामघर में ठहरने का मैंने मन बना लिया। वैद्यजी को आदेश दिया गया कि वे दो दिन के अंतराल में बिनसर आकर मेरी आँखों का परीक्षण करेंगे।

राजकाज का सम्पूर्ण भार अपने बड़े पुत्र दीपचंद जो अभी किशोर ही था को सौंप दिया। जिसका संरक्षक मैंने सेनापति शिवदेव जोशी को नियुक्त किया और हिमालय के और करीब पहुँचने के लिए मैंने उसी अल्मपुरी को त्यागने का निश्चय कर लिया था जिसके लिये मैंने तमाम पापकर्म किए और आज उसका मैं फल भोग रहा था। इस सब के बाद भी मैं जीवन में कुछ श्रेष्ठता की खोज में था। जीवन में उन्नति की चेष्टा की निंदा कैसे की जा सकती है। जीवन का संग्राम अंतिम सांसों तक पूर्ण कहाँ होता है। जीवन संघर्ष जारी है।